Alix Rickloff

VERLOCKENDES DUNKEL

Roman

Aus dem amerikanischen Englisch von
Ulrike Moreno

BASTEI
LÜBBE
TASCHENBUCH

BASTEI LÜBBE TASCHENBUCH
Band 16 861

1. Auflage: Juli 2013

Dieser Titel ist auch als E-Book erschienen

MIX
Papier aus verantwortungsvollen Quellen
FSC® C014496

Vollständige Taschenbuchausgabe

Deutsche Erstausgabe

Redaktion: Dorothee Cabras
Titelillustration: Julia Jonas, Guter Punkt, unter Verwendung von Motiven von © thinkstock/Hemera; shutterstock/Dick Stada; shutterstock/ Laitr Keiows
Umschlaggestaltung: Guter Punkt, München
Satz: Urban SatzKonzept, Düsseldorf
Gesetzt aus der New Caledonian
Druck und Verarbeitung: GGP Media, Pößneck
Printed in Germany
ISBN 978-3-404-16861-3

Sie finden uns im Internet unter
www.luebbe.de
Bitte beachten Sie auch: www.lesejury.de

Der Preis dieses Bandes versteht sich einschließlich der gesetzlichen Mehrwertsteuer.

Für Jane, Georgette, Rosamunde und Mary

Danksagungen

Wieder einmal möchte ich einer Vielzahl von Menschen danken, die mir bei der Entstehung eines weiteren Buches geholfen haben.

Meinem Agenten Kevan Lyon, der sich die größte Mühe gibt, mir das Geschäftliche zu erklären. Und ich hoffe immer noch, dass ich all das eines Tages auch verstehen werde.

Meiner Redakteurin Megan McKeever und all den wundervollen Menschen bei Pocket, die solch großartige Arbeit bei dieser Serie geleistet haben. Es war vom Anfang bis zum Ende ein Vergnügen, mit euch zu arbeiten.

Maggie und Do, die immer da sind, wenn die nachlassende Spannung in der Mitte zu einer unüberwindlichen Mauer wird. Diese hat mich fast geschafft, Ladys.

Helen McCarthy Goode und Pat Doody für das Nachprüfen meiner irischen Ausdrücke. Alle Fehler in dieser Sprache sind ganz allein die meinen.

Den fabelhaften Autoren von The Beau Monde, die mich niemals hängen lassen, wenn ich in letzter Minute eine Antwort suche, und die immer gern und großzügig ihre Zeit und ihre Fachkenntnisse teilen.

Und Küsse und Umarmungen an meine wunderbare Familie, die mir den Weg ebnet und mich bei Verstand hält – selbst wenn sie mich manchmal auf die Palme treibt. Ich liebe euch alle!

Kapitel Eins

Cornwall,
April 1816

König Artus' Grab lag tief in einem uralten Wald versteckt. Seit unzähligen Jahrhunderten breiteten die Bäume darüber schützend ihre Äste aus, erneuerten sich und verrotteten. Inzwischen war kaum noch ein Stein geblieben, der auf das Vorhandensein der Grabstätte hingedeutet hätte.

Eine Hand auf die Schulter seines Gehilfen, die andere auf seinen Stock gestützt, hinkte Máelodor die letzten Meter durch das dichte Unterholz, um vor der eingestürzten Grabstätte stehen zu bleiben. Allein die Anstrengung, von der Kutsche bis hierher zu gehen, hatte ihn sehr viel Kraft gekostet. Das Hemd klebte unangenehm feucht an seinem gebeugten Rücken, ein Beinstumpf rieb sich an seiner Prothese, und Blutstropfen durchdrangen seine Hose. Jeder rasselnde Atemzug brannte in seiner müden Lunge.

»Das ist es«, keuchte er, den Blick auf die moosbewachsenen Grabplatten gerichtet. »Ich fühle es.«

Er war sich so sicher, dass er sich nicht einmal damit aufhielt, sich Gewissheit zu verschaffen. Wozu auch? Sowie der Rywlkoth-Wandteppich, den Máelodor den Schwestern des Hohen *Danu* gestohlen hatte, entschlüsselt worden war, war er aufschlussreich genug gewesen. Die darauf gefundenen Hinweise hatten ihn mit untrüglicher Sicherheit zu diesem vergessenen Wäldchen in Cornwall und zu diesem Grab geführt.

Erregung zischelte über seine beschädigten Nerven und lahmen Glieder, Verletzungen, die alle Folgen seines unerbittlichen Strebens waren. Die Ziele der Neun waren wagemutig gewesen, oh ja, doch schon lange, bevor die *Amhas-draoi*, die Soldaten der Kriegsgöttin Scathach und Hüter der Trennung zwischen Sterblichen und Magiern, wie ein wütender Krähenschwarm über den Kreis der Neun hereingebrochen waren, hatte Máelodor gewusst, was nötig war, um Erfolg zu haben: Einem einzelnen Mann musste Autorität verliehen werden – einem Meistermagier, der bereit war, alles zu opfern und sich nicht von Gefühlsduseleien beeinflussen zu lassen. Alle verfügbaren Mittel einzusetzen, um ein neues Zeitalter der Vorherrschaft der *Anderen* herbeizuführen.

Und dieser Mann war er.

Während er seine fortgesetzte Existenz, von der kein *Anderer* etwas wissen durfte, unter einem Tarnzauber der *Unsichtbaren* verbarg, hatte er von ihren dunklen Kräften Gebrauch gemacht, um Leben neu zu erschaffen, und einen uralten walisischen Krieger als *Domnuathi* wiederauferstehen lassen. Als einen Soldaten von Domnu, der seinem Meister hörig und erfüllt von all den finsteren Kräften war, die seine Wiedergeburt bewirkt hatten.

Dieser erste Versuch war jedoch gescheitert, weil die Kreatur sich Máelodors Kontrolle entzogen hatte.

Doch der Meistermagier hatte aus seinen Fehlern gelernt. Ein zweites Mal würde das nicht passieren. War Artus erst einmal wiedergeboren, würde der auferstandene Hochkönig dem Mann dienen, der ihm sein Leben und seine Krone wiedergegeben hatte. Er würde dem Magier gehorchen, der ein Heer von *Unsichtbaren*-Dämonen hervorbrachte, die für seine Sache kämpfen würden. Und er würde seinen Herrn fürchten, wie es sich für einen Sklaven gehörte.

In der feuchten grünen Luft flirrte Magie, die jeder, der zufällig in diesen Teil des Waldes kam, mit Staubgeflimmer im Sonnenlicht verwechseln würde. Máelodor genoss das Spiel dieser Energie auf seiner Haut, bevor sie in seinen Blutstrom eindrang und sich mit seinen eigenen magischen Kräften vermischte. So machtvoll war der Rausch, der sich in ihm verbindenden Magie, dass eine prickelnde Erregung ihn erfasste. Die gleiche unkontrollierte Erregung, die er gewöhnlich im Schlafzimmer oder in der Folterkammer suchte.

Máelodors Hand krallte sich in die Schulter seines Begleiters, bis er dessen Knochen unter seinem Griff nachgeben fühlte. Der Mann schrie jedoch bei dieser brutalen Behandlung weder auf noch zuckte er zusammen. Oss war ebenso sehr seiner rohen Kraft wie seiner geschlitzten Zunge wegen erwählt worden, die ihm das Sprechen unmöglich machte. Máelodors Körper zuckte und erschauerte, als er von Wogen purer Lust durchflutet wurde. Und schließlich war er es, der auf dem Höhepunkt seiner Ekstase stöhnte und einen rauen Schrei ausstieß.

Befriedigt winkte er Oss weiter und bewegte sich mit ihm im Schneckentempo über den unebenen Boden, bis er am Rand des umgekippten Grabsteins stand, nahe genug, um seine Hand auf den Granit zu legen. Die Magie loderte auf und ließ ihn schwanken, als sie diesen Eindringling zu verstehen versuchte und sich forschend durch ihn hindurchbewegte.

Artus' Gebeine waren nur noch durch eine bloße Grabplatte von ihm entfernt. Sowie Máelodor den Sh'vad Tual, den magischen Stein, den er zur Öffnung des Grabes brauchte, in den Händen hielt, würde er alles haben, um die Schutzzauber der Grabstätte unwirksam zu machen. Endlich würde er seinen großen Triumph erleben können, denn wer war noch geblieben, um ihn aufzuhalten?

Die *Amhas-draoi* gingen schon lange davon aus, dass er hingerichtet worden war. Der gewiefte Magier-Krieger St. John war sehr darum bemüht, die Aufmerksamkeit von Scathachs Bruderschaft auf einen anderen zu lenken und alle Gerüchte, dass Máelodor noch lebte, zu entkräften.

Die Beute der *Amhas-draoi* war Brendan Douglas. Dieser treulose Hund konnte nur hoffen, dass *sie* ihn fanden, bevor Máelodor ihn aufspürte. Denn sobald Douglas ihm ins Netz ging, würde er auch den Sh'vad Tual in den Händen halten. Der eine würde die Grabstätte entsichern, der andere monatelang Máelodors sündhafte Begierden stillen.

Es war faszinierend, wie lange man Schmerz in die Länge ziehen konnte. Ein tief eingeführter Draht zum Beispiel, an dem man nur hin und wieder ziehen musste, konnte unerträgliche Qualen verursachen, während der Tod jedoch gerade immer unerreichbar blieb. So würde es für Brendan Douglas sein. Der Mann, der den Kreis der Neun zu Fall gebracht hatte, würde für seinen Verrat bezahlen, ehe er seinem Vater und den anderen in *Annwns* tiefsten Abgrund folgte und nie mehr aus dem Totenreich zurückkehrte.

Bevor Máelodors *Domnuathi* ihm entkommen war, hatte er Lord Kilronans Tagebuch an sich gebracht.

Máelodor selbst hatte die Rywlkoth-Tapisserie stehlen lassen.

Und Brendan Douglas, Lord Kilronans illoyaler Sohn, würde ihm den Stein übergeben, während er um sein Leben bettelte.

»Wir sind nahe dran, Oss. Die Rasse der *Anderen* wird nicht länger im Verborgenen leben und die sterblichen *Duinedon* fürchten müssen. Es wird wieder unsere Zeit sein, und das werden wir uns nicht mehr so leicht nehmen lassen.«

Sein bärenstarker Begleiter nickte ohne die geringste Regung in den leeren Augen. Er stand nur mit leicht gespreizten Beinen da und ließ die Arme hängen wie ein Affe.

»Hilf mir zur Kutsche zurück! Ich erwarte Neuigkeiten über Douglas.«

Schweigend wandten sich der alte Krüppel und der stumme Albino von der Grabstätte ab und stolperten durch das dichte Unterholz zurück.

Bevor die Grabsteine jedoch wieder mit dem Schutz des Waldes verschmolzen, drehte Máelodor sich noch einmal um und flüsterte die Worte, die den Zugang öffnen würden: »*Mebyoa Uther hath*

Ygraine. Studhyesk esh Merlinus. Flogsk esh na est Erelth. Pilavyghterneask. Klywea mest hath igosk agesha daresha.«

Die Bäume schwankten, als Vögel sich in einer wild schnatternden schwarzen Wolke in die Luft erhoben. Die Sonne trübte sich und tauchte das Wäldchen in jähe Dunkelheit. Ein kalter Windstoß trug ein leises Geläut herbei, und die Zurückweisung schmerzte wie ein Dolchstoß in Máelodors Brust. Die Antwort ließ nicht auf sich warten ...

Nein.

Dun Eyre
Grafschaft Clare in Irland

»Halt still, Elisabeth! Die Schneiderin kann nicht arbeiten, wenn du herumhüpfst wie ein Kreisel.«

Mit einem leidgeprüften Seufzer befolgte Elisabeth Tante Fitz' Worte und versuchte, die brennenden Muskeln in ihren Armen und die von ihren Fingerspitzen heraufwandernde Taubheit zu ignorieren. Ihre Tante hatte gut reden. Sie war ja auch nicht gezwungen, mit ausgebreiteten Armen und in ihre Taille piksenden Nadeln dazustehen, während jegliches Gefühl aus ihren Gliedern wich. In der Hoffnung, wenigstens den verkrampften Nacken zu lockern, ließ sie die Schultern rollen.

»Hör auf zu zappeln! Wenn du nicht ständig zwischen den Mahlzeiten naschen würdest, müsste Miss Havisham jetzt nicht das Kleid umändern.«

Die Schneiderin blickte auf. »Mm ... phnmp«, murmelte sie mit einem Mund voller Stecknadeln.

»Und das ist sehr freundlich von Ihnen, Miss Havisham. Aber es wäre mir lieber, wenn meine Nichte auf zusätzliche Desserts und spätabendlichen Tee und Kekse verzichten würde.«

Durch den großen Drehspiegel warf Elisabeth ihrer Tante einen gereizten Blick zu. Ihre Nascherei war ein ständiger Streitpunkt zwischen ihnen. Tante Fitz, die selbst spindeldürr war, hatte die üppige Figur ihrer Nichte stets missfallen. Oder vielleicht hatte sie Elisabeth auch darum beneidet. Wie dem auch sei, Besuche bei der Schneiderin endeten jedenfalls stets in schlechter Stimmung und anhaltendem Schweigen. Und lösten das unwiderstehliche Bedürfnis bei Elisabeth aus, aus purem Trotz etwas Süßes zu essen.

Sie riskierte es, mit einer Hand über die Biegung ihrer Hüfte zu streichen und sich an dem Gefühl der kühlen hellen Seide unter ihren Fingern zu erfreuen. »Vielleicht solltest du mir einfach einen Sack überwerfen und uns die Mühe ersparen.«

»Sei nicht vorlaut, Liebes!«, war die Antwort ihrer Tante, die sich in einem Lehnstuhl am Feuer niederließ und in einer müden Geste ihre Schläfen rieb.

Miss Havisham richtete sich mit einem zuvorkommenden Lächeln auf. »So, Miss Fitzgerald. Sie können das Kleid jetzt wieder ausziehen.«

Mithilfe ihrer Zofe und der Schneiderin wand Elisabeth sich aus der Seidenrobe.

»Die Änderungen werden bis morgen fertig sein. Oh, es wird bezaubernd sein, das Kleid. Sie werden traumhaft schön darin aussehen. Mr. Shaw wird denken, dass er einen Engel heiratet.«

Elisabeth blickte sich im Spiegel an und bezweifelte, dass selbst die teure und exklusive Dubliner Modistin eine solche Verwandlung bewirken konnte. Aber es war ein erfreulicher Gedanke, Bewunderung in Gordons Augen aufblitzen zu sehen, wenn er sie in der cremefarbenen Spitzen- und Seidenkreation erblickte.

Miss Havisham plauderte weiter, während sie ihre Sachen packte. »Gott, wie aufregend das sein muss! Mit all Ihren Angehörigen um sich und der Vorfreude, ein neues Leben mit einem so angesehenen und gut aussehenden jungen Mann zu beginnen.«

»Aufregend war es beim ersten Mal«, nörgelte Tante Fitz. »Diesmal ist es nur noch strapaziös.«

Elisabeth spürte, wie ihr das Blut in Nacken und Wangen stieg. Bei anderen mochten die Augen der Spiegel der Seele sein, in ihrem Fall jedoch offenbarten sich alle Gedanken und Gefühle durch rote Flecken in ihrem Gesicht. Was kein schönes Bild war in Verbindung mit ihrem leuchtend roten Haar. »Du hättest ja auch nicht so viel Aufhebens um die Hochzeit machen müssen. Eigentlich wäre es mir sogar lieber gewesen, wenn du es gelassen hättest.«

Die Lippen ihrer Tante verzogen sich zu einem verständnisvollen Lächeln. »Ich weiß, Kind, aber das hätte Tante Pheeney uns nie verziehen. Du weißt, wie sehr sie großes Trara liebt. Lass uns nur hoffen, dass *diese* Hochzeit problemlos abläuft. Ich habe nicht die Kraft für eine dritte. Und weder du noch ich werden jünger. In diesem Sommer wirst du sechsundzwanzig. Die meisten deiner Freundinnen sind längst verheiratet und haben volle Kinderzimmer.«

Elisabeth hielt still, als ihre Zofe die Bänder ihres Kleides befestigte. »Danke, dass du mich an meine nahende Altersschwäche erinnerst.«

»Ich sage nur, dass es für eine Frau ab einem gewissen Alter schwieriger wird, die Männer zu …«

»Ich weiß, was du meinst, Tante Fitz. Und du hast ja auch recht. Ich habe eben nur lange gebraucht, um einen passenden Mann zu finden. Jemanden, den ich genügend respektieren kann, um ein gemeinsames Leben mit ihm aufzubauen. Und Gordon Shaw ist dieser Mann.«

»Das hoffe ich doch sehr, denn sonst hätten wir uns die ganze Mühe umsonst gemacht – schon wieder«, murmelte Tante Fitz, ehe sie beim Anblick von Elisabeths Stirnrunzeln ein fröhliches Lächeln aufsetzte. »Nein, du hast schon recht, Lissa. Er ist ein feiner Mensch und passender Ehemann.«

Lissa. Warum benutzte ihre Tante diesen albernen Kosenamen aus ihrer Kindheit? Wollte sie sie ausgerechnet jetzt, da sie dringend Selbstvertrauen brauchte, durcheinanderbringen? Oder war es nur ein Versprecher gewesen nach einem endlosen Tag von Hochzeitsvorbereitungen?

Nur ein einziger anderer Mensch hatte es je gewagt, sie nach ihrem zehnten Geburtstag noch Lissa zu nennen. Ein unerträglicher, unverschämter, gewissenloser, elender Schuft.

Der *gar nicht so* ehrenwerte Brendan Douglas.

Musik erreichte sie. Selbst in Elisabeths Schlafzimmer, weit entfernt von dem Licht, den Farben und der Heiterkeit im Salon unten, umtanzten sie Klänge von Mozart wie Gespenster. Ausgerechnet der zweite Satz seines Klavierkonzertes No. 27, das sie einmal für ihr Lieblingsstück gehalten hatte. Aber das war vor vielen Jahren gewesen; heute ging es ihr nur noch auf die Nerven, die vertrauten Töne zu hören.

Zuerst Tante Fitz, die sie Lissa genannt hatte, und jetzt das. Erinnerungen hingen heute Abend schwerer in der Luft als seit vielen Jahren. Wie ein Nebel, der in ihrer Kehle klebte und ihr den Atem aus der Lunge presste. Aber das könnte natürlich auch ihr Mieder sein. Schwer zu sagen …

Sie gab ein Tröpfchen Parfum hinter jedes Ohr und an ihren Halsansatz und steckte eine widerspenstige Haarsträhne fest, die sich gelöst hatte. Banale kleine Dinge, die ihr jedoch einen Vorwand lieferten, in der Sicherheit ihres Zimmers zu bleiben, während unten diese fürchterliche, nicht enden wollende Melodie gespielt wurde.

Ganz zuletzt berührte sie noch einmal das Kollier, das Gordon ihr beim Dinner überreicht hatte. Unter einem Chor von Ahs und Ohs weiblicher Verwandtschaft und der Männer, die ihn gnadenlos mit seiner Verliebtheit aufzogen, hatte Gordon ihr das auffallend und kostspielige Saphirkollier umgelegt. Sie hatte sich an ihn gelehnt, aber er war mit einem ausgesprochen *un*-liebevollen Klaps auf ihre Schulter einen Schritt zurückgetreten.

Das Kollier war hinreißend. Sagenhaft. Ein regelrechtes Kunstwerk. Und absolut nicht nach ihrem Geschmack.

Kurz entschlossen griff sie hinter sich, um den Verschluss zu lösen, und legte den protzigen Halsschmuck in seine Schatulle zurück. Die Musik schwoll an, als Elisabeth ihr Schmuckkästchen öffnete und etwas anderes heraussuchte. Eine schlichte goldene Kette mit einem ebenso schlichten Anhänger – einem Stein, der atemberaubender war als alle, die sie je gesehen hatte.

Groß wie die Faust eines Babys und kaum bearbeitet, als wäre er gerade erst abgebaut worden, war der milchig durchscheinende Kristall mit silbernen, goldenen, perlrosa und pechschwarzen Adern durchzogen. Je nach Beschaffenheit des Lichts konnte er mit flammenartiger Helligkeit aufleuchten oder wie glühende Kohlen glimmen. Heute Abend lag er in der Mulde zwischen ihren Brüsten. Die Unaufdringlichkeit seiner Farben betonte ihre honigfarbene Haut und zauberte ein goldenes Funkeln in ihre Augen.

Würde Gordon verstehen, oder würde er bei einem Blick auf ihren Hals nur ihre Weigerung sehen, sein kostspieliges Geschenk zu tragen? Vielleicht war es heute Abend wohl doch besser, die Saphire zu tragen.

Elisabeth nestelte gerade wieder an dem Verschluss, als die Tür aufflog und die mädchenhaft runden Gesichtszüge von Tante Pheeney offenbarten.

»Trödelst du immer noch hier oben herum? Allmählich denken alle, du hättest kalte Füße bekommen, meine Liebe. Sogar Gordon ist besorgt. Du weißt, was man über das Rad der Zeit sagt …«

»Ich brauche nur noch einen Moment.«

Aber Tante Pheeney ließ sich nicht länger hinhalten und zog

Elisabeth aus dem Sessel hoch. »Schluss mit dem Verstecken hier oben! Was heute stattfinden soll, ist eine Feier, keine Totenwache.«

»Ich weiß, ich muss nur noch ...«

»Keine Ausreden mehr, junge Dame!« Die Tante hatte sie schon halbwegs bis zur Tür geschoben. »Du kommst jetzt mit hinunter.« Ihre sonst so heiteren Züge verzogen sich zu einem Ausdruck, der bei Tante Pheeney als strenge Miene durchgehen könnte. »Das ist ein Befehl.«

»Ja, Ma'am.« Elisabeth ließ sich von ihr hinausführen, und Gordons Saphire blieben vergessen auf der Frisierkommode liegen.

Als sie die Treppe hinuntergingen, wechselte die Musik zu einem regelrechten *Contredanse*. Die Herren führten ihre Partnerinnen in den für den Abend leer geräumten Salon, dessen Türen zur Eingangshalle weit geöffnet waren, um einen riesigen, festlich geschmückten, von fröhlichem Gelächter erfüllten Saal zu bilden.

Elisabeth ließ den Blick über das Meer von Gästen gleiten. Die meisten waren Familienangehörige, aber auch Nachbarn und Freunde waren gekommen, einige sogar aus dem fernen Dublin, um an den Hochzeitsfeierlichkeiten teilzunehmen. Die Heirat der Fitzgerald'schen Erbin hatte so lange auf sich warten lassen, dass alle dabei sein und sie miterleben wollten. Oder, flüsterte ihr eine zynische Stimme zu, um sagen zu können, sie seien dabei gewesen waren, als Elisabeth Fitzgerald ein zweites Mal sitzen gelassen wurde.

Tante Fitz und Lord Taverner unterhielten sich in einer stilleren Ecke. Elisabeths Vormund sprach zweifellos über Eheverträge, Mitgiftgüter und Landtreuhänderschaften. Tante Fitz nickte nachdenklich, aber ihr Blick war scharf und ihre Stirn gerunzelt.

Elisabeths Cousin Rolf, der sehr schneidig aussah in seiner scharlachroten Uniform, und ihre schöne, ganz in Weiß und Gold gekleidete Cousine Francis wirbelten über die Tanzfläche, während Cousine Fanny und Sir James von den herumgereichten Platten naschten.

Onkel McCafferty war in ein Gespräch mit einem Herrn vertieft, den Elisabeth nicht kannte. Wahrscheinlich handelte es sich dabei um einen der Dubliner, die von der gutmütigen Tante Pheeney eingeladen worden waren, weil sie glaubte, jeder, mit dem sie auch nur ein paar Worte wechselte, verdiene eine Einladung.

Gordon und sein Halbbruder Marcus standen bei einer Gruppe solide gekleideter Begleiter. Gordons gutes Aussehen und seine athletische Gestalt zogen wie immer die Blicke aller Frauen im Raum auf sich. Elisabeth straffte die Schultern und setzte ein Lächeln auf. In ein paar Tagen würde dieses absurde Theater vorbei sein – und sie eine verheiratete Frau.

»Komm, Elisabeth! Alle warten schon auf dich«, drängte Tante Pheeney. »Seht her, hier kommt die Braut.«

Die Musik verstummte, aber nur für einen Moment, bevor das Quietschen der Violinen erneut begann. Jetzt tanzten andere Paare, nur an den Tanzschritten selbst änderte sich nichts.

Elisabeth hielt sich zurück, da sie ein bisschen außer Atem war und ein komisches Gefühl im Magen hatte. »Lass mir einen Moment, damit ich mich sammeln kann! Dann komme ich.« Auf den skeptischen Blick ihrer Tante fügte sie hinzu: »Versprochen«, und küsste die alte Dame auf die weiche, trockene Wange.

Tante Pheeney tätschelte ihr die Hand. »Na schön, mein Kind. Aber nur einen Moment.«

Elisabeth betrachtete die Szene, die sich ihr bot, wie ein kleines Mädchen, das sich aus dem Kinderzimmer geschlichen hatte, um einen Blick auf die Mutter und den Vater unter all den geröteten, lachenden Gesichtern zu erhaschen.

Noch lange, nachdem ihre Eltern im Ausland verstorben waren und Tante Fitz und Tante Pheeney die aufwendigen Bälle und fröhlichen Gesellschaften gegeben hatten, war Elisabeths Blick stets über das lebende Bild vor ihr geglitten, als könnte sie das tizianrote Haar ihrer Mutter oder den breiten Rücken ihres Vaters in der Menge sehen.

Mit einem tiefen Atemzug trat sie aus den schützenden Schatten der Halle in das Licht von tausend Kerzen. Sofort hob Gordon ein Monokel an sein Auge und musterte sie einen langen Moment, bevor er es mit einem fragenden Funkeln in den Augen wieder sinken ließ.

Elisabeth versuchte, entschuldigend zu lächeln, aber nach einem kumpelhaften Schulterklopfen seiner Freunde hatte er sich ihnen schon wieder zugewandt und stimmte in ihr ausgelassenes Gelächter ein.

Ein anderer musste jedoch erst noch wegsehen. Der Fremde, der bei Onkel McCafferty stand, maß sie mit einem derart intensiven Blick, dass ihr die Röte in die Wangen stieg – bis sie merkte, dass es nicht ihr Gesicht war, das er anstarrte, sondern ihre Brust. Und obwohl er nicht der erste Mann war, der sich so etwas erlaubte, ärgerte es sie trotzdem. Soll er doch glotzen!, dachte sie. Was kümmerte sie das? Und dennoch hob sie das Kinn, um seinen festen Blick mit einem ebenso festen zu erwidern.

Er war um einiges größer als ihr Onkel, vielleicht sogar so groß wie Gordon. Doch während ihr Verlobter wie ein Ringer gebaut war, zeugte die durchtrainierte Schlankheit dieses Mannes von Beweglichkeit und Finesse. Er kämpfte mit dem Schwert und nicht mit seinen Fäusten.

Seine Augen verengten sich, als er sich ein wenig vorbeugte, um an seinem Wein zu nippen und ein paar Worte an Onkel McCafferty zu richten. Aber selbst dabei wandte er nicht den Blick von ihr. Er hatte etwas an sich, das Elisabeth bekannt vorkam. Seine

Haltung vielleicht? Oder die dichten, dunklen Augenbrauen? Als er den Blick endlich von ihren Brüsten zu ihrem Gesicht erhob, spielte ein freches, anzügliches Lächeln um seinen Mund. Die Hitze, die Elisabeth erfasste, drohte sie schier zu versengen. Nein, so einen unverfrorenen, respektlosen Mann wollte sie gewiss nicht kennen!

Hocherhobenen Hauptes raffte sie ihre Röcke und stürzte sich ins Getümmel.

Die Stunden vergingen in einem Dunst von Gesprächen und Musik. Elisabeth ließ kaum einen Tanz aus und wechselte von Partner zu Partner, da jeder Mann ihr Komplimente zu ihrem Aussehen machen und ihr zur Hochzeit gratulieren wollte. Gordon bat natürlich um den ersten Tanz. Als er sie zur Tanzfläche führte, hielt er ihre Hand so fest, als könnte sie versuchen zu entkommen. Zur Wahl ihres Halsschmuckes bemerkte er nur: »Tut mir leid, dass mein Geschenk dir nicht gefällt. Wenn du möchtest, können wir etwas anderes aussuchen, das eher deinem Geschmack entspricht.«

Ein jähes Schuldbewusstsein beschlich Elisabeth, das sie strahlender lächeln ließ, als sie es normalerweise täte. »Ich würde es für nichts auf der Welt umtauschen.« Gordon zog nur eine Augenbraue hoch, worauf sie hastig weitersprach. »Doch die Saphire passten nicht zu meinem Kleid, weißt du. Morgen Abend werde ich sie tragen. Versprochen. Ich habe ein neues Kleid, zu dem sie wunderbar aussehen werden.« Sie ging sogar so weit, ihm spielerisch mit ihrem Fächer auf den Arm zu schlagen.

Gordon antwortete mit einem gequälten Lächeln. »Zieh nur ruhig dein Talmi an, Elisabeth! Für diese Art Gesellschaft ist er schön genug.«

»Was soll das denn heißen?«

»Du brauchst nicht gleich in die Luft zu gehen, Liebling. Ich meinte nur, dass ich dich in allem, was du trägst, untadelig finde.«

Ein wenig besänftigt durch seine Antwort, blickte sie in einer unverkennbaren Aufforderung zu ihm auf. Sie könnten für ein paar Minuten entwischen, ohne dass es jemand merken würde. Es gab jede Menge stille Eckchen in der Nähe. Und in ein paar Tagen würden sie ohnehin verheiratet sein.

Leider trat Gordon jedoch im selben Augenblick zurück, in dem sie sich vorbeugte, und brachte sie damit beinahe aus dem Gleichgewicht. Er räusperte sich und setzte eine reservierte Miene auf. »Vorsicht, Elisabeth! Deine Großtante Charity durchbohrt uns geradezu mit ihren Blicken.«

Elisabeth straffte sich, strich ihre Röcke glatt und warf ein Lächeln in die Menge, als wäre es Absicht gewesen, dass sie beinahe hingefallen wäre. »Pah!«, flüsterte sie. »Ich pfeife auf Tante Charity. Wer im Glashaus sitzt, sollte nicht mit Steinen werfen. Wenn auch nur die Hälfte der Geschichten über sie stimmen ...«

»Sei still, Liebes! Es wäre nicht gut, sie unnötigerweise zu verärgern. Ich möchte nicht, dass sie mich für einen Wüstling hält.«

»Und wenn ich Wüstlinge mag?«

»Was bist du doch für ein Schelm, Liebste!«, sagte er und beantwortete eine ungeduldige Geste seines Bruders mit einem Nicken. »Marcus braucht einen vierten Spieler für eine Partie, mein Herz. Wirst du allein zurechtkommen?« Er lächelte. »Was für eine dumme Frage! Natürlich wirst du das. Du hast eine natürliche Begabung für diese Art gesellschaftlicher Plaudereien. Und schließlich sind diese Leute deine Familie und nicht ein Haufen Fremder, was?« Er kniff sie ins Kinn, als wäre sie ein Kind, und verschwand dann ohne einen Blick zurück.

Elisabeth nutzte die Atempause, um sich ein Häppchen und ein Glas Wein von einem der angebotenen Tabletts zu nehmen. Während sie an ihrem Pastetchen knabberte, beobachtete sie die in allen Papageienfarben schillernden Damen und schneidigen Herren an ihrer Seite. Sie lachten, tanzten, tranken, und hin und wieder sangen sie sogar. Laut und manchmal ein bisschen derb, aber immer gutmütig und fröhlich.

Für diese Art Gesellschaft ... Was hatte Gordon damit sagen wollen? Und warum hatte sie das Gefühl, heruntergeputzt worden zu sein wie ein Kind? Mit einem schnellen Klicken ihres Fächers und einem Seufzen verdrängte sie die Fragen wieder.

»Auf Ihrem eigenen Fest im Stich gelassen?«, ertönte eine tiefe, weiche Männerstimme hinter ihr. Eindeutig nicht Großtante Charitys, die einen Kasernenhofton an sich hatte.

Oh nein. Elisabeth kannte diese Stimme und diesen anmaßenden Ton.

Sie fuhr herum und prallte buchstäblich gegen eine harte Brust. Ihr Glas Wein ergoss sich über seinen Rock und färbte seine Hemdbrust dunkelrot. Mit einem unterdrückten Fluch trat er zurück, und der Moment zerplatzte wie eine Wasserblase. Es war der Mann von vorhin. Ein Fremder. Nicht *er*. Absolut nicht er. Was war nur los mit ihr, dass sie bereits Gespenster sah?

»Verzeihung«, murmelte sie schnell und betupfte seine Hemdbrust mit ihrer Serviette.

»Erlauben Sie?« Er nahm ihr die Serviette aus der Hand, woraufhin ihr etwas verspätet die unangebrachte Vertrautheit ihrer Handlungsweise zu Bewusstsein kam.

»Ich ... Ach, du liebe Güte! Sie denken doch nicht ... O Gott!«, plapperte sie.

Er betupfte den Fleck, bevor er die Serviette zerknüllte und einsteckte. »Aber nein. Zumindest ist es dieses Mal kein Blut.«

Was um Himmels willen wollte er damit sagen?

Er hob den Kopf und richtete endlich seinen Blick auf ihren. Seine Augen leuchteten golden wie zwei Sonnen, und die Iris war von tiefstem Schwarz umringt.

Elisabeth schlug eine Hand vor ihren Mund, um den Aufschrei zu ersticken, der aus ihrem tiefsten Inneren aufstieg.

Seine Lippen zuckten vor unterdrückter Belustigung – als wäre irgendetwas daran komisch! Welterschütternd ja wohl eher. »Hallo, Lissa.«

Kapitel Zwei

Hatte irgendjemand etwas mitbekommen? Wusste jemand was? Ein solches Ereignis müsste eigentlich von einem Donnerschlag begleitet werden und die Erde sich wie wild um ihre Achse drehen. Aber nichts geschah. Gordon blieb bei seinen Karten spielenden Freunden; Tante Fitz und Tante Pheeney plauderten mit dem Vikar und seiner Frau, und die anderen Gäste waren auch weiterhin mit ihren eigenen Amüsements beschäftigt. Alles war so, wie es einen Moment zuvor gewesen war, als sie sich der Katastrophe, die in ihrer Mitte lauerte, zum Glück noch nicht bewusst gewesen war. Doch jetzt bräuchte es nur ein neugieriges Familienmitglied oder einen lästigen Gratulanten, um vergangene traurige Berühmtheit in neue Anschuldigungen, Anspielungen und Spekulationen zu verwandeln.

Miss Elisabeth Fitzgerald: von der sitzen gelassenen alten Jungfer im Bruchteil von Sekunden zu einer jungen Frau mit einem Überschuss an Bräutigamen.

»Sie entschuldigen mich … Sir.« Das Pochen hinter ihren Augen nahm zu, bis ihr Kopf schmerzte und ihre Beine so stark zitterten, dass sie kaum noch laufen konnte.

Aber statt sie in Würde gehen zu lassen, begleitete Brendan Douglas sie in die Eingangshalle. Und dort fand sich ihre Hand dann irgendwie in seiner wieder. Der feste Druck und die schwielige Innenfläche seiner Hand standen in seltsamem Kontrast zu seinem eleganten Äußeren, als er sie zu einem kleinen Salon hinüberführte.

An der Tür drehte er sich um, um sie zu schließen, und Elisabeth konnte sehen, wie straff sein Rock sich über seinen breiten Schultern spannte. Und als er sich ihr wieder zuwandte, bemerkte sie zum ersten Mal einen rasch vernähten Saum und eine abgetragene Manschette. Er war also eher geschickt zusammengeflickt als elegant und hatte sich keineswegs so sehr verändert, wie sie zunächst angenommen hatte.

»Was hast du mit dir angestellt?«, fragte sie.

Dies hätte wahrscheinlich nicht ihre erste Frage sein sollen, doch es war alles, was sie herausbrachte, als sie ihr Leben blitzartig vor ihren Augen vorüberziehen sah.

»Das?« Er fuhr sich mit der Hand über das Gesicht, als streifte er eine Maske ab, und ein Kribbeln in der Luft bewirkte, dass sich ihr die Härchen an den Armen und im Nacken sträubten. Sofort begannen seine Züge zu flimmern und zu verschwimmen, bevor sie sich jäh wieder schärften. »Nur ein kleiner *fith-fath*-Zauber, um nicht erkannt zu werden. Weil ich sonst bestimmt nicht mit offenen Armen wieder aufgenommen worden wäre.«

»Lass das!«, fauchte sie.

Sooft sie sich auch sagte, dass nichts Schlimmes an den magischen Kräften der *Anderen* war, schreckte sie doch immer noch vor dem beiläufigen Gebrauch einer Magie zurück, die wie etwas aus einem Märchen zu sein schien. Ihre Großmutter war eine *Andere* gewesen. Elisabeth hatte sie als verträumte alte Dame in Erinnerung, die jeden wachen Moment in ihren Gärten verbrachte, wo sie über die Wege schlenderte und zu Blumen und Bäumen sprach, als begrüßte sie gute alte Freunde.

Die Nachbarn hatten sie als verrückt bezeichnet, doch Elisabeth hatte es besser gewusst, auch wenn sie den Mund gehalten hatte. Niemand durfte wissen, was die alte Dame wirklich war. Es war besser, für exzentrisch gehalten zu werden als für eine Magierin. Und obwohl Elisabeth nichts von den magischen Kräften ihrer Großmutter geerbt hatte, war sie in dem Wissen erzogen worden, dass es neben der normalen Welt der *Duinedon* oder Sterblichen, in der sie lebte, noch eine andere gab. Eine gefährliche, schöne, erstaunliche Welt, in der alles möglich sein konnte und das Leben größere Wunder, aber auch schlimmere Übel enthielt, als sie sich vorstellen konnte.

Brendan grinste. »Ich hatte schon vergessen, wie sehr du Magie fürchtest.«

»Ich fürchte sie nicht.«

Sichtlich ungläubig zog er die Brauen hoch. »Dann bist du also nur neidisch?«

»Ich bin auch nicht neidisch. Ich pfeife auf deine lächerliche ...«

Er grinste noch breiter. Oh, wenn sie doch nur dieses irritierende Lächeln von seinem verwirrenden Gesicht wegwischen könnte! Ein Gesicht, das selbst ungetarnt kaum wiederzuerkennen war. Der Brendan aus ihren Erinnerungen war ein schlaksiger, etwas linkischer Bücherwurm mit Händen voller Tintenflecke und mädchenhaft hübschen Zügen unter einer dichten Mähne dunkelbraunen Haares gewesen, das immer einen Haarschnitt hätte brauchen können. Brillant, ungeduldig, sarkastisch und sehr von sich eingenommen war er gewesen.

Und sie bis über beide Ohren in ihn verliebt ... was er allerdings nie mitbekommen hatte.

Fast keine Spur dieser engelhaften Schönheit war in dieser härteren Version von Brendan noch zu sehen. Stattdessen wirkten seine Züge genauso ungeschliffen und scharfkantig wie der Stein, den sie um den Hals trug, als wären beide mit zu schneller Hand gemeißelt worden, und sein einst so schmaler Körper war zu einem erstaunlich athletischen herangewachsen. Nicht herkulisch, sondern mehr von langgliedriger, quecksilbriger Schlankheit. Jahre im Ausland in raueren Witterungen verrieten sich in der dunklen Bräune seines Gesichts und den Fältchen um seine Mundwinkel und Augen. Diese bemerkenswerten, außergewöhnlichen Augen waren das einzige Merkmal, das er niemals hatte tarnen können.

Immer hatten sie geglänzt wie warmer goldener Honig. Rege, intelligent und sprühend vor Leben wie die Sonne. Oder atemberaubend wie der Tritt eines Pferdes in den Magen.

»Warum bist du hier? Du hast kein Recht dazu.«

Er machte eine angedeutete Verbeugung. »Erlaube mir, mich vorzustellen. John Martin, entfernter Cousin der Braut, erst kürzlich aus dem Ausland heimgekehrt. Bei dem Gedränge hier wunderte sich keiner über einen weiteren Verwandten unter all den anderen Hochzeitsgästen.« Ein verschmitztes Lächeln spielte um seine Lippen. »Allerdings muss ich leider das Zimmer beanstanden, das mir gegeben wurde. Man hat mich buchstäblich unter die Dachbalken verbannt. In eine richtige Dachkammer. Man sollte meinen, ich sei hier nicht willkommen.«

Das genügte. Sie waren allein und hatten das Summen der Gespräche, das Lachen und die fröhlichen Töne des Streichquartetts weit hinter sich zurückgelassen. Hier war niemand, der Elisabeths Verwirrung sehen konnte. Niemand, der etwas zu ihren zitternden Gliedern oder den zerbrochenen Stäben ihres Fächers bemerken konnte. Endlich konnte sie der Wut Luft machen, die in ihr hochkochte. Als hätte sie einen eigenen Willen, holte Elisabeths freie Rechte weit aus und schlug Brendan so heftig ins Gesicht, dass ihre Finger schmerzten. »Du stinkender, herzloser Bastard!« Sie wollte gleich noch einmal zuschlagen und ballte die Hand zur Faust. »Warum konntest du nicht tot bleiben, verdammt noch mal?«

Dem zweiten Schlag wich Brendan schnell genug aus, sodass er ihn nur noch an der Schulter streifte. Aber der dritte, hinter dem sieben Jahre böses Blut steckten, erwischte ihn voll am Kinn. Mehr vor Schreck als vor Schmerz taumelte er zurück und schlug sich den Kopf an der Kante eines Bücherregals an. Sterne explodierten hinter seinen Augen, und er fiel fast auf die Knie.

»Oh nein! O Gott! Das tut mir leid. Alles in Ordnung mit dir?« Hände flatterten um ihn herum, und Finger streiften seine Kopfhaut.

Er zuckte zusammen und stieß eine Reihe gotteslästerlicher Flüche aus.

Die Hände zogen sich zurück. »Du brauchst nicht gleich in eine solch vulgäre Sprache zu verfallen.«

Brendan öffnete die Augen und blickte in Elisabeths besorgtes, aber immer noch wütendes Gesicht. Sie hatte die Arme nun um die Taille geschlungen und war kreidebleich, was ihr glänzendes rotes Haar noch mehr zum Leuchten brachte. Als umtanzten Flammen ihr Gesicht.

»Du hast mir fast den Schädel gebrochen. Was erwartetest du, von mir zu hören?« Er betastete vorsichtig die Beule an seinem Kopf. Sie schwoll schon an und schmerzte höllisch. »Vielen Dank für dieses Riesenei an meinem Kopf!«

»Hör auf, dich wie ein Kleinkind aufzuführen! Wenn ich wollte – und glaub ja nicht, ich wäre nicht versucht –, würde ich dir von Gordon die Prügel verabreichen lassen, die du verdienst. Oder von Aidan. Ja, genau das sollte ich tun. Aidan kommen lassen. Er würde ...«

»Nein.« Brendans scharfer Ton ließ sie vor Schreck verstummen. »Du wirst Aidan nicht kommen lassen, sondern schön den Mund halten, Elisabeth. Für jeden, der fragt, bin ich John Martin.«

»Und warum in aller Welt sollte ich schweigen?«

»Das ist kompliziert. Doch glaub mir, wenn ich dir sage, dass etwas anderes zu tun sehr unklug wäre!«

Sie verschränkte die Arme vor der Brust und musterte ihn argwöhnisch. »Aidan sollte erfahren, dass du noch lebst. Dein Bruder ...«

»Wenn ich so weit bin, werde ich nach Belfoyle heimkehren.

Aber im Moment bin ich noch hier und habe vor, zunächst einmal auch weiterhin zu bleiben.«

Er dürfte nicht mit ihr herumstreiten, ja er hätte sie nicht einmal wissen lassen dürfen, dass er hier war. Er hatte sich geschworen, in einem Umkreis von fünf Quadratkilometern von Elisabeth Fitzgerald nicht aufzufallen und den Mund zu halten. Sein Cousin Jack hatte ihn mindestens tausend Mal vor den Gefahren gewarnt, denen er sich gegenübersehen würde, wenn er sich in die Höhle des Löwen begab. *Sei vernünftig! Denk an deine Sicherheit! Geh schnell und leise hinein und wieder hinaus*. Aber Elisabeth auf der anderen Seite von Dun Eyres Salon zu sehen, war eine zu große Versuchung gewesen. Er hätte wissen müssen, dass sie ihn erkennen würde. Und dass diesem Erkennen eine hässliche und peinliche Szene folgen würde. Allerdings hatte er mehr an Tränen und Vorwürfe, sie verlassen zu haben, gedacht, als an Fäuste und den inbrünstigen Wunsch, er möge tot geblieben sein.

Lissa war schon immer mehr als nur ein bisschen unberechenbar gewesen.

»Bitte, Elisabeth!«

»Nenn mir einen guten Grund!«

»Wie wäre es mit einer Prügelei zwischen deinem derzeitigen Bräutigam mit deinem früheren Verlobten? Ich kann mir das Getuschel vorstellen, und aus Getuschel entwickeln sich Skandale. Und das wirst du doch bestimmt nicht wollen. Nicht mit einem Haus voller Verwandter und Mr. Shaw, der im Begriff ist, dich zum Altar zu führen. Deine Tanten wären gedemütigt, und du wärst eine Witzfigur. Schon wieder. Denk darüber nach!«

Es war offensichtlich, dass sie das bereits getan hatte und zu dem von ihm erhofften Schluss gekommen war. Sie würde nichts verraten.

Dennoch deutete ihr wütender Gesichtsausdruck auf weitere Schläge in seine Richtung hin, und wenn er sich recht entsann, verhieß das Funkeln in ihren sonst so sanften braunen Augen gar nichts Gutes. »Na schön. Deine Identität ist bei mir sicher, Mr. Douglas, aber nur aus den Gründen, die du mir so klar verdeutlicht hast.« Ihre Stimme zitterte, ihre Hände ballten sich wieder zu Fäusten.

Vorsichtshalber trat er einen Schritt zurück, was jedoch unnötig war, da Elisabeth sich auf ein Sofa fallen ließ und sich geistesabwesend die Schläfe rieb. »Aber warum? Beantworte mir wenigstens diese eine Frage, Brendan! Wir alle hielten dich für tot. Tot und begraben. Was machst du also hier?«

Warum er damals fortgegangen war? Diese Frage konnte er ihr unmöglich beantworten, ohne sie zu Tode zu erschrecken. Und warum er zurückgekehrt war? Das war genauso schwierig zu erklären, ohne das ganze Ausmaß seiner vergangenen Schandtaten zu offenbaren. Aus irgendeinem Grund war es einfacher, von Elisabeth gehasst zu werden, weil sie ihn für einen Schuft hielt, der seine Braut sitzen gelassen hatte, als ihr die noch viel hässlichere Wahrheit zu erklären.

Sein Blick glitt zu dem Stein zwischen ihren Brüsten.

»Gefällt dir die Aussicht?«, fragte sie spitz.

Er schaute ihr wieder ins Gesicht, das jetzt einen resignierten Ausdruck trug, als wäre sie es gewöhnt, dass Männer ihre Brust anstarrten, wenn sie mit ihr sprachen. Irgendetwas tief in seinem Innersten verkrampfte sich bei dem Gedanken an andere Männer, die Elisabeth auf solch dreiste Weise anschauten.

»Vielleicht bin ich ja zurückgekommen wie der junge Lochinvar, als ich hörte, dass du einen anderen heiraten würdest.«

»Wenn das ein Scherz sein soll, wirst du dir etwas Besseres einfallen lassen müssen«, entgegnete sie leichthin. »Wie du vor all diesen Jahren, als du um meine Hand anhieltest, selbst gesagt hast, wäre unsere Ehe eine Vernunftehe gewesen, die auf Geheiß deiner Mutter geschlossen werden sollte.«

Waren das seine Worte gewesen? Verdammt unhöflich von ihm.

Ein Wunder, dass Elisabeth seinen Antrag angenommen hatte, wenn er solch dummes Zeug dahergeredet hatte. Und ein noch größeres, dass sie ihm nicht etwas Schweres über den Kopf geschlagen hatte für eine derartige Frechheit.

Er unterdrückte das Schuldbewusstsein, das ihn für einen Moment beschlich, wandte seine Gedanken den Männern zu, die ihn jagten, und verhärtete sich gegen seine mangelnde Entschlossenheit. »Ich bin aus dem einfachen Grund hier, dass Dun Eyre der letzte Ort ist, an dem jemand nach mir suchen würde.«

Wieder schob sie ihr störrisches kleines Kinn vor und verengte fragend ihre Augen.

»Und deshalb wiederhole ich noch einmal, dass mein Name John Martin ist«, sagte er.

Sie verdrehte ihren Fächer, bis die Holzstäbchen noch mehr zersplitterten. »Du bist ein echter Mistkerl, Brendan Douglas.«

Er grinste über die vulgäre Sprache aus diesem hübschen Mund. Elisabeth war schon immer ein sehr widersprüchliches Geschöpf aus Weiblichkeit und Hitzigkeit gewesen. »Aber du liebst mich trotzdem.«

»Früher einmal vielleicht. Doch das hast du dir verscherzt.« Für einen Moment schloss sie die Augen, als versuchte sie, sich auf die neue Realität einzustellen, und als sie sie wieder öffnete, dämpfte Kapitulation die Hitze ihres Blicks. Was fast noch schlimmer war als ihre Wut. Darauf war er gefasst gewesen, aber das hier war etwas völlig anderes.

»Wie konntest du so einfach zurückkommen und von mir erwarten, so zu tun, als wäre nichts geschehen?«, fragte sie. »Du hast mich verlassen, Brendan. Ohne eine Nachricht oder Erklärung – obwohl Gott und Jedermann nur allzu bereit waren, mir eine zu liefern.«

Er drehte sich zum Kamin um und starrte ins Feuer, als könnte er Antworten in den Flammen finden.

»Das hat mich nicht so sehr gestört«, fuhr sie fort. »Ich meine, natürlich war es eine sehr unangenehme Situation – mit Tante Pheeney, die Sprichwörter hervorsprudelte wie ein Wasserspeier, und Tante Fitz, die im Haus herummarschierte und wüste Drohungen gegen dich ausstieß. Doch dann geschah der Mord an deinem Vater – und das war noch viel furchtbarer. Was hätte ich denn danach glauben sollen?«

Er fuhr herum und griff mit einer Hand nach dem Kaminsims, wobei er seine eigenen blutleeren Finger ansah, als gehörten sie jemand anderem. »Was alle anderen annahmen. Dass ich schuldig war.«

»Es gab auch einige, die sich weigerten, das zu glauben«, sagte sie leise. »Selbst damals waren sie von deiner Unschuld überzeugt.«

»Doch ihr habt sie sicher schnellstens aufgeklärt.« Dies war keine Unterhaltung, die er führen wollte. Hier zu sein war ein bisschen zu hart an der Schmerzgrenze. Er hatte nicht gedacht, dass es so sein würde, sondern angenommen, diese Geister wären schon lange ausgetrieben. Wie hatte er nur so dumm sein können. Die Zeit hatte nicht viel dazu beigetragen, diese Wunde zu heilen. »Keine Bange«, blaffte er. »Ich werde dich nicht lange belästigen, und du und dein Mr. Shaw könnt mit meinem Segen zum Altar spazieren.«

Auch Elisabeth schien ihre vorübergehende Verwirrung abgeschüttelt zu haben. Sie erhob sich und strich betont gleichgültig ihre Röcke glatt. »Dann bin ich ja erleichtert. Es hätte mir das Herz gebrochen, wenn der Schuft, der mich sitzen ließ, etwas gegen den Mann hätte, der ehrenhaft genug ist, zu seinem eigenen Hochzeitsfrühstück zu bleiben.«

»Da wir gerade von ihm sprechen – wo hast du ihn eigentlich kennengelernt? Das Letzte, was ich hörte, war, dass du in London warst.«

»Ach? Behältst du mich im Auge?«

»Ich weiß es aus einer ein Jahre alten *London Times*. Aus was für Verhältnissen kommt er?«

»Bist du jetzt mein Vormund?«

»Nur jemand, den dein Wohlergehen interessiert. Ich mag dich zwar nicht geheiratet haben, aber das bedeutet nicht, dass ich dich nicht glücklich sehen will.«

Elisabeth verschränkte die Arme vor der Brust und sagte spitz: »Na schön. Nicht, dass es dich etwas angeht, doch Gordon hat ein sehr anständiges eigenes Vermögen und eine solide Stellung in der derzeitigen Regierung. Und *er ist nicht du*. Alles sehr positive Eigenschaften bei einem zukünftigen Ehemann.«

»Autsch. Wenn ich es nicht besser wüsste, würde ich sagen, dass es dir leidtut, mich zu sehen!«

»Himmelherrgott, Mann!«, rief sie und griff sich an den Kopf. »Du bist einfach unverbesserlich. Hau ab, Brendan! Kriech in das Loch zurück, in dem du dich bis jetzt verkrochen hattest, und bleib diesmal darin! Du hast schon meine letzte Hochzeit ruiniert. Diese wirst du mir nicht verderben, verstanden?«

»Wenn du nicht aufpasst, wird dich das ganze Haus hören.«

Ihre dunklen Augen funkelten ihn böse an.

»Keine Bange, Lissa. Ich werde schon nicht die Pferde scheu machen. Du und der ehrbare Mr. Shaw werdet heiraten und ehrbare Kinder haben und ein ehrbares Leben führen.«

Statt seine Bemerkung mit einer ähnlich scharfen Antwort zu quittieren, hob Elisabeth das Kinn, straffte die Schultern und rauschte an ihm vorbei zur Tür. Ohne einen Blick zurück riss sie sie auf und mischte sich hocherhobenen Hauptes wieder unter die Gäste.

Brendan ließ mit einem hörbaren Seufzer den angehaltenen Atem entweichen. Die erste Hürde hatte er genommen. Er war im Haus.

Brendan Douglas spazierte durch die Gärten von Dun Eyre und machte sich wieder mit den ausgedehnten Ländereien vertraut, schaute sich das Terrain an und begutachtete die Landschaft. Er sah die Parklandschaft jedoch nicht als das Meisterwerk von gepflegten Parterreanlagen und künstlicher Wildnis, das sie war, sondern als ein Mittel, um sich, je nachdem, wie die Umstände es verlangten, zu verbergen, zu entkommen oder zu kämpfen. Diese Fertigkeiten waren die ersten, die er im Exil gelernt hatte, und sie hatten ihm im Lauf der Jahre mehr als einmal den Hals gerettet. Inzwischen waren sie ihm zur zweiten Natur geworden.

Es hätte eigentlich einfach sein müssen. Da er in der Nähe aufgewachsen war, hatte er unzählige Stunden damit verbracht, auf diesem Gelände herumzustreifen, und kannte Dun Eyre wie seinen eigenen Handrücken. Als er jedoch zu einer hohen Hecke kam, die dort eigentlich nichts zu suchen hatte, musste er zugeben, dass schließlich auch sein Handrücken nicht mehr derselbe war, seit er im letzten November unter einem Stiefelabsatz zerquetscht worden war.

Brendan krümmte die Finger zu einer schmerzenden Faust. Das Knirschen schlecht verheilter Knochen war ein Andenken an jene gefährlichen Zeiten, in denen es so ausgesehen hatte, als hätten seine Verbrechen ihn schließlich doch noch eingeholt.

Damals waren die Götter ihm gut gesonnen gewesen, aber ob er noch einmal so viel Glück haben würde, musste sich erst noch zeigen.

In der Hoffnung, die Dornenhecke umgehen zu können und sich dem Haus von Westen her zu nähern, trat er den Rückweg an. Die Kälte drang durch seinen Rock, und die Knochen in seiner Hand pochten. Auf ein solches Wetter konnte er verzichten. Er hatte den kalten, feuchten Frühling Irlands schon zu lange nicht mehr erlebt und war heute mehr an Sonne, strahlend blauen Himmel und trockenen Wüstenwind gewöhnt.

Je länger er in der Nähe Belfoyles und des Hauses blieb, in dem er seine Kindheit verbracht hatte, desto mehr Erinnerungen tauchten auf wie wieder ausgegrabene Leichen. Jeder vertraute Orientierungspunkt und jedes wohlbekannte Gesicht brachten jene furchtbaren letzten Tage in lebhaften Albträumen zurück. Vaters vorwurfsvoller Blick, der ihn mit Scham und Schuldgefühlen erfüllte. Vaters Tod, der sich in seiner ganzen blutigen Gewaltsamkeit immer wieder vor ihm abspielte, bis es selbst im wachen Zustand kein Entkommen mehr vor diesen Bildern gab.

War Vater schnell und schmerzlos gestorben, oder hatten die *Amhas-draoi* mit blutigem Gemetzel Vergeltung geübt? Hatte Vater am Ende gewusst, dass Brendan ihn verraten hatte, oder war er in den Tod gegangen, ohne etwas von der Illoyalität seines geliebten Sohnes zu ahnen?

Brendan blinzelte und zwang sich, in die Gegenwart zurückzukehren. Er konnte seine Sorgen für den Rest seines armseligen Lebens in Alkohol ertränken, wenn er wollte. Doch jetzt musste er ruhig und zuversichtlich sein und sich auf seine Ziele konzentrieren.

Wie den Sh'vad Tual zurückzuholen, um ihn zur sicheren Aufbewahrung zu Scathach zu bringen.

Wo er um Gnade winseln würde wie noch nie zuvor, um seine elende Existenz zu retten.

So einfach war das.

In etwas gebückter Haltung gegen die Kälte hielt er den Blick auf den Weg vor sich gerichtet und lauschte angestrengt auf jedes Anzeichen für andere Spaziergänger. In den tiefen Schatten fern des Hauses hatte er den *fith-fath* abgelegt. Er war völlig aus der Übung, und die Konzentration, die es erforderte, den Tarnungszauber aufrechtzuerhalten, ließ ihm wenig Energie für alles andere. Es war besser, seine magischen Kräfte sparsam zu verwenden.

Die Hecke machte einen Bogen, und der Pfad endete an ein

paar flachen Steinstufen. Darunter erstreckte sich das Haus mit seinen verschiedenen Flügeln, die von dem viereckigen zentralen Bau ausgingen. Der Ball war beendet, und Gäste brachen in einer langen Reihe von Kutschen auf oder zogen sich für die Nacht in ihre Zimmer zurück. Einige wenige Lichter glimmten hinter Fenstern, aber das Lichtermeer aus Kerzen und Fackeln, das die Eingänge erhellt hatte, war gelöscht worden, und tiefe Dunkelheit senkte sich nun über das Haus.

Brendan zählte die Fenster im zweiten Stock. Das siebte von rechts gehörte zu Elisabeths Schlafzimmer, in dem hinter den geschlossenen Vorhängen noch Licht zu sehen war. Wahrscheinlich entkleidete sie sich gerade, löste langsam die Strumpfbänder und rollte die Strümpfe an ihren langen Beinen herab, befreite ihre üppigen Rundungen von Korsett und Unterröcken und schlüpfte in das dünne Musselinnachthemd, das sie zum Schlafen trug. Dann würde sie die Nadeln entfernen, die ihre aufgesteckten Locken zusammenhielten, und die bezaubernde Fülle dunkelroten Haares würde wie Seide über ihren Rücken bis zu ihren Hüften fallen. Und zuletzt würde sie ihre schlanken Arme zu ihrem Nacken erheben, die Halskette öffnen, die in der Mulde zwischen ihren wundervollen Brüsten lag, und sie in ihr Kästchen zurücklegen.

Ein ironisches Lachen entrang sich Brendan. Gott, er musste es ja wirklich nötig haben, um von Elisabeth zu fantasieren! Sie hatte ihm nahegestanden wie eine Schwester. Eine kleine Schwester. Sie amüsierte ihn, war klug, lustig, wagemutig und ritt ein Pferd, als wäre sie schon im Sattel geboren worden. Aber Stoff für Fantasien war sie nie gewesen. Und jetzt auf einmal doch? Wenn sein verändertes Aussehen sie erstaunt hatte, war er über das ihre mindestens genauso überrascht gewesen.

Er hatte Elisabeth als ein wenig mollig in Erinnerung, mit einem Gesicht voller Sommersprossen, einer Fülle wild zerzauster, dunkelroter Locken und einem lausbubenhaften Glanz in den großen braunen Augen. Aber heute hatte statt des Mädchens aus seinen Erinnerungen eine sinnliche, verführerische Frau vor ihm gestanden, mit einem Körper, der Brendans Blut in Wallung brachte. Sie zu sehen hatte ihn schwindlig und unbesonnen gemacht von Gedanken, die er niemals haben sollte, und Ideen, die er keine Gestalt annehmen lassen dürfte.

Er hätte Jack begleiten sollen in ihrer letzten Nacht in Ennis. Dieser Filou von einem Cousin verstand es mit seltenem Talent, stets die richtige Frau zu finden, um jegliches Bedürfnis zu befriedigen. Brendan bewegte sich unbehaglich und erstickte seine lüsternen Fantasien mit weitaus unerfreulicheren Gedanken – wie an die furchtbaren Konsequenzen, falls es Máelodor gelingen sollte, den Sh'vad Tual in seinen Besitz zu bringen.

An den dann zu erwartenden Krieg zwischen der Magierrasse der *Anderen* und ihren nicht magisch begabten *Duinedon*-Nachbarn und die Katastrophe, die es für beide Seiten wäre, wenn es so weit kommen sollte.

»... ein königliches Lösegeld ... was hat sie an ...«

»... spielt keine Rolle, Marcus ... hör auf ...«

Männerstimmen erhoben sich vom Fuß der Treppe.

Brendan erstarrte und hielt den Atem an. Da er jedoch keine Schritte auf den Stufen hörte, mussten sie sich in eine der zahlreichen, mit Bänken versehenen Nischen zurückgezogen haben.

Brendan wandte nicht gleich den *fith-fath*-Zauber an, um sich zu tarnen, sondern verschmolz nur tiefer mit den Schatten, bis nichts mehr die Männer darauf aufmerksam machen konnte, dass sie Gesellschaft hatten.

»Ich werde noch wahnsinnig vor Langeweile, Gordon. Was zum Teufel tun die Leute hier, um sich zu amüsieren?«

»Es ist nicht London, das ist schon richtig, aber es hat auch seinen eigenen schlichten Charme. Ich bin sogar ganz froh, dem Londoner Getümmel zu entkommen.«

Gordon Shaw und sein Halbbruder Marcus. Brendans Knie versteiften sich, seine Schultern schmerzten schon vor Anspannung, doch er wagte nicht, sich zu bewegen.

»Abgesehen von dem ländlichen Charme kannst du mir nicht ernsthaft einreden, es gefiele dir, in diesem Provinznest Däumchen zu drehen, während die Londoner Saison in vollem Gange ist. Und was sagt Lord Prosefoot zu deiner Abwesenheit während der Sitzung?«

»Er war sehr verständnisvoll. Und es ist ja auch nicht so, als hätte ich mir keine Arbeit mitgebracht. Ich habe sogar schon einiges erledigt. Also reg dich nicht auf! Noch eine Woche, und wir sind auf dem Dampfer nach Holyhead und werden gegen Ende des Monats in London sein.«

Ein theatralisches Stöhnen war zu hören. »Ich glaube nicht, dass ich es überlebe, eine weitere Woche an diese provinzielle Vorstellung von Unterhaltung gebunden zu sein. Ich habe es dir nicht erzählt, aber gestern beim Dinner wurde ich von Miss Fitzgeralds Cousine, Mrs. Tolliver aus Bedfordshire, erwischt. Ich musste mir endlose Vorträge anhören über die Familienbeziehungen zwischen den Shaws und den Tollivers, die angeblich bis zur Zeit der Eroberung zurückgehen. Auch brüderliche Verpflichtungen haben Grenzen.«

»Ja, aber bei demselben Dinner hatte ich ein Gespräch mit Elisabeths Vormund, Lord Taverner, der mir anbot, mit Stuart in Frankreich über einen Botschafterposten für mich zu sprechen. Wer weiß, wie viel weiter ich von dort aus noch gelangen kann! Ich wusste, dass die Verbindung mit den Fitzgerald meine Zukunft sichern würde«, verkündete Shaw stolz.

»Ich bin mir nicht sicher, was du aufregender findest – die Ehefrau oder die politischen Beziehungen.«

»Weißt du was? Ich auch nicht.«

Zynisches Gelächter folgte.

Die arme Lissa! Sie hatte wirklich großes Pech mit der Auswahl ihrer Ehemänner.

Elisabeth bürstete ihr Haar noch lange, nachdem auch das letzte Knötchen rigoros entfernt worden war. Gewöhnlich beruhigten sie die gleichmäßigen Bürstenstriche, aber heute Abend waren ihre unruhigen Gedanken stärker als jeder Versuch, sich zu entspannen. Warum war Brendan von den Toten zurückgekehrt? Vor wem verbarg er sich? Steckte er in Schwierigkeiten? Und warum kümmerte sie das überhaupt?

Als sie die Bürste auf die Frisierkommode zurücklegte, bemerkte sie stirnrunzelnd das leichte Zittern ihrer Finger und das Kribbeln in ihrem Magen. Ach was, sagte sie sich. Das war nur das Lampenfieber vor der Hochzeit. Aufregung. Nervosität. Ein bisschen Furcht. Alles ganz normal und gar nicht anders zu erwarten.

Ihre Nervosität hatte nichts zu tun mit der Rückkehr eines Mannes, den sie für tot und begraben gehalten hatte.

Aber sie hätte es besser wissen müssen. Brendan war viel zu clever, um unbetrauert in einem Armengrab zu enden.

Ihre Furcht war in keinster Weise mit dem überraschenden Erscheinen eines Mannes verbunden, von dem das Gerücht ging, er habe seinen Vater verraten und seinen Tod zu verantworten.

Sie hatte diese Geschichten nie geglaubt. Brendan mochte vieles sein, aber gewiss kein Mörder.

Und ihre Aufregung war ganz entschieden kein Wiederaufflammen kindlicher Verliebtheit.

Sie liebte Gordon, und er liebte sie. Auf eine reife, erwachsene, respektable Art und Weise.

Unwillkürlich hob sie die Hand und befingerte den Stein zwischen ihren Brüsten, der kühl und dunkel auf ihrer Haut lag. Brendan liebte niemand anderen als sich selbst. Das war schon immer so gewesen und würde sich auch niemals ändern.

Als sie dann jedoch zwischen die Laken schlüpfte und die Kerze ausblies, blieb sein Geschenk an ihrem Hals und sein Gesicht in ihrem Gedächtnis eingeprägt.

Sie wusste nicht, wen sie im Moment mehr hasste. Brendan, weil er gekommen war, oder sich selbst, weil sie deshalb so aufgeregt war.

Elisabeths Ankleidezimmertür öffnete sich an lautlosen Angeln. Dicke Teppiche erstickten jeden seiner Schritte. Dem Himmel sei Dank für die Annehmlichkeiten des Reichtums! Sie machten das Einbrechen sehr viel leichter.

Ihre Schlafzimmertür war geschlossen, was ihm die Möglichkeit gab, einen Kerzenstummel anzuzünden. Er setzte sich an die zierliche Rosenholz-Frisierkommode, auf dem sich praktischerweise ihr Schmuckkästchen befand. Als er den Inhalt durchstöberte, fand er ein herzförmiges Medaillon mit Miniaturen ihrer Eltern, ein kleines Bernsteinkreuz, zwei prachtvolle Perlenketten, eine Rauchquarzkette und ein auffallendes Kollier mit Saphiren im Wert eines Lösegeldes für einen Radscha. Natürlich fand er auch Ohrringe und Armbänder, goldene und silberne Kämme, Ringe und Broschen.

Aber keinen Anhänger.

Durchwühlte Schubladen förderten Kosmetiktiegel und Lotionen zutage, Parfumfläschchen und Päckchen mit Haarnadeln und -bändern, Handschuhe, Schnürsenkel und einen zerbrochenen Stickrahmen.

Doch keinen Anhänger.

Verärgert stieß er einen Seufzer aus. Wo zum Teufel hatte sie ihn hingelegt?

Er begann noch einmal von vorn und suchte dieses Mal noch gründlicher. Griff in jeder Schublade in die hintersten Ecken und zog Stück für Stück aus ihrem Schmuckkasten, um es dann, wie er hoffte, an den richtigen Platz zurückzulegen.

Das Ankleidezimmer enthielt tausend Ecken, in denen eine Frau eine Halskette verstecken konnte. Schränke, Tische, Sekretär – er suchte jedes Möbelstück sehr gründlich ab. Er schob sogar eine Hand unter die Sesselkissen und klopfte die Kacheln am Kamin ab, um nach einem geheimen Fach zu suchen.

Außer zwei angekauten Bleistiftstummeln, vier Knöpfen, einer zerknüllten Wäscheliste und einer Handvoll Haarnadeln fand er jedoch auch in den Ecken nichts.

Ein gedämpftes Geräusch aus dem Schlafzimmer ließ ihn innehalten. Nachdem er schnell die Kerze ausgeblasen hatte, erstarrte er förmlich, hielt den Atem an – und räumte das Feld.

Vorläufig.

Kapitel Drei

Der Büfetttisch ächzte buchstäblich unter den Platten mit Eiern, Würstchen, dicken Scheiben Schinken, kalter Zunge und Körben mit Brötchen und Toast. Tee und Kaffee standen in silbernen Kannen auf einer Anrichte, zusammen mit dem Zucker und der Sahne. Brendan zählte die Personen am Tisch. Fünf andere Gäste saßen noch beim Frühstück. Er hätte früher herunterkommen sollen, als die meisten noch benommen vom Wein des gestrigen Abends gewesen waren.

An einem Ende des Tisches saß Miss Sara Fitzgerald; sie hatte die Nase in der heutigen Tageszeitung vergraben. Ihr gegenüber schielte Mrs. Pheeney mit aufrichtiger Sehnsucht und leidgeprüften Seufzern nach den Würstchen. Zwischen ihnen thronte Elisabeths Großtante Charity, eine Frau, der Brendan vor langer Zeit einmal begegnet war, und zwar nicht gerade unter den günstigsten Bedingungen. Wenn er sich recht entsann, hatte er einen Frosch in der Hand gehalten, und sie hatte losgekreischt wie eine Irre.

Am anderen Ende des Tisches waren Shaws und Elisabeths Stühle in scheinbar gutem Einvernehmen dicht zusammengerückt worden. Brendans Lippen verzogen sich zu einer angewiderten Grimasse, die er jedoch schnell in ein Lächeln verwandelte, als Elisabeth ihn sah. Sie war allerdings keine gute Schauspielerin, und ihr Gesicht wurde feuerrot, während ihre Finger ihr Buttermesser umklammerten, als würde sie ihn am liebsten damit erstechen.

Und dort war der Stein, verhöhnte ihn aus den Falten der Spitzenmantille, die um ihre Schultern lag. Brendan beherrschte den Impuls, das Zimmer zu durchqueren, ihr die Kette mit dem Stein vom Hals zu reißen und loszurennen, als wäre der Teufel hinter ihm her. Leider würde er jedoch keine zwanzig Schritte weit kommen, bevor ihn jemand schnappte. Höchstwahrscheinlich Shaw, der zudem auch noch die Kraft besaß, ihn in zwei Stücke zu zerreißen.

»John, wie nett von dir, uns zu dieser frühen Stunde …« Elisabeth sah sich betont nach der Uhr auf dem Kaminsims um, die halb elf anzeigte. »Du meine Güte, es ist ja nicht mal Mittag, Mr. Martin!«, spöttelte sie.

Brendan zog seine Taschenuhr heraus und klappte sie auf, um die Zeit mit der auf der Kaminuhr zu vergleichen. »Sie stimmen bis auf die Minute überein«, sagte er, steckte die Uhr lächelnd wieder ein und nickte Miss Sara Fitzgerald zu, die ihn vom anderen Ende des Tisches nachdenklich betrachtete.

»Ich fürchte, alle anderen kamen und gingen schon vor einer Ewigkeit.« Elisabeth strahlte von einem Ohr zum anderen, was jedoch mehr bemüht heiter als wirklich fröhlich wirkte.

»Gut. Ich hasse es, nicht in Ruhe meinen Tee trinken zu können.« Brendan ging zum Büfett und füllte sich einen Teller, bevor er sich auf einem Platz ihnen gegenüber niederließ, nach einer sauberen Tasse und Untertasse griff und Elisabeth bat, ihm das Salz zu reichen. »Einfach fabelhaft, die Eier. Aber eure Köchin hatte ja schon immer ein Händchen dafür. Erinnerst du dich, als ich um 1803 herum hier bei euch zu Besuch war? Da waren sie perfekt pochiert. Bessere hatte ich noch nie gegessen.«

Shaw betrachtete ihn neugierig. »Ich glaube nicht, dass ich schon das Vergnügen hatte, Mr. …«

»Martin«, antwortete Brendan mit vollem Mund. »John Martin. Ein Cousin zweiten Grades. Oder dritten Grades? Oft kann ich das nicht auseinanderhalten. Es gibt mehr von uns als Flöhe auf einem Hund. Ist es nicht so, Lissa?«

Shaw antwortete mit einem friedfertigen Nicken, während Elisabeths aufgesetztes Lächeln ein wenig ins Schwanken kam.

»Ein Vögelchen verriet mir, dass Sie bald nach London umziehen werden. Vorsicht, Mr. Shaw! Elisabeth könnte Sie in den Bankrott treiben, wenn sie auf die Modeschöpfer und Modistinnen der Großstadt losgelassen wird.«

»Also, das ist doch …!«, schnaubte sie empört.

»Ich glaube, um Ausgaben brauchen wir uns nicht allzu sehr zu sorgen«, erwiderte Shaw.

Brendan spießte ein Würstchen auf. »Nein, wie dumm von mir! Elisabeth schwimmt ja auch in Geld, nicht wahr?«

Shaw antwortete mit einem jovialen Lachen, als hätte Brendan einen großartigen Witz gemacht.

»Nach London, Gordon?«

Shaws Blick glitt zu Elisabeth. »In der Wildnis Irlands werde ich beruflich ja wohl kaum vorankommen, oder?«

»Wahrscheinlich nicht. Ich …«

»London ist ein anderer Ort für eine verheiratete Frau als für ein junges Mädchen, das erst in die Gesellschaft eingeführt wird. Es gibt viel mehr zu tun und zu sehen, als du dir vorstellen kannst.« Gordon begann, sich für das Thema zu erwärmen, und erhob die Stimme. »Die Einladungen. Feste, Dinner, Bälle. Englands Oberschicht wird danach schreien, das neueste Juwel in ihrer Krone kennenzulernen.«

Elisabeth straffte sich und warf Brendan einen drohenden Blick zu. »Natürlich. Ich hatte vergessen, dass wir über den Umzug gesprochen hatten, und du hast schon recht, Gordon.«

Vom Übermut überwältigt, konnte Brendan gar nicht anders, als seine Sticheleien fortzusetzen. Wie lange würde es wohl dauern, diesem aufgeblasenen Heini einen Dämpfer zu versetzen? »Deine Tanten freuen sich bestimmt schon auf den Umzug. Hat Mrs. Pheeney nicht schon einige Jahre in der Nähe von Richmond gelebt?«

»Was?« Shaw und Elisabeth begannen beide gleichzeitig zu reden. »Tante Pheeney und Tante Fitz? Sie werden nicht …«

Shaw fasste sich als Erster. »Sie werden hier gebraucht, um alles zu beaufsichtigen, bis ein passender Verwalter gefunden ist.«

»Und Mr. Adams?«, fragte Elisabeth mit unsicherer Stimme.

»Ist ein fürchterlicher Trottel. Die Pächter tanzen ihm auf der Nase herum, und er ist so ungeschliffen. Gar nicht so, wie ich mir den Verwalter eines solch großartigen Besitzes vorstelle. Außerdem habe ich Berge von Verbesserungen mit dem Haus und den Ländereien vor, mit denen vielleicht schon im Herbst begonnen wird. Dann werden wir jemanden brauchen, dem zuzutrauen ist, dass er all diese Arbeiten zur Vollendung bringt.«

Elisabeths Brauen zogen sich zusammen. »Dun Eyre braucht keine Verbesserungen.«

Oh, oh. Brendan kannte diesen Blick. Er hatte ihn erst gestern Abend gesehen, bevor ihre Faust in seinem Gesicht gelandet war. Anscheinend musste Shaw Elisabeths Temperament erst noch erleben. Ohne ihre grimmige Miene und angespannten Schultern zu bemerken, plapperte er munter weiter.

»Wir werden mit den Gärten beginnen. Ich habe genau die richtige Idee ...«

»Nicht die Gärten!«, riefen Brendan und Elisabeth im Chor.

Shaw warf ihnen ein verständnisvolles Lächeln zu. »Niemand liebt Veränderungen, doch wenn wir damit fertig sind, Elisabeth, wird dieses alte Anwesen es mit jedem der großen Häuser Englands aufnehmen können. Mit Chatsworth oder sogar Blenheim.«

»Blenheim?« Großtante Charity erhob den Blick von ihrer trockenen Scheibe Toast. »Ich war dort mal als junges Mädchen. Wurde von dem verstorbenen Herzog gekniffen und schlief in einem fürchterlichen Schlafzimmer, das nach Kampfer roch. Seitdem war ich nie mehr da.«

»Wahrscheinlich wurdest du nicht wieder eingeladen«, war Shaws kühler Kommentar, während er sich mit einer Serviette den Mund abtupfte.

»Das war Sir Wallace, Charity. Und den hast du geheiratet«, berichtigte Miss Sara Fitzgerald.

»Na, das musste ich doch danach, oder?«, wandte Großtante Charity ein. »Er war ein Wüstling und ein Schuft, aber oh, was hatte er für Hände!« Ihr Blick wurde ganz verträumt und geistesabwesend.

Miss Sara steckte die Nase noch tiefer in ihre Zeitung, während Mrs. Pheeney puterrot anlief. Die anderen bewegten sich voller Unbehagen und versuchten, die von Charity heraufbeschworenen Bilder loszuwerden.

Brendan nahm dem Moment die Peinlichkeit, indem er seine Gabel in Elisabeths Richtung schwenkte. »Das ist ein hübscher Schmuck, den du da trägst, Lissa. Ich glaube nicht, dass ich schon einmal solch einen Stein gesehen habe. Ein Familienerbstück?«

Shaws Blick glitt zu Elisabeths Hals, während ihre Lippen ganz schmal und weiß wurden. »Das? Das ist nichts Besonderes.«

Großtante Charity wählte ausgerechnet diesen Moment, um sich aus ihren lustvollen Erinnerungen an ihren verblichenen Ehegatten aufzuraffen und mit einer Stimme, die laut genug war, um bis in der nächsten Grafschaft gehört zu werden, zu bemerken: »Ist das nicht die Kette, die der junge Douglas dir geschenkt hatte, bevor er seinen Vater ermordete und von der Bildfläche verschwand?«

Miss Sara erhob sich abrupt und warf Brendan einen prüfenden Blick zu. »Wir haben hier lange genug herumgesessen.«

»Aber ich habe erst die halbe Zeitung gelesen«, protestierte Mrs. Pheeney. »Du weißt doch, dass es heißt ›Wissen ist Macht‹.«

»Und keine Nachrichten gute Nachrichten sind«, versetzte ihre Schwester und zog Großtante Charity, die von den Unstimmigkeiten nichts bemerkte, von ihrem Stuhl hoch.

»Ein Hallodri war er, dieser junge Douglas. Obwohl er auch charmant sein konnte, wenn er wollte. Du hattest Glück, dass dir diese Ehe erspart geblieben ist, Lizzie. Dieser neue junge Mann ist ein viel besserer Fang. Und ein gut aussehender Bursche. Ich wette, dass er Hände wie mein Wally hat.«

Shaw erstickte fast an einem Bissen Toast, während die Familie in verschiedenen Stadien der Scham und des Entsetzens zu erstarren schien. Die wenigen noch vorhandenen Sommersprossen der armen Elisabeth verloren sich unter der flammenden Röte, die ihr in die Wangen schoss.

»Du hast recht, Tante Charity«, erklärte sie. »Ich kann mich wirklich sehr, sehr glücklich schätzen, Brendan Douglas nicht geheiratet zu haben.« Ihr Blick enthielt die versengende Hitze eines Blitzstrahls. »Und so gern ich bleiben und in Erinnerungen schwelgen würde, muss ich jetzt doch leider gehen, weil ich sonst zu spät zu unserem Ausflug mit Fanny und den anderen komme. Möchtest du nicht mitkommen, Gordon?«

Shaw gab sich Mühe, ein verliebtes Lächeln aufzusetzen. »Was? Das ist leider nicht möglich, meine Liebe. Ich fürchte, ich werde hierbleiben und meine Korrespondenz erledigen müssen. Außerdem habe ich einen schrecklich langweiligen Bericht für Lord Prosefoot zu vollenden.«

»Ja, dann solltest du vielleicht lieber bleiben.«

Sein Gesicht hellte sich auf. »Wenn du wieder da bist, komm zu mir und erzähl mir alles über euren Ausflug!«

»Vielleicht könnte ich dir ja bei deinem Bericht auch helfen? Ich habe schon viele Stunden mit Mr. Adams im Büro verbracht. Er sagt, ich hätte einen Kopf auf den Schultern, der jeden Burgverwalter neidisch machen würde.«

»Ich bezweifle, dass du etwas von Erhöhungen des Zolls auf irischen Maltwhiskey verstehst, Liebes«, entgegnete Shaw mit einem nachsichtigen Lächeln. »Geh du nur und genieße deinen kleinen Ausflug!«

Brendan wäre hocherfreut gewesen, von solch langweiligen

Aufgaben verschont zu bleiben. Berichte über Zollabgaben? Warum nicht gleich den Nachmittag damit verbringen, sich eine Gabel in die Hand zu stechen? Aber Elisabeth schien das anderes zu sehen. Sie sah so niedergeschlagen aus, als hätte Shaw ihr einen Besuch beim Juwelier verweigert. Das veranlasste Brendan dazu, etwas zu bemerken, obwohl er das wahrscheinlich besser hätte lassen sollen. »Ein Ausflug? Das klingt doch unterhaltsam.«

»Du kannst uns gern begleiten«, antwortete Elisabeth, und ihre Augen strahlten plötzlich wieder, als sie sich ihm zuwandte.

Er zog eine Augenbraue hoch. Was mochte sie im Schilde führen?

»Wir werden Belfoyle besuchen. Du erinnerst dich doch sicher an Lord Kilronan, oder? Als Kinder waren wir viel zusammen.«

Touché. »Kilronan? Ja, ich glaube, ich erinnere mich schwach an ihn. Hochgewachsen und beneidenswert geschickt in allem, nicht? Aber es ist lange her, seit ich ihn zuletzt gesehen habe, und ich bin mir sicher, dass er sich nicht an mich erinnern wird.«

»Du würdest dich wundern. Komm mit! Er wird sich freuen, eure Bekanntschaft zu erneuern.«

»Nein, nein. Jetzt, da ich darüber nachdenke, bleibe ich wohl doch lieber hier und versuche, mich nicht in Schwierigkeiten zu bringen.«

Diesmal war Elisabeths Lächeln echt und siegessicher. »Es gibt für alles ein erstes Mal.«

Elisabeth griff nach Brendans Arm, als sie das Esszimmer verließen, und zischte: »In zehn Minuten in der Ahnengalerie.« Nur für den Fall, dass er glaubte, sie meinte es nicht ernst, fügte sie hinzu: »Oder …«

Anscheinend hatte ihr drohender Tonfall genügt, um ihn zum Kommen zu bewegen. Als sie die Treppe im Ostflügel hinaufstieg, fand sie ihn. Noch immer mit den liebenswürdigen, aber reizlosen Zügen des *fith-fath*-Zaubers getarnt, stand er, die Hände locker hinter dem Rücken verschränkt, vor einem Bild. Es war das Porträt eines streng dreinblickenden Herrn mit Perücke, der ganz in Goldbrokat und Spitze gekleidet war, und einer Frau, die neben ihm saß und von der blassen Schönheit einer Winterrose war.

»Der sauertöpfischste alte Griesgram, den ich je gesehen habe«, bemerkte Brendan, als Elisabeth sich näherte. »Ich verstehe nicht, was deine Großmutter an ihm fand – auch wenn der Hang zu Langweilern bei euch in der Familie zu liegen scheint.«

Elisabeth dachte gar nicht daran, sich von ihm provozieren oder von ihrem Vorhaben ablenken zu lassen. »Ich habe dich nicht hergebeten, um meine Vorfahren oder meine Interessen zu besprechen.«

»Aber sieh ihn dir doch an, Lissa! Was für ein aufgeblasener Wichtigtuer!«

Beleidigte er ihren Großvater oder Gordon? »Ich will ihn nicht ansehen«, stieß sie zwischen zusammengebissenen Zähnen hervor.

»Ganz so schlimm kann er ja nicht gewesen sein«, räumte Brendan ein. »Er hätte sie ja auch wegsperren lassen können, als er herausfand, was sie war. Sie als verrückt erklären lassen. Oder Schlimmeres.« Mit gerunzelter Stirn starrte er das Porträt an. »Er wäre ja auch nicht der Erste gewesen, der Hexerei als Vorwand benutzte, um seine Ehefrau loszuwerden.« Er hielt inne, und sein Stirnrunzeln vertiefte sich. »Oder der Letzte.«

Elisabeth verlor die Beherrschung. »Das reicht!«, fuhr sie ihn an. »Du kannst dich nicht hierher zurückschleichen wie ein Verbrecher und erwarten, dass ich keine Fragen stelle. Dies ist mein Zuhause und meine Hochzeit. Du machst mich zum Narren, Brendan.«

Ein Muskel an seiner Wange zuckte. »Ein, zwei Jahrhunderte

zuvor wäre deine Großmutter noch auf dem Scheiterhaufen gelandet für ihre *Hexerei*.« Das letzte Wort spie er förmlich aus.

Elisabeth packte ihn am Arm. »Hör auf damit, verflucht noch mal! Warum bist du zurückgekommen? Ich will es jetzt wissen, hörst du?«

»Das sagte ich doch schon. Weil ich mich verstecken muss.«

»Verstecken könntest du dich überall, Brendan. Warum also ausgerechnet in Dun Eyre?«

Endlich wandte er ihr seine volle Aufmerksamkeit zu. Seine goldenen Augen funkelten vor innerer Erregung, und sein Gesichtsausdruck war ungewöhnlich ernst. »Ich heiße John Martin. Vergiss das bitte nicht!«

Elisabeth verkniff sich ein paar gotteslästerliche Flüche, die ihn wahrscheinlich ohnehin nicht beleidigt hätten, da er ihr die meisten selbst beigebracht hatte. »Von mir aus kannst du dich König George der Dritte nennen. Warum bist du hier? Und warum gerade jetzt?«

Er betrachtete sie einen Moment versonnen, als überlegte er, wie viel er sagen sollte. »Ich sitze in der Klemme, Lissa, weil ich einige Leute verärgert habe, die nichts lieber täten, als meinem Leben ein Ende zu bereiten. Auf eine sehr qualvolle Weise, sollte ich vielleicht hinzufügen.«

»Das überrascht mich überhaupt nicht.«

Ein Anflug von Belustigung blitzte in Brendans Augen auf. »Sie haben mich bis nach Limerick verfolgt, bevor es mir gelang, sie abzuschütteln. Ich würde ja nach Belfoyle gehen, wenn das nicht der erste Ort wäre, wo sie nach mir suchen würden. Aber wer käme auf die Idee, dass ich es wagen könnte, mich ausgerechnet bei der Frau zu verstecken, die ich vor Jahren vor der Hochzeit sitzen ließ? Nein, ich bin hier sicherer als anderswo. Zumindest, bis ich einen Ausweg aus diesem Schlamassel finde. Verstehst du jetzt, Lissa?«

Seine Erklärung ergab keinen Sinn für sie, obwohl sie nicht genau sagen könnte, warum nicht. Auf jeden Fall starrte sie ihn lange und prüfend an, als offenbarte sich die Wahrheit vielleicht in seinen Zügen.

Sein Blick glitt zu ihrem Hals. »Gestern Abend und heute schon wieder. Sollte ich mich geschmeichelt fühlen, dass du den Stein trägst, den ich dir geschenkt habe?«

Der Anflug von Verständnis, den Elisabeth soeben noch empfunden hatte, verschwand unter einer Welle neu erwachten Zorns. »Du weißt, dass mich Fragen nach meinem Anhänger in Schwierigkeiten bringen könnten«, sagte sie und stieß ihn hart gegen die Brust.

»Autsch!« Er trat zurück und rieb sich seinen Oberkörper. »Nicht ich war es, sondern deine Tante, die vor Shaw alles ausposaunte.«

»Vermutlich hast du sie verhext.« Elisabeth versuchte, ihren Worten mit einem weiteren Stoß Nachdruck zu verleihen, aber Brendan ergriff schnell ihre Hand und verschränkte seine Finger mit den ihren. Sie waren warm und stark, und seine Handfläche fühlte sich ein wenig rau an ihrer an.

»Du schmeichelst mir.« Er lachte, was ihre Wut auf ihn nur noch erhöhte. »Gedankenkontrolle wäre eine nützliche Gabe. Aber leider ist es eine, die ich nicht besitze.«

Elisabeth riss ihre Hand los. »Trotzdem ist es deine Schuld, weil du von dem Anhänger angefangen hast.«

»Shaw kann einem wirklich auf die Nerven gehen, doch ich kann mir nicht vorstellen, dass er sich über das Geschenk eines toten Mannes aufregen würde.«

»Du bist nicht tot.«

»Noch nicht. Aber ...« Jetzt sprach der pure Schalk aus seinen Augen, »... was glaubst du, was er täte, wenn er herausfände, dass ich noch am Leben bin? Oder, schlimmer noch, dass ich zurückgekommen bin, um dich ihm abspenstig zu machen?«

Er streckte die Hand aus, als wollte er den Stein berühren, doch Elisabeth stieß seine Hand zurück und errötete bis unter die Haarwurzeln. »Wir wissen beide, dass dem nicht so ist.«

Brendan zögerte, bevor er die Hand hob, um ihre Wange zu streicheln, und sein Blick einen brennenden Pfad über ihr Gesicht zog, als versuchte er, es sich für immer einzuprägen. Die prickelnde Spannung zwischen ihnen schien sich zu verdichten, und Elisabeth hielt ganz unbewusst den Atem an.

»Nein«, gab er schließlich zu und ließ seine Hand wieder sinken. »Obwohl es jammerschade ist.«

Wie schaffte er es nur, dass es sie heiß und kalt zugleich überlief? Dass ihr Magen einen Satz machte und zu flattern begann und ihre Kehle eng wurde? Das war nicht fair – und dürfte nicht so sein. Es war ungehörig. Unschicklich. Geradezu beschämend. Sie riss sich von ihm los, um die Galerie entlangzumarschieren. Dabei verschränkte sie die Arme vor der Brust, als wollte sie einen Schlag abwehren. »Gordon ist alles, was man sich bei einem Ehemann nur wünschen kann. Er stammt aus einer guten Familie und ist verantwortungsbewusst, vertrauenswürdig und zuverlässig.«

»Hört sich an wie die Beschreibung eines Schäferhundes, den ich mal hatte.«

»Mach du ruhig deine Witze! Aber solltest du auch nur eine *Andeutung* fallen lassen, wer du wirklich bist, so schwöre ich dir bei Gott, dass ich dich eigenhändig umbringe.«

»Wie blutrünstig du bist, meine süße, flatterhafte Lissa!«

»Nenn mich nicht so! Und ich bin nicht flatterhaft.«

Er trat hinter sie und beugte sich so nahe vor, dass sein warmer Atem ihren Nacken kitzelte. In seiner Stimme schwangen Spott und unterdrücktes Lachen mit. »Nein? Und warum trägst du dann am Vorabend deiner Hochzeit ein Geschenk von einem anderen Mann?«

Statt ihren Ausflug zu genießen, verbrachte Elisabeth ihn mit sorgenvollen Überlegungen, was in der Zwischenzeit zu Hause vorgehen mochte. Bilder von Brendan, wie er ihre Hochzeit störte, verzögerte oder gar zunichtemachte, gingen ihr unablässig durch den Kopf. Sie hatte zwar keine Ahnung, was genau er tun könnte, aber dass er seine helle Freude daran hätte, für Aufregung zu sorgen, daran zweifelte sie keine Sekunde lang. Er war ein kolossaler Unruhestifter, jemand, der mit Vergnügen seinen Schabernack mit anderen trieb und sich an Chaos und Durcheinander weidete. Und falls sie ihn enttarnte, würde sie bis zum Hals in beidem stecken.

Geteiltes Leid ist halbes Leid, würde Tante Pheeney sagen. Nur hatte Elisabeth leider niemanden, mit dem sie ihre Sorgen teilen könnte. Denn obwohl sie Brendan etwas anderes erzählt hatte, hielt sein Bruder, Lord Kilronan, sich keineswegs zu Hause auf, und niemand wusste, wann er zurückerwartet wurde. Lady Kilronan war noch kein ganzes Jahr mit Aidan Douglas verheiratet und wusste vielleicht gar nichts von Brendan. Aidan könnte es vorgezogen haben, über diese unerfreulichen Einzelheiten seiner Familiengeschichte Schweigen zu bewahren.

Nein. Das Beste war, den Mund zu halten. Brendan würde wieder verschwinden, und dann würde alles wieder so wie vorher sein. Sie würde Gordon heiraten und als seine Frau mit ihm nach London gehen.

London. Sie hatten darüber gesprochen, und Gordon hatte sich mit Begeisterung und Freude über ihr neues Leben dort geäußert. Seine Stellung als Assistent eines Staatssekretärs im Schatzamt war eine so großartige berufliche Gelegenheit gewesen, dass sie Gordon zuliebe lächelnd genickt und das Thema beiseitegeschoben hatte, um sich später damit zu befassen. Aber aus später war jetzt geworden.

Ihre Hände verkrampften sich um ihr Retikül. Mr. Adams ersetzen? Was dachte Gordon sich dabei? Der Verwalter hatte den Fitzgeralds von Dun Eyre schon zu Lebzeiten von Elisabeths Großvater gedient. Er kannte jeden Stein, Stock, Pächter und Bediensteten auf dem Besitz. Mr. Adams konnte aus der Erinnerung die jeweiligen jährlichen Ernteerträge aufzählen, erinnerte sich bis auf den Penny genau, was für Ausgaben er während jeder einzelnen Saison getätigt hatte, und er liebte Dun Eyre ebenso sehr wie sie selbst. Und wer, bitte schön, sollte ihn ersetzen? Ein Fremder, der das Haus renovieren und ›verbessern‹ würde, bis es nicht mehr als ihr Zuhause zu erkennen war? Jemand, der im Namen der neuesten Mode die Zerstörung der geliebten Gärten ihrer Großmutter beaufsichtigte?

Elisabeth griff nach ihrem Anhänger, bevor sie sich erinnerte, dass sie sich das verhasste Ding nach dem höchst unerfreulichen Gespräch mit Brendan mit Tränen in den Augen vom Hals gerissen und in ihren Schmuckkasten geworfen hatte. Sie hätte es wieder anlegen sollen, um es von den Klippen werfen und ein für alle Mal vergessen zu können. Aus ihrer Wut auf Gordon wurde unversehens Zorn auf Brendan.

Was fiel ihm ein, sie so zu hänseln? Ihr solch impertinente Fragen zu stellen? Als ginge es ihn etwas an, warum sie den Anhänger noch trug. Typisch Brendan, sich einzubilden, sie empfände nach all den Jahren noch etwas für ihn und trüge den Anhänger als eine Art Andenken an eine verlorene Liebe! Das bewies nur wieder einmal, was für ein eingebildeter, arroganter, eitler, *lächerlicher* Mann er war.

Trotzdem war ein kleiner Teil von ihr beunruhigt, dass er möglicherweise recht haben könnte. *War* sie flatterhaft? Belegte die Tatsache, dass sie auch weiterhin sein Geschenk trug, etwas, das sie nicht einmal sich selbst eingestehen wollte? Nein. Das war absurd. Brendan bedeutete ihr nichts, und sein Anhänger schon gar nicht. Sie würde es ihm beweisen. Heute Abend würde sie Gordons Kollier tragen und viel Brimborium um seine Opulenz und seinen Wert machen.

Von ihrem Entschluss ermutigt, hörte sie sich gelassen Fannys Bericht über ihren letzten Besuch in Dublin an. »Wir waren nicht weniger als dreimal zum Dinner auf Dublin Castle«, prahlte sie. »Einmal haben wir sogar mit dem Vizekönig selbst gespeist.«

Auch Fannys Schwärmerei über die überlegene Intelligenz ihrer Kinder hörte Elisabeth sich geduldig an. »Er ist noch keine vier, der kleine Bernard, und kann schon lesen.«

Dann ging es weiter mit dem Schnäppchenpreis, den sie für ihr neuestes Kleid ausgehandelt hatte. »Zehn Meter perlenbestickter Brokat für knapp fünf Pfund. Das konnte ich mir doch wirklich nicht entgehen lassen.«

Sie mussten erst die schmiedeeisernen Tore von Belfoyle passieren, damit der Monolog ihrer Cousine vorübergehend abbrach. Aber leider verstummte sie nur lange genug, um Luft zu holen, bevor sie beim Überwinden der letzten Anhöhe, als Belfoyles Gewirr von Türmen und Wehrgängen vor ihnen erschien, monierte: »Was für ein Riesenkasten! Es muss ein Vermögen kosten, dieses große alte Ding zu heizen.«

Elisabeth hatte die alte Festung, die zwischen den von Nebel verhüllten Klippen zu schweben schien wie ein Märchenschloss, immer sehr geliebt. Und die Mitglieder der Familie Douglas waren ihr wie Könige und Königinnen erschienen. Der alte Lord Kilronan mit seiner gebieterischen Würde, die zarte, weltentrückte Schönheit seiner Frau und ihre drei Kinder, die nicht weniger erhaben waren als die Eltern. Aidans Selbstvertrauen, Sabrinas stille Vornehmheit und Brendans etwas anmaßender Charme. Elisabeth hatte die Tage gezählt, bis sie eine von ihnen werden konnte. Als würde es sie schöner, strahlender und gescheiter machen, in diese Familie einzuheiraten.

Der schreckliche Mord an dem alten Earl und der kurz darauf

folgende Tod seiner Frau hatten diese glänzende Zukunft jedoch zunichtegemacht. Aidan hatte sich zu einer einsiedlerähnlichen Existenz zurückgezogen, Sabrina Zuflucht in dem Orden der *bandraoi*-Priesterinnen gesucht, und Brendan …

Er war verschwunden. Die Bedeutung seines Verschwindens und die daraus gezogenen Schlüsse und Verdachtsmomente hatten Belfoyle und Dun Eyre noch Monate später bewegt.

Und jetzt war Brendan wieder daheim. Eine brennende Zündschnur. Eine entsicherte Pistole.

Es würde sich nur noch zeigen müssen, wie viele unschuldige Opfer er mitnahm, wenn er explodierte.

Der Bote erschien kurz nach Sonnenuntergang. Ein blutroter Himmel tauchte die Wände des Arbeitszimmers in rötliches Licht und dunklere Schatten, als Oss den Mann hereinführte.

Máelodor bot ihm weder etwas zu essen noch zu trinken an, und er erkundigte sich auch nicht nach dem Zustand der Straßen oder dem Befinden des Besuchers. Er lehnte sich nur in seinem Sessel zurück, hob seine Beinprothese auf einen Polsterschemel und legte die Fingerspitzen aneinander. Dabei musterte er diesen neuesten Boten aus Irland mit undurchdringlicher Miene.

Er erkannte das Unbehagen des Mannes an dessen verstohlenen Blicken zu Oss' unbewegten Zügen, an dem nervösen Befeuchten seiner Lippen und Zerknüllen seines Hutes zwischen den dicken, behaarten Fingern. Aber Máelodor tat nichts, um ihm die Anspannung zu nehmen, sondern genoss die Nervosität und Furcht des Mannes. Das war schon immer so gewesen. Und seit die körperliche Kraft des Meistermagiers nachließ, lag ihm sogar noch mehr daran, die panische Angst der Männer vor ihm aufrechtzuerhalten. Sie half ihm, sie an sich zu binden, wenn alle anderen Lockmittel versagten.

»Du hast Neuigkeiten?«

»Aye, oh Großartiger. Douglas wurde von ein paar Männern in Cashell gesehen, von wo aus er nach Westen in Richtung Limerick geritten ist.«

»Ich wusste es! Der Stein befindet sich in Dun Eyre, wie das Tagebuch seines Vaters schon vermuten ließ. Haben sie Douglas geschnappt?«

»Nein. Er ist ihnen entkommen.«

»Egal. Das Wichtigste ist der Sh'vad Tual. Wenn er sich erst einmal in unserem Besitz befindet, werden wir auch Douglas kriegen. Dessen bin ich mir ganz sicher.«

»Und wenn der Stein versteckt ist? Dun Eyre ist ein sehr weitläufiger Besitz.«

»Die Frau wird wissen, wo er ist.« Máelodor warf dem Boten einen Blick zu, der den Mann ahnen ließ, was ein Scheitern nach sich ziehen würde. »Sie wird das Versteck des Sh'vad Tual preisgeben müssen.«

Sehr zufrieden mit der Unterredung, entließ Máelodor den Boten mit einem Fingerschnippen. »Führ den Mann hinaus, Oss!«

Wieder allein, ergab er sich seiner Schwäche und schloss die Augen unter dem immer unerträglicher werdenden Schmerz. Er hatte schon so viel verloren für seine Sache. Seine Jugend, Gesundheit ... Die für die dunkelste aller Magien benötigten Kräfte zehrten an ihm. Aber bald – wenn Artus vor ihm stand, die *Anderen* die Rückkehr ihres Königs feierten und sich erhoben wie ein Mann –, würde er den letzten notwendigen Schritt tun, um den Sieg im Krieg und seine eigene persönliche Erneuerung zu sichern. Er würde ein Bündnis mit den *Unsichtbaren* schließen und den Dämonen die Befreiung aus ihrem Dunklen Hof versprechen.

Und wenn ihre Legionen an der Seite des größten aller Könige ritten, würden sogar die standhaftesten aller *Duinedon*-Armeen fallen – und seine eigenen körperlichen Beschwerden aus der Welt geschafft werden.

Was den doppelten Preis wert war.

Denn der Mann, der den Dunklen Hof beherrschte, beherrschte auch die Welt. Und wer würde dieser Mann sein? Selbstverständlich er, Máelodor, der größte aller Meistermagier.

Kapitel Vier

Elisabeth hatte fast den ganzen Tag dafür gebraucht, aber am Ende hatte sie ihren Entschluss gefasst. Sie würde Gordon wegen ihrer Bedenken bezüglich seiner Pläne für Dun Eyre zur Rede stellen. Ihr Zuhause sollte kein Abklatsch des Landhauses irgendeines reichen Engländers werden. Es hatte seinen ganz eigenen Charme, an dem niemand Veränderungen vornehmen sollte.

Am Fuß der Treppe angelangt, folgte sie den Männerstimmen, die sie hörte, in den Billardraum. Als sie einen Blick hineinwarf, sah sie Onkel McCafferty, Lord Taverner und Cousin Rolf, die in ein Spiel vertieft waren, während ein Diener sich anschickte, eine halb geleerte Platte Sandwiches wegzuräumen. »Habt ihr Gordon gesehen?«

Rolf machte seinen Stoß, die Kugeln krachten aneinander. »Ich glaube, er und sein Bruder sind nach Ennis gefahren. Er hatte eine Tasche dabei, deshalb nehme ich nicht an, dass er vor morgen zurück sein wird.«

»Oh. Er hat nichts davon gesagt, dass er irgendwohin wollte.«

Onkel McCafferty kreidete seinen Billardqueue. »Du wirst doch nicht eine dieser nörglerischen Ehefrauen werden, Liebes? Noch steht er nicht unter dem Pantoffel.«

Elisabeth errötete und nahm sich noch rasch ein Sandwich, um dann, gefolgt von herzhaftem Gelächter, schnellstens wieder aus dem Raum zu schlüpfen. Hatte sie nörglerisch geklungen? Eigentlich glaubte sie das nicht. Enttäuscht vielleicht oder entmutigt, weil sie jetzt wieder bis zu Gordons Rückkehr würde warten müssen, um mit ihm zu sprechen, aber bestimmt nicht nörglerisch.

Ihres Vorsatzes beraubt, stand sie in der Halle und konnte sich nicht entschließen, was sie tun sollte. Sich zu den Damen in den Salon setzen, wo Klatsch und Tratsch in Strömen flossen wie der Tee? Oder sich den jüngeren Leuten im Roten Salon anschließen, die sich lautstark mit Glücksspielen vergnügten? Oder wie wäre es mit einem Besuch in der Küche, um der Köchin ein Stück des übrig gebliebenen Biskuitkuchens zu stibitzen?

Doch nichts von alldem reizte sie. Vielleicht sollte sie sich einfach auf ihr Zimmer zurückziehen und diesem ganzen scheußlichen Tag ein Ende machen. Zumindest hatte Brendan es irgendwie geschafft, sich während ihrer Abwesenheit aus Schwierigkeiten herauszuhalten. Sie hatte ihn seit dem Abendessen nicht mehr gesehen, und selbst dabei war er ungewöhnlich ernst, zurückhaltend und still gewesen. Sie war schon nahe daran gewesen, ihn zum Reden zu verleiten, bevor sie sich eines Besseren besonnen hatte. Was kümmerte es sie, ob er sich unbehaglich zu fühlen schien? Das war nicht ihr Problem. Wider besseres Wissen hatte sie sein Geheimnis bewahrt. Darüber hinaus waren seine Sorgen die seinen und hatten nichts mit ihr zu tun.

Die leisen Klänge eines Pianos ließen sie ihren Schritt verlangsamen, als sie am Musikzimmer vorbeikam. Kaum zu hören über die Geräusche der Amüsements der anderen, stieg und fiel die Melodie in sanften Tönen, bevor sie ganz erstarb. Doch dann begann sie wieder – klarer, lauter, und diesmal war es unverkennbar Mozart, was Elisabeth dort hörte.

Nachdem sie leise die Tür geöffnet hatte, blinzelte sie, erstaunt über die Dunkelheit im Zimmer. Bis auf einen zweiarmigen Kerzenleuchter, der auf dem Pianoforte stand, lag das Zimmer vollständig im Dunkeln. Das Kerzenlicht grub tiefe Linien in das Gesicht des Mannes, der an den Tasten saß, und tanzte über hohe Wangenknochen und tief liegende Augen mit schweren Lidern, bevor es auf langfingrige, tüchtig aussehende Hände fiel.

Elisabeth blieb an der Tür stehen, um zu lauschen, und die vertraute, herzbewegende Melodie schlug gegen ihren Ärger an wie Wasser gegen einen Damm.

Als Brendan einmal nicht den richtigen Ton traf, hielten seine Hände inne und blieben still auf den Tasten liegen.

»Versuch es noch einmal!«, murmelte Elisabeth an der Tür.

Er fuhr auf seinem Sitz herum und beeilte sich, seinen *fith-fath*-Zauber aufzubauen. Doch dann wurden seine Augen groß, verengten sich wieder, und er gab die Tarnung auf. Es war Brendan, der am Pianoforte saß. Nicht der Mann, an den sie sich erinnerte, aber auch nicht der Fremde mit Brendans goldenen Augen.

Sein Blick fiel auf das Sandwich in ihrer Hand. »Für mich?«

»Wenn ich irgendetwas für *dich* hätte, dann wäre es Gift in deiner Suppe«, fauchte sie, verärgert, dass eine bloße Melodie solch verheerende Auswirkungen haben konnte.

»Ich hatte keine Ahnung, dass du so nachtragend sein kannst. Warst du schon immer so resolut?«

»Immer«, antwortete sie und ließ sich von ihren Füßen in das Zimmer tragen, bevor ihr Verstand sich widersetzen konnte. Was konnte es schon schaden, ein wenig zu bleiben, um der Musik zu lauschen? Ein paar Minuten nur, bevor sie wieder ging.

Er begann wieder zu spielen. Die Musik berieselte Elisabeth wie warmes Wasser, erfüllte ihre Ohren, drang in ihr Blut und brachte ihr Herz zum Rasen. Sie schloss die Augen und ließ sich von ihrer einstigen Lieblingskomposition in eine Zeit zurücktragen, in der sie jung, verliebt und naiv gewesen war. Voller Vorfreude auf ein Leben mit Brendan.

Elisabeth hatte damals durchaus verstanden, dass es eine Vernunftehe sein würde, doch in ihren Fantasien gewann sie seine unsterbliche Liebe, und ihre Ehe konnte sich mit den großen Liebesgeschichten der Geschichte messen. Antonius und Kleopatra. Henry II. und Eleonore von Aquitanien. Elisabeth Fitzgerald und Brendan Douglas.

Was für romantisches Gewäsch!

Das Stück endete mit einem bitteren Ton und brachte sie schlagartig auf den Boden der Tatsachen zurück. Das war wieder typisch Brendan! Immer riss der Traum von ihm sie mit, bis der echte, reale Brendan ihr einen Dämpfer versetzte. Als sie die Augen öffnete, sah sie, wie er sie mit einem spöttischen Zug um den Mund beobachtete.

Er knetete seine linke Hand, als schmerzte sie. »Wie ist es, das Lösegeld für einen König in Juwelen um den Hals zu tragen?«

»Unbequem«, sagte sie und nestelte an ihrem protzigen Saphirkollier.

»Das ist Liebe oft.« Er lachte. »Ich habe es dir noch nicht gesagt, aber du siehst heute Abend hinreißend aus.«

Das Kerzenlicht warf tanzende Flammen in seine Augen, als sein Blick über sie glitt. Plötzlich machte es sie verlegen, wie ihr Kleid sich an jede ihrer Kurven schmiegte, wie eng ihr Mieder und wie tief ihr Ausschnitt war. »Ich sehe ganz passabel aus, was nicht das Gleiche ist.«

»Jetzt bist du auf Komplimente aus. Du weißt sehr gut, wie hübsch du aussiehst. Das wusstest du schon immer. Du pflegtest Stunden vor dem Spiegel zu verbringen, um dich zurechtzumachen. Ich habe nie ein Mädchen gekannt, das begeisterter von Kinkerlitzchen war als du.«

»Und trotzdem war ich über jede Entfernung und auf jedem Gelände schneller zu Pferd als du.«

Sein Lächeln wurde breiter und verlor das Spöttische. »Ich war nur galant.«

»Ha! An dir war nie etwas Galantes. Du hast es gehasst, wenn ich gewann. Hast tagelang geschmollt und nicht mit mir gesprochen. Du fandest, es schickte sich nicht für ein junges Ding wie mich, dich zu schlagen.«

»Du meine Güte, habe ich das gesagt? Dir ins Gesicht gesagt?

Dann war ich wirklich ein großspuriger Spinner. Wie hast du es nur mit mir ausgehalten?«

»Das Gleiche könnte ich dich auch fragen. Ich war schrecklich lästig. Du konntest dich nicht mal umdrehen, ohne über mich zu stolpern.«

Er fuhr sich mit der Hand durch sein dichtes, dunkles Haar, das noch immer zu lang war, aber heute gut zu seinen markanten Zügen passte. Während er früher hübsch wie ein junger Gott gewesen war, hatten die Jahre diese Feinheit seiner Züge zu einer messerscharfen Eleganz von gefährlicher Vollkommenheit verhärtet.

Ihr Magen kribbelte vor Aufregung. Wenn sie nicht vorsichtig war, würde sie sich wieder Hals über Kopf in diesen Mann verlieben.

Er rückte beiseite, um ihr Platz auf der Bank zu machen. Elisabeth zögerte und schalt sich dann im Stillen eine dumme Gans. Dieser Mann war Brendan, bei dem sie sich ganz bestimmt keine Sorgen über irgendwelche hintergründigen Motive machen musste. Nicht wie bei den meisten Männern, die sie kannte und die stets versuchten, sie in abgelegene Ecken oder auf leere Balkons zu locken. Oder jedenfalls so ziemlich alle bis auf Gordon, der selbst während ihrer Werbung ein echter Gentleman geblieben war. Vielleicht fand sie ja gerade das so reizvoll an ihm – dass er eben nicht wie andere Männer war. Brendan hatte allerdings auch noch nie diese Art von Interesse an ihr gezeigt. Nicht einmal, als sie verlobt gewesen waren – sehr zu ihrem Bedauern.

Schon wieder leicht verärgert, setzte sie sich neben ihn. Was stimmte nicht mit ihr, dass er lieber für tot gehalten worden war, als sie zu heiraten?

»Du spielst noch immer wunderbar«, sagte sie, um das verlegene Schweigen zu brechen.

»In letzter Zeit hatte ich wenig Gelegenheit zu üben. Und ich war auch nicht in der Stimmung zu spielen«, antwortete er und zog seine Taschenuhr heraus, um nach der Zeit zu sehen.

Elisabeths Blick fiel auf die kunstvolle Verzierung des goldenen Gehäuses, die Emailmalerei im Inneren, die den Douglas'schen Adler mit einem Krummschwert zwischen den Krallen darstellte, und die komplizierte Technik der Zeiger und des Zifferblatts. »Du hast sie immer noch.«

Brendan klappte die Uhr zu, und seine Lippen wurden schmal vor innerer Erregung.

»Die Uhr deines Vaters. Ich hatte sie schon ganz vergessen.« Sie war ein Geschenk zu Brendans sechzehntem Geburtstag gewesen, sein kostbarster Besitz, für den er sein Leben hingegeben hätte, um ihn zu beschützen. »Erinnerst du dich daran, wie ich sie mir einmal ausgeliehen hatte?«

Brendan lachte. »Nennen wir die Dinge doch beim Namen. Du hast sie mir stibitzt.«

»Weil dein Bruder sagte, ich traute mich das nicht.«

»Aidan war eine Nervensäge und ein Tyrann.«

»Nur, weil du dich gewehrt hast. Hättest du ihn ignoriert ...«

»Hätte er mich doppelt so oft und hart verprügelt. Zum Glück konnte ich schneller rennen als er.« Brendan wurde wieder ernst. »Eine nützliche Fähigkeit, wie sich später dann herausstellte.«

»Wo bist du nur all diese Zeit gewesen, Brendan? Aidan hat dich überall gesucht, aber nach Jahren ohne ein Wort von dir gab er schließlich auf und dachte, du seist tot. Wir alle dachten das.«

»Im Augenblick wünscht er sich wahrscheinlich, ich wäre tot geblieben.« Er warf Elisabeth einen Blick zu und zuckte mit den Schultern, als er merkte, dass sie sich nicht mit einer weiteren unverbindlichen Antwort zufriedengeben würde. »Wo ich war? Lass mich überlegen! In den Niederlanden. In Spanien und Italien. Aber dort war es schwierig während des Krieges, und so floh ich schließlich weiter nach Süden. Nach Nordafrika und der Levante.

Ich verbrachte zwei Jahre in der Türkei, bevor ich mich in Griechenland niederließ.«

Elisabeth stellte sich Brendan im Kaftan und Turban eines Sultans und auf den dicken Teppichen und Kissen eines Harems ruhend vor. Bei seinem dunklen Haar und der braun gebrannten Haut fiel es ihr nicht schwer, sich dieses Bild vor Augen zu rufen. Tatsächlich war es sogar ein beschämend verführerisches. »Mit deinem ganz privaten Harem zweifellos«, spottete sie und hoffte, dass ihre Gedanken sich nicht in ihrem Gesicht verrieten.

»Nichts so Aufregendes. Tatsächlich war es sogar teuflisch unbequem. Am Leben zu bleiben kann ein verflucht schwieriges Unternehmen sein.«

»Das ist es nach wie vor, oder? Du sagtest, du verstecktest dich noch immer.«

Er schlug ein paar traurig klingende Takte an, bevor er zusammenzuckte und das Gesicht vor Schmerz verzog.

»Du bist verletzt.«

Er schüttelte seine Finger. »Ein Zusammenstoß mit einem Stiefelabsatz. Am Leben zu bleiben bedeutet nicht unbedingt auch, an einem Stück zu bleiben.«

Die Dunkelheit schien von allen Seiten auf sie einzudringen. Eine lauschende, beobachtende Stille, erfüllt von schaler Reue. Elisabeths Haut prickelte, doch nicht aufgrund von Magie, sondern Brendans glitzerndem Charisma. Er hatte schon immer ein faszinierendes Selbstvertrauen besessen. Es gab ihm etwas Schillerndes und brachte die Luft, die er atmete, zum Funkeln. Jeder, der ihn kannte, verfiel dieser seltsamen Mischung aus Zynismus und Attraktivität, die ihn fast wie aus einer anderen Welt erscheinen ließ. Als verliefe das Blut der Magier dick und eisig unter seiner Haut.

Heute Abend schien dieses kristalline Funkeln jedoch gemäßigter, dieses innere weiße Licht zu bloßer Menschlichkeit verblasst zu sein. Oder vielleicht war es ihr auch endlich nur wie Schuppen von den Augen gefallen, und sie sah ihn, wie er wirklich war. Nicht schillernd und makellos vollkommen wie die Feen, sondern wie einen Mann, der von Zeit, Exil und Ereignissen gezeichnet war, die sie sich nicht einmal vorstellen konnte.

Und so stellte sie ihm die erste Frage, die ihr in den Sinn kam. »Hast du deinen Vater getötet, Brendan? Ich habe das nie geglaubt ... aber... du sagtest, du verstecktest dich und ...« Kaum waren die Worte über ihre Lippen, wünschte sie, sie könnte sie zurückholen, denn der schmerzerfüllte Ausdruck auf seinem Gesicht traf sie wie ein Peitschenhieb.

Seine Hände ballten sich zu Fäusten. Er ließ sie auf den Schoß fallen und spreizte und krümmte die Finger, bevor er sie mit den Handflächen nach unten auf seine Hose legte.

»Vergiss die Frage!«, bat Elisabeth. »Ich weiß, dass du nichts mit seinem Tod zu tun hattest. Ich hätte gar nichts sagen sollen. Es ist ja auch ...«

»So lange her? Mord ist Mord, oder nicht? Es macht keinen Unterschied, ob das Verbrechen vor einer Woche oder einem ganzen Zeitalter begangen wurde. Der Makel bleibt.«

»Aber ihr beide standet euch so nahe. Er liebte dich. Das war für jeden offensichtlich, der euch zusammen sah.«

»Was die Sünde nur noch größer macht, nicht wahr?«

Elisabeth biss sich auf die Unterlippe. »Sagst du, was ich glaube, was du sagst?«

»Nein, Lissa. Ich habe meinen Vater nicht ermordet. Doch ich habe es auch nicht verhindert. Und ist eine Unterlassungssünde nicht auch eine Sünde? Den Kopf in den Sand zu stecken ist keine Verteidigung.«

Er begann wieder zu spielen. Die munteren Melodien von *Das Mädchen, das ich zurückließ* erklangen jetzt. War das seine Vorstellung von einem Scherz? Wenn ja, war Elisabeth nicht amüsiert, aber es half tatsächlich, sie aus dem Sumpf dieses stillen Raumes und ihrer düsteren Überlegungen zu ziehen.

»Sollte ich mir jetzt Sorgen machen, dass du mich für das Kopfgeld verraten wirst, das auf mich ausgesetzt ist?«, fragte er über die Musik hinweg.

»Gibt es denn eins?«

»Aber sicher. Ich meine, wenn ich schon wie ein Verbrecher gejagt werde, sollte ich wenigstens einen hohen Preis einbringen, nicht? Es wäre würdelos, weniger als tausend Pfund wert zu sein.« Er scherzte, doch da war auch ein Anflug von Verbitterung in seinem Geplänkel.

»Du wirst mir nicht verraten, wovor du dich verbirgst, nicht wahr? Oder wer hinter dir her ist?«

»Das willst du gar nicht wissen, meine Liebe. Und du würdest es mir sowieso nicht glauben.«

Er beendete das Stück, und die Spannung, die darauf folgte, war beinahe greifbar. Sie dröhnte in Elisabeths Ohren und vibrierte in der Luft wie das Flattern großer Flügel.

»Es hat alles etwas mit Magie zu tun, nicht wahr?« Sie ertappte sich dabei, dass sie bei jedem Flackern der Kerzen auf dem Ständer einen Blick über die Schulter warf. Sogar die Härchen an ihrem Nacken richteten sich auf, weil sie die Blicke unsichtbarer Kreaturen spürte. »Es hat etwas mit den *Anderen* zu tun«, flüsterte sie und erschrak über einen Windstoß, der an den Fensterläden rüttelte.

»Beruhige dich, Lissa! Es ist niemand hier. Du bist nur sehr verwirrt.«

Sie hörte nicht auf, in die dunklen Ecken des großen Raumes zu spähen. »Sagst du.«

»Glaub mir! Nach sieben Jahren auf der Flucht kann ich kilometerweit Gefahren spüren. Aber du hast recht, meine Schwierigkeiten haben ihren Ursprung in jener Welt. Also bewahre mein

Geheimnis, Lissa! Und wenn ich es für sicher halte, werde ich so spurlos verschwinden wie beim letzten Mal. Du wirst dich fragen, ob ich nicht nur ein Trugbild deiner Fantasien war.«

»Und wenn ich dir nun sagen würde, dass ich froh war, dich wiederzusehen?«, erwiderte sie stockend, weil die Worte ihr in der Kehle stecken blieben.

»Würde ich wissen, dass du lügst. Shaw wird dir süße Nichtigkeiten ins Ohr flüstern, und dir wird wieder einfallen, warum du ihn heiraten wolltest. Und warum ich der letzte Mensch bin, den du in deinem Leben willst.«

Er hatte natürlich recht. Was hatte sie sich nur gedacht im Dunkeln mit der Musik im Kopf, den lauschenden Schatten um sie herum und Brendans gefährlicher Attraktivität, die sie in ihren Bann schlug? Elisabeth rief sich innerlich zur Ordnung und schüttelte ihre Fantasien ab. »Und Gordon *ist* ein guter Mann, nicht wahr?«

»Er ist ein typischer Vertreter der männlichen Spezies, würde ich sagen.«

»Du magst ihn nicht.«

»Spielt das eine Rolle? Nur *deine* Gefühle zählen hier, Lissa. Magst du ihn?«

Wütend auf sich selbst, weil sie – und wenn auch nur für einen Moment – verlorenen Träumen nachgehangen hatte, straffte sie sich und funkelte ihn an, als hätte er sie provoziert. »Ich liebe ihn, so wie es sein sollte.«

»Dann heirate ihn und werde glücklich!«, entgegnete er mit einem belustigten Blick auf sie, und die liebeskranken Klänge von Mozarts Konzert ertönten wieder. »Schlaf gut, Lissa! Wenn das Glück auf unserer Seite ist, werde ich nicht mehr hier sein, wenn du erwachst.«

Elisabeth ging, während er weiterspielte. Aber neben ihrer Erleichterung empfand sie auch Kummer, und heiße Tränen brannten hinter ihren Lidern. Sie würde Gordon heiraten und sehr, sehr glücklich mit ihm sein. *Also sieh das endlich ein, Brendan Douglas!*

Von Dun Eyre aus folgte Brendan dem Flussbett und bahnte sich einen Weg durch Gehölze aus Birken und Weiden, in denen der würzige Duft von Farnen und sumpfiger Erde seinen Kopf erfüllte und der Fluss ein langsames Plätschern und Gurgeln zwischen den morastigen Ufern war.

Über die Straße, die das Dorf umging und von der Ansammlung bescheidener Häuschen wegführte, erklomm er den Hügel, der zu den höher gelegenen Weiden führte. Von hier aus war es nur noch ein kurzer Weg über die Felder zur östlichen Grenze von Belfoyle. Frühlingsdüfte durchdrangen die Nachtluft und den allgegenwärtigen Wind, der von den nahen Klippen kam und über die weiten, baumlosen Weiden blies. Die Türme des Hauses erhoben sich zu seiner Linken, eine Dachlinie und ein erleuchtetes Fenster waren kurz zwischen den Bäumen zu sehen, und das Wiehern eines Pferdes erklang aus einem nahen Stallgebäude.

Der Himmel funkelte von Millionen Sternen, während ein tief stehender Mond sich über den fernen Hügeln hinter Brendan erhob und sein Licht über die Landschaft warf, sodass Brendans langer Schatten ihm im Gehen vorauseilte. Sein Orientierungssinn war gut. Selbst heute noch führten seine Füße ihn zielstrebig in die richtige Richtung.

Dann erschien wie ein Wachposten der Menhir vor ihm, erhellt vom Mondlicht, das auf den unbehauenen Kanten und Ritzen in dem alten Kalkstein glitzerte. An allen vier Ecken der Belfoyl'schen Grenzen befand sich ein solcher »Wächterstein«, der Magie freisetzte, die nach Südwesten und Norden hin eine endlose, unsichtbare Mauer bildete. Kein Geschöpf mit magischem

Blut in den Adern konnte hindurchgelangen, ohne den stummen Wächter vorher zu beruhigen.

Obwohl der Stein noch gute fünfzehn Meter entfernt war, spürte Brendan, wie seine Macht sich schon in der Erde verbreitete und in ihn eindrang wie eine starke Vibration. Als er noch näher kam, steigerte sich die magische Energie zu einem konstanten Pochen, das wie ein zweiter Herzschlag war.

Es war Jahre her, seit Brendan seine magischen Kräfte das letzte Mal genutzt hatte. Zu Anfang hatten Schock, Abscheu und Selbsthass ihn dazu veranlasst, das Blut der *Anderen* in seinen Adern zu verleugnen. Später hatte er, um am Leben zu bleiben, keine Hinweise hinterlassen dürfen und vor allem keine magische Spur, der jemand folgen könnte. Er hatte allein durch seinen Verstand und seinen Dolch als *Duinedon* gelebt.

Erst seit seiner Rückkehr nach Irland hatte er sich erlaubt, auf sein Magierblut und die Magie in ihm zurückzugreifen. Und erst da war ihm bewusst geworden, zu was für einem Gespenst er geworden war: weder ein *Anderer* noch ein *Duinedon*. Weder tot noch lebendig. Ein Mann, der nichts weiter als ein Schatten war.

Aber das musste er auch sein, wenn er lange genug frei bleiben wollte, um seine selbst gestellte Aufgabe zu vollenden.

Jetzt legte er die flache Hand auf den Menhir, und dessen Magie entlud sich wie ein Blitz in allen Regenbogenfarben. Sie betäubte seine Finger und schoss mit einem atemberaubenden, versengend heißen Ruck seinen Arm hinauf, bevor sie sich tief in seinem Innersten vergrub, um herauszufinden, wer und was er war.

Brendan schloss die Augen und konzentrierte sich auf das Gefühl des Grases unter seinen Stiefeln, auf den Mond über ihm, den Wind in seinem Gesicht und das Rauschen des Blutes in seinen Adern. Er wappnete sich für die Zurückweisung und Verweigerung des Steines.

Aber nichts dergleichen kam.

Stattdessen durchströmte ihn eine einladende Wärme, die fast wie ein Streicheln war und sich in der Mitte seiner Brust niederließ, während in der ältesten aller Sprachen sein Name geflüstert wurde.

Sohn des Hauses Douglas. Sohn Kilronans.

Breán Duabn'thach.

Wenn er wollte, konnte er dem Pfad zum Haus hinunter folgen und über den Hof zu den eisenbeschlagenen Eingangstüren gehen. Die vertrauten Gänge durchstreifen oder wie einst an seinem Schlafzimmerfenster stehen und über den Ozean hinweg zum fernen Horizont hinüberschauen. Die Wächtersteine würden ihn nicht daran hindern.

Stattdessen ließ Brendan seinen Arm jedoch wieder sinken und trat zurück, woraufhin auch die Magie entwich und ihn leer und von einem neuerlichen Verlustgefühl durchdrungen zurückließ.

Wenn sich der Sh'vad Tual in Scathachs Obhut befinden würde, wenn er endlich von dem Todesurteil der *Amhas-draoi* befreit sein und die Gefahr durch Máelodor entschärft sein würde …

Würde er dann nach Hause zurückkehren?

Mit einem grimmigen Lachen wandte er sich ab.

Nicht einmal der Spieler Jack würde auf diese Frage wetten.

Nach der Rückkehr nach Dun Eyre wartete Brendan, bis Stille im Haus eintrat, und um ganz sicherzugehen, geduldete er sich dann sogar noch eine Stunde länger.

Schließlich verließ er sein Zimmer, schlich die nahe gelegene Dienstbotentreppe hinunter und nahm den langen Weg durch die Ahnengalerie.

»Stillgestanden!«, scherzte er leise und salutierte grinsend vor den Reihen lang verstorbener Fitzgeralds, an denen er vorbeikam.

Elisabeths Zimmer befanden sich am anderen Ende dieses

Stockwerks. Nachdem er lautlos hineingeschlüpft war, nahm er wieder vor ihrer Frisierkommode Platz und öffnete ihren Schmuckkasten, um nach dem Stein zu suchen, der ihn von der Schlinge befreien würde, die sich immer enger um seinen Hals zusammenzog.

Er musste den Sh'vad Tual zurückholen und gehen. Wohin er sich auch wenden würde, überall griff die Vergangenheit mit ihren knochigen Fingern nach ihm. Nichts würde sich ändern, und wenn er es sich noch so sehnlichst wünschte. Die Toten würden tot bleiben; ihre Gesichter waren ihm für immer in den Kopf geätzt wie Säure in Metall.

Doch dann nahm er eine der Ablageschalen aus dem Kästchen, und ein triumphierendes Lächeln erhellte sein düsteres Gesicht.

Da war er, der Sh'vad Tual!

Als er den Stein in die Hand nahm, zischelte Magie durch seinen Arm zu seinem Gehirn hinauf, und Worte trommelten in einer Sprache gegen seinen Schädel, die selbst Brendan kaum verstand, der mit geradezu wissenschaftlicher Besessenheit alte Sprachen studiert hatte. War es eine Warnung? Eine Drohung? Licht durchzuckte den milchig glitzernden Stein wie Blitze eine Wolkenbank. Eine Szene erschien, als tauchte sie aus schwarzem Wasser auf. Ein Mann. Ein Schwert. Dann verdunkelte sich der Stein wieder und schwieg.

»Du!«, zischte eine Stimme hinter ihm.

Blitzschnell ließ er den Stein in seiner Tasche verschwinden, bevor er sich zu Elisabeth umdrehte, deren Gesicht wie erstarrt vor Panik war, die seine eigene widerspiegeln musste.

Er fasste sich jedoch sogleich wieder und setzte ein verschmitztes Lächeln auf.

»Findest du es witzig, dich nachts in mein Schlafzimmer zu schleichen, Brendan? Denn ich kann nicht darüber lachen, wie du siehst.«

»Ist es so schwer zu verstehen, warum ich hier bin? Oder haben deine Tanten dich über diese Dinge noch nicht aufgeklärt?«

Ihr Mund klappte zu, und ein mörderischer Blick erschien in ihren Augen. Angriffslustig stapfte sie auf ihn zu und zog den Gürtel ihres Morgenrocks dabei noch fester zu. Leider bewirkte sie damit jedoch nichts anderes, als die üppigen Rundungen ihrer Brüste, Hüften und ihres Pos zu unterstreichen. Und als sie streitlustig das Kinn vorschob, wehte Brendan der leichte Zitronenduft ihres Haares und ihrer Haut entgegen.

»Es tut nichts zur Sache, was meine Tanten mit mir besprochen haben«, fauchte sie. »Du musst mich ja für ausgesprochen dumm halten, wenn du Verführung als Ausrede benutzen willst.«

Brendan strich ihr eine Locke hinters Ohr und ignorierte, wie sie bei seiner sachten Berührung zusammenzuckte. »Dumm? Ganz sicher nicht, Lissa.«

»Wie oft habe ich dir schon gesagt, dass du mich nicht so nennen sollst?«

Nur noch Zentimeter trennten sie. Die Hitze und Wut, die von ihr ausgingen, brachten Brendans Blut in Wallung. Er musste sich sehr beherrschen, um nicht den Kopf zu senken und ihre Lippen mit den seinen zu berühren. Diesen weichen, sinnlichen Mund zu küssen und ihr locker geflochtenes Haar zu lösen, bis es in großen roten Locken ihr Gesicht umrahmte.

»Wenn du jetzt gehst, können wir vergessen, was passiert ist«, sagte sie.

»Es ist noch nichts passiert, Lissa.«

Ihre Zungenspitze fuhr nervös über ihre Lippen, und ihre Augen waren von einem solch dunklen Braun, dass sie fast schwarz im Mondlicht wirkten. Und sie atmete auch schneller, was ein gefährliches Verlangen in Brendan weckte. Sein Blut pochte in seinen Adern, und was als bloße Improvisation begonnen hatte, vertiefte sich zu etwas Körperlicherem und Aufregenderem.

»Wir sind hier nicht im heidnischen Istanbul, wo die Frauen dir zu Füßen lagen«, sagte sie mit schroffer, anklagender Stimme. Oder war es Eifersucht, was sich darin verriet?

»Ich würde nicht behaupten, dass sie mir zu Füßen lagen.«

»Wir sind hier in Irland«, beharrte sie. »Im sicheren, normalen Irland, wo Frauen Männer nicht in ihrem Schlafzimmer empfangen. Besonders keine Männer, die bewiesen haben, dass sie nicht vertrauenswürdig sind.«

»Du redest zu viel.« Nach kurzer Beurteilung der Lage beschloss er, es zu wagen. Er hätte auch gar nicht anders gekonnt. Elisabeth war ihm zu nahe, und sein Herz schlug viel zu schnell. Also legte er sanft eine Hand an ihre Wange, strich mit dem Daumen über ihre Lippen und senkte den Kopf, um sie zu küssen. Ihr Mund war so weich und süß, wie er ihn sich vorgestellt hatte.

Zu seinem Erstaunen ohrfeigte sie ihn nicht und schrie ihn auch nicht an, sondern ging auf seine Annäherungsversuche ein. Mit jungfräulicher Scheu bewegten ihre Lippen sich an seinen. Aber nicht sehr lange. Elisabeth mochte noch unerfahren sein, doch sie war nicht naiv. Sie lernte schnell, und ihr unschuldsvoller Eifer war berauschender als jeder Wein.

Ihre Hitze sprang auf ihn über und wurde zu einem sich langsam aufbauenden Feuer. Er zog Lissa näher, als ein wildes, leidenschaftliches Verlangen ihn erfasste, und vertiefte den Kuss zu einer schwindelerregenden Vereinigung von Lippen, Zungen und sich miteinander vermischenden Atemzügen. Während Brendan mit einer Hand ihren Morgenrock öffnete, strich er mit der anderen über eine ihrer festen Brüste und deren harte kleine Spitze, die sich unter dem dünnen Stoff ihres Hemdes abzeichnete. Ein leises Aufstöhnen entrang sich Elisabeth, und sie legte eine Hand über sein Herz.

Dieser simple kleine Vertrauensbeweis drang zwischen die Risse in seiner Rüstung. Er dürfte das nicht tun. Nicht mit ihr. Es wäre besser, seine Lust bei einer erfahrenen Frau zu stillen, die das Spiel verstand.

Ihm blieb jedoch keine Zeit, seinem ritterlichen Impuls zu folgen, da Elisabeth sich auch schon losriss. »Nein!«, sagte sie mit einer verführerischen Röte auf den Wangen und einem Funkeln in den samtigen dunklen Augen.

Brendan versuchte, eine etwas belustigte Miene aufzusetzen, und verzog die Mundwinkel zu einem Lächeln. »Warum denn nicht? Streng genommen sind wir schließlich immer noch verlobt.«

Doch sie stieß ihn weg und verknotete mit grimmiger Miene den Gürtel ihres Morgenrocks. »Jetzt weiß ich, dass du verrückt bist. Und was ist mit den letzten sieben Jahren, in denen ich glaubte, du wärst tot?«

»Das hatten wir doch schon. Ich war nicht tot.«

Sie ließ sich in einen Lehnstuhl fallen und zog die Füße unter sich. »Bitte geh jetzt!« Schwer atmend starrte sie ins verglimmende Feuer, und ihre Schultern zuckten, als wäre sie den Tränen nahe. »Du hast mich zu Recht als flatterhaft bezeichnet. Ich habe Gordon betrogen und einen anderen Mann geküsst.«

»*Ich* habe *dich* geküsst.«

»Ja, aber glaubst du, ich hätte das zugelassen, wenn ich es nicht gewollt hätte?« Sie schlug die Hände vors Gesicht. »Was habe ich getan?«

»Lissa ...«

»Du sollst mich nicht so nennen, verdammt noch mal! Du hast mir heute Abend versprochen, morgen früh nicht mehr hier zu sein.«

Brendan, der noch immer ihren Geschmack auf der Zunge und ihren Duft in der Nase hatte, nickte kurz. »Und das werde ich auch nicht. Mach's gut, Elisabeth! Wenn das Schicksal mir wohlgesonnen ist, werde ich dich nie wieder belästigen.«

Fortzugehen war weitaus schwieriger, als er je gedacht hätte. Aber zu bleiben war unmöglich.

Kapitel Fünf

Elisabeth schnitt sich ein Stück Kuchen ab und leckte den Zuckerguss vom Messerrücken. Eine gründlichere Durchsuchung der Küche förderte noch eine Dose Pfefferkuchen und eine Schachtel kandierter Aprikosen zutage. So viel zu den jüngsten Änderungen ihres Hochzeitskleides.

Mit dem Teller Leckereien ging sie in den vorderen Salon, in dem ein anheimelndes Feuer brannte, und setzte sich in einen bequemen Sessel, um sich mit den letzten Kapiteln von *Der Baron von Falkenberg* eine Atempause von ihren Grübeleien zu gönnen. Doch weder die hochdramatischen Ereignisse zwischen den Seiten noch die süßen Freuden auf ihrem Teller vermochten ihre aufgewühlten Gedanken zu beruhigen.

Morgen würde sie Gordon heiraten. Ohne weitere Bedenken oder Rückzieher. Auf gar keinen Fall wollte sie die Demütigung einer zweiten aufgelösten Verlobung erleben. Den fürchterlichen Klatsch und die vielsagenden Seitenblicke hatte sie schon einmal hinnehmen müssen; sie würde sie kein zweites Mal durchstehen.

Aber Brendans unerwartetes Erscheinen hatte einige hässliche und unbequeme Wahrheiten ans Licht gebracht. Teile ihres Herzens gehörten noch immer dem brillanten, quecksilbrigen Jungen aus ihren Jugendtagen. Und nun war er wieder wie eine Bombe in ihre Welt eingeschlagen, hatte lang begrabene Hoffnungen geweckt und war in einer unheimlichen Wiederholung seines Verschwindens vor sieben Jahren auch jetzt wieder verschwunden. Ohne ein Wort oder eine Spur zu hinterlassen. Als hätte er sich in einer Wolke schwarzen Rauches aufgelöst.

Was durchaus im Bereich des Möglichen lag, wenn man bedachte, wer und was er war.

Im Kamin tanzten die Flammen, und ein leichter Windhauch ließ die Kerze flackern. Schatten krochen über die Wände und bildeten Figuren und Gestalten in dem bewegten mitternächtlichen Dunkel. Das Gefühl, dass sich unmittelbar außerhalb ihrer Sicht Gespenster und andere Kreaturen in den nicht erhellten Teilen des Raumes aufhielten, ließ Elisabeths Herz schneller schlagen, bis es beinahe schmerzhaft hart gegen ihre Rippen pochte. Ihre Kehle wurde eng, als sie versuchte, das Rascheln eines Kleides oder Flattern eines Flügels aufzufangen. Ein Zurückziehen des Vorhangs zwischen der normalen Welt, in der sie lebte, und den faszinierenden Unmöglichkeiten, die Brendans Leben zugrunde lagen.

Kam diese Überzeugung von den Geschichten ihrer Großmutter über *Ynys Avalenn*, das Sommerreich der Feen und Magier, und die Wunder, die dort zu finden waren? Oder war es ein Ergebnis des immerwährenden Spagats ihrer Familie zwischen *Anderen* und *Duinedon*? Diese *andere* Welt anzuerkennen, ohne sie zu akzeptieren?

Ihr Magen verkrampfte sich vor Nervosität, und eine Gänsehaut überkam sie, als ein Windhauch den Kragen ihres Morgenrocks zum Flattern brachte. Die Kerze flammte auf, um dann in einem dünnen Strom von beißendem Rauch zu erlöschen. Nur das Feuer im Kamin spendete jetzt noch ein wenig Licht.

Elisabeth stockte der Atem, und ihr blieb fast das Herz stehen, als sie in der angespannten Stille einen leisen Schritt vernahm. Das Quietschen eines Türknaufs und das Knarren der sich öffnenden Tür ließen Elisabeth erstarren und die Luft anhalten. Doch es war weder ein Gespenst noch ein Dämon, der mit Nachthaube und Morgenrock bekleidet in der Tür erschien.

»Tante Fitz«, seufzte Elisabeth. »Du hast mich fast zu Tode erschreckt.«

Ihre Tante betrachtete vorwurfsvoll den Teller neben Elisabeths Sessel, sagte aber nichts dazu. »Kannst du nicht schlafen, Kind?«

Elisabeth zuckte mit den Schultern. »Es waren ein paar … anstrengende Tage. Doch morgen wird endlich alles vorbei sein.«

Tante Fitz kam zu ihr und setzte sich in den Sessel ihr gegenüber. In ihrer Nachtkleidung wirkte sie kleiner, schmaler und älter als gewöhnlich, und Elisabeth wurde wieder einmal bewusst, wie sehr sie ihre Tante liebte. Trotz ihrer kratzbürstigen Art war Tante Fitz alles für Elisabeth gewesen, als sie aufgewachsen war. Sie würde sie sehr vermissen, wenn sie und Gordon nach London umzogen.

»Für eine Braut am Vorabend ihrer Hochzeit siehst du ganz schön düster aus.«

»Ich dachte daran, wie sehr ich dich und Tante Pheeney vermissen werde. Es ist gut und schön zu sagen, dass wir einander häufig sehen werden, aber wir alle wissen, dass es nicht so oft sein wird, wie wir es uns wünschen würden. Gordon wird London und seine Arbeit nicht verlassen wollen, du hasst es zu verreisen, und Tante Pheeney … denk nur mal an ihre letzte Seereise zurück!«

Tante Fitz drückte die Brust heraus. »Wie Gilbert sagte: ›Wir sind dem Himmel auf See genauso nahe wie an Land‹«, zitierte sie mit einem gequälten Blick. »Und wir alle wissen, was ihm widerfahren ist.«

»Genau. Du wirst Tante Pheeney nie wieder auf ein Schiff bekommen.«

Ihre andere Tante winkte ab. »Wenn du erst mal verheiratet bist, wirst du zu beschäftigt sein, um über uns alte Damen nachzusinnen. Und uns wird es gut gehen. Wir haben Lord Kilronan in der Nähe, falls wir die Hilfe eines Mannes brauchen sollten. Ich hörte, dass auch seine Schwester wieder daheim ist, obwohl niemand sie gesehen hat. Die Leute sagen, sie sei krank.« Ihr Blick glitt seitwärts, als versuchte sie, ihre Nichte auszuhorchen.

»Ich weiß nicht mehr als ihr. Man sagte mir, es seien die Masern, doch ich bin mir nahezu sicher, dass Sabrina und ich sie im selben Sommer hatten.«

»Es heißt auch, Seine Lordschaft hielte sich im Augenblick nicht in Belfoyle auf«, fuhr Tante Fitz ruhig fort. »Es geht das Gerücht, dass er nach all der Zeit etwas von seinem Bruder gehört haben könnte.«

Elisabeth versteifte sich und konnte spüren, wie ihre Wangen sich erhitzten.

»Es wäre eine erstaunliche Sache, Brendan Douglas wieder daheim zu haben, nachdem wir ihn alle längst für tot hielten.« Tante Fitz machte eine Pause, um Elisabeth Zeit zu einem Kommentar zu geben.

Ihre Wangen brannten. »Und wenn schon«, murmelte sie. »Es ist ewig her.« In einem verzweifelten Versuch, das Thema zu wechseln, hob sie ihr Buch auf und warf es ihrer Tante auf den Schoß. »Hast du das hier schon gelesen? Es ist nicht annähernd so spannend wie ihr letztes, doch es könnte dir gefallen. Dies ist der letzte Band, aber die ersten beiden sind in meinem Zimmer. Ich werde sie dir dalassen.«

Tante Fitz beäugte den Roman, wie man vielleicht ein hässliches Baby anschauen würde. Mit einem gleichgültigen Lächeln gab sie es dann Elisabeth zurück. »Das ist schön, Liebes. Ich freue mich schon darauf«, sagte sie, um dann ohne Zögern hinzuzufügen: »Falls Brendan Douglas tatsächlich nach Belfoyle zurückkehrt, ist es gut, dass du nach London ziehst. Es wäre eine peinliche Situation, da unsere Familien sich stets so nahestanden.«

Elisabeth dachte, dass sie inzwischen rot wie ein Hummer sein musste. »Es ist nicht Aidans Schuld, dass sein Bruder ein Gauner schlimmster Sorte ist. Wie Tante Charity ganz richtig sagte, ist es gut, dass ich ihn nicht geheiratet habe. Es war besser, eine sitzen gelassene Verlobte als eine vergeblich vor dem Altar wartende Braut zu sein.«

»Wirklich jammerschade, dass Kilronan den weiten Weg nach Dublin unternommen hat«, bemerkte Tante Fitz mit einem durchdringenden Blick, »wo Brendan doch die ganze Zeit schon hier war.«

Elisabeths Magen vollführte einen Satz. Der scharfe Blick ihrer Tante schien sogar die Gedanken ihrer Nichte zu durchdringen. In Momenten wie diesem fragte sie sich, wie viel Blut der *Anderen* tatsächlich in Tante Fitz' Adern floss. »Wie hast du das herausgefunden? Er hat sich so bemüht ...«

»Das hat er. Doch beim Frühstück neulich erkannte ich seine Uhr. Und er nannte dich Lissa. Nur kleine, aber aufschlussreiche Fehler.«

»Die keine Rolle mehr spielen. Er ist wieder weg – und es ist gut, dass wir ihn los sind«, fügte Elisabeth hinzu.

»Ist er das? Dann habe ich mich wohl umsonst gesorgt. Du hast ihn so bewundert, als ihr jünger wart. In deinen Augen konnte er nichts verkehrt machen. Ich dachte, seine Rückkehr könnte dich vielleicht dazu bewegen ... Aber du hast ja recht, das spielt jetzt keine Rolle mehr.«

»Tante Fitz! Also wirklich! Ich hoffe doch, dass mein Urteilsvermögen sich gebessert hat.«

»Ich auch, Elisabeth«, antwortete die alte Dame ruhig. »Hat er gesagt, warum er nach Dun Eyre gekommen ist?«

Elisabeth dachte an jenes erste Gespräch mit ihm, bei dem er sie gnadenlos gehänselt hatte, an das Funkeln seiner Augen und sein spöttisches Lächeln. »Er behauptete, er sei zurückgekehrt wie der junge Lochinvar, um mich Gordon abspenstig zu machen.«

Die Augenbrauen ihrer Tante fuhren in die Höhe. »Aber jetzt ist er fort, und du bist geblieben.«

»Überrascht dich das? Brendan Douglas würde die Wahrheit nicht einmal dann erkennen, wenn sie ihn ins Bein bisse.«

Tante Fitz schloss die Augen. Ihre Wangen waren schmal, und feine Fältchen zeigten sich auf ihrer Stirn. Ihre Hände lagen entspannt auf den Sessellehnen, und ihre Atemzüge waren ruhig und langsam. Elisabeth hätte fast glauben können, dass sie mitten in der Unterhaltung eingeschlafen war. Doch dann erschien ein missbilligender Ausdruck um die blassen Lippen ihrer Tante. »Oder vielleicht war es eine so subtile Wahrheit, dass sich die Bissspuren erst noch zeigen müssen.«

Wie so viele andere Dinge hatte sich im Schankraum des *Goat's Whiskers* in Ennis nichts verändert in den Jahren, in denen Brendan abwesend gewesen war. Selbst der Wirt, der alte Ned Crowdy, sah noch genauso ungepflegt und stoppelbärtig aus wie früher. Brendan konnte sich fast vormachen, wieder einundzwanzig zu sein. Selbstsicher, besessen und felsenfest von der Richtigkeit seiner Sache überzeugt. Und genauso verblüfft über die, die die Richtigkeit dessen, was die Neun zum Wohle der gesamten Rasse der *Anderen* zu erreichen versuchten, nicht erkennen konnten.

Freddie Atwood war einer derjenigen gewesen, die von der Richtigkeit seiner Argumente nicht überzeugt gewesen waren.

Und Freddies ganze Familie hatte den Preis dafür bezahlt.

Während Brendan dabeigestanden und nichts dagegen unternommen hatte.

Zumindest damals nicht. Und seine späteren Wiedergutmachungsversuche halfen weder Freddie noch irgendeinem seiner anderen Opfer. Die Toten konnten schließlich keine Absolution erteilen.

Mit grimmiger Verachtung räumte Brendan ein, dass seine Untätigkeit Freddie und dessen Familie das Leben gekostet hatte, während seine Aktion kurz danach zum Tode seines eigenen Vaters geführt hatte. Ein klassischer Fall von ›Wie du es auch machst, es ist verkehrt‹. Und wenn jemand sicher sein konnte, etwas verkehrt gemacht zu haben, dann war er es, Brendan Douglas.

Sein Blick heftete sich auf die Karaffen auf dem Tresen, aber er verdrängte das Verlangen fast ebenso schnell, wie es in ihm aufstieg. Alkohol würde nicht helfen. Er betäubte die Schuldgefühle nur, doch er vermochte sie nicht auszulöschen. Und Brendan hatte genug Flaschen geleert, um das sehr gut zu wissen.

Die Eingangstür flog auf, und ein schneidend kalter Wind und Regen fuhren herein, und unter viel Gefluche und Geschrei, die Tür zu schließen, beeilten sich die Männer, ihre Spielkarten und Zeitungen einzusammeln. Der Neuankömmling schüttelte seinen tropfnassen Übermantel aus und nahm den Hut ab, um sich mit den Fingern durch das feuchte Haar zu fahren, bevor er sich unter halb gesenkten Lidern in dem Gastraum umschaute.

Brendan winkte ihn zu sich herüber und bestellte eine zweite Kanne Kaffee.

Selbst heute noch, neun Monate nach einem beinahe tödlichen Überfall, ging Jack O'Gara so steif, als wäre er zu lange gelaufen. Aber er konnte immerhin wieder gehen, was erstaunlich war. Und dass er noch atmete, war schon ein echtes Wunder.

Irgendwie war es typisch für Jack, aufgespießt worden zu sein wie ein Spanferkel und nichts Schlimmeres zurückzubehalten als die hohlwangigen Züge eines schmachtenden Tragödiendarstellers.

Das Glück der mit Magierblut geborenen O'Garas war hier wieder mal am Werk gewesen.

Jack setzte sich zu Brendan und winkte das Schankmädchen herüber. »Brandy.«

»Das verheißt nichts Gutes, Cousin«, bemerkte Brendan, nachdem die Frau wieder gegangen war.

»Nein.« Der Brandy wurde gebracht, und Jack stürzte ihn mit geschlossenen Augen und einem müden Seufzer der Zufriedenheit hinunter, worauf sich die tiefen Linien um seinen Mund ein wenig glätteten. Als er jedoch wieder zu Brendan aufblickte, stand blanke Furcht in seinem Blick. »Du musst zurück nach Dun Eyre.«

»Du könntest mir nicht genug bezahlen, um dorthin zurückzukehren.«

»Und Elisabeth Fitzgerald?«

Brendan zog seine Taschenuhr hervor und sah lächelnd nach der Zeit. »Die träumt jetzt gerade von ihrem Gang zum Altar. Morgen um diese Zeit wird sie Mrs. Gordon Shaw sein.«

»Vorausgesetzt, sie lebt so lange«, war Jacks düstere Antwort.

Brendan runzelte verwirrt die Stirn.

»Máelodor weiß Bescheid«, erwiderte Jack mit leiser, eindringlicher Stimme, während er sich zu seinem Cousin vorbeugte. »Irgendwie hat er herausgefunden, dass du den Stein damals Elisabeth gegeben hast. Seine Männer sind in ebendiesem Moment schon nach Dun Eyre unterwegs.«

»Woher weißt du das?«

»Von deinem Kontakt in Limerick. Nachdem wir beide uns getrennt hatten, machte ich mich auf den Weg dorthin, um zu sehen, was ich über die Absichten der *Amhas-draoi* in Erfahrung bringen konnte. Diesbezüglich habe ich keine Neuigkeiten, doch es heißt, dass Máelodor das Versteck des Steins herausgefunden hat.«

»Wie viel Zeit haben wir?«

»Nicht lange, schätze ich. Wenn Máelodor weiß, wo der Stein ist, kannst du wetten, dass er so schnell wie möglich versuchen wird, an ihn heranzukommen. Du musst zurück, Brendan. Wenn Elisabeth Máelodors Männern in die Hände fällt ...«

Jack brauchte den Satz nicht zu beenden. Brendan wusste nur zu gut, was dann mit Elisabeth geschehen würde. Brendans Schwester Sabrina war nur mit knapper Not einem ähnlich grausamen Ende entkommen, nachdem sie in Brendans Probleme verwickelt worden war.

War es seine Bestimmung, Unheil über jeden zu bringen, der unvorsichtig genug war, um ihm zu vertrauen? War er so etwas wie ein wandelnder Blitzableiter, dem man nicht ungestraft zu nahe kommen durfte?

Um das Tagebuch seines Vaters zu retten, war sein Bruder Aidan in einem Zweikampf mit einem vom Tode wiederauferweckten Mörder fast gestorben. Jack, ein weiteres Opfer von Máelodors Besessenheit, war nur durch sein schier unglaubliches Glück gerettet worden. Purer Zufall hatte Brendan in jener Nacht auf die Straße geführt, wo Jack überfallen worden war, und nur ein ebenso verrückter Glücksfall hatte die Klinge des Mörders keine lebenswichtigen Organe treffen lassen. Aber könnte Jack ein zweites Mal solch unverschämtes Glück haben?

Könnte es überhaupt einer von ihnen? Oder würde Brendan neben der Last des Todes seines Vaters auch noch die Last des ihren zu tragen haben? Zusätzlich zu seiner Schuld an Freddies Tod und dem Berg von Sünden, der ihn ohnehin schon niederdrückte?

Sein Blick glitt wieder zu Jacks Drink. Es war Jahre her, seit er ein solch unerträgliches Verlangen nach Alkohol verspürt hatte.

Aber er beherrschte sich, schob seinen Stuhl zurück und stand auf, um Mantel und Handschuhe anzuziehen. Gott, er hatte schon fast vergessen, wie verdammt unfreundlich das Wetter hier in Irland war!

»Du musst für mich nach Knockniry, Jack, um dort Daz Ahern zu suchen. Er bewahrt einen Ring für mich auf und wird wissen, warum ich ihn jetzt brauche. Danach treffen wir uns wieder in Dublin. Bei Macklin's auf der Cutpurse Row.«

»Du willst also immer noch deinen verrückten Plan in die Tat umsetzen? Die *Amhas-draoi* scheinen von der Art zu sein, die zuerst tötet und dann erst Fragen stellt. Wenn du bei ihnen auftauchst, werden sie dir vermutlich den Kopf abhacken, ohne auch nur zu fragen, was du willst.«

»Deshalb werde ich mit dem Sh'vad Tual direkt zu Scathach gehen. Mit etwas Glück wird sie mir wenigstens zuhören, bevor sie mein Schicksal besiegelt.« Auf jeden Fall hoffte Brendan das. Das Oberhaupt der *Amhas-draoi* stand in dem Ruf, gerecht zu sein. Sie war allerdings auch bekannt dafür, dass sie ihren Opfern mit einem mit Stacheln versehenen Schwert die Innereien herausriss, aber diesen Aspekt ihrer Natur verdrängte Brendan lieber.

»Was wirst du mit Miss Fitzgerald tun?«

Brendan fuhr sich mit der Hand durchs Haar. »Ich wünschte, ich wüsste es. Sie war selbst in ihren besten Momenten nicht gerade fügsam«, erklärte er mit einem resignierten Schulterzucken. »Sie wird sich nicht widerstandslos in Sicherheit bringen lassen.«

»Ich könnte mir da schon so einiges vorstellen«, antwortete Jack, der selbst den hoffnungslosesten Situationen noch mit einem gewissen Humor begegnete. »Hier. Das wirst du vielleicht brauchen können«, sagte er und zog einen Geldbeutel aus seiner Jackentasche. »Das habe ich beim Glücksspiel mit einem Leutnant gewonnen, der mehr vom Trinken als vom Spiel verstand. Wenn er erst mal aus seinem Vollrausch erwacht, wird er ein ärmerer, aber klügerer Mann sein.«

Brendan nahm das Geld und dankte Jack, durch dessen Geschicklichkeit im Kartenspiel er im letzten Jahr besser gelebt hatte als in den sechs Jahren davor. »Hat dir schon mal jemand gesagt, dass du unverbesserlich bist?«

»Meine Mutter. Immer wieder. Wahrscheinlich schreibt sie auch meine tragische Ermordung diesem Umstand zu.«

»Was mich zu meinem zweiten Auftrag bringt.«

»Aye, *mon capitaine?*«

Brendan hatte seit Wochen versucht, seinen Cousin zu überreden, und jetzt war es an der Zeit, Nägel mit Köpfen zu machen. »Nach unserem nächsten Treffen in Dublin möchte ich, dass du heimkehrst.«

»Du meinst, *wie von den Toten auferstanden?«* Jack spreizte die Hände. »Ta-da! Und was soll ich sagen? Dass die Geschichten über mein Ableben ein bisschen voreilig waren? Darüber haben wir doch schon gesprochen, Brendan.«

»Aye, das haben wir. Und bis jetzt habe ich mir von dir einreden lassen, dass dein vermeintlicher Tod von Vorteil für uns ist. Doch nun ist Schluss damit, Jack. Lassen wir's dabei bewenden! Ich habe dir im letzten Frühjahr das Leben gerettet und du mir das meine in diesem Winter. Damit sind wir quitt.«

Das belustigte Grinsen verschwand aus Jacks Gesicht. »Máelodor hat schon das Tagebuch und den Wandteppich, Brendan. Falls er dich erwischt, wenn du den Stein dabeihast ...«

»Darüber werde ich mir Gedanken machen, falls es so weit kommt.«

Brendan war sehr geschickt darin geworden, seine Ängste unter Verschluss zu halten. Sieben Jahre war er auf der Flucht gewesen. Der Kampf ums Überleben hatte ihn immer tiefer in die Schatten getrieben, während er darum rang, sowohl der Rache der Gerechtigkeit suchenden *Amhas-draoi* als auch Máelodors gedungenen Mördern immer einen Schritt voraus zu sein. Wenn seine Mission gelang, würde diese allgegenwärtige Hand auf seiner Schulter sich zurückziehen und der Albtraum endlich ein Ende haben. Scheiterte er jedoch ... Brendan zwang sich, diesen Gedanken zu verdrängen. Er durfte und würde nicht scheitern.

»Meine Rückkehr von den Toten wird nur Fragen nach dir aufwerfen«, sagte Jack. »Alle werden wissen wollen, wo ich die ganze Zeit gewesen bin, und vor allem, mit wem ich zusammen war.«

»Behaupte, aufs Festland geflohen zu sein, um deinen Spielschulden zu entkommen.«

»Ich habe keine Spielschulden. Oder zumindest keine, derentwegen ich so dumm wäre, auf den Kontinent zu fliehen.«

»Dann tu eben so, als wäre es so.«

»Und wie soll ich meine unglückselige Begegnung mit Máelodors Henker überlebt haben? Du wirst dir ja wohl denken können, dass man sich das fragen wird.«

»Muss ich denn an alles denken? Benutz deinen berühmten O'Gara-Einfallsreichtum, Mann!«

»Du schaffst das nicht allein, Brendan. Gib es zu!«

»Ich habe es sieben Jahre allein geschafft.«

»Nein, du hast dich zwischen einem Haufen Ausländer verkrochen und deine Sorgen in Opium und Alkohol ertränkt.«

Brendan war es, als hätte er einen Schlag erhalten. Sein Magen stieg ihm in die Kehle, und er wurde von einer solch heftigen Übelkeit erfasst, dass er sich auf Mr. Crowdys Fußboden hätte übergeben können. »Wie kommst du denn darauf?«

Jacks Blick verdüsterte sich, und er biss die Zähne zusammen, als wüsste er, dass er eine unsichtbare Grenze überschritten hatte. Dennoch lenkte er nicht ein, was ein weiteres Zeichen seiner unerschütterlichen Courage war. »Niemand meidet Alkohol, wie du es tust, wenn er nicht eine Heidenangst davor hat. Dass du auch Opium genommen hast, entnahm ich Dingen, die du sagtest oder über die du nicht sprechen wolltest.« Ruhig erwiderte er Brendans Blick. »Nimmst du immer noch …«

»Nein.« Mehr erlaubte Brendan sich nicht zuzugeben. Es ging niemanden etwas an, wie tief er in den Jahren seiner Abwesenheit gesunken war. »Schon lange nicht mehr«, versicherte er Jack jedoch, um jeden Zweifel auszuräumen.

»Gut. Damit wäre das dann auch geklärt. Ich werde Ahern aufsuchen, und dann reden wir noch mal über meine Wiederauferstehung, sobald du sicher in Dublin eingetroffen bist.«

»Du hörst nicht zu.«

»Ich bin älter als du, Brendan. Sieh es einfach so, als spräche hier dein großer Bruder.«

»Aidan wäre nicht so eine Glucke.«

Jack lachte. »Du wärst überrascht, was für eine Glucke dein Bruder sein kann.«

»Ich werde nicht zulassen, dass du ...«

»Du kannst mich nicht zwingen.«

»Es ist besser so ...«

»Für wen?«

Keiner ließ den anderen ausreden, bis Brendan schließlich wütend blaffte: »Verdammt noch mal, Jack! Ich will dich nicht bei mir haben.«

Sein Cousin nickte langsam, bevor er den Rest seines Brandys hinunterstürzte und das Glas auf den Tisch knallte. »Jetzt kommen wir zum Kern der Sache. Die für Brendan Douglas typische Arroganz. Er braucht niemanden. Er kann alles ganz allein schaffen.«

»Das ist es nicht«, widersprach Brendan, den der Vorwurf kränkte. »Ich komme nur schneller und leichter voran, wenn ich mich nicht um dich sorgen muss.«

»Ungebundenheit kann zur Gewohnheit werden.«

»Es ist sicherer so.«

Die plötzliche Kälte in Jacks blauen Augen war eine Erinnerung daran, dass auch seine unbekümmerte, gelassene Natur ihre Grenzen hatte. »Aye, Brendan. Aber auch einsamer.«

Elisabeth erwachte mit einem leichten Unbehagen, das sie nicht genau bestimmen konnte.

Es war nichts anderes zu hören als die üblichen Geräusche eines alten Hauses. Irgendwo klapperte ein Fensterladen im Wind, und aus der Ferne kam das einsame Bellen eines Fuchses. Durch einen schmalen Spalt zwischen den geschlossenen Vorhängen fiel ein

Mondstrahl auf den Teppich und das Bett. Die kühle Luft im Zimmer veranlasste Elisabeth, sich noch tiefer unter die Decken zu kuscheln, um einen warmen Fleck zu finden. Aber dann wälzte sie sich wieder unruhig von einer Seite auf die andere und seufzte frustriert, als sie keine bequeme Stellung finden konnte.

War diese Ruhelosigkeit das Ergebnis von zu viel Pfefferkuchen vor dem Zubettgehen? Oder ganz normale Nervosität so kurz vor ihrer Hochzeit? Oder hatte sie etwas mit ihrem beunruhigenden Gespräch mit Tante Fitz zu tun? Aber spielte es überhaupt eine Rolle, *was* es war? Sie brauchte ihren Schlaf. Während der letzten Tage hatte sie kaum mehr als ein paar Stunden Ruhe gefunden, weil sie sich alle möglichen katastrophalen, von Brendan ausgelösten Szenarien vorgestellt hatte, die ihr schöpferischer Geist hatte erfinden können. Wenn sie heute Nacht nicht wenigstens ein paar Stunden Schlaf fand, würde sie riskieren, bei ihrem eigenen Hochzeitsfrühstück einzunicken – was kein sehr vielversprechender Anfang ihres Eheglücks wäre.

Erneut wälzte sie sich herum und klopfte mit den Fäusten ihr Kissen auf. Dann ließ sie sich stöhnend wieder zurückfallen, starrte zu den Bettvorhängen auf und zählte so viele Schafe, dass sie eine kleine Weide hätten füllen können. Irgendwann wurden ihre Glieder schlaff und ihre Augenlider schwer, doch als sie gerade einschlummerte, weckte eine leichte Berührung an der Schulter sie wieder.

Für einen winzigen Moment erhielt sie den Eindruck von harten, kantigen Zügen, Augen, die golden wie die Sonne waren, und einem Finger, der sich an volle, sinnliche Lippen legte und um Schweigen bat.

Aber sie konnte die Augen nicht offen halten und ihre Arme und Beine nicht mehr fühlen.

So viel zu Brendan Douglas' Glück.

Gegen ihren Willen übermannte sie der Schlaf.

Kapitel Sechs

Elisabeth erwachte mit wild pochendem Herzen, weil der Albtraum noch immer viel zu lebhaft und lebendig in ihrem Bewusstsein war. Kälte sandte eine Gänsehaut über ihre Glieder, starke Arme umfassten ihre Taille, und ein fremdartiger, würziger Duft kitzelte ihre Nase. Sie erinnerte sich mit perfekter Klarheit an die Arme und den Duft. Aber … Sie tat einen unsicheren Atemzug, schloss die Augen und öffnete sie wieder. Doch alles blieb. Die Kälte. Die Arme. Der Duft. Der Himmel stehe ihr bei! Es war also doch kein Traum.

Sie wurde gegen eine harte Brust gedrückt, und ihre Beine hingen seitlich über dem Nacken eines Pferdes. Gesträuch und Hecken begrenzten rechts und links einen vom Regen durchweichten Weg, und gurgelndes Wasser war irgendwo in der Nähe zu hören. Über ihnen hörte sie das Schwirren von Flügeln, als sich irgendein nächtlicher Raubvogel in die Luft erhob. Darüber hinaus waren die einzigen Geräusche das Atmen des Pferdes, das Ächzen des Sattels und Klirren des Zaumzeugs sowie das gleichmäßige Hufgetrappel auf dem Weg.

Elisabeth schwankte, weil ihr so schwindlig war, dass sie das Gefühl hatte, als stiege ihr der Magen in die Kehle.

»Vorsicht! Die Stute ist schon nervös genug mit zwei Reitern auf ihrem Rücken.«

Nein. Nicht diese Stimme! Das konnte nicht sein. Das würde er nicht wagen.

Sie versteifte sich und stieß dabei mit dem Kopf gegen sein Kinn.

»Au! Das hat wehgetan, verdammt!« Brendan umklammerte sie noch fester, als die Stute scheute und seitwärts tänzelte. »Du sollst stillhalten, sagte ich. Ich habe mir fast die Zunge abgebissen.«

Elisabeth blickte auf und sah, wie er sich das Kinn rieb. Sein Ärger hätte ihm nicht deutlicher ins Gesicht geschrieben sein können. Aber schon diese kleine Bewegung drehte ihr den Magen um, und alles schien sich um sie zu drehen und vor ihr zu verschwimmen.

»Was in Herrgotts Namen treibst du hier, du dummer, egoistischer, arroganter Bastard von einem verdammten Sohn einer ...« Zitternd vor Wut, Furcht, Verwirrung und einer immer stärker werdenden Übelkeit, grub sie jedes Schimpfwort aus, das sie je gehört hatte, was ihren eigenen Zorn beträchtlich linderte, aber überhaupt keinen Eindruck auf Brendan machte, der frustrierend ungerührt blieb.

»Du kannst mir später danken«, knurrte er.

»Dir danken? Wofür? Für die Zerstörung meines ...« Sie konnte kaum noch atmen. »Für meine Entführung?« Der Brechreiz wurde übermächtig. »Lass mich runter!«

»Kann ich nicht.«

Sie stieß ihn gegen die Brust. »Lass mich runter! Schnell!«, sagte sie mit Tränen in den Augen.

»Was ist denn los, Lissa?« Zum ersten Mal klang er verunsichert.

»Tu es, wenn du nicht willst, dass ich mich hier oben übergebe!«

Daraufhin ließ er sie schnell zu Boden gleiten, wo sie auf die Knie fiel und ungeachtet der Nachtkleidung, die sie zu tragen schien, die Hände in die Erde grub. Die Welt drehte sich um sie und schwankte unter ihr, als sie würgte und sich erbrach, bis ihre Kehle brannte und ihr Magen sich verkrampfte.

Sie hörte, wie Brendan hinter ihr vom Pferd stieg, und spürte dann seine Hand auf ihrer Schulter, während sie würgte, weinte, schniefte und hustete.

Und obwohl sie dagegen ankämpfte, wurde ihr wieder schwarz vor Augen, und ihr schwanden die Sinne.

»Was guckst du so?«, brummte Brendan.

Der struppige schwarz-weiße Hund spitzte die Ohren, legte den Kopf zur Seite und starrte ihn mit einem stummen Vorwurf in den dunklen Augen an. Er war hereingeschlüpft, als der Besitzer gegangen war, und beschnüffelte nun jede Ecke und jedes Möbelstück im Raum. Eine Prozedur, für die er in der schäbigen kleinen Hütte höchstens fünf Minuten brauchte.

»Ich musste sie entführen, um zu verhindern, dass sie Máelodors Schlägern in die Hände fiel.«

Der komische kleine Hund wandte sich ab und trabte zu der strohgefüllten Matratze hinüber, auf der er sich mit einem zufriedenen Seufzer neben Elisabeth zusammenrollte.

»Runter da! Du bist wahrscheinlich voller Flöhe.« Brendan streckte die Hand nach dem Hund aus, der jedoch knurrend die Zähne fletschte.

Brendan trat zurück. »Na schön. Soll es sie doch jucken. Ein Grund mehr für sie, mich zu verabscheuen. Als bräuchte sie noch mehr Gründe!«

Er setzte sich, kippte seinen Stuhl gegen die Wand, verschränkte die Arme vor der Brust und zog die Schultern ein, um warm zu bleiben. Es hatte wieder zu regnen begonnen, und Zugluft blies durch das, was hier als Wände durchging. Das Torffeuer zischte und knisterte bei jedem Regentropfen, der durch den undichten Schornstein herunterfiel.

Der stolze Besitzer der Hütte hatte sich mit Geld in der Tasche und einem wissenden Grinsen in seinem zerfurchten Gesicht zu einem Nachbarn verdrückt. Als böte eine schmutzige Bruchbude wie diese hier das perfekte romantische Ambiente für eine Verführung.

Brendan wünschte, es wäre so einfach. Aber irgendwie glaubte er nicht, dass Elisabeth ihre Entführung in solch rosigen Farben sehen würde. Und wie hart sie zuschlagen konnte, hatte er ja schon zu spüren bekommen. Unwillkürlich rieb er sich sein wundes Kinn. Das Letzte, was er brauchte, war, eine sich sträubende, feindselige Frau quer durchs Land zu befördern. Und als wäre das nicht schon strapaziös genug, würden sie auch noch Máelodors Männer, die *Amhas-draoi* und einen wütenden Bräutigam auf den Fersen haben.

Wann immer es so aussah, als erwachte sie, spielte er mit dem Gedanken, sie in den *anfarath*-Schlaf zu versetzen. Doch es hatte auch seine Nachteile, eine bewusstlose Frau nach Dublin schleppen zu müssen. Normalerweise brauchte das Opfer ein paar Stunden, um den Schwindel und die Übelkeit zu überwinden. Außerdem hatte er noch nie versucht, jemanden eine ganze Woche schlafen zu lassen, und konnte sich daher der Nebenwirkungen nicht sicher sein. Es war ein Risiko, das er nicht eingehen wollte, zumal er ziemlich aus der Übung war, was seine magischen Kräfte anging. Gott, am Ende würde sie vielleicht überhaupt nicht wieder erwachen!

»Zum Teufel mit Jack und seinen noblen Anwandlungen! Das Ganze ist nur seine Schuld. ›Du musst zurück zu ihr, Brendan. Du kannst sie nicht im Stich lassen. Máelodors Männer sind schon unterwegs‹«, äffte er Jack nach. »Wenn er so verdammt besorgt war um Elisabeth, warum ist er dann nicht selbst zurückgekehrt, um sie zu holen?«

Der Hund hob nicht einmal den Kopf, obwohl er Brendan unablässig ansah.

»Na schön. Die Verantwortung für Elisabeth liegt bei mir, doch lass mich meinem Ärger wenigstens Luft machen, ja? Das hält mich warm.« Und es gab ihm auch noch etwas anderes zu tun, als sich zu fragen, wie er Elisabeth etwas erklären sollte, was ihr wie das schändlichste Verbrechen vorkommen musste.

»Wie soll ich ihr begreiflich machen, dass es nur zu ihrem eigenen Besten ist? Dass das Letzte, was ich will oder brauche, eine unfreiwillige Begleiterin ist? Dass ich sie nur zu gern nach Dun Eyre zurückbringen würde, wenn das nicht ihren Tod bedeuten würde? Dass ich im Grunde gar nicht so ein Schuft bin, wie sie glaubt?«

Der Hund blinzelte und nieste zweimal.

»Na prima. Jetzt frage ich schon einen vierbeinigen Mopp um Rat.« Brendan legte den Kopf zurück, um zu dem Gewirr aus Spinnweben und Schatten aufzublicken, und warf den verstaubten Balken ein grimmiges Lächeln zu. Er würde Elisabeth nie dazu bringen können ihn zu verstehen. Er *war* ein Schuft, neben einer Menge anderer, noch unschönerer Eigenschaften.

Elisabeth murmelte etwas im Schlaf und drehte sich um, wobei der Mantel, mit dem er sie zugedeckt hatte, auf den Boden fiel. Ihr Zopf hatte sich gelockert, und wirre rote Locken umrahmten ihr Gesicht, das so weiß war wie ihr Hemd, als sie stirnrunzelnd nach der verlorenen Wärme suchte.

Brendan kippte den Stuhl wieder nach vorn und erhob sich, um den Mantel aufzuheben. Diesmal ließ der Hund ihn an Elisabeth heran. Er streckte sogar seine kalte Nase aus, um Brendans Finger zu beschnüffeln, als er Elisabeth wieder in den Mantel hüllte.

Sofort kuschelte sie sich in seine Wärme, und ein Lächeln huschte über ihre Lippen, die ein kaum hörbares »Danke«, murmelten.

Ein bisschen spät, dachte Brendan. Und wenn sie erwachte, würde sie sich bestimmt auch nicht daran erinnern, ihm gedankt zu haben, sondern genauso bissig und wütend sein wie eh und je.

Brendan fuhr sich mit der Hand über das Gesicht und versuchte, sich zu konzentrieren, was aber schlicht unmöglich war. Ihm war kalt in dieser unwohnlichen, feuchten Hütte, und er fühlte sich äußerst unbehaglich, zumal er auch noch eine Frau am Hals hatte, die beim Erwachen einen hysterischen Anfall bekommen würde. Wütend, aufgeregt und hundeelend würde sie sich fühlen – was im günstigsten Moment schon keine gute Mischung war. Und dies war alles andere als der günstigste Moment.

Deshalb versuchte Brendan, sich an das einzig Wichtige zu klammern – dass der Sh'vad Tual in Sicherheit war.

Er zog ihn an seiner goldenen Kette unter seinem Hemd hervor. Was für ein unprätentiöses Schmuckstück! Der grob behauene Stein war weder schön, noch funkelte oder glänzte er. Doch während Brendan ihn noch betrachtete, flackerten Gold, Bronze und Rosa in seinen tiefsten Winkeln auf, die zu bernsteinfarben wurden, dann ein zitronen- und messingfarbenes Gelb annahmen, bevor sie zu einem dunklen Weinrot, hellen Pink und dem rotgoldenen Ton eines guten Brandys wechselten.

Einige Farben tauchten auf und verschwanden wieder; andere blitzten und funkelten nur, wenn Brendan nicht direkt hinsah. Hinzu kamen noch andere Farbschattierungen, die sich mit keinem der ihm bekannten Namen beschreiben ließen: ein Braun, das rauchige Silber-, zugleich aber auch kräftige Orangetöne enthielt. Ein Blau, das in einem Lichtstrahl dunkellila schimmerte und im nächsten Moment zu Farngrün changierte, bevor es sich zu einem rußigen Schwarz verdunkelte.

Brendan starrte den Stein an, bis seine Augen brannten und tränten, während die Facetten des Steins sich wie eine Landkarte in seiner Hand entfalteten. Er sah Höhlen und Kavernen, weite Ozeane, sternenglitzernde Himmel und galaktische Systeme. Da waren Bäume, deren Wipfel von Blitzen durchzuckte Wolken streiften, aber auch ein einziger Wassertropfen, der von einem perfekt geäderten Blatt herunterlief.

Die dunklen Wolken teilten sich, um einen Lichtstrahl hindurchzulassen, und Brendan sah einen Mann, der auf einem mit Toten übersäten Schlachtfeld stand. Sein Haar war feucht von Schweiß und Blut, sein Schwert zerbrochen, und ihm war anzusehen, dass er dem Tode nahe war.

Ein grauenvoller Schmerz, als würde ihm mit einer Axt der Schädel gespalten, durchfuhr Brendan, während der Stein die Innenseite seiner Hand versengte und die Farben in einem Strom aus Ebenholz, Lavendel, Smaragd und Azurblau durch seine Finger flossen.

»Verdammt!« Er ließ den Stein los und schüttelte die verbrannte Hand. Als er den Sh'vad Tual wieder aufhob, war er so kühl und leblos wie zuvor.

Ein Frösteln durchlief Brendan und brachte seine Zähne zum Klappern, worauf er sich noch fester in seinen Rock hüllte und darauf wartete, dass Elisabeth erwachte.

Und das wahre Elend erst begann.

Unzusammenhängende Bilder und verworrene Gedanken schossen Elisabeth durch den Kopf und weckten bizarre Träume, die ihr Übelkeit verursachten und ein unangenehmes Brummen in ihren Ohren hinterließen.

Sie sah Tante Fitz mit ihrem seltsamen, geheimnisvollen Lächeln. Gordon, der mit seinem Saphirkollier in der Hand allein vor dem Altar in der Kirche stand. Schwärme von kreischenden, scharfäugigen Tauben, die Kreise über Dun Eyre zogen, bevor sie in Richtung Osten auf Dublin und auf London zuflogen. Brendan, der ihren Anhänger umklammerte und zwischen dessen Fingern buntes Licht hindurchdrang. Und sie sah auch sich selbst in ihrem viel zu engen Hochzeitskleid und mit einem Stück Kuchen in jeder Hand.

Immer neue Bilder tauchten auf, bevor sie sich in einem endlosen Dämmerlicht verloren. Elisabeth versuchte, der vordringenden Dunkelheit vorauszubleiben, doch egal, wie viele Schritte sie machte, die Schatten kamen immer näher. Sie begann zu laufen, aber ihre Furcht verstärkte das graue Nichts hinter ihr nur. Als sie stolperte und fiel, schrie sie nach der einzigen Person, von der sie wusste, dass sie den Tod aufhalten konnte, der sie in der Leere erwartete.

Und wachte sterbenselend und heftig würgend auf.

»Kämpf nicht dagegen an, Lissa! Das macht die Übelkeit nur schlimmer.«

Dagegen ankämpfen? Dachte er, das sei es, was sie tat? Nein, sie hatte schon lange die weiße Fahne gehisst und wollte nur noch, dass der Boden an seinem Platz blieb und die Wände aufhörten, sich zu drehen, um in Frieden sterben zu können.

»Du wirst nicht sterben«, kam die ärgerliche Antwort.

Elisabeth versteifte sich. Hatte sie etwa laut gesprochen? Ganz sicher nicht. »Du meinst, dieser zehnte Kreis der Hölle wird ewig anhalten?«

»Natürlich nicht. In ein, zwei Stunden bist du wieder auf den Beinen«, sagte Brendan. »Hoffe ich«, fügte er leiser hinzu.

Er hüllte sie wieder in den Mantel ein, der ihr als Decke diente, und sie hörte das Stroh unter ihrem Kopf knistern, als sie sich fröstelnd unter dem dicken Tuch zusammenrollte und versuchte, sich ein Bild zu machen, wo sie war. In der Lehmhütte eines Bauern, mit einem Boden aus fest gestampfter Erde und einigen grob gezimmerten Möbelstücken. Die Gerüche von Schweiß, Schmutz und Tieren hingen in der Luft. In einer Ecke bildete sich eine Pfütze von dem Regen, der aufs Dach trommelte, und der Wind rüttelte an der Tür und trieb den Rauch in den Kamin zurück.

Brendan setzte sich auf einen Stuhl an der Wand und verschränkte die Arme vor der Brust. Sein Blick war von Ärger und Frustration geprägt. Als hätte ausgerechnet er das Recht, ihretwegen ärgerlich zu sein!

Am liebsten hätte sie ihn angeschrien. Ihn geohrfeigt. Ihn windelweich geprügelt, weil er ihr das antat. Das und all die anderen Dinge, die er sich hatte zuschulden kommen lassen. Aber das Zimmer drehte sich so wild um sie, dass sie innerlich vor Wut nur schäumen und die Minuten zählen konnte, bis der Augenblick ihrer Rache kommen würde.

»Wo sind wir?«, fragte sie zähneklappernd.

»An der Straße zwischen Corofin und Gort.«

So weit? Selbst wenn sie auf der Stelle aufbrachen, würde es Stunden dauern, bis sie Dun Eyre erreichten. »Wie lange ...« Sie schluckte. »Wie lange liege ich schon hier?« Sie konnte sich nicht dazu überwinden hinzuzufügen, *allein mit dir.* Es würde die Riesenkatastrophe, die sich schon jetzt bedrohlich abzeichnete, nur noch unterstreichen.

»Vierundzwanzig Stunden etwa«, erwiderte er mit unüberhörbarer Verdrossenheit.

Einen ganzen Tag? Sie müsste inzwischen verheiratet sein. Eine respektable Ehefrau, die die letzten Vorbereitungen zu ihrer Hochzeitsreise nach London traf. Stattdessen aber würde Gordon völlig außer sich sein und Tante Fitz und Tante Pheeney in heller Panik.

Oder ... Elisabeth schnappte entsetzt nach Luft.

Tante Fitz wusste, dass Brendan in Dun Eyre gewesen war. Elisabeth hatte sich sogar amüsiert über seine lächerliche Behauptung, die Braut entführen zu wollen. War es möglich, dass jetzt alle glaubten, sie sei mit Brendan durchgebrannt? Könnten sie sich vorstellen, dass dies mehr ein gemeinsames Davonlaufen als eine Entführung gewesen war? Könnte ihr Leben sogar noch schlimmer werden?

Brendan stand auf, um in dem engen Zimmer auf und ab zu tigern. Dabei tippte er sich mit dem Finger an das Kinn. »Wir können hier nicht viel länger bleiben. Wenn es dir nicht bald besser geht, werde ich dich auf Onwen hieven und mein Glück auf der Straße versuchen.«

»Hieven? Na, dann viel Glück damit. Mit dir gehe ich nirgendwohin – oder höchstens nach Dun Eyre zurück.« Vielleicht konnte sie ihren Tanten und Gordon vorschwindeln, sie habe ganz unerwartet weggemusst, mitten in der Nacht, allein, in ihrem Nachthemd … und vielleicht konnten Schweine fliegen. Wer würde ihr eine solch lächerliche Geschichte abnehmen?

Mit einem grimmigen Blick und einer ganz neuen Härte in den Zügen trat Brendan vor sie hin. »Glaub mir, wenn ich sage, ich wünschte, ich könnte dich nach Hause bringen! Aber Dun Eyre ist nicht sicher. Máelodors Beutejäger sind schon auf dem Weg dorthin.«

Elisabeths Wut war größer als der kleine kalte Schauder, der ihr über den Rücken glitt. »Nicht sicher? Was redest du da? Und wer ist Máelodor?«

»Jemand, der mich Stück für Stück auseinandernehmen will. Am liebsten mit einer stumpfen Klinge.«

Elisabeth biss die Zähne zusammen. »Das kann ich sehr gut nachvollziehen.«

Ohne seine nervöse Wanderung durch den engen Raum zu unterbrechen, rieb sich Brendan über das Gesicht, als versuchte er, wach zu bleiben. Bis dahin hatte Elisabeth weder die Schatten unter seinen Augen noch die Fahlheit seiner Haut bemerkt. Es geschah ihm nur recht, wenn er an irgendwas erkrankte. Sie hoffte nur, dass es etwas Tödliches war. »Erinnerst du dich, dass ich dir sagte, ich hätte ein paar Leute verärgert und müsste mich in Dun Eyre verstecken?«

»Ich bin überrascht, dass es nur ein paar waren.«

Ihr Kommentar entlockte ihm ein schwaches Lächeln. »Mich zu verstecken war nicht der einzige Grund, warum ich nach Dun Eyre kam. Ich musste etwas holen, das ich damals dort zurückgelassen hatte.«

»Und aus welchem Grund musstest du mich entführen?«

»Dun Eyre war der perfekte Ort, um den Sh'vad Tual zu verbergen. Niemand würde einen solchen Schatz am Hals meiner Verlobten vermuten. Dort wäre er sicher, bis ich ihn wieder brauchte, dachte ich.«

»Der Anhänger. Seinetwegen bist du also zurückgekommen.«

Und wie kam sie dazu, über diese nüchtern vorgebrachte Tatsache enttäuscht zu sein? Weil sie krank und nicht ganz bei sich war. Das musste es sein. Es gab keinen vernünftigen Grund auf dieser schönen Erde, warum sie auch nur für eine Sekunde wünschen sollte, Brendan sähe sie als erwachsene, begehrenswerte Frau statt als verdammtes Ärgernis, das gerade mal seit ein paar Jahren nicht mehr die Schulbank drückte. Nein, dazu gab es wirklich überhaupt keinen Grund.

»Irgendwie ist Máelodor dahintergekommen, wo ich den Stein verborgen hatte«, fuhr er fort. »Er weiß, dass du ihn hast, und hat seine Männer nach Dun Eyre geschickt, um ihn zu holen.«

»Dann bring mich heim, und ich werde ihnen sagen, dass sie zu spät gekommen sind, weil du ihn schon gestohlen hast.« Sie zog eine Braue hoch. »Du *hast* du ihn doch gestohlen?«

Er warf ihr einen gekränkten Blick zu. »Ich würde ›abgeholt‹ dem Wort ›gestohlen‹ vorziehen«, sagte er und setzte seine unruhige Wanderung fort. »Und das wäre auch gut und schön, wenn Máelodor nicht dazu neigen würde, jeden umzubringen, der zwischen ihm und dem steht, was er will. Seine Männer würden nicht gelten lassen, dass du den Stein nicht hast, und sie können mit Misserfolgen nicht umgehen.«

Sein unaufhörliches Herumlaufen verschärfte ihren Kopfschmerz noch. »Du hast mich meiner Familie, meinen Freunden und dem Mann genommen, den ich heiraten wollte, um … mich zu retten?«

»Genau.«

»Dann lass mich nächstes Mal den sicheren Tod riskieren.«

»Das nenne ich Dankbarkeit«, knurrte er. »Schau mal, Lissa – glaubst du etwa, ich wäre glücklicher mit dieser Situation als du?«

Sie musste zugeben, dass er genauso schlecht gelaunt und verärgert zu sein schien wie sie. Das streitlustig vorgeschobene Kinn, die finster zusammengezogenen Brauen über wütend blitzenden Augen entsprachen nicht gerade der Gemütsverfassung eines Liebenden. War es möglich, dass er die Wahrheit sagte und sie tatsächlich in Gefahr war? Oder war das nur ein Vorwand, um sie bei sich zu behalten, während er sie umwarb? Falls das jedoch seine Vorstellung von Verführung war, war er ausgesprochen schlecht darin.

Sie fixierte ihn mit einem Blick, von dem sie hoffte, dass er ihn durchlöchern würde. Doch leider griff der Schmerz in ihrem Kopf auf ihren Nacken und ihre Schultern über, bis ihr ganzer Körper schmerzte und sie die Augen schließen musste, bevor ihr Hirn aus ihnen herausfloss. »Mir wird schon wieder übel.«

»Es war nur ein simpler kleiner Zauber. Wie konnte ich wissen, dass du so stark darauf reagieren würdest?«

»Simpel, sagt er«, murmelte sie und drehte sich mit dem Gesicht zur Wand.

Sie hörte ihn im Raum herumgehen. Das Knistern des Feuers, als er Holz nachlegte und es wieder entfachte. Das Scharren eines Stuhls. Das Gemurre, als er versuchte, es sich bequem zu machen.

Hilflosigkeit passte nicht zu ihr. Falls Brendan glaubte, sie würde ihm erlauben, sie wie einen Sack Mehl über sein Pferd zu werfen, irrte er sich gewaltig. Aber welche andere Wahl blieb ihr? Sie war nicht in der Verfassung, mit ihm zu streiten oder sich gegen ihn zur Wehr zu setzen. Sie hatte ja nicht mal Kleider, Herrgott noch mal! Sie war ihm wirklich hilflos ausgeliefert.

Vorläufig zumindest.

Sie zog den Mantel noch fester um sich, während sie sich noch einmal seine Erklärungen ins Gedächtnis rief. Magie. Zauber. Die *Anderen*. Diese Dinge gehörten nicht in die wohlgeordnete Normalität ihres Lebens. Sie waren Bestandteil von etwas Fremdem,

Dunklem und Verbotenem. Von Getuschel hinter verschlossenen Türen und wundersamen Geschichten ihrer Großmutter, die Elisabeths Fantasie mit köstlicher, prickelnder Erregung erfüllt hatten.

Ein bisschen von dem, was sie früher einmal verspürt hatte, wenn sie bei Brendan war. Als würde sie, wenn sie erst einmal verheiratet waren, endlich diese farbenfrohe, exotische, schwer zu fassende Welt entdecken und die Kräfte verstehen, die ihn antrieben, formten und von ihm abstrahlten wie das Glitzern von Diamanten.

Dieser Kindheitswunsch war ihr erfüllt worden, und zwar ganz gehörig.

Doch statt eines Wunders war das Einzige, was sie erlebte, das Gefühl, am Rande eines Abgrundes zu stehen, der Furcht erregender war, als sie es sich auch nur vorstellen konnte. Mit angehaltenem Atem und ängstlicher Erwartung, als könnten ihre Welt und seine jederzeit in diese dunkle Kluft hinunterstürzen.

Eine einzige falsche Bewegung, und es würde für sie beide kein Zurück mehr geben.

»Was willst du mit diesem hässlichen Fetzen?«, fragte Elisabeth.

Brendan hielt ein formloses, graubraunes Stück Stoff hoch, das mit Flecken unbekannter Herkunft übersät war. »Das ist dein Kleid. Seine frühere Besitzerin hat mir einen ganzen Schilling dafür abgenommen, also gib gut acht darauf.«

»Gab es die Läuse umsonst dazu?« Sie schüttelte den Kopf und lachte spöttisch auf. »Nein, wirklich, Brendan. Was ist das?«

»Dein Kleid. Entweder trägst du das oder dein Nachthemd, bis wir in Dublin sind«, erwiderte er und ließ Unterröcke, eine Schürze, Strümpfe und ein Paar derbe Stiefel auf die Strohmatratze fallen. »Wir haben keine Zeit, dir etwas Besseres anfertigen zu lassen.«

Elisabeth rümpfte die Nase, als sie den schäbigen Baumwollstoff betrachtete. Das sollte ein Kleid sein? Vielleicht vor langer Zeit einmal, aber heute sah das Ding mehr wie ein Kartoffelsack aus. Wie ein sehr hässlicher Kartoffelsack, dachte sie seufzend. Die Lage verschlechterte sich weiter. Doch wenigstens hatte sie sich von dem gestrigen Schwindel und der Übelkeit erholt und war schon froh über diese kleinen Siege. Außerdem würde sie bekleidet – und wenn auch nur mit Lumpen – bessere Chancen haben, ihre Freiheit zurückzugewinnen. Sie würde ihren Tanten schreiben und sie bitten, ihr zu helfen. Gordon würde ihr zu Hilfe eilen, und alles würde wieder gut sein.

»Na schön. Aber nur, weil ich keine andere Wahl habe«, seufzte sie und nahm Brendan den hässlichen Fetzen aus der Hand. »Doch sobald wir in der Stadt sind . . .«

»Überschütte ich dich mit Seide, das verspreche ich. Und jetzt zieh dich an! Wir haben hier genug Zeit vertrödelt.«

Ihr Blick glitt vielsagend zwischen dem Kleid und Brendan hin und her. Als er nicht zu begreifen schien, räusperte sie sich.

»Es schüttet draußen. Ich würde pitschnass«, wandte er entrüstet ein.

Ihr Gesichtsausdruck sprach Bände.

»Na schön. Komm, Gordon!«, sagte er und winkte dem Hund.

»Das ist nicht witzig«, erklärte Elisabeth mit tränenerstickter Stimme. Aber sie beherrschte sich, denn dass er sie weinen sähe, wäre die endgültige Demütigung für sie.

Einen Moment wirkte er fast zerknirscht. »Tut mir leid. Das war ein dummer Scherz. Er hört sowieso nicht darauf. ›Killer‹ ist ihm lieber.« Der Hund sprang auf und wedelte mit dem kurzen Schwanz. »Siehst du?«

Elisabeth schluckte und musste nun doch wider Willen lächeln. Brendan sollte eigentlich nicht charmant sein, sondern auch weiterhin grob, herrisch und arrogant, weil das es ihr viel leichter machte, ihn zu hassen. »Na, dann geh mit Killer hinaus! Ich rufe, wenn ich präsentabel bin.«

»Präsentabel? Wir besuchen nicht die Königin.«

»Raus!«

Killer trabte hinterher, als Brendan die Tür aufstieß und fluchend in den strömenden Regen hinaustrat.

Endlich allein, schlüpfte Elisabeth aus ihrem Nachthemd. Ganz bewusst vermied sie jeden Gedanken an seine frühere Besitzerin, als sie den Putzlappen aufhob, der als Kleid herhalten musste, und das Ding über den Kopf streifte. Die Person, die es Brendan verkauft hatte, war erheblich dünner, flachbrüstiger und gute zehn bis zwölf Zentimeter kleiner gewesen. Die Seitensäume hielten kaum noch, und auch das Oberteil drohte zu platzen, wenn sie nur tief Luft holte. Außerdem roch das Ding nach Schweiß und stinkendem Käse. Elisabeth rümpfte die Nase und tröstete sich mit dem Gedanken, dass es nur ein vorübergehendes Übel war. Sowie sie Dublin erreichten, würde sie das Kleid verbrennen und sich ein langes, heißes Bad gönnen, um den Geruch und Schmutz wieder loszuwerden.

»Können wir hereinkommen?«, ließ sich eine gereizte Stimme hören. »Killer wird weggeschwemmt, und mir wachsen langsam Kiemen.«

Elisabeth hatte soeben ihre Strümpfe übergestreift und richtete sich auf. »Killer darf herein. Du kannst meinetwegen ertrinken.«

Brendan war von Kopf bis Fuß durchnässt, und die Haare klebten ihm am Kopf, als er auf nassen Stiefeln hereinpatschte. »Was für ein verdammtes Unwetter da draußen!«

Elisabeth bückte sich, um die abgetragenen Halbstiefel zuzuschnüren. Es war kaum zu glauben, aber die Dinger passten. Sie stand auf, schüttelte die Röcke aus und zupfte die Schürzenbänder zurecht, als ließe sich mit noch so viel Mühe aus diesem Lumpen etwas halbwegs Anständiges machen. »Bestehe ich?« Sie drehte sich vor Brendan. »Bin ich schmutzig, schlampig und stinkig genug für dein skrupelloses, durchtriebenes Ich?«

Ein Lächeln glitt über sein müdes Gesicht. »Das ist meine Lissa! Wenn du aufhörst, mich zu beleidigen, werde ich anfangen, mich um dich zu sorgen.« Sein Blick glitt sichtlich skeptisch über ihr neues Erscheinungsbild. »Nicht gerade ein *Ackermann*-Modell, doch es wird schon gehen.« Er starrte sie noch einen langen Moment an, bevor er sich räusperte, auf dem Absatz herumfuhr und sich daranmachte, seine Sachen einzusammeln und in seinen Satteltaschen zu verstauen.

Elisabeth griff nach Brendans Mantel und legte ihn sich um die Schultern. Sein maskuliner Duft, eine Mischung aus dem würzigen Geruch von Feld und Wald, Schweiß und irgendeinem fremdartigen Aroma, haftete dem dicken Wollstoff an. »Wenn *du* aufhörst, mich zu beleidigen, werde *ich* beginnen, mich um dich zu sorgen.«

Er warf ihr ein weiteres mutwilliges Lächeln zu, bei dem ihr ganz seltsam weh ums Herz wurde. Rasch wandte sie sich ab.

»Untersteh dich!«, zischte Elisabeth, als Brendan sie auf Onwen hinaufheben wollte. »Soweit ich mich erinnere, kann ich noch sehr gut allein ein Pferd besteigen.«

Mit einem zustimmenden Nicken trat Brendan zurück. »Nur zu! Dich hochzuheben ist nicht die leichteste Aufgabe.«

Sie warf ihm einen vernichtenden Blick zu, als sie die Zügel in die Hand nahm und sich auf Onwens Rücken schwang. »Ich werde so tun, als hätte ich das nicht gehört.«

Als er hinter ihr aufstieg, tänzelte die Stute nervös und warf den Kopf zurück, doch eine feste Hand und ein sanftes Wort beruhigten das Pferd schnell wieder. Sie hatten den Hof der Farm noch nicht verlassen, aber der Regen durchdrang bereits den Überzieher, den Brendan ergattert hatte, und tropfte von seinem Hut in seinen Nacken. Der Kalender mochte den frühen April anzeigen, doch die Kälte fühlte sich mehr nach Februar an, und es goss in Strömen. Onwens Hufe versanken im Schlamm, da die Straße zu einem regelrechten Sumpf geworden war.

Der kleine Terrier, dessen Fell ganz stachelig war vor Nässe, stand in der Tür und beobachtete sie interessiert. Als Brendan das Pferd antrieb, folgte Killer ihnen.

»Du bleibst da!«, befahl Brendan.

Der Hund blieb stehen, und sein Gesichtsausdruck war fast ein wenig überheblich, als er sich wieder in Bewegung setzte, um ihnen hinterherzutrotten.

»Ich glaube, du hast einen Freund gewonnen«, bemerkte Elisabeth belustigt.

»Ich will keinen Freund. Ob es nun ein Hund ist oder eine Frau.« Er drehte sich im Sattel um. »Du bleibst hier, Killer. Ab nach Hause!«

Der Hund nieste, blieb jedoch weiter hinter ihnen und sprang mit hängender Zunge und wedelndem Schwanz über herabgefallene Äste und wich den Pfützen aus.

»So ein Pech.« Elisabeth lachte spöttisch. »Es sieht ganz so aus, als bekämst du beides, ob du willst oder nicht.«

Brendan starrte böse auf ihren Hinterkopf und verkniff sich eine ebenso sarkastische Erwiderung. Gab sich alle Mühe, nicht zu bemerken, wie sie an ihm lehnte, wie aufreizend ihr Po zwischen seinen Beinen ruhte oder wie verführerisch ihr Körper sich in seinen Armen hin und her bewegte.

Es war dieses verdammte Kleid gewesen. Es war scheußlich. Das hässlichste, das er je an einer Frau gesehen hatte.

Und trotzdem hatte Elisabeth nie atemberaubender ausgesehen.

Das Kleid saß wie angegossen und betonte jede ihrer üppigen, vollkommenen Rundungen, und das tief ausgeschnittene Mieder gab den Blick auf zarte, honigfarbene, mit Sommersprossen bedeckte Haut frei. Vervollständigte man das Bild mit der bestrickenden Fülle ihrer dunkelroten Locken und den großen braunen Augen, war es, als wäre plötzlich eine überaus verführerische Sexgöttin dort erschienen, wo Sekunden zuvor noch eine lästige kleine Schwester gestanden hatte.

Was er überaus beunruhigend fand.

Onwen stolperte, und Elisabeth rieb sich an Brendan, wobei ihr Nacken seinem Mund verlockend nahe kam.

Brendan biss die Zähne zusammen, versuchte, die Reaktion seines Körpers zu ignorieren, und hob das Gesicht in den Regen, um die Hitze in seinen Lenden abzukühlen.

Das war Elisabeth Fitzgerald: eine Plage. Ein Ärgernis. Sand im Getriebe seiner wohldurchdachten Pläne.

Und wenn er sich nur ein klein wenig vorbeugte, könnte er die zarte Haut hinter ihrem Ohr küssen.

Killer bellte und hechtete zwischen Onwens Beinen hindurch, um sich ins Gebüsch zu stürzen und einem Kaninchen nachzujagen. Die Stute tänzelte nervös zur Seite, und eine Flut von Regenwasser kippte wie ein eisiger Wasserfall aus Brendans Hutkrempe auf seinen Rücken.

»Verdammter Köter!«, blaffte er.

Doch zum Glück brachte die kalte Dusche das Leben – und Elisabeth – zur Normalität zurück.

Einer höllischen, aber wenigstens halbwegs erträglichen Normalität.

Kapitel Sieben

Der Glanz von Brendans Geld siegte über das Misstrauen des Gastwirts, und nachdem der Mann beide von oben herab gemustert und ihnen empfohlen hatte, sich von den Stammgästen fernzuhalten, führte er Brendan und Elisabeth in ein winziges Hinterzimmer.

Bisher hatte sie sich mit ihrer ganzen Willenskraft an einen eisernen, unüberbrückbaren Zorn geklammert, bis ihre Brust von der Anstrengung schmerzte und sie noch stärkere Kopfschmerzen bekam. Erst in den letzten Stunden hatte sie spüren können, wie der Ärger langsam von ihr wich. Sie war einfach zu erschöpft, um ihn aufrechtzuerhalten, und außerdem wirkte eine kalte Schulter nur dann, wenn die Person, der man sie zeigte, sich dessen bewusst war. Brendan schien jedoch überhaupt nichts davon wahrzunehmen. Eigentlich ein weiterer Grund, sich über ihn zu ärgern, aber seltsamerweise schien es diesen harten Klumpen Wut in ihr sogar noch mehr zu lösen.

Tatsächlich hätte sie sich sogar vor Lachen krümmen können. Ein Vorbote nahender Hysterie? Hatte Brendan sie schließlich doch um den Verstand gebracht? Denn falls irgendjemand dazu imstande war, dann er. Er war ein Meister der Provokation.

Kaum hatte der Gastwirt die Tür geschlossen, sprang Killer aus Elisabeths viel zu großem Mantel und landete schlitternd auf dem Boden. Er zitterte so heftig, dass sein Fell sich sträubte und er wie eine schwarz-weiße Haarbürste aussah.

Brendan verdrehte die Augen. »Ich kann nicht glauben, dass du den Hund mit hereingebracht hast.«

»Wir können ihn doch nicht draußen lassen. Er würde sich den Tod holen.«

»Er ist ein Streuner, Lissa, und daran gewöhnt, bei jedem Wetter draußen zu sein.«

»Was aber nicht heißt, dass es ihm gefällt. Siehst du?« Killer hatte sich schon auf einem Stapel muffiger Säcke zusammengerollt und stieß einen tiefen Hundeseufzer aus, als hätte er das Paradies gefunden. »Er will auch nicht draußen im Regen sein.«

Sie folgte Killers Beispiel und legte den durchnässten Mantel ab, bevor sie dankbar auf den einzigen Sessel im Zimmer sank, ein altersschwaches Ding aus Bambusrohr, mit durchhängendem Sitz und einem wackeligen Bein. Trotzdem war er eine erfreuliche Veränderung nach all den Stunden auf Onwens nicht gerade breitem Nacken.

»Dieses verdammte irische Wetter! Mir wächst schon Moos«, brummte Brendan, als er seinen eigenen durchnässten Überzieher auszog und sich mit der Hand durch das ebenso nasse Haar fuhr.

»Das klingt, als überraschte dich das Wetter. Dabei hast du immerhin über zwanzig Jahre auf dieser Insel gelebt.« Elisabeth schüttelte ihre feuchten Röcke aus und schälte sich aus dem nassen Umschlagtuch, das Brendan bei einem Straßenhändler in Gort erworben hatte.

Für einen Moment hörte er auf, seine Arme zu massieren, um sie aufzuwärmen, und schaute Elisabeth mit finsterer Miene an. »Das war vor einer ganzen Lebenszeit, und ich war ein anderer Mensch damals.«

Elisabeth dachte an Dun Eyre und die Aufregung der Hochzeitsvorbereitungen. An die stinkende Kaschemme am Straßenrand, in der sie saß, und den Mann, den sie vor wenigen Tagen noch für tot gehalten hatte. Zwei sauber in der Mitte durchtrennte Hälften eines Lebens. »Ich weiß, was du meinst«, erwiderte sie säuerlich.

Bisher hatte sie es vermieden, an die Gegenwart zu denken, indem sie sich rosige Bilder ihrer Zukunft ausmalte. Bilder von dem glücklichen Ende dieses unfreiwilligen Abenteuers, auf denen Gordon ihr versicherte, dass kein weiterer Skandal beflecken konnte, was sie miteinander hatten. Dass er sie trotz allem heiraten würde und die Zukunft, über die sie gesprochen hatten, noch immer möglich war.

Sie stellte sich die Hochzeit vor, die Fröhlichkeit, das Lachen und die tränenreichen Abschiede, wenn sie nach London fuhren. Was danach kam, war jedoch nur sehr verschwommen. Sie konnte sich das Haus auf der Upper Mount Street oder das Leben, das sie und Gordon dort führen würden, nicht mehr vorstellen. Als wäre ihre Fantasie erschöpft, denn über diese imaginäre Hochzeit hinaus gab es nur noch eine nebelhafte Irrealität. Diffuse Hirngespinste.

Statt in die Zukunft zu blicken, schien ihr Geist in die Vergangenheit zurückzukehren und zeigte ihr Ereignisse, die sie bis heute vergessen hatte. Als hätte Brendans Rückkehr einen Teil von ihr freigesetzt, den sie nach seinem Verschwinden tief begraben hatte. Langsam, beständig und unaufhaltsam wie eine Gezeitenströmung stiegen die Erinnerungen in ihr auf.

»Weißt du noch, wie ich von dem Baum gefallen bin?«, hörte sie sich fragen. An diesen Tag hatte sie seit Jahren nicht mehr gedacht, doch nun erstand er wieder so lebhaft vor ihr, als wären nur Wochen seitdem vergangen.

Brendans Gesicht hellte sich auf. »Ob ich mich erinnere? Etwas Hirnverbrannteres hätte dir nicht einfallen können, als auf diesen Baum zu steigen. Du kannst froh sein, dass ich dich nicht im Wald liegen ließ, damit du einem Wilderer in die Hände fielst.«

Elisabeth verzog das Gesicht. »Selbst damals schon ein Gentleman. Du sahst so grimmig aus und starrtest mich an, als wäre ich die schlimmste Art von Ärgernis.«

Allein schon das Reden darüber brachte eine Flut von Erinnerungen zurück. An ihre mädchenhafte Schwärmerei für ihn, die sie veranlasst hatte, auf einen uralten, knorrigen Walnussbaum zu klettern. An den schönen jungen Mann, der aufgebracht hin und her marschierte und etwas in einer Sprache murmelte, die sie nicht verstand, deren Klang ihr jedoch eine Gänsehaut verursachte.

»Tante Fitz hat mich nicht so gescholten wie du«, bemerkte sie.

Brendan entspannte sich genug, um sich einen Stuhl heranzuziehen, der aussah, als wäre er kürzlich jemandem über den Kopf geschlagen worden. »An jenem Tag regnete es auch«, brummte er.

»Eimerweise. Ich war in meinem ganzen Leben noch nie so froh gewesen, jemanden zu sehen, als du wie ein Held durch den Wald kamst, um mich zu retten.« Ihr junges Herz hatte sich fast überschlagen. Sie war sicher gewesen, dass er es gegen ihre Rippen pochen hörte, als er sie aufhob, um sie zum Haus zurückzutragen. Von diesem einen Moment hatte sie dann Monate gezehrt.

Er zog belustigt die Brauen hoch. »Held? Ist es das, was du gedacht hast? Dann hättest du gar nicht mehr danebenliegen können.«

»Wie sich dann herausstellte«, bestätigte sie seufzend. »Doch damals ...«

Damals hatte sie ihn wunderbar gefunden. Er war stolz, hochmütig und den unerfahrenen jungen Männern, denen sie bei Veranstaltungen in Ennis und Dublin begegnete, haushoch überlegen. Sie waren unreife junge Burschen, die keine gewichtigeren Gedanken kannten als die Höhe ihrer Stehkragen und die Tiefe ihrer Taschen. Brendan dagegen glänzte mit seiner Intelligenz und seinem Witz, und er sah so umwerfend gut aus, dass sie sich rettungslos in ihn verliebt und teuer dafür bezahlt hatte.

Er hatte ihr das Herz gebrochen und sie dann Spott, Mitleid und den Gerüchten überlassen, dass er ein Mörder war. Sie hatte auf die harte Tour gelernt, wie leicht ein Podest, auf das man jemanden stellte, zerbrechen konnte.

Kein Mann würde ihr Herz je wieder so zum Rasen bringen, es sie heiß und kalt zugleich überlaufen und sie am ganzen Körper zittern lassen. Und bisher war es auch noch keinem Mann gelungen. Sie hatte Gordon Shaw ebenso sehr der Gefühle wegen, die er *nicht* in ihr hervorrief, akzeptiert, wie wegen der, die er in ihr weckte. Ihre sanfte Zuneigung zu ihm war wie der Glanz eines stillen Sees nach dem heftigen emotionalen Gewitter ihrer Zeit mit Brendan.

Elisabeth blinzelte, um ihre Tränen zu verdrängen, und konzentrierte sich darauf, ihre Arme und ihr Gesicht mit dem Umschlagtuch zu trocknen. Dabei wechselte sie schnell das Thema. »Aidan und Sabrina werden entzückt sein, dich wieder daheim zu haben. Sie hatten die Hoffnung schon aufgegeben.«

Brendans Gesicht verlor seinen gerade noch so entspannten Ausdruck. »Mein Bruder und ich haben uns nicht gerade freundschaftlich getrennt. Und was Sabrina angeht, kann ich nur hoffen ... Aber das spielt keine Rolle. Die Jahre haben uns alle verändert. Es wird nie wieder so sein, wie es einmal war. Und vielleicht ist das auch gut so.«

Er spielte mit dem Anhänger und ließ die Finger an der Kette hinauf- und hinuntergleiten, doch Elisabeth merkte, dass er nicht ein einziges Mal den Stein berührte.

Während sie das feuchte Tuch zum Trocknen am Kamin aufhängte, fragte sie: »Warum sucht Máelodor diesen Stein? Was ist so wichtig daran, dass er dafür töten würde?«

Brendans Hand verharrte plötzlich auf der Kette, und ein argwöhnischer Ausdruck erschien in seinen Augen.

»Meinst du nicht, dass ich nach allem, was geschehen ist, eine Antwort verdiene?«, fragte Elisabeth.

»Zumindest auf eine Frage«, räumte Brendan ein. »Aber Antworten zu verdienen oder sie zu *wollen* sind zwei verschiedene Dinge. Bist du dir auch wirklich sicher, dass du es wissen willst?«

Wieder hatte sie das Gefühl, dass Brendan sich einerseits danach sehnte, sein Herz zu erleichtern, doch andererseits auch Angst davor hatte. Und vielleicht nicht ohne Grund, denn solange sie einander kannten, hatte sie zu viel Wissen und zu viel Engagement gescheut. Es war eine Sache, sich der Existenz der *Anderen* bewusst zu sein, aber eine völlig andere, sie mit offenen Armen zu begrüßen.

Ein eisiger Schauder überlief sie plötzlich, als wäre eine schwarze Katze über ihr Grab gelaufen. »Nein. Ich will es nicht wissen. Ich will nichts mit dir und deinem Stein, diesem Máelodor oder Magie oder *Anderen* oder Ähnlichem zu tun haben. Doch …« Sie machte eine Pause. »Da mein Leben wegen all dieser Dinge völlig aus den Fugen geraten ist, *muss* ich es wissen, meinst du nicht?«

Zum ersten Mal schienen Brendan die Worte zu fehlen, und er begann, mit den Gegenständen auf dem Tisch zu spielen. Mit einem verbogenen Kerzenhalter, einer angeschlagenen Schüssel …

»Brendan?«

Müde fuhr er sich mit einer Hand über das Kinn, bevor er sich abrupt erhob und, die Hände hinter dem Rücken verschränkt, seine unruhige Wanderung durch den Raum wieder aufnahm. »Bedenk nur bitte, dass es vielleicht ein bisschen verrückt klingen wird!«

»Du meinst, das Verrückte daran habe ich noch nicht gehört? Dass die bisherigen Geschehnisse für dich als *normal* durchgehen?«

»Du machst es mir nicht leichter.«

»Das freut mich.«

»Willst du es nun hören oder nicht?«

»Ja. Weiter mit dem Wahnsinn!«

Er warf ihr einen gequälten Blick zu, bevor er zu sprechen anfing. »Der Stein in dem Anhänger ist ein Schlüssel. Mit ihm kann man die Zauber brechen, die zum Schutze Ar... Bist du sicher, dass du das hören willst?«

Elisabeth verschränkte nur die Arme vor der Brust und zog ungeduldig eine Augenbraue hoch.

»Na schön. Ich spreche von den Zaubern, die Artus' Grab vor Eindringlingen schützen.«

»Und wer war Artus?«

»Artus. *Der* Artus. Du weißt schon, der legendäre König Artus. Der Verteidiger Britanniens. Die Geißel der sächsischen Eindringlinge. Sein Grab wird heute noch von Schutzzaubern bewacht, mit denen es zurzeit seines Todes belegt wurde. Der Sh'vad Tual ist der Schlüssel, um diese Zauber zu brechen und das Grab zu öffnen.«

»Artus ist eine Sagengestalt, aber keine richtige Person. Er ist... eine Legende. Ein Mythos. Das Schwert aus dem See, König Artus und die Ritter der Tafelrunde, Morgana le Fays Bosheit und Galahads Treue. Das sind doch alles nur Geschichten.«

»Bist du fertig damit, *meine* Geschichte zu bestreiten?«

»*Deine* Geschichte?«

»Artus war der letzte große König der *Anderen*, der in einem goldenen Zeitalter regierte. In einer Epoche, in der das magische Blut der *Fey* in sich zu tragen eine großartige Gabe war. Magie brauchte nicht auf Dachböden oder in Kellern versteckt gewirkt zu werden. Wir wurden nicht verfolgt, nicht als Missgeburten, Hexen oder Teufel zu Zielscheiben gemacht. Unsere Familien taten nicht so, als gäbe es uns nicht, oder weigerten sich, uns anzuerkennen, als wären wir nicht bei Sinnen.« Sein Blick bohrte sich in ihren.

Elisabeth errötete, war aber fest entschlossen, sich nicht provozieren zu lassen. »Und warum will Máelodor Artus' Grab öffnen?

Weil es voller Schätze ist? Weil er dort Gold und Juwelen zu finden hofft?«

»Wenn es nur so einfach wäre! Máelodor ist ein Meistermagier, der jahrelang studiert und jedes Körnchen Wissen aufgriffen hat, das er sich verschaffen konnte. Er erbettelte, borgte und stahl sich, was auch immer er brauchte, um sein Verständnis der Magie und der Welt der Magier zu erweitern. Er befasste sich mit Kräften, die er besser hätte ruhen lassen, und spielte ein gefährliches Spiel mit albtraumhaften Kreaturen. Artus wäre sein größtes Meisterwerk. Ein Unterfangen, wie es noch nie zuvor von irgendjemandem in Angriff genommen wurde.« Brendans Augen nahmen einen fieberhaften Glanz an, sein Gesicht war wie verklärt. Fast so, als hätte er zu der Maske des *fith-fath* gegriffen, um wieder einmal zu einem Fremden zu werden.

»Was? Artus' Grab zu öffnen?«

Brendans Blick normalisierte sich wieder, die Erregtheit in seinem Gesicht verblasste. »Nein. Ihn zurückzubringen.«

Elisabeths Verwirrung musste ihr anzusehen sein, denn Brendan sprach schnell weiter.

»Mit den Gebeinen des Königs in seinem Besitz kann Máelodor ihn wieder zum Leben erwecken. Ihn wiederauferstehen lassen. Und Artus würde alles sein, was er schon vorher war. Ein glorreicher Krieger. Ein erstaunlicher Staatsmann. Raffiniert. Weise. Tapfer. Einfallsreich. Alles, was ein Führer sein sollte. Alles, was man bei einem Regenten sucht.«

»Ich verstehe noch immer nicht . . .«

»Die *Anderen* hungern nach einer Rückkehr zu jener verlorenen Zeit. Mit Artus, um sie zu vereinigen, könnten sie eine Armee aufstellen, wie diese Welt noch keine gesehen hat. Die abergläubischen *Duinedon* würden seiner Macht erliegen, und ein neues Reich von *Anderen* würde entstehen.« Brendan atmete tief ein und ließ die Luft in einem resignierten Seufzer wieder entweichen. »Das ist jedenfalls die Idee. Es gibt zwar weder genug von uns, noch sind wir stark genug, um es mit den *Duinedon* und ihren Armeen aufzunehmen, doch das kümmert Máelodor nicht mehr.«

»Deshalb will er den Stein.«

»Deshalb will er *dich*. Er glaubt, dass du den Sh'vad Tual hast. Oder zumindest weißt, wo er versteckt ist. Er wird vor nichts haltmachen, um seine Ziele zu erreichen. Folter, Mord – er ist auf eine Weise besessen, die an Wahnsinn grenzt.«

Elisabeth saß schweigend da, ließ sich noch einmal alles durch den Kopf gehen, was er ihr erzählt hatte, und konnte es kaum fassen. Brendan hatte recht, es hörte sich verrückt an. Aber warum sollte er ihr eine solch seltsame Geschichte erzählen, wenn es nicht die Wahrheit war?

»Lissa?«, fragte er leise.

Sie schreckte aus ihren Gedanken hoch und sprang auf. »Was fällt dir ein, mich in diese Sache hineinzuziehen? Wie konntest du es wagen, so etwas bei mir zu verstecken? Bist du verrückt? Was hast du dir dabei gedacht? Bist du nie auf die Idee gekommen, dass ich in Gefahr sein würde, falls dieser wahnsinnige Mörder herausfinden würde, wo du den Stein verborgen hast?«

»Ich war in Zeitnot und wurde gejagt. Ich musste schnell einen sicheren Platz für den Sh'vad Tual finden. Er war meine Versicherung – und ist es immer noch.«

»Versicherung wogegen?«

Sein Blick verdüsterte sich. »Ermordet zu werden wie mein Vater.«

Elisabeth hatte sich aus einem Stapel leerer Säcke ein Nest gebaut und lag dort jetzt mit Killers beruhigendem Gewicht auf ihrem Schoß. Brendan war hinausgegangen. Er hatte ihr nichts erklärt, sondern ihr nur schroff befohlen zu bleiben, wo sie war, um dann etwas freundlicher hinzuzufügen: »Versuch, dich ein bisschen auszuruhen!«

Ausruhen? Sie wünschte, sie könnte es. Könnte die Augen schließen und in ihrem eigenen Bett erwachen, zu Tante Pheeneys liebevollen und Tante Fitz' scheltenden Worten und der Sonne, die auf ihre Decke fiel, den Lerchen in den Bäumen vor dem Fenster und tausend anderen kleinen Dingen, die ihr, bis sie sie verloren hatte, unwichtig erschienen waren.

Bei jeder Stimme auf dem Gang oder Schritten, die sich näherten, wappnete sie sich für Brendans Rückkehr.

Ermordet zu werden wie mein Vater.

Seine Worte hatten kalt und schwer in der Atmosphäre zwischen ihnen gehangen. Elisabeth hatte ihn bitten wollen, ihr mehr zu sagen, ihr zu erklären, was sie nicht verstand. Ein anderer Teil von ihr jedoch, der zutiefst beängstigt war von seinen Offenbarungen und sich vor weiteren Entdeckungen fürchtete, hatte sie zurückgehalten. Schon jetzt hatte sie das Gefühl, ahnungslos in einen Sumpf geraten zu sein und sich auf äußerst unsicherem Boden zu bewegen. Jeder Schritt führte sie noch tiefer in tückisches Gelände, aus dem sie vielleicht nie wieder hinausfinden würde.

Durch die Wände hörte sie die sanften Klänge einer Harfe über dem Stimmengewirr und dem derben männlichen Gelächter. Eine simple Folge von Tönen, die sich zu einer wehmütigen Melodie vereinten.

Sie lehnte den Kopf an die Wand, schloss die Augen und sah wieder einmal Brendans hochgewachsene Gestalt aus dem Nebel auf sich zukommen, um sie aufzuheben. Während er sie durch den Regen trug, hatte er unaufhörlich über die unüberbietbare Dummheit von Frauen geschimpft und seiner Verständnislosigkeit gegenüber einem Geschlecht Ausdruck verliehen, das mehr Flausen als Verstand im Kopf zu haben schien. Elisabeth hatte den

Kopf an seine Brust gelegt, dem stetigen Pochen seines Herzens gelauscht, die Wärme seines Körpers an ihrem genossen und war wunschlos glücklich gewesen.

Die Melodie der Harfe wechselte. Diesmal hörte sie auch eine Stimme, die ein schwermütiges Soldatenlied anstimmte, worauf das Bild von Brendan von düstereren, traurigeren Szenen überlagert wurde.

Sie sah die Furcht und Verwirrung nach der blutigen Ermordung Lord Kilronans, sah Tante Fitz und Tante Pheeney, die sich abwechselten, um bei Ihrer Ladyschaft zu bleiben, deren Kummer über den Tod ihres Mannes in den ersten Wochen von einer wilden, unberechenbaren Schärfe gewesen war. Aidan, der seine neue Verantwortung wie eine schwere Kette um den Hals trug. Sabrina, die von Tag zu Tag dünner, blasser und stiller wurde, bis sie schließlich ganz verschwand, um sich in den Frieden eines Klosters zurückzuziehen. Der faszinierende Glanz der Familie Douglas zerfiel vor Elisabeths Augen.

Und alle stellten die gleiche Frage: Wo ist Brendan?

Jetzt wusste sie es. Er hatte sich versteckt. War geflohen und hatte überlebt.

Brendan war hart, gefährlich, misstrauisch und zynisch geworden. Ein Mann, der seine Zunge hütete und nur wenigen vertraute. Sein Blick, der einst klar und hell wie die Sommersonne gewesen war, war nun von etwas Düsterem, Gewalttätigem überschattet. Sein Körper, der früher mager gewesen war wie der eines Windhundes, war zwar noch immer schlank, aber von einer stählernen Robustheit.

Und trotzdem war er für ein paar Minuten, als sie über die Torheit eines jungen Mädchens gelacht hatten, wieder der Junge gewesen, dessen Lächeln Herzen brach, und sein Lachen weckte in Elisabeth Sehnsucht nach etwas, das sie nicht einmal genau bestimmen konnte.

Die Melodie der Harfe wechselte erneut.

Killer setzte sich auf und spitzte die Ohren.

Dann sprang er winselnd von Elisabeths Schoß, um, am ganzen Körper zitternd, an der Tür zu kratzen. Sie waren schon seit einigen Stunden hier, vielleicht musste der Kleine ein Bächlein machen? Brendan hatte sie angehalten, in dem Raum zu bleiben und sich von den Wirtshausgästen fernzuhalten, doch Killers Winseln wurde immer lauter. Inzwischen schnüffelte er auch an der Türkante und schob die Pfoten in den Zwischenraum.

»Nur einen Moment, dann kommst du wieder, hörst du?«, befahl sie ihm.

Er bellte einmal und setzte sich gehorsam, während Elisabeth die Tür einen Spalt breit öffnete. Dann schoss er wie der Blitz hinaus, flitzte den Gang hinunter und verschwand um eine Ecke.

Eine halbe Stunde verging. Dann eine Stunde. Hatte Killer sie im Stich gelassen? Und Brendan auch? Keiner der beiden kam zurück.

Irgendwo bellte ein Hund, kläffte wild und knurrte böse. Dann hörte sie ein schrilles Aufjaulen, als wäre das Tier getreten oder verletzt worden.

Elisabeth riss die Tür auf. »Killer?«

Onwen döste mit gesenktem Kopf und einem eingeknickten Hinterbein.

Brendan striegelte sie, bis sie glänzte. Es gab ihm etwas zu tun, da er jetzt dringender denn je eine Beschäftigung brauchte. Eine Aufgabe, um das endlose Karussell von Was-wäre-wenn-Szenarien und Reuegefühlen zu stoppen.

Was wäre gewesen, wenn er sich – und sei es nur ein einziges Mal – gegen den zunehmenden Wahnsinn, der seinen Vater und die Neun befallen hatte, ausgesprochen hätte?

Was wäre gewesen, wenn er fortgegangen wäre, als ihm klar geworden war, wohin der Plan die *Anderen* führen würde?

Was, wenn er eingegriffen hätte, als Freddie sterbend in seinem brennenden Haus und zwischen den Leichen seiner Familie gelegen hatte?

Was, wenn er die *Amhas-draoi* selbst gewarnt hätte, statt Daz Ahern an seiner Stelle hinzuschicken?

Hätten die Geschehnisse dann einen anderen Verlauf genommen? Wäre Vater zu der gleichen Erkenntnis gekommen wie sein Sohn, oder hätte er Brendans Zögern als Schwäche und seine Bedenken als Verrat betrachtet? Hätten die *Amhas-draoi* ihm zugehört, oder hätten sie trotzdem wild und blindlings angegriffen, weil sie den Tod als einzige Möglichkeit ansahen, mit einem solch katastrophalen Unheil umzugehen, wie die Neun es zu entfesseln hofften? Hatte Vater noch im Sterben seinen jüngsten Sohn verflucht?

Es gab keine Antworten, egal, wie oft er hin und her überlegte. Nur noch mehr Fragen kamen auf. Noch mehr Schmerz. Noch mehr Stimmen, die seinen Schlaf vergifteten. Noch mehr Gesichter, die durch seine Träume geisterten.

Doch heute Abend waren es neue Fragen, die wie Sandflöhe in seinem Kopf herumschwirrten.

Was wäre passiert, wenn er es vor sieben Jahren geschafft hätte, den Sh'vad Tual den *Amhas-draoi* zu übergeben?

Was, wenn er nicht vor der Vergeltung hätte fliehen müssen? Wenn Máelodor mit dem Rest der Neun gestorben wäre?

Hätte er Elisabeth dann wie beabsichtigt geheiratet? Wäre er dann heute vielleicht ein gesetzter Ehemann und Vater, der seine Tage damit verbrachte, den verantwortungsbewussten Grundbesitzer zu spielen, und seine Nächte mit einer leidenschaftlichen Ehefrau?

In den Jahren seines Exils hatte er sich geweigert, sich diese Art von Fragen zu stellen. Die Zukunft war die nächste Stunde, der nächste Tag, die nächste Woche gewesen. Er hatte keine Energie erübrigen können, um tiefer zu blicken oder weiter vorauszuschauen.

Erst kürzlich hatte er begonnen, sich eine andere Existenz als die eines Flüchtlings vorzustellen. Aber es war zu lange her, seit er versucht hatte zu träumen. Er konnte nicht über seine Begegnung mit Scathach, dem Oberhaupt der *Amhas-draoi,* hinausblicken, die ihm hoffentlich die ersehnte Befreiung von der Last seiner vergangenen Taten bringen würde. Sowie er versuchte, darüber hinauszuschauen, war alles nebelhaft, unklar und verschwommen.

Alles außer einer wilden Mähne roten Haares und zwei betörenden braunen Augen.

Aus irgendeinem Grund hatte er immer gedacht, Elisabeth würde der einzige Mensch sein, auf den er sich verlassen konnte. Dass Lissa Fitzgerald in ihrem kindlichen Vertrauen in ihn nicht schwanken würde, selbst wenn alles andere um ihn herum zusammenbrach.

Und heute Nacht wollte er diese Theorie erproben.

Er krümmte und spreizte die Finger, als seine alte Verletzung sich wieder mit einem schmerzhaften Pochen bemerkbar machte. Die Furcht in Lissas Augen hatte ihm einen schweren Schlag versetzt. Er hatte nicht damit gerechnet, *wie* hart es ihn treffen würde. Elisabeth wusste von den *Anderen* und scheute trotzdem noch vor ihnen zurück.

Vor ihnen und vor *ihm.*

Er stieß ein raues Lachen aus.

Kluges Mädchen.

Kapitel Acht

Dank Jacks Gold hatte Brendan vorgehabt, eine Kutsche zu mieten, um den Rest der Reise komfortabler hinter sich zu bringen.

Aber jetzt zog er sich schnell in die Gasse neben der Herberge der Poststation zurück.

So viel zu seinen Plänen.

Wieso er wusste, dass die drei Männer, die im Lichtkreis der Straßenlaterne standen, zu Máelodor gehörten, hätte er nicht sagen können. Nichts kennzeichnete sie als seine Schergen. Kein großes, aufgenähtes »M« auf ihren Jacken, keine Aura des Todes, die sie umgab. Eigentlich sahen sie sogar eher unauffällig aus. Sie wirkten bescheiden, und ihre Kleidung war weder schmutzig noch besonders fein. Aber Brendan hatte zu lange in Máelodors unheilvollem Schatten gelebt, um die Alarmglocken zu ignorieren, die in seinem Kopf erklangen, oder das Prickeln unter seiner Haut, das ihm die Nackenhaare sträubte.

Deshalb zog er sich zurück, um seine Möglichkeiten abzuschätzen.

War das Erscheinen dieser Männer hier nur Zufall? Bedauerlich, doch kein Anlass zur Besorgnis, solange er außer Sicht blieb, bis sie abreisten? Oder waren sie von Dun Eyre seiner Spur hierher gefolgt, und jede Bewegung seinerseits würde ihnen die Chance geben, ihn und den Stein, den er bei sich hatte, zu ergreifen?

Brendan hatte keine Zeit zu warten, um es herauszufinden. Er lag ohnehin schon hinter seinem Zeitplan, und Jack erwartete ihn sicher schon in Dublin. Je mehr er sich verspätete, desto größer wurde das Risiko, dass noch irgendetwas anderes schiefging.

Durch die schmale Gasse zwischen der Herberge der Poststation und den Stallungen ging er zu Elisabeth zurück und hoffte, dass sie im Zimmer geblieben war, wie er ihr befohlen hatte, und das Gasthaus nicht verlassen hatte. Sie schien zwar überzeugt zu sein, dass die Gefahr real war, aber er konnte nicht alles auf ihre Vernunft setzen. Wie er sich sehr wohl erinnerte, war sie nie ein Ausbund an Gehorsam gewesen. Und nach dem, was er bisher gesehen hatte, war das mit der Zeit nicht besser geworden.

Das Gasthaus, das er gewählt hatte, war auf die Bedürfnisse der Iren eingestellt, die ihr Leben in den Hütten und Bauernkaten in den Außenbezirken der am See liegenden Marktstadt fristeten. Sie rauchten, tranken, fluchten und prügelten sich in den beiden Räumen, die die Schenke ausmachten, und schliefen dann laut schnarchend und nach Alkohol stinkend ihren Rausch vor einem prasselnden Kaminfeuer aus.

Brendan hatte dem Wirt für die Ungestörtheit eines kleinen Raumes neben der Küche ein paar Pennys mehr gegeben, und obwohl es nicht gerade die beste Unterkunft war, entkamen sie so wenigstens den misstrauischen und feindseligen Blicken der anderen Gäste.

Das war der Plan gewesen.

Aber seine Pläne hatten sich wieder einmal zerschlagen.

Als er mit eingezogenem Kopf durch die niedrige Tür in den düsteren, verqualmten Gastraum trat, fiel sein Blick sofort auf eine Szene, die er nicht geglaubt hätte, wenn er sie nicht selbst gesehen hätte. Eine Schar von Männern lauschte in aufmerksamem Schweigen einem Harfenspieler, der auf einem Schemel neben dem Kamin saß. Die Augen in seinem hageren, wettergegerbten Gesicht waren geschlossen, und seine Finger glitten über die Saiten der Eschenholzharfe auf seinem Schoß. Doch die wehmütige Schönheit der Musik war nichts gegen die Sängerin, die den Harfenspieler begleitete, und deren tiefe Sehnsucht sich in jeder Note offenbarte, als sie von Liebe, Verlust und Krieg sang.

»Siúil go sochair agus siúil go ciúin …«

Was zum Teufel sollte das schon wieder? Konnte er Elisabeth keine zwei Minuten allein lassen, ohne dass es in einer Katastrophe endete? Brendan beherrschte den Impuls, sie an den Haaren wegzuschleifen. Mit Máelodors gedungenen Mördern in der Nähe konnte er sich nicht erlauben, Aufsehen zu erregen. Und er konnte jetzt auch keine zwanzig betrunkene, um ihre Unterhaltung gebrachte Bauern brauchen, die ihren Ärger an ihm ausließen. Er wollte seine Glieder dort behalten, wo sie waren, also vielen Dank.

Auf der anderen Seite des Raumes erhob Elisabeth ihren Blick zu ihm. Ihr Gesicht war blass wie Mondschein, verglichen mit den geröteten, wetterharten Gesichtern der Männer, die ihr hingebungsvoll lauschten. Ihr rotes Haar leuchtete im schwachen Licht des Feuers.

»… Siúil go doras agus éalaigh liom …«

Hatte sie schon immer eine solch wundervolle Stimme besessen? Brendan konnte sich nicht erinnern, doch er fragte sich, was er sonst noch über den einst so lästigen Wildfang vergessen hatte. Oder übersehen hatte.

»… Is go dté tú mo mhúirnín slán.«

Es dauerte einen Moment, bis er erkannte, dass ihr betörendes Lied beendet war. Die Stille im Raum dröhnte in seinen Ohren, als er mit zwei wütenden Schritten zu ihr hinübereilte, sie am Ellbogen packte und in eine von den anderen Gästen entfernte Ecke zog. »Irre ich mich, oder hatte ich dir befohlen, bis zu meiner Rückkehr unsichtbar zu bleiben?«

Sie erwiderte seinen Blick mit trotzig vorgeschobenem Kinn. »Killer ist weggelaufen.«

Brendan runzelte die Stirn. »Was hat der verflixte Hund damit zu tun, dass du einem Haufen betrunkener Bauern etwas vorsingst, als stündest du auf einer verdammten Bühne in der Crow Street?«

»Als ich ihn suchen wollte, hielten sie mich für ein Schankmädchen. Ich versuchte, es ihnen zu erklären, aber das machte sie nur noch beharrlicher.« Sie errötete und betrachtete ihre nervös verschränkten Hände.

Unerwarteter Zorn ließ ihn rotsehen. »Sie haben dir doch nichts angetan?«

»Nein. Rogan, der Harfenist, griff ein, bevor es dazu kam. Er fragte, ob ich singen könne, doch ob er hoffte, dass ich sie damit ablenken oder nur noch wütender machen würde, weiß ich nicht.«

»Wärst du im Zimmer geblieben, statt dem verflixten Hund hinterherzurennen ...«

»Tja, wenn du da gewesen wärst ...«

»Ich habe versucht, dir eine Kutsche zu besorgen. Onwen kann nicht länger uns beide tragen. Entschuldige, dass ich versucht habe, galant zu sein«, versetzte er mit einem bösen Blick auf sie.

»Galant?« Sie stemmte die Hände in die Hüften und funkelte ihn genauso wütend an. Warum hatte er ausgerechnet diese Xanthippe retten müssen? »Nennst du es *galant*, mich mitten in der Nacht zu entführen, mich zu zwingen, scheußliche Kleider zu tragen, mich quer übers Land zu schleppen und dann in einem Schrank schlafen zu lassen?«

»Lass uns nicht vergessen, dass ich dir auch deine undankbare Haut gerettet habe.«

Sie riss sich mit einem frustrierten Stöhnen los. »Nein, das können wir nicht vergessen. Auch wenn ich bisher noch keine Spur von diesen heimtückischen Mördern gesehen habe, die deiner Meinung nach hinter mir her sind.«

In dem Moment öffnete sich die Tür, und drei Männer bahnten sich den Weg hinein.

Mit einer grimmigen Geste zeigte Brendan auf sie. »Darf ich dir die besagten Mörder vorstellen? Bist du jetzt zufrieden, Miss Fitzgerald?«

Elisabeths Schulter schmerzte, sie hatte Seitenstiche, und ihr Herz begann vor Furcht zu hämmern.

Brendan blieb ungerührt von ihrem schweren Atmen und zog sie unerbittlich weiter. Wann immer sie stolperte, riss er sie wieder hoch, ohne seine Schritte zu verlangsamen oder ihren Bitten nachzukommen, eine Pause zu machen. Einen Moment nur, um wieder zu Atem zu kommen.

Die Männer waren durch die dicht besetzte Wirtsstube gestürmt, ohne sich um die Flüche der Gäste, die sie auf ihrer Verfolgungsjagd umstießen, oder Tische und Bierkrüge, die umherflogen, zu scheren.

Brendan hatte Elisabeths Hand ergriffen und sie an den kreischenden Dienstmädchen und dem ein Hackbeil zückenden Koch vorbei durch die Küche zur Hintertür gezogen, dann weiter durch Morast und Schmutz in die Sicherheit von dunklen Gassen. Durch leere Straßen waren sie fast bis zum See gelangt, wo es immer düsterer und stiller wurde und das Klatschen des windgepeitschten Wassers gegen die Felsen laut wie Kanonenschüsse erschien.

Elisabeths Beine pochten, und ihre Lunge brannte, weil sie nicht genügend Luft bekam. Sie knickte um, als sie wieder einmal stolperte, und Brendans fester Griff kugelte ihr fast den Arm aus, als sie fiel.

»Nur noch ein bisschen weiter!«, drängte er.

»Wohin?«, fragte sie mit schmerzerfüllter Stimme, als Brendan sie auf die Beine zog. »Ich kann nicht mehr.«

In gebückter Haltung, die Hände auf den Knien, rang Brendan nach Atem und blickte sich verzweifelt um. Auf der einen Seite lag der See, auf der anderen befanden sich hohe Hecken und eine Mauer. Mit dem Kinn zeigte er auf ein schmiedeeisernes Tor. »Dort hinein.«

»Und dann was? Zu Fuß werden wir ihnen nicht entkommen. Wir können nicht bis Dublin laufen. Das würde Wochen dauern.«

Wochen mehr, in denen sie an Brendan gefesselt wäre. Wochen mehr, in denen sie niemanden benachrichtigen könnte, wo sie war und was geschehen war. Wochen, in denen Gordon annehmen würde, dass sie mit einem anderen Mann durchgebrannt war.

Der Schmerz in ihrer Brust verstärkte sich.

Zwei Männer kamen um die Biegung und verlangsamten ihren Schritt. Der dritte trat aus der Hecke weiter vorn, sodass sie und Brendan buchstäblich zwischen ihnen in der Falle saßen.

Drei gegen einen. Und sie waren groß, die drei, stämmig, breitschultrig und hatten platte Nasen und schmale Augen. Allein hatte Brendan keine Chance gegen sie.

Er stieß Elisabeth hinter sich, zog ein Messer aus seinem Gürtel und hielt es so, als wüsste er nicht wirklich damit umzugehen. Eine Erinnerung für Elisabeth, dass die durch die Jahre im Exil bewirkten Veränderungen nicht alle sichtbar waren. Brendan mochte den Einfaltspinsel spielen, aber das war nur Theater. Jeder, der zu sehr auf seinen lässigen Charme vertraute, würde es bereuen.

»Guckt mal, er hat ein Messerchen dabei!«, spöttelte einer der Männer.

»Oooh, das macht mir richtig Angst.«

»Denkst du, du könntest uns alle aufhalten, Douglas?«

Die Männer lachten höhnisch. Bis auf die Brutalität und Verachtung, die sich in ihren Gesichtern zeigten, waren sie jedoch völlig kalt und emotionslos.

Brendans Antwort war zu leise, um gehört zu werden, doch ein Fingerschnippen von ihm brachte den am dichtesten bei ihnen stehenden Mann zu Fall. Ein schauerliches Gurgeln war das einzige Geräusch in der jähen Stille, als er die Augen verdrehte und sich zuckend auf dem Boden wälzte.

»Kampfmagie!«, schrie einer.

Die beiden Männer, die noch auf den Beinen waren, stürzten sich auf Brendan, der gezwungen war, ihnen auszuweichen, und seine Konzentration verlor. Einer der Kerle hob den Arm, und ein Schuss zerriss die nächtliche Stille.

Brendan versteifte sich und griff nach seiner rechten Schulter, bevor er in sich zusammensackte.

Elisabeth öffnete den Mund, um zu schreien, aber das Einzige, was sie hervorbrachte, war ein ersticktes Wimmern. Ihre Glieder waren plötzlich wie gelähmt. Sie konnte sich nicht bewegen, nicht schreien oder weinen, sondern nur wie gebannt zusehen, wie das Blut langsam und dunkel aus dem hässlichen Loch in Brendans Schulter lief. Ihr Magen verkrampfte sich, und Kälte durchflutete sie, als wäre sie in Eiswasser geworfen worden. »Sie haben dich angeschossen«, flüsterte sie. »Du bist verletzt, Brendan.«

»Tatsächlich?«, stieß er zwischen zusammengebissenen Zähnen hervor. »War mir gar nicht aufgefallen.«

Und dann waren sie da. Grobe Hände packten Elisabeth, und gehässige Worte wurden ihr ins Ohr geflüstert.

Brendan fuhr im letzten Moment herum. Sein Messer blitzte auf, und ein scharlachroter Fleck breitete sich auf der Vorderseite des Hemdes eine der Angreifer aus, als er auf die Knie fiel.

Der letzte Mann, der Elisabeth noch immer an der Schulter festhielt, schlug Brendan das Messer aus der Hand, stieß ihm die Faust ans Kinn und rammte ihm ein Knie in den Magen, bevor er ihn mit einem harten Schlag gegen die verletzte Schulter zu Boden schickte.

Brendan stöhnte zwischen zusammengebissenen Zähnen und kniff die Augen zu vor Schmerz.

»Verdammter Mistkerl! Das ist für Keg und Perry«, fauchte er und trat Brendan in die Rippen. »Und wenn du denkst, du hättest Schmerzen, dann warte nur, bis der Großartige dich in die Finger kriegt!«

Das Klirren von Pferdegeschirr und ein leiser Pfiff ließen alle innehalten und aufhorchen.

Um die Biegung in der Straße kam holpernd und klappernd ein mit Segeltuch bedeckter Wagen, der von zwei grobknochigen Pferden gezogen wurde und einen großen, langbeinigen Kastanienbraunen mitführte. Elisabeth erkannte sofort den Harfenisten aus dem Wirtshaus auf dem Bock.

»Ja, was haben wir denn da, Ladys?«, sagte er zu den Pferden. »Sieht ganz so aus, als wären wir auf eine Bande Herumtreiber gestoßen, die nichts Gutes im Schilde führen.« Er zügelte die Tiere, und die Augen in seinem hageren Gesicht schienen zu erglühen, als er auf die hässliche Szene vor ihm starrte. »Lass das Mädchen los, mein Freund!«

»Verpiss dich, alter Mann!«, fuhr der andere ihn an.

Rogan lachte nur, während er mit seltsam konzentriertem Gesichtsausdruck die Peitsche über seine Knie legte. »Ich glaube nicht, dass das menschenmöglich ist.« Er zeigte auf Elisabeth. »Lass sie los und verschwindet! Der Wachtmeister und seine Männer werden bald hier sein.« Seine Stimme war ruhig und gelassen, ohne jede Spur von Furcht oder Nervosität. »Ihr wollt ihnen das hier doch wohl nicht erklären müssen?«

Der Mann spuckte auf den Boden. Seine Gesichtszüge waren starr und unbewegt, seine Lippen kaum mehr als ein schmaler Strich. »Ich habe meine Befehle.«

»Kann ich mir vorstellen«, räumte Rogan ein, noch immer in diesem wohlklingenden, fließenden Ton, der Elisabeths ganzen Körper wärmte, ihre Muskeln entspannte und ihr wild schlagendes Herz verlangsamte. Am liebsten hätte sie sich eingehüllt in diese Stimme, um beschützt zu sein und von der Furcht nicht mehr berührt zu werden. »Aber deine Befehle beinhalten bestimmt nicht, von einem *Duinedon*-Wachtmeister verhaftet zu werden und die nächsten Nächte im Gefängnis zu verbringen. Also verschwindet von hier und lasst die Leute in Ruhe!«

Das freundliche Zureden schien seine Wirkung auf den Mann,

der Elisabeth festhielt, nicht zu verfehlen. Sein Griff lockerte sich, bevor er schließlich ganz die Hand wegzog. Sein Blick war verwirrt, als verstünde er nicht, warum er sich überreden ließ, doch er war machtlos dagegen.

»Steigen Sie auf, Miss!« Der Harfenist streckte ihr die Hand hin. »Aber vorsichtig bitte! Keine plötzlichen Bewegungen, denn die würden ihn wachrütteln. Die Magie des *leveryas* wird ihn unserem Willen beugen, aber ihre Macht ist nicht sehr stark und leicht zu brechen von einem starken Geist.«

Elisabeths Blick fiel auf Brendans auf dem Boden kauernde Gestalt. Er bewegte eine blasse Hand, deren Finger lang und schön wie die eines Musikers waren. Sie erinnerte sich daran, wie sie sich auf ihrer Haut angefühlt hatten, an die prickelnde Hitze, die bei seiner Berührung in ihr aufgestiegen war. Und an die Kraft in diesen Fingern, als er sie hinter sich gezogen hatte, um sie mit seinem eigenen Körper zu schützen.

»Ich kann nicht mitfahren. Nicht ohne Brendan.«

»Das müssen Sie auch nicht«, beruhigte Rogan sie.

In dem Moment schoss ein schwarz-weißes Fellbündel mit gefletschten Zähnen aus dem Wald, sauste über die Straße und verbiss sich in den Knöchel des Halunken.

Er brüllte auf, seine Augen wurden groß und rund, und sein Gesicht verzerrte sich vor Wut.

»Killer!«, schrie Elisabeth. »Hör auf!«

Aber der kleine Hund ließ nicht locker, sondern biss höchstens noch fester zu. Fluchend zog der Mann seine Pistole.

»Nein!« Elisabeth wollte sich auf ihn stürzen, um ihn am Arm zu packen, doch der Harfenist zog sie zurück.

Brendan nutzte diesen Moment, um sich nach vorn zu werfen, sein verlorenes Messer zu ergreifen, aufzuspringen und dem Mann die Klinge in den Hals zu stoßen.

Elisabeth schrie, als Blut aufspritzte und der Mann, ohne einen

Laut von sich zu geben, in den Schmutz der Straße fiel. Den Messergriff in seinem Hals umklammerte er mit beiden Händen.

Brendan brach wieder zusammen und rang nach Atem. Das Blut aus seiner Schulterwunde durchnässte seinen Ärmel und tropfte von seinen Fingern herunter. Auch sein Gesicht und seine Brust waren schmutzig und blutverkrustet, als trüge er die Kriegsbemalung eines Wilden.

Killer beschnüffelte ihn, und sein Stummelschwänzchen wackelte vor Freude.

»Das war's dann wohl«, murmelte Rogan und stieg vom Kutschbock. »Helena! Ein bisschen Hilfe, wenn ich bitten darf!«

Aus dem hinteren Teil des Wagens erschien eine Frau in kurzer Jacke und Lederhose, die ihre schlanke und dennoch kurvenreiche Figur betonten. Sie strahlte Kraft, aber auch Weiblichkeit aus. Ihr dunkles Haar war aus dem schmalen Gesicht zurückgenommen, und sie hatte ein ausdrucksstarkes Kinn und Lippen, die so fest aufeinandergepresst waren, dass sie schon fast weiß erschienen. Sie sprang vom Wagen und zuckte nicht mal mit der Wimper, als ihr Blick über die am Boden liegenden Männer glitt.

»Ist er tot?«, fragte sie und stieß Brendan mit der Stiefelspitze an.

»Noch nicht«, antwortete er mit rauer, schmerzerfüllter Stimme, rollte sich herum und blickte zu der Frau auf. »Vom Regen in die Traufe«, murmelte er, bevor ihm die Sinne schwanden.

Das Klappern der Bettlerbecher auf dem Platz vor der Kathedrale. Monsunregen auf einem löchrigen Dach in Algier. Das Krachen gedämpften Geschützfeuers.

Während Brendan langsam erwachte, verbanden sich die Geräusche zu einem stetigen, knarrenden Geklapper, und jeder neue Stoß des lärmenden Folterinstruments sandte einen schneidenden Schmerz von seinem Nacken bis in seine Finger, während Lichtblitze ihn blendeten und Sterne hinter seinen Lidern tanzen ließen.

Für einen schrecklichen Moment war er wieder in dem heruntergekommenen Cottage südlich von Glenlorgan, wo er im letzten Winter von dem elenden, perfiden St. John vier qualvolle Tage festgehalten worden war und Demütigung und Erniedrigung die verschiedenartigsten sadistischen Formen angenommen hatten.

Eine Hand berührte seine Stirn. Ohne nachzudenken, schlug er um sich und traf den ihm am nächsten Körper, während er im Geiste bereits Fluchten plante, Rache, was auch immer, um dem Mann von ihm fernzuhalten, bevor …

»Au!«

»Er ist wach!«

Stimmen. Mehr als eine. St. Johns brutale Bestien? Waren sie gekommen, um ihn zu holen? Er würde nicht freiwillig mitgehen. Nicht wieder. Nie wieder. Mit fliegenden Fäusten fuhr er hoch, und ein furchtbarer Schmerz durchzuckte ihn. Seine Schulter brannte, seine Nerven waren wund und pochten.

»Halt ihn fest, bevor er sich verletzt.«

»Rogan!«

»Er hat die Nähte aufgerissen. Sei vorsichtig.«

»Gott, das war mal eine saubere Jacke!«

Hände drückten ihn herunter. Ein Knie auf seiner Brust machte ihm das Atmen fast unmöglich.

»Brendan, ich bin's. Elisabeth. Du bist in Sicherheit. Du bist verwundet, doch das verheilt wieder, wenn du stillhältst.«

War es ein Trick? Oder litt er an Halluzinationen? Er ergab sich, weil der Preis fürs Kämpfen viel zu hoch war.

Die Träume verließen ihn, zuerst das Gefühl der Panik und Erniedrigung, dann etwas langsamer die Verzweiflung, der siedende Ärger, weil er wusste, dass Sabrina seinetwegen in Gefahr war und seine Schwester sterben würde, weil er ihr wichtig genug gewesen war, um seinem Ruf zu folgen.

Sie durfte nicht sterben. Nicht noch eine Leiche. Nicht noch ein Geist. Es gab schon zu viele. Ihre Stimmen dröhnten in seinen Ohren, ihre Augen verfolgten ihn im Schlaf. »Kann nicht ... atmen ... sprechen ...«

»Du kannst jetzt von ihm runter, Rogan.« Die kühle, selbstbewusste Stimme einer Frau.

Das erstickende Gewicht wurde von seiner Brust genommen, worauf er schwer nach Atem rang und würgte. Er wälzte sich zur Seite, und wieder schoss ein messerscharfer Schmerz aus seiner Schulter in seinen Kopf.

Sanfte Hände strichen ihm über das Haar und wischten ihm mit einem feuchten Tuch über das Gesicht. »Die Kugel ist entfernt, aber du hast viel Blut verloren und musst dich ruhig verhalten.«

»Elisabeth?« Die Erinnerungen überschwemmten ihn wie Wasser. Die Männer in dem Wirtshaus. Der Kampf auf der Straße. Hände, die ihn unsanft in einen Wagen hoben, wo ihn jemand niederdrückte, während jemand anderer in seinem Fleisch herumbohrte, bis er ohnmächtig geworden war.

»Er hat Fieber.«

»Er wird es überleben. Seinesgleichen schafft es immer.«

Brendan bewegte den Kopf. So weit, so gut. Diesmal drehte ihm kein fürchterlicher Schmerz den Magen um. Er lag in einem Wagen mit einem Segeltuchdach, zu dessen Seiten ordentlich aufgereiht Truhen, Kisten und Reisekoffer standen.

Neben ihm saß mit furchtsamer, aber gefasster Miene Elisabeth, die ihr Haar zu einem losen Knoten am Hinterkopf zusammengenommen hatte, aus dem sich schon die ersten Locken lösten und ihr blasses, müdes Gesicht umrahmten.

Zu seinen Füßen kniete eine weitere Frau, die missbilligend die

Lippen schürzte und ihn mit erhobenen Augenbrauen über triumphierend funkelnden Augen ansah.

Jacks Beschreibung war nicht annähernd so übertrieben gewesen, wie Brendan gedacht hatte. Miss Helena Roseingrave war auf eine raubtierhafte Weise schön, schlank, dunkel, anmutig und tödlich. Sie würde den armen Jack bei lebendigem Leibe auffressen und nur noch seine Knochen übrig lassen.

Ein Lachen stieg in Brendan hoch. Und warum auch nicht? Die ganze Situation stank förmlich nach einer Farce. Nach einer Knüppel-über-den-Kopf- und Von-der-Felskante-baumeln-lassen-Komödie in ihrer primitivsten Form. Beide Frauen sahen ihn an, als hätte er den Verstand verloren. Und vielleicht war es ja auch so. Er war Máelodor entkommen, nur um in die Hände der *Amhas-draoi* zu fallen.

Wie aberwitzig. Lächerlich. Und bezeichnend für sein unerhörtes Pech.

Kapitel Neun

Kaum öffnete Brendan die Augen, griff er sofort mit einer Hand nach seiner Kehle. Nichts. Da waren weder die Kette noch der Stein. Sie waren weg. Verloren. »Verfluchter …!« Er presste die Lippen zusammen und suchte unter der Decke. Die Kette würde irgendwo hier sein. *Musste* hier sein.

Elisabeth blickte mit einer kleinen Falte zwischen ihren Brauen auf. »Die übliche Begrüßung ist: ›Guten Morgen, ich hoffe, du hast gut geschlafen. Schönes Wetter für einen Ausflug, nicht?‹«

»Wenn du ein verdammtes Loch in der Schulter hättest, möchte ich sehen, wie du den Tag begrüßt«, knurrte er. Dabei durchsuchte er die Falten der Decke und sah unter der Truhe neben seinem Kopf nach.

»Ich habe Laudanum.« Sie kramte in einer Tasche.

»Nein.«

»Aber wenn deine Schulter doch so schmerzt …«

»Ich sagte Nein, verdammt noch mal!«

Sie errötete und sah ihn unsicher an. »Ich wollte nur helfen.«

Beschämt über seine Unbeherrschtheit, wandte Brendan das Gesicht ab. Seine Schwäche war schließlich nicht ihre Schuld. »Von Laudanum wird mir übel, deshalb halte ich mich davon fern.«

Sie waren allein im Wagen. Wer wusste, wann sie wieder eine Chance bekommen würden, ohne Furcht vor Lauschern reden zu können?

»Wo ist sie, Elisabeth?«

Bis auf ein Aufglimmen in ihren dunklen Augen blieb ihre Miene unergründlich. »Helena sagte, deine Wunde sei sauber, und es seien keine Anzeichen für eine Infektion vorhanden.«

Aha. Sie wollte die Unwissende spielen? Auch gut. Er würde es ihr gestatten. Bis zu einem gewissen Punkt. Was immer nötig war, um diesen verdammten Stein wieder in seinen Besitz zu bringen. »Jetzt nennst du sie schon Helena?«

»Es erschien mir albern, nach allem, was wir durchgemacht haben, auf einer förmlicheren Anrede zu bestehen. Aber wer sind diese Leute, Brendan? Und was wollen sie von uns?«

»Erinnerst du dich, dass ich dir sagte, es gäbe Leute, die sehr wütend auf mich sind? Helena Roseingrave gehört dazu. Sie ist eine *Amhas-draoi.*«

Elisabeth runzelte die Stirn und schüttelte den Kopf.

»Sie überwachen die Trennung zwischen dem Reich der Magier und der Welt der Sterblichen. Als fähige Krieger und überaus mächtige Magier werden sie von der Rasse der *Anderen* sowohl gefürchtet als auch respektiert.«

Sie presste ärgerlich die Lippen zusammen. »Normale Feinde kannst du dir wohl nicht machen? Oh nein! Brendan Douglas muss mit kaltblütigen Mördern und einer Magie ausübenden Armee von Hexern in Konflikt geraten.«

»Ich gebe mir alle Mühe, mich hervorzutun«, scherzte er, bevor er wieder ernst wurde. »Der Stein, Lissa. Sag mir, dass du ihn hast! Sag mir, dass Helena Roseingrave ihn nicht gefunden hat! Dieser Stein ist der Schlüssel zu allem.«

Elisabeth wandte den Blick ab und spielte nervös mit der Schnalle eines der Reisekoffer.

»Willst du von mir hören, dass es mir leidtut? Das tut es. Und ich möchte mich tausend Mal dafür entschuldigen. Du kannst dir gar nicht vorstellen, wie leid es mir tut. Ich hätte nie gedacht, dass es so weit kommen würde, aber du weißt ja nicht, wie es damals war. Was für ein Chaos in jenen Tagen herrschte. Ich musste den Stein verbergen, bis die Lage sich beruhigte und ich meinen nächsten Schritt planen konnte.«

Sie schwieg, und ihre Finger spielten weiter an dem metallenen Verschluss herum.

»Falls Miss Roseingrave ihn genommen hat …«

Elisabeths Kopf fuhr hoch. Ihre Augen loderten vor Zorn, und ihr Kinn zitterte vor Bewegung, aber nichts deutete auf Tränen hin. »Ich habe das verdammte Ding.«

»Du?«

»Schließlich habe ich es sieben Jahre sicher aufbewahrt, nicht wahr?«

»Lissa …«

»Nenn mich nicht so! Und sieh mich nicht so an, als wäre ich ein Einfaltspinsel, der Worte mit mehr als zwei Silben nicht verstehen kann. Ich habe mir deinetwegen lange genug die Augen rot geweint, um dir die verfluchte Kette abnehmen zu können, bevor Helena sie sah. Wahrscheinlich hält sie mich für eine Heulsuse, aber es hat geklappt. Wenn der Stein etwas so verdammt Besonderes ist, dass die Zerstörung meines Lebens nichts dagegen ist, muss er wichtig sein. Das wurde mir klar. Und außerdem vertraute ich ihnen nicht. Nicht ganz. Zumindest anfangs nicht.«

»Und jetzt traust du ihnen?«

»Habe ich eine andere Wahl?«

Ein beklemmendes, auf beiden Seiten mit Vorwürfen und Reue befrachtetes Schweigen breitete sich im Wagen aus. Gott, wie er diese Hilflosigkeit hasste, anderen ausgeliefert zu sein! Er hatte zu lange niemandem mehr vertraut, um seine Hoffnung so leichtfertig auf jemand anderen zu setzen.

Elisabeth griff unter ihr Kleid und zog die schlichte Goldkette heraus. Der Stein sah schwarz und leblos aus. Sie nahm die Kette ab und gab sie Brendan. »Hier. Ich werde mich glücklich schätzen, wenn ich sie und den Stein nie wiedersehe.«

Kaum berührte der Sh'vad Tual seine Hand, als die Visionen auch schon sein Bewusstsein überfluteten.

Ein Mann durchsuchte die Felder voller Toter. Seine Wangen waren schwarz von Schmutz und Schweiß und nass von Tränen. Schließlich fand er eine Leiche zwischen den Hunderten von Toten, fiel auf die Knie und nahm den Leichnam in die Arme wie ein schlafendes Kind. Als er den Kopf erhob, um einen Fluch zum Himmel hinaufzuschreien, fiel das blutrote Licht der untergehenden Sonne auf sein Gesicht. Seine Augen brannten heiß und golden wie geschmolzener Stahl.

»Das kann nicht sein«, flüsterte Brendan. »Das lasse ich nicht zu.«

Er ließ den Stein fallen, als hätte er sich verbrannt, und rang nach Atem wie ein Ertrinkender. Der besiegte Krieger und sein gefallener Kamerad verblassten beide unter einem Schleier aus Rauch und Nebel und goldgesäumtem Dunst.

Und Brendan war wieder im Wagen bei Elisabeth, irgendwo auf der Straße zwischen Dun Eyre und Dublin. Nur ein fernes Glockenläuten hallte noch in seinen Ohren nach.

»Dachtest du wirklich, du könntest nach Irland zurückkehren und nicht erwischt werden?«

»Sagen wir mal, ich war guten Mutes und voller Optimismus.«

Der Wagen holperte über einen Buckel in der Straße, und ein brennender Schmerz schoss von Brendans Schulter bis in seine Fingerspitzen. »Macht er das absichtlich?«, knurrte er.

Helena Roseingrave lächelte ein bisschen amüsiert. »Rogan ist kein erfahrener Kutscher, aber seine anderen Talente gleichen seine Ungeschicklichkeit auf dem Kutschbock mehr als aus. Er war es, der außerhalb Gorts deine Spur entdeckte und ihr folgte. Zu deinem Glück.«

Glück? *Das* nannte sie Glück? Mit einem Loch in der Schulter, das höllisch schmerzte, in einem Wagen zu liegen und einer Frau ausgeliefert zu sein, die er vom Hörensagen kannte und die den

Ruf besaß, ehrgeizig, gefährlich und – laut Jack – die beste Küsserin der Welt zu sein? Obwohl er bezweifelte, dass er je in der Lage sein würde, diese letzte Eigenschaft zu erproben.

»Er ist ein Magier-Jäger?«, fragte er mit einem respektvollen Blick auf den gekrümmten Rücken seines Peinigers auf dem Kutschbock. Viele *Andere* besaßen die Fähigkeit, Magie zu spüren. Diejenigen, die imstande waren, ihr zu folgen wie ein Hund einer Fährte, waren allerdings sehr rar.

Der Wagen polterte durch ein weiteres Schlagloch, und Brendan stieß sich hart die Schulter an der Wagenseite an. Blitze tanzten vor seinen Augen, und er verlor fast das Bewusstsein von dem Schmerz. »Verdammt, das schmerzt wie ein besch…«

»Shh! Du weckst noch deine Gefangene auf.«

In eine Decke eingerollt, den Kopf auf einem gefalteten Mantel, lag Elisabeth neben ihm. In der Enge des Wagens war sie ihm gefährlich nahe gekommen. Ein Büschel rotes Haar und ein Teil ihrer rosigen Wange war alles, was er über der Decke sehen konnte, aber sie gab Hitze ab wie ein Ofen, und wenn er nur ein wenig die Hand ausstreckte, konnte er sie auf ihre linke Hüfte legen. Wozu er sich allerdings nicht hinreißen lassen würde. Diese Frau war Elisabeth, und deshalb musste er sich zurückhalten.

»Hat sie sich so ausgedrückt?« Irgendwie hatte er gedacht, Elisabeth wäre über ihre anfängliche Wut hinweg. Zu wissen, dass sie ihn noch immer als Teufel in Menschengestalt betrachtete, schmerzte mehr, als Brendan je gedacht hätte.

»Das war das noch am wenigsten Beleidigende, was sie sagte«, antwortete Helena Roseingrave. »Obwohl sie sich für eine Gefangene doch sehr um dein Überleben sorgte. Sie weinte um dich, und Rogan musste sie buchstäblich von dir losreißen, damit ich deine Wunde nähen konnte. Lass mich raten – dein weithin berühmter, unglaublicher Douglas'scher Charme hat ihr Herz im Sturm erobert.«

»Möglich. Nichts geht über ein bisschen Chaos und Terror, um das Blut in Wallung zu bringen. Besser als Austern und gefühlsduselige Gedichte.«

Ein nagendes Schuldbewusstsein erfasste Brendan wieder. Es war seine Schuld, dass Lissa in diese Sache hineingezogen worden war. Seine Schuld, dass sie fast ums Leben gekommen wäre. »Elisabeth in diese Sache zu verstricken war ein Fehler. Sie hat absolut nichts mit diesem Debakel zu tun«, sagte er.

»Ein weiteres von Brendan Douglas' Opfern? Wie schrecklich. Du musst ja eine Menge Leute einbezogen haben, die für deine Fehler zahlten.« Roseingraves Augen schienen ihn förmlich zu durchbohren.

»Warum hast du mich dort nicht sterben lassen? Oder mich höchstpersönlich umgebracht?«, fauchte er sie an.

Sie bedachte ihn mit einem kühlen Blick. »Vielleicht würdest du das wirklich vorziehen. Lieber ein schneller Tod durch meine Hand als das, was dich erwartet, falls Máelodor dich wieder ergreifen sollte?«

»Du scheinst dir ja ziemlich viele Gedanken gemacht zu haben. Sollte ich mich jetzt geschmeichelt fühlen?«

»Gewarnt.«

»Du hast mir noch nicht verraten, warum du uns geholfen hast. Damit du mich später in aller Ruhe töten kannst? Wie die Katze, die mit der verletzten Maus spielt?«

Sie zog spöttisch eine Augenbraue hoch. »Das ist ja wohl eher dein Fach, oder?«

Brendan holte tief Luft und versuchte, die Erinnerungen zu verbannen. Oder zumindest damit fertigzuwerden. Aber Schwäche und Schmerz beeinträchtigten seine sonst so eiserne Kontrolle. Bilder brannten heiß in seinem Geist, und wispernde Gestalten spukten durch sein Bewusstsein wie Gespenster.

»Ich werde deinem Todeswunsch nicht stattgeben, Brendan

Douglas. »Wenn ich mich nicht irre, ist die allerschlimmste Strafe für dich, weiterleben zu müssen.«

»Nein«, antwortete er. »Mich zu erinnern ist die größte.«

Er erstarrte unter ihrem kalten, maliziösen Blick. »Dann sollst du leben, bis du alt und grau bist und nie vergessen. Ich weiß, dass *ich* es nicht tun werde.«

Rogan lenkte den Wagen auf eine Wiese und schirrte die Pferde ab, damit sie grasen konnten. Schwere dunkle Wolken kündigten Regen an, und die Flussbetten und Niederungen waren in grauen Dunst gehüllt. Die Temperatur hingegen blieb angenehm, und Elisabeth nahm ihr Umschlagtuch ab, als sie durch das Gras zu Brendan ging und sich neben ihn kniete.

»Miss Roseingrave ist vorausgeritten. Jetzt ist deine Chance gekommen«, flüsterte sie.

Brendan war mit dem Teller Würstchen auf seinem Schoß beschäftigt. »Meine Chance, was zu tun?«

»›Simsalabim‹ zu sagen und uns in einer Rauchwolke von hier wegzuzaubern. Oder Rogan in eine Kröte zu verwandeln. Ich weiß es nicht, irgendwas. Hauptsache, du unternimmst etwas!«

»Du hast wirklich eine komische Vorstellung von den *Anderen*, nicht? Und ich habe die ganze Zeit Ignoranz mit Feindseligkeit verwechselt.«

»Das war es nicht!« Sie senkte die Stimme, als Rogan, der sich einen Becher Kaffee einschenkte, zu ihnen hinüberblickte. »Es war keine Feindseligkeit«, zischte sie. »Ich verstehe nur nicht … nein, so einfach ist das nicht … ich meine, ich weiß nicht … Ach, verflixt, ich werde nicht meine Zeit damit verschwenden, dir etwas zu erklären.«

Wenn sie es für sich selbst nicht in Worte fassen konnte, wie sollte sie dann Brendan ihre widerstreitenden Gefühle wie Faszination und Abneigung den *Anderen* gegenüber erklären? Es war leichter, ihn glauben zu lassen, sie sei unvernünftig, selbst wenn es kein gutes Bild auf sie warf. Schließlich war es ihr egal, was er von ihr dachte.

War es das?

Brendan jonglierte Gabel und Becher in der linken Hand, weil sein rechter Arm so fest verbunden war, dass er sich nicht bewegen ließ. »Ich habe Magierblut in meinen Adern, Lissa, aber ich gehöre trotzdem nicht zum Volk der Feen und Magier. Ich zaubere nicht. Und nachdem du und Rogan so dicke Freunde geworden seid, überrascht es mich, dass du auch nur daran denkst, ihn in eine Kröte zu verwandeln.«

»Nur vorübergehend. Nichts, was ihm auf Dauer schaden könnte.«

Brendan starrte zornig eine Wurst an, die all seinen Bemühungen widerstand, sie aufzuspießen. Mit einer Hand konnte er nicht den Teller, die Gabel und das Messer halten, und bei jedem Versuch, das Würstchen zu erwischen, rutschte es weg. »Die Antwort ist trotzdem Nein. Ich kann Rogan nicht in einen Molch, eine Schlange oder einen Floh auf Killers Hinterteil verwandeln. Er ist Rogan und bleibt auch Rogan.«

»Aber du hast selbst gesagt, sie seien auf der Jagd nach dir.« Elisabeth, die seine sinnlosen Essversuche nicht länger mit ansehen konnte, nahm ihm Teller und Besteck aus der Hand und schnitt die Wurst in mundgerechte Stückchen, bevor sie sie ihm zurückgab. »Dass sowohl Máelodor als auch die *Amhas-draoi* darauf aus sind, dich zu töten.«

»Danke.« Er spießte ein Stückchen Wurst auf die Gabel und schob es sich mit einem grimmigen Lächeln in den Mund. »Um die Sache klarzustellen: Die *Amhas-draoi* wollen mich töten, aber Máelodor will mich lebendig. So bereitet Folter mehr Vergnügen. Zumindest für den Folterer.«

Elisabeth setzte sich neben ihn und lehnte sich mit dem Rücken an eine Wand. Der feuchte Boden würde Flecken auf ihren Röcken hinterlassen, doch wer würde das bei diesem Kleid bemerken? »Und Helena …?«

»Hält sich nicht an die Spielregeln, was allerhand interessante Fragen aufwirft.« Den Kopf an die Wand gelehnt, trank er seinen Kaffee und starrte seufzend vor sich hin. »Ich werde meine magischen Kräfte nicht mehr als nötig nutzen, Lissa. Das wäre unklug.« Er blinzelte, und die Qual schwand, die sie in seinen Augen zu sehen glaubte. »Außerdem würde kein Fluchtversuch gelingen, solange ich durch diese verdammte Schulter behindert bin.«

»Also tun wir nichts?«

»Ah, jetzt sind wir also ›wir‹?«, entgegnete er belustigt.

»Ebenso sehr ›wir‹, wie sie ›sie‹ sind.« Elisabeth runzelte die Stirn. »Du weißt schon, was ich meine.«

»Was uns an sich bereits zu denken geben sollte.«

Wieder seufzte er und rückte seine Armschlinge zurecht, als schmerzte seine Schulter. Elisabeth dachte, dass sie ihn nicht bedrängen dürfte. Sein Fieber kam und ging, und seinem Gesicht war anzusehen, dass er noch immer große Schmerzen litt.

»Bis ich die Sache mit dem Stein geregelt habe, bist du an mich gebunden, und solange ich verwundbar wie ein Kätzchen bin, sind wir auf sie angewiesen«, sagte er. »Es hätte schlimmer kommen können.«

»Das kann ich mir beim besten Willen nicht vorstellen.« Sie sollte ihm wirklich nicht die Hölle heißmachen, doch er dürfte diese ganze Sache auch nicht wie einen Schuljungenspaß betrachten. »Du hast mir erzählt, du wärst sieben Jahre vor diesen Leuten geflohen.«

»Ja, aber ich habe dir auch gesagt, dass Miss Roseingrave sich absolut nicht wie eine *Amhas-draoi* verhält.«

»Du meinst, weil du noch lebst?«

»Genau. Aus welchem Grund auch immer will sie offenbar, dass es so bleibt. Ein Verwundeter und eine junge Frau wären leichte Beute für Máelodors Männer. Aber nicht eine so kampferprobte *Amhas-draoi*-Kriegerin wie sie. Für den Augenblick sind wir also absolut sicher. Und ich zumindest gedenke diese kurze Atempause zu genießen.« Und damit legte er den gesunden Arm hinter den Kopf und schloss die Augen.

»Du bist der unmöglichste Mann, der mir je begegnet ist«, schnaubte sie.

»Mag sein.« Er lächelte mit geschlossenen Augen. »Aber du liebst mich trotzdem.«

Elisabeth saß auf dem Kutschbock neben Rogan und betrachtete die Straße vor ihnen und die herrlich grüne Landschaft rechts und links von ihnen. Sie erhob ihr Gesicht in die blasse Sonne, die hin und wieder aus den dichten, tief hängenden Wolken spähte, die Schatten über die Felder zu beiden Seiten warfen. Von der steifen Brise ließ Elisabeth sich den Kopf durchfegen und atmete die frühlingshaften Düfte der frisch beackerten Erde und der neuen Pflanzen ein. Vögel zwitscherten und sangen in den Hecken, und zweimal sah sie zwischen den schattigen, mit wilden Blumen übersäten Wäldern das rote Fell eines Fuchses aufleuchten.

Brendan schlief. Helena Roseingrave hatte sie verlassen, als sie Banagher durchquerten, und versprochen, sich später wieder zu ihnen zu gesellen. Sie hatte keine weiteren Erklärungen abgegeben, obwohl sie und Rogan ein paar Minuten leise miteinander gesprochen hatten, bevor sie sich in den Sattel geschwungen hatte.

Als sie am Wagen vorbeiritt, zügelte sie jedoch den Wallach, und ihr ruhiger Blick glitt über Elisabeth, bis die sich hätte winden können vor Verlegenheit. Mit diesem scheußlichen, stinkenden Kleid und ihrem Haar, das ein heilloses Durcheinander war, konnte sie sich sehr gut vorstellen, was für ein Bild sie abgab.

»Hat er dich entführt, um dich vor Máelodor zu beschützen?«, fragte Helena, als fiele es ihr schwer zu glauben, dass Brendan aus uneigennützigen Motiven handeln könnte.

Elisabeth errötete. »Das sagt er jedenfalls.«

»Er ist nicht so, wie ich ihn mir vorgestellt hatte.«

»Nein. Ich hatte ihn mir auch ganz anders vorgestellt.«

Elisabeths anfängliche Furcht war viel schneller verflogen, als sie gedacht hätte. Nach jener ersten Nacht, in der sie bei jedem Geräusch zusammengefahren war, hatte sie geschlafen wie ein Stein. Ihr war nie bewusst gewesen, wie behütet und beschützt sie ihr Leben lang gewesen war oder dass ihre privilegierte Stellung sie vor weitaus mehr als Armut bewahrt hatte. Und vor allem hätte sie nie gedacht, wie sehr sie diesen unerwarteten Geschmack von Freiheit schätzen und genießen würde.

Bei Einbruch der Nacht war sie von den langen Reisetagen erschöpft gewesen, und eine unerklärliche Neugier auf die ständig wechselnde Landschaft hatte sie im Morgengrauen aus ihren Decken getrieben. Das und Rogans Frühstück aus dicken Scheiben Schinken, perfekt gebratenen Eiern und knusprigen Kartoffeln, die sie sich mit Killer teilte.

Der kleine Hund kam und ging, manchmal verschwand er für eine so lange Zeit, dass Elisabeth zu der Überzeugung kam, er sei für immer weg. Dann, wenn sie die Hoffnung schon aufgegeben hatte, kam er plötzlich angetrabt, als wäre er nie fort gewesen. Helena verabscheute ihn, Rogan duldete ihn, und Brendan ignorierte ihn, doch Elisabeth empfand Killers Gesellschaft als seltsam beruhigend und ließ kein böses Wort über ihn zu. Manchmal hatte sie fast den Eindruck, als wüsste er, was sie dachte, und würde jeden Moment den Mund aufmachen, um ihr zu sagen, es würde alles gut.

»Ah, Miss Fitzgerald! Zwanzig Punkte mehr für mich. Sehen Sie! Eine Herde Schafe.« Rogans Stimme riss sie aus ihren Gedanken, als er auf eine Weide vor ihnen zeigte.

»Sie gewinnen.« Elisabeth lachte. »Ich werde Sie nie übertreffen, es sei denn, mir würden eine ganze Parade von Postkutschen und ein, zwei alte Frauen vorgeführt.«

»Das ist nicht Ihre Schuld. Ich habe mehr Übung in diesem Spiel. So oft, wie ich auf der Straße unterwegs bin, entgeht mir nichts. Außerdem«, fügte er mit einem Seitenblick auf sie hinzu, »sind Sie den ganzen Tag mit ihren Gedanken kilometerweit entfernt gewesen. Wir hätten an Herden tanzender rosa Schafe vorbeikommen können, und Sie hätten nicht ein einziges bemerkt.«

Elisabeth strich mit dem Finger über das knotige Holz des Bocks. »Ich habe nachgedacht.«

»Eine gefährliche Beschäftigung für eine junge Dame«, scherzte er und lachte.

»Meine Familie und Freunde müssen schon ganz krank vor Sorge sein. Meine Tanten sind bestimmt schon völlig außer sich, weil sie nicht wissen, was mir zugestoßen sein könnte. Ich dürfte gar nicht hier sein.«

»Nein?« Wieder kräuselte ein Lächeln die Haut um seine Augen. »Ich glaube an das Schicksal, Miss Fitzgerald. Vielleicht sind Sie ja genau dort, wo Sie sein müssen.«

»Ach ja? Kompromittiert und ruiniert, auf der Flucht vor Mördern und unterwegs nach Gott weiß wohin oder warum?«

»Das fasst es so ungefähr zusammen. Betrachten Sie es als ein Abenteuer!«

Elisabeth ließ den Blick über eine üppige grüne Wiese gleiten, die so schön war, dass ihr ganz weh ums Herz wurde. »Wohl eher als Katastrophe.«

Rogan stieß sie spielerisch in die Rippen. »Es ist das, was Sie daraus machen. Sie können sich davon deprimieren lassen oder es in etwas Besseres verwandeln.«

»Wie aus sauren Zitronen süße Limonade herzustellen?«

»Ich persönlich würde lieber Gerste zu Whiskey machen«, entgegnete er grinsend. »Wir werden beide trinken, was wir wollen.«

Seine Scherze hatten sie aus ihrer Melancholie gerissen; so begann sie wieder, die Straße vor ihnen zu beobachten, und genoss die warme Sonne auf ihrem Rücken. Bauernkaten säumten jetzt die Straße, und hier und da sah sie sogar Geschäfte. Auch der Verkehr nahm zu, sodass Rogan gezwungen war, die Pferde zu zügeln, die den Kopf zurückwarfen und wiehernd andere Rösser auf der Straße grüßten. Zwei Hunde kamen aus einem Hof und rannten ihnen bellend nach. Der kleine Killer antwortete mit einem schrillen Kläffen, und seine Nackenhaare sträubten sich.

Elisabeth hielt ihn zurück. »Denk nicht mal daran! Sie würden dich auffressen.«

Der Terrier beherzigte ihre Warnung jedoch nicht und fuhr fort, die Dorfhunde anzuknurren und anzukläffen, als wollte er sagen: *Haut ab! Das sind* meine *Leute.*

Rogan lachte. »Wenn Helena diesen Hund hier oben auf dem Wagen sieht, wird sie mir den Kopf abreißen.«

»Miss Roseingrave ist aber nicht hier, und Sie werden ihr nichts erzählen, oder?« Elisabeth schenkte ihm ihr charmantestes Lächeln.

»Ach Gott, Miss Fitzgerald! Glauben Sie, ich würde den kleinen Kerl verpetzen? Ganz sicher nicht.« Er kraulte Killer hinter einem Ohr, und der Terrier lehnte sich vertrauensvoll mit halb geschlossenen Augen an den Harfenisten. »Er ist ein guter Gesellschafter, wenn er nicht gerade den Käse von meinen Broten stiehlt.«

Rogan hielt vor einer Schmiede, aus der ein Hämmern ertönte, das es fast mit dem in Elisabeths Kopf aufnehmen konnte. Rogan sprang vom Bock, um die Pferde anzubinden und jedem einen liebevollen Klaps auf den Hals zu geben. »Sie bleiben bei Douglas, während ich Vorräte einkaufe.«

Sowie er gegangen war, zog Elisabeth den Vorhang beiseite, um nach Brendan zu sehen.

Er schlief noch immer. Bis auf zwei rote Flecken an den Wangenknochen war sein Gesicht kalkweiß, sein Haar verschwitzt und seine sonst so lebhafte Schönheit gedämpft vom Fieber wie durch einen Schatten, der über eine Flamme fiel. Wo war seine auffallende Magier-Schönheit geblieben, wo der verwegene Charmeur, der sie durch einen Blick allein schon durcheinanderbringen konnte? Dieser Schurke, der vor ihr lag, hatte eine Wildheit und Härte an sich, die sie bei keinem der Männer, die sie kannte, je gesehen hatte. Er war wie ein dunkles Herz in einem Diamanten. Ein Wolf unter Schoßhündchen.

Aber warum fing ihr Herz zu rasen an, wenn sie sich an ihren ersten und einzigen Kuss erinnerte? Warum stellte sie sich, und wenn auch nur für eine Sekunde, das Leben vor, das sie mit ihm hätte führen können, wenn er damals vor der Hochzeit nicht verschwunden wäre? Warum erfüllte Brendan ihre Gedanken, bis darin kein Platz mehr für vernünftige Überlegungen war?

Ihre Haut prickelte, und die Aufregung, die sie erfasste, sprengte ihr fast die Brust. War hier tatsächlich irgendein kosmischer Plan am Werk? Hatte Rogan recht, wenn er sagte, das Schicksal habe sie hierhergeführt? Elisabeth schüttelte den Kopf. Ob er recht hatte oder nicht, hier gab es nichts und niemanden für sie.

Brendan konnte nicht schlafen. Die Luft presste sich kühl und feucht an sein Gesicht, und er konnte Killers warmes Fell an seinen Rippen spüren. Rogan schnarchte und schmatzte hin und wieder. Elisabeth lag ihm gegenüber unter ihrer Decke. Und Helena Roseingrave? Wer wusste, was sie trieb? Sie kam und ging mit schöner Regelmäßigkeit. Nie kündigte sie ihr Verschwinden an, und kein Geräusch ließ je auf ihre Rückkehr schließen. Die *Amhas-draoi* erhob Undurchsichtigkeit und Geheimnistuerei zu einer echten Kunstform.

Ihre Absichten ihm gegenüber blieben eine weitere unbeantwortete Frage, aber er lebte immerhin noch, was schon mal ein gutes Zeichen war. Dass sie ihn nicht gleich getötet hatte, konnte eigentlich nur bedeuten, dass sie andere Pläne mit ihm hatte. Pläne, die kein schnelles Enthaupten beinhalteten. Sie wollte etwas von ihm, und Brendan konnte sich sehr gut vorstellen, was dieses Etwas war.

Seine Hand schloss sich um den Stein. Sofort verspürte er den Energiestoß des Sh'vad Tual gegen seine Brust, und Feuer züngelte zwischen seinen Fingern auf.

Rosa, Orange, Gold und ein gleißendes Weiß explodierten vor seinen Augen, und als seine Sicht sich klärte, sah er wieder das gleiche, mit Toten übersäte Feld vor sich und auch den gleichen Schleier erstickend dichten Rauchs. Doch diesmal hob der besiegte König den Kopf, und wie einen Sog spürte Brendan die Verbindung zwischen ihnen und die Magie, die durch seinen müden Körper schoss.

Artus zeigte mit seinem zerbrochenen Schwert auf irgendetwas, und Brendan sah, dass er zwischen den Hunderten oder Tausenden von Toten auf einen ganz bestimmten Körper wies. Auf einen blutigen, fast vollständig zerhackten Leichnam, der nur noch ein Durcheinander von menschlichem Gewebe und Knochen war. Das Gesicht war ein wenig älter und verhärmter, aber es war noch zu erkennen.

Aidan.

Sein Bruder. Eine rotbraune Locke fiel ihm in die im Tode bläulich weiße Stirn. Tote Augen starrten zu einem Himmel auf, der schwarz von Krähen war.

Brendan schlug mit der Hand gegen die Wagenwand, und ein scharfer Schmerz durchzuckte seinen Arm, der die Vision sofort in eine Million funkelnder Lichtblitze auflöste.

Was er gesehen hatte, war keine Vision vergangener Schlachten gewesen, sondern eine Prophezeiung dessen, was die *Anderen* erwartete, falls er scheitern sollte.

Hol der Teufel Miss Roseingrave, Máelodor und Elisabeth!

Er würde ganz gewiss nicht scheitern.

Kapitel Zehn

»Es ist nicht so herrschaftlich, wie Sie es wahrscheinlich gewohnt sind, aber es ist ein Zuhause.« Mit einer gebieterischen Handbewegung geleitete Helena sie in ihren hübschen, gemütlichen Salon, bevor sie sich in einen Sessel sinken ließ. Die Erschöpfung nach der langen Reise stand ihr deutlich ins Gesicht geschrieben.

Nach Tagen in dem holprigen Wagen waren Elisabeths Knochen steif, und der Straßenstaub lag in dicken Schichten auf ihrer Haut und ihrem Haar. Sie konnte es kaum erwarten, sich aus ihrem Kleid zu schälen und jeden Zentimeter ihres Körpers abzuschrubben, bis die Haut sich löste.

Rogan schlenderte in den Raum, als wäre er seit Langem mit seinen Annehmlichkeiten vertraut. Ungeachtet der Umstände hatte Elisabeth den geheimnisvollen Harfenisten zu schätzen gelernt. In stundenlangen Gesprächen hatte er sich als Mann mit vielen Talenten und vielen Gesichtern erwiesen. Er war schlau und einfallsreich und jederzeit bereit, seine Harfe hervorzuholen, wenn die Stimmung sank, und sie mit ein paar Liedern aufzuheitern.

Brendan betrat als Letzter den Salon. Er war schmaler, blasser, und seine Augen, die wie geschmolzener Bernstein waren, wirkten übergroß in dem hageren Gesicht. Elisabeth konnte fast sehen, was er dachte, als sein Blick von dem völligen Fehlen von Zierrat oder weiblichem Schnickschnack zu den Bücherregalen und der Vase mit frischen Blumen auf dem Piano glitt.

»Keine Ketten. Keine Peitschen. Keine Folterinstrumente. Einstweilen bist du völlig sicher, Douglas«, sagte Helena und winkte ihn zu einem Sessel am Kamin.

Plötzlich wurden die Anzeichen seiner Krankheit von einem atemberaubenden Lächeln ausgelöscht. »Diese höllische Fahrt war ja wohl auch genügend Folter für ein ganzes Leben, meinst du nicht?«

»Oh nein, mein Bester, nicht mal annähernd genug«, erwiderte Helena boshaft.

Sie waren mitten in einem Wolkenbruch in Dublin angekommen, doch selbst die rußverschmierten Häuser und nassen Straßen unter dem schmutzig grauen Himmel waren ein erfreulicher Anblick gewesen. Mit seiner grünen Eingangstür, den Marmorstufen und dem glänzenden schwarzen Geländer hätte Miss Roseingraves gepflegtes Stadthaus auf der Duke Street auch das eines gut situierten Kaufmannes sein können. Kutschen und Droschken ratterten die Straße hinauf und hinunter. Auf den Stufen vor dem Nebenhaus stand ein Straßenhändler und sprach mit einer Haushälterin. Zwei elegant gekleidete Damen eilten über den Bürgersteig, gefolgt von einem schwer beladenen Diener, der die Einkäufe der Damen trug. Das Leben draußen ging weiter wie bisher.

Drinnen allerdings waren die Anzeichen, dass hier eine *Andere* lebte, nicht zu übersehen. Fast so, als könnten die mit magischen Kräften Geborenen nicht ganz verbergen, was sie waren. Oder als wären sie, wie Helena, stolz auf dieses Erbe. Ein Buch, das offen auf einem Tisch lag, war in geheimnisvollen Runen verfasst. Ein seltsames Figürchen auf dem Kaminsims war so gefertigt, dass es aus jedem Blickwinkel einen anderen Aspekt annahm, und selbst die Atmosphäre im Haus war durchdrungen von Magie.

Es war eine kompaktere Version des gleichen magisch erzeugten Glanzes, den Elisabeth bei jedem Besuch in Belfoyle erfahren hatte. Und wie dort verspürte sie auch hier die gleiche Mischung aus nervösem Flattern und kalter Angst in ihrem Magen.

»Einen Drink?«, bot Rogan an.

Brendan schüttelte den Kopf. »Nicht für mich.«

Rogan zuckte mit den Schultern und behielt das Glas für sich.

»Setz dich doch, Douglas! Wir sind alle Freunde hier«, sagte Helena.

»Sind wir das?« Mit vorsichtigen Schritten und den steifen Gliedern des erst kürzlich Verwundeten ging er zum Kamin hinüber.

Er hatte seine Schlinge, die er schrecklich unbequem fand, gestern abgelegt. Elisabeths Warnung, nichts zu überstürzen, hatte er mit einem seiner irritierenden Lächeln und einer spöttischen Bemerkung abgetan, die sie die Fäuste hatte ballen lassen. Solch aggressive Impulse hatte sie seit ihrer Kindheit nie wieder gehabt. Und wenn sie es sich recht überlegte, war Brendan auch damals schon der Grund dafür gewesen.

Er wärmte sich für einen Moment die Hände auf, bevor er sich den anderen wieder zuwandte. »Ich glaube, es wird Zeit, dass wir aufhören, um den heißen Brei herumzureden. Finden Sie nicht, Miss Roseingrave?«

Ihre Augen verdunkelten sich vor Misstrauen.

»Bin ich ein Gefangener oder ein Gast? Ich möchte wissen, wo ich stehe.«

»Man sollte denken, das wäre offensichtlich nach all den Anstrengungen, die wir unternommen haben, um Sie sicher nach Dublin zu bringen.«

»Man kann sich alles Mögliche denken, doch ich möchte es wissen.«

Die Spannung im Raum verdichtete sich. Selbst Rogan hielt im Einschenken eines weiteren Whiskeys inne, um sich das Machtspiel nicht entgehen zu lassen.

Helena Roseingrave betrachtete Brendan, wie man ein aufsässiges Kind ansehen würde. »Máelodor sucht dich. Und er hat dafür gesorgt, dass das Kopfgeld für dich extrem verlockend ist. Was glaubst du, wie lange du leben würdest, ganz allein und mit so vielen Verfolgern, die dir auf den Fersen sind?«

»Lange genug, hoffe ich.«

»Und Miss Fitzgerald?«

Elisabeth versteifte sich, als sich die Blicke aller plötzlich auf sie richteten.

»Ich werde sie beschützen«, antwortete Brendan. »Sie hat keinen Grund zur Furcht.«

»Wie du es in Loughrea tatest? Sie wird vielleicht mehr Sicherheit als diese wollen. Immerhin ist es ihr Leben, über das wir reden. Elisabeth? Was sagst du dazu?«

Dies war ihre Chance zu entkommen. Zu tun, wozu sie Brendan vor ein paar Tagen gedrängt hatte. Und jetzt? Sie hatte sich alle Möglichkeiten durch den Kopf gehen lassen und Vor- und Nachteile abgewogen, als fertigte sie eine Strichliste an, und immer war sie zu dem gleichen Schluss gekommen. »Ich bin dafür, dass wir bleiben«, erklärte sie.

Brendan wurde stocksteif, und sein Gesicht verdüsterte sich.

Elisabeth fuhr schnell fort, bevor sie es sich anders überlegte. »Du warst selbst der Meinung, dass wir, ob es uns passt oder nicht, in Helenas Gesellschaft am sichersten sind, solange deine Schulter noch nicht wieder ganz in Ordnung ist.«

»Das mit der Sicherheit ist vielleicht ein bisschen übertrieben«, wandte die *Amhas-draoi* mit einem kalten, ärgerlichen Ausdruck in den Augen ein.

»Wenn du Brendan töten wolltest, hättest du es längst getan«, versetzte Elisabeth. »Wir haben nichts zu verlieren und alles zu gewinnen, indem wir bleiben, solange du uns hier haben willst.«

»Und wenn ich beschließe, die Welt ein für alle Mal von Douglas' Perfidie zu befreien?«

Elisabeth erlaubte sich ein vielsagendes Lächeln. »Dann würdest du große Mühe haben, eine Leiche in deinem Haus zu erklären. Bedienstete tratschen. Es gehört sich nicht, einen Gast zu ermorden, Helena.«

Die anderen drei starrten sie an, als wären ihr Hörner gewachsen, obwohl sie doch nur auf das Offensichtliche hingewiesen hatte. Sie presste die Lippen zusammen, steckte die Hände in die Rocktaschen und schaute die anderen angriffslustig an. Es waren keine magischen Fähigkeiten vonnöten, um den Kern der Sache zu verstehen. Vernunft, ein bisschen Intelligenz und gesunder Menschenverstand genügten. Außerdem war sie es leid, die dumme kleine *Duinedon* in einer Schar von mit Magie begabten *Anderen* zu sein.

Brendan erholte sich als Erster. Mit einem belustigten Funkeln in den Augen musterte er sie, als sähe er sie zum ersten Mal. »Ich glaube, ich habe die Antwort auf meine Frage.«

»Antworten? Wer sucht hier Antworten?«

Diese neue Stimme brach die Spannung wie eine Faust eine Scheibe Glas. In der Tür war eine gebückte alte Frau erschienen, deren pergamentenes Gesicht von tausend feinen Linien durchzogen war und deren Hände, die den Türknauf hielten, gichtgekrümmt und knochig waren. »Kilronans Erbe ist zurückgekehrt.« Sie hob den Kopf, als erspähte sie etwas hinter dem Horizont, das für die anderen nicht zu sehen war. »Der letzte Kampf hat also tatsächlich begonnen.«

Brendan wartete, bis Elisabeth von Helena Roseingraves Großmutter zu einem Schlafzimmer geführt worden war. Erst dann fuhr er wütend zu seiner Gastgeberin herum. Er war es leid, wie eine Marionette hin und her gezogen zu werden. Leid, ihr ausgeliefert zu sein. Er war schlicht und einfach *alles* leid. Die rätselhaften Bemerkungen und prüfenden Seitenblicke der *Amhas-draoi* zerrten an seinen ohnehin schon strapazierten Nerven. »Was willst du von mir?«

Miss Roseingrave antwortete mit einem schwachen Lächeln. »Es waren ein paar sehr anstrengende Tage. Wir haben noch Zeit genug für Erklärungen, wenn du erst mal eine Nacht gut durchgeschlafen hast.«

»Wenn du *darauf* wartest, kommen wir vielleicht nie zum Kern der Sache. Und ich weiß nicht, wie es bei dir ist, doch mir ist das geistreiche Geplänkel ausgegangen.«

»Wie schroff, mein Freund! Wo sind deine Manieren geblieben? Dieser jungenhafte Charme, der deine Zuhörer so gefangen nimmt?«

»Du verwechselst mich mit meinem Bruder. Aidan ist der Charmeur und ich nur der manipulative, sarkastische Einsiedler. Frag Lissa! Sie wird's dir sagen.«

»Lord Kilronan charmant? Du warst wirklich *lange* weg, nicht wahr?«

Was sollte diese kryptische Bemerkung? War Aidan etwas zugestoßen? Er war immer ein leichtlebiger, redegewandter Filou mit trockenem Humor gewesen. Wie oft hatte Brendan seinen Bruder um dessen Unbekümmertheit beneidet? Freunde fühlten sich zu ihm hingezogen; Frauen schwärmten für ihn. Konnte der Tod ihres Vaters eine solch verheerende Veränderung verursacht haben?

In all den Jahren in der Ferne hatte Brendan sich nach seiner verlorenen Familie gesehnt. Die Verbindung zu ihnen zu durchtrennen, das Vertrauen seines Bruders und den Glauben seiner Schwester an ihn zu verlieren, war das Allerschwierigste gewesen. In seiner Erinnerung waren sie unverändert geblieben, aber die Wirklichkeit sah völlig anders aus. Der Tod des Vaters und die Zerstörung ihrer Familie hatte sie alle getroffen. Keiner von ihnen war unversehrt geblieben.

»Du hast mich doch nicht nur aus reiner Herzensgüte vor Máelodors Schergen gerettet, eine Kugel aus mir herausgeholt und mich zu dir nach Hause eingeladen. Was springt also für dich dabei heraus?«

Rogan und Miss Roseingrave wechselten bedeutungsvolle Blicke, und der Harfenist zuckte mit den Schultern. »Du wirst es nie erfahren, wenn du ihn nicht fragst, Helena.«

Ihr Stirnrunzeln vertiefte sich, als sie, die Hände hinter dem Rücken verschränkt, eine langsame Runde durch das Zimmer drehte. Als sie schließlich wieder vor Brendan stehen blieb, war ihr anzusehen, dass sie einen Entschluss gefasst hatte. »Der Sh'vad Tual – wo hast du ihn versteckt?«

»An einem sicheren Ort.«

Ihr Blick verhärtete sich. »Ist dir klar, was geschehen wird, falls Máelodor Artus' Grab öffnet? Falls er den letzten König als *Domnuathi* wiederauferstehen lässt? Bist du dir wirklich des ganzen Ausmaßes einer solch abscheulichen Tat bewusst?«

»Beruhige dich, Helena!«, sagte Rogan, eine Hand auf ihrer Schulter. »Wir sind alle müde und gereizt. Vielleicht sollten wir das Gespräch auf morgen verschieben.«

Abrupt drehte sie sich zu ihm um. »Du denkst, ein paar Stunden Schlaf würden Douglas plötzlich umstimmen? Er hat sich schon damals einen Dreck darum geschert, und daran hat sich bis heute nichts geändert. Er ist noch genauso berechnend und eigennützig, wie er es schon immer war.«

»Du bist wirklich nicht gerade die Geschickteste im Überreden«, warf Brendan spöttisch ein.

Erbost fuhr sie zu ihm herum. »Denkst du, dieser Kampf würde nur eine simple Auseinandersetzung zwischen *Anderen* und *Duinedon* werden? Wohl kaum. Es werden *Andere* gegen *Andere* kämpfen. Genau wie in jenen finsteren Zeiten, als die Gruppe der Neun Bruder gegen Bruder aufeinanderhetzte. Ich lasse nicht zu, dass das erneut geschieht.«

Brendan beugte sich vor, als plötzlich wilde Wut in ihm aufstieg.

»Statt mich all die Jahre zu verfolgen, hätten die *Amhas-draoi* vielleicht ihre Zeit damit verbringen sollen, die wahre Gefahr zu jagen.«

»Uns wurde gesagt, Máelodor wäre hingerichtet worden, und du wärst der Einzige, der von den Neun noch lebte.«

»Gervase St. John hat euch alle ganz schön an der Nase herumgeführt, nicht wahr?« Dieser Mann war einer der vielen Gründe, warum Brendan keinen Schlaf mehr fand. Der perfide *Amhas-draoi* hatte Mittel zur Vernichtung gekannt, die keine sichtbaren Spuren hinterließen und das Opfer langsam von innen heraus töteten. Eine zerquetschte Hand war das kleinste Übel gewesen.

Helena Roseingrave fuhr zusammen. Eine steile Falte erschien zwischen ihren Augenbrauen, und ihre roten Lippen wurden schmal. »St. John hat seinen Verrat mit dem Leben bezahlt.«

»Wenn einer von euch umgedreht werden konnte, kann es auch bei anderen geschehen. Scathach ist die Einzige, der ich vertraue. Sie ist die Einzige, die mir mein Leben zurückgeben kann.«

Helena warf den Kopf zurück und lachte höhnisch. »Das ist dein Plan? Ob mit Stein oder ohne, sie wird dich töten, Douglas.«

Brendan biss die Zähne zusammen. »Das Risiko gehe ich ein.«

»Dann wird es das letzte sein, das du eingehst. St. John war ein hochrangiges und angesehenes Mitglied der *Amhas-draoi*. Es war nicht leicht, seinen Einfluss zu überwinden oder die Bruderschaft zu überzeugen, dass Máelodor noch lebt. Nicht ohne Beweise. Die meisten von uns sind noch immer der festen Überzeugung, dass du der Drahtzieher hinter dieser neuerlichen Bedrohung bist. Du bist als das letzte noch lebende Mitglied der Neun zum Tode verurteilt worden.«

»Und wieso glaubst du, anders als deine Brüder, dass Máelodor lebt?«

Sie schenkte ihm ein schmallippiges Lächeln. »Weil ich ihn gesehen habe. Nur kurz, aber ich weiß, dass er dort draußen ist. Leider ist es ihm gelungen, sich wie eine Spinne in seinem Schlupfwinkel zu verkriechen. Es gibt keine Hinweise, wo er ist, keine Möglichkeit, ihn aufzuspüren.«

»Magie«, sagte Brendan nur.

»Was willst du damit sagen?«

»Dass er verbotene Magie benutzt, um sich abzuschirmen. So muss es sein. Diese Art von Macht kann nur durch die dunkle Magie der *Unsichtbaren* erzeugt werden.«

»Das klingt vernünftig.« Helena Roseingrave legte die Finger an die Lippen und musterte ihn prüfend. »Wenn wir ihn also nicht finden können, sollten wir vielleicht dafür sorgen, dass er uns findet.«

Brendan zog spöttisch eine Augenbraue hoch. »Und mit ›uns‹ meinst du natürlich mich.«

»Er ist entschlossen, dich zu fassen, um an den Stein heranzukommen. Folglich werden wir dich ihm als Köder unter die Nase halten und sehen, ob er anbeißt.«

»Das hört sich nicht gut an, finde ich.«

»Aber es wird funktionieren.«

»Das könnte sehr gut sein, doch es ist mein Allerwertester, den ihr ihm unter die Nase halten werdet.«

»Und wie sicher ist dein Allerwertester jetzt? Scathach und die *Amhas-draoi* werden dich nicht am Leben lassen. Für sie bist du ein gewissenloser Mörder mit dem Blut von Hunderten von Unschuldigen an den Händen.«

»Ich habe nicht ... So war das nicht.«

Aber was hatte er Elisabeth gesagt? Dass auch eine Unterlassungssünde eine Sünde war. Er mochte zwar nicht selbst gemordet haben, doch es war, als befänden sich seine Abdrücke auf all den Dolchen, die getötet hatten. Seine Ideen hatten die Gruppe der Neun in ihren Ambitionen bestärkt. Seine Arroganz hatte ihn blind gemacht für das zunehmende Übel, das vor seinen Augen vor sich ging. Zuerst hatte Freddie und seine ganze Familie sterben müssen, um ihn, Brendan, endlich klarsehen zu lassen, und da war es bereits zu spät gewesen.

»Du willst dein Leben zurück? Dann hilf mir, Máelodor zu finden und zu fassen!«, schlug Roseingrave vor. »Zwing ihn, für seine Verbrechen einzustehen! Dann werden die *Amhas-draoi* endlich einsehen, wer hinter dieser neuen Gefahrenquelle steckt. Sie werden mir zuhören müssen – und auch dir.«

»Und was ist mit Elisabeth? Máelodor glaubt, sie wüsste, wo der Stein verborgen ist.«

»Sie ist sicher, solange sie sich unter meinem Schutz befindet, und das müsste doch gewiss ein weiterer Grund für dich sein, mir zu helfen. Solange Máelodor lebt, ist Miss Fitzgerald in Gefahr. Du hast sie in diese Sache hineingezogen, und es ist deine Aufgabe, sie wieder herauszuholen.«

Statt zu antworten, richtete Brendan seinen Blick auf die Flammen im Kamin und dachte an das kleine Fachwerkhaus auf dem Hügel unterhalb des Friedhofes. An Freddies Familie und an Freddie selbst. Das Haus war in Flammen aufgegangen wie Zunder. Brendan hatte die Hitze auf seinem Gesicht gespürt wie die Feuer der Hölle. Und in ebendiesem Moment hatte er erkannt, dass es kein Entkommen gab vor dem, was er getan hatte. Er hatte es versucht. Sieben Jahre lang war er dem Bösen immer einen Schritt voraus gewesen, aber am Ende hatte es ihn eingeholt. Und jetzt würde er für seine Sünden büßen müssen.

Miss Roseingrave hatte ihre langsame Wanderung wieder aufgenommen und blieb nur hin und wieder stehen, um einen abschätzenden Blick auf ihn zu werfen. »Was meinst du, Douglas? Willst du der Köder sein, um einen Mörder einzufangen? Und dies alles ein für alle Mal beenden?«

Brendan rührte ganz leicht und vorsichtig an Helenas Bewusstsein, um die Aufrichtigkeit ihrer Worte einschätzen zu können.

Doch er stieß auf einen sorgsam abgeschirmten Geist, und als er tiefer vordrang, stand er vor einer Bienenwabe voller unentwirrbarer Gedanken, die dazu dienten, jedes Eindringen in ihr Bewusstsein zu verhindern. Falls sie log, gab es für ihn also keine Möglichkeit, es zu erfahren.

Wenn du Brendan töten wolltest, hättest du es längst getan. Wir haben nichts zu verlieren und alles zu gewinnen, hallten Elisabeths Worte in ihm wider.

... nichts zu verlieren ... alles zu gewinnen.

Und ihm waren die Möglichkeiten ausgegangen.

Seufzend griff er unter sein Hemd und zog die Kette mit dem Stein hervor, die um seinen Hals hing. Licht flackerte auf seinen grob bearbeiteten Oberflächen, ein Glimmen wie am Rande einer Gewitterwolke oder Feuergarben über einem verqualmten Schlachtfeld.

Goldene Augen starrten in schwarze. Keiner war zum Nachgeben bereit.

»Einverstanden«, sagte er.

Nachdem Elisabeth ein Bad genommen und das Kleid ins Feuer geworfen hatte, stand sie in einem Morgenmantel an ihrem Schlafzimmerfenster. Aber sie sah kaum etwas von dem, was draußen vorging, sondern war in Gedanken nur eine kurze Droschkenfahrt entfernt am Merrion Square im Stadthaus der Fitzgeralds.

Vielleicht waren Tante Fitz und Tante Pheeney jetzt gerade dort und sorgten sich um sie. Oder waren empört über sie. Würden sie verstehen, wenn sie ihnen die Wahrheit sagte? Vielleicht. Aber es Gordon zu erklären war unmöglich. In seinen Augen würde sie rettungslos kompromittiert und ihr guter Ruf verloren sein. Für ihn war sie beschmutzt, verdorben und unwürdig, seine Braut zu sein.

Der Schmerz, der diesen Gedanken begleitete, ging tief, doch er nahm sie nicht so heftig mit, wie sie gedacht hätte. Sie hatte Gordons Antrag angenommen, weil sie wusste, was für ein solider, zuverlässiger Mann er war – und obwohl ihr nur zu gut bewusst gewesen war, dass er ihre Leidenschaft nie würde wecken können. Aber sie hatte auch gewusst, dass er möglicherweise ihre letzte und einzige Chance war. Und was sagte das über sie aus?

»Hier ist noch eine Decke, falls Ihnen kalt wird heute Nacht, obwohl es jetzt noch warm genug ist.«

Elisabeth hatte Helenas Großmutter nicht hereinkommen gehört, doch dort stand sie. Ein freundliches Lächeln lag auf ihrem faltigen, verschrumpelten Gesicht.

Killer, der gewöhnlich alle Neuankömmlinge mit einem symbolischen Knurren begrüßte, schlief weiter – auf dem Rücken liegend und alle viere von sich gestreckt auf dem Bett.

»Ein prima Wachhund bist du«, murmelte Elisabeth.

Die alte Dame betrachtete den Hund mit einem langen, abschätzenden Blick. »Haben Sie ihn schon lange?«

»Er hat sich uns gewissermaßen auf der Straße angeschlossen.«

»Ach?« Sie nahm das Tier so genau in Augenschein, dass Killer schließlich faul ein Auge öffnete, um den scharfen Blick der alten Dame zu erwidern.

»Sie sind sehr liebenswürdig, Mrs. … Mrs. …« Elisabeth stockte, weil sie nicht wusste, wie sie ihre Gastgeberin ansprechen sollte.

Die alte Dame lachte. »Madame Arana«, sagte sie und legte die Decke auf einen Sessel. »Es ist schön, wieder ein volles Haus zu haben. Seit der Bruder von *ma petite* Helena starb, ist es hier viel zu still geworden. Zu viele leere Räume voller trauriger Erinnerungen.«

Ihre *kleine* Helena? Das war ja wohl reichlich übertrieben. Die

Amhas-draoi hatte die Statur einer Amazone. Und auch das Aussehen, wenn man's recht bedachte. Groß, dunkel und kalt wie Eis. Selbst gebadet und mit etwas halbwegs Anständigem bekleidet, kam Elisabeth sich im Vergleich zu ihr wie eine Vogelscheuche vor.

»Ich werde Sie jetzt wieder allein lassen, da ich nach dem jungen Mann sehen muss. Er ist kein einfacher Patient. Typisch Mann. *Il se plaint toujours* – die ganze Zeit beklagt er sich und vertraut meinen Fähigkeiten nicht. Dabei verstehe ich viel von den alten Mitteln, und er täte besser daran, sich von mir behandeln zu lassen.«

»Dann wünsche ich Ihnen viel Glück, denn er ist ausgesprochen stur.«

»Oh, aber das bin ich auch.« Madame Arana lächelte, und ihre Augen verloren sich fast zwischen all den Falten in ihrem Gesicht.

Elisabeth trat vom Fenster zurück und erfreute sich an dem Luxus des dicken Teppichs unter ihren nackten Füßen, als sie zum Bett hinüberging. Der schwache Duft von Lavendel stieg von den Laken auf, als sie sich auf der weichen Matratze niederließ. »Wissen Sie, wozu Ihre Enkelin Brendan braucht? Warum sie all das tut?«, fragte sie mit einer weit ausholenden Handbewegung. »Die *Amhas-draoi* wollen Brendan töten, das hat sie selbst gesagt. Trotzdem wurden wir wie Gäste aufgenommen. Warum?«

»Sie *sind* ein Gast, Miss Fitzgerald, wenn auch ein unerwarteter. Wir hatten Ihre Anwesenheit nicht vorausgesehen. Durch keines meiner Orakel wurden wir vor dieser Möglichkeit gewarnt. Das macht Sie zu einem unbekannten Faktor und stellt alles Zukünftige infrage.« Plötzlich wirkte die freundliche alte Dame mit den goldenen Augen nicht länger wie eine reizende kleine Großmutter, sondern vielmehr wie eine weitblickende, mit magischen Kräften begabte Seherin. »Meine Visionen sind nicht mehr sehr hilfreich.«

Warum hatte Elisabeth überhaupt gefragt? Wann würde sie begreifen, dass Fragen nur Antworten brachten, die sie nicht unbedingt hören wollte, und noch mehr Fragen aufwarfen, die dann wie Kaninchen in ihrem Kopf herumflitzten?

»Helena hat Brendan Douglas gesucht, seit wir von seiner Rückkehr nach Irland hörten. Das Warum und Weshalb liegt eindeutig bei den *Amhas-draoi*. Die Bruderschaft will die letzten Überbleibsel der Neun ausrotten. Nur Helenas Art zu suchen hat sich geändert, als die Umstände andere wurden. Und die Visionen sich veränderten. Verstehen Sie jetzt?«

Nicht mehr als vorher, aber Elisabeth nickte dennoch. »Wer sind die Neun?«

»Es ist nicht meine Sache, diese Geschichte zu erzählen. Fragen Sie besser den jungen Douglas, wenn Sie wirklich alles verstehen wollen!«

Da lag der Haken. Wollte sie alles verstehen? Oder würde es sie nur noch tiefer in diese Angelegenheit verstricken?

Elisabeth legte eine Hand auf Killer und hoffte, dass seine gleichmäßigen Atemzüge ihr helfen würden, die ihr durch den Kopf wirbelnden Gedanken zu beruhigen.

»Was wissen Sie über den jungen Mann?«, fragte Madame Arana mit einer Strenge, die in krassem Gegensatz zu ihrer eben noch so heiteren Überschwänglichkeit stand. »Was hat er Ihnen von sich erzählt?«

»Ich habe Brendan schon immer gekannt. Sein Familienbesitz liegt gleich neben unserem.« Elisabeth senkte den Blick. »Er und ich waren sogar einmal verlobt. Aber das war vor langer Zeit. Bevor …«

»Bevor die Neun vernichtet wurden«, beendete Madame Arana den Satz für sie.

»Eigentlich wollte ich sagen, bevor er spurlos verschwand, doch …«

»Schreckliche Zeiten waren das«, fuhr Madame Arana fort, ohne auf Elisabeths Einwand einzugehen. »Schrecklich für die *Anderen*.«

Die *Anderen*. Die Neun. Die *Amhas-draoi*. Nichts davon hatte etwas mit ihr, Elisabeth Fitzgerald, zu tun.

»Kilronan war ihr Anführer.«

Das ließ Elisabeth aufhorchen. »Lord Kilronan?«

Helenas Großmutter lächelte, als hätte sie gewusst, früher oder später ihr Interesse zu wecken. »*Oui*. Der verstorbene Earl war klug. Raffiniert. Der geborene Anführer. Aber die größten Hoffnungen hatten die Neun auf den Jungen gesetzt. Auf Kilronans Sohn und Erben.«

»Nicht Brendan, sondern Aidan war Kilronans Erbe.«

»Was Land und Titel anging, erbten die Ältesten. Doch von Macht und Fähigkeiten her war der junge Douglas alles, was sein Vater sich von ihm erhofft hatte.« Die zerbrechlich erscheinende alte Dame bückte sich, um das Feuer im Kamin zu schüren. Elisabeth sah, wie knotig und abgearbeitet ihre Hände waren. Als sie Holz nachgelegt hatte, sich wieder aufrichtete und den Blick zu Elisabeth erhob, lag eine diamantene Schärfe in ihren topasgelben Augen. »Und jetzt ist er zurück. Hoffen wir, dass er nicht zu spät gekommen ist und nicht mehr wie sein Vater ist!«

»Warum erzählen Sie mir das alles?«

»Weil Sie nicht bekämpfen können, was Sie nicht verstehen.«

»Ich bekämpfe nichts und niemanden. Sobald ich kann, werde ich nach Dun Eyre zurückkehren.«

Madame Arana ging zur Tür, wo sie sich mit einem beunruhigenden Glitzern in den hellen Augen noch einmal umsah. »Sind Sie sicher?«

Kapitel Elf

Der Whiskey erschien unverlangt an Brendans Ellbogen. »Sie sehen aus, als könnten Sie einen Drink vertragen.« Rogan schenkte auch sich einen ein, bevor er sich in dem Sessel Brendan gegenüber niederließ.

Der raffte sich lange genug aus seiner Betrachtung des Feuers auf, um sich zu strecken. »So schlimm?«

»Tatsächlich sehen Sie sogar so aus, als könnten Sie drei oder vier brauchen, aber wir werden uns Zeit lassen und uns langsam bis zur vollkommenen Trunkenheit vorarbeiten.«

»Sie hören sich an wie einer meiner Cousins. Sie kennen Jack O'Gara nicht zufällig?«

Rogan hielt inne und warf Brendan einen merkwürdigen Blick zu. »Warum?«

»Nur so.«

Es fiel Brendan ausgesprochen schwer, den Whiskey zu ignorieren. Einen traumlosen Schlaf zu erlangen war stets das Schwierigste. Sein übliches Mittel war Erschöpfung; jede Art von Beschäftigung, die seinen Geist und Körper betäubte und ihn buchstäblich an den Rand des Zusammenbruchs brachte. Doch dieser Ausweg blieb ihm seiner verletzten Schulter wegen verwehrt. Deshalb saß er da, grübelte vor sich hin und vermied es, so lange wie nur möglich, sich ins Bett zurückzuziehen. Das unaufhörliche Pochen in der Schulter half, weil es ihm etwas gab, worauf er sich konzentrieren konnte, außer dem Brennen seiner müden Augen oder den in Abständen auftretenden Hitzewallungen und dem Schüttelfrost, nach dem er sich jedes Mal wie ein ausgewrungener Schwamm fühlte.

Zumindest hatte er Rogan zur Gesellschaft. Der Harfenist hatte sich nach Kräften bemüht, die eisige Anspannung zwischen Brendan und Miss Roseingrave zu lockern. Und er war auch ein angenehmer Gesellschafter, der wusste, wann es Zeit zu reden oder Zeit zu schweigen war.

»Sie und Helena Roseingrave stehen einander nahe.« Keine sehr geistvolle Bemerkung, dachte Brendan, aber im Moment fühlte er sich einfach nicht in der Lage, den Schein zu wahren.

»Das könnte man sagen.« Rogan nippte an seinem Whiskey, streckte die langen Beine nach dem Feuer aus und fuhr mit den Fingerknöcheln über die grau melierten Bartstoppeln in seinem hageren Gesicht. »Ich kenne Helena, seit sie kaum größer war als eine Ente. Wir sind Cousin und Cousine zweiten Grades von Seiten ihrer Mutter«, sagte er und beugte sich ein wenig näher vor. »Ich gehöre zu dem zwielichtigen Zweig unserer Familie.«

»Ich wusste, dass es einen Grund gab, warum wir beide uns so gut verstehen. War Miss Roseingrave schon immer solch ein liebenswürdiges Geschöpf?«

Rogan lachte. »Sie kann ganz schön kratzbürstig sein, nicht? Das kommt wahrscheinlich daher, dass sie eine *Amhas-draoi* ist. Die sind ja nicht gerade bekannt für ihre sanfte, liebevolle Seite, nicht? Doch das müssten Sie ja besser als alle anderen wissen.« Eine dunkle Röte schoss ihm ins Gesicht. »Entschuldigen Sie, mein Junge! Ich wollte nicht gefühllos klingen.«

»Die Wahrheit ist die Wahrheit. Warum also drum herumreden?«

Rogan spielte mit seinem Glas und sah noch immer recht betreten aus. »Eine hässliche Geschichte, nach allem, was ich hörte. Wie haben Sie ... ich meine ... die *Amhas-draoi* sind ja nicht bekannt dafür, Probleme unerledigt zu lassen.«

»Es ist erstaunlich, wie schnell ein Mann rennen kann, wenn sein Leben auf dem Spiel steht.« Hatte er nicht eben noch gedacht, Rogan sei eine angenehme Gesellschaft? Diese Art von Verhör trug jedenfalls nicht dazu bei, Brendans Stimmung zu verbessern, und so legte er den Kopf zurück und schloss die Augen.

»Ich hatte ganz vergessen, dass Sie sagten, Sie trinken nicht.«

Als er die Augen öffnete, sah er Rogan wieder nach der Whiskeyflasche greifen. Brendans Blick heftete sich auf das Glas, dessen Inhalt von einem sanften Goldton war wie eine spätsommerliche Sonne. Der Geruch stach ihm in die Nase und brannte in seiner Lunge. Beim Einatmen konnte er den Whiskey weich und wohlschmeckend auf der Zunge spüren. Ein Glas nur. Ein Glas konnte er sich doch sicher leisten? Nur zum Einschlafen. Um die Träume fernzuhalten und den Erinnerungen Einhalt zu gebieten. Um aufzuhören zu denken.

Er wandte sich ab. »Nüchtern lebt es sich leichter.«

Schweigen legte sich über den Raum, nur das Knacken des Feuers und der Wind hinter dem Fenster waren zu hören.

Rogan stand auf, um seine Harfe zu holen, ließ sich mit ihr wieder in dem Sessel nieder und legte das Instrument auf seinen Schoß. Dann schlug er ein paar Takte an, um die zunehmende Spannung zwischen ihnen aufzulockern. »Da wir schon solch vertrauliche Gespräche führen – Ihre Miss Fitzgerald ist eine sehr beherzte junge Frau. Wie sie Sie und Helena heute Abend herausgefordert hat ...« Er pfiff anerkennend durch die Zähne. »Ihr und Helenas Gesichtsausdruck war unbezahlbar.«

Brendan lächelte und schüttelte den Kopf. »Sie hatte ja recht. Eine Leiche wäre verdammt schwer vor dem Personal zu verstecken.« Er verkniff sich ein Lachen. »Elisabeth mag zwar sanft und liebenswürdig wirken, aber verärgern Sie sie, und sie wird zu einer Naturgewalt. Ich muss sagen, ich war froh, dass sie ihre Krallen ausnahmsweise mal in jemand anderen schlug.«

»Sie sprach einmal von ihrem Verlobten ...«

Brendan verzog das Gesicht. »Mr. Gordon Shaw. Ein junger

Mann von untadeligem Charakter und mittelmäßigem Temperament. Oder, mit anderen Worten, ein verdammter Blödmann.«

Der Harfenist lachte, und die Melodie, die er spielte, wurde zu einem wehmütigen Klagelied. »So ist das also?«

»So ist was? Lissa und ich? Höchst unwahrscheinlich.«

Die Musik linderte die anhaltende Versuchung des Whiskeys vor ihm und füllte die Leere in ihm mit etwas anderem als Alkohol. Er hatte vergessen, was für ein Gefühl simplen Friedens solche Momente mit sich brachten. Es war lange her, seit er Zeit gehabt hatte, Musik zu hören. Das Musizieren war einmal seine liebste Beschäftigung gewesen. Eine Möglichkeit, die wachsenden Erwartungen seines Vaters zu vergessen. Und Aidans verhaltenen Neid. Selbst Sabrina und Mutter hatten auf ihre stillere Art und Weise etwas von ihm verlangt, ob es nun Liebe oder Pflichterfüllung war.

All das hatte er verdrängen können, während er sich auf die komplizierte Melodie und Harmonie zwischen der linken und der rechten Hand beim Klavierspielen konzentrierte. Dann konnte er die Last der Kindespflicht und die Bürde väterlichen Vertrauens abwerfen. Niemand verließ sich auf ihn. Niemand brauchte ihn. Wenn er musizierte, konnte er einfach nur existieren.

Sein letzter Abend in Dun Eyre war das erste Mal seit langer Zeit gewesen, dass er wieder versucht hatte, Mozart zu spielen. Elisabeths Erscheinen im Musikzimmer hatte ihn überrascht. Ihre Fragen hatten sein altes Verlangen nach Freiheit aus der Dunkelheit wieder ans Licht gebracht, aber mit diesen Freiheitswünschen war noch etwas anderes in ihm hochgestiegen: eine Erinnerung an ein Mädchen, das die einzige Person gewesen war, die ihn weder als Wunderkind noch als Bedrohung angesehen hatte. Sie hatte nie etwas anderes von ihm gewollt als Freundschaft, ihm niemals etwas anderes angeboten als ihr heiteres Lachen und aufrichtiges Lächeln. Sie war die Einzige gewesen, die ihn in jenen kurzen, verwundbaren Momenten, wenn er spielte, genauso sah wie er sich selbst.

Er hatte seinen Schock über diese Erkenntnis gut verborgen. Oh ja, er hatte diese sekundenlange Sentimentalität unter einer Tonne von Spott verborgen. Sie hatte es nicht erraten, sondern war gegangen in der Überzeugung, dass er ein ausgemachter Schuft war. Und die Erde drehte sich weiter um ihre eigene Achse, hatte er geglaubt.

Bis heute Abend.

An diesem Abend hatte er sie angeschaut und nicht die Lissa aus seinen Erinnerungen gesehen, sondern eine Frau, die ihm völlig fremd vorkam, doch ausgesprochen faszinierend war. Ruhig. Gelassen. Selbstbewusst und ungeheuer attraktiv.

Wieder legte er den Kopf zurück und schloss die Augen. »Elisabeth hasst mich, und ich kann nicht sagen, dass ich es ihr übel nehme. Schließlich habe ich sie ihrem zukünftigen Ehemann entrissen. Wie ich das wieder in Ordnung bringen soll, weiß ich nicht, aber mir wird schon etwas einfallen. Das tut es eigentlich immer.«

Rogan lachte. »Sie empfinden etwas für sie. Das ist Ihrer Stimme anzuhören, wenn Sie von ihr sprechen, und es zeigt sich in der Art, wie Sie sie ansehen, wenn sie in der Nähe ist.«

»Ich kenne sie seit der Zeit, als sie eine Puppe, der ein Auge fehlte, mit sich herumschleppte und mich ständig damit nervte, sie mit uns Jungen Kricket spielen zu lassen. Sie ist für mich wie eine kleine Schwester.«

Vor seinen müden, brennenden Augen erschien Elisabeths verschwommenes Gesicht. Schon damals hatte sie eine wilde rote Mähne und schöne dunkle Augen gehabt. Brendans Herz verkrampfte sich unter einem jähen, scharfen Schmerz, und Kummer überschwemmte ihn wie die Brandung Belfoyles Klippen.

Eine Vision der Vergangenheit oder Zukunft?

Oder nur eine weitere Untat, für die er noch würde büßen müssen?

Brendan stieß zischend den Atem aus, als er die Jacke abstreifte und ein wahnsinniger Schmerz bei dieser simplen Bewegung seinen Arm durchschoss. Die verdammte Schulter! Er konnte sich jetzt wirklich keine Verletzung erlauben. Nicht jetzt, da die Jäger ihn schon auf die Gewehre zutrieben. Er würde zwei gesunde Arme brauchen, um ihrer Umzingelung zu entkommen. Und einen klaren, nicht vom Fieber umnebelten Kopf. Vielleicht sollte er Miss Roseingraves Großmutter ja doch einmal nach der Schulter sehen lassen.

Er sank aufs Bett und löste die Schalkrawatte, knöpfte die Weste auf und versuchte, seine Schulter nicht mehr als nötig zu bewegen. Sein Hemd über den Kopf zu streifen trieb ihm die Tränen in die Augen. Als er sich bückte, um die Stiefel auszuziehen, wurde ihm schwarz vor Augen, weil der Schmerz in seiner Schulter bis in sein Gehirn hochschoss. Deshalb hörte er kaum das Klopfen an der Tür – ein ganz leises Pochen nur, gefolgt von einem Flüstern.

Er erhob sich, um zu öffnen, und riss sich zusammen, um die gelassene, selbstbewusste Haltung einzunehmen, die Elisabeth von ihm erwartete. Die kleinste Veränderung nur, und sie würde zu zweifeln beginnen. Oder sich Sorgen machen. Und wenn er sie beschützen sollte, brauchte er ihr Vertrauen, um selbstsicher und unerschütterlich zu bleiben.

Er wollte gar nicht zu genau darüber nachdenken, warum ihm so viel daran lag, dass sie an ihn glaubte.

In einem Morgenmantel aus feinstem Leinen, den ein Kragen und Manschetten aus limonengrüner Seide zierten, stand sie vor ihm in der Tür. Ihr geflochtenes Haar glänzte wie poliertes rotes Gold. Strähnchen und Locken aus dunklerem Mahagoni und hellerem Kastanienbraun, die sich aus dem Zopf gelöst hatten, umrahmten ihr Gesicht. Eine Locke hatte sie hinters Ohr gestrichen, eine andere fiel ihr in die Stirn.

Der Morgenmantel betonte die Rundungen ihrer üppigen Brüste, fiel einladend über ihre wohlgeformten Hüften und bedeckte in hübschen Falten ihre langen Beine bis hinunter zu den Knöcheln. »Ich bin hier oben«, sagte sie spitz.

Widerstrebend ließ Brendan den Blick hinauf zu ihrem Gesicht wandern.

Er wollte ihr Vertrauen, nicht ihren Körper, auch wenn das eine immer schwerer einzuhaltende Behauptung war.

Und wenn sie so verführerisch bekleidet in sein Zimmer kam, hätte er schon ein Eunuch sein müssen, um nicht auf Ideen zu kommen.

Er sah, wie sie seinen Oberkörper und die verdammte Tätowierung darauf betrachtete. Es war mehr als offensichtlich, dass ihre Neugier sie fast umbrachte, aber sie sagte nichts, und er biss die Zähne zusammen und ließ zu, dass sie ihn ausgiebig in Augenschein nahm.

»Sollte ich mich jetzt geschmeichelt fühlen oder besorgt sein?«, fragte er träge und legte wie zufällig eine Hand auf einen Bettpfosten. Für sie würde es wie die geübte Bewegung eines Lebemannes aussehen. Sie würde nie erfahren, dass es das Einzige war, was ihn noch auf den Beinen hielt.

Sie blinzelte und versuchte, ihre verlorene Selbstsicherheit wiederzugewinnen. »Lass uns doch mal ehrlich sein! Was will Helena, Brendan? Sie muss es dir inzwischen gesagt haben.«

»Das hat sie, aber es ist nichts, was dich beunruhigen müsste.« Er umklammerte den Bettpfosten noch fester. Der Schmerz in seiner Schulter kam und ging, doch das Fieber blieb. Ihm wurde heiß und kalt zugleich, und ein Schweißfilm bildete sich auf seinem Rücken. Gleichzeitig fröstelte er, seine Zähne klapperten ja schon.

Wenn Elisabeth nicht bald ging, würde sie seinen spektakulären Zusammenbruch miterleben können. Kein Anblick, der dazu angetan wäre, ihr Vertrauen in ihn zu wecken.

»Dies ist ein Gefängnis für dich, nicht?«, fragte sie mit einem stählernen Glanz in den dunklen Augen. »Recht angenehm, aber du bist hier genauso gefangen, als säßest du in einer Zelle. Hab ich recht?«

»Ich habe Gefängnisse von innen kennengelernt, Elisabeth. Da nehme ich doch lieber Miss Roseingraves Gastfreundschaft in Anspruch, egal, wie widerstrebend sie geboten wird.«

»Das beantwortet nicht meine Frage. Madame Arana sprach von der Gruppe der Neun. Sie sagte, dein Vater habe sie geleitet und dass die Bruderschaft ihre letzten Mitglieder vernichten will.«

»Madame Arana sollte den Mund halten.«

»Dann ist es also wahr?«

»Die Neun starben mit meinem Vater, Elisabeth. Alle außer Máclodor.«

»Er kannte deinen Vater?«

Brendan schloss für einen Moment die Augen. Die Stimmen, die Gesichter, die Erinnerungen hämmerten mit jedem Pochen seiner Schulter gegen seinen Schädel. »Irgendwann einmal standen sie sich so nahe wie Brüder. Die beiden teilten ihren großen Stolz auf ihr Magier-Erbe und die Zauberkräfte, die damit einhergingen.«

»Und dann?« Ihre Augen waren fast schwarz im Kerzenlicht, wie tiefe, mitternächtliche Seen, in denen er ertrinken könnte. Als sie eine ungeduldige Bewegung machte, klaffte ihr Morgenmantel vorn auf und gab den Blick auf die Biegung ihrer Schulter und den Ansatz einer ihrer Brüste frei.

Er musste dieses Gespräch beenden und Elisabeth dazu bringen zu gehen, bevor er von Dingen sprach, die besser ungesagt blieben, oder Impulsen nachgab, denen er besser nicht erlag. »Dann wurde mein Vater ermordet, und Máelodor floh. Danach gab es die Neun nicht mehr.«

»Und der Sh'vad Tual?«

Brendan verzog den Mund zu einem anzüglichen Lächeln. »Lag sieben Jahre in der vollkommenen Mulde zwischen den vollkommenen Brüsten einer schönen Frau.«

Er konnte die Dolche, die aus ihren Augen schossen, beinahe spüren. Doch genau das hatte er erreichen wollen. Aber statt sich auf dem Absatz umzudrehen und hinauszustürmen, ließ Elisabeth genauso wenig von dem Thema ab wie ein Hund von einem Knochen. »Wenn ihr beide darauf aus seid, Máelodor zu vernichten, könntest du vielleicht zu einer Einigung mit Helena gelangen.«

»Wer hat etwas davon gesagt, Máelodor zu vernichten? Mein Ziel ist, lange genug am Leben zu bleiben, um den Stein in Sicherheit zu bringen. Máelodor zu vernichten überlasse ich den Experten.«

»Aber ...«

»Falls du auf Bettgeflüster aus bist«, sagte er mit einem vielsagenden Blick über ihren Körper, bevor er zu den weichen Decken und Bergen von Kissen hinüberblickte, »bin ich im Moment zwar nicht zu hochsportlichen Leistungen imstande, doch wenn es wirklich nötig ist, werde ich mir Mühe geben.«

Elisabeth wurde puterrot, presste die vollen Lippen zu einem schmalen Strich zusammen und reckte kampflustig das Kinn. »Ich werde davon ausgehen, dass du im Fieberwahn sprichst. Entweder das oder es ist so, wie ich schon die ganze Zeit vermutet hatte, und du bist komplett verrückt.«

Sein Blick glitt über die verführerischen Kurven ihrer Hüften, ihres Oberkörpers und der Brüste. Die letzten Sommersprossen aus ihrer Kinderzeit verschwanden fast völlig unter dem scharlachroten Ton, den ihr Gesicht annahm. Brendan biss die Zähne zusammen, als Teile seines Körpers beinah schmerzhaft hart wurden. »Ich bin nur neugierig. Wäre alles anders gekommen mit uns beiden ...«

»Hätte wir uns inzwischen gegenseitig umgebracht.« Elisabeth räusperte sich. »Könnten wir bitte beim Thema bleiben? Helena Roseingrave? Der Stein? Eine Möglichkeit, uns aus diesem Schlamassel zu befreien?«

»Dann sind wir also noch beim ›wir‹, Lissa?«, fragte er sanft. Verführerisch.

Ihre dunklen Augen glimmten und glühten vom Widerschein der Kerzen in ihren samtenen Tiefen. Oder bildete er sich dieses Glimmen vielleicht nur ein? Ihr Blick glitt über seine nackte Brust, um für einen Moment auf der Tätowierung zu verweilen, die sich über seine Schulter zog. Dauerte diese angespannte Pause vielleicht einen Moment zu lang?

Er wollte Elisabeth berühren, diese zarte Haut unter seinen Händen spüren und mit den Lippen über den Körper streichen, den er sich unter dem jungfräulichen Weiß ihres Nachthemds nur allzu gut vorstellen konnte.

Und dann konnte er sich nicht mehr helfen und musste den Bettpfosten loslassen, um mit zusammengebissenen Zähnen zu ihr zu gehen. Es musste für sie wie ein besonders wölfisches Lächeln aussehen, da sie zurückwich, als glaubte sie, er würde sich auf sie stürzen.

»Lass das!«

Aber Brendan beugte sich so dicht zu ihr vor, dass der Duft ihrer Haut ihm in die Nase stieg. Sie roch nach Zitronen und Lavendel, und er nahm auch einen Hauch von dem moschusartigen Duft ihrer weiblichen Erregung wahr. »Lissa?«

»Warum machst du alles kaputt?« Ein Zittern durchlief sie, und ihre Stimme klang fast wie das ängstliche Miauen eines Kätzchens. »Warum bist du so ein Ungeheuer?«

Mit wehendem Morgenmantel lief sie zur Tür, riss sie auf und stürmte aus dem Zimmer.

Brendan ließ sich mit weichen Knien in einen Sessel fallen. Seine Schulter pochte im gleichen schnellen Rhythmus wie sein Herz. Den Kopf zurückgelehnt, die Augen fest geschlossen, sah er wieder diese üppige, kurvenreiche Figur vor sich, als hätte sie sich hinter seinen Lidern eingebrannt. Und die Hitzewellen, die von seinen aufgewühlten Lenden zu seinem Kopf aufstiegen, hingen nicht nur mit seinem Fieber zusammen.

Ganz bestimmt nicht.

Wütend auf sich selbst und Brendan, kehrte Elisabeth zu ihrem eigenen Zimmer zurück.

Dieser gemeine, unverschämte Kerl!

Konnte er nicht einmal fünf Minuten ernst bleiben? Nur fünf verdammte Minuten! Mehr verlangte sie ja gar nicht.

Dann sind wir also noch beim ›wir‹?

Wie er es gesagt hatte, hatte es sich angehört, als meinte er es auch so. Und wie heiß ihr unter seinem Blick geworden war! Wie sie das Spiel seiner Muskeln bewundert hatte und die sinnliche Kurve seiner vollen Lippen, wenn er lächelte.

Warum hatte er nicht fett, kahl und runzlig von den Toten zurückkehren können? Warum hatte er in ihr Leben treten müssen wie ein gefallener Engel: ganz Feuer, Eis und geradezu unglaublich attraktiv? Und erwartete er zu allem Überfluss auch wirklich noch, dass sie ihm in die Arme sinken würde, als wäre er niemals fortgegangen? Als hätte er sie nicht vor all den Jahren im Stich gelassen?

Dumm wie sie war, hätte sie es fast auch noch getan. Eine Sekunde länger in seiner gefährlichen Gegenwart, und ihr Widerstand wäre erlahmt.

Sie stieg die Stufen zum ersten Stock hinunter und ging auf Zehenspitzen zu ihrem Schlafzimmer.

»Douglas ist einverstanden, *grandmère*.«

Miss Roseingrave und Madame Aranda. Ihre Stimmen kamen aus dem Zimmer neben Elisabeths, und die Tür dieses Raumes war nur angelehnt.

Neugierig schlich sie näher – schlechte Manieren hin oder her. Wenn Brendan ihr nicht sagen wollte, was hier vorging, musste sie eben einen anderen Weg finden, sich Klarheit zu verschaffen. Außerdem hätten die beiden Frauen darauf achten sollen, die Tür richtig zu schließen, wenn sie nicht belauscht werden wollten.

»Und Mademoiselle Fitzgerald?«, fragte Madame Aranda.

»Wie die Dinge stehen, hat Douglas sie ruiniert. Es wird unter ihresgleichen fast unmöglich sein, einen solchen Skandal zu überwinden.«

Nicht, dass ihr das nicht schon klar gewesen wäre, aber es so beiläufig erwähnt zu hören verkrampfte Elisabeth den Magen und schnürte ihr die Kehle zu. Mit einem tiefen Atemzug versuchte sie, die Panik abzuschütteln. Mit den Auswirkungen ihres ruinierten guten Rufes würde sie schon irgendwie fertigwerden … irgendwann.

»Das mag sein, *ma minette*, doch ich glaube allmählich, dass sie zu einem bestimmten Zweck hier ist.«

»Sie ist nur eine *Duinedon*, *grandmère*. Was für eine Hilfe könnte sie uns sein?«

»In diesem Kampf wissen wir nicht, welcher der nützlichste Pfeil in unserem Köcher sein wird.«

Da war es schon wieder, dieses Wort. *Kampf*. Was in aller Welt konnte sie in einem Kampf bewirken, in dem Sieg oder Niederlage von Magie abhingen? Helena hatte recht. Elisabeth *war* nur eine *Duinedon*, auch wenn sie diese Einsicht zum ersten Mal nicht als beruhigend empfand wie früher immer.

»Du hast selbst gesagt, dass deine Visionen unklar und rätselhaft sind«, wandte Helena ein. »Könnte es nicht sein, dass es nicht deine hellseherische Gabe ist, die dich leitet, sondern deine Freude über ein Haus voller Gäste?«

Ein schnarrendes Lachen folgte. »Du gehst nicht mehr aus, wie du es früher tatest. Glaubst du, ich sehe all die Einladungen und Visitenkarten nicht? Aber du ziehst dich zurück, Helena. Es ist inzwischen ein Jahr her, *ma minette*. Du trauerst noch, das weiß ich, doch glaubst du, er hätte gewollt, dass du zu leben aufhörst?«

Gespannt auf die Antwort, beugte Elisabeth sich mit angehaltenem Atem noch ein wenig weiter vor.

Unter ihr wurde eine Tür geschlossen, und Schritte ertönten auf dem Gang.

Jemand kam.

Elisabeth lief die letzten Meter zu ihrem Schlafzimmer und schloss die Tür. Helenas Worte pochten mit jedem Herzschlag durch ihren Kopf, als sie sich mit dem Rücken gegen die Türfüllung lehnte und nach Atem rang.

Ruiniert.

Helena hatte recht. Ihr Ruf war ruiniert, und die Zukunft, die sie sich erhofft hatte, konnte sie vergessen. Es würde keine Hochzeit geben. Kein Leben in London und keine rauschenden Feste oder Bälle mehr. Gordon müsste verrückt sein, um sie nach alldem noch zu heiraten. Entweder das oder wahnsinnig verliebt in sie. Doch beides war er nie gewesen.

Ruiniert.

Elisabeth wartete darauf, dass Panik sie wieder durchflutete. Aber nichts geschah.

Stattdessen keimte eine Idee in ihr. Eine unglaubliche Idee. Eine lächerliche Idee. Eine Idee, die förmlich nach Desaster roch.

Aber welche Wahl blieb einer ruinierten Frau denn noch?

Kapitel Zwölf

Lass mich absolut sichergehen, dass ich dich verstehe!« Brendan tippte sich mit einem Finger ans Kinn, während er weiter wie seit fast einer halben Stunde auf Elisabeths Teppich auf und ab schritt.

»Herrgott noch mal, Brendan, wie lange willst du noch drum herumreden? Es ist keine Alchimie. Ich verlange nicht von dir, Eisen in Gold zu verwandeln, sondern nur, ein Mädchen, dessen Ruf du ruiniert hast, zu einer anständigen Frau zu machen.«

»Eisen in Gold zu verwandeln wäre leichter«, murmelte er.

»Wie war das? Ich habe dich nicht verstanden.«

»Weißt du, was du da verlangst? Ich meine, rein oberflächlich betrachtet klingt es ganz plausibel, doch hast du eine Ahnung, was du dir durch eine Heirat mit mir antun würdest?«

»Mich vor einem Leben voller Erniedrigung und Scham zu bewahren? Die Schande zu vermindern, die mein Verschwinden mit dir über meine Familie und mich gebracht hat? Mir erlauben zu können, mich wieder erhobenen Hauptes in der guten Gesellschaft zu bewegen? Dein unmögliches Benehmen wiedergutzumachen? Habe ich noch irgendetwas ausgelassen?«

»Wie die Planeten in eine Linie zu bringen und die Gezeiten aufzuhalten? Wie ich schon sagte, Eisen zu Gold – au!«, rief er und rieb sich den linken Arm.

»Und du kriegst auch noch einen Stoß gegen deine verletzte Schulter, wenn du nicht Vernunft annimmst.«

»Warum musst du immer Gewalt anwenden, um deine Argumente durchzusetzen?«

»Warum musst du immer Witze machen? Das hier ist nicht lustig, Brendan. Absolut nicht. Selbst wenn ich heute zu Hause erschiene, würde Gordon Shaw mich nicht mehr heiraten. Er ist ein anständiger Mann, aber kein Heiliger. Er wird nicht seine Zukunft für mich gefährden, und das würde ich auch nicht von ihm verlangen. Damit bleibst nur du, mein kleiner Lochinvar.«

Er verzog das Gesicht. »Ich hatte befürchtet, dass du das sagen würdest.«

»Wenn du auch nur zur Hälfte der Mann bist, für den ich dich halte, wirst du das Richtige tun und mich zur Frau nehmen.«

»Zum Kuckuck, Lissa, ich bin nicht einmal zu einem Viertel dieser Mann! Und mich zu heiraten würde bedeuten ... na ja ... dass du wahrscheinlich innerhalb einer Woche Witwe wärst.«

»Eine respektable Witwe.«

Er verhielt abrupt den Schritt, und ein eigenartiger Ausdruck erschien auf seinem Gesicht, der sowohl Nachdenklichkeit als auch schiere Panik zum Ausdruck bringen könnte.

Dann schüttelte er den Kopf und brummte vor sich hin: »Ich bin ein Esel ... könnte schlimmer sein ... ob ich tot bin, ist sowieso unwichtig.« Mit Augen, so strahlend hell wie Lampen wandte er sich ihr wieder zu. »Du hast gewonnen. Miss Elisabeth Fitzgerald, würden Sie mir die Ehre geben?« Er zwinkerte ihr zu, und unterdrücktes Lachen klang in seiner Stimme mit, als er hinzufügte: »Wieder einmal?«

»Ich kann nicht glauben, dass du es geschafft hast, solch ein geheiligtes Relikt so lange zu verbergen.« Helena Roseingrave lehnte sich in ihrem Sessel zurück, aber ihr Blick war scharf wie ein Rasiermesser, während sie an ihrem Weinglas nippte.

Brendan trommelte nervös mit einer Hand auf seinen Schenkel und versuchte, seinen völlig verkrampften Magen zu entspannen. Er hatte den Stein für einen Moment aus der Hand gegeben, doch das hieß nicht, dass es ihm gefallen musste.

Miss Roseingrave fuhr fort, den Sh'vad Tual prüfend zu betrachten, machte aber keine Anstalten, ihn aufzuheben. Vielleicht spürte sie, wie nahe Brendan daran war, sich den Stein zu schnappen und mit ihm zur Tür hinauszurennen.

»Warum hast du es getan, Douglas?«, fragte sie ruhig. »Einen solchen Wahnsinn begonnen? Aus Habgier? Ehrgeiz? Der Earl of Kilronan besaß bereits genügend Reichtum und Einfluss. War es Stolz? Arroganz?«

Einer seiner Mundwinkel verzog sich zu einem schiefen Grinsen. »Es ging um Macht – schlicht und einfach um Macht.«

Ihre Augen weiteten sich, während ihr Körper sich versteifte, als sie sich im Sessel aufrichtete, um ihr Glas auf einen Tisch zu stellen.

»Es begann als noble, aber verlorene Sache«, fuhr Brendan fort. »Als Bemühungen um ein friedliches Zusammenleben von *Anderen* und *Duinedon*. Doch leider dauerte es nicht lange, bis all diese hehren Prinzipien verloren gingen und nichts als die hässliche Wahrheit blieb. Was konnten wir tun? Wie weit konnten wir gehen? Und wohin würde es uns führen?«

»Und?«

Brendans Nerven zuckten, als das Feuer des Sh'vad Tual vor seinen Augen aufloderte und er wieder das Schlachtfeld sah. Die Toten. Seinen Bruder, der auf einem Berg von anderen Leichen lag.

»Es hat mich hierhergeführt«, sagte er schließlich.

Unruhig begann er, durch den Raum zu gehen, und fühlte die ganze Zeit ihren harten, kalten Blick auf sich. Ihren geistigen Anstoß, als sie versuchte, in sein Bewusstsein einzudringen. Er wehrte sie jedoch ab, da er kein ungeschulter Neuling war, dessen Gedanken für jedermann zu lesen waren. Er mochte zwar kein *Amhas-draoi* sein, doch seine magischen Kräfte waren deshalb nicht weniger bemerkenswert.

Helena lachte. »Du bist wirklich so stark, wie sie sagen.«

»›Sie‹?«

»Dein Bruder und deine Schwester. Sie haben nicht übertrieben, als sie deine Fähigkeiten priesen.« Sie klang beinahe beeindruckt.

Ein scharfer Schmerz schnitt ihm wie ein Messer ins Herz. Aidan. Sabrina. Es war leichter gewesen, als die halbe Welt zwischen ihnen gelegen hatte und eine Rückkehr ausgeschlossen gewesen war. Und jetzt? Hoffnung vertiefte höchstens noch die Qual seines Exils.

»Es ist eine Schande, dass du dich entschieden hast, solche Gaben für üble Zwecke zu benutzen«, fügte sie hinzu.

»Damals …«, er zuckte mit den Schultern, weil er keine Schwäche zeigen wollte, »schien es der einzig gute Zweck zu sein.«

Erst nachdem er Alkohol und Opium verfallen war, hatte er die Ähnlichkeit zwischen diesen Suchten und seinem rigorosen Bedürfnis, die verbotenen Magien zu beherrschen, erkannt. Oder dass sein Wissenshunger zu einer Obsession geworden war, die dem Wahnsinn schon gefährlich nahe kam. Und wie beim Alkohol und den Drogen hatte nur unerbittliche und totale Enthaltsamkeit geholfen.

Bis Irland.

Bis jetzt.

Miss Roseingrave trommelte mit den Fingern auf die Lehne ihres Sessels. Ihr Gesichtsausdruck war ernst, und der Feuerschein spiegelte sich in ihren fast schwarzen Augen wider. »Du glaubst wirklich, dass Artus' Wiederauferstehung von den Toten möglich ist? Dass er zurückkehren könnte, um wieder zu herrschen?«

Sie hatte die Frage in ruhigem Ton gestellt, aber nachdrücklich genug, um eine Antwort zu erzwingen. Dachte sie, sie könnte ihn dazu bringen zu gestehen? Oder suchte sie nach einer Erklärung? Einem Motiv?

»Máelodor hat es schon einmal geschafft.«

»Du meinst diese Kreatur Lazarus, die er von den Toten wiederaufweckt hat?«, erwiderte sie. »*Ihm* ist es gelungen, Máelodors Versklavung zu entkommen.«

Brendan starrte in das Feuer und erinnerte sich an eine Bauernkate. An einen Mann in einem verzweifelten Kampf um seine Seele.

Sabrina, Brendans Schwester, hatte alles riskiert, um dem *Domnuathi* zu helfen, sich aus Máelodors Knechtschaft freizukämpfen, weil sie ihn liebte und mit ihm leben wollte.

»Und damit hat er Máelodor in seiner Entschlossenheit nur noch bestärkt«, erklärte Brendan. »Dieser Teufel wird kein zweites Mal scheitern. Sollte Máelodor so weit gelangen, das Grab zu öffnen – und sollten die Gebeine des Königs in seine Hände fallen –, wird Artus als unterjochter Soldat von Domnu wiederkehren, als Domnuathi wie jener Lazarus. Die Liebe keiner Frau wird ausreichen, um *ihn* zu retten.«

Im Hintergrund seines Bewusstseins stellte Brendan sich die gleiche Frage: Würde Liebe *ihn* retten können, oder würde *er* vorher Elisabeth zerstören?

Wer konnte das schon wissen?

Da!

Da war es wieder, das betäubende Kribbeln unter Brendans Haut und die suchende Berührung eines fremden Geistes an seinem. Die eines machtvollen *Anderen*, nach den konzentrierten Fäden magischer Energie zu schließen. Eines sehr entschlossenen *Anderen*, da dies bereits der dritte Versuch in weniger als einer Stunde war.

Alle Nerven in Brendans Körper sträubten sich vor Ärger, und jeder Herzschlag trieb ihn näher auf eine gefährliche Entscheidung zu. Es wäre so leicht, einen Tarnungszauber anzuwenden und sich dahinter zu verbergen, während er seine Spur verwischte, bevor er zur Duke Street zurückkehrte.

Stattdessen jedoch tippte er sich grüßend an den Hut, als er an einer Gruppe kichernder junger Damen vorbeikam, die von einer adleräugigen Anstandsdame die Dame Street hinuntergeführt wurden, und verließ den Gehsteig, um sich zwischen dem Wagen eines Kohlenhändlers und einer mit Wappen versehenen, von zwei edlen Braunen gezogenen Kutsche hindurchzuzwängen. Inmitten einer Gruppe von Passanten bewegte er sich in östlicher Richtung auf College Green zu, bis er die Ecke vor der Bank erreichte, wo er sich aus der Menge löste und in eine ruhige Seitenstraße trat.

Hier zog er sich in einen Hauseingang zurück und konzentrierte sich darauf, die fremde geistige Berührung zu ihrer Quelle zurückzuverfolgen.

Er war kein wahrer Magier-Jäger. Die begrenzte Fähigkeit, die er besaß, war mit viel Schweiß und Studium erkauft worden, doch zumindest würde er vielleicht herausfinden, ob er noch verfolgt wurde.

Die Echos plätscherten auf einer nebligen, verrußten Brise zurück zu ihm, und die Magie erschien in seinem Geist wie ein Band aus sich kräuselndem Perlmutt und Grau. Sauber und rein. Strahlend wie ein Diamant, unverdünnt und ungetrübt. Dieser Geist war von den Besten ausgebildet worden.

Amhas-draoi.

Das änderte alles.

Es gab keine Fehlerspanne in einem Willenskampf gegen einen von Scathachs Kriegern. Und auch keine zweite Chance. Hier hieß es, tief aus seiner Macht zu schöpfen oder das Leben zu verlieren.

Brendan warf einen Verhüllungszauber aus, so weit er konnte. Es war anstrengend, doch er könnte ihm ein paar entscheidende

Minuten erkaufen. Gleichzeitig fuhr er mit einer Hand über sein Gesicht, um es unter einem *fith-fath* zu verbergen. Er konnte das Kitzeln und Kribbeln der Magie spüren, die in seine Gesichtsmuskeln eindrang, sein Kinn verlängerte, sein Haar und seine Augen verdunkelte und seine Haut faltig wie die eines älteren Mannes machte.

Ihm brummte der Kopf von der Anstrengung, mit all den unterschiedlichen Magien zu jonglieren, und seine Muskeln waren angespannt und zuckten. Er lächelte über den fieberhaften Eifer, der sein Blut zum Rasen brachte.

Brendan trat aus dem Schutz des Eingangs und schlenderte die Seitenstraße hinab in Richtung Norden. Mit langsamen, aber entschlossenen Schritten wandte er sich dann nach Osten. Ohne Eile, ohne Hast. Nichts an ihm erregte Aufmerksamkeit, doch Schweiß befeuchtete sein Hemd am Rücken, und seine Glieder ermüdeten bei jedem Schritt, da die Magie sehr stark an seinen Kräften zehrte. Er war dem nicht gewachsen. Nicht einem solch komplizierten Tanz der Macht. Es war zu lange her, und er war immer noch geschwächt von der Wunde an seiner Schulter. Ein paar Minuten noch, dann würde er mit Sicherheit ins Schwanken kommen. Schon jetzt wurde der Verschleierungszauber gefährlich instabil.

Er bog um eine Ecke, und da war sie – die Antwort auf seine Gebete. In der Mitte des Blocks und von den umliegenden Gebäuden nicht zu unterscheiden. Nur ein weiterer Herrenclub in einer Stadt, die eine Fülle solcher eleganter Treffpunkte für die Elite bot. Aber Brendan konnte sich gut die Reaktion derselben Stadt vorstellen, falls je herauskommen sollte, was für eine Art von Elite hier zusammenkam.

In der Kriegskunst ausgebildete Magier. Scathachs Bruderschaft. Der Orden der *Amhas-draoi*.

Es würde seinen sofortigen Tod bedeuten, falls er gefasst wurde.

Hatte er Glück, so würde er entkommen.

Er empfand den überwältigenden Zusammenfluss der Magie als dumpfes Summen im Hinterkopf. Die ganze Atmosphäre war durchtränkt davon, sie ließ sogar den Boden leise schwanken und warf ihn in der Gegenströmung hin und her wie Treibgut auf einer Welle. Ein perfekter Ansturm von Macht, der ihm als ausgezeichnete Tarnung dienen würde. Besser als der beste Verschleierungszauber. Und das Gemisch von Spuren war groß genug, um jeden noch so entschlossenen Jäger zu verwirren.

Als er auf der Höhe des Gebäudes war, schlüpfte er in die danebenliegende Gasse und ließ seine Magie fallen, als legte er einen Umhang ab. Sofort verlor sich die Last auf seinen Schultern und der Nebel aus seinem Gehirn. Von hier an würde er auf die Listen und raffinierten Tricks vertrauen, die er sich auf den sonnendurchfluteten Märkten und gewundenen Straßen der Levante angeeignet hatte, wo ein winziges Zögern den Unterschied zwischen Leben und Tod bedeuten konnte.

Er lächelte noch breiter, bis er übers ganze Gesicht grinste.

Wie schön, dass er das noch konnte!

»Dann wirst du sie also heiraten. Du bist ein anständiger Bursche, Brendan Douglas. Und es ist mir völlig gleichgültig, was Helena dazu sagt.«

Brendan warf dem langbeinigen Harfenisten, der mit einem Drink und Pfeife rauchend vor dem Feuer saß, einen nachdenklichen Blick zu. »Ich kann mir nur vorstellen, welche Hintergedanken sie mit der Idee verbindet«, antwortete er und starrte finster in seinen Kaffee. Er war von Elisabeth in die Enge getrieben worden, und obwohl ein Teil von ihm entzückt war über die verlockende Idee, sie zu seiner Frau zu machen, schraken andere Teile, die nicht gleich heiß und hart wurden, wenn er sie nur sah, in erbärmlicher Furcht vor der Vorstellung zurück.

Rogan stellte sein Glas Brandy so kraftvoll auf den Tisch, dass die danebenstehende Karaffe in Bewegung kam. »Soll ich dir also gratulieren oder kondolieren?«

Brendan fuhr sich mit den Knöcheln übers Kinn und bemerkte dabei den hartnäckigen Schmutz unter seinen Fingernägeln und den Kratzer auf der Handfläche, der von einem übersprungenen Zaun herrührte.

Ein langes Bad hatte nicht ausgereicht, um alle Spuren seines nachmittäglichen Abenteuers zu beseitigen, obwohl zumindest seine Muskeln sich nicht mehr wie zu lange gekochte Nudeln anfühlten und er auch nicht länger wie ein Abwasserkanal roch. Leider ließ sich das Gleiche nicht von seinen Kleidern sagen, die ihm ein entsetztes Hausmädchen mit zugehaltener Nase und unter viel Gemurre abgenommen hatte.

»Lass beides erst mal sein! Womöglich hat ihr Ehering noch nicht den Glanz verloren, bevor sie ihn verpfändet, um mein Begräbnis zu bezahlen. Wahrscheinlich zählt sie sowieso darauf.«

Rogan lachte und zwinkerte Brendan zu, als würde er ein Geheimnis kennen. »Ich glaube nicht, dass du das befürchten musst. Ihr beide umkreist einander wie zwei misstrauische Hunde, doch es braucht nur einer von euch nachzugeben, damit der andere es ihm nachtut.«

»Harfenist, Magier-Jäger *und* Spezialist in Liebesdingen? Deine Talente erstaunen mich immer wieder.«

»Ich bin nicht blind, Douglas. Ich kann sehen, was ihr beide nicht erkennen wollt. Sie aus Stolz nicht und du aus Furcht.«

»Vielen Dank für deine fachmännische Analyse der Situation. Wenn ich nicht bald tot bin, werde ich deinen Rat vielleicht sogar befolgen.«

»Tot? Wer ist tot?«

Elisabeth stand in der Tür. Mit ihrem aufgesteckten roten Haar und dem Kerzenlicht im Rücken sah sie aus wie aus Feuer und

Sternenglanz gesponnen. Brendan stockte der Atem, und er konnte den Blick nicht von den verführerischen Bewegungen ihrer Hüften abwenden, als sie in das Zimmer kam. Die nicht weniger verlockenden Rundungen ihrer Brüste wurden nur noch hervorgehoben von dem Seidentuch, das sie über ihrem Morgenmantel um ihre Schultern gelegt hatte.

Beide Männer standen auf, als sie hereinkam.

»Niemand ist tot«, sagte Brendan. »Rogan und ich haben nur geplaudert.«

Sie hatte ihm einen Antrag gemacht, und er hatte ihn angenommen. Das war zwar nicht die traditionelle Reihenfolge in dieser Angelegenheit, aber so gesehen war an ihrer Beziehung ja auch noch nie etwas konventionell gewesen. Sie waren zusammen aufgewachsen und hatten sich nahegestanden wie Geschwister. Ihrer ursprünglichen Verlobung hatte er aus Pflichtgefühl und nicht aus Liebe zugestimmt und kaum einen Gedanken an das Mädchen verschwendet, das er sitzen gelassen hatte, als er vor der Rache der *Amhas-draoi* geflohen war. Wie Belfoyle und seine zerbrochene Familie war sie nur ein verlorenes Teilchen mehr einer Vergangenheit gewesen, die er vergessen musste, wenn er überleben wollte.

Außerdem hätte er nie gedacht, dass der lästige, ihn überallhin verfolgende Schatten seiner Jugend zu einer so begehrenswerten, hinreißenden Frau heranwachsen könnte. Oder dass er selbst so heftig auf diese Verwandlung reagieren würde. Es war verdammt unangenehm und peinlich. Von sinnlichen Begierden einmal abgesehen, brauchte er genauso wenig eine Ehefrau wie ein verdammtes Loch im Kopf – auch wenn es im Moment so aussah, als schiene sinnliche Begierde die Schlacht zu gewinnen.

Hastig wandte er sich von Elisabeth ab und setzte sich ans Klavier. Das Instrument hatte den Vorteil, dass es sehr geschickt seine peinliche körperliche Reaktion auf ihr Hereinkommen verbarg.

Rogan streckte sich und täuschte ein müdes Gähnen vor. »Und wir sind mit unserer Plauderei in eine Sackgasse geraten. Ich wünsche euch beiden eine gute Nacht.« Er zwinkerte Elisabeth zu, als er an der Tür an ihr vorbeikam. »Ich würde keinen Moment verschwenden, Kleines. Wer weiß, ob ihr noch eine andere Gelegenheit bekommt.«

Sie runzelte die Stirn. »Ich wünschte, er würde so etwas nicht sagen. Er braucht mich nicht daran zu erinnern, dass unser Leben an einem seidenen Faden hängt«, bemerkte sie, als Rogan gegangen war.

Brendans Hände fanden zu den Tasten, aber mit der kleinen Tonfolge, die er anschlug, versuchte er nur, Zeit zu gewinnen. »Du machst dir zu viele Sorgen, Lissa.«

Elisabeth trat noch weiter in den Raum und blickte sich um, als erwartete sie noch andere Gesellschaft. Ihrem Zögern nach zu urteilen, überraschte es sie, mit Brendan allein zu sein. Das hielt sie jedoch nicht auf, und die Hände in die Hüften gestemmt, ging sie mit grimmig entschlossener Miene weiter. »Und du nicht genug.«

»Man kann sich nur so lange sorgen, bis hinter jede Tür zu blicken zu einer ermüdenden und lästigen Angewohnheit wird. Ich ziehe es vor, den Anschein von Leben, der mir geblieben ist, zu genießen. Solange dieses bisschen Leben mir noch bleibt.«

»Willst du damit sagen, ich sollte nicht beunruhigt sein über den Schlamassel, zu dem *mein* Leben geworden ist?«, entgegnete sie scharf.

»Keineswegs. Wäre ich an deiner Stelle, wäre ich sogar verdammt beunruhigt. Schließlich wäre es durchaus möglich, dass den Paria der Douglas'schen Familie zu ehelichen den Klatsch nicht dämpfen, sondern ihn in neue, kitzelnde Richtungen lenken wird.«

Ihr Gesichtsausdruck wurde jedoch höchstens noch verbissener. Etwas Herausforderndes erschien in ihren Augen, und sie blieb nicht nur, sondern kam sogar zu ihm herüber, um sich an das Klavier zu lehnen. Brendan musste ihr Punkte für ihre Courage geben. »Eine überstürzte Heirat mit einem unverbesserlichen Spitzbuben ist immer noch eine Heirat. Ich mag zwar nicht gut verheiratet sein, aber immerhin verheiratet. Wie man mir schon des Öfteren sagte, werde ich nicht jünger.«

Brendan konnte sich nicht helfen. Sein Blick glitt über sie wie ein Streicheln, von ihrem schlanken Hals zu der Wölbung ihrer festen runden Brüste, bevor er ebenso langsam und genüsslich zu ihrem Gesicht zurückkehrte. »Ist das der einzige Anreiz für dich, mich zu heiraten? Wie erniedrigend für meine Selbstachtung!«

Ein Funke, der sowohl Ärger als auch Verlangen sein könnte, blitzte in ihren Augen auf. Es war unmöglich zu sagen, auch wenn die plötzliche Atemlosigkeit in ihrer Stimme Brendan einen Hinweis gab. »Irgendwie habe ich das Gefühl, dass deine Selbstachtung keineswegs gefährdet ist.«

In seinem Spiel und seinen erotischen Fantasien verloren, bemerkte er ihr zunehmendes Unbehagen nicht, bis sie mit den Fingern auf die Tasten schlug und ihn anfuhr: »Musst du dieses grässliche Stück spielen? Ich bin es wirklich gründlich leid.«

Brendan zog eine Augenbraue hoch. »Hast du etwas gegen den alten Amadeus?«

»Es ... nein, natürlich nicht«, erwiderte sie schnell. »Ich mag nur dieses eine Stück nicht. Spiel doch bitte etwas anderes!«

Er überlegte kurz, bevor er zu den schlichten, süßen Tönen eines alten Volksliedes überging. Eines Liedes, das ihn immer an nebelverhangene Klippen, das Rauschen des Ozeans und sein Zuhause erinnerte.

Nach Irland zurückzukehren hatte Dämonen entfesselt, die in Ketten zu legen ihn Jahre gekostet hatte.

Erinnerungen an Menschen freigelegt, die er geliebt hatte. An Menschen, denen er wehgetan hatte.

Die Schatten seiner Vergangenheit bewegten sich jetzt frei und ungehindert durch seinen Kopf.

Bei seiner Flucht von Belfoyle hatte er versucht, sich mit einer kalten, spöttischen Verachtung zu wappnen, seiner einzigen Waffe gegen die schmerzliche Einsicht, dass ihm sein Leben unter den Füßen weggerissen wurde. Verachtung war ein leichter zu ertragendes Gefühl als bittere Verzweiflung. Und sogar das hatte er nur mit großen Mengen Alkohol und später Opium in all seinen zerstörerischen Formen ertragen können.

Er würde diesen Weg nicht wieder wählen. Doch welche andere Erlösung blieb ihm? Wie sonst sollte er die Stimmen ersticken?

Brendan sah von den Tasten auf zu Elisabeths feurigen dunklen Augen und ihrem leuchtend roten Haar, aus dem sich eine Strähne gelöst hatte und sich verführerisch in ihrem Nacken kringelte. Wusste sie, was sie von ihm verlangte? Verstand sie, was er war? Und würde sie nur ein weiterer Name auf der verdammten Liste derer sein, die er verletzt hatte? Ein weiteres Gesicht, das ihn im Traum verfolgte?

Auf unsicheren Beinen sprang er auf und stolperte von dem Piano weg. Nein, das würde er nicht zulassen! Er mochte alle anderen enttäuscht haben, doch zumindest sie würde er davor bewahren. Selbst wenn ihm alles andere um die Ohren flog, war dies das eine, was er richtig machen konnte.

»Was hast du?« Sie berührte ihn, ganz flüchtig nur, aber selbst das genügte, um jede Faser seines Körpers zum Prickeln und sein Herz zum Rasen zu bringen, als wäre er kilometerweit gelaufen. »Ist es deine Schulter?«

Wenn es doch nur so einfach wäre!

Dies war Elisabeth. Das Mädchen mit den Sommersprossen

und den roten Locken, mit dem er Fische in dem flachen Wasser unterhalb von Belfoyle gefangen hatte und über Felder und Weiden galoppiert war. Brendan versuchte, sich an dieses Bild in seinem Kopf zu klammern, doch es war eine Erinnerung, die schnell verblasste neben der Attraktivität der Frau, die vor ihm stand, der Schönheit ihres wohlgeformten Körpers und der Fülle ihres in tausend Rottönen schimmernden Haares.

Würde sie vor ihm zurückschrecken, wenn sie die Wahrheit wüsste? Würde sie es sich anders überlegen mit der Heirat, wenn sie verstünde, wer er war und was er war? Was er getan hatte?

»Diese Heirat, Lissa ... Bist du sicher, dass du meine Frau werden willst?«

Sie versteifte sich. »Versuchst du, dich herauszuwinden? Es gibt nichts mehr, dessen ich mir sicher bin, aber du hast mir keine andere Wahl gelassen.«

Er öffnete den Mund, um zu widersprechen, doch die Worte blieben ihm auf der Zunge hängen, und der Moment zog sich in die Länge, während sie ihn fragend ansah.

Lauf, Lissa! Lauf vor mir weg, so schnell und weit du kannst!

Das war es, was er hatte sagen wollen, aber stattdessen senkte er den Mund auf ihren, und die Wärme ihrer Lippen linderte den Schmerz unter seinen Rippen und die Hitze ihres Körpers die Verzweiflung, die ihn in ihrem eisernen Griff gefangen hielt.

Elisabeth versteifte sich in seinen Armen, doch ihr leiser Protestlaut wich einem wohligen kleinen Seufzer, als seine Zunge über ihre Unterlippe strich und schließlich zwischen ihre Lippen glitt. Ihr Geschmack war berauschender als süßer Wein, und eine fiebrige Erregung durchströmte Brendan, als der Duft ihrer weiblichen Erregung aufstieg und sich mit dem blumigen ihres Parfums verband.

Eigentlich müsste sie Zeter und Mordio schreien und sich wehren, denn diese Frau war schließlich immer noch Elisabeth.

Brendan rechnete schon fast mit ein paar Faustschlägen ans Kinn, aber nicht mit diesem bezaubernden Hexengebräu aus Unschuld und Eifer, als sie ihm die Hände um den Nacken legte und ihren verführerischen Körper an ihn schmiegte.

Hatte er Elisabeth als unberechenbar bezeichnet? Sie war nicht nur das, sondern auch verdammt irrational.

Er müsste aufhören. Zurücktreten. Das hier beenden, bevor er nicht mehr aufhören *konnte*.

Doch stattdessen küsste er ihre Wange, die zarte Haut hinter ihrem Ohr und ihren schlanken Nacken. Und sie schob die Hände unter sein Haar, während sie sich noch fester an ihn schmiegte und seine unerwartete erotische Attacke mit ihrem eigenen Angriff auf seine Sinne beantwortete.

Während er die berauschenden Düfte von Haut und Parfum einatmete, umfasste er mit beiden Händen ihre vollen Brüste und liebkoste ihre dunklen Spitzen unter dem dünnen Stoff ihres Hemdes. Ihr Atem kam schnell und flach, als er die Bändchen ihres Nachthemds löste, den Stoff zur Seite schob und ihre Schulter küsste, bevor er seine Lippen tiefer gleiten ließ.

Sie müsste ihn dazu bringen aufzuhören. Er selbst war nicht dazu imstande. Aber wie schon in ihrem Schlafzimmer in Dun Eyre hielt ihre mädchenhafte Scheu nur für die Dauer von zwei Herzschlägen an, bevor die sinnliche, leidenschaftliche Frau in ihr die Oberhand gewann. Bereit, sich seiner Führung anzuvertrauen, wohin auch immer er sie bringen mochte. Ein gefährliches Vertrauen, das in Schwierigkeiten enden würde.

Doch obwohl Brendan das wusste, nahm er eine ihrer harten kleinen Brustspitzen zwischen die Lippen und umkreiste sie mit der Zunge, bis Elisabeth den Kopf zurückwarf, ihre Finger in seinem Haar verkrallte und schwerer atmete.

Während er nicht aufhörte, ihre Brüste zu liebkosen, schob er den dünnen Stoff ihres Morgenmantels hoch und ließ seine Hand an ihrem schlanken Schenkel zu ihrem Strumpfband und der feuchten Hitze zwischen ihren Beinen hinaufgleiten.

Elisabeth schnappte nach Luft und riss schockiert die Augen auf.

Brendan zog die Hand zurück, aber nur gerade weit genug, um Lissa nach seiner Berührung fiebern zu lassen. Ihre Augen wurden dunkel vor Verlangen, und tausend Ausdrücke und Emotionen glitten im Bruchteil von Sekunden über ihr Gesicht. Die nahezu unerträgliche Spannung, die sich in ihr aufzubauen schien, verschärfte noch sein eigenes sinnliches Verlangen.

Ohne ein Wort zu sagen, zog sie sein Hemd aus der Hose und strich mit den Händen über seinen muskulösen Oberkörper.

Das Blut schien aus seinem Hirn in seinen Unterleib hinabzuschießen, denn plötzlich wurde ihm ganz seltsam schwindlig. Aber es war nicht der Brummschädel-Effekt nach zu viel Alkohol, sondern eine Art wildes Hochgefühl, das dem ähnelte, ein halb zugerittenes Pferd zu bezwingen oder endlich einen fast unmöglich zu erlernenden Zauber zu beherrschen. Es war die Freude der Entdeckung. Ein süßes Staunen über das Unmögliche.

Sein Glied pochte wie ein schmerzhafter zweiter Herzschlag. Himmel, wenn er so weitermachte, würde er in ein paar Sekunden die Beherrschung über sich verlieren!

Und Lissa hantierte an seinem Hosenbund herum, mit ungeschickten Fingern und geistig viel zu abgelenkt, um sich auf die simple Funktionsweise von Knöpfen zu konzentrieren.

»Bitte«, flüsterte sie, als sein Daumen ihren empfindsamsten Punkt umkreiste.

Es wäre so leicht, sie gleich hier und jetzt zu nehmen, ihr leidenschaftliches Verlangen auszunutzen und sein Vergnügen mit ihr zu haben. Und morgen würde sie ihre Nachgiebigkeit bereuen und ihn hassen. Das wäre das Beste, was er für sie tun könnte.

Stattdessen jedoch entzog er sich ihr stöhnend, obwohl sein

ganzer Körper vor unerfülltem Verlangen kribbelte und schmerzte. »Nicht so, Lissa!«, flüsterte er.

Sie blickte benommen und mit glasigen Augen zu ihm auf, und ihr Haar, das sich aus den Nadeln gelöst hatte, umrahmte in wilden Locken ihr Gesicht. Ihre Lippen waren rot und angeschwollen von seinen Küssen.

Er bückte sich nach ihrem Tuch und hüllte sie darin ein, wie er es vielleicht bei einem Kind tun würde, küsste sie auf die Stirn und strich ihr übers Haar. Seine Bewegungen waren ungeschickt und fahrig, da er auch gegen sein eigenes Begehren anzukämpfen hatte.

»Brendan?«, fragte sie leise, und schon überzog eine zornige Röte ihre blassen Wangen. »Du hast mich ein Mal vor dem Altar stehen lassen ... Das wirst du doch wohl nicht schon wieder tun?«

»Nein, süße Lissa, das schwöre ich dir bei meiner Ehre.«

Erst lange, nachdem sie ihn allein gelassen hatte und das Feuer zu kalter Asche heruntergebrannt war, kam ihm zu Bewusstsein, dass die Stimmen stumm blieben. Die Geister hatten sich zurückgezogen. Nur ein Gesicht war wie eingebrannt in seinem Kopf – das einer temperamentvollen Schönheit mit warmen dunklen Augen. Nur eine Stimme rief ihn mit rührender Unsicherheit.

Brendan ballte die Hand zur Faust, bis sie schmerzte, und sagte flüsternd zu dem leeren Raum: »Bei meiner Ehre.«

Wozu auch immer das noch gut sein mochte.

Kapitel Dreizehn

Brendan durchsuchte Helena Roseingraves Bücherregale. Nicht gerade ein Füllhorn von Forschungsmaterial, aber es würde genügen müssen.

Er war erst kurz vor Morgengrauen zu Bett gegangen und sofort in einen Wirrwarr bizarrer Träume verfallen. Was an und für sich nichts Ungewöhnliches war. Ohne die ständigen Albträume zu schlafen, war ein seltenes Ereignis. Aber diese Träume waren anders gewesen. Nicht die üblichen gespenstischen Heimsuchungen, die ihn in kalten Schweiß ausbrechen ließen. Nein, diesmal war er über ein Schlachtfeld voller Leichen gelaufen, während die untergehende Sonne rot durch einen rauchverhüllten Himmel schien. Vereinzelte Feuer brannten, denen die Leichen *Anderer* immer wieder neue Nahrung gaben; und Diebe und Marketenderinnen beraubten die Toten und Sterbenden. Rauch, Schießpulver und der Gestank von brennendem Fleisch legten sich auf Brendans Zunge und verbrannten ihm die Nase. Sein Körper schmerzte, aus einer Wunde an seinem Kopf floss Blut, doch er hielt sich mit einem aus Furcht geborenen Willen auf den Beinen. Aidan war irgendwo hier draußen. Sein Bruder lag zwischen den Gefallenen. Dabei dürfte er gar nicht hier sein, denn dies war nicht sein Kampf.

Ob er will oder nicht, dies wird sein Kampf werden. Er ist ein Anderer. *Und du bist sein Bruder. Er wird kommen, um dich zu holen.*

Der König stand hinter ihm. Das sonst so flammend rote Haar klebte ihm verschwitzt und blutig am Schädel. In der Hand hielt er ein zerbrochenes Schwert, mit dem er auf eine Stelle auf dem Schlachtfeld wies.

Da. Zwischen einem Haufen Toter mit verdrehten Gliedmaßen

und leeren, zum Himmel starrenden Augen lag Aidan. Brendan sank auf die Knie und drückte seinen Bruder an die Brust.

Dachtest du, wir könnten gewinnen? Du hättest es besser wissen müssen. Artus' Geschichte kann nur so enden. Es ist mein Fluch und mein Schicksal. Die Magier *haben gesprochen. Was können bloße Sterbliche dagegen tun? Was kannst du tun?*

Brendan erwachte schaudernd, und eine Welle der Übelkeit stieg in ihm hoch. Der Kummer des Königs lag schwer wie ein Stein in seiner Brust. War dieser Traum eine Vorwarnung gewesen? Eine Vorahnung? Oder nur ein durch eine Lebensmittelvergiftung erzeugter schlechter Traum?

Die Sonne ging auf, und Brendans Kopf war voller Fragen und schwer vor Erschöpfung. Wenn er schon träumen musste, warum dann nicht von Elisabeth? Von ihrem geschmeidigen Körper, von ihren glutvollen Augen und der Hitze ihres Geschlechts.

Brendan rieb sich das Gesicht, als könnte er die Erinnerung an sie aus seinem Gehirn löschen. Aus purem Schuldbewusstsein hatte er dieser Ehe zugestimmt. Er würde Elisabeth seinen Namen geben, um ihre Ehre wiederherzustellen, das ja, aber er weigerte sich, sich irgendwelchen anderen Überlegungen hinzugeben. Nicht, wenn seine Zukunft so unsicher blieb und auch nur in seiner Gesellschaft zu sein ihr schon den Tod einbringen konnte.

Er hatte Unglück und Tod über alle gebracht, die er je geliebt hatte. Er würde nicht Elisabeth der Liste derer hinzufügen, die ihm zu nahe gekommen waren und sich verbrannt hatten. Allein zu sein war für ihn das Beste. Allein zu sein bedeutete, dass niemand verletzt wurde. Alleinsein bedeutete Sicherheit.

Absolut überzeugt von diesem Punkt, zog er einen Stuhl heran, öffnete das Buch und suchte im Inhaltsverzeichnis nach irgendeiner Erwähnung König Artus'. Was hatte er versäumt? Wo hatte er versagt? Und was konnte er sonst noch tun, um Máelodor aufzuhalten?

»Irgendetwas ist geschehen.« Madame Arana stand in der Tür, mit ernster Miene und einem merkwürdigen Glühen in den Augen. »Ich fühle die Veränderung.«

Brendan schrak auf. »Lissa? Ist alles in Ordnung mit ihr? Was ist …«

Die alte Dame lächelte. »Miss Fitzgerald geht es gut. Ob das so bleibt, liegt bei Ihnen. Doch das wissen Sie ja schon, nicht wahr? Die Sicherheit von uns allen liegt in Ihren Händen.«

Er hatte sich schon Gedanken über Madame Arana gemacht, und jetzt hatte er seine Antwort. »Was wissen Sie darüber?«

»Ich weiß, dass Sie versuchen, den Weg zu verlassen, auf den Ihr Vater Sie gebracht hat. Dass immer ein Krieg in Ihnen tobt, ein Kampf gegen Ihre Vergangenheit, Ihr Schuldbewusstsein, ja selbst gegen Ihre eigene Macht. Alles, was Sie tun, ist gefärbt von diesem Kampf.«

»Was zum Teufel wissen Sie von meinen Kämpfen?« Er zog fragend eine Augenbraue hoch. »Es sei denn, Sie hätten in meine Zukunft geblickt, Sie kluges altes Mädchen. Was haben Sie gesehen?«

Sie straffte empört die Schultern. »Ich brauche nicht in Ihre Zukunft zu blicken, wenn alles so klar an der Oberfläche liegt, dass es für jedermann offensichtlich ist. Ihre Maske verrutscht, Kilronan. Die zunehmenden Strapazen der letzten Jahre zeigen sich in jeder Linie und jedem Schatten in Ihrem Gesicht.« Sie erschauderte und presste die knochigen Hände an ihren Magen. »Aber heute Morgen erwachte ich mit einer neuen Vision, die die Muster veränderte, so wie Finger Kräusel auf dem Wasser bilden können. Kräusel, die meine seherische Gabe trüben und alles unklar machen. Ich habe einen Mann gesehen. Und ein Schwert. Ich will wissen, was das bedeutet, oder …« Sie verschränkte die Arme vor der Brust, schob kampflustig das Kinn vor, und eine klare Herausforderung erschien in ihren Augen. »Oder Sie bekommen heute kein Mittagessen.«

Wie auf ein Stichwort hin knurrte sein leerer Magen protestierend. »Das ist ein Schlag unter die Gürtellinie, Madame.«

»Ich wollte nicht zu solch diabolischen Mitteln greifen, doch Sie lassen mir keine andere Wahl.«

Brendan überlegte, ob er sie einfach aus dem Zimmer tragen und die Tür hinter ihr verschließen sollte. Aber er bezweifelte, dass Miss Roseingrave eine solche Behandlung ihrer Großmutter dulden würde. Ihm Mahlzeiten vorzuenthalten wäre das Geringste, was sie ihm antun könnte. Und jetzt auch noch Madame Arana … Na schön. Sie wollte ihre Nase in seine Angelegenheiten stecken? Warum nicht? Es würde ihr nur recht geschehen, wenn ihr nicht gefiel, was sie dann zu hören bekam.

»Was wissen Sie über König Artus?«

»Dass er tot ist und es auch bleiben muss, wenn unsere Leute nicht in einen Krieg verwickelt werden sollen, den wir nicht gewinnen können.«

»Aber was wissen Sie über Artus selbst?«

Ein Lächeln kräuselte ihre Augen. »Ich mag zwar alt sein, doch so uralt bin ich nun auch wieder nicht.«

»Sehr witzig. Sie fragten, was sich verändert hat, und ich versuche es ihnen gerade zu erklären. Ich habe etwas über Artus herausgefunden, das ich überprüfen muss. Irgendetwas über einen Fluch der Magier. Über ein Schicksal, das nicht verändert werden kann.«

»Ich weiß nichts von Artus, aber die Magier sind bekannt dafür, ihre Spiele mit uns zu treiben. Sie definieren Gut und Böse nicht wie wir. Und die menschliche Rasse – ob *Andere* oder *Duinedon* – spielt auch keine große Rolle in ihrem Leben. Nur wenn sie eine Bedrohung für sich selbst sehen, bemerken sie uns, und die meiste Zeit ist es dann zu unserem Nachteil. Seien Sie vorsichtig, falls Sie sich an einem von Magiern verhängten Fluch zu schaffen machen wollen! Sie könnten mehr damit aufwühlen, als es Ihre Absicht war.«

»Das wäre nicht das erste Mal. Falls Sie es noch nicht bemerkt haben sollten, ich bin ein Experte darin, mich selbst und andere, die mir zu nahestehen, in Schwierigkeiten zu bringen.«

»Ja, doch Máelodor hat trotz all seiner Schlechtigkeit noch eine menschliche Seele. Wir können die Kräfte, die ihn antreiben, verstehen, selbst wenn sie abscheulich für uns sind. Die Magier dagegen sind uns völlig unbegreiflich. Wir können genauso wenig wissen, was sie bewegt, wie wir wissen können, was das Universum antreibt, sich zu drehen. Das ist ein Problem von unvorstellbarem Ausmaß.«

»Ich kann mir sehr viel mehr vorstellen, als Sie glauben.«

»Suchen Sie, wenn es sein muss!« Die kluge und vorausschauende Seherin schrumpfte wieder zu der hutzeligen alten Dame, doch *dieses* Genie ließ sich nicht wieder wie ein entwischter Geist in die Flasche zurückbeordern. Brendan wusste jetzt, was sie war, und würde sie nicht noch einmal unterschätzen. Sie klopfte ihm auf die Schulter und lachte, als sie ging. »Ich werde Ihr Mittagessen warm halten.«

Elisabeth erhob das Gesicht in die Sonne und ließ die Wärme in ihren verfrorenen Körper eindringen, obwohl die leichte Brise, die an ihren Röcken zupfte, mehr nach Kohlenrauch und Zisternen als nach grünen Feldern und schattigen Tälern roch.

Killer scharrte in den Blumenbeeten, die den gepflegten Gartenweg säumten, und seine kleine Nase zuckte vor Erregung. Zumindest irgendjemand war zufrieden mit den Gerüchen.

»Schluss damit, du böser Hund!«, schimpfte Elisabeth. »Miss Roseingrave und ihre Großmutter werden uns nicht mehr in den Garten lassen, wenn du nicht aufhörst, ihren Narzissen den Garaus zu machen.«

War es nur Einbildung, oder hielt Killer wirklich lange genug inne, um sie mit dem gleichen spöttischen Blick zu messen, den sie gestern Abend auf Brendans Gesicht gesehen hatte?

Die armen Narzissen hatten jedenfalls keine Chance.

Elisabeth konnte es Killer nicht einmal verübeln. Nicht mehr lange, und sie würde neben ihm auf alle viere gehen und ihm helfen. Was gab es hier denn sonst zu tun? Die Untätigkeit machte Elisabeth noch verrückt. Sie konnte das Haus nicht ohne Begleitung verlassen, und für ihre Hände gab es keine andere Beschäftigung als Näharbeiten, die sie schon immer gehasst hatte. Helena Roseingrave besaß nicht einmal eine nennenswerte Bibliothek. Oder zumindest nicht die Art von Büchern, die Elisabeth zur Unterhaltung lesen würde.

Die Langeweile gab ihr zu viel Zeit zum Nachdenken. Das war nie gut, und schon gar nicht jetzt, da jedes Denken ausnahmslos zu Brendan führte. Zu Gedanken über Brendan und die vergangene Nacht. Dann über die vergangene Nacht und ihre eigene demütigende Kapitulation. Über Brendans verführerische Küsse, seine streichelnden Hände und den Sturzbach verwirrender Emotionen und sinnlicher Empfindungen, die es ihr fast unmöglich gemacht hatten ... nachzudenken.

Wie ein Karussell brachten ihre Gedanken sie immer wieder genau dorthin zurück, wo sie begonnen hatte. Und die Aprilsonne war nicht der einzige Grund, warum ihre Wangen brannten und ihr Kleid wie eine feuchte zweite Haut an ihrem Rücken klebte.

All dieses *Nichtdenken* brachte sie noch um den Verstand.

Sie erhob sich von der Bank, um zum Haus zurückzugehen. »Komm, Killer, lass uns gehen!«

Der mittlerweile vollkommen verschmutzte Terrier registrierte ihre Aufforderung kaum. Er nieste und streckte alle viere von sich, wobei er ein ganzes Tulpenbeet zerdrückte. Dann rollte er sich auf den Rücken, um Elisabeth seinen schmutzigen Bauch zu zeigen und ihr einen Blick zuzuwerfen, der besagte: *Versuch nur, mich dazu zu bringen!*

»Na schön, dann eben nicht. Es hört ja sowieso niemand auf mich. Warum solltest du es tun?«, sagte sie verärgert, bevor sie ins Haus stürmte und ihre Schritte sie geradewegs in Richtung Arbeitszimmer führten. Selbst ein langweiliges Buch war besser als diese ziellose, höllische Langeweile und die Fragen, die unweigerlich die Leere füllten.

Brendans Verhalten am vergangenen Abend ließ sich auf zwei verschiedene Arten deuten: als nobler Rückzug oder als Ausweg eines Feiglings. Sie hatte jedenfalls wenig Widerstand geleistet. Hatte sich ihm praktisch an den Hals geworfen wie ein Flittchen. Und wie hatte er reagiert? Er hatte sie abgewiesen.

Hatte sie etwas falsch gemacht? Oder hatte er sie der Mühe nicht für wert befunden?

In seinen Jahren im Ausland hatte es ihm mit Sicherheit nicht an Frauen gefehlt, die ihn umschwärmten: dunkelhaarige, exotische, geschmeidige Geschöpfe mit kajalgeschwärzten Augen und milchkaffeebrauner Haut. Elisabeth war noch nie in ihrem Leben »geschmeidig« gewesen, und ihre Hautfarbe erinnerte mehr an Erdbeeren und Sahne als an *Café au lait*. Sie schluckte den ärgerlichen Kloß herunter, der sich in ihrer Kehle formte und ihr die Luft abschnürte. Das war Brendan nicht wert.

In der Tür zum Arbeitszimmer verhielt sie jäh den Schritt. »Oh, Entschuldigung! Ich wusste nicht, dass jemand hier war.«

Wie von ihrem Selbstmitleid heraufbeschworen, schaute Brendan von einem Buch auf, und sein Blick schien sie zu durchbohren wie eine Damaszenerklinge, bevor das Licht wechselte und nur noch leichte Überraschung auf seinem Gesicht zu sehen war. »Komm herein! Ich beiße nicht.«

Alles so, als hätte es den gestrigen Abend nie gegeben. Als hätte Brendan sie nicht mit einer bloßen Berührung nach den Sternen greifen lassen. Als hätte sie sich nicht vollkommen lächerlich gemacht, indem sie es zugelassen hatte.

Plötzlich hatte sie Hunderte von Schmetterlingen im Bauch, und ihre Wangen brannten. Wenn sie nicht aufpasste, würde sie sich seinetwegen noch vollkommen zum Narren machen – schon wieder mal.

»Ich wollte mir nur etwas zu lesen holen.« Konnte sie noch dümmer klingen? Als könnte er sich das nicht denken!

Er warf einen skeptischen Blick auf die wenigen Regale. »Falls du nicht zufällig ein Fan von Oghams mystischeren Werken bist oder etwas über die Kunst erfahren willst, einen Mann in zehn einfachen Schritten zu töten, hast du Pech gehabt, fürchte ich.«

»Schade. Doch da du beschäftigt bist, gehe ich lieber wieder.« Froh, einer unangenehmen Situation zu entkommen, ging sie rückwärts in Richtung Tür.

»Nein, warte! Du kannst mir helfen. Das heißt, falls du nichts anderes vorhast natürlich nur.«

Elisabeth rührte sich nicht. Das war ein Trick. Er würde sie hereinlocken und die Tür schließen, um sein Vergnügen mit ihr zu haben. Aber eigentlich sah er gar nicht so aus, als wäre er in Stimmung. Er schien nicht einmal besonders interessiert zu sein, sondern wirkte mehr besorgt, beunruhigt und frustriert. Und das ärgerte sie, wie nichts anderes es könnte.

»Es wird nicht lange dauern, das verspreche ich, und dann kannst du wieder deinen Beschäftigungen nachgehen.«

Die es nicht gab, doch das würde sie ihm natürlich nicht erzählen. »Du willst, dass *ich* dir helfe?«

»Ich habe dich darum gebeten, oder nicht? Hier. Lies das Verzeichnis in diesem Buch! Ich suche nach allem, was irgendwie mit Artus zu tun hat.«

Na schön. Wenn er den gestrigen Abend nicht zur Sprache bringen wollte, würde sie ihn erst recht nicht ansprechen.

Und so nahm sie ihren angeschlagenen Stolz zusammen und ging zu dem Tisch hinüber, an dem Brendan saß, zog ihm das Buch aus der Hand und blätterte die ersten Seiten durch.

Wann immer sie versucht hatte, Gordon bei seiner Arbeit zu helfen, hatte er ihr den Kopf getätschelt – nicht viel anders, als sie es bei Killer tat – und gesagt, zu viel Lesen zerfurche ihr hübsches Gesicht und trübe den Glanz in ihren Augen. Als wäre die Anstrengung einfach zu groß für ihr erbsengroßes Hirn, um davon verarbeitet zu werden, ohne dass es explodierte. Gut, das war vielleicht übertrieben hart, aber genau dieses Gefühl hatte sich ihr aufgedrängt, auch wenn Gordon rücksichtsvolle Worte gefunden hatte.

Etwas, worüber sie sich bei Brendan niemals hatte sorgen müssen, war Rücksichtnahme.

»Bist du sicher, dass du …«, begann sie.

»Wenn du nicht willst, ist das in Ordnung. Ich dachte nur, dass zwei Köpfe besser sind als einer. Geh ruhig wieder und untersuch dein Gesicht auf unerwünschte Sommersprossen oder übe Fächersprache – oder womit auch immer Frauen sich beschäftigen, wenn sie sich selbst überlassen sind. Ich kann die Verzeichnisse auch allein durchsehen.« Er griff nach dem Buch, das Elisabeth schnell aus seiner Reichweite wegzog.

»Du brauchst nicht gleich so schnippisch zu werden. Natürlich helfe ich dir.« Sie setzte sich ihm gegenüber und öffnete das Buch, fuhr langsam mit einem Finger an den Zeilen des Inhaltverzeichnisses entlang, bis sie einen Verweis entdeckte, und schlug dann das entsprechende Kapitel auf. »Was suchen wir eigentlich genau?«

»Hinweise auf Artus' Begegnungen mit den wahren Magiern. Oder, genauer gesagt, einen Fluch. Einen über den König verhängten *Fey molleth*.«

»Warum sollte ein Fluch der Magier …«

Brendan beugte sich zu ihr vor und tippte auf ihre aufgeschlagene Seite. »Frag weniger und lies mehr!«

Wäre das Buch dicker gewesen, hätte sie versucht sein können, es ihm über den sturen Kopf zu ziehen. Aber so biss sie nur die Zähne zusammen und ließ sich tatsächlich von ihm zum Schweigen bringen. Was auch einfacher war, um ihre Verlegenheit wegen des gestrigen Abends in den Griff zu bekommen. Auch Brendans anscheinende Unbekümmertheit erleichterte es ihr.

Schweigend saßen sie zusammen da, blätterten Seiten um und fertigten Notizen an, während sich die Uhrzeiger auf dem Zifferblatt fortbewegten und Sonnenstrahlen durch das offene Fenster auf den Boden fielen. Die Geräusche eines schönen Frühlingsnachmittags verliehen der kameradschaftlichen Stille in dem Arbeitszimmer etwas Optimistisches.

Einmal blickte Elisabeth von ihrer Lektüre auf. Brendan saß über sein Buch gebeugt, die langen Finger in seinem wirren dunklen Haar und die gesenkten Wimpern auf den hohen Wangenknochen. Wimpern wie die eines Mädchens, dicht und schwarz. Manchmal kaute er beim Lesen an seinem Daumen, veränderte seine Haltung auf dem Stuhl oder bewegte die Schultern unter einem tiefen Atemzug.

Sein Gesichtsausdruck war entspannt, sein Schweigen ganz ohne Verbitterung, und kein Schatten aus der Vergangenheit trübte die Schönheit seiner fein gemeißelten Gesichtszüge. Diese Beobachtungen verringerten Elisabeths Nervosität, und fast konnte sie sich einreden, dass alles so war, wie es sein sollte. Dass dies der Ort war, an den sie gehörte, und er der Mann, mit dem sie zusammen sein sollte. Dass ihr Leben nicht auf katastrophale Weise vom Kurs abgekommen war.

»Falls mir keine Brokkoli aus den Ohren sprießen, solltest du aufhören, mich anzustarren, und dich wieder an die Arbeit machen«, bemerkte Brendan, ohne den Blick von der Seite zu erheben, die er gerade las. »Die Antwort wird nicht aus dem Buch herausspringen und dich beißen.«

Elisabeth presste die Lippen zusammen, um nicht laut zu lachen. Rücksichtsvoll? Brendan? Wohl kaum. Trotzdem hatte all sein beißender Sarkasmus etwas so Echtes, Aufrichtiges, dass kein noch so süßlicher Charme es damit aufnehmen konnte. Und er bewirkte, dass sie sich beweisen und seine – wenn auch widerwillige – Anerkennung gewinnen wollte.

Entweder war es das, oder sie hatte schlicht und einfach den Verstand verloren.

Sie wandte ihre Aufmerksamkeit wieder dem Buch zu.

Vermutlich lag es an all dem Lesen.

Brendan starrte mit sinkendem Herzen auf die mit einem Seil abgesperrte Ruine. Ein rußgeschwärzter Schornstein, in dem sich anscheinend Vögel eingenistet hatten, ragte in den grauen Himmel auf, und überall wuchs hohes, dürres Unkraut zwischen Trümmerhaufen. Brendan sah zerbrochene Kacheln, verkohlte Balken, die zersprungenen und zerschmolzenen Arme eines Kerzenleuchters. Wasser stand in öligen schwarzen Pfützen zwischen den Balken, und bei jedem Einatmen roch Brendan den säuerlichen Geruch von Ruß und Schimmel.

Er duckte sich unter dem Absperrseil hindurch und bahnte sich einen Weg durch Schutt und Trümmer. Hob die verkohlten Überreste eines Buches auf, dessen durchnässte Seiten zusammenklebten, und warf es beiseite, um eine schmutzverkrustete Scherbe auszugraben, die von einer Schüssel oder einem Wasserkrug zu stammen schien. Ein schwacher metallischer Glanz ging von einem weiteren verbogenen und halb verrosteten Kerzenständer aus.

Stunden des Lesens und Analysierens schwer verständlicher

Abhandlungen gelehrter Theoretiker, eingesperrt in einem nicht allzu großen Zimmer und mit Elisabeths verführerischer Präsenz ganz in der Nähe, hatten Brendan schließlich hinausgetrieben, um bei einem langen Spaziergang einen klaren Kopf zu bekommen. Ein paar Sekunden mehr von Lissas Parfum, und er hätte auf dem Arbeitszimmertisch beendet, was er vergangene Nacht begonnen hatte. Zum Teufel mit seiner noblen Zurückhaltung oder Helenas Möbeln!

Wie er ausgerechnet hier gelandet war, konnte er jedoch nicht sagen. Ihm war nicht bewusst gewesen, wohin ihn sein Spaziergang führte, bis er aufblickte und die schwarz verkohlten Trümmer sah. Und dann hatte er nicht einfach weitergehen können, als bedeutete dieser Ort ihm nichts.

»Sie da! Können Sie nicht lesen? Auf dem Schild steht *Betreten verboten!*« Ein ernst dreinblickender Polizeibeamter starrte ihn vom Gehsteig an.

»Ich sehe mich nur um.«

Das Stirnrunzeln des Wachtmeisters vertiefte sich. »›Betreten verboten‹ bedeutet, dass sich hier niemand umsehen darf.«

Brendan erlaubte dem Mann, ihn von der Ruine wegzuführen. »Das muss ja ein Riesenfeuer gewesen sein.«

»Es loderte auf wie eine Fackel und erhellte den Himmel vom Liffey bis zum Mountjoy Square. Ich hatte Dienst in jener Nacht und hab es selbst gesehen.« Stolz schwang in seiner Stimme mit. »Kennen Sie die Familie, die hier lebte?«

»Vor langer Zeit.«

»Es heißt, sie seien verflucht. Der alte Earl wurde von seinem eigenen Sohn ermordet, und der neue Earl sitzt schwer in der Tinte und hat die Gläubiger auf dem Hals. Ich möchte keiner von denen sein, für kein Geld der Welt.«

Stimmte das? Waren die Douglas' verflucht? Brendan holte tief Luft, als er wieder Aidans Gesicht unter den Toten sah, eine beißend scharfe Windbö ihm die Warnung des Königs überbrachte und er Sabrinas Weinen hörte, als sie kämpfte, um den Mann zu retten, den sie liebte. Und dann wurde die Szene von dem Bild überlagert, das er sich nur vorstellen konnte, aber trotzdem immer bei sich trug: Vaters Hinrichtung durch die *Amhas-draoi*. Seine letzten Momente, als ihm die Wahrheit über den Verrat seines Sohnes klar wurde. Als Liebe sich mit der gleichen tödlichen Kraft, mit der die Klinge ihn fällte, in Hass verwandelte und er Brendans Namen noch mit seinem letzten Atemzug verfluchte.

Würde auch Aidan in dem Glauben ins Grab gehen, dass sein Bruder sie alle verraten hatte?

Brendan warf den Kerzenständer wieder in die schwarzen Trümmer, wo er klirrend landete und silbern aufblitzte, bevor er aus der Sicht verschwand.

Dann kehrte er um und schlenderte die Henry Street hinunter, weg von dem verkohlten Haufen, der einst Kilronan House gewesen war.

»Madame Aranda sagte, du seist schon stundenlang hier draußen.«

Brendans Stimme, die plötzlich hinter ihr ertönte, glitt an Elisabeths Nervenenden entlang wie ein Funke an einer Zündschnur. Das Bewusstsein seiner Nähe brachte ihre Haut zum Kribbeln, und ihr Magen verkrampfte sich vor freudiger Erregung.

Sie blickte von dem Buch auf ihrem Schoß auf und war froh, die abstruse These, die sie gelesen hatte, einen Moment vergessen zu können. Es ging darin um Zeitreisen und die Auswirkungen von Vergangenheit und Zukunft auf die Gegenwart. Aber sie hätte genauso gut in uralten ägyptischen Hieroglyphen verfasst sein können, so unverständlich, wie sie war. Doch Elisabeth versuchte es, was immerhin schon etwas gelten sollte.

Brendan hatte die späte Nachmittagssonne im Rücken, die seinem Haar einen goldenen Glanz verlieh und den Rest von ihm in Schatten tauchte. Alles außer seinen Augen, die wie immer wie polierter Bernstein glänzten. Er beugte sich vor, um ihr das Buch aus der Hand zu nehmen, und las den Titel.

»Autsch. Falls du etwas suchtest, um dich zu Tode zu langweilen, hast du genau das Richtige gefunden.«

Sie griff wieder nach dem Buch. »Ich langweile mich absolut nicht. Dieses Werk ist äußerst aufschlussreich. Wusstest du, dass die sogenannten *Unsichtbaren* … die übrigens eigentlich Dämonen sind …«

Brendans Augen funkelten vor Belustigung. »Ja, ich denke, das eine oder andere Mal habe ich schon von ihnen gehört.«

Sie warf ihm einen bösen Blick zu. »Aber wusstest du, dass jemand vom Dunklen Hof, der den Körper eines menschlichen Wirts besetzt, für immer Zugang zu unserer Welt hat?«

Brendans Gesichtsausdruck verhärtete sich. »Ja. Doch ich wusste nicht, dass du davon Kenntnis hast.« Er schaute den Stapel Bücher neben ihr an. »Habe ich ein Monster geschaffen?«

»Bestimmt nicht. Aber diese Nachforschungen faszinieren mich. Ich hatte gehofft, du könntest mir ein paar Dinge erklären. Da ist ein Kapitel in einem von diesen …« Sie durchsuchte den Stapel Bücher, bis sie das gesuchte fand, und blätterte darin, während sie weitersprach. »Mir schien, als ginge es darin um Artus und den Fluch, doch irgendwie auch wieder nicht. Auf jeden Fall kann ich mir keinen Reim darauf machen.«

Er musterte sie neugierig. »Wer bist du, Fremde, und was hast du mit Elisabeth Fitzgerald getan?«

Sie schlug das Buch verärgert zu. »Ich wusste, dass du mich nur wieder aufziehen würdest.«

»Entschuldige, Lissa. Ich bin nur ein bisschen erstaunt. Du mochtest die *Anderen* nicht und wolltest nie etwas mit ihnen zu schaffen haben. Fast so, als fürchtetest du sie. Warum also dieses plötzliche Interesse?«

Sie hielt den Blick auf das Buch gerichtet, während sie sich mit Brendans Frage auseinandersetzte. Es war schwer zu erklären, falls überhaupt. Immerhin hatte sie keine prägende Offenbarung oder Ähnliches gehabt. Es war eher eine langsame, schleichende Erkenntnis, dass zwischen Furcht und Staunen eine nahezu unbestimmbare Spanne lag. Und vielleicht hatte sich dieser schmale Spalt endlich geschlossen. Oder möglicherweise war sie es auch nur leid geworden, im Dunkeln gelassen zu werden über Ereignisse, die sich auf eine intime, lebensverändernde Weise auch auf sie auswirkten.

»Es erscheint mir nur vernünftig, verstehen zu wollen, worauf ich mich durch eine Heirat mit dir einlasse.«

Brendan setzte sich zu ihr auf die Bank, und zum ersten Mal bemerkte sie den Staub auf seinen Stiefeln, den sauren Whiskey- und Rauchgeruch, der von ihm ausging, aber auch die dunklen Schatten unter seinen Augen und seinen grimmigen Gesichtsausdruck. Ärgerlicherweise schlug ihr Herz gleich schneller, als er sich das Haar aus dem Gesicht strich. »Ist es das, worum es geht, Lissa? Die Heirat? Um dich und mich? Ich kann die Gelübde sprechen und dir einen Ring an den Finger stecken, doch das macht uns zu nichts anderem, als wir vorher waren.«

»Und was wäre das?«

»Zwei Menschen, die in den Umständen gefangen sind. Möglicherweise kann ich nicht mal ...« Er brach ab und massierte seine verletzte Hand, als schmerzte sie. »Ich würde einfach nicht viel Mühe aufwenden, um dies zu mehr als einer gesichtswahrenden Ehe zu machen.«

Er sah Elisabeth nicht an, sondern hielt den Blick auf seine Hand gerichtet, die mit gekrümmten Fingern und geschwollenen Gelenken auf seinem Oberschenkel lag. Elisabeth hatte ihn gefragt, wie es zu der Verletzung gekommen war, so wie sie auch versucht hatte herauszufinden, warum er geflohen war, wie er in den vergangenen Jahren gelebt hatte oder welch düstere Erinnerungen so häufig seine sonnenhellen Augen trübten. Aber genau wie jetzt hatte er sie immer abgewiesen und ihre Fragen pariert wie ein exzellenter Fechter.

»Ich mag zwar eine *Duinedon* sein, doch ich bin kein Dummkopf, Brendan. Und ich bin es leid, wie einer behandelt zu werden.«

Seine Hand krümmte und streckte sich nervös. »Du bist alles andere als ein Dummkopf, Lissa.«

Das hatte er ihr schon einmal gesagt, aber sie wusste, dass es dumm von ihr war, mehr zu wollen, als er ihr geben konnte. Wie eine wahre Ehe aus ein paar von einem Priester gesprochenen Worten hervorzuzaubern.

»Nichts davon soll dir Schmerz verursachen, sondern dich nur vor Schaden bewahren. Ich möchte dich nur beschützen«, fügte er hinzu.

»Ich bin kein Glaspüppchen, Brendan. Du hättest inzwischen merken müssen, dass ich nicht so leicht zu erschüttern bin. Aber in diesem Fall wird das, was ich nicht weiß, mich vielleicht sogar umbringen.«

Er krümmte und streckte die Finger erneut, wobei die Narben weiß hervortraten, doch er schwieg beharrlich.

»Vergiss, was ich gesagt habe!«, meinte sie, und ihr Ärger kämpfte mit Enttäuschung. »Und vergiss die Heirat! Es war eine dumme Idee. Am besten gehst du deinen Weg und ich den meinen …«

Sie erhob sich, aber Brendan griff nach ihrer Hand. »Jetzt bist du wütend.«

Elisabeth versuchte, sich von ihm loszureißen. »Bin ich nicht.«

Ein schiefes Grinsen umspielte plötzlich seine Lippen. »Du lügst.«

»Und du machst mich verrückt. Wenn du mich nicht heiraten wolltest, warum hast du dann zugestimmt?«

»Wegen deiner Redegewandtheit und gewinnenden Art?«, versetzte er schmunzelnd.

Es war wie Schattenboxen. Egal, ob sie vernünftig mit ihm redete, mit ihm stritt oder ihn drangsalierte, er blieb von allem unbeeindruckt. Genauso gut hätte sie mit einer Wand reden können, denn es nützte überhaupt nichts. »Weißt du, wie sehr ich dich im Augenblick verabscheue?«

»Ich kann es mir denken, doch ich werde es ignorieren. Du bist überreizt.«

Elisabeth drehte sich um und stapfte zum Haus zurück, aber er hielt Schritt mit ihr und ließ sie nicht entkommen. »Wenn ich überreizt wäre – was ich ganz bestimmt nicht bin –, hätte ich jedes Recht dazu.«

Er senkte den Kopf wie ein gescholtener Welpe. »Wirst du mir verzeihen, wenn ich mich entschuldige?«

Sie weigerte sich, ihn anzusehen, und dachte nicht daran, sich von seinem Kleine-Jungen-Charme umstimmen zu lassen. »Warum sollte ich?«

»Aus keinem anderen Grund als dem, dass du dich danach vielleicht besser fühlen wirst.«

»Es bräuchte sehr viel mehr als das, damit ich mich besser fühle.«

Sie fuhr herum und prallte gegen seine harte Brust. Wann war er ihr so nahe gekommen? Wann hatte sie vergessen zu atmen? Sie brauchte nur ihr Kinn zu heben, um mit ihren Lippen die seinen zu berühren. Um das Grübchen an seinem Mundwinkel zu küssen. Oder eine Hand zu heben, um die Bartstoppeln an seiner Wange zu berühren.

»Wie wäre es für den Anfang damit?«, fragte er mit einem verführerischen Flüstern.

Dann tat er, was sie nicht konnte, und senkte den Kopf, um einen Kuss auf ihren Mund zu hauchen. Er hatte sie noch nirgendwo sonst berührt, und trotzdem entzündete dieser leichte Kontakt eine Flamme tief in ihrem Innersten. Sein warmer Atem löste ein wohliges Erschauern in ihr aus, und die Flamme schlug höher und breitete sich aus, bis jede Zelle ihres Körpers glimmte.

»Du hast gesagt, du wolltest mich nicht heiraten«, murmelte sie.

Sein Blick, der über ihr Gesicht glitt, als wollte er es sich für immer einprägen, verstärkte die Hitze in ihr noch, bevor er zurücktrat und sein geübtes draufgängerisches Lächeln ihr weitaus mehr versprach, falls sie die Courage dazu hatte. »Das eine hat nichts mit dem anderen zu tun.«

Kapitel Vierzehn

Es war wie Zauberei.« Elisabeth lachte. »Gegen Ende des Streites war die Köchin vollkommen auf der Seite Mrs. Landrys, unserer Haushälterin. Und beide waren total gegen mich und antworteten mir einen Monat lang nur völlig einsilbig. Aber zumindest brachten sie sich nicht gegenseitig um oder kündigten, was sehr viel schlimmer gewesen wäre.«

Elisabeth leistete Madame Arana Gesellschaft, die mit ihrer Handarbeit beschäftigt war und bei der kleinen Gesellschaft saß, die sich für den Abend im Wohnzimmer versammelt hatte. Alle außer Helena, die gleich nach dem Abendessen verschwunden und noch nicht zurückgekehrt war.

Die Unterhaltung der Damen wechselte vom Preis von Wachskerzen und der angemessenen Entlohnung eines Hausmädchens, das auch in der Küche mithalf, bis hin zu der Frage, ob Helenas Großmutter schon einmal das Kurbad in Lucan für ihre Verdauungsprobleme in Anspruch genommen habe.

Elisabeths Augen funkelten, als sie über Buchführung und Sparmaßnahmen sprach und Ratschläge gab, wie man den Überblick über träge Dienstboten behielt. Sie geriet geradezu ins Schwärmen über Schafe und die Einnahmen durch ihre Wolle, die Nutzung weißer Rüben als Winterfutter und die Schule, die sie in Dun Eyre für die Erziehung der Pächterkinder eröffnet hatte.

Es klang alles verdammt häuslich und nach absoluter, fürchterlicher Plackerei. Doch sie lachte und gestikulierte beim Sprechen, und ihr Haar hatte sich aus den Nadeln gelöst und fiel ihr in wirren Locken in den Nacken. Ihre Begeisterung war ansteckend, ihr Gesicht glühte vor Lebhaftigkeit und Aufregung, und sie sprühte vor Ideen.

»Falls du glaubst, Tom Newcomb würde je etwas davon hören wollen, etwas anderes als Kartoffeln auf seinen Feldern anzupflanzen, bist du verrückt«, warf Brendan ein.

Sie wandte sich ihm zu und lächelte ihn an. »Das ist das erste Mal, dass ich dich so über dein Zuhause sprechen höre.«

Er zuckte mit den Schultern. »Und wie spreche ich darüber?«

»Als gehörtest du hierher«, antwortete sie und legte den Kopf zur Seite, als studierte sie mit zusammengezogenen Brauen einen Käfer durch ein Vergrößerungsglas. Offenbar fand sie, was sie suchte, denn sie lächelte zufrieden. »Und was Tom angeht, so versucht er schon, die anderen zu überreden, Mr. Adams' Vorschlag auszuprobieren. Wir hoffen, sie alle in der nächsten Pflanzsaison an Bord zu haben.«

Brendan lehnte sich zurück, rieb sich nachdenklich das Kinn und beobachtete Elisabeth bei ihren Gesprächen. Einmal bemerkte er Rogans Blick auf sich, und der Harfenist zwinkerte und grinste, als wüsste er, wohin Brendans lüsterne Gedanken führten. Direkt über den Rand einer Klippe in den Abgrund.

Auf Brendans Uhr war es schon zwölf, als sich Madame Arana mit einem erschrockenen Ausruf über die späte Stunde erhob. Auch Rogan blieb nur noch lange genug, um bei einem letzten Glas Whiskey seine Pfeife zu Ende zu rauchen, und wünschte dann Elisabeth und Brendan eine gute Nacht.

Und dann waren sie allein.

Die Stille der Nacht senkte sich auf sie herab, das Kerzenlicht wurde sanfter, und selbst das Feuer glimmte nur noch schwach und leise im Kamin. Dennoch machte keiner von beiden Anstalten, zu gehen und sich der Befangenheit dieses neuen erotischen Bewusstseins zwischen ihnen zu entziehen.

»Ich hatte keine Ahnung, dass du dich so sehr für Verwaltungsangelegenheiten interessierst«, bemerkte Brendan schließlich, als das Schweigen unerträglich wurde.

Elisabeth spielte mit ihrem Weinglas und hielt den Blick gesenkt. »Ich helfe Mr. Adams im Büro. Wir besprechen seine Pläne und lesen die neuesten Artikel über Landwirtschaft zusammen.« Mit einer leisen Herausforderung im Blick schaute sie auf. »Er hört sich an, was ich zu sagen habe, und respektiert meine Ansichten.«

»Aber Shaw wollte ihn ersetzen.«

Sie errötete. »Gordon verstand es nicht. Er sah Dun Eyre als Sprungbrett zu besseren Dingen, während es für mich das einzig Wahre ist. Das war mir vorher nur nicht klar, und ich musste den Besitz erst beinahe verlieren, um einzusehen, wie sehr ich Dun Eyre liebe.« Trauer überschattete ihren gerade noch so angeregten Gesichtsausdruck. »Gordon war in so vielen Dingen ein geeigneter Ehemann, dass ich ein Dummkopf hätte sein müssen, um seinen Antrag abzulehnen.«

»Hast du ihn geliebt?«

»Das hast du mich schon einmal gefragt. Erinnerst du dich nicht?«

Das war im Musikzimmer in Dun Eyre gewesen. »Doch. Aber ist die Antwort heute eine andere?«

Elisabeth holte tief Luft, als müsste sie darüber nachdenken, und Brendan hielt ganz unbewusst den Atem an. »Ich liebte das Bild, das ich mir von ihm gemacht hatte. Ich wollte einen Ehemann und Kinder. Ein Leben mit jemandem, auf den ich mich verlassen konnte. Und ich dachte, Gordon könnte mir all diese Dinge geben.«

Brendan ging zu ihr hinüber, um ihre Hände zu ergreifen. Seine Finger verschränkten sich mit ihren, als er sie behutsam auf die Füße zog. Sie lächelte, und sein Blick glitt zu den entzückenden Sommersprossen auf ihrer Nase, die sie so hasste, und zu ihren sinnlichen, weichen, roten Lippen.

Eine schöne Frau. Eine stille Nacht.

So weit nichts Ungewöhnliches.

Er war tausend Mal in dieser Situation gewesen und tausend Mal gegangen.

»Du sprichst nie über Belfoyle«, bemerkte Elisabeth.

»Als gehörte ich dorthin, meinst du?«, scherzte er, obwohl er sofort auf der Hut war vor der Richtung, die das Gespräch einschlug. Sein *Zuhause* war ein Tabuthema, seit er Belfoyle vor all den Jahren verlassen hatte, denn solange er nicht daran dachte, tat es auch nicht weh.

Elisabeth schüttelte den Kopf. »Ganz allgemein. Oder jedenfalls sprichst du nicht so darüber, wie man es nach so langer Abwesenheit erwarten würde.«

»Ich bin der zweitgeborene Sohn, oder hast du das bereits vergessen?«, antwortete er scharf. »Der Besitzerstolz steht Aidan zu.«

Wieder beschlich ihn das Gefühl, dass sie nach irgendwas in ihm suchte. Wenn sie sich nicht vorsah, würde sie mehr finden, als sie erwartet hatte. »Ich rede nicht von Besitzerstolz, sondern von der Liebe zu einem Ort. Wie Belfoyle und allem, was es so besonders macht, einen Platz in deinem Herzen zu geben.«

»Was bezweckst du eigentlich mit diesem Gespräch, Elisabeth? Mir ein Geständnis abzuringen? Möchtest du hören, wie ich zugebe, dass ich jeden Tag meiner Abwesenheit um meine Familie geweint habe? Dass ich jede Nacht, wenn ich die Augen schloss, Belfoyles Türme vor mir sah?« Er packte sie an den Armen, als er ein Brennen hinter seinen Augäpfeln zu verspüren begann. »Mein Leben beschränkte sich aufs *Über*leben. Auf Nahrung, Unterkunft und Sicherheit. Ich hatte keine Zeit für Bedauern, Tränen oder Selbstmitleid.«

Elisabeth hielt seinem Ausbruch tapfer stand. »Und jetzt?«

»Du hast gesehen, womit ich mich auseinandersetzen muss.« Er verstärkte noch den Griff um ihre Arme. »Mein Leben ist nicht mein eigenes, bis Máelodor tot ist und der Sh'vad Tual sich an einem sicheren Ort befindet.«

Aus Ärger wurde sinnliche Erregung. Er wollte Elisabeth bestrafen und zugleich besitzen. Seine Lippen suchten ihre zu einem Kuss, der ausschließlich dem Wunsch entsprang, sie zum Schweigen zu bringen, um ihren Angriffen auf seine Psyche und dem langsamen Abbau all seiner Verteidigungsmechanismen ein Ende zu bereiten. Er wollte sich keinen Fantasien, Träumen oder Hoffnungen hingeben, sondern in Elisabeth nichts anderes sehen als eine Behinderung für ihn. »Selbst wenn wir morgen heiraten, kann ich dir nicht die Zukunft versprechen, die du dir wünschst.«

Dann kostete er wieder die süße Hitze ihres Mundes und nahm den köstlichen Geschmack der Weincreme wahr, die es zum Dessert gegeben hatte. Er umfasste mit beiden Händen die vollkommenen Rundungen ihrer festen Brüste, atmete ihren angenehmen Duft nach Zitrone und Lavendel ein und konnte sein drängendes Verlangen nach ihr nicht länger verleugnen.

»Vielleicht nicht«, murmelte sie und verschränkte die Hände in seinem Nacken und unter seinem Haar. »Aber du kannst mir die Hoffnung auf *irgendeine* Zukunft bieten. Das wird dann eben genügen müssen.«

Das Flattern in ihrem Magen, das Rauschen des Blutes in ihren Ohren, die Anspannung ihrer Muskeln, die bebten vor Erwartung ... Elisabeth hätte ebenso gut mit halsbrecherischem Tempo über die steinige Heide und die hoch über den Klippen liegenden Weiden galoppieren können. Die Empfindungen waren die gleichen, einschließlich des Gefühls, völlig außer Kontrolle einem gefährlichen Sprung entgegenzujagen.

Brendan hatte Elisabeth die Treppe zu ihrem Schlafzimmer hinaufgeführt, wo Dunkelheit sie einhüllte und sie sich wie Verschwörer aneinanderdrängten. Als er die Tür hinter ihnen schloss, löste allein schon das Geräusch des zuschnappenden Riegels ein Erschauern in Elisabeth aus, und eine wohlige Hitze breitete sich in ihren Gliedern aus.

Dann löste Brendan ihr aufgestecktes Haar, und obwohl sie den ständigen Kampf mit seiner Widerspenstigkeit gewöhnt war, fühlte sich das Gewicht der schweren Locken auf ihrem Rücken fremd und seltsam sinnlich an. Als sähe Brendan einen sehr geheimen Teil von ihr. Als könnte er unter der gezähmten, vernünftigen Frau, die sie geworden war, noch den ausgelassenen kleinen Wildfang sehen, der sie einst gewesen war.

Überraschend zärtlich strich er mit der Zunge über ihre Unterlippe und nahm sie zwischen die Zähne, um spielerisch daran zu knabbern, bis sie den Mund öffnete und in einer unschuldigen kleinen Erforschung mit der Zungenspitze zwischen seine Lippen glitt. Brendan ließ sich die Gelegenheit nicht entgehen und presste den Mund zu einem harten, leidenschaftlichen Kuss auf ihren. Der erotische Tanz, zu dem sich ihre Zungen fanden, führte Elisabeth auf ungeahnte Höhen sinnlichen Verlangens, während jede Berührung, jeder Kuss eine weitere aufregende Entdeckung für sie war.

Sie schlang ihm die Arme um den Nacken und genoss das Kitzeln seines Haares an ihrer nackten Haut, als seine warmen Lippen über ihre Wange, ihre Lider und die zarte Haut hinter ihrem Ohr glitten. Leise aufstöhnend warf sie den Kopf zurück, als er ihren Hals und ihre Schulter mit Küssen bedeckte, bevor er die Mulde zwischen ihren Brüsten auf die gleiche liebevolle Art liebkoste.

Elisabeths Herz schlug fast schmerzhaft hart gegen ihre Rippen, als Brendans Hände über ihre Seiten strichen und er sie in die Arme schloss und ihren Rücken streichelte.

Sie befreite ihn von seinem Jackett und begann mit zitternden

Fingern, die Knöpfe seiner Weste zu öffnen. Dabei schob er sie langsam rückwärts auf das Bett zu. Es war keine leichte Aufgabe, sie von den vielen Lagen ihrer Kleidung zu befreien – Bändchen, Knöpfe, Spitze –, doch schließlich fiel ihr Kleid zu Boden, und Sekunden später folgte ihr Korsett.

Eigentlich müsste sie jetzt verlegen oder ängstlich werden – oder zumindest ein paar mädchenhafte Proteste murmeln, um ihre Unberührtheit zu beweisen –, aber Brendan gab ihr absolut nicht das Gefühl, noch unschuldig zu sein. Im Gegenteil. Er ließ sie sich sündhaft, frivol, leichtfertig und leidenschaftlich fühlen. Sie konnte nicht atmen, wenn er ihr nahe war, und vergaß zu denken. Ihr Verstand war wie benebelt, sobald sich diese hungrigen goldenen Augen auf sie richteten.

Brendan legte seine großen Hände um ihre Taille und strich mit den Fingerspitzen ihre Rippen und die sanften Kurven ihres Oberkörpers nach. Dabei schob er nach und nach ihr Hemd hinauf.

Erschauernd schmiegte sich Elisabeth in seine Arme und sonnte sich in der beeindruckenden Kraft seiner von der Arbeit rauen Hände und deren Zärtlichkeiten auf ihrer nackten Haut. Dann folgte auch ihr Hemd den anderen Kleidungsstücken auf dem Boden.

Wieder durchrieselte sie ein wohliges Erschauern, als er ihre Brustspitzen zwischen Daumen und Zeigefinger nahm und sie spüren konnte, wie sie sich verhärteten. Brendan beugte sich ein wenig vor, um eine dieser dunklen Knospen mit den Lippen zu umschließen, sie mit der Zunge zu umspielen und sanft daran zu zupfen und zu saugen, während er mit der Hand die andere Brust liebkoste. Nicht einmal ihre kühnsten Träume hatten Elisabeth auf dieses brennende Begehren vorbereitet, das sich tief in ihrem Innersten zu bündeln schien und ihr ein Aufstöhnen entlockte, als sie sich an ihn presste, weil sie mehr Nähe brauchte und seine nackte Haut an ihrer spüren wollte.

Und dann lagen sie auf dem Bett, Brendan über ihr und auf einen Ellbogen gestützt. Seine Augen zogen einen versengenden Pfad über ihren Körper, dem seine Hand sehr langsam, ja fast träge folgte.

Sieben Jahre hatte sie darauf gewartet, und jetzt würde sie sich diese Momente in ihrer Erinnerung einprägen, wo nichts, was folgte, Brendans Bild je wieder löschen könnte. Seine kräftigen Hände. Sein markantes Kinn. Das Grübchen in seinem Mundwinkel und den eleganten Schwung seiner dunklen Augenbrauen. Das dichte Haar über seiner Stirn und die unbeschreibliche Wonne seiner sinnlichen Liebkosungen.

Elisabeth schloss die Augen, um ihn sich vorzustellen, wie er in diesem Augenblick aussah, und wusste, dass sie ihn ihr Leben lang so in Erinnerung behalten würde.

»Vergiss die Seidenkleider, die ich dir versprochen habe! Du gefällst mir so sehr viel besser«, murmelte er.

Sie öffnete die Augen und lächelte ihn an. »Richtig. Du *hattest* mir welche versprochen, nicht? Ich hätte wissen müssen, dass das nur leere Worte waren«, sagte sie und hob den Kopf, um ihn spielerisch ins Kinn zu beißen.

Er strich mit einer Hand über ihren flachen Bauch. »Ich habe dich oft genug gewarnt, dass ich ein unzuverlässiger, egoistischer Schuft bin. Doch ich habe langsam das Gefühl, dass du den bösen Jungen magst.« Der pure Schalk blitzte in seinen Augen auf, und das hinreißende Grübchen an seinem Kinn verlangte geradezu danach, geküsst zu werden.

Worte wurden überflüssig, als Empfindungen die Oberhand gewannen und Brendan sich hinkniete, um die Bändchen ihrer Strumpfhalter zu lösen und dann behutsam ihre Strümpfe hinunterrollte und die entblößte Haut liebkoste. Dann ließ er seine Hände über die Innenseite ihrer Schenkel zu ihrer intimsten Stelle gleiten. Seine unendlich sachte Berührung dort durchzuckte Elisabeth wie ein Blitz. Ein lustvolles Pochen erwachte zwischen ihren Schenkeln, das ihre Sinne entflammte und sie heiß und feucht werden ließ, und die sich in ihr aufbauende Spannung wurde von Sekunde zu Sekunde stärker.

Doch plötzlich rollte Brendan sich vom Bett und verschwand im Dunkeln. Zuerst erschrak Elisabeth, aber dann hörte sie das Poltern von Stiefeln und das Rascheln von Stoff, als er sein Hemd und seine Hose ablegte. Dann war er wieder da, sie spürte das Nachgeben der Matratze unter seinem Gewicht und die Hitze seines nackten Körpers, die sie zu versengen drohte.

Er beugte sich über sie, und sein harter, muskulöser Körper fühlte sich ganz wunderbar an ihrem an. Seine rechte Schulter, die noch verbunden war, behinderte ihn ein wenig, und trotzdem strahlte er Kraft und Macht aus, als er sich zwischen ihren Beinen niederließ, einen Moment verharrte und seine bernsteinfarbenen Augen ihr bis ins Herz zu blicken schienen.

Er war ihr so nahe, sie spürte ihn schon dort, wo ihre süße Qual am größten war, und sein Zögern war schier unerträglich.

Und dann verdüsterte sich sein Blick auch noch. »Sag es, Lissa! Du brauchst es nur zu sagen, und ich kann dich immer noch in Ruhe lassen«, murmelte er mit schmalen Lippen und seufzte. »Auch wenn es mir höllisch schwer fallen wird.«

»Keine Worte mehr! Nicht heute Nacht«, erwiderte sie und hob einladend die Hüften an, um ihn in sich aufzunehmen. Sehr behutsam drang er in sie ein und dehnte sie mit quälender Langsamkeit, bis sie das Warten fast nicht mehr ertragen konnte. Aber er wollte ihr Zeit lassen, sich an das Gefühl zu gewöhnen, an die Wonne, endlich eins mit ihm zu werden – und die berauschende Ekstase, die sie ergriff und mitriss wie ein turbulenter Strom.

Sie sog scharf den Atem ein, als ein zerreißender Schmerz sie jäh durchfuhr. Brendan hielt augenblicklich inne und überließ es ihr, den nächsten Schritt tun. Der Schmerz verblasste, und nur noch ein quälendes Verlangen blieb. Langsam und vorsichtig hob Elisabeth die Hüften an.

Brendan ließ leise den angehaltenen Atem entweichen, und eine unaufhaltsame, pulsierende Spannung baute sich in ihr auf, als er sich zurückzog, nur um dann noch tiefer in sie einzudringen. Doch wieder bog sie sich ihm einladend entgegen und passte sich seinem schneller werdenden Rhythmus an, bohrte ihm die Fingernägel in die Arme und rang nach Atem, als Feuer, Licht und tausend Farben vor ihren Augen explodierten und Wellen der Erregung sie durchliefen.

Brendans Küsse vertieften sich, und seine Bewegungen wurden härter und schneller, bis Elisabeth nur noch keuchen und stöhnen konnte. Jeder seiner Stöße trieb sie immer näher an den Abgrund. Und dann war er da, direkt vor ihr, und sie spürte, wie sie fiel. Das laute Pochen ihres Herzens erstickte ihre Schreie, als eine wahre Sturzflut sinnlicher Gefühle sie überwältigte und sie an den wundersamsten Ort brachte, an dem sie je gewesen war.

Als auch Brendan heftig über ihr erschauerte und aufstöhnend den Kopf zurückwarf, bewegte sie sich noch einmal, und beide erreichten im selben Augenblick den Gipfel der Ekstase.

Danach lagen sie in wohliger Ermattung eng umschlungen auf dem Bett und ließen sich von der leichten Brise abkühlen, die durch ein offenes Fenster hereinkam. Mit einem Arm um ihrer Hüfte ruhte Brendan hinter Elisabeth und streichelte sie träge mit den Fingerspitzen.

»Das hätte nicht passieren dürfen.«

»Du meinst, ich habe etwas falsch gemacht?«, fragte sie.

»Oh nein, meine Süße! Du hast es sehr, sehr gut gemacht. Zu gut. Ich meinte, ich hätte es nicht so weit kommen lassen dürfen, wie es gekommen ist, weil wir noch nicht verheiratet sind, Lissa.«

Sie spürte seine Brust warm an ihrem Rücken, sein Atem kitzelte ihren Nacken. »Ich weiß, dass du mich nur heiratest, weil du es tun musst«, sagte sie.

»Ach, das weißt du?«, spöttelte er und kitzelte sie, bis sie schreiend zu entkommen versuchte.

»Nein! Hör auf! Bitte lass das, Brendan!«, flehte sie. »Ich gebe auf. Du hast gewonnen.«

»Das wird dich lehren, mir nicht erklären zu wollen, warum ich dich heirate«, sagte er und drückte einen Kuss auf ihren Nacken.

»Nun, beim letzten Mal warst du ja offensichtlich nicht allzu begeistert. Und es hat sich nichts geändert. Ich bin noch immer ich, und du bist noch immer du.«

»Wie tiefgründig wir nach dem Liebesspiel werden! Das werde ich mir merken«, murmelte er und drückte sie an sich.

Das war nicht das, was sie hören wollte. Dumm wie sie war, wollte sie ihn sagen hören, dass er sie liebte.

Sie drehte sich herum, sodass sie nun einander gegenüberlagen. Wieder bewunderte sie die schlanken, aber durchtrainierten Muskeln seiner Arme. »Ich habe dir doch hoffentlich nicht wehgetan?«

Er lachte und küsste sie auf die Nasenspitze. »Das ist eigentlich mein Spruch.«

Elisabeth errötete. »Ich meinte deine Schulter.«

Brendan setzte eine Miene auf, als verstünde er erst jetzt. »Ach so, die Schulter!« Er beugte den verbundenen Arm, schwenkte ihn und wackelte mit den Fingern. »Die pulverisierte Affenzunge, die mir Madame Arana gab, hat wirklich gut gewirkt.«

»Affenzun... Brendan! Sie hat dir nichts dergleichen gegeben.«

Seine Augen funkelten vor Übermut. »Nein, doch für eine Sekunde hast du's mir geglaubt«, meinte er und zog sie an sich. »Dem Arm geht es schon besser. Er ist steif, aber noch dran. Ich werde es überleben und weiterkämpfen können.«

Noch immer im siebten Himmel schwebend, war sie völlig unvorbereitet auf die jähe Angst, die sie jetzt wie ein Fausthieb in den Magen traf. Brendan scherzte, doch es war die Art von Galgenhumor, zu dem die Leute griffen, wenn die Wahrheit zu schrecklich war, um auch nur darüber nachzudenken. Elisabeth wandte das Gesicht ab, weil er nicht sehen sollte, wie sehr seine Worte sie beängstigten.

Aber es nützte nichts. Er merkte es auch so.

»Lissa?«, fragte er und drehte ihr Gesicht mit besorgter Miene wieder zu sich herum. »Ist wirklich alles in Ordnung mit dir?«

Sie wollte nicht darüber reden und ihre Gefühle erklären müssen, solange sie sie selbst nicht ganz verstand. Sie würde sich an dem erfreuen, was sie von ihm hatte, und versuchen, sich nicht etwas zu wünschen, was er ihr nicht geben konnte.

Mit einem tapferen Lächeln und einem Schulterzucken wechselte sie schnell das Thema. »Was bedeutet das?«, erwiderte sie und strich mit dem Finger die Umrisse eines gebrochenen Pfeils nach, der durch eine Mondsichel verlief. Die Tätowierung begann zwischen dem Ansatz seines Nackens und der linken Schulter und verlief bis zu seiner Brust hinunter. »Es ist mir vorher schon mal aufgefallen.«

Brendans starrer Blick schien geradewegs in sie hineinzuschauen. Doch statt auf einer Antwort auf seine eigene Frage zu beharren, legte er nur eine Hand auf Elisabeths und zog sie langsam von der Tätowierung weg. »Vorübergehende Unzurechnungsfähigkeit.«

»Hast du es in Griechenland machen lassen?«

»Im Hinterzimmer eines Pariser Bordells. Vater war außer sich vor Zorn. Er nannte mich … Nein, ich bin zu taktvoll, um zu wiederholen, als was er mich bezeichnete, doch er schwor mir, dass ich es bereuen würde.« Er schloss für einen Moment die Augen und presste die Lippen zusammen. »Und er hatte recht.«

Elisabeth stützte sich auf einen Ellbogen und suchte in Brendans Gesicht nach einem Hinweis auf den Mann hinter der Maske, die er so gern und mit voller Absicht trug. Sie war die Fassade, die er geschaffen hatte, um alle von sich fernzuhalten. »Warum hast du Belfoyle verlassen? Was ist damals geschehen? Was war es *wirklich*, was dich dazu veranlasste, so spurlos zu verschwinden? Wir dachten alle, du wärst tot, Brendan. Deine Familie und ich …« Sie holte tief Luft, bevor sie seinen Blick erwiderte. »Wir haben alle um dich getrauert.«

Brendan strich ihr das Haar aus der Stirn und drückte einen Kuss darauf. »Das war vor langer Zeit und spielt jetzt keine Rolle mehr.«

Doch, spielte es! Elisabeth konnte es an den Schatten, die seine Augen trübten, und an seiner angespannten Haltung sehen. Was auch immer ihn fortgetrieben und seine Familie zerstört hatte, verfolgte ihn noch immer.

Warum wollte er es ihr nicht erzählen? Was konnte denn so furchtbar sein?

Wollte er nicht mit ihr darüber sprechen, weil sie nicht gut genug war? Nicht klug genug? Weil sie nicht diese Aura der Macht umgab, die sie in Gegenwart all jener spürte, in deren Adern Magierblut floss?

Verbitterung ergriff Besitz von ihrem Körper, der gerade noch so lebendig und so voller Leidenschaft gewesen war.

»Das heißt, es ist unmöglich zu verstehen für eine *Duinedon* wie mich«, sagte sie beleidigt.

Brendan lachte. »Du magst zwar keine magischen Fähigkeiten haben, doch das macht dich nicht zu einem weniger wertvollen Mitglied unserer Welt.«

»Aber das bin ich eben nicht, verstehst du? Und bin es auch noch nie gewesen. Mein Vater sagte immer, die *Anderen* seien dazu verdammt, für sich zu bleiben. Geheim zu halten, wer und was sie sind, und ihr Leben im Verborgenen zu leben. Und er hatte recht. Meine Großmutter wurde für verrückt erklärt von allen, die nicht Bescheid wussten.«

Brendan legte sich auf den Rücken und verschränkte mit ernster Miene die Hände hinter dem Kopf. »Aber von allen, die sie kannten und wussten, was sie war, wurde ihre besondere Beziehung zu Pflanzen nicht als Fluch, sondern als großartige Gabe angesehen. Und sie nutzte diese Gabe, um Dun Eyre zu einem magischen Ort zu machen.«

Er hatte recht. Dun Eyre *war* ein magischer Ort. Von überallher kamen Reisende, um die prachtvollen Gärten zwischen den wilden Moorlandschaften und schroffen Felsküsten zu besichtigen. Tante Fitz pflegte die Besucher stolz durchs Haus und über den Besitz zu führen, während Tante Pheeney sie im Salon erwartete, wo zahlenden Gästen Erfrischungen und eine warme, herzliche Atmosphäre geboten wurden.

»Ich vermisse Dun Eyre und meine Tanten.« Elisabeth legte den Kopf an Brendans Brust, und sein gleichmäßiger Herzschlag linderte ein wenig den jähen Schmerz in ihrer Kehle. »Ich vermisse mein langweiliges, stilles Leben.«

Mit einem wehmütigen Lächeln strich Brendan ihr das Haar aus dem Gesicht. »Ich das meine auch.«

Noch nie war er näher daran gewesen, ihr seine tiefsten Sehnsüchte zu offenbaren.

Er schloss die Augen, doch er schlief nicht. Sein Körper war zu angespannt, sein Atem zu unruhig und zu flach. Aber wie schön er war mit seinem schmalen, wie gemeißelt wirkenden Gesicht, der sinnlichen Kurve seiner vollen Lippen, seiner aristokratischen Nase und den sündhaft langen Wimpern! Bewundernd betrachtete Elisabeth seine breite Brust, den flachen, muskulösen Bauch und die feinen Haare auf seiner Brust, die sich auf seinem Bauch zu einem schmalen Streifen verjüngten.

Unwillkürlich streckte sie eine Hand aus, um ihn zu berühren.

Ein Lächeln erschien um seine Mundwinkel. »Beschreib es mir!«, flüsterte er.

»Was?«

»Wie Belfoyle aussieht. Wie es riecht. Wie es Aidan geht. Ist er glücklich? Was hat sich verändert, seit ich das letzte Mal dort war? Erzähl mir alles, damit ich es mir vorstellen kann!«

»Du hast gesagt, es kümmerte dich nicht. Dass du nicht zurückblicken könntest, wenn du überleben willst.«

»Ich habe nie gesagt, dass es mich nicht kümmert, sondern dass es mich nicht kümmern *dürfte*. Das ist ein großer Unterschied, Elisabeth.«

Und so erzählte sie ihm, was er wissen wollte. An ihn geschmiegt und im Dunkeln liegend, sprach sie von dem Haus hoch auf den Klippen, von den aufsteigenden Nebeln, die silbergrau und feucht die Mauern einhüllten. Sie beschrieb die nie nachlassenden Winde, die den salzigen Geruch des Ozeans mitbrachten, und die Sonne, die Licht und Schatten auf die Heide warf.

Sie sprach von Aidan, dem einst so wilden jungen Mann, der zu einem grüblerischen Einsiedler geworden war, als er der Möglichkeit des finanziellen Ruins ins Auge gesehen hatte. Von den langen Nächten und Tagen, in denen der neue Earl of Kilronan darum gekämpft hatte, den Besitz zusammenzuhalten. Von seinem Kummer um die Familie, die er verloren hatte, den er tief in seinem Innersten verbarg. Von der schockierten Reaktion der Nachbarn, als er eine Frau von unbekannter Herkunft und skandalöser Vergangenheit – wenn man den Gerüchten glauben durfte – heiratete.

»Er ist nicht mehr der Aidan, den du in Erinnerung hast, aber er ist wieder glücklich. Er liebt seine Frau. Das ist mehr als offensichtlich, so wie er ihr mit seinen Blicken folgt, wenn sie zusammen sind. Fast so, als wären sie durch ein unsichtbares Band miteinander verbunden.«

Danach erzählte Elisabeth ihm von Sabrina, die kurz nach dem Tod ihrer Eltern nach Glenlorgan gegangen war, um in dem dortigen Kloster als *bandroi*-Priesterin zu leben. »Tante Fitz sagte, sie sei jetzt wieder zu Hause, doch niemand hat sie gesehen, und niemand weiß, warum sie zurückgekommen ist. Einige sagen, es sei ein Mann im Spiel gewesen.«

»Gewesen? Aber dann ...« Brendan schüttelte den Kopf. »Ach, Sabrina!«

»Wenn du nach Belfoyle zurückkehrst, wirst du es selbst sehen. Du wirst sie alle sehen. Der verlorene Sohn kehrt heim, und sie werden dich mit offenen Armen willkommen heißen.«

»Wohl eher mit gezogenen Dolchen, wie ich Aidan kenne. Nein, deine Schilderungen werden mir genügen müssen. Ich kann nicht heimkehren, Lissa.« Seine Worte schnitten ihr ins Herz wie ein Messer. »Nicht nach ...« Er schloss die Augen. »Nie wieder.«

Elisabeth schlief, von der Fülle ihres zerzausten, rotgoldenen Haares umgeben und mit ruhigen, gleichmäßigen Atemzügen.

Brendan beugte sich über sie, um ihre Stirn zu küssen, und atmete den frischen, zitronigen Duft ihrer makellosen hellen Haut ein. Er schloss die Augen und stellte sich ein Leben mit ihr vor. Wie schön es wäre, jeden Tag an ihrer Seite zu erwachen und am Ende des Tages mit ihr zusammenzusitzen und zu lachen, zu reden und sich an der Gesellschaft des anderen zu erfreuen. Sie nachts in die Arme zu nehmen, ohne Furcht in ihrem Blick zu sehen.

Seufzend öffnete er die Augen wieder. Es war ein schöner Traum, aber das Tageslicht würde die Realität mitbringen. Wehmütig strich er über den zerbrochenen Pfeil und die Mondsichel an seiner Brust und Schulter, die eine beständige Erinnerung daran waren, dass seine Vergangenheit das Leben, von dem er träumte, unmöglich machte.

Er erhob sich aus dem Bett, um zum Kamin zu gehen, und legte Holz nach, als die Kälte im Zimmer sofort eine Gänsehaut auf seiner nackten Haut verursachte.

Lissa hatte ihm heue Nacht ein großartiges Geschenk gemacht. Nicht nur mit ihrem Körper, der wunderbar in seine Arme passte, sondern auch mit ihren Erinnerungen. Er wäre dem Thema lieber aus dem Weg gegangen, doch er hatte einfach wissen müssen, wie die Dinge auf Belfoyle lagen. Das Heimweh, das ihn quälte, schnürte ihm die Kehle zu und brachte ihn zum Zittern. In der kurzen Zeit, in der Elisabeth erzählt hatte, war sein Zuhause für ihn wieder zum Leben erwacht. Er hatte die schroffen Klippen vor sich gesehen, war durch das hohe Gras zu dem schmalen Streifen Strand hinuntergegangen und mit dem salzhaltigen Wind im Rücken durch die Obstplantagen galoppiert. Und am Ende des Tages hatte er bis spät in die Nacht hinein mit Aidan geredet, gelacht und Geschichten, Prahlereien und Geheimnisse mit ihm ausgetauscht wie Brüder, die nichts voreinander zu verbergen haben.

Mit hängenden Schultern lehnte er sich an den Kaminsims, schloss die Augen und sah Aidan wieder tot zwischen den Hunderten von anderen Leichen auf dem Schlachtfeld liegen, sah sein glänzendes kupferfarbenes Haar, die bläulich weiße Blässe seines Gesichts und den großen roten Fleck auf seiner Brust.

Er wird kommen, um dich zu holen, hörte er wieder Artus' anklagende Worte zu dem gebückten und gebrochenen Mann, der den verstümmelten Körper seines Bruders an sich drückte.

Es war das einzige lebhafte Bild, das klar zwischen den grauen, nebelhaften Gespenstern zutage trat, mit denen er in den letzten sieben Jahren hatte leben müssen. Dieses Bild und der herzzerreißende Schrei zum Himmel, der das giftige Gewisper übertönte, das ihm seit Freddie Atwoods letztem, verlorenem Kampf in den Ohren hallte.

Kapitel Fünfzehn

Mr. McKelway sah nicht einmal alt genug aus, um sich zu rasieren, geschweige denn, um eine Trauung vorzunehmen, auch wenn er seiner unentwegten lüsternen Blicke auf Elisabeths Brüste wegen wohl mehr als alt genug war, um sich ein paar Ohrfeigen einzuhandeln.

Es war eine Sache, so Hals über Kopf zu heiraten, aber eine völlig andere, von dem Priester angegafft zu werden wie ein Stück Fleisch auf einem Markt. Elisabeth bedachte den Kleriker mit einem solch finsteren Blick, dass der Mann an seinem Kragen zupfte, als bekäme er plötzlich keine Luft mehr, und sich alle Mühe gab, den Rest der Zeremonie in Rekordzeit hinter sich zu bringen.

Die Hochzeit ihrer Träume war es wahrhaftig nicht. Die einzigen Zeugen der Wiederherstellung ihrer Ehre waren Madame Arana und Miss Roseingrave, da Rogan vorgab, eine Abneigung gegen Kirchen im Allgemeinen und Hochzeiten im Besonderen zu haben. Und statt Miss Havishams kostspieliger Kreation aus cremefarbener Seide und silberner Spitze trug Elisabeth ein schlicht geschnittenes Kleid aus weißem Musselin – eines der wenigen Kleidungsstücke in Helenas Schrank, das weder ausgelassen noch enger genäht werden musste.

Brendan stand neben ihr in einem dunklen Rock und sah sogar noch umwerfender als gewöhnlich aus.

Alle Douglas' zogen wegen ihres Aussehens alle Blicke auf sich. Aidan war von einer strengen Eleganz und selbstbewussten Haltung, die niemanden im Zweifel über seine noble Herkunft ließ. Sabrinas gewinnendes Lächeln und ihre strahlenden blauen Augen machten ihre angeborene Schüchternheit mehr als wett. Doch

Brendan stellte beide in den Schatten mit seinen sonnengebräunten, markanten Zügen, dem Glanz seiner goldenen Augen und seiner straffen Haltung, der man den Schwertkämpfer und Fechter ansah.

Bis jetzt war er in Gedanken weit entfernt gewesen, seine Miene völlig unergründlich im dämmrigen Inneren der Kirche, aber als der Priester fragte: »Wollen Sie, Brendan Douglas, Elisabeth Fitzgerald zu Ihrer Frau nehmen?«, schaute er sie endlich an. Seine Augen verdunkelten sich zu dem Bronzeton von alten Münzen, und sein Gesicht war ganz uncharakteristisch feierlich.

»Ja, das will ich«, antwortete er und drückte Elisabeths Hand noch fester, in einer Geste, die sie lieber als Ermutigung statt Furcht bewertete.

Es hatte nicht annähernd so lange gedauert, wie sie gedacht hatte, den Lauf ihres Lebens für immer zu verändern. Ein paar Worte eines Priesters, ein artiger Kuss für die Zuschauer – und eine Heirat, die sieben Jahre auf sich hatte warten lassen, war innerhalb kürzester Zeit vollzogen und vollbracht.

Eigentlich hätten Glocken läuten und ein Festzug fröhlicher Gäste und vielleicht sogar ein kleines Feuerwerk stattfinden müssen. Stattdessen aber trompete Madame Arana nur lautstark in ihr Taschentuch, und Helenas sprödes Auflachen schallte durch die Reihen leerer Kirchenbänke. »Von ganzen Armeen gejagt, nur um schließlich in die Mausefalle eines Pfaffen zu geraten.«

Elisabeth seufzte. So viel zu einer Hochzeitsfeier.

Brendan musste ihren Seufzer als Bedauern oder Reue gedeutet haben, denn er flüsterte ihr ins Ohr: »Es ist weder die Hochzeit, die du verdienst, noch bin ich der Mann, den du wolltest. Das tut mir wirklich leid, Lissa.«

Nicht der Mann, den sie wollte? Das hätte ihr niemand sagen können, als Brendans Lippen auf ihrer Haut sie vor Wonne hatten erschauern lassen, als er ihr Blut zum Sieden gebracht und sie mit einem fieberhaften, hemmungslosen Verlangen auf seine Zärtlichkeiten reagiert hatte.

Scham ließ sich wie ein bleiernes Gewicht in ihrem Magen nieder. Bestimmt hätte sie doch wenigstens ein wenig Reue darüber empfinden müssen, einen Verlobten so schnell vergessen zu haben, um sich Hals über Kopf in eine Ehe mit einem anderen Mann zu stürzen. Eigentlich müsste sie förmlich glühen vor Schuldbewusstsein. Das wäre nur angemessen und zu erwarten gewesen.

Aber warum erschien es ihr dann trotz der widrigen Umstände so viel besser, Mrs. Douglas statt Mrs. Gordon Shaw geworden zu sein?

Elisabeth war enttäuscht. Brendan hatte es sofort gemerkt, als sie heute Morgen aus der Kirche in einen anhaltenden Regen getreten waren und über graue Straßen zu einer noch graueren Hochzeitsfeier heimgefahren waren. Sie hatte während des improvisierten Frühstücks eine tapfere, heitere Miene aufgesetzt und sogar Rogans Litanei über die »fürchterlichen Ehen«, die er gekannt hatte, über sich ergehen lassen, ohne mit der Wimper zu zucken, bevor sie sich in ihr Zimmer zurückgezogen hatte, um sich frisch zu machen. Wobei »frisch machen« nur ein Vorwand zur Flucht gewesen war, bevor sie den Harfenisten in seinem Tee ertränkte.

Brendan hatte sie kommentarlos gehen lassen. Es war besser, ihr Zeit zu geben, zur Ruhe zu kommen, da sie sich wahrscheinlich gerade vorstellte, wie ihr verlorenes Leben mit dem Langweiler Shaw ausgesehen hätte. Wahrscheinlich wünschte sie Brendan zum Teufel und schrie ihre Wut und Enttäuschung in ihr Kissen.

Irgendwann am späten Nachmittag, als er die Spannung nicht mehr aushielt, machte er sich auf die Suche nach seiner frischgebackenen Ehefrau. Sie wollte grübeln? Darin war er ein Experte.

Aber Gordon Shaw war es nicht wert, wertvolle Zeit mit Grübeln über ihn zu verschwenden.

Er fand Elisabeth im Arbeitszimmer, den Kopf in einem Rechnungsbuch vergraben, von Quittungen und Rechnungen umgeben, die sich auf dem Schreibtisch stapelten, und mit einem Federhalter zwischen den tintenbefleckten Fingern. Und seltsamerweise sah sie überhaupt nicht bedrückt, nachdenklich oder traurig aus, sondern wirkte vielmehr konzentriert und voller Eifer wie ein Kind in einem Süßwarengeschäft.

»Haben sie dich an die Arbeit gesetzt, damit du dir deinen Unterhalt verdienst?«, scherzte er.

Sie blickte auf mit einem Lächeln, das jeden Nerv in seinem Körper in Bewegung brachte. »Madame Arana fragte, ob ich die Haushaltsbücher durchgehen könnte. Die letzte Stunde habe ich ausschließlich mit dem Ordnen der Unterlagen verbracht. Ein Stapel für Einnahmen, ein anderer für Ausgaben, und ein weiterer für Verschiedenerlei.« Sie verzog das Gesicht und sprang auf, um den größten der drei Stapel aufzuhalten, bevor er auf den Boden rutschen konnte. »Helena mag sehr gut mit einem Schwert und Magie umgehen können, aber was Finanzen angeht, ist sie eine Katastrophe.«

»Du kannst das später beenden. Ich habe ein Geschenk für dich«, sagte Brendan.

Elisabeths Augen waren nahezu schwarz in diesem Licht, als sie mit schief gelegtem Kopf zu ihm aufschaute, die Stirn runzelte und die Unterlippe zwischen die Zähne zog. Die Geste weckte einen unerwarteten Schmerz in Brendans Brust und ließ sie so eng werden, dass ihm das Atmen schwerfiel. »Ich kann jetzt nicht gehen«, sagte Elisabeth. »Ich habe gerade erst begonnen.«

»Willst du den ganzen Nachmittag hier eingeschlossen mit deinem Rechenbrett verbringen?«

Sie zögerte, als sie die heillose Unordnung vor sich betrachtete.

»Nicht wirklich, doch Helena und ihre Großmutter waren sehr nett zu mir, und deshalb scheint es mir nur richtig, ihnen zu helfen, wo ich kann.«

»Komm jetzt mit, und ich verspreche dir, dass du später so viel ordnen und abheften kannst, wie du willst.«

Sie warf den Kopf zurück, und der pure Schalk erschien in ihren Augen. »Ein weiteres Versprechen, das du nicht einzuhalten gedenkst? Die Liste wird immer länger.«

»Hör auf mit der Nörgelei, Frau, und komm jetzt mit!« Nachdem er seine Libido, die mit ihm durchzugehen drohte, unter Kontrolle gebracht hatte, trat er neben Elisabeth.

»Wo gehen wir hin?«

»Die Geschenke sind in meinem Zimmer.«

Mit erhobener Augenbraue und einem winzigen Glimmen in den dunklen Augen fragte sie: »Du willst mit mir in dein Zimmer gehen? Und das nennst du ein *Geschenk?* Das ist ganz schön überheblich von dir, Brendan.«

Er warf ihr einen ärgerlichen Blick zu. »Ich habe keine Ahnung, welch schmutzige Gedanken meine Frau hat«, sagte er mit einem vielsagenden Blick über ihren Körper. »Doch es gefällt mir.«

Elisabeth lachte. »Was ist das Geschenk?«

»Na ja, weißt du ... ich hatte dir ja gesagt ... ach, komm einfach mit und sieh es dir an!« Er nahm ihre Hand und zog sie mit. »Ihr Frauen zerredet aber auch wirklich alles.«

Sie erlaubte ihm, sie zu seinem Zimmer hinaufzuführen, sträubte sich dann jedoch wieder einen Moment vor seiner Tür.

»Komm mit!«, sagte er. »Mädchenhafte Proteste sind jetzt ja wohl kaum noch angebracht. Das wäre etwa so, wie die Scheune zu bewachen, nachdem das Pferd bereits geritten wurde«, stellte er mit einem mutwilligen Grinsen fest.

»Brendan!«, rief sie in gespieltem Entsetzen aus. Und wieder blitzte etwas Unergründliches in ihren Augen auf.

Er hatte nicht erwartet, dass er so gespannt auf die Übergabe seiner Einkäufe sein würde. Aber als er auf die Stoffe auf seinem Bett zeigte, die das Hausmädchen auf seine Anweisung hinaufgebracht hatte, konnte er weder ein ungeduldiges Lächeln noch seine nervöse Aufregung verbergen. Würden sie Elisabeth gefallen? Würde sie ihm vor Freude um den Hals fallen? Würden sie sie glücklich machen? Hatte er endlich einmal etwas richtig gemacht? Eigentlich sollte es ihn nicht kümmern, dürfte ihm nicht wichtig sein. Doch es war ihm wichtig – wichtiger, als er sich eingestehen wollte.

»Erinnerst du dich, dass ich dir versprach, dich mit Seide zu überschütten?«

Sie blinzelte, als verstünde sie nicht, was sie sah.

»Du dachtest nicht, dass ich das Versprechen halten würde, nicht wahr? Sag die Wahrheit!« Er nahm einen Ballen Stoff von dem Stapel. »Das hier ist zwar keine Seide«, erklärte er mit einem Stirnrunzeln, »sondern nur Musselin. Doch es ist auch Seide unter den Stoffen.«

Elisabeth trat vor und streckte zaghaft eine Hand nach dem Stoff aus.

»Ich habe dir ein Versprechen gegeben und es gehalten. Das gehört zwar nicht zu meinen Gewohnheiten, doch hin und wieder tue ich es.« Er ließ den Ballen in ihre Arme fallen. »Ich habe genug gekauft, um ein halbes Dutzend Kleider anfertigen zu lassen.«

Elisabeth errötete so heftig, dass ihre Sommersprossen kaum noch sichtbar waren. »Sie sind alle wunderschön, Brendan. Vielen Dank!«

»Ehre, wem Ehre gebührt. Madame Arana war so freundlich, mir zu helfen. Sie kennt die besten Warenhäuser und Tuchhändler, und sie weiß, welche Farben und Stoffe gerade in Mode sind. Ich hatte nie viel Ahnung von solchen Dingen. Solange alles bedeckt ist, was bedeckt sein sollte, weiß ich nicht, wozu all der Aufwand gut sein soll.«

»Was du nicht sagst!« Elisabeth betrachtete ihn mit geschürzten Lippen, und er wurde sich plötzlich sehr deutlich seines geliehenen Rocks, seiner schlecht gebundenen Schalkrawatte und der abgetragenen Stiefel bewusst. Na schön, ein Beau Brummell war er sicher nicht. Aber viel wichtiger war, dass er sich in seinen Sachen wohlfühlte.

»Ich werde nie eine Zierde der vornehmen Gesellschaft sein. Ich hatte niemals Interesse daran, Furore zu machen. Doch das heißt nicht, dass ich die, die es tun, nicht zu schätzen weiß.«

Die Biegung ihrer Wange. Ihr kurvenreicher Körper. Wann war sein Zimmer so klein geworden? Wann war Elisabeth Fitzgerald von einem Mühlstein um seinen Hals zu Feuer in seinem Blut geworden? Brendan räusperte sich und nahm ihr den Musselin ab, um ihn zu den anderen Stoffen zu legen.

»Noch eins, Elisabeth. Dreh dich einmal um dich selbst!«

Ihre Augen wurden groß und rund. »Wie bitte?«

»Hör auf zu nörgeln! Dreh dich um und schließ die Augen!«

Sie gehorchte und erschauerte, als er ihren Nacken berührte, während ihr Duft und der Anblick der zarten Haut hinter ihrem Ohr das Blut von seinem Kopf in seine Lenden schießen ließen.

»Nicht gucken«, brummte er, wütend auf sich selbst, weil er sich wie ein lüsterner Idiot verhielt. »Also gut, jetzt kannst du wieder hinschauen.«

Ihr Blick glitt sofort zu der schmalen Goldkette mit dem schimmernden Opal in Tränenform, die ihren Hals schmückten.

»Das ist nur ein ganz normaler Stein«, gestand Brendan. »Nicht mehr und nicht weniger. Aber er gehört dir. Für immer.«

Sie drehte sich um und warf ihm die Arme um den Nacken. »Er ist wundervoll.«

Brendan senkte den Kopf, weil er seine Freude über ihre Reaktion nicht ganz verbergen konnte. »Ich weiß nicht, ob er so wundervoll ist. Shaws Saphire haben bestimmt das Zwanzigfache dieses kleinen Anhängers gekostet.«

Tränen stiegen ihr in die Augen, als sie zurücktrat, um ihn anzusehen. »Aber dieses Geschenk ist zwanzigmal mehr wert. Wie konntest du dir das nur alles leisten?«

»Noch keine Woche verheiratet, und schon beschwerst du dich über meine Verschwendungssucht?« Er bewegte sich nervös. »Ich konnte ein paar Dinge versetzen.«

Ihr Blick glitt zu seiner Weste. »Deine Uhr!«, rief sie entsetzt. »Du hast diese Uhr geliebt. Das musstest du nicht tun, Brendan. Nicht für mich.«

Der Gedanke an den Verlust verkrampfte ihm den Magen, aber nur für einen Moment. »Ich musste es nicht, doch ich wollte es. Herzlichen Glückwunsch, Mrs. Douglas. Sie sind jetzt ganz offiziell nicht mehr ruiniert.«

Wieder nahm er ihren Duft wahr, diese frische, frühlingshafte Mischung aus Zitrone und Lavendel, die es nie versäumte, ihn zu überrumpeln. So wie das Aufblitzen ihrer dunklen Augen, die Art, wie sie den Kopf zurückwarf, oder ihre unbewusst sinnlichen Bewegungen, bei denen jede Kurve dazu einzuladen schien, sie zu berühren.

Elisabeth beugte sich vor und küsste ihn auf den Mundwinkel. »Heute ist unser Hochzeitstag. Was hältst du davon, mich erneut zu ruinieren?«

Ein Ziehen durchzuckte seine Lenden. »Ich hoffe, dass ich eines Tages zurückblicken und sagen werde, dass Heiraten das Beste war, was ich je tat.«

»Dann lass uns dafür sorgen, dass du es jetzt schon sagen kannst!«

Noch immer von der angenehmen Träge erfüllter Leidenschaft beherrscht, beugte Elisabeth sich über Brendan, küsste seinen flachen Bauch, seine muskulöse Brust und seinen Nacken, an dem der Puls noch immer heftig pochte. Er schmeckte salzig, roch nach Seife und Mann und verströmte irgendeinen schwachen, exotischen Duft, den sie noch immer nicht bestimmen konnte.

So viel zu ruhigen, stillen Wassern. Sie war geradewegs im Auge des Orkans gelandet.

Brendan umarmte sie und zog sie auf sich herab, bis ihr Kopf unter seinem Kinn lag und er ihren Rücken streicheln konnte, worauf ein wohliges kleines Beben sie durchlief.

»Zerdrücke ich dich?«, fragte sie.

Sie spürte sein leises Lachen in seiner Brust unter ihrem Ohr. »Ich glaube, mein gebrechlicher Körper kann dich gerade noch bewältigen.« Er streichelte ihre Rippen und legte seine warmen Hände um ihren Po. »Außerdem bist du ja kein Schwergewicht.«

Sie kuschelte sich an ihn und konnte seine schon wieder erwachende Erektion zwischen ihren Schenkeln spüren. »Nein, aber ich bin auch keine spindeldürre Bohnenstange, die von Luft und Liebe leben kann.«

Er drückte einen Kuss auf ihren Scheitel. »Bohnenstangen werden überbewertet. Und Luft zum Hauptgang war auch noch nie mein Ding.«

Mit ihr in seinen Armen rollte er sich herum und ließ sich zwischen ihren Beinen nieder. Eine Strähne dunklen Haares fiel ihm in die Stirn, und sein Lächeln war wie immer voller sündhafter Versprechen.

Elisabeth versuchte, die Woge machtvoller Gefühle, die sie überrollte, unter Kontrolle zu bringen, küsste ihn und sagte sich dabei wieder und wieder: *Das kann nicht anhalten*. Die Gefahr blieb. Sie mochte sich in die Schatten zurückgezogen haben, und auch wenn sie nicht mehr ständig das Gefühl hatte, dass sie um ihr

Leben rannte, tat sie es. Sie beide rannten um ihr Leben. Das war der Gedanke, an den sie sich halten musste. »Bis der Tod uns scheidet« könnte schon morgen bedeuten, da sein und ihr Überleben nach wie vor an einem seidenen Faden hing.

Hier handelte es sich nicht darum, ein gemeinsames Leben aufzubauen, ein Heim oder eine Familie zu gründen oder irgendein anderes dieser hübschen Traumbilder, die ihr durch den Kopf gingen, zu verwirklichen. Nein, hier ging es nur darum, dass Brendan seinen Fehler wiedergutmachte. War sie dumm genug, sich einzubilden, es wäre mehr, so war das ihre Schuld und nicht die seine.

Aber Brendan vertrieb ihre Bedenken mit einem leidenschaftlichen Kuss, der ein heißes, erwartungsvolles Prickeln in ihr auslöste, besonders, als er seine Hand an ihrem Bein hinaufgleiten ließ und die Innenseite ihres Schenkels streichelte. Ihre Erregung wuchs, als er sie bis zur Besinnungslosigkeit küsste und dabei ihre intimste Stelle reizte und liebkoste, bis das sündhaft erotische Spiel seiner Finger dazu führte, dass sie sich ihm einladend entgegenbog. Elisabeth hörte ihr eigenes flehendes Geflüster und sein verführerisches leises Lachen, als er sie immer näher an den Gipfel der Ekstase brachte. In sinnlicher Verzückung warf sie den Kopf zurück und bog sich seiner Hand und Erektion entgegen, als er endlich in sie eindrang.

Stöhnend flüsterte sie seinen Namen. Sie wurde von ihren lustvollen Empfindungen überwältigt; ihr Blut floss durch ihre Adern wie warmer Honig, während sie in hemmungsloser erotischer Verzückung ihre Beine um ihn schlang, um sich seinem Rhythmus anzupassen, der so entspannt war, als hätten sie noch viele Leben vor sich, um sich aneinander zu erfreuen. Aber es gab keine Verbindung zwischen seiner langsamen Inbesitznahme und der vulkanischen Explosion, die ihren Körper plötzlich aufzulösen schien, bis sie beinahe nicht mehr atmen und nicht mehr denken konnte in der Glut dieses rauschhaften Moments. Und dann kamen ihr die

Tränen, und sie ertappte sich dabei, dass sie sich noch immer vorstellte, so werde es für immer sein.

»Du sagtest, du hättest etwas über Artus gefunden. Zeig es mir!«, bat Brendan später.

Sie saßen zusammen im Bett, doch Elisabeth hatte inzwischen ein Nachthemd übergestreift und ihr Haar zu einem lockeren Knoten zusammengenommen, während Brendan eine Hose angezogen hatte – zum Glück, weil sie sich sonst nicht hätte konzentrieren können.

Auf seine Bitte war sie aus dem warmen Nest aus Steppdecken herausgestiegen, um das Buch zu holen. Sie reichte es ihm, bevor sie wieder zu ihm unter die Decken schlüpfte.

Er sah sich die Titelseite an, und seine Augen weiteten sich vor Überraschung. »Gilles de Clercq in der französischen Originalversion. Du bist ganz schön ehrgeizig«, bemerkte er, bevor er die mit einem Lesezeichen versehene Seite aufschlug.

Mit zusammengezogenen Augenbrauen überflog er sie.

Elisabeth zog die Knie an, als sie über seine Schulter blickte und den Text noch einmal mitlas. »Es ist die einzige Stelle, in der ein Fluch erwähnt wird, aber ich bin mir nicht sicher, ob es der gesuchte ist.«

»Schwer zu sagen«, meinte Brendan, ohne den Blick von der Seite zu erheben. »Sehr viele Schriften wurden von *Duinedon,* die Artus als Mythos abtun wollten, verändert und verdreht. Sie nahmen Teile der Wahrheit und verflochten sie zu einer Geschichte, die ihren Bedürfnissen entsprach. Auch ein Weg, die *Anderen* zu diskreditieren, uns ins Reich der Fabeln zu verbannen oder uns als Hexen und Hexer zu verbrennen.«

Seine Stimme hatte einen bitteren Klang, den sie noch nie zuvor bei ihm gehört hatte, und sein ganzer Körper versteifte sich.

»Also bedeutet diese Passage nichts?«

Er sah sie mit besorgter Miene an und tippte sich nachdenklich ans Kinn. »Das wollte ich damit nicht sagen. Ich habe zwar noch nie etwas von diesem Merowinger Kriegsherrn gehört, über den der Autor schreibt, doch die Ähnlichkeiten mit Artus sind auf jeden Fall ziemlich unheimlich, nicht wahr? Sogar bis zu dem unschönen Ende.« Seufzend legte er das Buch beiseite und streckte die langen Glieder. Als er sich mit einer Hand durchs Haar fuhr und seine Schultern rollen ließ, weckte das Spiel seiner Muskeln unter seiner goldenen Haut den Wunsch in Elisabeth, seinen warmen Rücken zu massieren.

»Doch es spielt keine Rolle, was ich finde oder nicht«, sagte er mit nur mühsam unterdrückter Wut. »Ich weiß jetzt schon, wie alles ausgehen wird. Schließlich habe ich es immer wieder gesehen. Nach einem Krieg mit den *Duinedon* wären die *Anderen* bestenfalls verwundet, gebrochen und ruiniert – oder schlimmstenfalls gejagt und abgeschlachtet.« Brendan nahm Elisabeths Hand und verschränkte seine Finger mit den ihren. »Wir sind nicht unsterblich. Wir bluten, und wir sterben. Und falls ich es nicht verhindern kann, werden wir zu Tausenden sterben.«

»Aber das weiß Máelodor doch sicher. Er mag sich zwar eine Vorherrschaft der *Anderen* wünschen, muss jedoch wissen, dass das nie gelingen kann.«

»Er glaubt, er hielte die Trumpfkarte in der Hand.« Brendan schwieg einen Moment. Sein Kinn war angespannt, sein Blick so hart wie Stahl. »Die *Unsichtbaren*.«

»Aber in dem Buch steht, dass die *Unsichtbaren* in unserer Welt nicht überleben können, ohne einen menschlichen Wirt zu …« Elisabeth drehte sich der Magen um, als ihr die Wahrheit dämmerte. »Oh nein! Das kann er doch nicht tun!«

Brendan nickte grimmig. »Und ob. Er ist überzeugt davon, dass sie seine Herrschaft akzeptieren werden, um ihrer Gefangenschaft zu entkommen, doch sie werden nicht lange untertänig bleiben. Sie mögen zwar aus *Ynys Avalenn* verbannt worden sein, aber sie sind noch immer Magier und nicht weniger mächtig, nur weil sie Gefangene sind.«

Furcht lief Elisabeth in eisigen Wellen über den Rücken, bevor sie sie mit einer Panik überflutete, die ihre Zähne zum Klappern brachte und ihr den Magen umdrehte, bis sie kurz davor war, sich zu übergeben. Ihre Hände ballten sich unter ihren Brüsten zu Fäusten, als könnte sie damit das wilde Pochen ihres Herzens abmildern.

Máelodors Niederlage durch die Armeen der *Duinedon* würde die Rasse der *Anderen* vernichten. Sein Sieg dagegen, falls er mithilfe der Unsichtbaren zustande kam, könnte die ganze Welt vernichten.

Außerstande, die in ihrer Kehle aufsteigende Übelkeit zu bremsen, schlang Elisabeth die Arme um ihren Oberkörper. »Wie kann er so etwas auch nur erwägen? Was für eine Art von Mensch denkt sich einen solchen Wahnsinn aus? Was für ein Ungeheuer würde etwas so abscheulich Böses und Widerwärtiges heraufbeschwören?«

Brendans helle Augen verdunkelten sich vor Kummer und einem Anflug von Sorge, die er mit einem tiefen Atemzug jedoch sogleich wieder verbarg. »Ein Mann, der blind ist für alles außer seinen eigenen Fähigkeiten und seinem Stolz. Doch trotz allem, Lissa, schwöre ich dir, dass er dennoch nur ein Mensch ist.«

»Du riskierst viel mit dieser Störung.« Máelodor setzte sich im Bett auf und lehnte sich an die Kissen. Mit einer Hand fuhr er über seinen Schädel und die seltsamen, schuppigen Flecken darauf.

Die Frau neben ihm schlief weiter. Ihr strähniges schwarzes Haar und eine blutunterlaufene Wange waren das Einzige von ihr, das nicht unter einem Berg von Decken verborgen war. Máelodors ganzer Körper schmerzte von den abendlichen Anstrengungen, aber sein Glied pochte schon wieder vor Verlangen nach mehr. Sowie er sich um Oss gekümmert hatte, würde er die Frau wecken. Sie hatte ihre Lektion gelernt. Diesmal würde sie sich ohne Kampf ergeben. Schade eigentlich, weil das bedeutete, dass er eine andere Möglichkeit würde finden müssen, um sein Vergnügen zu verlängern.

Oss kam zum Bett hinüber und überreichte Máelodor einen Brief. Wie immer registrierte der gleichgültige, milchige Blick des Albinos kaum die abgelegten Kleider, das zerwühlte Bett oder die schlafende Hure. Auch auf die allmähliche Verwandlung des Körpers seines Herrn durch die Magie der *Unsichtbaren*, die langsam von Máelodor Besitz ergriff, reagierte er nicht einmal mit einem Wimpernzucken.

Auch Oss hatte seine Lektion gelernt.

Máelodor riss den Brief auf und überflog den Inhalt. Freudige Erregung durchströmte seine deformierten Glieder und ließ seine gichtgekrümmten Hände zittern. Der Sieg war nahe. »Bereite meine Reisekutsche vor! Wir fahren nach Cornwall. Der Stein wurde gefunden.«

Kapitel Sechzehn

Die Schankstube stank nach Schweiß, Urin und schalem Whiskey. Brendan rümpfte die Nase und gab vor, das höllische Gebräu zu trinken, obwohl das schmierige Glas bisher nicht einmal seine Lippen berührt hatte.

Dem Anschein nach war er hierhergekommen, um Máelodors Jäger anzulocken, aber in Wirklichkeit hatte Brendan sich einfach nur von seiner nicht endenden Gedankenflut befreien wollen. Etwas, was innerhalb der Mauern des Hauses auf der Duke Street schlicht unmöglich war. Doch auch hier war es nicht viel leichter, da jeder Neuankömmling seinen Puls zum Rasen brachte und seine Hand sich unwillkürlich um den Griff des Dolches unter seiner Jacke schloss.

Seine Erfahrung sagte ihm, dass er das Schicksal herausforderte und es besser wäre, seine eigene Regel zu befolgen und sich so weit wie möglich von Elisabeth fernzuhalten. Rogan, Helena Roseingrave und er selbst hatten Spuren gelegt und Hinweise gesät. Nichts zu Offensichtliches, aber es war mit Sicherheit schon einiges an all den richtigen Stellen durchgesickert. Máelodor würde inzwischen wissen, dass Kilronans Erbe in Dublin wiederaufgetaucht war und somit eine leichte Beute für Máelodors Kopfgeldjäger war. Was bedeutete, dass die Zeit knapp wurde und nichts mehr sicher war. Weil bei jedem Schritt, den er unternahm, um seine Freiheit zu gewährleisten, die Umstände beschlossen, sie ihm wieder zu entreißen.

Brendan war in Rogans Begleitung hierhergekommen, doch schon kurz nach ihrer Ankunft hatte sich der Harfenist mit einer Frau mit sanften Rundungen und harten Augen in ein Hinterzimmer zurückgezogen.

»Ich wäre dir dankbar, wenn du das mit Lyddy für dich behalten würdest. Helena hat sehr gehobene Vorstellungen und mag meine Frauen nicht«, hatte Rogan mit einem verlegenen Lächeln gesagt.

Brendan hatte daraufhin nur sein Glas gehoben und ihm zugeprostet, bevor das Pärchen Arm in Arm und unter viel Gekicher hinter einem Vorhang verschwunden war, der zu einem Gang mit Zimmern führte.

Als er nun nach seiner Uhr griff, erinnerte er sich plötzlich wieder, dass sie sich in einem Pfandhaus in der Nähe des Arran Quay befand. Nun ja, dann würde er eben einfach glauben müssen, dass mindestens eine halbe Stunde vergangen war, seit Rogan mit der Frau verschwunden war. Wo zum Teufel blieb der Kerl?

Während er wartete, trat ein Mann ein und suchte sich einen Platz in einer stillen Ecke. Er war von mittlerer Größe und hatte struppiges schwarzes, von silbernen Strähnen durchzogenes Haar, und seine schäbigen Kleider sahen so aus, als hätte er sie einem Bettler weggenommen. Eine fadenscheinige alte Jacke, eine Hose, die gerade noch seine Knie bedeckte, und Schuhe mit rissigen Sohlen, die von Bindfäden zusammengehalten wurden.

Brendans Muskeln spannten sich plötzlich in Erwartung kommenden Ärgers an, und vorsichtshalber ließ er eine Hand zu seinem Dolch hinuntergleiten. Es gehörte zwar zu seinem Plan, Máelodors gedungene Mörder zu sich heranzulocken, doch es war nicht leicht, Jahre der Disziplin hintanzustellen. Und natürlich hatte er nicht vor, sich kampflos zu ergeben.

Die Tür öffnete sich wieder, und diesmal kam eine Gruppe lärmender Männer herein, deren Gesichter Anzeichen von einer mehr als flüchtigen Bekanntschaft mit der verheerenden Wirkung billigen Whiskeys aufwiesen. Rot geäderte Nasen, gelbe Augen und schlaffe Haut in hageren Gesichtern waren mehr als deutliche Hinweise auf übersteigerten Alkoholgenuss.

Einer der Neuankömmlinge zog den Vorhang beiseite und

schrie nach Lyddy. Seine Freunde feuerten ihn johlend an. Anscheinend war dies nicht die erste Schenke, die sie auf ihrer heutigen Sauftour aufsuchten.

Sofort war Rogan da. Sein langer, dünner Körper schien den Durchgang zu den Hinterzimmern auszufüllen, sein normalerweise ruhiges, freundliches Gesicht war von Emotionen befrachtet, die Brendan noch nie an ihm gesehen hatte. Er hatte seine Jacke noch nicht angezogen, und die bis zu den Ellbogen aufgerollten Hemdsärmel gaben den Blick auf den Rand einer Tätowierung frei.

»Sprecht noch einmal so, und ich reiße euch die Zunge aus dem Maul!«, drohte er.

Für einen Moment wirkte der Betrunkene eingeschüchtert, aber seine Dreistigkeit kehrte zurück, als seine Freunde zu ihm traten. »Ich bezahle gutes Geld und erwarte dafür gute Dienste«, gab er frech zurück.

Rogans verächtlicher Blick glitt zum Unterleib des Mannes und wieder zu seinem Gesicht zurück. »Warum haltet ihr euch nicht an Ziegen, du und deine Freunde?«

Wie ein Mann stürzten die Kerle vor, und Rogan verschwand unter dem Ansturm ihrer Körper.

Hol's der Teufel! Musste der Mann jetzt auch noch den Don Quichotte für eine verdammte Dirne spielen?

Brendan sprang auf und zückte dabei schon seinen Dolch. Er war jedoch noch keine zwei Meter weit gekommen, als er abrupt den Schritt verhielt.

Einer der Kerle war auf die Knie gefallen, ein anderer mit einer blutigen Nase davongekommen. Aber die letzten beiden fielen um, als wären sie von einem Hammerschlag getroffen worden.

Rogan lachte und legte den Arm um den Rüpel, der nach der Frau gerufen hatte. »So, mein Freund, von jetzt an wirst du meine Lyddy nicht wieder belästigen. Sie ist ein gutes Mädchen und tut so etwas nicht mehr.«

Magie flimmerte in der Luft und kribbelte auf Brendans Haut, bevor sie bis in seine Knochen eindrang und sich mit seinem Blut vermischte.

»Nein?«, fragte der Mann, noch immer wie benebelt vor Erstaunen. Sein Freund mit der blutigen Nase nickte in stillschweigender Billigung.

»Ihr werdet jetzt gehen und euch eine andere Kneipe suchen wollen«, meinte Rogan. »Versucht es in der auf der Braithwaite Street oder bei Martha bei den Abdeckern in der Marrowbone Lane.«

»Da war ich schon mal. Martha ist schön mollig«, sagte der Mann mit einem dümmlichen Nicken.

»Das ist sie«, pflichtete ihm Rogan bei. »Sie ist genau die Richtige. Also geh und nimm deine Freunde mit, und wir vergessen unseren kleinen Zusammenstoß!«

Rogan blickte die Männer einen nach dem anderen beschwörend an, und die Überzeugungskraft des *leveryas*-Zaubers dämpfte die Unruhe in der Schankstube, durchpulste Brendans Muskeln wie eine Droge und linderte die schmerzhafte Anspannung in seinem Rücken. Er steckte den Dolch wieder ein und ließ den Arm sinken, als die Männer, kleinlaut und gefügig unter dem Einfluss von Rogans subtilem, aber unnachgiebigem psychischen Druck gehorsam das Lokal verließen.

»Komm, Douglas!« Rogan deutete zur Tür. »Wir werden ihnen folgen, um sicher sein zu können, dass sie zur Marrowbone Lane gehen.«

Was auch immer. Hauptsache, nichts wie raus hier!, dachte Brendan.

Er legte ein Geldstück auf die Tischplatte und warf einen raschen Blick auf den Tisch in der Ecke, doch der seltsame Mann mit dem schwarzen, von Silbersträhnen durchzogenen Haar war nicht mehr da. Keine Spur von ihm war im Lokal zu sehen. Er schien während der Rauferei unbemerkt hinausgeschlüpft zu sein.

Brendan eilte Rogan nach, und zusammen folgten sie den vier Männern, als diese die Bridgefoot Street hinuntergingen und sich vom Fluss entfernten.

»Du hast Glück gehabt, dass sie dich nicht grün und blau geschlagen haben. Die *leveryas*-Magie ist riskant und schwer zu kontrollieren.«

Rogan lachte. »Wären sie nüchtern gewesen, würde ich sagen, du hattest Grund, nervös zu sein. Doch der Whiskeygestank, der von ihnen ausging, hätte gereicht, um einen Bullen umzuhauen. Es bestand also keine Gefahr, dass sie sich von dem Bann befreiten.«

»Du musst die Frau sehr mögen, wenn du ihretwegen eine Prügelei mit einem solchen Mob riskierst.«

»Lyddy ist ein nettes Mädchen, Douglas. Sie arbeitet nicht gern dort, aber sie hatte keine andere Wahl. Sie ist als kleines Ding von zu Hause weggelaufen. Nachdem sie das erste Mal Magie verwendet hatte.«

Brendan sog scharf den Atem ein. »Sie ist eine *Andere?*«

»Ja. Sie ist zwar keine Meistermagierin, doch sie hat zweifelsohne Magierblut in sich. Ihre Familie versuchte, ihr den Teufel auszutreiben.« Seine Stimme wurde härter. »Ein paar miese *Duinedon*-Scheißkerle brachten sie dabei fast um.«

»Sie verstehen es einfach nicht.«

»Und das gibt ihnen das Recht, sich daranzumachen, junge Mädchen zu ermorden? Ganze Familien in ihren Häusern auszuräuchern? Leute aus ihrem Zuhause zu vertreiben, nur weil sie *Andere* sind?« Rogan spuckte in die Gosse. »Vielleicht wäre es gar nicht mal so schlecht, Artus zurückzuhaben und diesen ignoranten Mistkerlen zu zeigen, dass wir keine Ausgeburten des Teufels sind.«

Brendan packte ihn am Arm und zog ihn grob zu sich herum. »Das ist gefährliches Gerede, Rogan, das dich in Schwierigkeiten bringen könnte.«

Der Harfenist riss sich los. »Und was bringt's mir, nichts zu tun?« Er blickte an Brendan vorbei zu Lyddy hinüber, die in der Tür der Schenke stand und mit einer Hand ihre Augen beschattete. »Oder irgendeinem anderen von uns?« Er fuhr sich mit den Fingern durch das grau melierte Haar und ließ resigniert die Schultern hängen. »Tut mir leid, dass ich dir die Ohren vollquatsche, und ich weiß auch, dass du recht hast, Douglas. Es ist nur so«, sagte er seufzend, »dass ich mich manchmal frage, ob die Welt noch schlimmer für uns werden kann, als sie es jetzt schon ist.«

Brendan stieß ein schroffes Lachen aus. »Das ist die beste Frage, um Armageddon auf uns herabzubringen, die ich je gehört habe.«

»Aber du beantwortest sie nicht.«

»Du willst eine Antwort? Na schön, Rogan.« Brendan knetete die pochenden Muskeln in seiner Hand. »Dann hör auf jemandem, der weiß, wovon er spricht: Sollten Máelodors Pläne gelingen, wird die Hölle unsere Zuflucht sein.«

»Noch etwas Taubenpastete? Oder kalten Hammelbraten?«, fragte Madame Arana.

Elisabeth ließ die Platten an sich vorbeiziehen. Nicht, weil sie keine weitere Portion mehr hätte essen können, doch ihr Korsett zwickte schon, und das geborgte Kleid, das sie trug, spannte um ihren Bauch. Noch ein Stück Brot, und sie würde sich in ein Laken hüllen müssen, weil ihr nichts mehr passte.

»*Grandmère!*«, fauchte Helena.

Madame Aranas Kopf fuhr hoch, und ihre Lippen verzogen sich zu einem schuldbewussten Lächeln.

»Ich habe diesem wandelnden Flohhotel erlaubt, im Haus zu sein. Das Mindeste, was du tun kannst, ist, das Tier nicht am Tisch zu füttern.«

»Der Kleine ist hungrig, *ma minette*«, erwiderte die alte Dame, ungerührt von Helenas Tadel.

Killer, der anscheinend merkte, dass von ihm die Rede war, dackelte mit schwermütigem Blick und wackelndem Stummelschwanz zu Helena, bevor er sich auf dem Teppich niederließ und sich in einer unterwürfigen »Hab-mich-lieb«-Pose auf den Rücken rollte.

»Versuch deine hündischen Tricks bei mir erst gar nicht! Wenn du nicht aufpasst, werde ich dein verflohtes Fell als Teppichvorleger benutzen«, warnte Helena Roseingrave ihn.

Der Hund wusste, wann er seinen Meister gefunden hatte, und verkroch sich unter dem Tisch, um sich wie ein warmer, pelziger Ball auf Elisabeths Füßen zusammenzurollen. Er war seit gestern Abend verschwunden gewesen, und keiner hatte sagen können, wann oder wie er aus dem Haus gelangt war. Und jetzt war er hier, als wäre er nie fort gewesen. Ob er eine Freundin hatte? Vielleicht jagte er ja auch Ratten in den Stallungen oder besichtigte die Stadt? Schwer zu sagen bei Killer. Manchmal erschien er Elisabeth fast menschlich.

Während das Dinner seinen Fortgang nahm, versank sie in nachdenklichem Schweigen. Am Morgen war sie in einem leeren Bett erwacht, von Brendan keine Spur. Fast hätte sie an ihren eigenen Erinnerungen gezweifelt, wenn sie nicht seinen moschusartigen Duft an dem Bettzeug und an ihrer Haut gerochen hätte. Oder die Spuren ihrer Hochzeitsnacht an ihren Brüsten und ihrem Bauch gesehen hätte. Sogar ganz oben an ihrem Schenkel hatte sie einen dieser kleinen blauen Flecke. Sie verbarg ihr Erröten hinter ihrem Weinglas und nippte an dem ausgezeichneten Bordeaux.

»Du siehst aus wie eine verliebte Frau, *ma puce*. Die Ehe mit dem jungen Douglas tut dir gut.«

Madame Aranas wissendes Lächeln ließ Elisabeth noch heftiger erröten. Ihre Wangen wurden heiß, als stünden sie in Flammen.

»Du hast viele Jahre auf ihn gewartet, glaube ich.«

»Seit ich zehn war und ihm einmal eine Kröte ins Hemd steckte«, gab Elisabeth zu und sah aus dem Augenwinkel, wie Helena kopfschüttelnd und angewidert den Mund verzog.

Seit der Hochzeit war Miss Roseingrave die ganze Zeit schon so: in ihre eigenen Gedanken versunken und noch mürrischer als sonst.

Madame Arana schien die schlechte Laune ihrer Enkelin jedoch nicht zu bemerken. Entweder das, oder sie war inzwischen daran gewöhnt. Jedenfalls strahlte sie, während sie Butter auf ihr Brot strich. »Ah, die erste Liebe eines jungen Mädchens! Und jetzt hast du ihn und brauchst nicht mehr vor dem Altar zu stehen und zu warten. Es ist geschehen. Einfach so.«

Elisabeth hatte ihn, oh ja! Und sah sich einer äußerst schwierigen Situation gegenüber.

Aber war die Heirat möglicherweise weniger ein Versuch gewesen, ihr Gesicht zu wahren, als vielmehr eine letzte, verzweifelte Bemühung, ihn zu halten? Ein drastisches Mittel, um die Einhaltung eines Versprechens zu erzwingen, das ihr von einem unreifen Zwanzigjährigen aus purem Pflichtgefühl gegeben worden war? Wenn ja, war sie eine dumme Gans.

Oh, natürlich hatte er ihr alles gegeben, was sie wollte. Brendan hatte ein geradezu sündhaftes Begehren in ihr geweckt und es dann mit wonnevoller Gründlichkeit befriedigt. Er hatte sie sogar einen Blick auf mehr als seinen gewohnten eisigen Zynismus werfen lassen. Aber was hieß das schon, wenn ihn nach wie vor nichts anderes als die Pflicht antrieb? Wenn er die geleisteten Gelübde erfüllte, ohne jedoch innerlich dabei zu sein? Würde sie damit leben können?

Oder war es verrückt von ihr, sich in tiefere Gewässer vorzuwagen, wenn ihr Verstand ihr riet, sich mit den seichten zufriedenzugeben?

Spielte das überhaupt eine Rolle, wenn ohnehin alles auf Messers Schneide stand?

»Du brauchst dir keine Sorgen zu machen, *ma petite*. Helena weiß, was sie tut. Sie hätte es nicht von dem jungen Douglas verlangt, wenn sie nicht der festen Überzeugung wäre, dass ihre Abmachung sich auszahlen würde.«

»*Grandmère!*«, fuhr Helena Madame Arana wieder an.

Wegen des nervösen Flatterns in ihrem Magen war Elisabeth jetzt froh, keine zweite Portion genommen zu haben. »Wenn sie nicht glaubte, dass sich *was für eine* Abmachung auszahlen würde? Was hast du von Brendan verlangt, Helena?«

Miss Roseingrave stellte ihr Weinglas auf den Tisch und verschränkte die Arme vor der Brust. Ihr Blick war fest und undurchschaubar, als sie antwortete. »Douglas ist Máelodors einzige Hoffnung, den Sh'vad Tual zu finden. Wir nutzen das zu unserem Vorteil und locken den Meistermagier aus dem Dunkel, in dem er sich so viele Jahre verborgen hat. Sowie er in Erscheinung tritt, kann die Bruderschaft seine Existenz nicht länger leugnen, und wir können in voller Stärke gegen ihn vorgehen.«

»Du *benutzt* Brendan? Er hat die letzten sieben Jahre damit verbracht, vor diesem Máelodor zu fliehen, und jetzt wollt ihr, dass er sich euch als menschlicher Köder für diesen Teufel zur Verfügung stellt?«

Helena schürzte die Lippen und beugte sich mit einer brüsken, schon fast drohenden Bewegung vor. »Und warum sollte er es nicht tun? Es hat alles mit ihm begonnen, und daher ist es nur gerechtfertigt, dass er die Sache auch beendet.«

Ein ungutes Gefühl beschlich Elisabeth und gesellte sich zu dem nervösen Flattern in ihrem Magen. »Was hat mit ihm begonnen?«

»Hat Douglas dir nichts von seiner Vergangenheit erzählt?« Helena klang verwundert.

Elisabeth, die sich in die Defensive gedrängt fühlte, erwiderte ihren scharfen Blick mit einem noch schärferen. »Er hat mir genug erzählt.« Ihr gefiel die Richtung nicht, die das Gespräch einschlug. »Ich weiß, dass Brendan ein machtvolles Mitglied seiner Rasse ist. Und dass er, sehr zum Bedauern seines älteren Bruders Aidan, eine Quelle großen Stolzes für den alten Earl gewesen ist.«

»Aber was du offensichtlich nicht weißt, ist, welches Unheil er mit seiner großartigen Gabe angerichtet hat«, versetzte Helena mit unüberhörbarer Verachtung in der Stimme, als sie verärgert ihren Stuhl zurückschob, um sich zu erheben. Dann stützte sie sich mit den Händen auf den Tisch und beugte sich mit einem gefährlichen Blitzen in den Augen vor. »Hat Douglas dir gesagt, dass er ein Mitglied der Neun war wie sein Vater? Und Máelodor? Deswegen ist er geflohen. Deswegen hat er sich versteckt. Und deswegen ging er auch auf unseren ›Handel‹ ein. Weil er wusste, dass ich andernfalls nicht zögern würde, meine Pflicht zu erfüllen und ihn wie den kaltblütigen, skrupellosen Mörder, der er ist, zu töten.«

Das Wort traf Elisabeth wie ein Faustschlag in den Magen.

Brendan ein Mörder? War das wahr?

Ich kann nicht nach Hause zurück. Nie wieder.

Jetzt wusste sie, warum.

»Ich will die Wahrheit hören, Brendan. Die ganze Wahrheit – nicht nur die Brocken, die du mir hingeworfen hast, sondern den ganzen stinkenden Haufen.«

»Auch dir einen schönen guten Abend!« Sein Haar noch feucht vom Bad, blickte Brendan vom Anziehen seiner Stiefel auf. Seine Schalkrawatte hing lose vor dem offenen Kragen seines Hemdes, und sein Jackett lag auf dem Bett bei seiner Weste. Ein Stückchen Papier klebte an seinem Kinn, wo er sich beim Rasieren geschnitten hatte.

So lächerlich es klang, es war keineswegs sein Blick, der golden und wachsam wie der eines Luchses war, was Elisabeth so heiß erröten ließ. Und auch nicht das beeindruckende Spiel seiner Muskeln war es, was ihren Magen kribbeln ließ. Nicht einmal das gefährlich langsame Lächeln, das die kleinen Sonnenfältchen in seinen Augenwinkeln kräuselte, war der Grund dafür, dass ihr Herz zu rasen begann.

Nein, es war dieses verflixte Stück Papier an seinem Kinn. Weil es der Beweis seiner Verwundbarkeit war. *Seiner Menschlichkeit*.

Und natürlich war es nur ihre dumme, selbstzerstörerische Verliebtheit, die ihr weiche Knie bescherte.

»Beantworte meine Frage!«, fuhr sie ihn trotzdem an. »Ausnahmsweise mal.«

Er ließ den Stiefel krachend auf den Boden fallen, und die Fältchen um seine Mundwinkel vertieften sich, während sein Blick etwas Zurückhaltendes bekam.

»Ich dachte, es handelte sich nur darum, deinen verdammten Stein sicher zu verwahren, aber es geht um sehr viel mehr als das, nicht wahr?«, fragte Elisabeth empört. »Und diesmal will ich weder Ausflüchte noch flotte Sprüche von dir hören. Nur simple, klare Antworten.«

Brendan beugte sich vor, um den anderen Stiefel anzuziehen. Dann straffte er sich langsam und hielt die Hände mit den Innenflächen nach oben, wie um anzudeuten, dass er nichts zu verbergen hatte.

»Helena sagt, du würdest dich als Köder zur Verfügung stellen, um Máelodor aus seinem Versteck zu locken«, beharrte Elisabeth.

Brendan versteifte sich, und Kälte legte sich wie ein Messer zwischen sie, als er sich wortlos wieder daranmachte, sich anzukleiden.

Doch Elisabeth hatte sich zu weit vorgewagt, um jetzt aufzugeben. Eine bessere Chance würde sie nie bekommen. Brendan würde sich nicht noch einmal in die Enge treiben lassen. »Du hast mir erzählt, dein Vater und Máelodor hätten zu den berüchtigten Neun gehört, und die *Amhas-draoi* hätten die Mitglieder der Gruppe hingerichtet. Aber du hast nie erwähnt, warum. Was hatten sie getan, Brendan?« Sie schluckte. »Was hast *du* getan?«

Das Stück Papier an seinem Kinn hatte sich gelöst, und was auch immer sie für Verletzlichkeit gehalten hatte, war in den grimmigen Zügen eines Gesichts verschwunden, das wieder wie in Stein gemeißelt war. Die Ränder seiner Lippen waren weiß, seine Brauen zusammengezogen, und seine Augen glimmten.

Ein Mann wie ein Fremder, der sie ängstigte mit dieser konzentrierten Heftigkeit, die er ausstrahlte wie Sand die Sonnenhitze, und der trotz allem die gleichen Gefühle und Sehnsüchte in ihr weckte wie der Brendan, den sie kannte.

»Lissa ...« Seine Stimme war heiser, als nähme er sich mit letzter Kraft zusammen.

»Nenn mich nicht so!« Sie holte zitternd Luft. »Sag mir, dass Helena gelogen hat, und ich werde dir glauben, doch ich will die Wahrheit von dir hören.«

Als hätte sie einen Nerv berührt, loderte das Glimmen in seinen Augen auf wie Öl auf Feuer.

»Mist, verdammter!« Mit einem angewiderten Stöhnen wandte er sich ab. »Ist die Wahrheit denn nicht mehr als offensichtlich? Sie hat dir wochenlang buchstäblich ins Gesicht gestarrt. Vater verbrachte sein Leben mit der Suche nach Relikten aus der Vergangenheit, aber für ihn waren sie nur Artefakte, Museumstücke. Ich war es, der den verdammten Plan ausheckte, den Sh'vad Tual zu benutzen, um die Schutzzauber um Artus' Grab zu brechen. Ich enträtselte den Zauber, der den König als *Domnuathi* wiederauferstehen lassen würde. Und als die Gewalt eskalierte und das Sterben begann, war es mir egal. Solange ich nur die verbotene Magie der *Unsichtbaren* erforschen konnte, soviel ich wollte, kümmerte es mich nicht, wer dabei zu Schaden kam. Ich verschloss einfach die Augen vor allem anderen. Verstehst du jetzt, Elisabeth?«

Sie schüttelte den Kopf, als sie den Abscheu in seiner Stimme hörte. Elisabeth glaubte ihm kein Wort. Es war nicht Brendan, der da sprach. Egal, wie viele Sünden er begangen hatte, dies war nicht der Mann, der sie damals als junges Mädchen durch den Regen heimgetragen hatte. Der ihr erlaubt hatte, ihm wie ein Hündchen hinterherzulaufen, seit sie alt genug gewesen war, um ihren Kindermädchen zu entwischen. Der zugestimmt hatte, sie zu heiraten, um ihren guten Ruf wiederherzustellen, obwohl es einfacher gewesen wäre, sich davonzumachen. Und dessen Küsse ihr das Hirn vernebelten und dessen Zärtlichkeiten sie vor Wonne schier zerfließen ließen.

»Du hättest besser daran getan, an deinem Nichtwissen festzuhalten«, sagte Brendan. »Wissen ist gefährlich. Es kann dir um die Ohren fliegen.«

Elisabeth konnte keines dieser Teile zu einem Puzzle zusammensetzen, das irgendeinen Sinn ergab. »Wenn dein Ziel das gleiche ist wie Máelodors, warum hast du ihm dann nicht vor Jahren schon den Stein gegeben und die Angelegenheit beendet?«

Darauf antwortete er nicht.

Sie verstand sein Schweigen als kurze Hoffnung in dem Labyrinth ihrer Verwirrung. »Könnte es sein, dass du gar nicht der Unhold bist, für den du gehalten wirst? Es ist sieben Jahre her. Menschen verändern sich in so langer Zeit.«

»Menschen können sich verändern, ja. Sie mögen von ganzem Herzen hoffen, sie könnten wiedergutmachen, was sie angerichtet haben, doch die Verbrechen bleiben. Dieser Makel lässt sich nicht entfernen.«

»Du sprachst einmal von der Rolle, die du bei der Ermordung deines Vaters spieltest. Was genau hast du getan, Brendan? Was ist mit ihm geschehen?«

Wieder antwortete er nicht.

»Deshalb bist du also nach Dun Eyre zurückgekommen. Deshalb hast du Helenas verrückten Plänen zugestimmt: um etwas wiedergutzumachen.« Kalte Angst stieg von ihrem Magen auf und schnürte ihr die Brust zu. »Tu es nicht, Brendan! Es ist zu gefährlich. Du hast selbst gesagt, dass Máelodor dich ...«

»Lebend will.« Kummer ließ Brendans Gesichtsausdruck etwas weicher werden. »Und er wird mich leben lassen, solange ich weiß, wo der Stein ist. Und solange ich nicht aufhöre zu schreien ...« Er zuckte mit den Schultern. »Solange er sich an meinen Qualen ergötzen kann.«

Elisabeth griff nach ihm, als könnte sie ihn zurückhalten. Ihn hier bei sich in diesem Raum behalten, wo es warm und sicher war und *Andere* und *Duinedon* nicht von Bedeutung waren. Wo das Böse sie nicht erreichen konnte. »Sag Helena, dass du dich nicht als Lockvogel zur Verfügung stellen wirst! Sag ihr, sie solle sich etwas anderes einfallen lassen!«

»Es gibt keinen anderen Weg.«

»Du kannst das nicht tun – und schon gar nicht allein.«

Er schüttelte sie ab. »Ich bin gern allein.«

»Warum hast du mich dann geheiratet?«

Die Hand schon auf dem Türknauf, drehte er sich noch einmal um. In seinem Gesicht stand pure Verachtung. »Ja, warum eigentlich, Lissa?«

Brendan ging zum Salon hinunter. Aus dem Speisezimmer auf der anderen Seite des Ganges drangen Stimmengewirr und das Klirren von Besteck, doch der Salon war erfreulicherweise leer. Er konnte jetzt wirklich keine Zeugen brauchen für seinen Tanz so nahe an der Messerklinge.

Er warf einen Blick auf das Klavier in der Ecke und kehrte ihm dann ganz bewusst den Rücken zu. Musik würde in dieser Nacht nicht ausreichen, um die Teufel aus seinem Kopf zu vertreiben.

Seine Schläfen pochten, als er die Karaffe anhob. Mit zitternden Händen schenkte er sich Whiskey ein, der prompt überschwappte und über seine Finger rann. Er leckte ihn ab und spürte die Schärfe des Alkohols auf der Zunge. Dann ließ er sich in einen Sessel fallen, umklammerte das Glas und schwenkte die goldene Flüssigkeit darin herum. Immer wieder und immer wieder, außerstande, sie zu trinken, obwohl er unkontrolliert am ganzen Körper zitterte und sein Magen vollkommen verkrampft war.

Sein Körper verlangte nach einer anderen Versuchung. Nach einer großen, üppigen Gestalt, die ein Kleid so vollendet ausfüllte, dass es einen in den Wahnsinn treiben konnte. Nach dieser wundervollen Mähne roten Haares, das wie dafür geschaffen war, mit den Fingern hindurchzufahren. Und nach den samtigen dunklen Augen, die auf Geheimnisse hindeuteten, die er den verlockend vollen, sinnlichen Lippen entlocken wollte.

Brendan schüttelte den Kopf und verwünschte seine Torheit. Er hatte die Gelübde abgelegt und die Heiratsurkunde unterschrieben, aber seine Ehe mit Elisabeth war die gleiche Heuchelei, wie ihre Verlobung es gewesen war. Und jetzt, da sie von seiner kriminellen Vergangenheit wusste, waren die Chancen für sie beide geringer als die eines Schneesturmes in der Sahara. Und das war gut so, weil er Elisabeth ohnehin nur Kummer bereiten würde. Er überbot sich praktisch selbst darin, gerade jenen wehzutun, die ihm am nächsten standen.

Doch hatte er ihr seine Schuld gestanden, um sie abzuschrecken, oder war es ein verzweifelter Versuch gewesen, die Kraft ihres Vertrauens zu erproben?

Eine Frage, die er sich nicht beantworten konnte und die ihm nur zeigte, wie erbärmlich er seit seiner Rückkehr nach Irland geworden war. Das Einzige, was er mit Sicherheit wusste, war, dass er sich bei Lissa Fitzgerald nicht darauf verlassen konnte, dass sie tat, was jede normale, vernünftige Frau tun würde – nämlich wegzulaufen, so schnell sie konnte. Nein, *sie* analysierte, prüfte und krempelte ihn wieder zu dem Helden ihrer schwärmerischen Fantasievorstellungen um.

Brendan erhob sich, um den Whiskey auf das glimmende Kaminfeuer zu schütten, und bläuliche Flammen schlugen hoch, die jedoch sofort wieder erstarben.

Für einen Moment hatten sie die Schatten vertrieben, doch jetzt krochen sie wieder näher und waren dichter noch denn je.

Kapitel Siebzehn

»Killer! Wo steckst du böser Hund?«

Elisabeth warf einen schnellen Blick in alle Räume auf der Suche nach dem Terrier, denn wenn sie ihn nicht vor Helena fand, würde er als Hackfleisch enden. »Ich weiß, dass du dich irgendwo versteckst. Ich habe das angenagte Tischbein im Wohnzimmer gesehen. Wie konntest du nur?«

Noch immer keine Spur von ihm, und sie hatte jedes Zimmer durchsucht, vom Erdgeschoss nach oben. Jetzt blieben nur noch die Dachkammern. Die Temperatur sank, als sie die Treppe hinaufstieg, und eine leichte Brise, die einen bittersüßen Geruch nach Zedernholz oder Patschuli mitbrachte, bewegte den Schal um ihre Schultern. »Killer?«

Sie hatte ein karges, muffiges Dienstbotenquartier erwartet, doch stattdessen stand sie in einem lang gestreckten Raum mit schräger Decke. Durch die nach Süden hinausgehenden Fenster am Ende des Raumes fiel die helle Nachmittagssonne in breiten Strahlen auf einen Boden, der mit Teppichen und Läufern übersät war wie ein orientalischer Harem. Das andere Ende des Zimmers war vollgestellt mit Möbelstücken. Sofas, Sessel, lange Ess- und zierliche Seitentische – sogar ein Bett – standen dicht gedrängt in einer Ecke unter den Deckenbalken, als wäre die gesamte Hauseinrichtung eines Menschen auf diesen wenigen Quadratmetern zusammengepfercht worden.

Der Rest des Raumes ähnelte einer Apotheke. Reihe um Reihe winziger, in alphabetischer Ordnung sauber beschriftete Schubladen säumten eine ganze Wand. Auf einem Schreibtisch davor lag ein unordentlicher Stapel Bücher, und einige weitere steckten ebenso planlos in einem hohen Regal. Andere Regalfächer enthielten Gefäße mit getrockneten Kräutern, Duftölen, Gewürzen und Duftstoffen. Elisabeth hob einen der Behälter auf, schon halb in der Erwartung, ein Molchauge oder die Zunge eines Hundes zu sehen. Vielleicht sogar eine gute Dosis Drachengift.

Es war Walöl. Übel riechend, aber doch wohl kaum das Material für Hexerei.

Seufzend stellte sie es ins Regal zurück.

Sie würde Stunden brauchen, um den Dachboden nach einem unartigen Vierbeiner abzusuchen.

»Killer«, zischte sie verärgert. »Komm sofort hierher!«

Sie sah unter Tischen und hinter Kisten nach, öffnete sogar die Türen eines Kleiderschranks, in dem sie jedoch außer einem verlassenes Mäusenest und ein paar hungrigen Motten nichts anderes entdeckte. Als sie sich nach einem prüfenden Blick unter das Bett aufrichtete, spürte sie ein Kribbeln im Nacken, ein komisches Gefühl in ihrem Rücken, als würde sie beobachtet.

Blitzschnell drehte sie sich um und erstarrte. Niemand war da, das Zimmer war leer wie zuvor, aber die unangenehme Empfindung blieb. Eine seltsame, sie beobachtende Präsenz bewirkte, dass sich die Härchen an ihren Armen und ihrem Nacken sträubten. Elisabeth machte sich gerade wieder auf den Weg zur Treppe, als sie aus dem Augenwinkel eine Bewegung wahrnahm, ein Aufblitzen von etwas Goldenem und Grauem. Als sie stehen blieb, regte sich nichts mehr, doch kaum machte sie den nächsten Schritt, war auch die Bewegung wieder da.

Dort hinter dieser Aufsatzkommode … Elisabeth stieß ein Lachen aus, das seltsam schrill klang in dem stillen Raum. Natürlich! Dahinten stand ein Spiegel.

Ein Stück Stoff war über den größten Teil des fleckigen Standspiegels drapiert, der etwas entfernt vom Rest der Möbel stand. Es musste ein alter Spiegel sein, da das Hintergrundsilber sich bereits an vielen Stellen löste. Aber hübsch geschnitzte Blumen, Blätter und Waldtiere schmückten den liebevoll polierten, dunklen Kirschholzrahmen.

Elisabeth konnte gar nicht anders, als mit dem Finger über jede Einzelheit der Schnitzereien zu fahren und das perfekt wiedergegebene, misstrauische Gesicht eines Dachses, die lange, schnuppernde Nase eines Fuchses und einen Turmfalken, der die Flügel ausgebreitet hatte, als wartete er nur auf den nächsten Aufwind, zu bewundern. Genauso behutsam berührte sie die runden Blüten und breiten Blätter eines Königskelches, ein anmutiges Buschwindröschen und die verschlungenen Wedel eines Farns.

Doch kaum streifte ihre Hand das Glas, trübte sich die Oberfläche des Spiegels, und das Licht darin erlosch, sodass er, bis auf einen schmalen Silberstreifen, so schwarz wie Obsidian wurde.

Sie hätte nicht hinsehen sollen, denn hier handelte es sich um *Andere*-Magie, die nur Ärger brachte. Ärger im wahrsten Sinne des Wortes. War es ihr nicht immer wieder bewiesen worden? Doch noch während ihr der Gedanke kam, zog sie den Stoff beiseite und ließ ihn auf den Boden fallen. Aufgewühlte schwarze Gewitterwolken türmten sich auf dem Spiegel auf, und die sich aus ihnen entladenden Blitze brachten ihre Haut zum Prickeln.

»Elisabeth?«

Die Stimme erschreckte sie so sehr, dass das Herz ihr in die Kehle sprang.

Madame Arana stand auf der anderen Seite des langen Raumes und wischte sich an einem Tuch die Hände ab. Eine offen stehende Tür hinter ihr schien in eine Art Lagerraum oder Büro zu führen. Die alte Dame trug eine schneeweiße Schürze und eine Morgenhaube über ihrem dünnen weißen Haar. »Ich war mir sicher, hier oben jemanden herumlaufen zu hören.«

Elisabeth versuchte, sich ihre Verlegenheit nicht anmerken zu lassen. »Entschuldigen Sie bitte, aber Killer …«

Der Hund kam hinter Madame Aranas Röcken hervor und legte

sich vor ihre Füße. Die rosa Zunge, die aus einer Seite seines Mundes hing, ließ ihn aussehen, als grinste er.

»Er hat mir bei der Arbeit Gesellschaft geleistet«, sagte die alte Dame und warf einen kritischen Blick auf all das Durcheinander. »Du musst meine Unordnung entschuldigen, Elisabeth. Als ich meinen Haushalt auflöste, konnte ich mich einfach nicht von meinen Sachen trennen. Es stecken so viele Erinnerungen darin, weißt du. Einige Stücke habe ich den ganzen Weg von meiner Heimat in der Provence mitgebracht, als ich vor den Schwierigkeiten in Frankreich floh. Helena lässt sie mich hier aufbewahren, falls ich Heimweh nach den alten Zeiten bekommen sollte.« Ihr Lächeln schwand, ihre Lippen wurden schmal und ihre Augen scharf wie Skalpelle. »Doch die Geschichten einer alten Frau willst du gewiss nicht hören. Du machst dir Sorgen um den jungen Douglas, nicht?« Sie legte das Handtuch weg. »Ist er schon zurückgekehrt?«

Madame Aranas übernatürliche Weisheit war beängstigend und beruhigend zugleich. Es war geradezu eine Erleichterung für Elisabeth, jemandem, der die Gedanken förmlich aus ihrem Kopf herauszuziehen schien, nichts erklären zu müssen.

»Nein, Helena hat ihn den ganzen Tag noch nicht gesehen. Ich … er hat mir endlich gesagt, was damals geschehen ist. Alles.«

»Hat er das?« Madame Arana rieb sich nachdenklich das Kinn. »Seine Maske bröckelt schneller, als ich dachte.«

Auch das hatte die alte Dame sehr gut durchschaut. Brendan verbarg sich hinter einer charmanten, verführerischen Maske, um alle auf Distanz zu halten. Zog man sie ihm ab, würde man noch zwanzig weitere darunter finden. Der Mann war buchstäblich gepanzert.

Wieder nickte Madame Arana weise, als hätte sie erraten, was Elisabeth dachte. »Er hat viel in sich verschlossen, weil er außerstande und auch nicht bereit ist, sich mit dem auseinanderzusetzen, was er getan hat, während er unter dem Einfluss seines Vaters stand. Eine solche Verleugnung kann jedoch eitern wie eine unbehandelte Wunde und großes Leid verursachen. Die Geister lassen sich nicht gern ignorieren. Sie werden einen Weg finden, sich Gehör zu verschaffen.«

Sie kam zu Elisabeth, und ihre Hände waren zärtlich wie die einer Liebenden, als sie den Rand des Spiegels streichelten. »Du hast mein Wahrsageglas gefunden. Der Spiegel zeigt mir Dinge, wenn ich ihn frage. Nicht immer, aber wenn er in der Stimmung dazu ist, dann schon.«

»Sie meinen, er … lebt?« Für einen Moment hatte Elisabeth die Gegenwart des unheimlichen Spiegels vergessen, doch jetzt knirschte er leise hinter ihr, als beantwortete er die Frage selbst.

»Nicht so wie du und ich«, erwiderte Helenas Großmutter. »Aber wie alle aus Magie geborenen Dinge hat er einen Willen. Und er ist wach und aufmerksam. Durch ihn erfuhr ich, dass Douglas nach Irland zurückgekehrt war. Und er hat mir auch gezeigt, dass es keine Rückkehr von König Artus ohne großes Leiden geben kann.« Ihr Blick glitt zwischen Elisabeth und dem Spiegel hin und her. »Du hast etwas gesehen, nicht?«

»Nein, ich … nun ja, ich spürte, dass jemand mich beobachtete. Oder glaubte, es zu spüren. Doch das ist natürlich absurd.«

Madame Aranas Augen verengten sich. »Der Spiegel hätte nicht zu dir gesprochen, wenn es nicht dringend nötig wäre. Du musst die Einladung annehmen, um seine Geheimnisse zu erfahren.«

»Ich will keine Geheimnisse mehr erfahren. Ich kenne sie schon alle.«

»Aber du glaubst sie nicht. Nicht ganz. Du denkst, Helena lügt oder Brendan übertreibt. Dass irgendwo ein Fehler sein muss.«

»Brendan wäre zu solch schrecklichen Taten nicht fähig. Er ist sarkastisch, eigenwillig und arrogant, und er kann einen manchmal rasend machen, doch er ist kein Mörder.«

»Vielleicht siehst du ja nur die Seiten von ihm, die du sehen willst. Den Mann, der dein Herz höher schlagen lässt und dein Blut in Wallung bringt. Um jedoch zu wissen, wie er wirklich ist, musst du das Beste, was er sein kann, aber auch das Schlimmste, wozu er fähig ist, kennen. Der Spiegel wird dir beides zeigen, wenn du stark genug bist, der Wahrheit ins Gesicht zu sehen.«

Die Herausforderung in Madame Aranas Blick brachte Elisabeths Hände wieder auf das Spiegelglas. Doch statt der Hitze, die sie erwartet hatte, schoss eine Eiseskälte ihren Arm hinauf und bohrte sich wie tausend Nadeln in ihr Innerstes. Mit einem erschrockenen Ausruf versuchte sie, sich loszureißen, aber der Spiegel hielt sie fest. Die Verbindung zwischen ihnen war nicht zu brechen. Eine Szene erschien, als tauchte sie aus den Tiefen eines sturmgepeitschten Ozeans auf, und ein lautes Summen wie von einem ganzen Bienenvolk begann ihr in den Ohren zu dröhnen.

Während sie zusah, ließ der trübe Spiegel neun Gestalten zutage treten, die zu neun Männern wurden. Ein zehnter lag reglos innerhalb des Kreises. Das Summen in Elisabeths Ohren wurde zu Worten, die wiederum zu einem sich unaufhörlich wiederholenden Gesang wurden. Zu Worten in einer Sprache, die sie bisher nur ein Mal in ihrem Leben gehört hatte. Auf einer Lichtung in Belfoyle und aus dem Mund eines Jungen, dessen Leben immer vom Glück begünstigt zu sein schien und dessen Liebe zu gewinnen sie schon lange aufgegeben hatte.

»Yn-mea esh a gwagvesh. A-dhiwask polth. Dreheveth hath omd-hiskwedhea.«

Während Elisabeth noch wie gebannt zusah, bildete sich eine Wolke über dem am Boden liegenden Mann und entwickelte sich zu einer monströsen Kreatur mit scharfen Fängen, Pranken und einem unförmigen und ungelenken Körper.

Der Gesang wurde schriller und erregter. *»Skeua hesh flamsk gwruth dea.«*

Der Mann auf dem Boden erschauderte.

»Drot peuth a galloea esh a dewik lya. Drot peuth a pystrot esh a dewik spyrysoa.«

Die Kreatur schwebte für einen Moment bewegungslos über dem am Boden Liegenden, bevor die beiden plötzlich miteinander zu verschmelzen schienen. Der ganze Vorgang, bei dem das Opfer sich schreiend gegen die Verwandlung wehrte, war so widerwärtig, dass Elisabeth die Galle in die Kehle stieg und ihr speiübel wurde.

Am Ende stand das, was einmal ein Mensch gewesen war, seinen Schöpfern gegenüber.

Zwei Männer traten in den Kreis. Der Ältere, der ein würdevolles, ja fast schon majestätisches Auftreten hatte, war so ernst, als wäre sein Gesicht aus Stein gemeißelt. Das des Jüngeren hingegen war eine Maske des Entsetzens, seine goldenen Augen aber flackerten vor Erregung. *»Ana daraa ymesh'na igosk«*, sagte er. »Die Neun heißen den Dunklen Hof willkommen.«

Die Kreatur fletschte knurrend die scharfen Zähne, was umso grotesker war, da sie die Gesichtszüge des Opfers trug, von dem sie Besitz ergriffen hatte. *»Ana N'thashyl hygtyesh, Erelth.«*

Mit einem Aufschrei riss Elisabeth sich von dem Spiegel los. Das Herz pochte ihr fast schmerzhaft hart gegen die Rippen, und ihre Kehle war wund, als hätte sie eine Ewigkeit geschrien. Außerdem konnte sie kaum noch atmen, als hätte sich die Luft im Raum zu Rauch verdichtet – zu bitterem, beißendem Rauch, der an ihrer Kehle klebte und in ihren Augen brannte. Sie erbebte unter der eisigen Erkenntnis, die ihr Blut gefrieren ließ, und der grauenvollen Hitze, die sie gleich darauf ergriff. Der Druck in ihrem Kopf wuchs sich rasch zu einer regelrechten Migräne aus.

Was für eine Art von Mann denkt sich einen solchen Wahnsinn und etwas so von Grund auf Böses aus? Was für ein Ungeheuer würde eine solch abscheuliche Infamie begehen?

Die Neun. Brendan. Der wahre Sohn seines Vaters.

Fröstelnd schlang sie die Arme um sich, ganz krank von dem, was sie mit angesehen hatte. »Er ist genauso widerwärtig und monströs wie Máelodor. Es ist seine Schuld. Alles.«

»Glaubst du das wirklich?«

»Können Sie mir sagen, dass es nicht so ist? Sie sehen doch, was Brendans Wahnsinn verursacht hat! Den Tod seines Vaters. Den Ruin seiner Familie. Und sollte Máelodor je den Sh'vad Tual in die Hände bekommen, könnten die Scheußlichkeiten von Neuem beginnen. Ich wusste, dass ich nicht hätte fragen sollen. Ich wollte es gar nicht wissen. Die Welt der *Anderen* ist verflucht. Die Magie, die Magier und alles, was damit zusammenhängt. Sie bringen nichts als Unglück und Probleme.«

»Ah, aber Unglück gibt es überall, wo wir unser Leben als *Andere* oder *Duinedon* leben. Und die Probleme finden uns, egal, ob wir uns davor verstecken oder wie entschieden wir ihnen entgegentreten. Du hast Douglas' Vergangenheit gesehen. Seine Schande. Seine Verbrechen, als die Helena sie bezeichnen würde. Aber hast du nicht auch seine Tapferkeit, seine Ehre und seine Liebe gesehen? Er riskierte seine Gefangennahme, als er deinetwegen nach Dun Eyre zurückkehrte; er gab dir seinen Namen, um deine Ehre wiederherzustellen, als seine Handlungsweise deinen Ruf zerstörte, und er schenkt dir seine Liebe.«

»Das ist keine Liebe. Er hat mich gern und sorgt sich um mich, doch er liebt mich nicht. Nicht so, wie ich mir einmal erhofft hatte, von ihm geliebt zu werden.«

»Bist du dir da sicher? Ich würde sagen, es war seine Liebe zu dir und auch die zu seiner Familie, die Brendan veranlasste, Helenas Plänen zuzustimmen. Aus Liebe ist er bereit, alles zu riskieren. Kannst du nicht klar genug sehen, um das Gleiche auch für ihn zu tun?«

Brendan hätte nicht sagen können, wie viele Kilometer er schon gegangen war oder was er unterwegs gesehen hatte. Eine Straße mündete in eine andere, Passanten drängelten sich an ihm vorbei, und zu allem Überfluss öffnete nun auch noch der Himmel seine Schleusen und durchnässte ihn bis auf die Haut mit einem scheußlich kalten Regen.

Ein paar Stunden schlief er im Schutz von Kilronan House, dessen verkohlte Trümmer ein passender Hintergrund für seine Stimmung waren. Dann wurde er von einem Wachtmeister geweckt, der sich plötzlich gegen eine Wand gedrückt und von einer starken Hand gewürgt sah, bis Brendan aus seinen Albträumen erwachte und merkte, wo er war. Die nächste Stunde verbrachte er damit, der Gefangennahme zu entgehen, wobei ihm seine Kenntnisse des Lebens auf der Straße sehr zugutekamen, als er sich leise und behände durch die engen, schmutzigen Gassen voranbewegte. Über die Essex Bridge überquerte er den Liffey mit seinem leicht salzhaltigen braunen Wasser.

Für einen Moment hielt er inne, verwarf dann aber den Gedanken, der ihm kam, beinahe im selben Augenblick. Er war noch nie verzweifelt genug gewesen, um diesen Ausweg in Betracht zu ziehen, nicht einmal, wenn er benommen vom Opium und stumpfsinnig vom Alkohol gewesen war. Falls Arroganz und Stolz seine größten Sünden waren, so waren sie auch seine größten Stärken. Es gab immer eine Antwort und immer einen Weg. Man musste das Problem nur von allen Seiten angehen, alle verfügbaren Mittel nutzen und beharrlich sein. Vor allem durfte man nie bereit sein aufzugeben.

Doch Elisabeths Gesicht verfolgte ihn. Ihr Ausdruck, als sie mit aller Macht versuchte, sich an ein Ideal zu klammern, von dem er von Anfang an gewusst hatte, dass er ihm nie gerecht werden könnte. Und jetzt wusste sie es auch.

Einem Impuls folgend, ging er zu Macklin's an der Cutpurse

Row, um zu sehen, ob Jack schon eingetroffen war, verbrachte ein, zwei Stunden in einer Gasse und beobachtete die Tür. Aber er hatte kein Glück, und es war auch keine Nachricht für ihn da. Was zum Teufel war geschehen? Hatten die *Amhas-draoi* Jack gefunden? Oder Máelodor? Lag sein Cousin tot in einem Straßengraben, oder hatte er einfach nur das Zeitgefühl verloren, während er irgendeinem Einfaltspinsel beim Kartenspiel das letzte Geld abnahm?

Wieder auf der Straße, zog Brendan seinen Rockkragen gegen den erneut auffrischenden Wind hinauf. Ohne ein bestimmtes Ziel im Auge zu haben, machte er einen großen Bogen um St. Patrick's und das Gewirr der umliegenden Gassen. Als er auf die Lower Coombe abbog, konnte er seinen ersten Verfolger spüren.

Zwei Straßen weiter schloss sich ihm ein zweiter an.

Als Brendan die Höfe hinter der Elbow Lane erreichte, hatte die Jagd begonnen.

Sein Körper vibrierte wie ein Leitungsdraht. Seine Sinne erweiterten und schärften sich, als er sich in eine Rolle gedrängt sah, die er schon in vielen anderen Ländern und Kontinenten gespielt hatte: die des Kaninchens, das vor den Hunden floh.

Waren seine Verfolger Máelodors Männer, die auf seine Gefangennahme aus waren, oder hatten die *Amhas-draoi* beschlossen, das letzte Mitglied der Neun beseitigen zu lassen?

Die Antwort erhielt er nur allzu bald. In einer Sackgasse hinter dem Hof eines Gerbers, wo es keine Möglichkeit gab, sich zu verstecken, bis die Gefahr vorüber war. Keine Möglichkeit, umzukehren und seine Verfolger auf eine falsche Spur zu locken. Den Ausgang zur Straße versperrte ihm ein *Amhas-draoi*-Krieger. Mit unbewegter Miene und leicht gespreizten Beinen stand er dort, und der Energiestoß, der Brendan traf, versengte ihm fast das Hirn mit seiner lähmenden Kraft.

In der Hoffnung, zwischen dem hünenhaften Krieger und dem

nächsten Haus hindurchschlüpfen zu können, sprang Brendan mit gezücktem Messer vor. Blitzschnell warf er sich in die Lücke zwischen dem Mann und der Wand, rollte sich herum und sprang brüllend vor Erregung wieder auf, das Messer noch in der Hand.

Und genauso plötzlich fiel er auf die Knie, und sein Gebrüll wurde zu einem erstickten Schrei, als ein weiterer heftiger Magiestoß ihn zu Boden warf.

Der *Amhas-draoi* stand über ihm, Triumph in den eben noch so ausdruckslosen Augen, als die Kampfmagie Brendan durchfuhr wie eine scharfe Klinge und sämtliche Gelenke und Sehnen zu durchtrennen schien. Stöhnend kauerte er sich zusammen, weil er nicht einmal mehr atmen konnte, ohne einen stechenden Schmerz in der Lunge zu verspüren.

Grelle Punkte und Feuerräder explodierten vor seinen Augen, und das Blut rauschte ihm in den Ohren, doch er wehrte sich, so gut er konnte. Von purem Instinkt gelenkt, ließ er seine eigenen magischen Kräfte auf Scathachs siegessicher grinsenden Krieger los.

Der Mann taumelte, und sein Gesichtsausdruck wechselte von Schock zu Schmerz, als Brendan sein Messer bis zum Heft in den Leib des Kriegers stieß.

Die Kampfmagie des *Amhas-draoi* ebbte ab und ließ Brendan zitternd und angeschlagen, aber unverletzt zurück. Sein Herz raste, als er sich aufrappelte, einem heftigen Schlag auswich und sich vor einem zweiten duckte. Gefangen zwischen Scathachs Krieger und dem Ende der Gasse, versuchte er, seine Situation – und seine Chancen – abzuschätzen.

Wie ein wütender Bulle griff der *Amhas-draoi* ganz unversehens wieder an. »Mörderisches Dreckschwein!«, fauchte er mit hassverzerrtem Mund.

»Sturer Bock!«, versetzte Brendan, der auf den Fußballen tänzelte, um den Mann auf Distanz zu halten. Dabei versuchte er, sich an der Wand entlangzustehlen. Was zum Teufel brauchte es, um ein Mitglied der Bruderschaft zu Fall zu bringen? Der Mann presste eine Hand an seinen Bauch und war blass wie ein Leichentuch, und trotzdem kämpfte er mit verblüffender Wildheit weiter.

»Hältst du das für klug? Jeden Moment könnte jemand vorbeikommen, und Scathach wäre sicher nicht begeistert über Fragen.«

»Niemand wird vorbeikommen, Douglas. Und es wird nicht genug von dir übrig bleiben, um Fragen aufzuwerfen.«

»Wieso wusste ich, dass du das sagen würdest?« Brendan parierte einen Messerstich mit einem Fausthieb gegen das Kinn des Mannes, der ihn hätte k.o. schlagen müssen, ihn jedoch nur noch mehr in Rage zu bringen schien – sofern das überhaupt noch möglich war.

Mit blitzartiger Geschwindigkeit holte der *Amhas-draoi* aus und traf Brendan mit seinem Messer an der Brust. Es war nur ein oberflächlicher Schnitt; sein Brennen reichte jedoch aus, um Brendans Konzentration zu stören. Sofort durchflutete ihn eine lähmende Kälte, als sein Gegner die Gelegenheit nutzte, um Brendan in einem Netz von Magie zu verstricken. Schon erstarrten seine Muskeln, und seine Glieder begannen, ihm den Gehorsam zu verweigern. Nicht mehr lange, und er würde außerstande sein, Scathachs Krieger ein Messer ins Herz zu stoßen.

Dem Himmel sei Dank für all die Jahre des Studierens und Auswendiglernens! Der Gegenzauber tauchte aus Brendans benommenem Gedächtnis auf und wurde mit einem Keuchen freigesetzt, als die Fesseln der Magie des *Amhas-draoi* sich schon um seine Brust zusammenzogen. Mit einem Schrei duckte Brendan sich unter dem ungeschickten Schlag des Mannes, dessen Blutverlust sich schließlich doch bemerkbar machte, parierte einen weiteren Hieb und rollte sich von seinem Gegner weg. Und schon war der Weg zur Straße frei.

Sowie Brendan die Gasse hinter sich gelassen hatte, brauchte er nur noch einen Moment, um einen Tarnungszauber zu bewirken. Wie den *feth-fiada*, um sich unsichtbar zu machen. Oder was auch immer – Hauptsache, es erkaufte ihm die Zeit zu fliehen.

Als er jedoch gerade um die Ecke bog, traf ihn weiterer Stoß von Kampfmagie im Rücken, der ihn in die Gosse schleuderte und ihm das Messer aus der Hand riss.

Es war, als wäre er von einem Blitz getroffen worden. Die Magie durchfuhr ihn, schoss an seinen strapazierten Nervenbahnen entlang und versetzte seinem Gehirn einen Schock, der es in heillose Verwirrung stürzte.

Er stolperte gegen einen Stapel Kisten und schrammte sich die Hände auf, als er auf die Knie fiel. Schweiß brannte in seinen Augen, und ein Schrei schallte in seinen Ohren.

Ein Schrei? Sein eigener oder der eines anderen? Brendan rappelte sich auf. Er blieb nicht stehen, um sich umzusehen oder zu antworten, sondern rannte weg, so schnell er konnte.

»Wach auf, *ma puce!* Du musst dich anziehen. Schnell!«

Die Stimme riss Elisabeth aus einem tiefen Schlaf und brachte sie schlagartig in die Wirklichkeit zurück.

Sie versuchte, die Decke über ihren Kopf zu ziehen, aber die Stimme beharrte: »Es ist wichtig, Elisabeth. Es geht um Douglas. Du musst mitkommen.«

Die unterschwellige Panik in der Stimme bewirkte mehr als die Hand auf Elisabeths Schulter, um sie auffahren zu lassen. Mit zitternden Fingern rieb sie sich den Schlaf aus den Augen. Die Gefahr hatte sie schließlich eingeholt.

»Was ist passiert?«

»Rogan kam mit Neuigkeiten. Die *Amhas-draoi* haben Douglas gefunden.«

Elisabeth zwang sich zu einer Ruhe, die sie nicht empfand. »Ist er …« Die Worte blieben ihr wie Scherben in der Kehle stecken.

»Er lebt, doch er ist verletzt. Helena sagte, ich solle dich schlafen lassen, *mais tu es son épouse* – du bist seine Frau. Es ist dein gutes Recht, bei ihm zu sein.« Madame Arana zog sie unter den Decken hervor. »Komm! Wir machen uns gleich auf den Weg. Du hast zehn Minuten, um dich anzuziehen und hinunterzukommen.«

Und dann ging sie und ließ Elisabeth allein, zitternd vor Kälte, Angst und einem Wissen, von dem sie wünschte, sie könnte es aus ihrem Kopf verbannen. Sie setzte sich auf die Bettkante und schloss für einen Moment die Augen. Die Vision, die sie in dem Spiegel gesehen hatte, stieg ebenso schnell in ihrem Bewusstsein auf wie die Übelkeit in ihrer Kehle. Madame Aranas Ermahnung, nachdem sie den Spiegel konsultiert hatten, zerrte an ihrem Herzen, und ihre eigenen Ableugnungen hämmerten in ihrem Kopf.

War ihr ernst gemeint gewesen, was sie gesagt hatte, als sie versucht hatte, Brendan seine Besserung vor Augen zu führen? Oder hatte sie nur gehofft, sich selbst zu überzeugen?

Ein Gedanke kam ihr mit den Erinnerungen, die sie im Dunkel ihres Zimmers umringten wie Gespenster. Würde dieser Angriff Brendan klarmachen, dass Helenas Plan zum Scheitern verurteilt war? Würde er erkennen, dass zu überleben bedeutete, sich selbst aufs Neue zu verlieren? Unter Fremden in einem fremden Land leben zu müssen? Als Mann ohne Vergangenheit und ohne Zukunft?

Konnte sie ihn kampflos gehen lassen?

Wieder einmal?

Mit zitternden Fingern schloss sie die Knöpfe an ihrem Kleid. Ihr Herz klopfte wild, als sie rasch ihr Haar aufsteckte. Und neun Minuten und neunundfünfzig Sekunden später war sie unten und bereit zu gehen.

Kapitel Achtzehn

Brendan versuchte, die Augen zu öffnen, aber seine Lider schienen zu schwer zu sein, um sie zu heben, so wie auch seine Arme und Beine kaum die Kraft besaßen, sich zu bewegen, und jeder Atemzug eine Strapaze war. Als er die Bruchstücke seiner Erinnerungen zusammensetzte, entsann er sich einer schmutzigen Gasse, eines Schmerzes, der ausgereicht hätte, um einen Elefanten in die Knie zu zwingen, und eines ihm seltsam bekannt vorkommenden Mannes, der ihn gewarnt hatte, still zu sein, und ihn dann unter eine Plane gestoßen hatte.

Aber wo zum Teufel war er jetzt?

Brendan spürte kratzige, übel riechende Wolle unter seiner Wange und hörte das stetige Tröpfeln von Wasser irgendwo in der Nähe. Und es roch nach abgestandenem Alkohol und Sex.

»*Scht*, beruhigen Sie sich!« Eine kühle Hand auf seiner Stirn. Die Stimme einer Frau, aber keine, die er kannte.

Er versuchte, den Kopf der Stimme zuzuwenden, was einen brennenden Schmerz von seinem Nacken in seinen Rücken schießen ließ und ihm die Rippen zusammenpresste, als würden sie jeden Moment brechen. Er stöhnte und würgte, worauf die Hand mit einem überraschten kleinen Schrei zurückgezogen wurde.

Ein kühles Glas wurde an seine Lippen gedrückt, und etwas Dickflüssiges, Süßes rann seine Kehle hinunter, das jedoch trotzdem einen bitteren medizinischen Nachgeschmack hinterließ. Einen Geschmack, den er kannte, obwohl viele Jahre seither vergangen waren.

»Damit Sie schlafen können«, sagte die Frau beruhigend.

Er versuchte, die Augen zu öffnen, sie zu warnen vor dem, was sie getan hatte, und um dann das gefährliche Gift durch Erbrechen aus seinem Organismus zu entfernen. Doch sein bleierner Körper schien schon zu kapitulieren, seine Atemzüge wurden leichter, sein Magen verkrampfte sich, und dann spürte er gar nichts mehr.

»Was ist passiert?«, waren Helenas erste Worte, als sie die schmuddelige Schenke betrat. »Du solltest ihm doch folgen!«, fuhr sie Rogan an.

Die Pfeife zwischen den Zähnen, erhob er sich von einem Stuhl und warf einen Blick auf Elisabeth. »Findest du es richtig, sie hierherzubringen?«

Helenas dunkle Augen blitzten zornig auf. »Es war meine Großmutter, die es für angebracht hielt, sie ans Totenbett ihres frischgebackenen Ehemanns zu setzen.«

Elisabeth schnappte entsetzt nach Luft und umklammerte Madame Aranas Hand noch fester.

Rogan schüttelte beruhigend den Kopf. »Also, so schlimm ist es nicht. Lyddy ist bei ihm. Er schläft.«

»Was ist passiert, Rogan?«, wiederholte Helena ihre ursprüngliche Frage.

Er rieb sich müde mit der Hand über das Gesicht. »Douglas entschlüpfte mir, und ich habe den halben Tag damit verbracht, kreuz und quer durch diese verflixte Stadt zu laufen, bevor ich seine Spur aufnehmen konnte. Er hatte seine Magie so gut verborgen, dass es kaum eine Spur gab, der ich folgen konnte. Ich fand ihn schließlich in der Nähe von Meath Market, blutüberströmt und halb außer sich vor Kampfmagie. Er sagte, er sei von einem *Amhas-draoi* angegriffen worden, habe es jedoch geschafft, ihm ein Messer in den Leib zu stoßen, bevor er entkam.«

»Verdammt«, murmelte Helena. »Das fehlte mir gerade noch, dass Douglas einen von der Bruderschaft tötet und unser ganzer schlauer Plan uns um die Ohren fliegt.«

»Ich will ihn sehen«, verlangte Elisabeth hocherhobenen Hauptes und mit trotzig vorgeschobenem Kinn.

Rogan zögerte.

»Jetzt sofort«, beharrte sie mit eisiger Autorität.

»Ja, ja, schon gut. Er ist oben.«

Rogan ging durch einen Vorhang im Hintergrund des Raumes voran, und die anderen folgten ihm über einen schmalen Gang zu einer Hintertür und dann eine wackelige Treppe hinauf.

»Wie ist er entkommen?«

»Er war nicht in der Verfassung, viel zu sagen, aber ich bekam das Wort ›Jagd‹ mit und etwas, das sich wie ›nackter Mann‹ anhörte, bevor er bewusstlos wurde.«

»Sagtest du ›nackter Mann‹?«

»Es hätte auch ›vertrackter Plan‹ oder sonst was sein können.« Rogan schüttelte ratlos den Kopf, als Helena seufzte.

»Das hast du gut gemacht«, meinte Madame Arana und legte tröstend eine Hand auf seine Schulter.

Doch wieder schüttelte er den Kopf. »Wenn ich ihn vor der Bruderschaft gefunden hätte, wäre uns eine Menge Ärger erspart geblieben.«

Dann klopfte er an eine Tür, die von einer zierlichen jungen Frau geöffnet wurde. Ihr Blick huschte von Gesicht zu Gesicht, während sie nervös ihre Schürze zwischen den Händen zerknüllte.

»Ich habe die versprochene Hilfe mitgebracht, Lyddy.« Rogan deutete auf Elisabeth. »Und die Ehefrau des Mannes.«

Sichtlich erleichtert, öffnete die Frau die Tür und forderte alle mit einer Handbewegung auf, das schäbige kleine Zimmer zu betreten. Das einzige Licht kam von einer Talgkerze auf einem verschrammten alten Tisch. Neben der Kerze stand ein Teller mit einem knorpeligen, in Fett schwimmenden Stück Fleisch und ein paar angebrannten Kartoffeln. »Ich habe versucht, ihn zu füttern, doch er wollte nichts, deshalb habe ich ihm einen Schlaftrunk eingeflößt. Eine Zeit lang schien er zu wirken, aber jetzt stöhnt er wieder und wirft sich herum, als wäre ihm der Teufel höchstpersönlich auf den Fersen.«

Brendan lag unruhig auf einer Strohmatratze und war mit einer schmuddeligen Decke zugedeckt. Das schweißnasse Haar klebte ihm am Kopf, sein Hemd war durchgeschwitzt, und er atmete so angestrengt, als renne er. Er war wach, seine blutunterlaufenen Augen starrten auf irgendeine unsichtbare Szene, und seine Nackenmuskeln spannten sich an, als er zischend sagte: »Verdammt noch mal, Freddie, tu doch einfach, was sie sagen!«

Freddie?

Eine Erinnerung erwachte in Elisabeths Hinterkopf, während es ihr kalt über den Rücken lief. »Es war doch kein Laudanum, was Sie ihm gegeben haben?«

»Doch. Ich hatte ein bisschen von einem Apotheker, der …« Lyddy brach ab, als sie Elisabeths besorgte Miene sah. »War das nicht richtig?«

»Er verträgt kein Laudanum, glaube ich«, erklärte Elisabeth seufzend, kauerte sich neben Brendan und legte eine Hand auf seine Stirn.

Lyddys Brauen zogen sich zusammen, und sie schob das Kinn vor und stemmte eine Hand in ihre Hüfte. »Woher hätte ich das denn wissen sollen? Rogan erscheint hier mit einem halb toten Mann und sagt, ich soll ihn pflegen. Ich hab getan, was ich konnte. Mein Bestes. Sehe ich vielleicht wie eine Ärztin aus?«

Helena musterte sie und verzog ihre blutleeren Lippen. »Nein, ich glaube nicht, dass man Sie dafür halten könnte.«

Lyddy, die sich so leicht nicht unterkriegen ließ, taxierte jetzt Helena mit einem scharfen, unfreundlichen Blick. »Zumindest habe ich einen Mann. Soviel ich hörte, haben *Sie* nur noch Spinnweben zwischen den Beinen, seit dieser Freund von Ihnen starb.«

Helena versteifte sich. Ein seltsamer Ausdruck huschte über ihre Züge, und ihr Blick wurde hart wie Stahl. »Charmante junge Dame, Rogan. Wo hast du dieses reizende Geschöpf gefunden?«

»Lyddy, ich habe mit dir zu reden.« Rogan packte sie am Arm. »Jetzt sofort.«

Er zog sie aus dem Zimmer, doch ihre Rechtfertigungen waren laut genug, um von den anderen gehört zu werden. »Sie hat kein Recht, so mit mir zu reden. Ich habe getan, was ich konnte. Was denkt sie sich …« Dann knallte unten eine Tür zu.

Madame Arana beugte sich über Elisabeth.

»Können Sie irgendetwas für ihn tun?«, fragte sie die alte Dame und ergriff Brendans Finger.

Madame Arana legte eine mit Altersflecken bedeckte Hand an ihre Brust und schloss die Augen. Ihr faltiges Gesicht wurde ganz starr vor Konzentration. »Falls es Kampfmagie ist, gibt es Möglichkeiten. Aber wenn seine Krankheit ihren Ursprung in der Droge hat, ist es das Beste, sie ihren Lauf nehmen zu lassen.«

Brendans Augen richteten sich auf Elisabeth, und sie sah, dass das Gold seiner Iris nur noch wie schmutzige Bronze aussah. »Wohl doch kein so guter Handel, was?« Verbitterung klang in seinem Lachen mit. »Hättest wohl besser deinen Schäferhund geheiratet.«

Freddies Augen verfolgten Brendan. In all ihren Facetten. Von Fassungslosigkeit zu Schock, Entsetzen und letztendlich dem leeren Blick des Todes. Wie eine endlose Schleife durchlebte er die einzelnen Sequenzen des Mordes an Freddie, der sich immer wieder von Neuem in seinem fiebrigen Hirn abspielte.

Die Auseinandersetzung wurde hässlich. Brendans Begleiter wurden zuerst ungeduldig, dann gewalttätig. Es hagelte Drohungen. Appelle. Ultimaten. Und dann wurden Freddies Familienmitglieder einer nach dem anderen vor seinen Augen ermordet. Freddies Tod war fast schon eine Gnade, als er kam. Dann waren sie weggeritten und hatten das brennende Haus hinter sich zurückgelassen, ohne auch nur einen weiteren Gedanken daran zu verschwenden. Brendans Augen waren gerötet vom Rauch und von seinen Tränen gewesen, seine Hände an den Zügeln nass von kaltem Schweiß, und ihm war so übel gewesen, dass seine Zähne geklappert hatten und er einen säuerlichen Geschmack im Mund gehabt hatte.

Freddie hatte ihm vertraut. Vater hatte ihm vertraut. Elisabeth hatte ihm vertraut.

Zwei von dreien waren tot. Durch seine Schuld. Alles nur durch seine Schuld.

Er erbrach sich, bis seine Kehle wund war und seine Muskeln zuckten.

Sanfte Worte dämpften die grauenvollen Schreie der Toten in seinem Kopf, und kühle Hände beruhigten ihn. Doch er drehte sich auf die Seite, kniff die Augen zu und betete um Erlösung. Er wollte es nicht erneut durchleben. Nicht schon wieder. Nicht den Mord an seinem Vater, den er sich nur vorstellen konnte, und auch nicht die echte Erinnerung an das Gemetzel an Freddie und seiner Familie.

Warum ließen die Geister ihn nicht in Ruhe? Was musste er tun, um sie wegzuschicken? Um ohne sie in seinem Kopf zu leben?

Wie um ihn zu verhöhnen, tauchte ein neues Gesicht aus seinen Albträumen auf, ein Monster mit Fängen und Krallen. Eine aus Rauch und Schwefel geborene Kreatur voller Bosheit, die über ihm schwebte, wartete, beobachtete und wusste, dass ihre Zeit bald kommen würde.

Ihr Mund öffnete sich, sodass ein blutiger Rachen mit einer dicken, gespaltenen Zunge sichtbar wurde. *»Ana N'thashyl gorloa agasesh gelweth. A'sk beuewik perthyana, Erelth«*, kam aus diesem ekelerregenden Maul.

Todesqualen trieben Brendan den Atem aus der Lunge und ließen das Blut in seinen Adern kochen. Schlagartig erwachte er aus dem Schlaf, und der *Unsichtbare* verschwand. Auch Freddie war verschwunden.

Aber als hätte sein alter Freund ihn beiseitegenommen und ihm die Lösung ins Ohr geflüstert, wusste Brendan plötzlich, was er tun musste, um die Albträume, die Bedrohung und die Gefahr zu beenden.

Máelodor musste sterben.

Und Brendan war der Einzige, der das erreichen konnte.

Auf einem Stuhl am Fenster wachte Elisabeth bei Brendan. Sie hatte es geöffnet, um den muffigen Raum zu lüften, doch nichts schien die drückende, übel riechende Luft vertreiben zu können. Der Rauch von Kochfeuern, vermischt mit dem Gestank von Latrinen und Tierdung aus der nahen Gasse, drang mit einer säuerlich riechenden Brise in das Zimmer. Geschrei und derbes Gelächter stiegen aus dem Gewirr der umliegenden Straßen auf. Ein Bettler schnarchte im Schatten einer zerrissenen Plane, und eine hohläugige Frau mit ihrem Kind an ihrer Seite durchstöberte einen Abfallhaufen, während Hühner in dem Schmutz zu ihren Füßen herumpickten.

Elisabeth hüllte sich noch fester in ihr Umschlagtuch und wandte sich von den deprimierenden Anblicken hinter dem Fenster dem Mann zu, der neben ihr schlief. Ein Arm lag auf der Bettdecke, dessen Schulter noch rosa und glänzend war von frischen Narben, und die Kurve der Mondsichel mit dem Pfeil hob sich wie ein dunkles Band von der bleichen Haut ab.

Er schlief seit dem Morgen ruhig und friedlich. Vor ein paar Stunden hatte er noch nach dem mysteriösen Freddie gerufen und ihn zuerst gebeten, sich zu ergeben, und ihn später um Vergebung angefleht. Eine verschwommene Erinnerung hatte zunächst noch an Elisabeths Unterbewusstsein genagt, aber als Brendans Anfälle seltener wurden und schließlich ganz aufhörten, wandten ihre Gedanken sich dringenderen Fragen zu.

Ob die *Amhas-draoi* noch immer nach ihm suchten? Oder ihn sogar hier aufspüren würden? Würde ihr Unterschlupf schon bald zu einer Falle werden? Was, wenn Máelodors Männer ausgerechnet diesen Moment wählten, um anzugreifen?

Elisabeth zwang sich, nicht mehr über Probleme nachzugrübeln, für die sie keine Lösung hatte. Stattdessen sah sie zu, wie Brendan gegen eine Krankheit ankämpfte, die laut Madame Arana nur von der Zeit kuriert werden konnte. Eine weitere Facette eines Mannes, den sie einmal zu kennen geglaubt hatte.

Erst jetzt kam sie nach und nach zu der Erkenntnis, dass dieser Mann nie existiert hatte. Er war ein Trugbild gewesen. Blendwerk. Eine glitzernde magische Illusion, an die sie sich noch lange, nachdem sie es schon hätte besser wissen müssen, geklammert hatte.

Doch was war mit dem Brendan, der mit allen Mitteln versuchte, seine Verbrechen wiedergutzumachen? Der sogar sein Leben riskierte, um die Gräuel ungeschehen zu machen, die er als Mitglied der Neun entfesselt hatte? Der um eine verlorene Familie und ein Zuhause weinte, von denen er befürchtete, sie nie wiederzusehen?

Es waren keine Fantasien, die ihr Bild von diesem Mann gestalteten. Sie sah ihn, wie er war: verzweifelt, einsam und allein. Und so real wie der warme, muskulöse Arm unter ihren Fingern, der mutwillige Glanz in seinen Augen, der würzige, fremdartige Duft, der ihrem Haar, ihren Kleidern und ihrer Haut angehaftet hatte, als er sie geliebt hatte.

Das verblassende Tageslicht ließ den Raum grau, kalt und noch öder erscheinen, als er es ohnehin schon war. Brendans Hand bewegte sich auf der Decke, sein Atmen wurde zu einem Seufzer, und seine Augen öffneten sich langsam. Benommen zunächst noch, schärften sie sich plötzlich und wurden hart wie Diamanten.

Ruckartig setzte er sich auf und zog sich an die Wand zurück, wobei ihm das Laken bis zur Taille herunterrutschte. Sein Blick glitt durch den Raum, als suchte er etwas, und kaum blieb er auf Elisabeth haften, ersetzte Verwirrung seinen wilden Blick, der wie der eines gefangenen Tieres gewesen war. Er entspannte sich ein wenig, und obwohl er noch immer misstrauisch war, wirkte er doch schon ein bisschen ruhiger. »Wo bin ich?«, fragte er mit einer Stimme, die kühl und spröde war wie Glas.

»In einem Zimmer über einer Schankstube an der Bridgefoot Street.«

Langsam schien er zu verstehen, sein Blick klärte sich. »Wie lange schon?«

»Drei Tage.«

»Verfluchter Mist!«, murmelte er und trat die Decken weg, um aufzustehen. »Wie eine verdammte Lockente sitze ich hier.« Sein Blick glitt wieder zu Elisabeth, und die Vorsicht war noch nicht daraus gewichen, bemerkte sie. »Ich bin überrascht, dich hier zu sehen. Bist du gekommen, um deine Drohung endlich wahr zu machen? Gift in meiner Suppe war es, glaube ich.«

Sie zuckte zusammen, als sie sich an diese lange zurückliegende Auseinandersetzung erinnerte. Es kam ihr vor, als wäre es eine andere Elisabeth Fitzgerald gewesen, die nach Brendans schockierender Rückkehr nach Dun Eyre mit ihm gestritten hatte. Sie hatte sich seit damals verändert, ja sie war ein anderer Mensch geworden. Oder vielleicht war sie auch nur wieder zu der Frau geworden, die sie gewesen war, bevor er damals verschwunden war und ihre Träume mitgenommen hatte.

»Falls du an Mord denkst, wirst du dich hinten anstellen müssen«, murmelte er. »Die Schlange der Leute, die meinen Kopf auf einer Pike sehen wollen, wird mit jeder gottverdammten Stunde länger.«

Er trieb sie in den Wahnsinn, dieser Mann. Elisabeth erwiderte seinen gereizten Blick, und das Bedürfnis, ihn in die Arme zu nehmen, war ebenso stark wie das, ihm etwas über den Kopf zu ziehen. »Ist das deine Art von Dankbarkeit? Wenn du es unbedingt wissen willst – ich habe die letzten Tage damit verbracht, dafür zu sorgen, dass du nicht den Löffel abgibst. Und bekomme ich dafür auch nur ein Dankeschön?«

Brendans Augen weiteten sich, als er gegen eine Wand taumelte und schnell die Hand ausstreckte, um sich abzustützen. Dann schüttelte er den Kopf, als versuchte er, Klarheit zu gewinnen. »Wir haben uns nicht gerade freundschaftlich getrennt.«

»Ich hatte ein Recht, Bescheid zu wissen, Brendan.«

Er verzog das Gesicht. »Und jetzt, da es so ist, bist du zufrieden?«

»Begeistert«, gab sie scharf zurück. Männer!

Er fuhr sich mit einer Hand durch das zerzauste Haar, als er auf bloßen Füßen zu dem Tisch mit dem Wasserkrug hinübertappte. Dort zog er fragend eine Augenbraue hoch.

Elisabeth nickte, und er schüttete sich das Wasser über den Kopf und schnappte nach Luft, als der kalte Strahl ihn traf. Seufzend strich er sich das nasse Haar aus dem Gesicht. »Schon viel besser. Ich fühle mich fast wieder wie ein Mensch, Lissa«, sagte er mit einem schiefen Grinsen.

Sie schluckte und ließ den angehaltenen Atem entweichen, während sie versuchte, ihn nicht anzustarren. Nicht seine nackte, muskulöse Brust und auch nicht das Wasser, das über seine fein geschnittenen Züge rann, über seinen Hals und an seinem flachen Bauch in seinen Hosenbund hinunterlief. Sie hatte auf jeden Fall noch nie einen Genesenden gesehen, der derart gut ausgesehen hatte.

Ein seltsames Glimmen stand in seinen Augen, als sein Blick über sie glitt, als wüsste er, was sie dachte. »Du warst die ganze Zeit hier?«

Elisabeth spürte die Röte, die ihr in die Wangen stieg, und hasste sich dafür. Was zum Teufel sollte dieses kindische Erröten? Sie waren schließlich verheiratet und hatten einander schon splitterfasernackt gesehen. Wieso hatte sie dann das Gefühl, als hätte sich eine neue, unüberwindbare Mauer zwischen ihnen erhoben?

»Seit Rogan mit der Nachricht von dem Überfall zur Duke Street kam.«

Brendan ließ sich auf die Strohmatratze fallen und schlug die Hände vors Gesicht. »Gott, das muss ja nett gewesen sein!«

»Mir fallen passendere Adjektive dazu ein.«

Ohne eine Miene zu verziehen, erhob er den Blick zu ihr. »Mir auch. Wie ›leichtfertig‹, ›hirnverbrannt‹ oder ›ohne ein Fünkchen Verstand in deinem hübschen kleinen Kopf.‹ Wenn die *Amhasdraoi* mich hier gefunden hätten ...« Ein Muskel zuckte an seinem Kinn, sein Mund verzog sich zu einer grimmigen Linie. »Wie konnte Helena dir erlauben zu bleiben, obwohl sie sich der Gefahr bewusst war?«

Elisabeth verschränkte die Arme vor der Brust. »Helena *hat* mir nichts zu erlauben, und ich brauche sie auch nicht um ihre Zustimmung zu bitten. Ich blieb bei dir, weil ich es wollte und weil du mein Mann bist.«

Brendan schnaubte angewidert. »Weißt du, ich hatte schon fast gedacht, wir könnten ...« Er brach ab und schüttelte den Kopf. »Aber dafür ist es jetzt zu spät.«

Zu spät für was? Am liebsten hätte sie ihn an den Schultern gepackt und gezwungen, es ihr zu erklären. Doch der Raum zwischen ihnen schien übersät mit Hindernissen zu sein. Solange Brendan nicht aus dem Schatten seiner Vergangenheit trat, konnte es keine Zukunft für sie geben. Ganz gleich, wie sehr sie es sich wünschte.

Er öffnete die Augen und schaute mit einem betrübten Lächeln zu ihr auf. »Hast du dir auch schon mal gewünscht, die Zeit zurückdrehen zu können? Eines Morgens zu erwachen und zu wissen, dass du noch dein ganzes Leben vor dir hast, ganz ohne Irrtümer und Fehler?«

War sie einer seiner Fehler? Elisabeth fragte nicht, weil die Antwort zu deprimierend sein würde, sondern sagte nur: »Du warst damals kaum mehr als ein Junge, Brendan. Dein Vater hätte dich nicht in seine Machenschaften verstricken dürfen.«

»Such nicht nach Ausflüchten für mich, Elisabeth! Es waren *meine* Machenschaften. Die Neun wären nie so mächtig geworden ohne meine rückhaltlose Unterstützung.«

»Und was änderte dann deine Einstellung?«

»Freddie Atwood.«

Sie zog schnell und scharf den Atem ein. Natürlich! Das war es, was ihrem Unterbewusstsein keine Ruhe ließ. »Was hat Freddie mit alldem zu tun?«, fragte sie, obwohl ein ungutes Gefühl ihr sagte, dass sie die Antwort bereits kannte.

»Er war ein *Anderer*. Wusstest du das? Seine ganze Familie trug Magierblut in sich, doch bei Freddie erblühte es zu einer Kraft, die uns auf ihn aufmerksam machte.«

Nein, das hatte sie nicht gewusst. Und woher auch? Freddie Atwood war nur einer der Nachbarsjungen gewesen: ein lachender, fröhlicher Bursche mit vor Schalk funkelnden blauen Augen, ein verwegener Reiter und gutmütiger Tanzpartner. Nichts hatte je darauf hingedeutet, dass mehr in ihm steckte, als auf den ersten Blick erkennbar war.

»Ich konnte ihn für unser Netzwerk gewinnen. Eine Zeit lang arbeiteten wir sehr gut zusammen, aber dann wurde er sauer auf die Gruppe und wollte aussteigen.« Brendan hielt inne und versteifte sich, seine Atemzüge kamen schneller, und er senkte den Blick auf seine verschränkten Hände.

Elisabeth spürte, dass auch ihre Anspannung und das Pochen in ihren Schläfen zunahmen.

»Inzwischen stand jedoch schon zu viel auf dem Spiel. Wir konnten uns keine Abtrünnigen leisten. Und so wurde mir die Aufgabe übertragen, ihn zum Bleiben zu überreden.«

Elisabeths Mund war so trocken geworden, dass sie wünschte, Brendan hätte nicht das ganze Wasser verbraucht. Sie könnte jetzt wirklich etwas zu trinken brauchen. »Die Schuld an dem Feuer wurde den Bauern zugeschoben, die Freddies Haus angeblich aus Wut über eine Erhöhung ihrer Pachten angezündet hatten. Du warst dort, aber du hast mir nie erzählt ...«

Er sah sie an, als wäre sie ein dummes kleines Mädchen. »Dass Freddies Tod und der seiner Familie meine Schuld waren? Natürlich nicht. Doch danach war es nie wieder so wie vorher zwischen Vater und mir. Ich sah die Wahrheit dessen, was wir taten, und wusste, dass unser Vorhaben unmöglich gelingen konnte, ohne dass Tausende wie Freddie starben – Unschuldige, die in unseren Wahnsinn hineingezogen würden.« Einer seiner Mundwinkel verzog sich grimmig. »Jetzt kommt die Stelle, an der du sagen wirst, dass ich ein herzloser, mörderischer Bastard bin. Dass ich den Tod verdiene, den Máelodor mir zugedacht hat, und dass du mich hasst und wünschst, du wärst nicht meine Frau geworden.«

Sie zuckte zusammen. »Das wünsche ich mir keineswegs.«

Sein Lachen war hart und grausam und schnitt ihr wie ein Messer ins Herz. »Aber alles andere streitest du nicht ab.«

Brendans Magen blieb empfindlich, er selbst nervös, doch das Schlimmste war vorbei. Die höllischen Bilder der Toten, die ihn verfolgten, waren verblasst. Ihre nach ihm greifenden Hände verschwanden in den zerwühlten, feuchten Laken; das Zischen ihrer Flüche war nur noch der Regen, der gegen die Fenster schlug.

In den frühen Jahren seines Opiumentzugs war Brendan wochenlang im Zimmer hin und her gelaufen, während ihm Bilder durch ein Gehirn schossen, das brannte vor unstillbarem Verlangen nach der Droge. Nur hin und wieder war er stehen geblieben, um einen Schluck Wasser oder ein trockenes Stück Brot zu sich zu nehmen, das er jedoch sofort wieder erbrach, weil sein Magen keine Nahrung mehr vertragen konnte.

Das war allerdings schon Jahre her. Heute verlangte sein Körper nicht mehr nach dem Gift, und auch sein Kopf war frei von dem beständigen Hunger. Zumindest glaubte er das, bis er mit heftigen Magenkrämpfen, in Schweiß gebadet und mit dem bittersüßen Nachgeschmack von Opium im Mund erwachte.

War es ihm absichtlich verabreicht worden?

Niemand wusste von seiner überstandenen Sucht. Niemand außer Jack und anderen, die ihm beim ersten Entzug in zwei schmuddeligen Zimmern über einem türkischen Souk geholfen hatten.

Was ein Fehler gewesen war, aber andererseits nur allzu deutlich machte, wie wenig es brauchte, um ihn in die Knie zu zwingen. Wie leicht er von seinem derzeitigen Weg abgebracht werden konnte. Wie nahe an der Oberfläche die Dämonen lauerten.

Aber etwas *hatte* sich geändert. Es war so peu à peu geschehen, dass er den genauen Moment nicht mehr bestimmen konnte, doch der Unterschied war deutlich spürbar. Er hatte Freddies Namen seit Jahren nicht mehr laut ausgesprochen, sondern getan, was er konnte, um die Ereignisse jenes Tages so tief wie möglich in sich zu begraben. Trotzdem hatte er die Scham und Schuldgefühle über seine Verbrechen nie ganz ausräumen können.

Bis heute.

Und Elisabeth …

Sie war stets für eine Überraschung gut, war immer unberechenbar und tat nie, was er erwartete. Oder was eine vernünftige

Frau täte, wenn sie mit der Niedertracht ihres Ehemannes konfrontiert würde.

Brendan war vom Duft ihres leichten, blumigen Parfums erwacht, das sogar den Nebel des Fiebers durchdrungen hatte. Er hatte es nicht wirklich glauben können, bis er die Augen geöffnet und gesehen hatte, dass sie an seiner Seite saß und ihn mit einer Mischung aus Besorgnis, Furcht und Zuneigung betrachtete.

Für einen Moment hatte er reines, ungetrübtes Glück empfunden. Eine solch heftige Anwandlung von Hoffnung, Stolz, Verlangen und Liebe, dass sich ihm die Brust zusammengezogen hatte. Und fast hätte er es ihr gesagt. Fast hätte er ihre Hand genommen und sie zu sich aufs Bett gezogen, wo er ihr alles hätte zeigen können, was er empfand. Das Bedürfnis, sich in diesen Gefühlen zu verlieren, war fast zu stark gewesen, um es zu beherrschen. Doch seine Vernunft und praktischere Überlegungen hatten die Oberhand über diese sentimentalen Anwandlungen behalten.

Es gab keine Zukunft für ihn, das wusste er inzwischen. Er hatte Elisabeth den zweifelhaften Schutz seines Namens gegeben, um ihre Ehre wiederherzustellen. Ihr mehr zu geben würde das Ende nur noch viel schwerer machen. Das Beste war, diese Verbindung aufzulösen, bevor er es sich anders überlegte. Bevor er in den Tiefen von Elisabeths dunklen Augen ertrank oder die Süße ihrer Lippen schmeckte.

Und so wurde Freddie zu der Waffe.

Zu der tödlichen Klinge, die er gnadenlos gegen sich selbst gerichtet hatte.

Nur war es nicht der tödliche Hieb gewesen, den er erwartet hatte, sondern hatte sich irgendwie so angefühlt, als wäre etwas in ihm losgerissen. Er schloss die Augen und sah … nichts. Keine scharfkantigen Bruchstücke quälender, in seinem Unterbewusstsein eingeätzter Erinnerungen. Nichts. Es war, als hätte das Öffnen der alten Wunde sie gereinigt und ihr endlich ihre Macht genommen.

»Wie eine Katze mit sieben Leben«, bemerkte Helena Roseingrave von der Tür her. Wie üblich war sie eingetreten, ohne anzuklopfen oder eine Einladung abzuwarten. Sie warf ihm ihren gewohnten eisigen Blick zu, und als er für einen Moment auf seiner Tätowierung verweilte, flackerte irgendein verlorenes Gefühl in ihren Augen auf. »Ich habe das schon einmal gesehen.«

Brendan zog sein Hemd über den Kopf. »Das Symbol einer verlorenen Sache«, knurrte er.

Helena trat ein und zog die Tür hinter sich zu. »Deine *Braut* ließ mir ausrichten, du wolltest mich sprechen.«

Eine Welle unbeherrschten Zorns erfasste ihn bei ihrem herablassenden Ton. »Über mich kannst du sagen, was du willst, aber ich will nie wieder ein gottverdammtes negatives Wort über Elisabeth von dir hören. Hast du das verstanden?«

Jetzt sprühten ihre Augen förmlich Feuer. »Du spielst den verliebten Bräutigam? Wie nobel von dir!« Dann versteifte sie sich. »Was willst du, Douglas? Ich habe genug damit zu tun, deine Fehler zu bereinigen, also entschuldige bitte, wenn ich nicht wie der Rest der weiblichen Spezies springe, wenn du rufst. Du wirst erleichtert sein zu hören, dass der Mann, den du niedergestochen hast, sich gut erholt.«

»Soll ich ihm vielleicht Blumen und eine Entschuldigung schicken?«, versetzte er spöttisch. Helena Roseingrave mochte ein kaltherziges Biest sein, doch sie war genau das, was er jetzt brauchte, um Elisabeth aus seinen Gedanken zu verdrängen. Es war nicht leicht, Trübsal zu blasen, während man verbale Spitzen mit einer Frau austauschte, die mehr als froh wäre, ihn gestreckt und viergeteilt zu sehen. »Das war das zweite Mal, dass einer der *Amhas-draoi* versuchte, mich zu ermorden.«

»Wundert dich das? Ich hatte dich gewarnt, dass wir Befehl

haben, dich bei bloßem Sichtkontakt zu töten. Glaubst du etwa, ich hätte übertrieben? Wenn Máelodors Männer von deiner Rückkehr erfahren haben, wissen auch die *Amhas-draoi* davon. Du hättest meine Anweisungen befolgen und bei Rogan bleiben sollen.«

»Ich bin kein Kind, das beaufsichtigt werden muss. Es ist mir jahrelang gelungen, mich auch ohne die Hilfe eines Magier-Jägers am Leben zu erhalten.«

»Selbst die größten Glückspilze haben hin und wieder Pech«, antwortete sie bitter. »Also sperr die Ohren auf und hör mir jetzt gut zu, Douglas! Hättest du diesen *Amhas-draoi* getötet, dann hätte ich dich höchstpersönlich umgebracht, ohne Rücksicht auf unsere Pläne. Ich mag zwar deinetwegen die Regeln nicht ganz so genau nehmen, aber wenn das hier auffliegt, gehst du allein unter, das schwöre ich dir.«

»Wie nobel von dir!«, verhöhnte er sie mit ihren eigenen Worten. »Hat die Bruderschaft entdeckt, dass wir zusammenarbeiten?«

»Soweit ich sagen kann, noch nicht, doch das könnte sich ändern. Sicherheitshalber wirst du deshalb nicht zur Duke Street zurückkehren. Du kannst kommen, um deine Sachen abzuholen, aber dann wirst du dich irgendwo in der Stadt verstecken und bedeckt halten müssen.« Sie öffnete die Tür und warf einen Blick auf den Gang hinaus, bevor sie sich mit grimmiger Miene wieder umdrehte. »Es dürfte nicht für allzu lange sein. Wie ich hörte, hat Máelodor das auf dich ausgesetzte Kopfgeld noch erhöht. Im Moment bist du ein guter Fang, Douglas.«

»Máelodor verzweifelt. Das Wiedererwecken des *Domnuathi* hat ihm fast die letzte Kraft genommen. Bald wird er zu krank sein, um Magie zu wirken.«

»Das mag sein. Doch solange er lebt, bleibt er eine tödliche Bedrohung. Stirbt er, nimmt er jede Hoffnung, deinen Namen rein zu waschen, mit ins Grab. Das ist ein ziemliches Problem.«

»Freut mich, dass du es so nennen kannst. Für mich ist es eine gottverfluchte Schei…« Er konnte sich gerade noch zusammenreißen.

Ihr Blick glitt durch das schmuddelige kleine Zimmer. »Es erstaunt mich noch immer, wie tief du gesunken bist, Douglas. Vom verwöhnten Sohn eines Earls zu dem hier«, sagte sie mit einer verächtlichen Handbewegung.

»Die Unterkunft ist nicht die beste, aber der Service ist hervorragend.«

»Schlagfertig wie immer, Douglas, doch ich glaube, nach den letzten paar Tagen kenne ich eines deiner Geheimnisse.«

»Dass ich im Adamskostüm schlafe?«

Sie starrte ihn finster an. »Deine Schuldgefühle haben dich fast umgebracht.«

»Zum Glück ist Scham nicht tödlich. Sie wirkt sich nur negativ auf den freien Willen aus«, entgegnete er mit einem gleichmütigen Schulterzucken und einem Galgenhumor-Lächeln, bevor er wieder ernst wurde. »Was wird aus Elisabeth, wenn ich dein Haus verlasse? Du musst mir versprechen, dass sich jemand um sie kümmern wird.«

»Sie kann gern bei *Grandmère* und mir bleiben, bis diese Sache ausgestanden ist und du zurückkommst, um sie abzuholen.«

Brendan schien sich vollkommen darauf zu konzentrieren, seine Schalkrawatte zu binden. Ohne auch nur einmal den Blick zu heben, hantierte er mit dem Knoten herum und murmelte etwas vor sich hin.

»Du hast gar nicht vor zurückzukommen, oder?«, fragte Helena. »Diese Heirat war eine einzige Lüge. Du wirst Elisabeth genauso sitzen lassen wie beim letzten Mal.«

Er warf die verflixte Krawatte auf das Bett. »Meine Heirat ist so rechtskräftig, wie ich sie machen konnte. Und du wirst sehen, dass Mr. McKelway seine Beteiligung an der Sache überall herausposaunt, wenn es so weit ist. Aber du hast recht, ich glaube nicht, dass ich zurückkommen werde. Und du rechnest auch nicht damit«, fügte er mit erhobener Augenbraue hinzu. »Also hören wir doch auf, uns etwas vorzumachen.«

Helena strich mit den Händen über ihren Rock und schob hochmütig das Kinn vor. Ihr Gesicht war eine Maske grimmiger Entschlossenheit. »Máelodor muss aufgehalten werden, Douglas. Die *Anderen* sind verängstigt und nervös, die Spannungen zwischen den Rassen schlimmer noch denn je. Es braucht nur den Aufstieg eines Anführers aus den Reihen unserer Leute, um ihre Unzufriedenheit zu Wut zu steigern, und die Welt wird nicht wissen, was über sie gekommen ist. Schon jetzt hört man Berichte von Racheakten der *Anderen* und Vergeltungsschlägen der *Duinedon*. Die *Amhas-draoi* bemühen sich, die Zwischenfälle einzudämmen, bevor sie eskalieren und nicht mehr unter Kontrolle zu bringen sind, aber wir sind schon überlastet. Es wird nicht mehr lange dauern, bis die Wut sich verbreitet wie ein Strohfeuer.«

»Das war es, worauf die Neun vertrauten.«

»Du hast selbst gesagt, dass Máelodor dich lebend will.« Ihr Ton war fast versöhnlich. »Seine Bosheit ist vielleicht dein bester Schutz.«

Brendan knöpfte seine Weste zu und zog die Jacke über. »Máelodors Vorstellung von *lebend* würde ich jederzeit den Tod vorziehen.«

»Dann können wir nur hoffen, dass du die Wahl haben wirst.«

Vielleicht hatte ihm irgendwas den Verstand vernebelt. Oder er versuchte nur, Jack ein für alle Mal loszuwerden. Oder vielleicht tat ihm Helena, die sich so mitfühlend gezeigt hatte, wie es ihrem Charakter möglich war, einfach nur leid. Wenn er es genau bedachte, war vielleicht sogar *sie* es, die verwirrt war. Doch wie dem auch sei, auf jeden Fall hörte er sich sagen: »Ich glaube, du kanntest einen Cousin von mir. Jack O'Gara. Ein großer, kräftiger, sehr männlicher Bursche mit auffallend blondem Haar.«

Helena versteifte sich und warf ihm einen giftigen Blick zu. So viel zu ihrem Mitgefühl. »Ja, ich kannte ihn. Und?«

»Nun ja, weißt du, da ist etwas, was du über ihn wissen solltest …«

»Er ist tot, Mr. Douglas. Das ist alles, was ich wissen muss.« Ihre Augen waren schwarz wie Obsidian, als sie mit der arroganten Haltung eines Schwertkämpfers hinausstolzierte, ohne Douglas einen weiteren Blick zu gönnen. Er hätte wissen müssen, dass jede freundliche Geste seinerseits zurückgewiesen würde, doch zumindest konnte niemand sagen, er hätte es nicht wenigstens versucht.

Brendan sank auf einen Stuhl, schloss die Augen und ließ den angehaltenen Atem entweichen.

Was sein Cousin in dieser Frau sah, war ihm völlig unbegreiflich.

Kapitel Neunzehn

»Madame Arana? Sind Sie hier oben?«, rief Elisabeth. »Ich konnte den Metzger so weit beruhigen, dass er nicht mehr schäumte vor Wut, als er ging, aber Sie werden ihn nächste Woche bezahlen müssen, sonst kommt er mit seinem Bruder zurück, sagte er. Und das war eine Drohung, glaube ich. Es klang jedenfalls sehr beunruhigend, und es ist bestimmt nicht gut, Männer zu verärgern, die sich mit scharfen Messern ihren Unterhalt verdienen.«

Elisabeth, die inzwischen den Dachboden erreicht hatte, war wieder einmal sehr beeindruckt von der Helligkeit des großen Raumes, den prachtvollen Orientteppichen auf dem Boden und vielen kleinen Regalen voller Fläschchen und Tongefäße. Von den Besitztümern eines ganzen Lebens einer Frau, die wie ein geheimnisvoller Schatz auf diesem Dachboden versteckt waren.

Ihr Blick blieb auf dem Spiegel haften, aber weder Wolken ballten sich heute darin zusammen, noch bahnten sich von Blitzen durchzuckte Bilder einen Weg durch turbulente Dunkelheit. Und er spiegelte auch nicht Helenas Großmutter wider, sondern Brendan, der vor dem Spiegel stand, seinen goldenen Blick auf einen Stein gerichtet, den Elisabeth zuletzt an ihrem eigenen Hals gesehen hatte.

Den Sh'vad Tual.

In Brendans Hand nahm der Stein einen neuen, fast schon Furcht einflößenden Anblick an mit seinen stumpfen, grob bearbeiteten Rändern, dem Licht in seinem Inneren und den tausend verschiedenen Farben, in denen er zu glimmen und zu flackern schien. Brendans Blick vertiefte sich, während sein ganzer Körper sich versteifte und sein Kinn und Gesicht zu solch stählerner Härte erstarrten, dass sich nicht einmal ein Muskel darin regte.

Der Stein pulsierte, und die Farben wirbelten durcheinander, als tobte ein Sturm darin.

Brendan kniff die Augen zu, und ein heftiges Erschauern durchlief ihn.

»*Esh-bartsk Breán Duabn'thach. Mest Goslowea ortsk.*«

Der unheimliche, schnarrende Klang seiner Stimme ließ Elisabeth den Atem stocken.

»*Ana N'thashyl bodsk nevresh boa dhil warot.*«

Sie bohrte die Fingernägel in ihre Handflächen, weil ihre Schläfen plötzlich hämmerten, als wollte ihr der Kopf zerspringen, und ein leises Aufstöhnen entrang sich ihr.

Brendan fuhr herum, und der Stein wurde so dunkel und so leer wie seine Augen.

»Wenn ich Artus' Wiederauferstehung nicht verhindern kann, Lissa...«, der Schmerz in seiner Stimme zerriss ihr fast das Herz, »dann wird er sterben.«

Sie trat zu ihm. Schweiß glitzerte unter seinem offenen Kragen, und der Puls an seiner Kehle pochte wild. »Wer? Wer wird sterben? Artus?«, fragte sie und entwand Brendans Fingern den Sh'vad Tual.

Wie bei dem Spiegel, als sie ihn berührt hatte, schoss ein betäubend kaltes Prickeln ihren Arm hinauf und war für einen Moment sogar in ihrem Gehirn zu spüren.

Brendan fuhr sich mit den Händen über das Gesicht, und als er sie zurückzog, waren seine Augen nicht mehr dunstig vor Verwirrung. »Aidan. Ich sehe seinen Tod in meinem Kopf. Er ist schon einmal meinetwegen fast gestorben. Er trägt noch Teile der *Unsichtbaren* in sich. Eine Versuchung und eine Düsternis, die ihn sein Leben lang verfolgen werden.«

Wie der Mann, den sie in dem magischen Spiegel gesehen hatte, der blutüberströmt und sterbend auf dem Boden lag. Und die Kreatur, die in einem grausigen, qualvollen Angriff Besitz von ihm ergriffen hatte. Sie schloss die Hand um den Stein, weil der Schmerz sie von der Erinnerung befreite. Hatte Aidan diese Gräuel erlitten?

Nein. Sie hatte den Earl of Kilronan vor einem Monat noch gesehen. Er war gedankenverloren und reserviert gewesen, schien sich jedoch ziemlich gut erholt zu haben von seinem schlimmen Sturz von den Klippen vor einem Jahr. »Du irrst dich. Aidan ist wohlauf. Es geht ihm gut. Wenn wir all das hinter uns haben, kannst du dich selbst davon überzeugen.«

»Ich sagte dir doch schon, dass ich nicht nach Belfoyle heimkehren kann.«

»Das ist ja lächerlich. Natürlich kannst du das. Du musst es sogar. Dort wartet ein Leben auf dich und eine Familie, die wissen muss, dass du noch lebst.«

»Du verstehst nicht, Lissa. Ich bin es, der meine Familie zerstört hat.«

Vom Dachbodenfenster aus beobachtete Brendan, wie die kaltherzige Helena Roseingrave Killer unten im Garten an ihre Brust drückte und der Terrier ihr die nassen Wangen leckte. Seltsam. Hatte sie plötzlich ihr Herz für den kleinen Streuner entdeckt? Doch Brendans Gedanken blieben bei der stillen, nachdenklichen Frau, die hinter ihm saß.

»*Du* hast die *Amhas-draoi* nach Belfoyle geschickt. Das war es, was du meintest, als ich dich nach deinem Vater fragte«, sagte sie. »Aber du darfst dich deswegen nicht schuldig fühlen. Du hast nur versucht, das Richtige zu tun.«

Brendan erhob den Blick zu dem Gewirr von Dächern, rauchenden Schornsteinen und tief hängenden Wolken, die mit der Abenddämmerung aufzogen. »Und nur noch mehr Unheil damit verursacht. Wofür auch du ein erstklassiges Beispiel bist.«

Er wandte sich vom Fenster ab. Die untergehende Sonne warf Lichtstreifen auf den Boden und ließ in Elisabeths rotem Haar Funken sprühen. Brendans Blick fiel auf ihre linke Hand, an dessen Ringfinger sie den schlichten Goldring trug.

Entgegen Elisabeths Vermutung war er keineswegs als Don Juan von Land zu Land gereist und hatte überall gebrochene Herzen hinter sich zurückgelassen. Er hatte Erleichterung gesucht, wenn er sie gebraucht hatte, und sie sich gelegentlich auch selbst verschafft, war jedoch immer unberührt von tieferen Emotionen als sinnlicher Begierde und dem Bedürfnis nach gegenseitigem Trost geblieben. Zu Anfang war er sogar entsetzt gewesen über die gefühllosen Umarmungen und den Trost, den er in den Armen fremder Frauen fand, doch mit der Zeit gewöhnte er sich daran. Nur hatte er nie von alledem sein Herz berühren lassen. Es war zu riskant, es jemandem zu öffnen. Zuneigung oder gar Liebe machte anfällig für Schwäche, für Gefahr und, was am schlimmsten war, auch für Verluste.

Und Brendan hatte schon zu viel verloren.

Aber warum erfasste ihn dann Erregung statt Panik, als er seinen Ring an Elisabeths Finger sah? Warum wollte er zu ihr hinübergehen, sie in die Arme nehmen und ihren unvergleichlich süßen Mund küssen, bis sie um mehr bettelte?

Wann war er so dumm gewesen, sie in sein Herz hineinzulassen?

»Verdammt, das hätte nicht geschehen dürfen, Elisabeth! Ich kam aus einem einfachen Grund zurück nach Irland – um den Sh'vad Tual zu holen, bevor er Máelodor in die Hände fiel. Du spieltest dabei keine andere Rolle als eine schon fast vergessene Erinnerung.«

Ihr Gesicht versteifte sich, ihre Augen wurden noch dunkler. »Und jetzt?«

»Jetzt war ich unaufmerksam, und du bist hereingestürmt wie

ein Ozeanwind und hast mich an eine Vergangenheit erinnert, die ich mit aller Macht hatte vergessen wollen. Du bist *Heimat*, Lissa. Weite, wolkenbedeckte Himmel, grüne Felder, kühle Nebel und das Rauschen der Brandung.«

Nun lächelte sie wieder. »Das ist gut.«

»Nein, es ist das Schlimmste, was mir passieren konnte.«

»Also wirklich, Brendan – jetzt verwirrst du mich.«

»Wenn du bei mir bist, bin ich gezwungen zu sehen, wie viel ich verloren habe und was ich niemals haben kann. Nicht, wenn ich wirklich die Bedrohung beenden will, die ich ins Leben gerufen habe.«

»So weit wird es nicht kommen. Helena wird da sein. Sie und Rogan …«

»Darauf kann ich mich nicht verlassen. Máelodor hat nicht so lange überlebt, ohne alle Möglichkeiten zu kennen und sich ihrer zu bedienen.«

»Du vergisst, dass du auch überlebt hast.«

»Du hast aber auch wirklich auf alles eine Antwort.«

»Und du hättest mir nichts von alldem erzählt, nicht wahr? Was hattest du vor, Brendan? Heute noch fortzugehen und nie wieder zurückzublicken?«

Genau das hatte er vorgehabt, ja. »Es erschien mir wie das Beste.«

»Für wen? Für dich? Na klar, warum auch nicht? Du bist so lange auf der Flucht gewesen, warum also nicht einfach damit weitermachen? Und mich zurücklassen, um hinter dir aufzuräumen. Das hast du ja schon einmal getan. Wahrscheinlich wird es mit jedem Mal ein bisschen leichter.« Ihre Stimme wurde schärfer. »Aber merk dir eins: Keine noch so große Entfernung kann dich retten vor den Gespenstern, vor denen du fliehst. Also geh nur und versuche zu vergessen! Wetten, dass du das nicht kannst?«

»Verdammt noch mal! Das ist genau das, was ich vermeiden wollte. Eine Szene mit einer hysterischen Frau.«

»Ich bin nicht hysterisch.«

»Dann eben eine Frau, die unter Wahnvorstellungen leidet.«

Die Faust kam aus dem Nichts heraus.

»Verdammt noch mal, Elisabeth!«, fauchte er und packte sie am Oberarm. »Kannst du es nicht lassen, mich zu schlagen, bis wir unseren Streit beendet haben?«

Sie stützte eine Hand auf ihre Hüfte. »Ich weiß nicht. Kannst du es lassen, ein Blödmann zu sein?«

Brendan musste wider Willen lächeln. Wie typisch für Elisabeth! Statt des üblichen weiblichen Geplärres und Gejammers ging *sie* einem direkt an die Kehle. Ein schon fast lächerlicher Stolz erfasste ihn. Diese einzigartige, berauschende, irritierende, wunderbare, dickköpfige Frau gehörte ihm.

Er ergriff sie sanft an den Schultern, und obwohl ihre Augen noch immer Funken sprühten, schien der Kampfgeist in ihr abgeebbt zu sein. »Das versuche ich dir ja gerade zu sagen. Ich werde mich den Dämonen, die ich entfesselt habe, endlich stellen. Ich laufe nicht mehr weg. Und ich werde auch nicht vergessen. Selbst wenn ich wollte, könnte ich das nicht.«

Wieder reagierte sie nicht wie erwartet. Sie füllte das entstandene Schweigen nicht mit falschen Hoffnungen oder Einwänden aus, verfluchte nicht das Schicksal und warf sich auch nicht in seine Arme, um ihn anzuflehen zu bleiben, was beide in Verlegenheit bringen würde.

Oh nein, sie schaute ihn nur mit einer steilen Falte zwischen ihren Brauen und leicht geschürzten Lippen ruhig an. Lange Sekunden verstrichen, und das Gewicht ihres festen Blickes war immer schwerer zu ertragen.

Ach, zum Teufel! Er würde es riskieren. Nervös griff er nach ihrer Hand und spürte, wie sich seine Nerven anspannten. Auch seine Schultern verspannten sich. Weil es ihn ängstigte, wie leicht es war, ihr Dinge zu sagen, die er noch keinem anderen anvertraut hatte. Wie sehr er sich schon auf sie verließ.

Nur um sie dann ebenso schnell, wie er Vertrauen zu ihr gefasst hatte, auch wieder zu verlieren.

Und sie legte ihre kühle, sanfte Hand in seine, trat ohne das geringste Zögern näher und erhob das Gesicht zu ihm. Ihr Kuss war so sanft, wie ihre Worte schroff gewesen waren. Ihr Duft stieg ihm in die Nase und erfüllte seinen Kopf.

Er erwiderte den Kuss, sehr sachte zunächst nur, bis sie einladend die Lippen öffnete und die warme Feuchte ihres Mundes ein hemmungsloses Begehren in ihm weckte. Ein Bedürfnis, sie als die Seine zu markieren, ihr mit seiner Berührung gewissermaßen seinen Stempel aufzudrücken und sich ihrer Seele für immer einzuprägen.

Máelodors Männer nahten. Er spürte ihr Kommen in seinen Knochen, seinen Nerven und als suchendes Geflüster in seinem Geist.

Bis dahin jedoch würde Lissa ihm gehören.

Er würde diese zarte Haut mit Küssen bedecken, seine Hände um diese festen Brüste legen, seine Lippen an ihrem schlanken Hals hinunterwandern lassen und sein Gesicht in der duftenden Fülle ihres Haares vergraben. Ihm blieben vielleicht nur noch ein paar Stunden, aber diese Zeit würde er nutzen, um sich für immer in ihrer Erinnerung einzunisten, bevor er ging.

Bevor sie zur Witwe wurde, würde sie wissen, was es bedeutete, verheiratet zu sein.

Elisabeth reagierte auf Brendans Ungeduld, indem sie ihm die Arme um den Nacken schlang und hoffte, sich im Rausch seiner Umarmung zu verlieren. Und für ein paar kostbare Momente die

Realität hinter seinem schrecklichen Geständnis zu vergessen. Er würde gehen und – wenn nicht ein Wunder epischen Ausmaßes geschah – nie wieder zurückkehren.

Brendan hatte versucht, es ihr verständlich zu machen. Außer die Wahrheit in großen roten Lettern für sie aufzuschreiben, hatte er alles versucht, doch in ihrer Verzweiflung hatte sie seine Worte ignoriert und seine Warnungen als letzten Versuch gewertet, den Fesseln einer für ihn belastenden Ehe zu entkommen.

Nichts war bei Brendan jemals leicht.

Angesichts seiner unerbittlichen Entschlossenheit, Máelodor gegenüberzutreten, war sie zuerst zu schockiert und dann zu betäubt gewesen, um zu reagieren. Widerspruch wäre zwecklos. Brendan bezeichnete *sie* als dickköpfig, doch es gab keinen eigensinnigeren Mann als ihn, und dieser störrische Zug um sein Kinn war ihr nur allzu gut bekannt.

»Wirst du mir nicht sagen, dass ich ein Narr bin?«, murmelte er, und sein warmer Atem an ihrem Nacken sandte ein Kribbeln über ihren Rücken und in ihren Bauch. »Oder verrückt? Oder beides?«

»Würde es dich umstimmen, wenn ich es täte?«

Sein Blick verschärfte sich, seine Hände schlossen sich noch fester um ihre Taille. »Nein.«

»Dann liebe mich, Brendan!«, flüsterte sie. »Das wird genügen müssen.«

Seine Lippen strichen über ihre Stirn und ihre Schläfen, glitten hinter ihr Ohr und an ihrem Hals hinunter. Überall, wo er sie berührte, prickelte ihre Haut. Jeder Kuss sandte Hitzewellen durch ihren Körper, die sich an ihrer intimsten Stelle zu bündeln schienen, bis sie brannte vor Verlangen. Brendans Hände hantierten an den Knöpfen an ihrem Rücken, bis ihr Kleid zu ihrer Taille hinunterglitt und ihre Brüste entblößt waren, deren zarte Spitzen sich in der kalten Luft sofort verhärteten.

Zärtlich legte er die Hände um ihre Brüste und strich mit dem Daumen über die kleinen Knospen. Dann senkte er den Kopf und nahm eine zwischen seine Lippen, um sie mit der Zunge zu umspielen, bis eine exquisite, prickelnde Erwartung Elisabeth ergriff. Ein leises Stöhnen entrang sich ihr, als sie Brendans Hemd aus seiner Hose zog, um mit den Händen über seine kräftige Brust zu streichen. Fiebriges Verlangen durchströmte sie. Sie ließ die Hüften an ihm kreisen und spürte das ganze Ausmaß seiner männlichen Begierde an ihrer intimsten Körperstelle.

Brendan ließ sich auf die Knie fallen und schob seine Hände unter ihre Röcke, um den Stoff zu ihren Hüften hinaufzuschieben, bis ihre Strümpfe, Strumpfbänder und bebenden Beine sichtbar wurden. Elisabeth errötete vor Verlegenheit, aber nur für einen Moment, bevor hemmungslose Leidenschaft die Oberhand über alle schwächeren Empfindungen gewann. Ihr Magen verkrampfte sich, ihr Herz pochte fast schmerzhaft hart gegen ihre Rippen, als Brendans Mund und seine Finger sich langsam auf die feuchte Hitze zwischen ihren Schenkeln zubewegten. Seine sachten, federleichten Berührungen stürzten Elisabeth in einen Wirbel sündhaften Begehrens, bis sie die Zähne zusammenbiss, um ihn nicht anzuflehen, niemals aufzuhören.

Und dann streichelten und liebkosten seine Hände sie, wo ihre süße Qual am größten war, und sie fuhr zusammen und unterdrückte einen Aufschrei, als er mit der Zunge die empfindsame kleine Knospe dort umspielte. Elisabeths Beine zitterten, und sie glaubte, schier zu zerfließen unter den aufreizenden Liebkosungen seiner Zunge und seiner Hände. In hilfloser Verzückung grub sie Brendan die Nägel in die Schultern, und ohne seine Arme um ihre Taille hätten ihre Knie ihr jeden Augenblick den Dienst versagt.

Ihr Verlangen steigerte sich zu einer schier unerträglichen Spannung, das sich genau an der Stelle, die Brendan gerade küsste und liebkoste, zu bündeln schien und ein heftiges, fast nicht mehr zu ertragendes Pulsieren tief in ihrem Innersten auslöste. Ein Zittern durchlief sie, und sie konnte kaum noch atmen, als er seine erotischen Zärtlichkeiten noch intensivierte und eine wahre Sturzflut sinnlicher Gefühle sie überwältigte. Mit einem spitzen Schrei bäumte sie sich auf und bog sich ihm entgegen. Wogen purer Ekstase durchfluteten sie, und alles in ihr zog sich zusammen.

Der Puls an Brendans Nacken pochte ebenso heftig wie die Stelle zwischen ihren Beinen, als er sich aufrichtete und Elisabeth so mühelos, als wöge sie nicht mehr als eine Feder, auf das alte Himmelbett warf, deren klumpiger Matratze Kampfergeruch und Staub entstiegen. Aber es hätte auch eine Steinplatte sein können, so gleichgültig war ihr das im Moment.

Unverhohlenes Verlangen glitzerte in Brendans Augen, die sie nie glutvoller und gefährlicher gesehen hatte. Dies war kein sanfter Liebhaber, den sie vor sich hatte, sondern ein Mann, der durch nichts mehr aufzuhalten war. Ein Raubtier. Ein Eroberer. Innerhalb von Sekunden befreite er sich von seiner Hose und zog sein Hemd über den Kopf, kniete sich über sie und ließ seinen heißen, hungrigen Blick über ihren Körper gleiten, bis ein feiner Schweißfilm ihre Haut bedeckte und sie vor Erwartung bebte.

Sie küsste ihn und nahm ihren eigenen Geschmack auf seiner Zunge wahr, während sie die Hände zu seiner Erektion hinuntergleiten ließ, um ihn zu sich zu führen, und sich ihm einladend entgegenbog, bis er an ihren Lippen stöhnte.

Einen köstlichen Moment lang blieben sie so, weil keiner diese süße Qual beenden wollte. Doch schließlich zog er sich aus ihr zurück, nur um gleich wieder tief in sie einzudringen. Sie schlang die Beine um ihn und passte sich seinem harten, schnellen Rhythmus an, der von Trauer, Verlust und einer Liebe geprägt war, die im Keim erstickt worden war, bevor sie eine Chance gehabt hatte zu erblühen.

Eine Bewegung erregte Elisabeths Aufmerksamkeit, und sie wandte den Kopf, um einen Blick auf ihre körperliche Vereinigung im Spiegel zu erhaschen. Ihr Haar fiel wie ein roter Wasserfall auf ihre Schultern, während Brendans geschmeidiger, muskulöser Körper sie mit kraftvollen Bewegungen nahm und sie sich in wilder Lust noch enger an ihn presste. Zu beobachten, wie er sie liebte, war eine neue, über alle Maßen erregende Erfahrung. Elisabeth lächelte. Sie spürte, dass sie am Rande eines Abgrunds schwankte, bis die Intensität ihrer Gefühle sie überwältigte und sie sich in hilfloser Verzückung unter ihm wand. Versengende Ströme vulkanischer Hitze rauschten durch ihre Adern, und ein triumphierender Aufschrei kam über ihre von Brendans Küssen angeschwollenen Lippen.

Er flüsterte ihren Namen wie ein Gebet, seine Nackenmuskeln waren angespannt, sein Rücken nass vor Schweiß, als er ein letztes Mal tief in sie eindrang und sich auf dem Höhepunkt seiner Ekstase wild erschauernd in ihr verströmte. Danach blieb er einen Moment ermattet liegen, noch immer inniglich mit ihr vereint, und küsste ihre Wange und ihre Augenlider. »Falls das deine Vorstellung von einem Abschied ist, sollte ich öfter fortgehen.«

Er scherzte, doch es lag kein Humor in seinem Ton, und sein sonst so heller, goldener Blick überschattete sich schon.

Elisabeth, deren Körper von ihren ekstatischen Empfindungen noch glühte und zitterte, schloss die Augen. »Du solltest sehen, was ich erst bei einer Heimkehr tue.«

Ein freudloses Lachen kam tief aus Brendans Kehle. »Das würde ich sehr gern, meine süße Lissa.«

Sie schluckte die bitteren Tränen herunter, die in ihr aufstiegen, weil er sie nicht weinend in Erinnerung behalten sollte. »Ich auch, Liebster, ich auch«, sagte sie mit einem erzwungenen Lächeln und nahm sein Gesicht zwischen ihre Hände, um noch einmal tief in seine schönen, magischen Augen zu schauen.

»*Mon dieu!* Da seid ihr ja. Ich habe schon überall nach euch gesucht.«

Brendan und Elisabeth fuhren auseinander wie schuldbewusste Kinder, als Madame Arana, deren faltiges Gesicht zutiefst beunruhigt und alarmiert wirkte, sie auf dem Korridor vor Brendans Schlafzimmer erwischte.

Brendans Verwandlung von liebevoll und zärtlich zu grimmig und tödlich fand zwischen einem Herzschlag und dem nächsten statt.

»Unten ist ein *Amhas-draoi*«, berichtete Madame Aranda aufgeregt. »Helena ist außer Haus, aber er hat gesagt, er würde auf ihre Rückkehr warten.«

»Mist.« Brendan vibrierte förmlich vor Anspannung, und die Atmosphäre war mit einer unsichtbaren Energie geladen, die auf Elisabeths Haut kribbelte, die Härchen an ihrem Nacken aufrichtete und sie frösteln ließ. »Wenn sie mich hier entdecken ...«, murmelte er.

»Geh!« Elisabeth schob ihn weg. Ihr Herz klopfte zum Zerspringen, und Panik stieg in ihrem Magen auf. »Nimm, was du brauchst, und Madame Arana kann dich die Hintertreppe hinunterführen. Du wirst aus der Küche auf den Hof und in die Gasse dahinter schlüpfen können, während ich mich um den *Amhas-draoi* kümmere.«

»Bist du sicher?«

»Nein, doch entweder das oder all meine gute Pflege war umsonst.«

Brendan drückte einen Kuss auf die Innenseite ihrer Hand. »Sei vorsichtig, Lissa! Helena ist ein Schmusekätzchen im Vergleich zu den meisten anderen von ihnen.«

»Ich komme schon zurecht«, versicherte sie ihm und setzte eine tapfere Miene auf. »Schließlich bin ich nur eine einfältige *Duinedon*. Was könnte ich schon wissen?«

Sein mutwilliges Lächeln ließ ihren Magen kribbeln. Oder vielleicht war es auch nur ein Rest von wilder Panik. Schwer zu sagen. »Ich würde deinen *Duinedon*-Verstand jederzeit jeder beliebigen Menge *Anderen*-Magie vorziehen.«

»Was nur beweist, dass du immer noch nicht ganz gesund bist«, spottete sie. »Im Moment würde ich gutes Geld bezahlen für die Fähigkeit, wie ein Vogel zu einem sehr langen und sehr friedlichen Urlaub zu den Äußeren Hebriden zu fliegen.«

»Du hast wirklich eine merkwürdige Vorstellung von den Fähigkeiten der *Anderen*«, erwiderte er mit einem Aufflackern von Belustigung und Aufregung in den Augen.

Du liebe Güte, machte ihm das Ganze etwa auch noch Spaß? Mit beiden Händen schob sie ihn fort. »Hör auf, mich zu beschwatzen, und geh!«

Er zog sie in eine Umarmung, die ihr den Atem aus der Lunge trieb und sie ins Taumeln brachte. »Du wirst fantastisch sein. Fünf Minuten nur, mehr brauche ich nicht. So lange wirst du ihn beschäftigen können. Ich weiß, dass du es kannst, Lissa.«

Sie straffte die Schultern. »Fünf? Ich werde dir eine gute halbe Stunde geben. Es ist erstaunlich, wie gesprächig ich sein kann, wenn ich will. Wie Beaumont sagen würde: ›Frauen sollten nach dem Mittagessen eine Stunde reden. Das ist ihre Bewegung.‹«

»Du hörst dich geradezu erschreckend an wie deine Tante.«

Elisabeth rümpfte die Nase. »Ich werde das als Kompliment auffassen.«

»Das glaube ich dir sogar«, erwiderte er lachend.

Und dann war Brendan fort und überließ es ihr, sich allein der unbezähmbaren Wildheit von Scathachs Bruderschaft zu stellen. Das Letzte, was Elisabeth von ihm sah, als sich die Tür schloss, war sein gesenkter Kopf, sein kerzengerader Rücken und die geballten Fäuste an seinen Seiten.

Sie würde nicht zusammenbrechen. Und sie würde auch nicht ihren Gedanken nachhängen und schon gar nicht weinen.

Während sie die Treppe zum Salon hinunterging, beschwor sie den berühmten, anderthalb Jahrhunderte alten Fitzgerald'schen Stolz herauf, riss die Salontüren auf und trat in frostiger, hochmütiger Haltung ein. Ganz die verwöhnte reiche Erbin.

Ihr Besucher stand mit leicht gespreizten Beinen und dem Rücken zu ihr am Kamin. Er hatte breite Schultern und rotbraunes Haar, das seinen Kragen kaum berührte. Während Elisabeth ihn musterte, nahm er einen Zug aus einem Zigarillo und warf ihn dann ins Feuer.

»Miss Roseingrave ist außer Haus, Sir. Vielleicht kann ich Ihnen helfen?«, fragte sie und hoffte, dass er das leichte Zittern ihrer Stimme nicht bemerkte.

Er fuhr herum, seine bronzefarbenen Augen weiteten sich, und die Farbe wich aus seinen Wangen. »Elisabeth?«

Ihr schwindelte, als ein Rauschen ihre Ohren erfüllte und ihr Herz wie wild gegen ihre Rippen hämmerte. Sie lehnte sich an einen Sessel, umklammerte mit einer Hand ihre Röcke und versuchte verzweifelt zu verstehen. »Lord Kilronan? Aidan? Du lieber Himmel, bist du das tatsächlich?«

Kapitel Zwanzig

Elisabeth verschränkte fest die Hände im Schoß und zwang sich zu einer ruhigen, eleganten Haltung, als wären die Ereignisse, die sie gerade geschildert hatte, nicht der haarsträubende Stoff eines verrückten Albtraums. Magische Steine. Máelodors Kopfgeldjäger. Die Angriffe der *Amhas-draoi.* Artus' geplante Wiederauferstehung. Ach ja, und natürlich auch ihre Heirat mit einem Mann, der von jedermann für tot gehalten wurde.

Völlig banal und nicht wert, darüber auch nur die Stirn zu runzeln.

»Er hat diese Schuld die ganze Zeit mit sich herumgeschleppt wie einen verdammten Anker? Dieser dumme Junge müsste doch wissen, dass ich niemals denken würde …« Lord Kilronan beendete den Satz nicht. »Wäre ich doch nur eine Stunde früher gekommen!«

Ich sehe seinen Tod in meinem Kopf.

Brendans Worte kamen ihr wieder in den Sinn, doch war die Vision von Aidans Fall ein Zukunftsbild, das wirklich so wahr werden musste? Sicher nicht, wenn Brendan weiter darum kämpfte, es zu verhindern. Oder war seine wachsende Verzweiflung auf das Wissen zurückzuführen, dass das Schicksal, das er fürchtete, unausweichlich war?

Lord Kilronan schloss die Augen. »Dieser dreimal verfluchte Mistkerl!«, stieß er recht unfein aus, nahm eine nervöse Wanderung durch den Raum auf und trommelte dabei mit einer Hand gegen sein lahmes Bein. »Als Letztes hörte ich, dass er im Norden war. Warum zum Teufel sollte er …«

»Aidan?«

»Gott, und wenn die *Amhas-draoi* ihn finden … oder Máelodor? Alles verdammte Schweinehunde! Er ist verrückt, einen solchen Plan auch nur zu erwägen.«

»Aidan!«

Überrascht fuhr er herum.

»Du wusstest, dass er nicht tot war. Du wusstest es und hast nie etwas gesagt.«

Einer seiner Mundwinkel verzog sich zu einem ironischen Lächeln, das für einen Moment die Ähnlichkeit zwischen Lord Kilronan und seinem Bruder mehr als offensichtlich machte. »Ich dachte, du wärst der letzte Mensch auf Erden, der von Brendan Douglas' Weiterleben erfahren wollte.«

»Es wäre aber gut gewesen, vorgewarnt zu sein.«

»Ich kann nicht sagen, dass ich je mit seinem Erscheinen in Dun Eyre gerechnet hatte, doch wenn ich auch nur geahnt hätte, dass dieser verfluchte Stein hier war ...« Ein verdutzter Ausdruck verdüsterte sein Gesicht. »Allmächtiger, was für ein Schlamassel!«

»Wusstest du die ganze Zeit, dass Brendan noch am Leben war?«

Aidan ließ sich schwer in einen Sessel fallen. »Nein. Wie du hatte ich schon lange angenommen, er sei tot. Erst im vergangenen Frühjahr erfuhr ich von seiner Rückkehr nach Irland.« Er trommelte mit den Fingern auf die Sessellehne. »Ich habe ihn das ganze letzte Jahr gesucht und hoffte, ihn noch vor den *Amhasdraoi* zu finden.«

»Wieso wusstest du, dass du zu Helena kommen musstest?«

»Ich wusste es nicht.« Er zog einen mehrfach gefalteten Brief aus der Rocktasche. »Dieses Schreiben von einem alten Freund meines Vaters traf auf Belfoyle ein. Mr. Ahern schrieb, er habe unwiderlegbare Beweise, dass Brendan sich in Dublin aufhielt. Also brach ich unverzüglich auf, um mit Miss Roseingrave zu sprechen. Ich dachte, sie könnte vielleicht etwas über Brendans Aufenthaltsort wissen.« Er schüttelte den Kopf und lachte grimmig.

»Offenbar wusste sie tatsächlich etwas, doch ich kann verstehen, warum sie ihr Wissen für sich behielt. Sie weiß, dass ich jeden Plan vereitelt hätte, der sich darum drehte, Brendan als Lockvogel zu benutzen, um Máelodor zu fassen.«

»Aber Madame Arana sagte, du wärst ein *Amhas-draoi*. Warum hast du sie belogen?«

Er senkte den Kopf und massierte sich den Nacken. »Miss Roseingrave und ich stehen nicht gerade auf freundschaftlichem Fuß miteinander. Ich dachte, ich würde größere Chancen haben, sie zu sehen, wenn ich mich als Mitglied der Bruderschaft statt als der unselige Lord Kilronan vorstellte. Hätte ich gewusst, dass Brendan hier war …« Er nahm einen Zigarillo aus einem Etui, bückte sich, um ihn an einer Kerze anzuzünden, und tat einen langen, beruhigenden Zug. »Wohin wollte er, Elisabeth?«

Ihre Hände zitterten. »Ich weiß es nicht, Aidan.« Sie unterbrach sich, um den Kloß, der in ihrer Kehle saß, herunterzuschlucken. »Aber ich denke nicht, dass er die Absicht hat zurückzukommen. Ich glaube, Brendan ist sich sicher, dass diese … Sache nur mit seinem Tod enden kann.«

Aidan zog die Augenbrauen zusammen und verfiel in ein schockiertes Schweigen.

»Ich glaube, er wusste sogar schon, bevor er mich heiratete, dass ihm nicht viel Zeit blieb.«

Mit jedem Wort, das sie äußerte, wurden Aidans Schultern steifer, und seine ohnehin schon strengen Züge verhärteten sich noch mehr. Auch Elisabeth verkrampfte sich und drückte einen Arm auf ihren Magen, um den unerträglichen Schmerz in Schach zu halten.

Dann, als sie gerade dachte, sie würde schreiend aus dem Zimmer laufen, sprang Aidan fluchend auf, und ein betretenes Lächeln erhellte seine düstere Miene. »Wo bin ich nur mit meinen Gedanken? Ich sollte dir zu deiner Hochzeit gratulieren, statt hier herumzusitzen und zu grübeln. Brendan hätte keine bessere Wahl treffen können.«

Er zog Elisabeth in eine so feste, brüderliche Umarmung, dass seine Jacke an ihrer Wange kratzte und sie den Geruch von Rauch, Brandy, Staub und Mann wahrnahm.

Nicht eben die Reaktion, die sie von Aidan erwartet hatte. Sie nahm ihr den Wind aus den Segeln, verwirrte sie und verschlug ihr die Sprache. Und doch hätte sie ihm am liebsten die Arme um den Hals geworfen und ihn an sich gedrückt, weil er zu verstehen schien, wie verzweifelt sie sich wünschte, eine normale Braut mit einem normalen Ehemann und einem normalen Leben zu sein.

Er legte die Hände auf ihre Schultern und trat zurück, um ihr ins Gesicht zu sehen. »Das sind die besten Neuigkeiten, die ich seit Ewigkeiten hörte.« Die Haut unter seinen Augen war dunkel vor Erschöpfung, und Enttäuschung verkrampfte sein markantes Kinn. »Deine Tanten werden begeistert sein. Sie haben überall nach dir gesucht. Tatsächlich war ein Teil meiner Aufgabe hier zu sehen, ob ich etwas über dich erfahren konnte.«

Ihr war, als schlüge eine Kanonenkugel in ihren Magen ein. Ihre Tanten! Wie sollte sie ihnen nach alldem je wieder gegenübertreten? In dem zunehmenden Chaos ihrer Tage in Dublin war diese Frage irgendwie untergegangen. Aidans Erscheinen brachte sie jedoch wieder in den Vordergrund. »Geht es ihnen gut?«

Er ließ sie los, um wieder wie eine große Raubkatze durch den Raum zu tigern, und trommelte wie zuvor mit der Hand gegen seinen Schenkel. »Mrs. Pheeney hat sich ins Bett zurückgezogen, mit Hirschhornsalz für ihre Nerven und Magnesium für ihren nervösen Magen, aber Miss Sara hat mit unerschütterlicher Entschlossenheit den Skandal gebremst. Tatsächlich war sie sogar die Einzige, die dein Ausreißen nicht überraschte.«

Elisabeth ließ sich auf der Kante eines Sofas nieder, weil ihr Unwohlsein doppelt so stark wie vorher wiederkehrte. »Die gute

Tante Fitz! Sie wusste, dass Brendan zurückgekehrt war, weil sie ihn erkannt hatte.« Elisabeth rieb sich die schmerzenden Schläfen. »Und ich glaube, dass sie irgendwie geahnt hat, was geschehen würde.«

»Tatsächlich?«, brummte Aidan anerkennend. »Kein Wunder! Deine Großmutter hatte Magierblut.« Nachdenklich fuhr er sich mit einem Fingerknöchel übers Kinn, eine Geste, die Elisabeth bei Brendan wohl unzählige Male gesehen hatte. Die Kanonenkugel stieg in ihre Brust hinauf.

»War es so schlimm, wie ich es mir vorstelle, als meine Abwesenheit entdeckt wurde?«, wagte sie zu fragen.

»Ich war nicht in der Stadt während des ersten Aufruhrs, aber Lady Kilronan sagte mir, sie sei ein Hexenkessel, in der jeder jeden beschuldigte. Eine Gruppe wollte sich auf die Jagd nach dir machen und dich an den Haaren zurückschleifen, während die andere Partei mit dem ganzen Debakel nichts zu tun haben wollte.«

»Ich kann mir vorstellen, auf welcher Seite Gordon stand.«

»Offenbar verließen Mr. Shaw und sein Bruder Dun Eyre drei Tage nach dir und nach einem Streit zwischen den beiden und Lord Taverner. Dein Vormund soll sich wie eine richtige Bulldogge aufgeführt haben, hörte ich.«

»Oje.«

»Keine Bange. Ich glaube, deine Großtante kam dir sehr geschickt mit einer Enthüllung zu Hilfe, die den ganzen Haushalt in Aufruhr versetzte und die beiden Shaws zwei verblüfften Dorschen ähneln ließ. Das war aber die Meinung meiner Frau, nicht meine.«

Gott segne Tante Charity! Elisabeth wusste sehr gut, welche Art von Standpauke aus dem Mund ihrer unverblümten Großtante kommen konnte. Aber der arme Gordon! Es war nicht seine Schuld gewesen, obwohl es eine Erleichterung war zu wissen, dass sein Herz genauso wenig gelitten hatte wie das ihre. Er würde seine strahlende, politisch interessierte Gastgeberin schon noch finden, so wie auch sie den Mann gefunden hatte, den sie brauchte. Der ihre Beine in Wachs verwandelte und ihr Blut in Feuer. Der sie in die tiefsten, tückischsten Strömungen gezogen und es dann ihr überlassen hatte, zu schwimmen oder unterzugehen.

Aidan richtete sich auf und straffte entschlossen die breiten Schultern. »Komm heute Abend mit mir! Ich habe meine Reisekutsche in der Stadt. Du kannst nach Belfoyle zurückkehren, wo du sicher sein wirst und Cat und Sabrina entzückt sein werden zu erfahren, dass sie eine neue Schwägerin haben.«

Elisabeth schaute sich in Helena Roseingraves schlichtem, aber stilvollem Salon um. Das anheimelnde Feuer. Die dicken Orientteppiche. Das unbeschreibliche Gefühl, sich in einer völlig anderen Welt zu befinden, in der selbst die alltäglichsten Gegenstände von Magie durchdrungen waren.

»Ich bin versucht – aber danke, nein«, antwortete sie kopfschüttelnd. »Es klingt wahrscheinlich verrückt, nachdem das Einzige, was ich mir wünschte, seit ich in Brendans Gegenwart erwachte, nur wieder ein Zuhause war. Doch ich glaube, ich muss vorläufig hierbleiben.«

Aidans Augen verengten sich. Elisabeth hatte schon vergessen, wie stur er sein konnte. Ein typisch Douglas'scher Charakterzug ganz offenbar. »Als Brendans Frau bist du jetzt meine Verantwortung. Er würde dich in Sicherheit wissen wollen. Und deine Tanten werden erfahren wollen, was aus dir geworden ist.«

Elisabeth straffte die Schultern. »Ich werde Tante Fitz und Tante Pheeney unverzüglich schreiben, doch Madame Arana hat mir hier ein Zuhause angeboten, solange ich es brauche. Und ich brauche es. Ich will hier sein, wenn ...«, sie weigerte sich, »falls« zu sagen, »Brendan zurückkehrt.«

Etwas Dunkles, Zorniges blitzte in Aidans Augen auf, ein Anflug seines wilden *Anderen*-Blutes. Als tauchte für einen Moment ein Monster auf, bevor es wieder in der Tiefe versank. »Und wenn er nicht zurückkehrt? Máelodors Besessenheit von der Überlegenheit der *Anderen* hat ihn pervertiert, bis er nichts anderes mehr als das Böse in Form eines Mannes ist. Er ist kaum noch menschlich. Brendans Macht ist groß, aber ist sie groß genug?«

Elisabeth starrte in das Feuer und sah zwei glühende goldene Augen in der Glut, die einen warmen Hauch über ihr Gesicht sandten. Und trotzdem fühlte sie sich wie erfroren, und ihr Blut floss kalt und träge durch ihre Adern. Beherrscht von einer Furcht, die sie nicht verdrängen konnte.

»Was meinst du?«

Aidan warf seinen gerade erst angezündeten Zigarillo mit zitternder Hand ins Feuer. »Ich habe Brendan schon einmal verloren und weigere mich, ihn aufs Neue zu verlieren.«

In Elisabeths Lächeln schwang eine gewisse Traurigkeit mit, denn genauso dachte sie darüber.

Nach Aidans Aufbruch machte Elisabeth sich auf die Suche nach Madame Aranda und fand sie wie erwartet in ihrem Dachbodenzimmer, wo sie mit einer Näharbeit auf dem Schoß in einem Sessel saß. Aber die alte Dame nähte nicht, sondern starrte mit ernster Miene aus dem Fenster in die verregnete Nacht hinaus. Das verwaschene Licht der Straßenlaternen drang zu ihnen herauf, und Zugluft zischte durch die Ritzen in den Fensterrahmen und bewegte die Gardinen. Killer lag schlafend auf einem nahen Läufer, und sein leises, pfeifendes Schnarchen war irgendwie tröstlich in einer ansonsten etwas heiklen Stille. Madame Arana schien nur mit Mühe den Blick vom Fenster losreißen zu können, und ein seltsamer Schatten glitt über ihr Gesicht. »Ist Lord Kilronan fort?«

Elisabeth, die auf keinen Fall zu dem alten Bett hinübersehen wollte, das Brendan und sie erst wenige Stunden zuvor geteilt hatten, sog scharf den Atem ein. »Sie wussten, dass er kein *Amhasdraoi* war. Warum haben Sie ihn mir dann als solchen angekündigt?«

Madame Arana erhob sich steif und halb gebückt, als belasteten die wachsenden Probleme sie sehr. »Ich sehe viel Verwirrung in dem Spiegel. Alles ist im Fluss, und nichts ist sicher, obwohl ich jeden Tag das Glas befragt habe, in der Hoffnung, einen Sinn in all den Bildern zu erkennen. Das Einzige jedoch, was ich mit Sicherheit sagen kann, ist, dass Douglas dieser Herausforderung allein ins Auge sehen muss. Nur so wird er sich gegen Máelodor und seine eigenen Dämonen behaupten können. Lord Kilronans Gegenwart hätte die Ereignisse verändert, vielleicht sogar den Ausschlag für eine Wendung gegeben. Das konnte ich nicht erlauben.«

»Nicht erlauben? Wer sind Sie, Madame, um Menschen wie Figuren auf einem Schachbrett zu bewegen?«

Madame Aranas großmütterliche Art fiel von ihr ab, ihre Augen blitzten, und ein seltsames, unheimliches Leuchten erglühte unter ihrer Haut. »Ich tue, was ich tun muss, um das Überleben meiner Rasse zu sichern in einer Welt, die nur allzu schnell verurteilt. Genau wie Brendan Douglas tut, was er tun muss. Wir alle haben eine Rolle zu spielen. Vielleicht sogar du, Elisabeth. Denn obwohl du nicht von unserer Rasse bist, gehörst du doch zu unserer Welt.«

»Zeigen Sie es mir!«, forderte Elisabeth. »Zeigen Sie mir, was Sie gesehen haben!«

Zum ersten Mal wirkte Madame Arana misstrauisch, als ihr Blick zwischen Elisabeth und dem langen, halb im Dunkeln verborgenen Spiegel hin- und herglitt. »Ich verstehe nicht.«

»Sie sagten, der Spiegel würde mir enthüllen, was er weiß, wenn ich stark genug wäre, es zu akzeptieren. Ich bin stark genug. Also lassen Sie mich die Zukunft sehen!«

»Na schön.« Madame Arana ging zu dem Spiegel, entfernte das Seidentuch, das ihn wieder verhüllt hatte, von seiner Oberfläche und strich liebevoll mit der Hand über den polierten Rahmen. Sofort verdunkelte sich das Glas von schweren, sich auftürmenden und zusammenballenden Wolken, während die hübsch geschnitzten Waldtiere und Pflanzen auf dem Rahmen unter der magischen Berührung Madame Aranas zum Leben zu erwachen schienen.

»Komm näher, *ma puce!* Wenn der Spiegel will, wird er uns zeigen, was er weiß. Aber sei nicht enttäuscht, falls er beschließt, sein Wissen für sich zu behalten, oder dir etwas zeigt, was du nicht sehen willst! Er beantwortet meine Bitten, doch er befolgt keine Befehle, und ich kann ihn nicht zwingen, dir etwas zu zeigen, wenn er es für klüger hält, seine Geheimnisse zu wahren.«

Doch nun, da sie die Gelegenheit bekam, wurden Elisabeths Füße bleiern, das Herz hämmerte ihr in der Brust, und ihr Atem kam schnell und unregelmäßig. Was hatte sie sich nur dabei gedacht? Die Zukunft zu kennen war keine gute Idee. Nicht einmal, einen kleinen Blick hineinzutun.

Aber ihre Beine schienen sie über den Boden zu führen, ohne dass ihr Gehirn viel Wind darum machte. Gerade befand sie sich noch an der Treppe, und im nächsten Moment stand sie vor dem Spiegel, fasziniert von einem Prisma in allen Regenbogenfarben innerhalb der aufgewühlten schwarzen Wolken.

Nicht sicher, wie sie vorgehen sollte, da sie sich noch nie zuvor bewusst dazu entschieden hatte, in die Zukunft zu sehen, leerte sie ihren Geist von allem außer Brendans Gesicht – lachend, wild und voller Eifer. Mit diesem Bild im Kopf legte sie die flachen Hände an den Spiegel und stellte ihre stumme Frage an wen oder was auch immer ihr zuhören mochte.

Sofort hatte sie das Gefühl, als bildeten sich Eiskristalle in ihren Adern, und ihr Herz überzog sich mit einer frostigen Glasur, die jeden Atemzug zu weißen Winterwölkchen machte. Ihre Zähne klapperten, ihr Magen verkrampfte sich vor Kälte, und Taubheit verbreitete sich von ihren Fingern über ihre Arme bis zu ihrer Brust. Aber sie zog die Hände nicht zurück, sondern starrte hingerissen auf die tanzenden Farben, als die Wolken sich hier und da ein wenig teilten und den Blick auf eine Bewegung freigaben, die sich jedoch schnell veränderte oder verschwand, bevor Elisabeth sie richtig sehen konnte.

»Der Spiegel kann vergangene Ereignisse oder zukünftige Möglichkeiten offenbaren. Oder vielleicht zeigt er dir auch nur, was in deinem eigenen Herzen vorgeht. Es ist nicht vorauszusagen, was er tut.«

Madame Aranas Stimme kam von weither, ihre Worte gingen fast unter in den Geräuschen von Elisabeths Körper – dem Rauschen ihres Blutes in ihren Adern, dem Pfeifen ihrer Lunge und ihrer aufgeregten Atemzüge, dem Knirschen ihrer Gelenke, wenn sie sich bewegte, und dem Pochen ihres Hirns, das sich bemühte, einen Sinn im scheinbar Sinnlosen zu erkennen.

Ein Bild erschien, für einen Moment nur, aber lange genug für Elisabeth, um einen kurzen Blick darauf zu erhaschen. Ein Mann und eine Frau beim Liebesspiel, sein gebräunter Körper feucht vor Schweiß, ihr Kopf von einer Fülle roten Haares umgeben. Elisabeth errötete vor Verlegenheit und verspürte ein Kribbeln in ihrem Magen, als sie die rhythmischen Bewegungen des Mannes und die sinnliche Verzückung der Frau sah. Sie nahm sogar ein scharfes Ziehen zwischen ihren Beinen wahr, während sie das Paar den Höhepunkt der Lust erreichen sah.

Sie blinzelte, als das Bild wieder in den Wolken verschwand und ein anderes an seine Stelle trat. Es zeigte einen Mann, verkrüppelt und gebeugt vom Alter, mit einem fratzenhaften Gesicht, das glühte vor Gier, Verlangen und Triumph. Er wandte sich jemandem zu, der bis auf ein helles, völlig emotionsloses Auge in dem Nebel fast nicht zu erkennen war.

»Beantwortet der Spiegel deine Fragen, oder spielt er den koketten Geliebten, der sich in ein verführerisches Schweigen hüllt?«, fragte Madame Arana.

Elisabeth versuchte zu schlucken, doch ihre Kehle war eng, ihr Mund wie ausgedörrt und ihre Zunge angeschwollen. Sie konnte nicht blinzeln und sich nicht rühren. Nur deshalb sah sie das letzte flüchtige Bild – den zerschmetterten Körper eines Mannes unter einem roten, rauchverschmutzten Himmel. Ein Schmerzensschrei, der Elisabeth das Blut in den Adern gefrieren ließ, stieg zu diesem Himmel auf.

Würgend und mit einem erstickten Stöhnen riss sie sich von dem Spiegel los und warf sich in Madame Aranas offene Arme. Elisabeths Schluchzen brach die eisige Schale auf, die sie umschloss, und Tränen versengten ihre Wangen und rannen heiß und bitter in ihren Mund.

»Was ist denn, Kindchen? Was hat der Spiegel dir gezeigt?«

»Brendan wird nicht allein sein.« Elisabeth schloss die Augen, aber das Bild versengte ihr Gehirn wie Feuer. »Ich werde bei ihm sein, wenn er stirbt und Máelodor den Sieg für sich in Anspruch nimmt.«

Norden. Süden. Osten. Westen.

Erde. Luft. Wasser – Máelodor hielt eine Flamme an den Docht – Feuer.

Alles war bereit, um aus der in der vereinten Kraft von Himmelsrichtungen und Elementen enthaltenen Magie zu schöpfen. Um das Gefüge zwischen dieser Welt und dem Abgrund der *Unsichtbaren* zu zerreißen.

Als Máelodor in den Kreis trat, fühlte er augenblicklich die Macht der verbotenen Magien in sich eindringen. Schmerz berührte ihn nicht mehr, Unsicherheit schwächte ihn nicht länger. Er war nicht mehr an ein einziges Universum gebunden. Sein Bewusstsein erstreckte sich jetzt auf andere Welten, andere Ebenen des Seins, während er auf einem Gedankenstrom dahinreiste. Die Erlangung dieser Macht hatte ihn einen hohen Preis gekostet – einige würden sogar sagen, einen *zu* hohen –, aber er wusste es besser. Wissen erforderte Opfer. Genau wie Siege.

Und er wollte beides.

Als er die Blutrunen auf den Boden warf, rang seine Lunge nach Atem, weil Luft und Licht durch ein nadelfeines Loch nach außen flossen, als hätte jemand ein Messer in die Welt getrieben und zöge mit einem brutalen Schnitt einen Riss hinein. Hinter dem Riss tauchte eine furchtbare Leere auf, ein Abgrund eisigen, ewigen Nichts, das die Wohnstätte des Dunklen Hofes war. Und eine Stimme erhob sich aus dieser Einöde wie der Ruf der Loreley – rein, schwermütig und voller Schmerz. »Ist die Zeit gekommen, oh Großartiger? Können wir Euch endlich unsere Dankbarkeit und Loyalität beweisen? Eure bescheidenen Diener können es kaum erwarten, sich Euch anzuschließen.«

»Geduld«, erwiderte Máelodor. »Der Stein wurde gefunden. Es wird jetzt nicht mehr lange dauern, bis Artus an meiner Seite steht und ich euch die Tore öffnen werde. Gemeinsam werden wir jeden Widerstand überwinden. Die *Duinedon* werden keine Chance haben.«

Ein langes Schweigen entstand, und alles, was zu hören und zu sehen war, war ein Gebrüll und die höllische Leere des Abgrunds hinter dem Riss, die von einer Million flackernder Schwarztöne erfüllt war. Dann: »Die Magier vermuten nichts? Sie würden uns aufhalten, wenn sie könnten.«

»Sie wissen nach wie vor nichts von unserem Vertrag.« Máelodor fühlte, dass seine ganze Essenz in das Loch gezogen wurde und die *Unsichtbaren* an ihm nagten wie Würmer an einer Leiche. Doch in diesem Fall ersetzten sie, was sie ihm stahlen, mit Teilen von sich selbst. Mit Dunkel für Licht und Macht für eine Seele. Sie verstanden, dass es ihre einzige Chance auf Befreiung aus ihrem Gefängnis war. »Eure Vertuschungszauber, verbunden mit meinen eigenen Manipulationen, haben sie woandershin schauen lassen, sodass ich in aller Ruhe weitermachen konnte.«

»Wir warten nur noch auf Euch, unseren Herrn und Befreier. Wenn das Tor geöffnet wird, werden wir kommen und kämpfen. Es wird sein, wie Ihr befehlt.«

Máelodor lächelte und fuhr sich in freudiger Erwartung mit der Zungenspitze über die Lippen. »Dann geht, haltet eure Armeen bereit und erwartet meinen Ruf!«

Er bückte sich, um mit einer Hand die Runen und das Blut, in dem sie geschrieben waren, zu verwischen. Sofort schloss sich der Riss zwischen den Welten und wurde wieder zu vier, von ebenso vielen Gegenständen gekennzeichneten Ecken – einer Kerze, einem Häufchen Erde, einer Adlerfeder und einem flachen Teller Wasser.

Während der Sprung in der Erde verheilte, erhob sich eine letzte Stimme wie der Todesschrei von Millionen: »*Erelth, skoa.* Bald.«

Kapitel Einundzwanzig

Macklin's, dessen Fenster von einem halben Jahrhundert Rauch und Schmutz beschlagen waren, befand sich auf halber Höhe der Cutpurse Row. Von der anderen Straßenseite aus beobachtete Brendan das Gewühl von Händlern mit Karren voller Fisch oder Hühnerkäfigen, einen Messerschleifer und einen Mann mit bullenstarken Armen und fleckigen Zähnen, der etwas, was wie eine halbe Kuh aussah, auf seinen breiten Schultern schleppte. Die Rufe der Straßenhändler vermischten sich mit dem Geschrei der Kinder, die sich durch die Menge drängten. Jemand schrie, man solle einen Dieb aufhalten. Die Glocken einer nahen Kirche läuteten. Aus dunklen Eingängen drang das Stöhnen von Bettlern, und über die schmale Straße rumpelte ein kleiner Pferdekarren.

Eine vollbusige junge Frau winkte Brendan aus einer nahen Gasse, bückte sich, um ein fallen gelassenes Taschentuch aufzuheben und ihm so einen guten, tiefen Blick in ihren großzügigen Ausschnitt zu gewähren. Als Nächstes zog sie ihre Röcke bis zu den Knien hinauf, um ihm einen kleinen Vorgeschmack darauf zu geben, was für ein paar Münzen und ein paar Minuten ihm gehören könnte.

Brendan tippte sich lächelnd an den Hut, blieb aber stehen, wo er war.

Eine kalte Klinge presste sich an seine Kehle. »Erwischt. Jetzt bist du dran.«

Einen Moment lang dachte er, es sei vorbei, doch dann sagte er: »Ein bisschen höher und nach links, und du kannst uns beide aus unserem Unglück erlösen«, weil er die Kraft von Helena Roseingraves Hand hinter dem Stahl spürte.

Das Messer wurde zurückgezogen. »Das wäre zu leicht, mein Freund, aber wenn du dich so verhältst, kann ich mich nur fragen, wie du so lange überlebt hast.«

Er hatte nie die Konzentration verloren, nie in seiner Aufmerksamkeit nachgelassen. Und vor allem hatte er sich niemals erlaubt, sich in dummen Fantasien zu verlieren. Das war das Geheimnis seines Überlebens. Bis vor ein paar Wochen. Bis Elisabeth Fitzgerald wieder in sein Leben getreten war.

Noch einmal blickte er die Straße hinauf und hinunter und suchte nach Anzeichen, dass er verfolgt worden war. Die junge Frau hatte sich mit einem Seemann in die Gasse zurückgezogen. Der Dieb war von einer Bande enthusiastischer Jugendlicher gefasst worden, die ihn schlugen und traten, während er mit seinem gestohlenen Laib Brot über den Boden rollte.

»Mach dich nützlich, wenn du schon mal hier bist!«, sagte er zu Helena. »Ist irgendein *Amhas-draoi* hier draußen? Laufe ich in einen Hinterhalt?«

»Das hast du schon getan, scheint mir.«

Er warf ihr einen bösen Blick zu, als sie mit schmalen Lippen und einer kleinen Falte zwischen den Brauen den Blick über die Straße gleiten ließ. »Keiner, den ich spüren kann. Doch kannst du mir jetzt sagen …«

»Lass uns gehen!« Brendan wandte abrupt den Kopf ab, um weitere Gespräche zu verhindern, und trat aus der Gasse, ohne auch nur zurückzublicken, ob sie ihm folgte.

Mit schnellen Schritten überquerte er die Straße und stieß die Tür zu der Schenke auf. Rauch hing über den Tischen wie eine dichte Wolke. Ein Schankmädchen rief dem Mann an der Theke eine Bestellung zu. Ein schroffes Brüllen war die Antwort. Männer saßen in gebückter Haltung an den Tischen und hielten Krüge voll flüssigen Vergessens zwischen den knotigen, abgearbeiteten Händen. Der Gestank von verschüttetem Alkohol und der Mief ungewaschener Körper brannte Brendan in den Augen, als er sich in dem Halbdunkel nach seinem Cousin umsah.

Eine Hand erhob sich müde. Ein Zeichen für die Magd, ein weiteres Bier zu bringen. Brendan lächelte. Er hatte Jack gefunden.

Er bahnte sich einen Weg an den Tischen vorbei und grinste dabei über die anzüglichen Angebote und trunkenen Pfiffe hinter ihm. Einmal griff eine Hand nach Miss Roseingrave. Ein erschrockener Aufschrei, und die Hand wurde schnell zurückgezogen, während Helena dem Kerl unmissverständlich erklärte, welche Körperteile ihr Messer als Nächstes spüren würden, falls der Übeltäter in Zukunft seine Finger nicht bei sich behielt.

Aber es war nicht der bedrohte Trinker, der mit einem überraschten Fluch antwortete, sondern Jack O'Gara, dessen Gesicht sogar im Dämmerlicht der Schenke kreidebleich wurde. »Ach du Schande! Was macht sie denn hier?«

»Ich traue meinen Augen noch immer nicht, Junge. Es ist, als sähe ich ein Gespenst. Ich meine, hier sitzt du vor mir. Quicklebendig. Und kaum verändert, seit ich dich das letzte Mal gesehen habe.«

»Du solltest mal deine Brille putzen, falls du das tatsächlich denkst, Daz.« Brendan drehte seinen noch randvollen Bierkrug in der Hand.

Der alte Mann schob seine Brille auf die Stirn und wischte sich mit einem riesigen Taschentuch über die Augen und die schweißglänzende Stirn. Nachdem er sich noch einmal laut die Nase geschnäuzt hatte, steckte er es in die Tasche eines mit Goldborte abgesetzten, früher einmal scharlachroten und heute nur noch rosafarbenen Samtjacketts.

Daz Ahern mochte zwar der Meinung sein, dass Brendans Aussehen sich nicht verändert hatte, aber das ließ sich leider nicht von dem Bär von Mann behaupten, den Brendan in Erinnerung gehabt hatte. Daz wirkte ernüchtert, desillusioniert, als hätten die Jahre das Leben aus ihm herausgetrieben. Seine Schultern waren gebeugt, seine Brust viel schmaler als früher, und die Haut hing buchstäblich von seiner einst so stämmigen Gestalt herab. Sein Haar war dünn und glatt geworden, sein Gesicht gerötet vom Alkohol, und sein Blick hinter der großen Brille war kurzsichtig und geistesabwesend. Und zu allem Überfluss war er mit einem fleckigen, abgetragenen Anzug bekleidet, der seit mindestens zwanzig Jahren aus der Mode war.

Daz war der engste Freund von Brendans Vater gewesen. Ein fröhlicher, lebensfroher Berg von einem Mann, der immer Pfefferminz in den Taschen gehabt und jederzeit, egal, was er auch tat, innegehalten hatte, um mit den Kindern von Kilronan zu spielen. Eine Runde Fangen, Blindekuh oder Verstecken. Er war eine Art Lieblingsonkel gewesen. Ein kinderlieber, lachender Erwachsener in Brendans Kindheit, die eingeengt wurde von einem zu anspruchsvollen Vater und einer zu nachgiebigen, gleichgültigen Mutter.

Nie war Brendan erlaubt worden, das Allerheiligste zu betreten, in dem die Versammlungen der Neun stattfanden, und das, obwohl er an vielen Aufgaben der Gruppe aktiv mitgearbeitet hatte. Er hatte seinem Vater nicht nur bei seinen Experimenten assistiert, sondern ihm auch geholfen, nach der Rywlkoth-Tapisserie und dem Sh'vad Tual zu suchen, als alle den alten Earl für verrückt erklärt hatten, weil er sein Leben damit verbrachte, Legenden nachzujagen. Aber der junge Brendan, der ihn vergötterte und sich als seinen engsten Vertrauten betrachtete, hatte es immer als Privileg empfunden, dazuzugehören.

Erst später, als Brendan älter und, wie er glaubte, reifer wurde, hatte er begonnen, Daz' stetige Freundlichkeit mit Verachtung und seine bedingungslose Bereitschaft zu tun, was immer von ihm verlangt wurde, als Anzeichen von Schwäche zu betrachten.

An Daz' gutmütiger Zuneigung zu Brendan hatte sich jedoch nie etwas geändert. Und als die Ereignisse außer Kontrolle gerieten, als Einschüchterung zu einem Werkzeug und Mord zu einer Waffe wurden, als die Neun sich verbreiteten wie eine Krankheit und Vaters Traum vom friedlichem Zusammenleben mit den *Duinedon* zu zwanghaften Überlegenheitsgefühlen wurden – als Brendan die Stimmen in seinem Schlaf und die Schuldgefühle, die ihm den Magen umdrehten, nicht länger ignorieren konnte –, hatte er sich in seiner Verzweiflung an Daz gewandt und überrascht und erleichtert festgestellt, dass mindestens noch ein Mensch seine illoyalen Gedanken teilte.

Zusammen versuchten sie, Wiedergutmachung zu leisten und die Lage zu entschärfen, den sich immer mehr verbreitenden Wahnsinn, auf einen Krieg hinzuarbeiten, den die *Anderen* niemals gewinnen konnten, zu bremsen und die lautstark protestierenden Geister der Toten zufriedenzustellen.

Daz rieb sich mit einem seiner dicken Finger die Knollennase. »Als O'Gara vor meiner Tür erschien, hätte ich ihn fast erschossen.«

Brendan schob noch immer seinen Bierkrug auf der Tischplatte herum. »Das passiert ihm gar nicht selten.«

Und wo steckte Jack überhaupt?

Er hatte mehrmals die Farbe gewechselt, nachdem Brendan mit Miss Roseingrave erschienen war. Zuerst war er kreidebleich geworden, dann rot, und schließlich war er regelrecht grün um die Nase geworden. Brendan hatte schon befürchtet, sein Cousin könnte vergiftet worden sein, bis ein Blick auf Helena Roseingrave ihm gezeigt hatte, dass auch ihr Gesicht mehrmals die Farbe wechselte. Nur sah sie so aus, als könnte ihr jeden Moment der Kopf platzen.

»Du!«, hatte sie Jack angefahren, worauf er aufgesprungen war und sie trotz ihres mörderischen Blicks am Arm mit sich fortgezogen hatte. Dass die beiden schon eine ganze Weile weg waren, erforderte eine Entscheidung. Sollte Brendan hier sitzen bleiben oder die umliegenden Gassen nach der Leiche seines Cousins absuchen? Aber würde überhaupt noch genug von ihm übrig sein, um ihn zu finden?

»Ich dachte, der junge Mann sei einer von ihnen, der schließlich doch gekommen war, um mich zu töten«, bemerkte Daz, worauf Brendan aus seinen Gedanken aufschreckte und seufzend zum Thema und dem Mann vor sich zurückkehrte.

Er hatte Jack zu Daz geschickt, um ihm den Ring des alten Archie, eines von Brendans Vorfahren, herzubringen, aber nicht auch gleich Daz Ahern. Außerdem hatte er keine Lust, alte Erinnerungen zu durchstöbern.

»Aidan glaubt, sie werden nicht mehr kommen. Er meint, ich sei sicher vor den *Amhas-draoi*, doch ich habe ihm gesagt, dass die niemals vergessen.« Mit besorgter Miene steckte Daz eine Hand in seine Jackentasche. »Sie werden nicht aufgeben. Nicht, bis wir alle tot sind. Bis wir für unsere Taten mit unserem Leben bezahlt haben.«

»Du hast mit Aidan gesprochen?«

Daz hörte auf, in seiner Tasche herumzuwühlen. »Aye, er kam im letzten Frühjahr mit dem Tagebuch und dem Mädchen.« Wieder griff er in die Jackentasche, förderte einen Kirschkern, eine Entenfeder und ein verbogenes Stöckchen zutage und legte alles auf den Tisch. »Reizendes Ding, die Kleine, aber ich weiß nicht, ob ich die Geschichte glauben soll, wie sie sich kennenlernten. Angeblich erwischte Aidan sie beim Einbrechen in sein Stadthaus. Die hübscheste Mätresse, die ich je gesehen hab.«

Brendan lachte rau. »Aidan hatte schon immer ein Händchen für Frauen.«

»Er wollte über damals sprechen. Wollte wissen, wie es war«, sagte Daz mit gesenkter Stimme und warf einen besorgten Blick über die Schulter. »Ich habe es ihm erzählt, Brendan. Alles, sogar die schlimmsten Sachen. Die, über die wir nicht nachdenken wollten. Die Dinge, die wir getan haben. Du, ich und die anderen. Es war schlimm für ihn. Sehr schlimm. Ich glaube nicht, dass er wusste, wie weit wir gegangen waren.«

»Nein, er wusste nichts davon. Vater und ich hielten es für das Beste so.«

Aber wie viele Male hatte Brendan sich gewünscht, sich seinem Bruder anvertrauen zu können! Wie viele Briefe nach London hatte er an ihn geschrieben, nur um sie dann in den Kamin zu werfen. Zuerst aus Angst und später, weil er seinen Bruder nicht in etwas hineinziehen wollte, was sich zu einer äußerst explosiven Situation entwickelte. Das Beste war, ihn in London zu halten, wo er aus dem Weg und sicher war.

Brendans Hand umklammerte so fest den Krug, dass das Bier überschwappte. »Dass er die Wahrheit herausfand, war unvermeidlich, nachdem er Vaters Tagebuch entdeckt hatte.«

»Seine Lordschaft ist dem alten Earl viel ähnlicher, als ich dachte. Auf jeden Fall hat er sein unbeherrschtes Naturell. Er verfluchte mich für das, was ich getan hatte, und drohte mir, mich eigenhändig zu töten. Ich kann es ihm nicht verübeln. Ich verdiene das und noch viel mehr.«

Brendan schluckte, als sich ein heißer Kloß in seiner Kehle bildete und seine Hände zu zittern begannen. Der Zorn seines älteren Bruders war verständlich; schließlich war er für Brendans Verbrechen fast gestorben. Trotzdem verstärkte dieser Zorn nur Brendans Einsamkeit.

»Deshalb bin ich mit Mr. O'Gara hergekommen. Er wollte nicht, dass ich mitkam. Sagte, ich hielte ihn nur auf. Aber ich ließ ihn ohne mich nicht fort, sondern sperrte ihn in einen Schrank, bis er versprach, mich zu dir zu bringen. Kannst du mir je verzeihen, Brendan?«

»Weil du Aidan die Wahrheit gesagt hast?«

»Nicht wegen des jungen Kilronan. Weil ich ...« Wieder blickte sich Daz verstohlen um, »es ihnen erzählt habe. Weil ich dein Vertrauen missbraucht habe. Es ist meine Schuld. Alles meine Schuld.«

»Wovon redest du?«

Daz schob seinen Stuhl zurück, sprang auf und zog das Revers seines Jacketts zurück, unter dem ein schmutziges Hemd zum Vorschein kann. Dann kniff er die Augen zu. »Töte mich! Ich verdiene es!«

Mehr als ein erstaunter Gast sah auf.

»Beruhig dich, Daz! Und setz dich wieder!«

»Es hat keinen Zweck, Brendan. Ich habe dich an sie verraten. Dafür verdiene ich zu sterben. Stoß mir deinen Dolch ins Herz! Bis ans Heft!«

Brendan tat das Spektakel mit einem Lachen ab und lächelte den neugierigen Zuschauern zu. »Es ist alles in Ordnung, Leute. Er ist Schauspieler und probt eine neue Rolle. Aber er ist richtig gut, nicht wahr?« Bevor er sich wieder Daz zuwandte, flüsterte er: »Zum Kuckuck, Mann! Halt die Klappe und setz dich, bevor ich dich knebele!«

»Du hast jedes Recht, böse auf mich zu sein, Brendan. Ich habe dich verkauft. Dein Leben gegen meines eingetauscht. Ich war schwach. Aber jetzt nicht mehr. Ich bin hier, um meine Schuld bei dir zu begleichen. Eine Pistole, ein Messer. Such dir eine Waffe aus!«

»Setz dich verdammt noch mal wieder hin und reiß dich zusammen, Mann!« Brendan stieß Daz auf den Stuhl zurück. »Hier. Trink das!«, sagte er und schob ihm seinen unberührten Bierkrug zu.

Der alte Mann stürzte das Bier so gierig hinunter, dass es ihm über die eingefallenen Wangen lief. Dann wischte er sich mit dem

Handrücken über den Mund. »Danke, Junge! Das brauchte ich. Wie nett von dir! Ein letzter Schluck vor dem Ende.«

»Ich werde dich nicht töten, Daz. Warum ...«

Daz griff über den Tisch, nahm Brendans Hand zwischen seine Pranken und drückte sie. »Du bist ein großartiger Bursche. Das wusste ich schon immer. Besser als alle. Du hattest nicht den Wahnsinn in dir. Nicht wie die anderen.«

»Das ist fraglich, doch jetzt ist nicht der Moment ...«

»Mir fällt ein Stein von meinem alten Herzen. Ich habe die Schuld so lange mit mir herumgetragen. Dachte, ich hätte dich ins Grab geschickt. Dachte, die *Amhas-draoi* hätten dich aufgespürt und ermordet wie die anderen. Mein Gewissen ließ mir keine Ruhe. Dann tauchte Aidan auf und sagte mir, du lebtest noch. Und da habe ich mich sofort dazu entschlossen, dir alles zu gestehen und meine Strafe anzunehmen.«

Brendan hatte das merkwürdige Gefühl, mitten in ein Gespräch von jemand anderem zu geraten, obschon während Daz' Gerede ein Bild vor ihm erstanden war. Die Antwort auf eine Frage, die er sieben Jahre mit sich herumgeschleppt hatte: Warum?

Warum hatten die *Amhas-draoi* ihn angegriffen – nachdem er ihnen durch Daz hatte ausrichten lassen, dass er bereit war, ihnen den Sh'vad Tual zu übergeben? Warum hatten sie ihn mit solcher Beharrlichkeit in den darauffolgenden Jahren gesucht?

Er hatte vermutet, dass die Antwort in der Schwere seiner Verbrechen lag. Dass Scathach und die Bruderschaft seinen Tod bekannt gegeben hatten und alles Geringere, als sämtliche Spuren der Neun zu vernichten, als Misserfolg ansehen würden.

»Beruhig dich, Daz! Was geschah, als ich dich damals zu den *Amhas-draoi* schickte?«

Aherns Gesicht fiel in sich zusammen, und dicke Tränen rollten über seine Hängebacken, während er die Feder, das Stöckchen und den Kirschkern immer wieder neu anordnete, sie hierhin und dorthin schob und den Blick nicht von den merkwürdigen Mustern nahm. »Es lief wie vereinbart. Ich tat, was du sagtest. Keiner verdächtigte mich, und niemand hielt mich auf.«

»Hast du mit Scathach gesprochen?«

»Aye, die Kriegerkönigin ist genauso grimmig und gefährlich, wie die Leute erzählen, Brendan. Sie brauchte mich nur anzusehen, und mir war, als nähme sie Stück für Stück meinen Verstand auseinander und sähe jede geheime Schuld darin.« Er zog sein Taschentuch aus der Tasche und putzte sich wieder furchtbar laut die Nase. »Und da habe ich versagt. So viele Fragen, und alle redeten durcheinander. Scathachs Blick wich keine Sekunde lang von mir. Ich war verwirrt und konnte nicht mehr richtig denken. Ich hatte nie die Absicht, dir zu schaden oder dich gar zu verraten. Trotzdem war es meine Schuld, weil ich deine Information als meine eigene ausgab. Sie haben nie erfahren, dass du mich geschickt hattest …« Daz' Stimme wurde zu einem entsetzten, erstickten Flüstern. »Sie haben überhaupt nie was von dir gewusst.«

Brendan rieb sich die verletzte Hand an seinem Schenkel, um die verspannten Muskeln aufzulockern, und stellte sich Daz' Begegnung mit den *Amhas-draoi* vor. Den Kreis strenger, wütender Gesichter. Die gezogenen Schwerter. Die Drohungen. Daz' Reaktion war vollkommen verständlich. Wahrscheinlich hätte er selbst nicht anders gehandelt, wenn er in einem solchen Epizentrum kriegerischer Magie gestanden hätte.

Tief in seinem Bauch erwachte ein Lachen, arbeitete sich durch seine Brust hinauf und lockerte die verkrampften Schultermuskeln und den steifen Nacken und nahm den Schmerz aus seinen Schläfen.

Brendan brüllte vor Lachen über die Ironie des Ganzen.

Verübelte er es Daz? Nein. Der Moment dafür war längst verstrichen, falls es ihn überhaupt jemals gegeben hatte. Denn eigentlich lag die Schuld für all das doch bei ihm. Wäre er selbst zu den *Amhas-draoi* gegangen, statt Daz als Boten hinzuschicken ... Aber er hatte immer noch gehofft, die zu erwartende Katastrophe verhindern zu können. Er hatte sich noch immer eingebildet, vernünftig mit seinem Vater reden zu können. Ihm klarmachen zu können, wo die Neun von ihrem Weg abgekommen waren. Ihm all die grimmigen Schlussfolgerungen darlegen zu können, zu denen Brendan in Stunden, Tagen und Wochen der Planung gelangt war.

Doch ein solches Gespräch hatte niemals stattgefunden.

Er hatte nie die Kraft oder den nötigen Mut aufbringen können. Sein Vater hatte immer den goldenen Sohn in ihm gesehen. Den Stolz des Hauses. Gegen Aidans Sportlichkeit, Vollkommenheit und Charme war es eine Quelle der Befriedigung gewesen, in irgendeiner Weise als überlegen zu gelten.

Seine Ängste zu gestehen oder seinen Verrat zu offenbaren, hätte mit dem Verlust dieses für ihn so kostbaren Status geendet. Deshalb hatte Brendan schließlich nichts gesagt und nichts getan.

Und dann war sein Vater durch die Klinge eines *Amhas-draoi* gestorben, und Brendan war um sein Leben gerannt.

Er lachte, bis ihm die Tränen kamen. Seine Brust schmerzte, seine Rippen pochten, und sein Atem kam in unregelmäßigen Zügen. Ein Gefühl erfasste ihn, das er in zu vielen Jahren, die zu dunkel und schmerzlich gewesen waren, nicht mehr erfahren hatte.

Hoffnung.

Kapitel Zweiundzwanzig

»Was meinst du?«

Elisabeth hielt das Kleid vor sich und drehte sich nach links und rechts, während Killer sie von seinem gewohnten Platz auf ihrem Bett aus beobachtete.

»Ich weiß«, sagte sie zu ihm. »Gut, dass ich den Rat der Schneiderin befolgt habe. Es sieht viel besser aus, als ich nach der Abbildung in *La Belle Assemblée* dachte.«

Der Spiegel zeigte ihr ein Kleid aus hochmodischem bedrucktem Musselin, das an Saum und Kragen apfelgrün gepaspelt war und elegante Raglanärmel hatte. Der Schnitt lenkte den Blick auf ihre Größe und ließ ihre nicht gerade spindeldürre Figur schmaler erscheinen, als sie war. Und die Farbe brachte einen Hauch von Grün und Gold in ihre braunen Augen.

In einem verzweifelten Versuch, die unvergesslichen Bilder, die der Spiegel ihr gezeigt hatte, nicht wieder in sich aufleben zu lassen, griff sie nach einem zweiten Kleid, das aus aprikosenfarbener Seide war. Es hatte einen wundervollen Glanz im Licht der späten Nachmittagssonne, die durch das Fenster fiel, als sie es sich vorhielt und sich vor den Spiegel stellte. Sie liebte das Gefühl der kühlen Seide an ihrer Haut und die Farbe, die goldene, bronze- und kupferfarbene Glanzlichter auf ihr Haar warf. Nie wieder würde sie schöne Kleider als etwas Selbstverständliches betrachten.

Sie lächelte, als sie sich an den erwartungsvollen Blick erinnerte, mit dem Brendan ihr sein Geschenk gezeigt, und an die fast schon schüchterne Art, mit der er ihr die Stoffballen übergeben hatte. Als hätte er befürchtet, sie würde sein Geschenk zurückweisen. Als bedeutete es ihm etwas, was sie dachte. Es war eine wunderbare

Erkenntnis gewesen, denn früher hatte Brendan nie gekümmert, was sie dachte, fühlte oder tat.

Elisabeth biss die Zähne zusammen, um die bitteren Tränen zurückzuhalten, die hinter ihren Augen brannten. Sie würde nicht weinen. Madame Arana hatte gesagt, der Spiegel zeige Möglichkeiten auf. Und da es nicht zu sagen war, wie sich die kleinste Wendung der Ereignisse auf die Zukunft auswirkte, war Elisabeth fest entschlossen, positiv zu denken. Brendan würde nicht sterben. Er würde zu ihr zurückkehren, und sie würden als Ehepaar nach Dun Eyre reisen. Wenn sie nur fest genug daran glaubte, konnte sie es so geschehen lassen.

Sie legte das Kleid aufs Bett und warf einen besorgten Blick aus dem Fenster. *Wer auch immer zuhören mag – ich flehe euch an, ihn zu beschützen! Lasst ihn nicht wieder aus meinem Leben verschwinden!*

Der heutige Tag war von geflüsterten Gesprächen und besorgten Blicken geprägt gewesen. Irgendwann war Madame Arana ausgegangen und wenig später auch Helena. Sie waren inzwischen schon seit Stunden fort. Beide hatten Elisabeth jedoch vor ihrem Weggehen versichert, dass Rogan bleiben würde, falls es Ärger geben sollte. Sie sei hier sicher, hatten sie gesagt.

Wie auf ein Stichwort hin drangen plötzlich Harfentöne die Treppe zu ihrem Schlafzimmer hinauf und schwollen zu einem lebhaften, fröhlichen Rhythmus an, bei dem man gar nicht anders konnte, als mit den Füßen mitzuwippen. Er hellte Elisabeths düstere Stimmung auf, und sie ertappte sich beim Mitsummen, bevor sie zu einer harmonischen Begleitung fand, die die süße, heitere Melodie noch zu verstärken schien. Selbst Killer wackelte mit seinem Stummelschwänzchen, seine dunklen Augen funkelten, und seine Nase zuckte.

Doch dann wechselten die Harfenklänge, wurden leise, traurig und schwermütig. Auch ihr eigener Gesang veränderte sich, um sich den neuen Tönen anzupassen: den Ängsten einer Braut. Dem Verlangen einer Frau. Einem unbekannten Leben.

Elisabeth war so vertieft in das Durcheinander ihrer eigenen Gedanken, dass sie anfangs weder den jähen Misston, mit dem das Harfenspiel abbrach, noch die unheilvolle Stille, die danach eintrat, bemerkte. Und dann das Ächzen eines Hauses, das nicht so leer war, wie sie gedacht hatte.

Erst Killers leises Knurren schreckte sie aus ihren Gedanken auf. Mit gesträubten Nackenhaaren sprang er vom Bett und spitzte aufmerksam die Ohren.

Wütende, im Streit erhobene Männerstimmen drangen von unten herauf.

Amhas-draoi? Máelodor? Elisabeths Herz begann, wild zu pochen, es lief ihr kalt über den Rücken, und sie erschauderte vor Angst.

Aber sie würde nicht in Panik geraten, nicht in Ohnmacht fallen und sich auch nicht im Bett zusammenrollen und so tun, als wäre sie unsichtbar. Ganz sicher nicht. Als sie sich schnell im Zimmer umsah, fiel ihr Blick auf einen schweren eisernen Schürhaken am Kamin. Perfekt!

Sie holte ihn, packte ihn wie einen Kricketschläger und schlich zur Tür, um dort jeden Eindringling zu erwarten, der so dumm war zu versuchen, ihr Zimmer zu betreten.

Killer, der ihr zähnefletschend und mit gesträubten Nackenhaaren zur Tür gefolgt war, knurrte drohend und hob schnuppernd die Nase, als Elisabeth ein Ohr an die Tür drückte.

Doch so sehr sie sich auch anstrengte, konnte sie unten nur noch leises Gemurmel und gedämpfte Schritte hören.

Wo war Rogan?

Sie schloss die Augen vor der Vorstellung, dass der Harfenist vielleicht tot dort unten auf dem Boden lag. Er wäre bestimmt nicht ohne einen größeren Kampf gestorben; vielleicht war die Stille unten sogar ein gutes Zeichen.

Elisabeth blieb jedoch keine Zeit, sich zu entspannen, denn sie hörte leise Stiefelschritte und ein raues Atmen auf der Treppe … gefolgt von dem Knarren einer Diele auf dem Gang.

Am ganzen Körper zitternd, winselte der Terrier jetzt und kratzte an der Tür. Auch Elisabeth überlief ein Zittern, aber sie hielt den Atem an und hob den Schürhaken so drohend, wie sie konnte, in die Höhe.

Der Türknauf drehte sich, die Tür öffnete sich einen Spalt, und ein grau melierter Kopf erschien in der Öffnung. Elisabeth kniff die Augen zu, atmete tief ein und holte aus. Ein Beben ging durch ihren Arm, als der eiserne Schürhaken auf einen Schädel niederfuhr und ein Mann wie ein nasser Sandsack über ihre Schwelle fiel.

Killer beschnüffelte den Körper und leckte das vertraute Gesicht.

Elisabeth brauchte sich Rogan nicht mehr tot auf dem Boden liegend vorzustellen, denn er lag direkt vor ihr, so real und lebensecht, dass ihr der Magen in die Kehle stieg.

Oje! Sie hatte den Falschen niedergeschlagen.

Wo zum Teufel steckte Jack?

Nachdem Brendan über eine Stunde bei Macklin's gewartet hatte, gab er auf. Entweder hatte Helena seinen Cousin an die Fische verfüttert, oder die beiden holten in orgienhaftem Übermaß das versäumte letzte Jahr nach. Brendan pfiff darauf, ob es das eine oder andere war; er wollte nur wissen, was er mit Daz anfangen sollte. Und endlich Archibalds Ring wieder an sich bringen, den Jack noch haben musste.

Brendan konnte ihm jedenfalls nur wünschen, dass er ihn noch hatte.

Aber wo steckte dieser pflichtvergessene Idiot?

Als Brendan Daz nach dem Ring fragte, suchte der alte Mann in seiner Tasche herum, bevor er einen mehrfach verschlungenen und verknoteten Bindfaden herausfischte und ihn ihm grinsend überreichte. »Nicht sehr hübsch, doch zur Not tut er es auch.«

Brendan wusste, dass er lange fort gewesen war, aber als er das letzte Mal die von Magiern erzeugte Kostbarkeit gesehen hatte, war sie aus Silber und Perlen gewesen und nicht – er beäugte das Stück Kordel mit erhobenen Augenbrauen – aus Hanf und Schmutz.

Trotzdem nahm er das Ding an sich und steckte es mit einem schmallippigen Wort des Dankes in die Hosentasche.

Falls Jack nicht tot war, würde Brendan ihn vielleicht sogar selbst umbringen.

Nachdem er Daz in eine Droschke gesetzt hatte – was gar nicht leicht war mit dem alten Mann, der das Pferd als seine Cousine Bridie bezeichnete und sich über ihren armen, toten Ehemann mokierte –, fuhren sie zur Stephen Street, wo beide nach einem äußerst großzügigen Trinkgeld an den verwirrten Fahrer ausstiegen und den Rest des Weges zu Fuß zu Miss Roseingraves Haus gingen. Weil so nicht nur die Gefahr leichter einzuschätzen war, sondern sie auch unbemerkt verschwinden konnten, falls es nötig war.

Brendan warf Daz einen Seitenblick zu, dessen runde, kindlich unschuldsvolle Augen und seltsame Bekleidung neugierige Blicke von Passanten auf sich zogen.

Also war die Hoffnung, unbemerkt verschwinden zu können, vielleicht doch etwas zu optimistisch gewesen.

Von einer Ecke auf der anderen Straßenseite suchte Brendan nach Anzeichen, dass das Stadthaus beobachtet wurde. Aber es war nichts dergleichen festzustellen. Und da er auch nicht die kleinste Berührung von Magie in seinem Bewusstsein wahrnahm, beschloss er, davon auszugehen, dass die Bruderschaft sich Helenas verwegener Aktivitäten noch immer nicht bewusst war.

Seine Lippen verzogen sich zu einem Grinsen, als er vom Bürgersteig hinuntertrat. Vielleicht waren Jack und Miss Roseingrave sich ähnlicher, als er zunächst gedacht hatte.

Auf den Eingangsstufen hielt er einen Moment inne, bevor er den Türklopfer anhob.

Weil die nur angelehnte Tür ein vermutlich schlechtes Zeichen war?

Oder der nachfolgende Schlag über den Kopf eines knurrenden und bellenden Hundes im lauten Krachen zerbrechenden Glases endete?

Wie dem auch sei, jedenfalls zog Brendan sein Messer aus der Scheide, bevor er die Tür ein wenig weiter aufdrückte und Daz ein Zeichen gab zurückzubleiben.

Die Eingangshalle war leer. Ein Blick nach rechts in den Salon und nach links ins Esszimmer ließ nichts Ungewöhnliches erkennen. Der Lärm kam aus den Stockwerken darüber. Killers wildes Kläffen, ein schmerzliches Winseln und dann nichts mehr. Kein vielversprechendes Zeichen.

Wo zum Teufel steckte Rogan? Und noch viel wichtiger – wo war Lissa? Verflucht noch mal! Wenn ihr etwas zugestoßen war …

Trotz der Mordgedanken, die ihn beherrschten, unterdrückte Brendan den Impuls, immer drei Stufen auf einmal nehmend die Treppe hinaufzustürmen. Stattdessen schlich er eine endlose Stufe nach der anderen hinauf und betete zu irgendeinem Gott, der ihn vielleicht hörte, Elisabeth zu beschützen, bis er sie erreichen konnte.

Ein Schatten fiel über den oberen Gang. »Hol das Mädchen! Entweder sagt sie uns, was sie weiß, oder wir schneiden ihr die Zunge heraus.«

Máelodors Männer. Aber wie hatten sie ihn in der Duke Street aufgespürt? Helena und er waren sehr sorgfältig gewesen, als sie eine falsche Fährte gelegt hatten, die niemand hierher zurückverfolgen konnte.

Ein derbes Lachen folgte. »Aye, Croker. Sie ist ein richtiges Prachtweib. Wie wär's ...«

»Lass deine Hose erst mal zu, Junge! Dafür ist noch Zeit genug, wenn wir grob werden müssen.«

Brendans Wut brannte wie Säure in seinen Adern, als er sein Messer noch fester umklammerte und mit der anderen Hand nach der beruhigenden Wölbung der Pistole in seiner Tasche tastete.

Ein Mann kam aus der Tür.

Brendan zögerte nicht, seinen Dolch zu schleudern, der in hohem Bogen durch die Luft sirrte und den Möchtegern-Vergewaltiger mit einer Klinge in der Brust gegen die Wand zurückstieß.

Der Mann namens Croker schob sich fluchend auf den Gang. »Was zum Teufel ...?«

Brendan, der keine Zeit für Feinheiten hatte, zog seine Pistole, spannte den Hahn und schoss.

Diesmal war seine Zielsicherheit nicht ganz so gut. Die Kugel schlug in den Gips rechts neben dem Kopf des Mannes ein und übersprühte ihn mit weißem Staub.

Croker fuhr herum und verengte konzentriert die Augen, dabei flüsterte er bereits die Worte, die Brendan als zuckendes Bündel unter Strom stehender Nerven zu Boden schickten.

Magie durchpulste ihn wie Blitze, zerfetzte Muskeln und durchtrennte Sehnen. Er heulte auf vor Schmerz, konnte sich aber gerade noch lange genug konzentrieren, um den Fluch mit seinem eigenen Zauber zu parieren.

Sein Gegner erstarrte für einen Moment, und sein Gesicht verzerrte sich vor Bestürzung, als der Schmerz in Brendans Brust nachließ und er wieder atmen und aufstehen konnte.

Doch es war kein dauerhafter Sieg.

Eine zweite Gestalt trat aus dem Salon und schloss sich dem Kampf an. Jetzt stand es zwei gegen einen. Die beiden arbeiteten zusammen, um Brendans Abwehr zu schwächen, und während er sich noch aufrappelte, beschlich ihn eine heimtückische, grauenvolle Kälte. Eine brennende, arktische Kälte, die seine Zähne zum Klappern brachte und durch seine Adern auf sein Herz zulief.

Er biss die Zähne zusammen, als seine Glieder nicht mehr reagierten und so taub wurden, als wäre er in einen zugefrorenen See gestürzt. Es gab nichts, um diesen eisigen Griff, der ihn umklammert hielt, zu brechen. Sein Gehirn schien sich von seinem Körper zu verabschieden. Er konnte sich nicht mehr konzentrieren, nicht mehr denken.

Oben schrie eine Frau, und ein Mann brüllte sie an. Dann hörte er das Krachen von zerbrechenden Möbeln.

Und er konnte absolut nichts tun.

Elisabeth wäre viel erfolgreicher gewesen, wenn sie Halbstiefel getragen hätte. Das Einzige, was sie mit ihren Slippern erreichte, als sie den Mann gegen das Schienbein trat, war, sich ihre eigenen Zehen anzustoßen und ihn noch wütender zu machen, als er es ohnehin schon war. Er stieß ihr den Lauf seiner Pistole an die Schläfe und beugte sich dann so dicht über ihr Gesicht, dass der Zwiebelgeruch seines Atems ihr fast die Sinne schwinden ließ. »Versuch das noch mal, und ich werde …«

Der Pistolenlauf war kalt, und trotzdem lief Schweiß zwischen ihren Schulterblättern hindurch und ihren Rücken hinunter. Der Stoff ihres Unterrocks klebte wie eine unangenehm feuchte zweite Haut an ihrem Körper. »Was werden Sie? Mich umbringen? Das glaube ich nicht.«

Elisabeth merkte, dass ihr Blick an den Essensresten zwischen seinen Zähnen hängen blieb. Die andere Möglichkeit wäre, zu ihm aufzuschauen und ihre Panik in seinen dunklen Augen widergespiegelt zu sehen. Sie wusste auch so schon, wie verängstigt sie aussah. Aber sie würde sich nicht beherrschen lassen von dieser lähmenden Angst, die ihr die Lunge zusammenpresste und den Magen verkrampfte.

Der Mann biss so hart die Zähne zusammen, dass sein Kiefer in Gefahr war zu zerbrechen, doch er steckte die Pistole in seine Jackentasche und lockerte seinen Griff ein wenig. »Du kannst von Glück sagen, dass ich ein Gentleman bin, du verdammtes Biest, denn sonst wäre dein Hirn längst überall im Raum verspritzt.« Seine Vorstellung vom Benehmen eines Gentlemans ließ jedoch sehr zu wünschen übrig, wie sein lüsternes Grinsen und seine umherschweifenden Finger Elisabeth verrieten.

Sie warf einen Blick auf Rogans regungslosen Körper und wünschte mit aller Macht, er würde sich erheben und ihr zu Hilfe kommen. Aber er blieb erschreckend leblos, und das Blut in seinem Haar war viel zu rot für ihren Geschmack. O Gott – und wenn sie ihn nun getötet hatte?

Der Knall eines Schusses beendete die momentane Pattsituation. Der Kopf des Mannes schoss hoch wie der eines Jagdhundes, der auf eine Fährte gestoßen war, und seiner abgelenkten Aufmerksamkeit wegen lockerte sich sein Griff um ihren Arm.

Jetzt oder nie!, dachte Elisabeth.

Mit einem Aufschrei riss sie sich los und sprang nach dem fallen gelassenen Schüreisen. Sie hatte es jedoch kaum berührt, als der Mann zu ihr herumfuhr, seine Augen sich für den Bruchteil einer Sekunde weiteten und sein Mund sich in tierischer Wut verzog. Sein erster Schlag schleuderte sie zu Boden.

Den zweiten fühlte sie schon nicht mehr.

Der verdammte Mistkerl bückte sich, um Brendans Messer aufzuheben, und beäugte es für einen Moment mit einem boshaften Lächeln auf seinen derben Zügen.

»Brendan Douglas, wie er leibt und lebt.« Er hielt ihm die Klinge an die Kehle und zog sie so quälend langsam an seinem Nacken entlang, dass der Schnitt wie Feuer brannte. »Máelodor wird ungeduldig. Er hat das Kopfgeld für dich in den letzten Monaten erhöht. Damit werden wir uns als feine Herren zur Ruhe setzen können.«

Brendan konnte schon beinahe fühlen, wie der Frost ihn überzog. Er starrte auf zu Augen, die hart wie Steine waren, und die Kälte legte sich um sein Herz und verlangsamte es. Jeder Schlag ließ Farben vor seinen Augen explodieren. Aber er würde nicht ohnmächtig werden. Diese Genugtuung würde er diesen Bastarden nicht geben.

Und er wollte im Moment auch nicht an Elisabeths Schicksal denken. Blinde Wut würde ihn nur schneller umbringen. Er brauchte eisige Klarheit – und das Eisige zumindest hatte er gut im Griff.

Das Messer bewegte sich wieder und schlitzte ihm diesmal eine Wange auf.

Na wunderbar! Warum musste er sich ausgerechnet von einem Mann erwischen lassen, der sich selbst als eine Art makabren Körperkünstler sah?

Eine Tür schlug oben zu, und er hörte wieder eine Frau schreien.

Zum Teufel mit dem Plan! Zum Teufel mit Miss Roseingrave und dem Stein! Elisabeth hatte nichts damit zu tun. Er hatte geschworen, für ihre Sicherheit zu sorgen. Wenn das bedeutete, eine Chance aufzugeben, selbst mit heiler Haut davonzukommen, dann musste es eben sein.

»Brendan?«, ertönte eine Stimme unten. »Ich weiß, dass du

gesagt hast, ich solle draußen warten, aber …« Daz' Kopf erschien über dem Geländer, und seine Augen wurden noch runder hinter den Brillengläsern. »He! Das ist nicht fair!«

Genau die Ablenkung, die Brendan brauchte. Der Moment, um den er gebetet hatte.

Der Kopf seines Gegners fuhr herum, und die Macht des Fluchs ließ nach.

Brendan zwang seinen Körper zu gehorchen, warf den Arm hoch und umklammerte die Hand des Mannes mit dem Messer. Eine scharfe Drehung, und die Knochen brachen.

Der Ganove schrie, und das Messer glitt ihm aus der Hand.

Ein Schatten fiel über Brendan, doch seine Sicht hatte sich zu einem roten Punkt verengt. Er sah nur seinen Gegner, kannte nur den Rausch des Kampfes.

Instinkt setzte alles andere außer Kraft.

Mit einem Knurren tierischen Zorns rollte er sich unter dem Kerl hervor und ergriff sein Messer, um es dem Ganoven zwischen die Rippen zu stoßen.

»Douglas!«, schrie ein Mann. »Wir haben das Mädchen! Tu nichts Unüberlegtes, oder sie ist tot!«

O Gott! Elisabeth. Sie hatten sie in ihrer Gewalt. Wussten sie, was für eine Waffe sie da hatten? Er konnte nichts tun. Ihm waren die Hände gebunden.

Von Übelkeit erfasst und zitternd, trat Brendan zurück, und seine Sicht war nicht mehr rot, sondern schwarz von all den Toten. Hinter dem Rauschen von Wind in seinen Ohren hörte er nur Daz' überraschte Stimme.

»Ich muss schon sagen, das hatte ich überhaupt nicht kommen sehen.«

Kapitel Dreiundzwanzig

Elisabeth erwachte mit rasenden Kopfschmerzen und pochendem Kinn. Eine ganze Seite ihres Gesichtes fühlte sich wund an. Es war auch nicht gerade eine Hilfe, dass das Zimmer sich hob und senkte und ihr den Magen in die Kehle trieb.

Brendan. Er hatte schon wieder diesen verflixten Schlafzauber gewirkt.

Sie versuchte, sich aufzurichten, wobei sie fast gegen einen nur Zentimeter von ihrem Gesicht entfernten Deckenbalken stieß.

Sie befand sich nicht in einer armseligen Hütte. Kein Hund war da, der ihr die Nase leckte. Kein Brendan, der spöttisch ihr Erwachen kommentierte. Überhaupt kein Brendan, soweit sie sehen konnte.

Schlimmer noch. Viel schlimmer.

Die Erinnerungen kehrten zurück und verdreifachten das Pochen in ihren Schläfen, bis sie den Kopf zwischen die Knie legen musste, um ihr Abendessen bei sich zu behalten. So blieb sie ein paar Minuten sitzen, erging sich in Selbstmitleid und murmelte ein paar ausgesuchte Flüche. Erst dann erhob sie den Blick, um festzustellen, wo sie war und wie zum Teufel sie von hier entkommen konnte.

Sie saß neben einem Stapel von dicken Tauen zusammengehaltener Fässer. Bis auf ein paar schwache Streifen Licht, die aus einem Gitter über ihr herunterfielen, herrschte Dunkelheit im Raum. Neben ihrem Ohr plätscherte Wasser, und über ihrem Kopf trampelten bestiefelte Füße hin und her. Darüber hinaus hörte sie Taue knarren und Segel flattern.

Máelodors Männer werden nicht gelten lassen, dass du den Stein nicht hast, und sie können mit Misserfolgen nicht umgehen.

Angst stieg von ihren zitternden Beinen in ihren Magen auf und drehte ihn ihr von Neuem um. Ihr Stolz und ihre praktische Veranlagung kamen erst weit, weit nach der grässlichen, animalischen Furcht, die sie taumelnd aufspringen ließ.

Sie stieg die Leiter zu dem Gitter hinauf und hämmerte dagegen, bis ihre Fäuste bluteten. Schrie, bis ihre Lunge brannte und sie nicht mehr schlucken konnte, weil ihr Hals so schmerzte.

Und sie nicht besser als vorher dran war.

Also gab sie es auf, strich sich das Haar aus dem Gesicht und wischte ihre aufgeschrammten und blutenden Hände an ihrem Rock ab. Was würde es ihr auch schon bringen, wenn sie floh? Solange sie nicht daran dachte, sich schwimmend in Sicherheit zu bringen, saß sie hier fest.

Sie kauerte sich wieder auf dem Boden zusammen und kniff ganz fest die Augen zu, weil sie Angst hatte, der am Rande ihres Bewusstseins lauernden Panik nachzugeben, obwohl es durchaus verlockend war, sich in Hysterie zu flüchten.

War Brendan tot? War er mit ihr zusammen verschleppt worden? Und wenn ja, wo war er? Was wollten sie von ihr? Die offensichtliche Antwort verursachte ihr solche Übelkeit, dass sie schnell an etwas anderes dachte. Hatte Rogan überlebt? In ihrem Magen rumorte es wieder. Also war auch das kein guter Gedanke. Hatte sie heute einen Mord begangen? Elisabeth biss die Zähne zusammen und blickte zu der vergitterten Luke über ihr auf. Wenn sie die Chance dazu bekäme, könnte sie es wieder tun?

Als hätte bloße Willenskraft dafür gesorgt, öffnete sich die Luke, und das Licht einer Laterne blendete Elisabeth, sodass sie ihren Besucher nicht erkennen konnte. Schnell blickte sie sich in dem Frachtraum nach einer möglichen Waffe um, aber es war schwer, in der Dunkelheit etwas zu sehen, und außer den Fässern und einigen großen, sperrigen Schiffsteilen, die ohnehin zu schwer aussahen, konnte sie nichts Nützliches entdecken.

Schwere Schritte und der Geruch von Whiskey und Pfeifentabak verbanden sich zu einer vertrauten Gestalt. Ein grauer Übermantel mit hochgestelltem Kragen. Ein Hut auf grau meliertem Haar, und als der Mann seine Laterne anhob, verunzierte eine verräterische Prellung die eine Seite seines Gesichts, und ein Pflaster bedeckte einen Schnitt an seiner linken Wange.

Elisabeth blinzelte, um sicherzugehen, dass sie keiner Sinnestäuschung erlag, aber das war nicht der Fall. Die Rettung war schneller gekommen, als sie gehofft hatte.

»Rogan!«

»Wo ist sie?« Brendan saß an dem Tisch, wo sie ihn auf einen Stuhl gestoßen hatten, und musterte seine Entführer kühl, ohne etwas von der Wut zu zeigen, die in seinem Herzen brannte. »Ich will wissen, dass sie wohlauf ist.«

Er hatte Elisabeth nicht mehr gesehen, seit sie ihn und sie aus dem Haus verschleppt hatten. Sie hatte reglos in den Armen eines stämmigen Kerls gelegen, der groß genug war, um Brendan in der Mitte durchzubrechen, und war in eine Kutsche verfrachtet worden, die auf der Stelle losgefahren war.

Das Gefährt war gerade erst um die Ecke verschwunden, als sie auch ihn in eine zweite Kutsche gestoßen hatten. Er hatte die Präsenz von jemandem in der Ecke gespürt, aber dann hatte es eine Explosion hinter seinen Augen gegeben, und er hatte nichts mehr mitbekommen, bis er auf diesem Schmugglerschiff erwacht war. Die Geräusche eines gerade erst ausgelaufenen Schiffes zerstörten jede Hoffnung auf eine schnelle Rettung, die er vielleicht gehabt hatte.

Die Freiheit zu erlangen lag jetzt ganz allein bei ihm.

Der Mann namens Croker ging hinter ihm auf und ab, sodass Brendan den sauren Gestank seines Atems heiß im Nacken spürte, während der andere ihm gegenüberstand, die Hände auf den Hüften und die Beine weit gespreizt gegen das Schlingern des Schiffes. »Noch geht es ihr gut genug. Es liegt an dir, ob das so bleibt.«

Brendan drückte die flachen Hände auf den Tisch und benutzte das grobe Holz als Anker, um sich besser konzentrieren zu können. »Rührt sie an, und wir sehen uns in der Hölle wieder!«

Sofort hatte er ein Messer unter dem Kinn. »Harte Worte«, höhnte Croker, »doch es ist deine Schwäche für das Mädchen, was dich in Schach hält. Solange Sams und ich sie haben, wirst du gar nichts tun, nicht wahr?«

Brendan erwiderte nichts. Der dreckige Bastard mochte dumm erscheinen, aber was er sagte, stimmte ganz genau. Solange sie Elisabeth als Geisel hatten, war Brendan machtlos.

»Doch sie ist ein echter Leckerbissen, nicht?«, sagte Sams mit einem vulgären Lachen und griff sich zwischen die Beine. »Vielleicht sollten wir Captain Quicks Seeleuten ein bisschen Unterhaltung auf der Reise bieten. Einen kleinen Stimmungsaufheller.«

Brendan sprang auf, nur um sofort von einem Schlag auf den Hinterkopf getroffen zu werden. Der Schmerz ließ seinen Schädel fast zerbersten, und das Klingeln in seinen Ohren hörte sich wie das Läuten von tausend Kirchenglocken an. Er kämpfte sich frei und brachte wenigstens einen guten Schlag zustande, bevor er selbst einen am Kinn einsteckte. Ein weiterer Fausthieb trieb ihm die Luft aus der Lunge. Er krümmte sich und musste ein Stöhnen unterdrücken, als er auf seinen Stuhl zurückfiel.

Sams brachte sein Gesicht ganz dicht vor Brendans. »Versuch das noch mal, und wir lassen dich zusehen!«, knurrte er.

Dann gingen sie und nahmen die Laterne mit, worauf es stockfinster im Raum wurde und nichts mehr Brendan von den Gedanken ablenkte, die ihm durchs Hirn schossen.

In ihrer sadistischen Freude hatten die Kerle einen fatalen Fehler gemacht: Sie hatten ihn nicht gefesselt, sodass er sich frei bewegen und seine Magie wirken konnte, falls er das Klingeln in seinen Ohren lange genug zum Verstummen bringen konnte, um sich zu konzentrieren.

Langsam ging er in der kleinen Kabine hin und her und untersuchte und berührte jedes Brett, bis er sich sein Gefängnis im Gedächtnis eingeprägt hatte. Das beständige Knarren der Takelage und die Auf- und Abwärtsbewegungen des Schiffes wirkten der fieberhaften Aggressivität in seinem Kopf entgegen. Die Tür war verschlossen, aber wenn er …

Mit geschlossenen Augen griff er im Geiste nach der Tür, stellte sich ihren Mechanismus vor und flüsterte inständig wie ein Gebet: *»Daresha di-alhwedhesh.«* Das Klicken des aufspringenden Schlosses schallte von seiner Hand zu seinem Kopf hinauf.

Und was nun?

Elisabeth suchen und sie befreien. Den Captain überwältigen und diese ganze Geiselsituation umkehren. Verrückt. Absurd. Doch das Beste, was ihm auf die Schnelle einfiel. Ansonsten könnte er sich genauso gut wieder hinsetzen und Folter und Verstümmelung erwarten. Und Elisabeth … nein, er wollte nicht darüber nachdenken, was ihr widerfahren würde, sobald sie ihn nicht mehr gefügig halten mussten.

Er trat auf einen schmalen Niedergang hinaus, der vor einem größeren Kanonendeck endete. Vier Kanonen rechts und links und eine Leiter, über die man zum Oberdeck hinaufgelangte. Ein sich weiter vorn verschmälernder Gang, wo eine vergitterte Luke zum Frachtraum hinunterführte.

Könnte Elisabeth weiter oben auf dem Schiff sein, wo die Mistkerle sie leichter im Auge behalten konnten? Oder war sie im Frachtraum? Brendan schlich zu der Leiter. Die Hand schon an der ersten Sprosse, blickte er zu dem wolkenverhangenen Himmel auf, und der frische Wind nahm den unangenehm feuchten Geruch seiner Furcht gleich mit.

Da Brendan nichts zu verlieren und keinen Grund mehr hatte zu verbergen, was er war, sandte er seinen Geist aus, als könnte er Elisabeth auf einem Energiestrom spüren. Eine kühne Hoffnung, da sie als *Duinedon* nur sehr schwer aufzuspüren sein würde. Es war fraglich, ob er sich irgendetwas anderes würde beantworten können, als die Frage, ob sie noch atmete oder nicht, doch die Möglichkeit bestand natürlich. Immerhin hatte sie ein wenig Magierblut von ihrer Großmutter geerbt.

Er warf seine Macht aus wie ein Netz. Der salzhaltige Wind, der kalt und frisch über seine Wangen fuhr, brachte einen Hauch magischer Energie mit sich, der jedoch ausreichte, um Brendan zu verraten, dass der Schmugglerkapitän ein *Anderer* mit einem sehr gut entwickelten Gefühl fürs Wetter war. Kein hilfreicher Wind würde aufkommen, der sie verlangsamen oder von ihrem Kurs abbringen könnte.

Aus dem tiefsten Winkel seines Bewusstseins kamen ein leises Echo und ein verschwommener roter Schimmer, die Brendans Aufmerksamkeit auf sich zogen. Er hielt sich an die Spur, so schwach sie auch war, und ging auf die Luke und den darunterliegenden Frachtraum zu. Doch er hatte kaum eine Handvoll Schritte hinter sich gebracht, als ein Mann aus den Schatten des Niedergangs auf der anderen Seite des Kanonendecks trat. Die Augen des Seemanns funkelten vor Überraschung, als er leise fluchte, mit einer Hand nach dem Messer an seinem Gürtel griff und zu Brendan herüberkam.

Ohne zu zögern, verhängte Brendan blitzschnell einen Kampfzauber über den Mann. Der Energiestoß ließ den Seemann in sich zusammensacken wie eine zerbrochene Puppe, und in Sekundenschnelle war Brendan über ihm. Mit dem Messer des Mannes, das er ihm aus der Hand riss, schnitt er dem Ganoven die Kehle durch. Das hervorquellende Blut war heiß und klebrig, und sein metallischer Geruch brannte Brendan in der Nase.

Nachdem er das Messer an seiner Hose abgewischt hatte, ging er weiter durch den Gang auf das Gitter im Boden zu. Eine schwere Eisenstange war beiseitegeschoben und die Luke geöffnet worden, unter der ein höhlenartiger Raum und die ersten glitschigen Stufen einer Leiter sichtbar wurden.

War der tote Seemann von hier gekommen? Waren noch andere dort unten?

Brendan packte das Messer fester, als ein wilder Eifer ihn befeuerte. Er konnte nicht behaupten, dass er Freude am Blutvergießen hatte, aber der Nervenkitzel und die geschärften Sinne hatten ihre Vorteile. Wieder hieß es »Töten oder getötet werden«, und dieser Überlebenstrieb hatte ihn mehr als einmal vor dem Tod bewahrt.

Als er einen bestiefelten Fuß auf die erste Leitersprosse stellte, vernahm er das vertraute Summen von Magie in seinem Kopf.

Es konnte nicht sein. Nicht er. Nicht hier. Es sei denn … *Verdammter Mist!*

Schreie, gefolgt vom Stampfen rennender Füße, und das Schiff neigte sich jäh nach Steuerbord. Brendan stolperte und biss sich in die Wange, um den wütenden Schrei nicht auszustoßen, der ihm auf der Zunge lag.

Und dann brach die Hölle los. Das Schiff machte einen Satz, Brendans Fuß glitt auf der feuchten Treppe aus, und ein Kanonenschuss schleuderte Splitter und Trümmer durch die Gegend, als er ins Schlittern kam und in den dunklen Frachtraum rutschte.

»Warum?« Elisabeth drückte sich in die Ecke, so weit sie konnte. Als könnte sie durch pure Willenskraft durch den Boden des Frachtraumes verschwinden und sich von dem schäumenden Wasser unter dem Schiff davontreiben lassen.

Rogan, der mit zwischen den Knien verschränkten Händen auf

einem umgedrehten Eimer saß, war deutlich anzusehen, wie Trotz und Reue in ihm kämpften.

»Es ist nicht meine Schuld«, jammerte er. »Ich wollte nicht, dass dir etwas geschieht. Ich wollte nur den Stein. Den Sh'vad Tual für Artus' Wiedergeburt. Ich habe versucht, Sams und Croker umzustimmen und sie zu überreden, euch zurückzulassen.«

»Und was ist schiefgegangen? Warum entführt ihr uns noch, wenn ihr den Stein doch bereits habt?«

»Sie wollten nicht auf mich hören. Das Kopfgeld für Douglas ist dreimal so hoch wie das, was ein normaler Mensch in seinem ganzen Leben verdienen kann. Máelodor will Brendan haben, mit oder ohne Stein.«

»Und was ist mit mir?«

Rogan schüttelte den Kopf. »Dich haben sie zur Sicherheit mitgenommen. Falls Douglas etwas versucht, wirst du es sein, die leidet.«

Elisabeth schluckte. Irgendwie hatte sie das schon gewusst, aber es Rogan aussprechen zu hören verfestigte es nur zu einem Gewicht auf ihrer Brust, das sie lähmte und das Chaos ihrer Gedanken noch verstärkte. Sie hätte nichts lieber getan, als ihrer Verzweiflung nachzugeben und in Tränen auszubrechen, doch diese Genugtuung würde sie Rogan nicht verschaffen.

Deshalb nahm sie sich zusammen und hoffte, dass das Zittern ihrer Stimme nicht zu hören war, als sie ihn fragte: »Weißt du, wohin sie uns bringen?«

»Nach Cornwall. Wir werden morgen bei Tagesanbruch dort sein.«

Ein ohrenbetäubender Knall ertönte. Schreie, polternde Schritte und gebrüllte Kommandos folgten, als eine weitere Explosion die Luft zerriss, die Elisabeth gegen die Wand schleuderte und Staub in ihre Augen trieb.

Rogan sprang auf. Jemand kam halb fallend, halb springend die

Treppe herunter, gewann im letzten Moment das Gleichgewicht zurück und landete halbwegs aufrecht auf dem Boden. Dabei strahlte er eine beängstigende Wildheit und Aggressivität aus.

Brendan! Er war blutverschmiert, seine Augen suchten sie wie emporzüngelnde Flammen. Ein schmaler Schnitt zog sich über seinen linken Wangenknochen und endete an seinem Kinn. Eine zweite, ernstere Verletzung entstellte eine Seite seines Nackens.

»Lissa!«, rief er.

Eine weitere Kanone krachte, diesmal direkt über ihnen. Der Captain erwiderte das Feuer seiner Angreifer. Könnte es Helena sein? Könnte sie sie so schnell gefunden haben?

Das Schiff schien vor Anstrengung zu vibrieren, die Segel knallten in dem Sturm wie Schüsse, und der Frachtraum ächzte bedrohlich. Brendan nutzte die Ablenkung, um sich auf Rogan zu stürzen, der jedoch seine Waffe auf Brendans Brust richtete und ihn erschrocken innehalten ließ. »Bring mich um, und du verlierst deine beste Chance, Miss Elisabeths Sicherheit zu garantieren.«

»Wo ist der Stein?«, fragte Brendan in so eisigem, drohendem Ton, dass sogar Elisabeth ein Frösteln überlief. »Wo ist der verdammte Stein, Rogan? Sag mir, dass er sicher ist! Irgendwo in Helenas Haus!«

Rogan zuckte zusammen, gab aber trotzdem nicht nach, weil seine Überzeugung, für die richtige Sache zu kämpfen, offensichtlich größer war als seine Furcht. »Ich habe ihn.«

Elisabeth hätte nie gedacht, dass Brendan noch Furcht einflößender werden könnte, doch sie hatte sich geirrt. Etwas Blutdürstiges erschien in seinem Blick; etwas, das nichts Menschliches mehr hatte, als hätte der Magier in ihm die Herrschaft übernommen. Aber was sie sah, war kein schimmernder, unirdischer Glanz, sondern eine herzlose, unerbittliche Brutalität. Sie erinnerte Elisabeth an das Bild in Madame Aranas Spiegel, auf dem der Erbe von Kilronan beobachtete, wie das Böse sich entfesselte. Dies war ein Mann, der zu Mord und jeder Bosheit fähig war.

»Du verdammter Hurensohn – der Sh'vad Tual ist das Einzige, was Máelodor braucht, um das Grab zu öffnen und die Wiedererweckung zu vollenden!«

Rogans Blick huschte im flackernden Schein der Laterne hin und her, und die Waffe in seiner Hand und seine Stimme zitterten, als er triumphierend erwiderte: »Genau. Der König wird endlich zurückkehren, und die *Anderen* werden den Anführer haben, den sie brauchen, um die *Duinedon* zu schlagen.«

»Das wird nicht geschehen, Rogan. Es ist unmöglich. Ich habe es gesehen. Artus wird nicht siegen.«

Ein Donnern erklang, dicht gefolgt von einem weiteren. Diesmal war es das widerhallende Krachen eines heftigen Gewitters. Über den Lärm erhob sich eine Stimme, die die des Captains sein musste, zu einem langsamen, skandierenden Gesang. Der Wind frischte auf, und das Schiff hob und senkte sich, bevor es in die Wellentäler der aufgewühlten See hinunterstürzte.

Elisabeth schlug sich den Kopf an, als sie darum kämpfte, sich auf den Beinen zu halten. Schnell griff sie nach einem der Taue, die die Fässer zusammenhielten, damit sie nicht durch den ganzen Frachtraum rollten, und glitt einen Schritt näher auf Rogan zu. Da seine ganze Aufmerksamkeit Brendan galt, fand sie vielleicht eine Gelegenheit, die Waffe zu ergreifen oder zumindest den Lauf von Brendans Oberkörper wegzustoßen.

Brendans Worte durchschnitten die Luft wie eine Klinge. »Die *Anderen* werden scheitern, und dann werden die *Duinedon* schnell und gnadenlos Vergeltung üben. Sie werden nicht zulassen, dass eine derartige Gefahr bestehen bleibt.«

»Dieses Risiko werde ich eingehen, wenn es die Chance auf ein Leben ohne Schikanierungen bedeutet«, beharrte Rogan.

Elisabeth bewegte sich zentimeterweise vorwärts, und bei jedem

Krängen des Schiffes verbrannte sie sich die Hände an dem Tau, das ihr durch die Finger rutschte. Aber es lag höchstens noch ein Meter zwischen ihr und den Männern. Beschäftige ihn, Brendan! Halte ihn am Reden!, beschwor sie ihn stumm.

»Und Daz?«, fuhr Brendan Rogan an. »Der alte Mann. Habt ihr ihn getötet? Müssen wir sein Leben auf die Liste all jener setzen, die ihr ermordet habt?«

Rogans Gesicht verhärtete sich. Brendan verlor ihn. Es fehlte nicht mehr viel, damit der verräterische Harfenist den Abzug drückte. »Der alte Mann lebt. Zumindest nehme ich das an. Ich habe ihn bewusstlos, aber atmend zurückgelassen. Das war mehr Gnade, als er von anderen erfahren hätte.«

Elisabeth hatte ihr Ziel erreicht. Jetzt brauchte sie nur noch nach rechts zu springen, um Rogan aus dem Gleichgewicht zu bringen.

Doch sie kam nicht mehr dazu.

Brendans Gesicht schien von innen heraus zu erglühen. Seine Augen glitzerten wie poliertes Gold, Bronze und Bernstein, hart und erbarmungslos. Langsam hob er eine Hand und schnippte mit den Fingern.

Rogan krümmte sich und würgte. Sein ganzer Körper zuckte von dem heftigen Anfall von Übelkeit, der ihn erfasste.

Brendans Blick glitt über Elisabeth, und bei der furchtbaren Macht in seinen Augen fühlte sie sich seltsam wehrlos und verletzlich. »Komm mit! Schnell!«

Sie ließ das Tau los, schlich um Rogan herum und hatte es schon halbwegs zur Leiter geschafft, als der Harfenist sie am Knöchel packte. Eine neue Sturmwelle erfasste das Schiff. Elisabeths Füße verloren den Halt, und sie spürte, wie sie fiel. Ihr Kopf schlug gegen die Fässer, ihre Seite gegen den Rand einer Kiste, und ihre Knie prallten heftig auf dem Boden auf.

Im Licht der wild schwankenden Laterne nahm sie Gestalten

wahr, hörte Schreie und dann einen Schuss. Jemand packte sie um die Taille, ein anderer schlug ihr so hart ins Gesicht, dass sie Sterne sah. Sie vernahm das dumpfe Geräusch von Faustschlägen, und als sie sich die Tränen abwischte, lag Brendan auf dem Boden, und jemand drückte ihr ein Messer an die Kehle.

Rogan rappelte sich auf und beugte sich über Brendans zusammengesackten, blutbesudelten Körper. Seine Hände zitterten, und seine Stimme war ungewöhnlich heiser, als er hervorstieß: »Du sagtest, die Hölle werde unsere Zuflucht sein, Douglas. Aber du bist bereits dort.«

Brendan blickte durch ein glitzerndes Auge auf, das andere war schon zugeschwollen. »Nein, Rogan. Du hast ja keine Ahnung. Meine Hölle hat noch nicht einmal begonnen. Und deine auch nicht.«

»Schafft ihn weg!«, schrie einer der Männer.

Das Heulen des orkanartigen Sturmes war abgeklungen, und das Übelkeit erregende Schlingern des Schiffes ließ allmählich nach. Donner grollte zwar noch immer über dem Wasser, aber das Krachen von Kanonenschüssen zerriss nicht mehr die Luft. Der Sturm musste Verfolger und Verfolgte auseinandergetrieben haben. Elisabeths Hoffnung auf Rettung schwand.

Zwei Seeleute packten Brendan unter den Armen und zogen ihn auf die Beine und aus dem Frachtraum.

Der Mann, der den Befehl gegeben hatte, schaute zu, bevor er sich Rogan und Elisabeth zuwandte. »Wenn das noch mal vorkommt, pfeife ich auf deine Worte, Rogan, und werde Quicks Jungs mit ihr machen lassen, was sie wollen. Hast du das kapiert?«

Der Harfenist nickte verdrossen und folgte dem Mann hinaus. Das schwere Eisengitter fiel über die Luke wie ein Sargdeckel auf einen Sarg.

Wieder allein, kauerte Elisabeth sich in ihre Ecke und konnte die Tränen nicht mehr zurückhalten.

Ihr ganzes Leben lang hatte sie es vermieden, Fragen zu stellen.

Aber die Antworten waren ganz von selbst gekommen.

Und es gab kein Zurück mehr, für keinen von ihnen.

Croker war zweimal mit seinem Messer gekommen und hatte Brendan jedes Mal aufgewühlt und blutend zurückgelassen, wenn er wieder gegangen war. Ein haarfeiner Schnitt zog sich quer über seinen Nacken, ein wesentlich tieferer über seinen Oberarm. Der Tod würde durch tausend Schnitte kommen.

Crokers letzter Besuch lag schon ein paar Stunden zurück, oder zumindest kam es Brendan so vor. In einem vergeblichen Versuch zu schlafen, hatte er die Augen geschlossen, doch ihm schwirrte der Kopf von einem Plan nach dem anderen, den er schmiedete. Er würde eine kleine Chance haben, wenn sie an Land gingen, und musste bereit sein, wenn es so weit war.

Das Schiff blieb ruhig, das Wasser plätscherte leise und anscheinend friedlich gegen seinen Rumpf. Der aus südwestlicher Richtung kommende Wind war beständig, und nichts wies auf eine Rückkehr des durch Magie herbeigeführten Sturmes hin. Sie mussten ihre Angreifer weit genug hinter sich zurückgelassen haben, dass der Captain es für sicher hielt, das Wetter nur noch geringfügig zu beeinflussen. Gerade genug, um das Schiff auf Kurs zu halten und ihn nicht zu ermüden, falls er noch einmal die Wettermacht zu Hilfe rufen musste.

Brendans Herz begann zu rasen, als er hörte, wie sich ein Schlüssel im Türschloss drehte. Der sadistische Croker, der nicht genug bekommen konnte?

Er zerrte an den Stricken, die seine Hände hinter seinem Rücken und seine Fußknöchel an den Stuhl fesselten, bis seine Handgelenke brannten und seine Knochen sich anfühlten, als wären sie vom Körper losgerissen, aber die Knoten in den Stricken gaben keinen Millimeter nach. Seine Entführer würden nicht noch einmal riskieren, dass er aus der Kabine floh.

Die Tür öffnete sich im abgedämpften Schein einer Laterne, deren Licht auf Rogans abgespannte, müde Züge und seine trüben, unsicheren Augen fiel.

Brendans Blick verengte sich, und er biss die Zähne zusammen gegen den Fluch, der sich auf seinen Lippen formte. Was auch immer er verbrochen haben mochte, Rogan hatte recht: Er war das Einzige, was zwischen Lissa und der Lüsternheit der Mannschaft stand. Brendan brauchte den Harfenisten lebend. Oder noch viel besser wäre, wenn er Rogan von seinem Irrtum überzeugen könnte. Dann würde er im entscheidenden Moment vielleicht sogar einen mächtigen Verbündeten haben.

Rogan hängte die Laterne an einen Haken über dem Tisch und setzte sich Brendan gegenüber. Seine Augen weiteten sich beim Anblick von Crokers Werk, sein Adamsapfel zuckte nervös, als er mit einem Finger über den zerschrammten Tisch strich und sich räusperte. »Elisabeth geht es gut. Ich wollte dich nur wissen lassen, dass ich dafür gesorgt habe, dass sich die Männer von ihr fern halten.«

Brendan hatte versucht, sein Bewusstsein vor dem zu verschließen, was Lissa widerfahren könnte, doch bei Rogans Beteuerungen spürte er wieder den pochenden Schmerz in seinen Schläfen und die Enge in seiner Brust.

»Du sagtest, du hättest vorhergesehen, was die Zukunft bringt«, fuhr Rogan in dem angespannten Schweigen zwischen ihnen fort. »Und was Artus' Rückkehr für die *Anderen* bedeuten würde. Was genau hast du gesehen?«

Brendan schloss die Augen, und sofort tanzten rote Flammen hinter seinen Lidern. Ein sich langsam ausbreitender, erstickender Druck baute sich in ihm auf, je mehr der Stein sich seiner

Bestimmung näherte. »Artus ist verflucht, Rogan, und sein Reich dem Untergang geweiht. Ich habe das Ende der Schlacht gesehen. Artus war besiegt, und die *Anderen* lagen verstreut und niedergemetzelt herum. Es wird keine Rückkehr der goldenen Zeiten geben. Nur Feuer, Tod und Untergang.«

Rogans Lippen pressten sich zu einer dünnen weißen Linie zusammen. »Das glaube ich nicht. Artus war ein großartiger und siegreicher König. Seine Macht entsprach fast der der Magier selbst. Er kann unmöglich gegen eine Horde schwacher und machtloser *Duinedon* scheitern. Sie werden keine andere Wahl mehr haben, als in Frieden mit uns zusammenzuleben.«

»Ein mit so vielen unschuldigen Toten erkaufter Frieden ist kein Frieden, sondern Tyrannei. Mit Máelodor an der Spitze. Und Artus als seiner zum Sklaven geborenen Marionette.«

»Du lügst.«

»Wenn du dir so sicher bist, warum bist du dann gekommen, Rogan? Ich glaube nicht, dass du dir deiner Überzeugungen so sicher bist, wie du behauptest.« Er hielt inne und versuchte, die Stimmung seines Gegenübers einzuschätzen. »Weiß Lyddy eigentlich, wo du bist?«, fragte er dann.

»Lass Lyddy aus dem Spiel! Sie hat nichts damit zu tun.«

»Das hatte Elisabeth auch nicht«, entgegnete Brendan ruhig.

Rogan wurde bleich. »Genug geredet.« Er erhob sich und hantierte nervös an seiner Pfeife herum. »In ein paar Stunden werden wir in Cornwall sein.«

Brendan erstickte fast an der Bitte, die er äußern wollte, doch er hatte zu lange über die Möglichkeiten nachgedacht, um diese außer Acht zu lassen. »Dann läuft die Zeit davon. Ich möchte einen Gefallen von jemandem erbitten, den ich für einen Freund hielt und von dem ich glaube, dass er es noch immer sein könnte.«

Die Laterne schwankte wild in Rogans Hand, als er sich umwandte. »Ich werde dich nicht befreien.«

»Ich bitte dich um nichts für mich, sondern für Lissa. Sorg dafür, dass sie danach beschützt wird! Du verstehst schon, was ich sagen will: *danach*. Und falls du es kannst, begleite sie nach Belfoyle! Dort wird sie sicher sein, falls das Schlimmste eintrifft und der Krieg beginnt.«

Rogans Gesicht schien zu erschlaffen, und er sah aus, als wollte er etwas erwidern, doch dann nickte er nur, bevor er ging, der Schlüssel sich wieder einmal im Schloss drehte und Dunkelheit auf Brendan einstürmte, als kröchen die Wände auf ihn zu.

Aber er schluckte die Furcht hinunter. Er hatte das alles schon mal durchgemacht. Bestimmt konnte es nichts Schlimmeres geben als St. Johns ekelhafte Avancen, seine Erniedrigungen, seine machtbesessene Sexualität, die Brendan erbrechen und ihn sich vor seinem eigenen Körper hatte ekeln lassen.

Er schloss die Augen und zwang sich zu einer Ruhe, die er nicht empfand. Die Worte durchfuhren ihn und versenkten sich in seinem Hirn. Ein Wispern im Wind. Ein Echo im Wasser.

Es ist mein Fluch und mein Schicksal. Die Magier haben gesprochen. Was können bloße Sterbliche dagegen tun? Was kannst du tun?

Er senkte den Kopf. Sein Fluch und sein Schicksal.

Was konnte er tun?

Alleinsein hatte Sicherheit bedeutet und ihn gefährlicher gemacht. Aber Alleinsein war auch Einsamkeit gewesen. Er war schwach geworden, und das war das Ergebnis. Er hatte versucht, seinem Fluch und Schicksal zu entkommen, und damit nur geschafft, sein Unglück auch auf Elisabeth herabzubringen.

Kapitel Vierundzwanzig

Ein grobes Rütteln an der Schulter weckte Elisabeth. Als sie sich die verschlafenen Augen rieb, blickte sie zu Rogans nervösem Gesicht auf, das von einem feinen Schweißfilm überzogen war. Milchig graues Licht fiel durch die offene Luke, und die Luft war feucht und roch nach Regen. Das Schiff wiegte sich sanft und verursachte kein Geräusch, das den leisen Vogelgesang und das Plätschern des Wassers gegen den Rumpf übertönte.

»Wir gehen an Land«, sagte er.

»Wo ist Brendan?«, fragte sie. Ihr Zorn hielt ihre Furcht in Schach – und wenn auch nur gerade noch.

»Oben.«

Er zog sie auf die Beine. Ihre Röcke waren durchnässt, ihre Strümpfe klebten an ihren Beinen. Sie versuchte schnell, ihr Haar zu einem lockeren Knoten aufzustecken, aber die Feuchtigkeit hatte ihre Locken zu einem unbezähmbaren Gewirr gekräuselt, und ihr steifer Hals machte jede Bewegung ihres Kopfes zu einer Qual.

Rogan brummte ungeduldig, und Elisabeth gab es auf und strich sich die wilde rote Mähne hinter die Ohren.

»Wie geht es Brendan?«

»Er ist ein bisschen angeschlagen, doch noch immer streitlustig wie ein Bulle. Wenn er nicht aufpasst, wird Croker sich vergessen und ihm eine Abreibung verpassen, damit er Ruhe gibt.«

»Vielleicht ist es das, was Brendan sich erhofft.«

Rogans Gesicht verdüsterte sich. »Genug geredet. Es wird Zeit zu gehen.«

Elisabeth kletterte die Leiter hinauf und passierte unter den harten Blicken verdrossener Seeleute den Niedergang. Dann ging es weiter zum Oberdeck, wo Nebel wie Rauch über einer schmalen Flussmündung hing und dichte, schwarze Bäume sich in dem düsteren Grau der ersten Morgendämmerung erhoben.

Ein Beiboot war herabgelassen worden, in dem zwei Männer an den Rudern saßen, zwei andere im Bug und ein weiterer am Heck. Sie bewegten sich wie Gespenster im frühmorgendlichen Nebelschleier.

»Die Leiter runter. Ich werde dich nicht bei ihnen lassen«, sagte Rogan mit einem Blick zurück zu den Seeleuten, die sich noch an Bord befanden.

Man musste kein Gedankenleser sein, um die Gefahr zu sehen, in der sie sich befände, wenn sie bliebe. Die Seemänner zogen sie mit den Augen aus, und geflüsterte Kommentare verbreiteten sich von Mann zu Mann wie eine ansteckende Krankheit.

»Danke«, sagte sie und klammerte sich an die letzten Reste ihrer Würde.

Rogan wirkte überrascht und rieb sich den Nacken. Mit der anderen Hand winkte er Elisabeth vor sich.

Vorsichtig trat sie auf die erste Sprosse der Strickleiter und umklammerte die Seile, als die Leiter auf das schwarze Wasser hinausschwang. Ihre dünnen Lederschuhe glitten auf den nassen Sprossen aus, und ihre Röcke waren ihr beim Hinuntersteigen arg im Weg.

Als sie fast auf Wasserhöhe war, packten Hände sie um die Taille und hoben sie ins Beiboot, wo sie unsanft ans Heck und neben den gleichen kampflustigen Mann mit Hängebacken gestoßen wurde, den sie am Vortag getreten hatte und der ihr jetzt einen Pistolenlauf zwischen die Rippen drückte.

Brendan saß zwischen zwei anderen, die Hände hinter dem Rücken gefesselt und mit feucht glänzendem Haar. Hässliche violette und schwarze Prellungen verunstalteten sein sonnengebräuntes Gesicht, das von einem Gewirr dünner Messerschnitte überzogen war, und eines seiner Augen war zugeschwollen. Ein dunkelroter Fleck durchnässte das Hemd an seiner linken Schulter.

Elisabeth konnte nicht verhindern, dass ein Zittern sie durchlief. Sie presste die Knie zusammen und drückte die Arme an die Seiten, um das immer stärker werdende Zittern zu unterdrücken. Sie hasste es, Angst zu haben. Machtlos zu sein. Wenn es doch nur etwas gäbe, was sie tun konnte! Irgendeine Möglichkeit zurückzuschlagen.

Rogan stieg in das Boot und setzte sich ihr gegenüber, ohne Brendan auch nur einen Blick zu gönnen, als existierte er gar nicht. Während er Elisabeth seinen Rock um die Schultern legte, murmelte er: »Wir wollen doch nicht, dass du dich zu allem Überfluss auch noch erkältest.«

Der Mann mit der Waffe schnaubte und stieß ein derbes Lachen aus. »Was für ein Gentleman! Eine Erkältung ist die geringste Sorge unseres Vögelchens.«

Rogan bedachte den Mann mit einem harten Blick über Elisabeths Kopf hinweg, und ein Klappmesser erschien wie herbeigezaubert in seiner Hand. »Du behältst deine Kommentare für dich, Sams!«, fauchte er, »oder ich werde dafür sorgen, dass du sie bereust.«

Sams errötete vor Ärger. »Glaubst du, Paddy? Ich werde dir den Schädel wegpusten, du verdammter Ire.«

»Englisches Ungeziefer!«

»Haltet die Klappe, ihr beiden«, befahl Croker von seinem Platz neben Brendan. »Wenn die Zöllner uns erwischen, könnt ihr euren Streit im Bodminer Gefängnis fortsetzen, während ihr auf eure Verhandlung wartet.«

Das Beiboot legte im ersten grauen Licht ab. Die mit Stoff umwickelten Ruder verursachten kaum ein Geräusch in dem ruhigen Wasser. Regen ersetzte allmählich den Nebel und besprenkelte das Wasser, als das Boot an der felsigen Küste anlegte.

Croker übernahm Brendan, während Sams Elisabeth packte und seine Finger sich in ihre Schultern bohrten, als er sie auf die glitschigen Felsen und dann zu den Bäumen hinaufzog. Rogan folgte als Letzter.

Die Gruppe drängte sich durch das Gestrüpp und tiefer in das Gehölz hinein. Vor ihnen lag ein schmaler Pfad, auf dem eine geschlossene Kutsche stand und ein hünenhafter Mann, dessen spärliches weißes Haar kaum die graue Haut an seinem Kopf bedeckte und dessen Augen blass wie Marmor waren.

Elisabeth blickte über ihre Schulter, aber der Fluss war schon wieder in waberndem Nebel verschwunden. Er war die perfekte Tarnung für das nur wenige Meter entfernt liegende Schiff. Elisabeth hörte kein Geräusch außer dem Laub unter ihren Füßen, dem schwermütigen Gesang einer Nachtigall auf einem nahen Baum und ihrem eigenen wild pochendem Herzen.

Das Cottage lag etwas abseits der Straße in einem flachen Tal, hinter dem sich schroffe grüne Hügel erhoben. Brendan nahm all die verschiedenen Eindrücke in sich auf, als er von der Kutsche zu dem Haus getrieben wurde. Die Abgeschiedenheit. Die Anzahl der Wachen, die in verschiedenen Posen des Müßigganges herumstanden oder -saßen. Den sich nach Westen hin verdichtenden Wald. Den schmalen Weg in die Hügel, der außerhalb der Sicht der Wachen auf dem Hof lag. Und schließlich die Magie, von der die Luft geschwängert war. Nicht nur die dunkle Energie, die er erwartete, gerann zu faulem Schlamm in seinem Kopf, sondern auch eine Kraft außerhalb der Cottagemauern versengte ihm das Hirn mit Bildern von Feuer, Krieg und Tod.

Er warf Rogan, dem Brennpunkt der Energie, einen Blick zu. Der Harfenist stand mit Elisabeth ein paar Meter entfernt und musste noch immer den Sh'vad Tual bei sich haben.

Brendan spürte, wie der Stein ihm zuwisperte. Es war, als würde er erwartet. Als erwartete noch irgendjemand oder irgendetwas außer Máelodor seine Ankunft.

Oss, der Albino, stieß Brendan vorwärts, und eine Wache beeilte sich, die Tür zu öffnen und sie über die Schwelle in das überraschend saubere und gemütliche Innere des kleinen Bauernhauses zu scheuchen. Eine winzige Diele führte zu einem Zimmer im hinteren Teil, eine schmale Treppe in den ersten Stock hinauf. Zwei Vorderräume auf jeder Seite. Eine geschlossene Tür und eine offene, durch die jemand einen fragwürdigen Willkommensgruß rief.

»Schon wieder da, Oss? Hast du uns Gesellschaft mitgebracht?«

Wie ein Messer über Schiefer scharrte diese vertraute Stimme über Brendans Knochen und ließ sein Blut zu Eis erstarren. Er straffte die Schultern, trat durch die Tür und ließ nichts als absolutes Selbstvertrauen auf seinem Gesicht erscheinen. Máelodor wollte einen winselnden, verängstigten Gefangenen, doch stattdessen würde er einen Magier vor sich haben, der ebenso trickreich und entschlossen war wie er selbst.

Brendan betrat den düsteren Raum, in dem ein lustloses Kohlenfeuer im Kamin brannte. Die Fensterläden vor dem schmalen Fenster waren geschlossen. Die stickige Wärme trieb Brendan Schweiß auf die Stirn und klebte unangenehm feucht an seinem Rücken.

Sein Gastgeber erhob sich steif aus einem Sessel und stützte sich auf einen Stock, als er aus dem Schatten trat.

Verdammter Hurensohn! Galle stieg Brendan in die Kehle, obwohl er versuchte, sich nicht einmal durch ein Wimpernzucken seinen überwältigenden Abscheu anmerken zu lassen. War dies der Preis für die Verwendung der verbotenen Magie? Wäre dies auch sein Schicksal gewesen, wenn er mit den dunklen Künsten weiterexperimentiert hätte?

Noch kein ganzes Jahr war vergangen, seit er Máelodor zuletzt gesehen hatte, und in dieser Zeit war eine grauenhafte Veränderung mit dem Meistermagier vorgegangen. Als sogenannter *Heller* hatte er schon immer die Fähigkeit besessen, auf die Macht eines von ihm erwählten Tieres zurückzugreifen – sogar gewisse körperliche Merkmale dieses Tieres anzunehmen –, aber da die Magie der *Unsichtbaren* ihn beherrschte, verschwamm die Grenze zwischen Tier und Mensch auf unsägliche Art und Weise.

Er hatte sein gesamtes Haar verloren, sein Schädel und seine Stirn waren rau und verkrustet, bis auf die Stellen, die von glitzernden, graugrünen Schuppen bedeckt waren. Seine Nase war so flach geworden, dass die Nasenlöcher nur noch Schlitze zu beiden Seiten eines schmalen Knorpelwulstes waren, und sein Mund nichts weiter als ein grinsender, lippenloser Strich. Seine Augen standen unter schuppigen Höckern hervor, die einmal Augenbrauen gewesen sein mussten, und die geschlitzte Iris seiner Augen war von einer fiebrigen Intensität.

Dennoch war die Gegenleistung für diesen hohen Preis, den er bezahlte, offensichtlich. Máelodors Macht brachte die Luft zum Pochen, seine persönlichen Schutzzauber waren vollkommen undurchdringlich. Wenn er schon vorher stark gewesen war, so war er heute nahezu unbesiegbar. Die Kraft, die nötig war, um ihn zu töten, würde mindestens ebenso beeindruckend sein müssen.

»Keine Begrüßung für einen alten Verbündeten, Douglas? Einen Mann, den du einst Kamerad genannt hast? Freund?« Máelodors Augen blitzten. »Und Onkel?«

»Jetzt übertreib mal nicht, Máelodor!«, entgegnete Brendan kühl. »Vater mag dich mit seiner Freundschaft geehrt haben, aber für den Rest von uns warst du immer nur der arme alte Simpkins. Ein stinklangweiliger kleiner Funktionär mit einem Hang zur Dramatik. Wie ich sehe, hat sich daran nichts geändert.«

Der Schlag mit dem Handrücken ließ Brendans Zähne klappern. Máelodor sah nicht nur abscheulich aus, sondern war dazu auch noch abscheulich stark. Eine schlechte Kombination.

»Du solltest etwas mehr Respekt vor Älteren und Überlegeneren haben, Junge. Schade, dass dein Vater dir diese Lektion nicht zusammen mit all den anderen eingebläut hat. Dann würde er vielleicht noch leben.« Máelodors Hand schoss vor, legte sich um Brendans Kinn und drückte zu, während er sein Gesicht nach rechts und links drehte. »Du hast mehr und mehr das Aussehen von Kilronan. Sein Lieblingssohn warst du, nicht wahr? Wie er dich geliebt hat, der arme, blinde Narr!«

Brendan riss sich los, stieß aber gegen die harte Brust des Dieners Oss.

Ein boshaftes Lächeln verzog Máelodors Mund und ließ ein hässliches schwarzes Loch zum Vorschein kommen. »Da habe ich einen wunden Punkt berührt, nicht wahr? Trauerst du noch immer um den alten Mann? Fragst dich, wie er gestorben ist? Ich kann es dir verraten, wenn du höflich darum bittest. Ich kann dir sagen, wie sie alle starben. Alle außer dir ... und mir. Den einzigen Überlebenden der Vergeltungsaktion der *Amhas-draoi*.« Er senkte die Stimme zu einem kalten, schlangenhaften Zischen. »Den einzigen beiden Verbliebenen, die es wagten, für alle *Anderen* zu träumen, und die für ihre Vision bestraft wurden.«

»Es war Wahnsinn, und das weißt du. Jeder von *Anderen* begonnene Krieg wird mit unserer Vernichtung enden.«

»Hast du uns deswegen verraten?« Máelodor brachte sein groteskes, reptilartiges Gesicht so nahe an Brendans, dass sich ihm der Magen umdrehte. »Oder war es, um deine eigene feige Haut zu retten?« Er packte Brendans Hemd an den Schultern und zerriss es, um die Tätowierung aus Pfeil und Halbmond freizulegen. »Du warst einer von uns. Ein vertrauter und geschätzter Freund. Ein Führer für die, die uns unsere Fähigkeiten neideten. Und du hast das alles weggeworfen«, sagte er schulterzuckend und mit einem Fingerschnippen. »Wie schade, dass dein Verrat dir letztendlich nichts einbrachte! Und jetzt wirst du alles verlieren.«

Mit geradezu unmenschlicher Geschwindigkeit schoss Oss' Faust vor, und ein grauenhafter Schmerz durchzuckte Brendans Nieren. Aufschreiend landete er auf den Knien; sein Innerstes stand in Flammen, und ein weiterer Tritt in seine Rippen warf ihn auf den Rücken und trieb ihm die Luft aus der Lunge.

Schnell verschloss er sein Bewusstsein, bevor der Gegenschlag seiner eigenen Macht die Luft zwischen ihnen versengte. Er würde sich nicht wehren. Nicht, solange Elisabeth sich in Gefahr befand. Er würde abwarten – und hoffen, dass noch genug von ihm übrig war, wenn der Moment kam, Máelodor bereuen zu lassen, ihn angerührt zu haben.

Zu einem weiteren Schlag bereit, stand der Albino über ihm.

»Das reicht, Oss!«, befahl Máelodor. »Wo sind deine Manieren? Er ist ein Gast.«

Oss zog Brendan an den Schultern in einen Sessel, wo er gegen die Welle der Übelkeit ankämpfte, die in ihm hochstieg. Trotz allem jedoch zwang er sich, Máelodors Blick mit unbewegter Miene zu erwidern.

»Wartet nicht noch jemand auf eine Audienz? Ich glaube, es wird dich interessieren, ihm zu begegnen, Douglas.«

Oss ging zur Tür und winkte jemandem, der auf dem Gang zu warten schien.

Es war Rogan, der hereinkam. Suchend blickte er sich um und verzog das Gesicht, als sein Blick für einen Moment auf Douglas verweilte, bevor er sich auf Máelodor richtete, der wieder in seinem Sessel saß. Es gelang Rogan nicht ganz, seinen Schock zu verbergen, obwohl er sich schnell wieder unter Kontrolle brachte. Aber Brendan bemerkte, dass der Blick des Harfenisten danach nie wieder direkt zu dem Meistermagier ging, sondern die ganze Zeit über nervös hierhin und dorthin huschte.

Máelodor winkte ihn mit einer gebieterischen Handbewegung zu sich. »Wie ich hörte, hast du uns ein Geschenk gebracht.«

Rogan nickte und zog einen Lederbeutel aus der Tasche seines Rocks. Als er ihn umdrehte und schüttelte, fiel der Sh'vad Tual ihm in die Hand.

Seine Facetten schimmerten zunächst silbern, elfenbeinfarben und golden, bevor die Farben sich zu Bronze, Orange, Korallenrot und schließlich Schwarz vertieften. Licht flackerte in ihnen, in einer unruhigen, zornigen Bewegung, als kämpfte irgendetwas darum zu entkommen. Das leise Klingeln von Glocken bewegte die stickige Luft im Raum und verstärkte sich zu einem sonoren Geläut, das Brendans Schläfen noch mehr zum Pochen brachte.

Bilder schossen ihm durch den Kopf. Ein verborgenes Tal. Ein umgefallener Grabstein. Ein Mann mit flammend rotem Haar. Ein Himmel, der so dunkel war wie Blut. Und die ganze Zeit hörte er ein Gewirr sich überschneidender Stimmen, in einer Sprache, die wie Musik oder fließendes Wasser klang.

Rogan beeilte sich, den Stein zu Máelodor zu bringen, der von einem Ohr zum anderen grinste. Wie seine Nase hatten sich seine Ohren so tief in seinen Schädel zurückgezogen, dass sie nur noch Löcher zu beiden Seiten seines Kopfes waren. »Artus' Rückkehr ist endlich greifbar nahe. Die Rasse der *Anderen* wird wieder eine Stellung der Autorität und des Respekts einnehmen. Sie werden nicht mehr wie Ausgeburten des Teufels behandelt und auf der Welt herumgejagt werden wie Ungeziefer.« Er blickte auf Rogan herab wie ein Kaiser auf seinen Untertan. »Für einen solchen Schatz verdienst du meine ewige Dankbarkeit und darfst jeden Preis dafür verlangen.«

Rogan machte eine tiefe, theatralische Verbeugung. »Ihr seid sehr großzügig zu einem einfachen Soldaten wie mir. Ich würde mich freuen, diesen glorreichen und gefeierten Tag erleben zu dürfen.«

Welch lächerliches Gefasel! Wenn Brendans Rippen nicht so

schmerzen würden, hätte er gelacht über die irischen Schmeicheleien, die aus dem Mund des alten Harfenisten kamen. Doch so beschränkte er sich auf ein verächtliches Grunzen, das ihm finstere Blicke von Máelodor und Rogan eintrug.

»Das wirst du. Wie wir alle«, antwortete der Meistermagier Rogan, während er den Blick auf Brendan heftete. »Und du wirst mir dabei helfen, Douglas. Weil Artus' Wiedergeburt ohne dich nichts weiter als ein Luftschloss wäre, nicht?«

»Es mag zwar ursprünglich meine Idee gewesen sein, doch sie ist schon lange von meinen Händen in deine übergegangen.« Máelodors vor- und zurückschnellende Zungenspitze erschwerte es Brendan, sich zu konzentrieren. »Ich übernehme nicht mehr die Verantwortung für deinen Wahnsinn, und ich werde dir bei nichts anderem helfen, als einen langsamen, qualvollen Tod zu sterben.«

»Wie dreist du bist mit deinen Drohungen! Da du jedoch derjenige bist, der gefesselt ist und blutet, werde ich dir diese kleine Respektlosigkeit verzeihen. Wie ich feststellen konnte, sind es immer die Tapfersten, deren Vernichtung sich als die … vergnüglichste erweist.« Er wandte seine Aufmerksamkeit wieder Rogan zu. »Soviel ich weiß, hast du auch eine junge Frau mitgebracht?«, sagte er, und wieder glitt sein Blick zu Brendan. »Douglas' Braut. Ich möchte diese ungewöhnliche junge Dame sehen, die unserem Prinzen der *Anderen* das Herz gestohlen hat.«

Rogan bewegte sich unruhig, und seine Lippen verzogen sich zu einem wollüstigen Grinsen. »Die Frau wurde eingeschlossen, um sicherzugehen, dass Douglas keinen seiner Tricks versucht.«

Máelodors Augen verengten sich. »Wir sind hier sicher genug. Douglas' Macht ist groß, aber hierin, wie in so vielem anderen, kann er sich mit mir nicht messen. Hol die junge Frau her, Oss!«

Wieder ging der Albino hinaus, und diesmal kehrte er mit Elisabeth zurück. Ihr Gesicht war aschfahl, und sie umklammerte mit beiden Händen ihre Röcke. Sie schrak vor Máelodor zurück, den ihr Entsetzen jedoch höchstens zu erregen schien, denn seine Hand schloss sich noch fester um den Knauf seines Gehstocks, und ein neues Licht glimmte in seinem fiebrigen Blick auf.

Mit schierer Willenskraft sandte Brendan Elisabeth einen beruhigenden und hoffnungsvollen Gedanken gegen die Verzweiflung und die Furcht in ihren dunklen Augen zu. *Halt durch, meine süße Lissa! Dies ist nicht das Ende.*

Sie warf ihm einen schnellen, verstohlenen Blick zu, der Überraschung und in ihr aufdämmerndes Verstehen verriet. Als gewänne sie die Herrschaft über sich zurück, straffte sie sich dann und legte in einer hochmütigen Geste den Kopf zurück, sodass ihr flammend rotes Haar ihr in seiner ganzen Fülle auf den Rücken fiel. Der wild pochende Puls an der vollkommenen Biegung ihrer Kehle war der einzige Hinweis, dass sie weniger selbstsicher war, als sie erschien.

Máelodors Zunge fuhr über seinen lippenlosen Mund, und seine Nasenlöcher blähten sich. »Sie ist reif für einen Mann. Ich kann ihr Begehren riechen. Was glaubt ihr, was sie tun würde, um den Mann zu retten, den sie liebt? Wie viel von sich selbst sie opfern würde?«

Nein, formte Brendan lautlos mit den Lippen und fuhr auf seinem Platz zusammen, weil Máelodors Drohung die gleiche Kraft besaß wie einer von Oss' Fausthieben.

Rogan trat vor. »Oh Großartiger, ich habe Euch den Sh'vad Tual gebracht, und nun würde ich gern meinen Preis einfordern, wenn Ihr so großzügig sein wollt.« Sein Blick glitt zu Elisabeth. »Ich will das Mädchen.«

Brendans Blick wich nicht von Elisabeths Gesicht. Er sah, wie ihr Puls zuckte, wie sie sich auf die Lippe biss und wie sie ihren Ehering am Finger drehte. Er prägte sich all das ins Gedächtnis ein, wie auch ihre zarte, sommersprossige Haut, ihre samtenen braunen Augen und die üppigen Rundungen ihres Körpers.

Er hatte ihr einmal gesagt, dass sie für ihn sein Zuhause war. Ein Zufluchtsort vor der Düsternis in ihm. Ein Gegengewicht gegen den Machthunger, der ihn, hätte er ungehindert seinen Fortgang nehmen können, so missgebildet, pervers und bösartig wie Máelodor gemacht hätte.

Mit einem boshaften Glanz in den Augen rieb der Magier sich die Hände. »Das ist allerdings ein hoher Preis. Ich würde selbst gern den Körper der Frau dieses Verräters kosten. Das Sterben ihres Ehemannes von ihren Schreien untermalen lassen und Douglas den wahren Preis seines Verrats vor Augen führen.«

Es sprach für Elisabeth, dass ihr nicht die Sinne schwanden, obwohl sie gefährlich schwankte und kreidebleich wurde.

Máelodor wollte Brendan provozieren. Das war nur allzu deutlich zu erkennen an dem Hohn, mit dem er ihn verspottete, und an dem Versuch, an Brendans Geist zu rühren, um die Wirkung seiner Worte festzustellen. Aber Brendan biss die Zähne zusammen, bis sie knirschten, setzte eine ausdruckslose Miene auf und ließ keine andere Emotion als gelangweilte Interesselosigkeit in seinem Bewusstsein zu. Denn entdeckte Máelodor auch nur das kleinste Gefühl in ihm, würde er Elisabeth nicht gehen lassen.

Rogan unterbrach Máelodors Versuch, in Brendans Bewusstsein einzudringen, als dieser gerade den ersten Riss in seinen geistigen Barrieren spürte. »Ihr werdet jetzt doch sicher zu beschäftigt sein, nachdem Euch der Sh'vad Tual zurückgegeben wurde. Alte Rachegedanken werden neuen Ambitionen weichen, während Ihr Euch auf das Kommen unseres Königs vorbereitet. Gebt mir die Frau als Belohnung, und sie wird mir schön das Bett aufwärmen! Douglas wird trotzdem wissen, wenn sein Tod naht, dass seine Braut seinen Feind beglückt.« Die beiden Männer sahen sich in die Augen, aber nur einen Moment, bevor Rogan den Blick senkte.

Ein Schweigen folgte, in dem einzig Máelodors keuchendes Atmen die wachsende Spannung brach. Brendan grub seine Nägel in seine Handflächen und hielt sich so steif, dass sein Rückgrat zu zerbrechen drohte. Gleichzeitig kämpfte er gegen den roten Nebel in seinem Kopf an.

Schließlich wandte Máelodor sich ab, um zu seinem Sessel zurückzuhumpeln. »Dann sei es so. Nimm sie! Sie gehört dir.«

Rogan packte Elisabeth am Arm und zog sie aus dem Raum, bevor Máelodor es sich anders überlegen konnte.

Brendan und Elisabeth blieb gerade noch die Zeit für einen letzten Blick. Seine Abschiedsworte waren jedoch in den Wind gesprochen, denn da sah er sie schon nicht mehr.

Rogan und Elisabeth wurden zu einem Zimmer im ersten Stock geführt, in dem sie unter viel Gelächter, Hänseleien und anzüglichen Bemerkungen zusammen eingeschlossen wurden. Trotz seiner widerlichen Drohungen rührte Rogan sie jedoch nicht an. Erst als abends das Essen gebracht wurde, riet er ihr, ihr Kleid auszuziehen, unter die Decken zu kriechen und sich still zu verhalten – was immer auch geschehen mochte.

Sie gehorchte, aber obwohl sie den Kopf unter einem Kissen vergrub, drangen noch einige der ekelhaften Kommentare zu ihr durch.

»... hab's ihr besorgt, bis sie weinte, und sie gleich noch mal bestiegen ...«

»... Titten wie Melonen und ein Arsch ...«

»... die rothaarige Schlampe ordentlich durchgevögelt ...«

Elisabeths Wangen brannten vor Scham und Wut, doch sie gab vor zu schlafen, bis die Tür sich hinter der Wache schloss und sie wieder allein waren.

Dann warf sie die Decken zurück und funkelte Rogan wütend an. »Wir haben nichts dergleichen getan, und ich kam mir sogar richtig schmutzig vor, als ich die Lügen hörte.«

»Behalte das lieber für dich, wenn du nicht als Máelodors Spielzeug enden willst!«, knurrte Rogan. »Solange sie denken, ich beschliefe Douglas' Hure, bist du sicher.«

»Sicher? Das nennst du sicher? Eingeschlossen in einem Zimmer mit meinem Entführer, während nur wenige Schritte entfernt ein irrsinniger Schlangenmensch meinen Mann zu foltern droht, bevor er einen toten Mythos ins Leben zurückholt, um einen totalen, magischen Krieg zu entfesseln? Habe ich etwas ausgelassen? Irgendein anderes gefährliches, bedrohliches oder sonst wie schreckliches Detail?«

Statt ärgerlich zu werden, lachte Rogan und goss damit noch Öl ins Feuer. »Nein, ich denke, du hast es gut zusammengefasst.«

Obwohl sie nur ein Hemd und einen Unterrock, ja nicht einmal mehr ein Korsett als zusätzliche Rüstung trug, sprang sie aus dem Bett und kam sich dabei vor wie eine Schildkröte ohne ihren Panzer. »Du findest das auch noch lustig? Wir haben dir vertraut, Rogan. Sogar Helena vertraute dir.«

Das ernüchterte ihn sofort, und einen Moment lang dachte sie, er würde sie schlagen. »Helena wird verstehen, sobald sie Artus höchstpersönlich sieht und begreift, was seine Rückkehr für uns *Andere* bewirken wird.«

»Und wenn sie Máelodor *höchstpersönlich* sieht?«, spottete sie. »*Das* ist ein Anblick, der zu Loyalität anregt. Der Mann ist ein Monster – im wahrsten Sinne dieses Wortes!«

»Er tut, was er tun muss zum Wohle aller *Anderen*. Genau wie ich. Es geht hier darum, eine Zukunft für unsere Rasse zu schaffen, die nicht auf *Duinedon'schem* Wohlwollen, sondern unserer eigenen Überlegenheit basiert.«

»Tausende von Menschen zu töten macht euch überlegen?«

»Du bist eine *Duinedon* und verstehst das nicht.«

»Ich bin ein Mensch, genau wie du. Ich weiß, was Krieg ist, was Tod und Kummer sind. Sag du mir, inwiefern wir anders sind!«

Das war ihr letztes Gespräch. Danach hüllte sich Elisabeth in Schweigen und rollte sich im Bett zusammen, die Decke über dem Kopf und die Hände über den Ohren, obwohl das wenig dazu beitrug, die kämpferischen Geräusche von unten zu ersticken oder das derbe Lachen von Männern, die erregt waren von der gewalttätigen Atmosphäre und abgestumpft vom Alkohol.

Die ganze Zeit über saß Rogan am Fenster der Kammer und blickte Pfeife rauchend auf das dunkle, abgelegene Tal hinaus. Und wann immer er ein Glas zerbrechen oder unterdrücktes Stöhnen hörte, senkte er den Kopf und zog die Schultern ein.

Als Elisabeth endlich vor Erschöpfung eindöste, führten ihre Träume sie zu einem jähen Gewitter und einem bildhübschen Jungen zurück, der sie ganz fest in seinen starken Armen hielt. Nur küsste er sie diesmal, statt sie auszuschimpfen, wie sie sich erinnerte, und sein Mund war fest und fordernd, sein Herz wie ein stetiges Trommeln unter ihrer Hand, während der Regen ihre heißen Wangen kühlte.

Das Krähen eines Hahnes riss sie aus dem Schlaf, und sie sah, dass der Stuhl am Fenster leer und der Himmel bedeckt war von tief hängenden Wolken. Eine unheilvolle Stille lag über dem Cottage, als wäre jemand gestorben. Elisabeth schloss ganz fest die Augen. Nein. Nicht tot. Brendan *durfte* nicht tot sein!

Erst nachdem sie den Gedanken in die hinterste Ecke ihres Bewusstseins verbannt hatte, schlug sie wieder die Augen auf. Furcht und Selbstmitleid kämpften in ihr mit dem Schlafmangel, mit dem überraschenden Ergebnis, dass sie wie betäubt war und die Ereignisse verfolgte, als widerführen sie jemand anderem. Wie der Heldin in einem schlechten Theaterstück, die wehrlos einer Bande gewissenloser Schurken ausgeliefert war.

Wenn sie doch nur in der Pause gehen könnte!

Sie verließ das Bett und wusch sich das Gesicht in einer Schüssel auf dem Waschtisch.

Als sie vergeblich nach einem sauberen Handtuch suchte, sah sie Rogans Rock auf einem Sessel liegen. In der Hoffnung, ein Taschentuch zu finden, durchsuchte sie die Taschen und lächelte, als ihre Finger sich um den kalten Griff einer Pistole schlossen.

Die Heldin war nicht länger wehrlos.

Die sich öffnende Zimmertür ließ sie herumfahren und die Pistole blitzschnell in den Falten ihres Unterrocks verstecken.

Eine Hand auf dem Türknauf, fuhr Rogan sich mit der anderen durch das Haar. »Sie sind weg.«

Er brauchte ihr nichts zu erklären. Sie wusste, wer in der Nacht gegangen war und warum. »Wann sind sie aufgebrochen?«, fragte sie und konnte schon die Veränderung in ihrer Stimme hören. Sie war kühner, selbstbewusster.

Erstaunlich, wie sehr eine Waffe das Selbstvertrauen einer Frau erhöhen konnte!

Rogan hingegen schien keinen Unterschied zu bemerken. Tatsächlich schien er überhaupt nur wenig zu bemerken. Dunkle Schatten umgaben seine müden Augen, und er wirkte missgelaunt und mürrisch. Es war schwer, ihn zu bemitleiden – äußerst schwer sogar –, doch Elisabeth konnte seine selbstmitleidige Verdrossenheit dennoch sehr gut nachempfinden. Immerhin hatte sie das Gleiche selbst gerade noch verspürt. »Sie sind ein paar Stunden vor Sonnenaufgang weggeritten.«

»Und Brendan?«

Rogan schloss für einen kurzen, beängstigenden Moment die Augen. »Máelodor versteht es, einen Mann langsam zu brechen.«

Wut verdrängte ihr Mitgefühl. Am liebsten hätte sie sich auf Rogan gestürzt und ihn in Stücke gerissen. Ihm alle Schimpfwörter, die sie kannte, ins Gesicht geschleudert. Und mit Sicherheit wären ihr noch ein paar weitere in den Sinn gekommen. Dies alles war seine verdammte Schuld. Aber hysterische Anfälle würden sie nicht weiterbringen. Sie brauchte Rogan. Jetzt noch mehr denn je.

»Weißt du, in welche Richtung sie sich gewandt haben?«

»Nein, und wenn Máelodor schlau ist, wird er nicht lange auf der Hauptstraße bleiben, sondern seine Begleiter verlassen, um unbemerkt voranzukommen. Er war raffiniert genug, sich so lange versteckt zu halten. Und er weiß, wie man sich ungesehen fortbewegt.«

»Doch du kannst ihn aufspüren.«

Rogans Augenbrauen fuhren in die Höhe; zum ersten Mal zeigte er echtes Interesse an der Unterhaltung. »Ich? Wozu?«

»Um Brendan zu retten.«

Er lachte. »Sehe ich wie ein Dummkopf aus?«

Sie nahm die Pistole in beide Hände. »Nein. Wie ein Magier-Jäger.«

Das errang auf jeden Fall sein Interesse. Er erstarrte und schnappte verblüfft nach Luft. »Also wirklich, Elisabeth. Ich habe dich vor Máelodor beschützt, wie ich es Douglas versprochen hatte. Mehr als das kann ich nicht tun.«

Sie entsicherte die Waffe. Auf diese kurze Entfernung konnte sie ihn unmöglich verfehlen. »Die ländliche Umgebung von Dun Eyre kann sehr gefährlich sein. Straßenräuber und Einbrecher treiben sich dort herum, und es ist für alle wichtig, mit einer Waffe umgehen zu können. Sogar für Frauen.«

Rogan lachte humorlos, aber seine Augen blieben wachsam, als er eine Prellung an seiner Wange betastete. »Falls du so gut damit umgehen kannst wie mit einem Schürhaken, sollte ich wohl besser auf der Hut sein.«

»Ich kann dir versichern, dass ich sogar noch viel besser damit umgehen kann«, erklärte sie mit einem schmallippigen Lächeln, während sie sich bemühte, die Arme gerade zu halten unter dem Gewicht der Waffe. Das verflixte Ding war schwerer als die Pistole, mit der sie zu Hause geübt hatte. Wenn Rogan nicht bald aufgab, würden ihre Arme durchsacken wie gekochte Nudeln. »Wirst du mir nun helfen oder nicht?«

Das holte ihn auf den Boden der Tatsachen zurück, und er hob abwehrend die Hände. »Ich wollte dich nicht in all das hineinziehen, Elisabeth. Das musst du mir glauben. Weder dich noch Douglas. Ich will nur Gerechtigkeit. Für mich. Für Lyddy. Für all die Leute wie uns, die von euch magielosen *Duinedon* nicht wie Menschen, sondern wie Vieh behandelt worden sind.«

Elisabeth spürte, wie ihre Furcht nachließ und einer nüchternen, kristallklaren Einsicht wich. Sie hatte noch nie jemanden getötet, doch sie wusste ohne jeden Zweifel, dass sie Rogan erschießen würde, wenn er nicht gehorchte. Aber falls es zutraf, was Madame Aranas Spiegel ihr gezeigt hatte, würde ihr Plan gelingen.

Rogan würde ihr helfen.

Sie würde dort sein, wenn das Grab sich öffnete.

Wenn Artus wiederauferstand – und Brendan starb.

Kapitel Fünfundzwanzig

Brendan stolperte über die Wurzeln eines riesigen Ahornbaums und fiel. Unter halb zugeschwollenen und blutverkrusteten Augenlidern hervor spähte er zu der schwindelerregenden Höhe der Äste und Blätter auf und legte eine zerschmetterte Hand an seine Rippen.

Gott, in was für einer elenden Verfassung er war!

Das einzig Gute war, dass er Elisabeth nun nicht mehr mit Mozart nerven würde.

Sie waren stundenlang gelaufen, die Bäume standen immer dichter zusammen, je weiter sie in den Wald vordrangen, und das Blätterdach schloss sich über ihnen, bis sogar die Luft grün und golden schimmerte. Die Baumstämme waren mit dichtem Moos bewachsen; Dornengestrüpp riss ihm die Arme auf und hinterließ auf seinen Wangen lange Kratzer wie von den Krallen einer Katze. Und trotzdem schien kein Ende der gewaltigen Kathedrale aus überlappenden Ästen in Sicht zu sein, als wären sie in ein früheres Zeitalter zurückgekehrt, in dem das Land noch wild und ungerodet war.

Verborgene Beobachter huschten zwischen den Schatten hin und her. Ein leises, fast unhörbares Geläut bewegte die feuchte Luft. Die Magier beschützten diesen urzeitlichen Wald und machten ihn zu ihrem. Brendan konnte nur hoffen, dass sie im richtigen Moment auf seiner Seite sein würden.

Jemand riss ihn wieder auf die Beine und stieß ihn vorwärts. Brendan krümmte sich unter der Berührung seines mit Peitschenhieben übersäten, blutigen Rückens und presste die Lippen zusammen gegen das gequälte Stöhnen, das in seiner Kehle aufstieg.

Als er eine Hand in die Tasche steckte, fand er Daz' kleinen

Ring aus geflochtenem Bindfaden. Mit einem kaum merklichen Lächeln auf den aufgesprungenen Lippen steckte er ihn an seinen Finger, wie er es mit Sir Archibalds Ring getan hätte, wenn Jack ihn Daz ausgehändigt hätte, bevor Helena seine ungeteilte Aufmerksamkeit beansprucht hatte.

Brendan schüttelte den Kopf. Der arme, verflixte, noble Jack! Spielte das ganze letzte Jahr das Kindermädchen, und kaum verschwand er mal für ein paar Stunden … *zack* – und ausgerechnet mit Miss Roseingrave.

Beide Aufpasser waren gerade dann verschwunden, als Brendan sie am dringendsten gebraucht hatte.

Auf den Weg vor ihnen konzentriert, bemerkte er das Kitzeln der magischen Energie unter seiner Haut zu Anfang nicht. Es war ein kribbelndes, juckendes Gefühl, als wäre er in Brennnesseln gefallen. Was ihn nicht überraschen würde, wenn es so gewesen wäre. Schließlich hatte er dank eines verstauchten Knies und boshafter Wächter mehr Zeit auf Händen und Knien verbracht als aufrecht. Aber nein, da war es wieder. Eine flüchtige Berührung von Magie an seinem Geist. Diesmal strich sie jedoch an ihm vorbei, wendete Blätter und dämpfte das Licht, als käme Regen auf.

Brendan hob der magischen Berührung sein Gesicht entgegen, ließ sie in seine Haut eindringen, ihn kennenlernen und sie dann zu ihrem Absender zurückkehren. Was konnte es schon schaden, sich der Berührung nicht zu widersetzen? Jeder, der nicht zu dieser finsteren Gesellschaft gehörte, konnte eigentlich nur als Freund erscheinen.

Dummerweise musste Máelodor die Berührung auch gespürt haben.

Die Gruppe hielt an, als er eine Hand hob, mit den Fingern schnippte und einen Fluch murmelte, der wie ein Strom von Worten auf einer öligen Brise war.

Sofort war die Verbindung unterbrochen, die tröstliche Präsenz war verschwunden, und Brendan fühlte sich noch einsamer denn je.

Er zwang sich, die Zähne zusammenzubeißen und weiterzuhinken. Sein schmerzhafter Gang verlangsamte sich, als er sich ein Wiedererscheinen der ermutigenden Präsenz erhoffte.

Aber sie kam nicht wieder.

Der Wald umschloss sie mit einem schier undurchdringlichen Gewirr von Grün, sodass jeder Schritt ein Stolpern mit sich brachte. Nebel waberte zwischen den Bäumen auf, und ein Klingeln in Brendans Ohren wurde immer lauter und beharrlicher. Er konnte nicht denken und nicht sehen. Die Glöckchen waren alles, was er hörte. Er begann zu halluzinieren. Ein Gesicht zwischen den Bäumen. Das Aufblitzen eines Beins. Er blinzelte. Verlor er den Verstand, oder war das wirklich Killers schwarz-weißer struppiger Körper, der rechts neben ihnen herlief? Unmöglich, aber zumindest tröstete ihn ein wenig der Gedanke, dass ihm der kleine Hund Gesellschaft leistete, selbst wenn er nur ein Trugbild war.

Schließlich gelangten sie auf eine Lichtung, wo der Nebel dicht, grau und nass über dem Boden hing. Eine umgestürzte Steinplatte lag schräg auf der Seite, und kleinere Steine lagen verstreut zwischen den Farnen. Und noch etwas war hier: eine uralte Macht aus der Zeit, als die Erde noch jung und nahezu unberührt gewesen war. Eine Quelle der Magie, so tief und ungeheuerlich, dass sie sich bis zum Mittelpunkt der Erde zu erstrecken schien. Und diese Magie begann, ihn einzuhüllen, und vergrub sich unter seiner Haut, bis er sie in der Luft, auf jedem zitternden Blatt, allen kribbelnden Gliedern und jedem glitzernden Tropfen Wasser sehen konnte.

Wie benommen stand Brendan da und ließ sich von diesem Fluss von Magiermacht umspülen.

Es war so, wie er gehofft hatte.

Artus' Grab war auf einer sogenannten »dünnen Stelle« erbaut worden, einem Ort, an dem die gewaltigeren Magierkräfte an die Oberfläche traten und beide Welten sich berührten. Eine Quelle ungeheurer Macht, wenn man geschickt – und verzweifelt – genug war, um die miteinander verschmolzenen positiven und negativen Kräfte anzuzapfen.

Er war beides.

Den Sh'vad Tual in den hoch erhobenen Händen, trat Máelodor vor.

Für Brendan hieß es *jetzt oder nie*.

Rogans Beredsamkeit war fast ebenso hilfreich gewesen wie sein Spürsinn. Während Elisabeth im Schutz der Tür des Cottages wartete, überredete er in einer Zurschaustellung irischer Dreistigkeit die beiden zurückgelassenen Wachen nicht nur, zwei Pferde zu satteln, sondern auch jeden Vers der Ballade von *John Barleycorn* rückwärts zu singen. Sie gehorchten bereitwillig, und Rogan und Elisabeth waren mit dem misstönenden, falsch gesungenen Gejaule von *»wan and pale both looked he till«* im Rücken in aller Ruhe aus dem Hof getrabt.

Anderthalb Stunden später ließen sie auf Rogans Beharren hin die Pferde zurück und betraten ein dichtes, stark verwildertes Gehölz. Grauschwarze Wolken zogen am Himmel dahin, und Rogan und Elisabeth mussten gegen einen seltsam beißenden Wind ankämpfen, der so eisigkalt war, als wäre die ganze Kälte des Januars auf diesen abgelegenen Flecken Land herabgekommen.

»Ich weiß nicht, wie du es geschafft hast, mich hierzu zu überreden, Elisabeth. Vielleicht hast du ja sogar ein bisschen *leveryas* in dir«, scherzte Rogan, als er einen schweren Ast für sie zur Seite bog.

Sie schlüpfte darunter hindurch und riss ihre Röcke von den Zweigen los, in denen sie sich verfangen hatten. »Du wolltest ihm genauso unbedingt folgen wie ich auch. Du brauchtest nur den richtigen Anreiz, um das zu erkennen.«

Er verfiel wieder in seinen sicheren, beschwingten Schritt. »Und was willst du unternehmen, wenn wir sie noch rechtzeitig finden? Ich glaube nicht, dass die Kugeln deines Schießeisens mehr als Fliegenbisse für diesen Klotz von Diener sein werden.«

»Ich habe keine Ahnung, doch mir wird schon etwas einfallen. Bis hierher haben meine Einfälle mich schließlich schon gebracht, nicht wahr?«

Bis hierher, wo sich Fuchs und Hase Gute Nacht sagten und sie einer vagen, verschwommenen Spur von Magie folgten? Für einen Moment bestürmten sie Zweifel. Konnte sie Rogan vertrauen? Oder könnte es nicht sogar sein, dass er sie von Brendan wegführte? Nein. Sie verdrängte den Gedanken, weil sie gar nicht erst zu zweifeln anfangen wollte. Die Vision hatte ihr gezeigt, dass sie Brendan finden würde. Und sie *würde* ihn finden.

Der Weg gabelte sich. Ein schmaler Pfad zur Linken führte zu einem Bach hinunter, ein breiterer bergan in tieferen Wald hinein.

Rogan blieb stehen und hob den Kopf. Seine Augen waren auf einen für Elisabeth unsichtbaren Punkt gerichtet, als er langsam und bedächtig zuerst die eine Richtung und dann die andere überblickte. Er erinnerte wirklich an einen Bluthund mit seinen eingesunkenen Augen zwischen den Falten seines langen, eckigen Gesichts und den schlaksigen Gliedern, die in übergroßen Händen und Füßen endeten.

Sie setzte sich auf einen umgestürzten Baumstamm, um zu warten, hin- und hergerissen zwischen Erleichterung über die Pause für ihre müden Füße und Ärger über die Verzögerung. Nach ein paar Minuten knetete sie ihre Hände, wippte mit dem Fuß und versuchte, nicht ungeduldig zu erscheinen, obwohl jeder Zentimeter von ihr vor Nervosität vibrierte.

Rogans Macht durfte sie jetzt nicht im Stich lassen.

Die Ungeduld siegte schließlich über ihre müden Füße. »Wo entlang?«

Rogan blieb jedoch reglos mitten auf der Gabelung stehen, die Hände in die Seiten gestemmt, den Blick auf einen bestimmten Punkt gerichtet.

»Rogan?«

Keine Antwort. Stattdessen verdrehten sich plötzlich seine Augen, und heftige Krämpfe schüttelten ihn.

»Rogan!« Elisabeth rannte zu ihm und hielt ihn, als er schmerzgekrümmt zu Boden fiel. Die Krämpfe wurden immer stärker, und obwohl er die Zähne zusammenbiss, stieg ein leises, tierisches Stöhnen tief aus seiner Kehle auf. War er vergiftet worden? Oder hatte er einen Herzanfall?

Elisabeth drückte ihn an sich, als seine Glieder erschlafften, ein letzter, röchelnder Atemzug sich seiner Brust entrang und eine schleimige schwarze Flüssigkeit aus seinem Mundwinkel herauslief.

Tränen brannten in Elisabeths Augen, und sie blickte zu dem Blätterdach aus Kastanien, Ahorn, Eichen und Eschen auf und sprach ein Gebet für den dahingeschiedenen Harfenisten.

»Das ist schwarze Magie. Máelodors Werk.«

Eine Männerstimme hinter ihr ließ Elisabeth das Herz in die Kehle springen. Sie fuhr herum und sah ihn halb verborgen hinter den Bäumen stehen. Woher war er gekommen? Sie zog die Pistole aus ihrem Rock und richtete sie auf den Fremden. »Wer sind Sie? Zeigen Sie sich!«

Er trat ins Freie, und Elisabeth ließ vor Schreck fast die Pistole fallen. Er war splitternackt! Trug keinen Fetzen Stoff am Leib. Nicht einmal ein gut platziertes Feigenblatt!

Der Fremde schien sich jedoch überhaupt nicht unwohl mit der Situation zu fühlen und lachte sogar, als wäre er eine solche Reaktion gewöhnt. Aus irgendeinem Grund entschärfte seine Unbekümmertheit die Peinlichkeit der Situation. Elisabeth gelang es – wenn auch nur mit Mühe –, Haltung zu bewahren, obwohl es gar nicht leicht war, den Mann nicht mit offenem Mund anzustarren. »Ich fragte, wer Sie sind? Antworten Sie, oder ich schieße Ihnen eine Kugel in den Kopf!«

Mit der Feierlichkeit eines altmodischen Höflings verneigte er sich vor ihr. Kein Leichtes, wenn man splitternackt war, aber es gelang ihm dennoch ganz gut. »Erkennen Sie mich nicht?«

Sie betrachtete ihn genauer – von der Taille aufwärts selbstverständlich. Er war mittelgroß und schlank, kein überflüssiges Gramm Fett bedeckte seine ausgeprägten Muskeln. Sein Haar war schwarz wie die Nacht, obwohl es hier und dort von ein paar silbernen Fäden durchzogen war. Vorzeitige Silbersträhnchen, da er nicht älter wirkte als Mitte zwanzig. Seine Augen waren braun, sein Blick belustigt und argwöhnisch zugleich.

Ein Grinsen erschien um seine Mundwinkel, und seine Augen zwinkerten. Sie hatte dieses jungenhafte Grinsen schon gesehen, aber wo ...?

»Mopp mit Beinen? Fellbündel? Verdammter Köter? Kommt Ihnen irgendwas davon bekannt vor?«

Leider ja. Erschreckend bekannt sogar. Ein Hund, der sich in einen Mann verwandelt hatte. Oder war es ein Mann, der sich in einen Hund verwandelt hatte? Elisabeth hatte keine Zeit, über Einzelheiten nachzudenken. Sie würde die Sache einfach der immer größer werdenden Ansammlung von Merkwürdigkeiten hinzufügen, zu der ihr Leben geworden war, und ein andermal darüber nachgrübeln.

»Sie sind ein *Anderer*«, flüsterte sie.

»Nein.« In seiner Würde offenbar schwer getroffen, straffte er sich beleidigt. Auch das gelang ihm für einen nackten Mann außerordentlich gut. »Ich gehöre zu den *Imnada*.«

Er sprach das Wort mit einer solchen Ernsthaftigkeit aus, dass Elisabeth schon fast einen Paukenschlag danach erwartete.

»Und wer sind die *Immada?* Ich habe noch nie von ihnen gehört.«

»Nein.« Er kniete sich neben Rogans Leichnam und begann, ihm die Stiefel auszuziehen.

Wie eine Marionette mit durchtrennten Fäden rollte der Körper des Harfenisten schlaff von einer Seite auf die andere. Aus irgendeinem Grund brachte das Elisabeth schließlich kurz vor den Zusammenbruch. Rogan war tot, Brendan vermisst, und sie plauderte mit einem nackten, gestaltwandelnden Mann. In ihrem Kopf begann sich alles zu drehen, und sie konnte kaum noch Atem holen. »Sie können nicht – ich meine, Rogan ...«

Killer blickte auf. »Er braucht die Kleider nicht mehr. Aber wenn es Ihnen unangenehm ist, dass ich sie nehme, kann ich auch so bleiben, wie ich bin.« Er setzte sich auf einen Baumstamm, um ihre Entscheidung abzuwarten. Ihr Erstaunen setzte ihr offensichtlich sehr zu. Und tatsächlich, das Einzige, was Elisabeth denken konnte, war, wie unglaublich höflich er war. Das und wie sehr, sehr nackt er war.

Hitze stieg in ihre Wangen. Ein bisschen verspätet, aber vielleicht hatte ihre Reaktion sich durch den Schock verzögert. »Ich schätze, wenn es sein muss, muss es sein. Ich meine ... Sie fühlen sich so doch sicher nicht sehr wohl so, oder?«

Sie versuchte, überall hinzusehen, nur nicht zu ihm, was gar nicht leicht war, da es außer Bäumen nicht viel anderes zum Anschauen gab – und ein muskulöser, gut aussehender Mann im Adamskostüm schwer zu ignorieren war.

»Kälte stört mich nicht so wie die meisten Menschen, aber Ihnen wäre wohler, wenn ich angezogen wäre. Sie sehen etwas ... verwirrt aus.« Wieder dieses jungenhafte kleine Lächeln, das Grübchen auf seine Wangen zauberte.

»Können Sie mir das verdenken? Schließlich rede ich mit meinem … meinem … Hund.«

»Weder Sie noch Douglas hätten einem Gefährten in menschlicher Gestalt vertraut.«

Als er hastig Rogans Kleider anlegte, wandte Elisabeth den Blick ab und versuchte, nicht daran zu denken, wie oft der Hund in ihrem Zimmer gewesen war, wenn sie sich an- oder ausgekleidet hatte. Oder wie viele aufschlussreiche Gespräche sie mit ihm auf ihrem Schoß geführt hatte. Oje! Sie hatte ihm sogar den Bauch gekrabbelt. »Wie heißen Sie also? Ich meine, ich kann Sie doch nicht weiter Killer nennen.«

»Der Name ist so gut wie jeder andere.«

»Warum haben Sie sich mir so gezeigt?«

Ein kurzes Schweigen folgte, als überlegte er sich seine Antwort gut. »Es war ein Risiko, jedoch eins, das ich für nötig hielt. Bisher hatten wir beschlossen, uns der Rasse der *Anderen* nicht zu erkennen zu geben, aber die Ereignisse lassen uns keine andere Wahl mehr. Wir sind nicht so dumm zu glauben, dass wir in einen Krieg zwischen Rassen nicht auch hineingezogen würden, ganz egal, wie sehr wir uns von allen abgeschottet haben.«

Elisabeth hörte Stoff rascheln und einen deftigen Fluch, über den sie trotz allem lächeln musste. Killer mochte ein Gestaltwandler sein, doch sein Gefluche war sehr menschlich. »Wie haben Sie uns gefunden? Als ich Sie das letzte Mal sah, hatten Sie sich in den Knöchel eines Mannes verbissen.«

Ein kurzes Auflachen. »Das stimmt. Ich folgte Ihrer Spur an der Küste entlang nach Norden bis nach Balbriggen, bevor ich sie verlor. Dann, als ich Sie gerade wiedergefunden hatte, brachte mich der magische Sturm vom Kurs ab. Es dauerte länger, als ich hoffte, wieder Land zu erreichen.«

»Soll das heißen, dass …«

»Ich bin ein Gestaltwandler.« Sein Ton besagte, dass das Thema damit für ihn beendet war. »Sie können sich jetzt umdrehen. Ich bin angezogen.«

Er hatte nur Rogans Hose und Stiefel genommen, die Leiche in den Mantel eingehüllt und Rogan, mit geschlossenen Augen und die Hände vor der Brust verschränkt, unter freiem Himmel aufgebahrt. Während Elisabeth zusah, nahm Killer auch Rogans Messer an sich.

»Können Sie ihn nicht begraben?«, fragte sie.

»Hätten wir die Zeit dazu, würde ich ihn verbrennen, wie es sich gehört, doch so, wie es ist, wird das genügen müssen.«

Das Licht wurde schwächer, als ein seltsam graues Zwielicht durch das Laub der Bäume fiel, der Wind erstarb, und die Vögel verstummten, als wartete die Welt darauf, was als Nächstes geschehen würde.

Killer hob den Kopf und schloss die Augen. Elisabeth erwartete schon fast, dass er schnüffeln würde wie der Hund, der er gewesen war – oder war – oder ... was auch immer. Über diese neue Entdeckung würde sie sich später Gedanken machen.

»Wir müssen gehen«, sagte er. »Schnell.«

»Wohin? Rogan ist tot.« Sie schluckte den Kloß, der in ihrer Kehle saß, herunter. »Er war es, der Brendans Spur verfolgen konnte. Ich bin völlig orientierungslos ohne ihn.«

»Aber ich nicht. Und zusammen können wir Brendan retten, bevor Máelodor ihn bei der Wiederauferweckung benutzt.«

»Ihn benutzt ...

»Später. Jetzt müssen wir uns beeilen.« Er reichte ihr die Hand, wieder mit dieser eigentümlich altmodischen Galanterie. Sie ergriff sie und fühlte seine kühle, raue Handinnenfläche und die Kraft in seinem durchtrainierten Körper.

Und folgte ihm in den Wald hinein.

Brendan konzentrierte sich und spürte den Brachlandlinien nach, die von dem umgestürzten Stein aus wie Speichen eines Rades unter der Erde verliefen. Langsam tastete er sich an dem starken Strom magischer Energie entlang, so wie ein Seemann eine Tiefenmessung vornehmen mochte. Hier und dort tauchte er tiefer ein, als er geschickt und behutsam seine eigene Magie in das Muster einflocht. Ein bisschen zu viel, und man lief Gefahr, seine Menschlichkeit in dem orkanartigen Ansturm von Magiermacht zu verlieren. Der Trick war, die Magieströme auf eine Weise zu beeinflussen, die ihre Macht lenkte, sie aber nicht verringerte.

Er konnte nur hoffen, dass seine seit so vielen Jahren nicht genutzten Fähigkeiten noch vorhanden waren, oder dies würde ein äußerst kurzlebiger Angriff sein.

Der Zauber, auf den er schließlich zurückgriff, war einer, den er einem griechischen Zauberbuch entnommen hatte, dessen Pergament durchsichtig vom Alter und dessen Schrift schon nahezu unleserlich gewesen war. Sein Vater hatte es während einer seiner ausgedehnten Reisen auf den Kontinent bei einem Buchhändler in Venedig gekauft, doch es war Brendan gewesen, der ein ganzes Jahr mit der Übertragung und Übersetzung dieses Buches verbracht hatte. Und weitere sechs Monate, um sich mit den ungewohnten Zaubertechniken vertraut zu machen. Er hatte noch immer den muffigen Geruch nach Staub, Alter, Tinte und altem Papier in der Nase, die der Belfoyl'schen Bibliothek anhafteten, und konnte die empfindlichen dünnen Seiten unter seinen Fingern spüren. Oder das helle oder nachlassende Licht sehen, das auf die glänzenden Eichenholzböden fiel in jenen langen Tagen, die er dem Entschlüsseln der Geheimnisse dieses Buches gewidmet hatte.

Das musste es sein, was gemeint war, wenn es hieß, das Leben blitzte vor den Augen auf.

Er erweiterte sein Bewusstsein, konzentrierte all seine Sinne auf seine Magie und murmelte die Worte des Zaubers: »*Esemynest agesh kavesha. Hweth d'esk mest.*«

Sofort stieg die Magie in ihm auf wie eine Springflut, linderte den Schmerz seiner Verletzungen und heilte die zahlreichen Wunden, die ihm vergangene Nacht unter Máelodors irrem Blick zugefügt worden waren.

Brendan schloss die Augen, als sein Körper sich erneuerte, der aufkommende Druck sich ausweitete und seine Augen blendete, mit einer elektrisierenden Empfindung durch seine Adern kribbelte und neue und ungebändigte Bahnen in seinem Gehirn eröffnete.

Als er spürte, dass die Macht ihr Höchstmaß erreicht hatte, setzte er sie mit einem Fingerschnippen frei. Wie ein zu stählernem Glanz geschärftes Schwert durchschnitt der Zauber zischend die Luft und bohrte sich in Máelodor wie ein Dolch in jemandes Rücken.

Der Magier kreischte wie ein Irrer auf, mit hoher, dünner Stimme und offen stehendem schwarzem Mund, und sein Gesicht erblasste zu einem kränklichen Fahlgrau. Er wirbelte herum, verlor jedoch die Balance, als er mit seiner Krücke, der Beinprothese und dem unebenen Boden kämpfte. Der Sh'vad Tual fiel ihm aus der Hand, rollte über den Boden, und das Feuer des Steins erlosch.

Brendans Wächter griff nach seiner Pistole, aber Brendan war schneller. Er riss dem Mann die Waffe aus der Hand, zog ihn näher und schoss auf ihn. Der Mann fuhr zusammen und landete dann grunzend und mit einem dumpfen Aufprall auf dem nassen Boden.

Die Antwort des Magiers kam schnell und sicher, in einer schonungslosen Explosion zerstörerischer Macht, die Adern durchtrennte und Knochen zermalmte, weil die mit Máelodors hoher Fistelstimme gezischten Worte eine Kombination aus der kraftvollen Magie der *Anderen* und der bestialischen der *Unsichtbaren* waren.

Brendan keuchte unter dem von der schwarzen Magie herbeigeführten Schmerz und zwang seinen Geist, sich auf die Brachlandlinien und die heilende Energie des Königsgrabes zu konzentrieren. Doch egal, wie sehr er sich bemühte, an der Magiermacht festzuhalten, sie rann ihm zwischen den Fingern hindurch wie Wasser, und sein Zauber zerstreute sich unter dem schwärzeren, stärkeren und brutaleren Dämonenzauber.

Während er sich gegen das Schlimmste des Fluchs abschirmte, tastete er sich zu dem Sh'vad Tual vor. Als er danach griff, konnte er gerade noch Máelodors giftigem Biss ausweichen – und sah die tödliche, bullenartige Faust von Oss nicht kommen, bis sie ihn am Kopf traf. So heftig, dass seine Zähne klapperten, er die Konzentration verlor und seine eigene magische Energie wie von einem jähen Strudel schlagartig aus ihm herausgerissen wurde.

Er lag im Gras und starrte zu einem von Wolken, Feuer und einem Schwarm kreisender Vögel zerklüfteten Himmel auf. Für den Bruchteil einer Sekunde nahm er noch die boshaften, reptilartigen Augen Máelodors und den auf ihn niedersausenden Gehstock wahr.

Brendan rollte sich zur Seite, aber erst, nachdem der Stock ihm am Oberarm schon einen blutigen Kratzer beigebracht hatte. Sofort wurden seine Finger taub, und auch in seinem Arm verlor er jegliches Gefühl, als das Gift in seinen Blutkreislauf gelang. Und die Zeit und Chancen wurden immer knapper.

Kapitel Sechsundzwanzig

Máelodor hob den Sh'vad Tual mit beiden Händen hoch über den Kopf. *»Mebyoa Uther hath Ygraine. Studhyesk esh Merlinus. Flogsk esh na est Erelth. Pila-vyghterneask.«*

Der Stein wurde von einer Welle von Farben überspült. Die Worte des dunklen Zaubers schlugen gegen Brendans Hirn. Jede Silbe hämmerte in seiner Brust wie das Läuten einer enormen Glocke.

Feuer und Licht ergossen sich über Máelodors Hände und Körper und glitten funkelnd über seine Haut und Kleider, bevor sie sich in der Erde zu seinen Füßen versenkten.

Brendan schrie auf, als die Visionen sein Bewusstsein überschwemmten. Artus, dessen Gesicht schwarz war von Blut, Schweiß und Schmutz, und sein zerbrochenes Schwert, als er fiel. Aidans lebloser Körper, der nur einer von Tausenden unter einem von Krähen nur so wimmelnden, roten Himmel war.

»Klywea mest hath igosk agesha daresha!«

Magische Kräfte flammten in einem Turm blauweißen Feuers zwischen den hohen Bäumen auf. Der Boden grollte und schlingerte, als der Himmel sich zu einem falschen Mitternachtsschwarz verdunkelte und ein Sturm aufkam, der die Blätter an den Bäumen peitschte, abgebrochene Zweige und Äste herunterregnen ließ und Brendan mit einem grobkörnigen, die Kehle aufscheuernden Staub blendete und fast erstickte.

Er bedeckte den Kopf mit den Händen, suchte Schutz neben einem umgestürzten Baum und öffnete die Augen in einer Welt, die plötzlich völlig still geworden war.

Wo vorher die mächtige Grabplatte gelehnt hatte, befand sich jetzt ein Eingang. Ein silbriges Licht fiel aus der freigelegten Kammer, und das hohe, helle Klingeln von Feenglöckchen schwebte in der ansonsten stillen Luft.

Máelodor senkte langsam den Sh'vad Tual, den er noch immer in den Händen hielt, und gab seinem Diener mit dem Kopf ein Zeichen, einzutreten.

Oss trat vor. Selbst seine ausdruckslosen Züge wiesen einen Hauch von Furcht auf, als er gebückt in das Grab ging und für einen Moment darin verschwand, bevor er mit einem eigenartigen Kopfschütteln wiederkam und die Hände spreizte.

»Was?« Máelodors Frage zerriss die Stille wie ein Peitschenschlag, als er auf Brendan zeigte. »Bring ihn her zu mir!«

Oss' Blick fiel auf Brendan wie die erste Schaufel Erde auf ein Grab.

Der Albino zerrte ihn zu Máelodor.

»Was für ein Schabernack ist das schon wieder, Douglas?«

Brendans Lippen kräuselten sich verächtlich. »Da wirst du dich schon etwas präziser ausdrücken müssen. Schabernack ist mein zweiter Vorname.«

»Das Grab ist leer. Du hattest den Stein. Was hast du mit den Gebeinen des Hochkönigs gemacht?«, fauchte Máelodor. Aus seinen Mundwinkeln rann Speichel, und in seinen Augen funkelte der blanke Wahn. »Entweder antwortest du, oder Oss wird dir einen Finger nach dem anderen abschneiden.«

Der Diener zog ein Messer aus dem Gürtel und packte Brendan am Handgelenk. Wegen des Giftes in seinem Blutkreislauf verspürte Brendan keinen Schmerz, eigentlich merkte er sogar fast gar nichts, als er über diese neue, wilde Hoffnung nachdachte.

Das Grab war leer. Keine Gebeine, kein Artus. Damit war Máelodor gescheitert.

»Artus ist nicht tot«, flüsterte Brendan. Sein Verstand begann, sich zu vernebeln, und seine Glieder wurden immer träger, als sich das Schlangengift weiter in ihm ausbreitete.

»Was?«

Oss' Messer schnitt in die Haut an Brendans kleinem Finger.

Mit kühler Teilnahmslosigkeit beobachtete er, wie das Blut zu seinem Handgelenk hinunterlief. »Artus lebt. Du suchst kein Grab, sondern eine Pforte. Die zu *Ynys Avalenn*.«

Wieso er das wusste, konnte er nicht sagen, nur dass er sicher war, dass es die Wahrheit war, sowie er die Worte ausgesprochen hatte.

Blut rann über seinen Handrücken, als die Klinge zurückgezogen wurde, und Brendan drückte die andere Hand darauf, um die Blutung zu stillen.

»Eine Pforte. Ein Weg zwischen Welten.« Der Magier rieb sich interessiert das Kinn.

»Es ist vorbei, Máelodor. Ohne Artus, um sie anzuspornen, werden die *Anderen* sich niemals hinter dich und deine Sache stellen.«

»Bist du sicher?« Máelodors Verwandlung schien direkt vor Brendans Augen voranzuschreiten. Neue Schuppen überzogen den Kopf des Mannes; lange weiße Fänge wuchsen zu beiden Seiten seiner hin und her schnellenden Zunge. »Dann werde ich also nicht unseren letzten großen König haben, um uns in die Schlacht zu führen, aber eine Abrechnung wird es trotzdem geben. Die *Duinedon* werden fallen. Und ob mit Artus' Gebeinen oder ohne, diese Pforte ist der Schlüssel.«

Es klang wie ein Donnerschlag, als er in die Hände klatschte, bevor er den Gesang anstimmte, der nicht den Übergang zu *Ynys Avalenn*, sondern zu dem Abgrund der *Unsichtbaren* öffnen würde.

Sein Blick heftete sich auf Brendan. »Und du, Kilronans Sohn, wirst mir dabei behilflich sein.«

Der Energiestoß dämonischer Magie versengte Brendan fast das Hirn und brannte wie Säure in seinen Muskeln, als würden Glassplitter durch schmale Adern wandern. Und da war noch etwas anderes, noch viel Beängstigenderes: ein Abschälen seiner Seele. Ein unerträglicher Schmerz, als würde sein Innerstes in unzählige Stücke gerissen. Er schrie seine Qual zu den aufgewühlten Sturmwolken hinauf, als Máelodor ihm langsam und unaufhaltsam seine Kräfte und sein Leben nahm.

Am Ende war es lachhaft einfach gewesen, den Weg zu Brendan zu finden. Oder wäre es gewesen, wenn Elisabeth zum Lachen zumute gewesen wäre. Schließlich erforderte es kaum magischen Spürsinn oder eine hündische Spürnase, wenn man das Grollen des Bodens unter seinen Füßen spüren konnte. Der Himmel verdunkelte sich zu einem unheimlichen Orange-Grün, bevor er von sich auftürmenden Sturmwolken verdeckt wurde, und der Wind brachte den Gestank verbrannten Fleischs und verfaulender Körper mit.

In einem Anfall von panischer Angst und Übelkeit kauerte Elisabeth am Rand des Wäldchens. Die Luft war verseucht von Magie, von einem schwefelhaltigen, fettigen Gestank, und eine schwarze Spirale aus Hass und Wahnsinn durchdrang ihren Geist mit einer abgründigen, düsteren Verzweiflung. All das ging von der monströsen Kreatur aus, die in der Mitte der Lichtung stand. Máelodor war ungewöhnlich groß und dünn geworden, seine verkrümmten Glieder schlaksig, sein Kopf dreieckig und beschuppt wie der eines Reptils. Den Augen fehlten die Lider, und sie waren rot vor Wut. Sein mit langen Fängen versehener Mund war blutig. Dennoch hatte er noch genügend Menschliches an sich, um seine monströse Erscheinung noch grotesker erscheinen zu lassen.

Elisabeth sträubten sich die Haare. Jeder ihrer Instinkte schrie ihr zu davonzulaufen. Vor diesem Ort rücksichtsloser, fürchterlicher Macht zu fliehen. Und um ein schnelles Ende zu beten.

Killer packte sie so hart, dass sie einen Aufschrei unterdrücken musste, doch es genügte, um sie aus ihrer Panik herauszureißen.

Brendan lag auf dem Boden, die Finger einer Hand tief in der weichen Erde vergraben, die andere Hand an seiner Brust. Sein Gesicht war kalkweiß, und sein Körper schien vor ihren Augen immer schmaler und blasser zu werden.

Sein Blick begegnete ihrem, und das flackernde Gold seiner Augen verdunkelte sich zu einem unheimlichen Schwarz.

Ein Gedanke rührte an ihren Geist und bezwang für den Bruchteil einer Sekunde den trommelnden Rhythmus dämonischen Blutes. Und plötzlich wusste sie, was sie zu tun hatte.

Sie hob die Pistole, zielte und zog den Hahn zurück.

»Warte!«, schrie Killer, als sie abdrückte.

Unter aufbrüllendem Feuer und Rauch schoss sie Máelodor in die Brust.

Dann hörte sie das Knacken eines Zweiges und spürte die Kühle eines Schattens über ihrer Schulter.

Irgendetwas explodierte hinter ihren Augen …

Und dann merkte sie gar nichts mehr.

Máelodors Tod wäre wohl zu viel des Guten gewesen. So geübt in der Magie der *Unsichtbaren*, wie er es war, würde es mehr als einen Pistolenschuss erfordern, den Meistermagier aus der Welt zu schaffen. Aber der Schuss hatte ausgereicht, um seine Konzentration zu unterbrechen und die Verbindung zu durchtrennen, über die er Brendan seine Seele nahm.

Brendan wusste, dass er hier sterben würde. Aus irgendeinem Grund entsetzte ihn die Vorstellung nicht, wie er erwartet hatte, sondern erfüllte ihn stattdessen mit einer beruhigenden Zielstrebigkeit. Falls dies sein unentrinnbares Schicksal war, brauchte er den Kampf mit seiner eigenen geschwärzten Seele nicht zu fürchten. Die dunklen Zauberkräfte, die er entfesselt hatte, würden ihrem Herrn ein letztes Mal dienen. Und mit ihm sterben.

Die *Unsichtbaren* schwebten in ihrem Gefängnis zwischen den Welten. Heulend, mit rasiermesserscharfen Krallen, klappernden Fängen und Kiefern, verbrannten sie ihm mit ihrem fettigen, widerlichen Verwesungsgestank die Nase und die Kehle. Noch nicht durch Bande des Fleisches in dieser Welt verankert, aber auch nicht mehr in dem Abgrund eingeschlossen, schwebten sie an einem purpurroten, verqualmten Himmel.

Blitze und ohrenbetäubender Donner zerrissen die schwefelhaltige Luft. Das Gewitter brach direkt über Brendan los, und Regentropfen, scharf wie Messerklingen, hielten ihn an dem glitschigen, verschlammten Boden fest. Er zwang seinen Körper zu reagieren und zog sich auf die Knie und dann auch auf die Beine. Sein Gehirn zerfiel schon, während ihn Máelodors Gift in Stücke riss, doch er wusste, was er zu tun hatte.

Der Zauber bildete sich ungebeten in seinem Kopf, bevor er sich wie Säure auf seine Zunge legte. *»Una math esh gousk …«*

Ein Tritt in die Rippen unterbrach den Fluss der Worte und warf Brendan wieder auf die Knie.

Als Oss zurücktrat, um zu einem weiteren Tritt auszuholen, rollte Brendan sich weg, aber selbst diese kleine Bewegung ließ ihm schon beinahe die Sinne schwinden. Irgendetwas war auf jeden Fall gebrochen. Wahrscheinlich sogar einiges.

Brendan blickte ruhig in Oss' ausdruckslose, kalte Augen, doch als der letzte, endgültige Schlag hätte kommen müssen, stürzte sich ein riesiges, knurrendes Bündel aus Fell und Zähnen auf den muskulösen Diener, stieß ihn um und biss ihm mit sichtlichem Vergnügen die Kehle durch.

Beende das, Erelth! Sofort!

Die Worte formten sich wie ein Schrei in Brendans Kopf. Keine Zeit, sie zu verstehen. Keine Zeit für Fragen. Er vollendete den Zauber, dessen Macht ihm fast die Augen verbrannte, in seinen Ohren klingelte und seinen Geist anheizte.

Er öffnete jede Kammer seines Bewusstseins und zog die Macht der dünnen Stelle im Boden in seinen Körper, bevor er sie in einer reißenden, unaufhaltsamen Flut magischer Kräfte weit verbreitete. Wenn man einen Durchgang gewaltsam öffnen konnte, ließ sich das auch bei einem anderen machen. Und zwar so, dass beide Seiten aufeinandertreffen würden und es zu einer Auseinandersetzung kommen musste.

Der Wind gefror zu Eis. Das Eis zerbrach. Das Klingeln der Glöckchen wurde zum Klirren von Schilden, Schwertern und den Schreien der Sterbenden. Rauch versengte Brendans Lunge, und Asche klebte an seinen Lippen.

Der Kampf brach aus, als beide Seiten in einem Strudel von Wut, Zorn und Wahnsinn aufeinanderstießen und *Unsichtbare* und Magier – der Dunkle Hof und das Licht – durch das Wäldchen tobten und es überschwemmten wie ein übler Sturm.

Máelodor gab sich alle Mühe, seine Armee zu beherrschen, doch der einmal freigesetzte Dämonenschwarm war blind und taub für alles andere als seinen wilden Blutrausch. Die Dämonen wandten sich sogar gegen Máelodor und rissen ihn in Stücke, bevor die Magier auf sie losgingen. Das Letzte, was Brendan von dem Meistermagier sah, war ein kopfloser Rumpf, der in den Abgrund geworfen wurde, um dort für immer neben seinen einstigen Verbündeten gefangen zu sein.

Brendan erhob das Gesicht zum Sturm und ließ den giftigen Nebel von strömendem Regen reinigen.

Und einen Augenblick lang sah er einen rothaarigen König, der sein Schwert über den Kopf erhob. Der Kampfschrei hatte etwas Befehlsgewohntes, und seine Augen waren wie silberner Stahl, als er die Herausforderung erwiderte.

Artus. Der letzte große König der *Anderen*.

Er führte die Armeen der Magier an, als sie die *Unsichtbaren* des Dunklen Hofes vor sich hertrieben.

Der Glanz seiner Rüstung. Die goldene Krone auf seinem Haupt. Der blutrote Himmel über ihnen. Der Sturm ließ alles verschwimmen, bis Brendan nichts mehr klar sah, als blickte er durch Regen auf Glas, und nur noch das Rauschen des Windes und das Klingeln der Glöckchen hörte.

Und eine Stimme, die sich klar über den Lärm erhob: »Das hast du gut gemacht, Erbe von Kilronan. Jetzt kannst du ruhen.«

Elisabeth erwachte von Vogelgesang und dem Tropfen von Wasser auf Blätter – der reinigenden Wäsche eines sanften Regens auf ihrem Gesicht. Ihr Schädel pochte, und sie fuhr zusammen, als sie die dicke Beule an ihrem Hinterkopf berührte. Auf wessen Seite stand Killer eigentlich?

Ihr Kleid klebte nass und schmutzig an ihren Beinen, Zweige und Blätter hingen an ihrem Mieder und in ihrem Haar, als sie unter den überhängenden Ästen hervorkroch und sich aufrichtete. Weder von Máelodor noch Oss – oder wer oder was auch immer die Bäume kahl gefressen und die Lichtung in einen See aus Schlamm und abgebrochenen Ästen verwandelt hatte –, war etwas zu sehen. Und Elisabeth glaubte auch nicht, dass sie wissen wollte, wer oder was es gewesen war.

Der Gestaltwandler kniete mit ernster Miene und Rogans Messer in der Hand neben Brendan.

Elisabeths Schwäche war sofort verflogen. »Bleib von ihm weg, du verdammter Köter!«, schrie sie, während sie halb laufend, halb stolpernd über die Lichtung rannte.

Killers dunkle Augen waren von Trauer überschattet, als er zu ihr aufblickte. »Du bist wach.«

»Bleib von ihm weg, hörst du?« Sie ergriff Killers Arm mit dem Messer und versuchte, ihm die Waffe zu entreißen. Was leichter als gedacht war, denn er gab sie ihr sogar freiwillig.

»Ich bin nicht dein Feind«, sagte er ruhig.

»Ach, nein?« Brendans Hemd war durchtränkt von Blut, das sich zu einer klebrigen dunklen Pfütze unter ihm gesammelt hatte. Es schien keine Stelle von ihm zu geben, die unverwundet war.

»Das Blut an dem Messer ist mein eigenes.« Killer streckte einen Arm aus, der aus einem Schnitt am Unterarm blutete. »Unser Blut kann sehr machtvolle Medizin sein. Ich habe meines Douglas angeboten, um seine Seele in seinem Körper festzuhalten.« Er schüttelte den Kopf. »Aber es ist nicht genug. Máelodor hat ihm einen großen Teil seiner Lebensessenz genommen, und was der Magier übrig ließ, hat Douglas selbst zum Öffnen der Pforten zwischen den Welten aufgebraucht.«

Elisabeth nahm Brendans Hand in ihre. Seine Finger waren kalt und ihre Spitzen blau. Komisch – er trug einen Ring aus Silber und Perlen, der in dem eigenartigen Zwielicht auf der Lichtung sanft schimmerte. Elisabeth hatte den Ring noch nie gesehen. »Brendan? Kannst du mich hören?«

»Ich sterbe ... aber ich bin nicht taub.« Sein Lächeln zerbrach ihr Herz in tausend Stücke.

Killer erhob sich abrupt und versteifte sich, als hätte ihn irgendetwas verärgert. »Wir haben noch eine Chance. Eine sehr geringe, doch einen Versuch ist sie wert.« Zu Brendan sagte er: »Halt durch! Das könnte wehtun.«

Dann bückte er sich und hob Brendan so mühelos auf, als wäre er ein Baby, um ihn über die Lichtung zu der Grabstätte hinüberzutragen, aus der weißes Licht und eine seltsam gläserne Melodie hervordrangen, als hätte der Wind eine Stimme erhalten.

»Warum hast du mich niedergeschlagen?«, fragte sie, hauptsächlich, um nicht denken zu müssen. Denken war im Moment nichts Gutes. Es würde nur zu unkontrollierbarem Weinen führen, und sie wollte auf keinen Fall, dass Brendans letztes Bild von ihr sie tränenüberströmt und jammernd zeigte. Nein. Nicht sein letztes Bild von ihr. Das würde ja bedeuten, dass er starb. Dass es keine Hoffnung mehr gab. Dass Máelodor gewonnen hatte.

»Wärst du bei Sinnen gewesen, hätte der Magier dein Bewusstsein gespürt und es angegriffen, wie er es bei Rogan tat«, erklärte Killer. »Ich ließ ihn glauben, ich hätte auf ihn geschossen. Magie wirkt bei mir nicht auf die gleiche Weise.«

Bevor Killer sich duckte, um unter dem schief stehenden Grabstein hindurchzugehen, der als Eingang diente, blickte er Elisabeth noch einmal prüfend in die Augen. »Kommst du mit?«

Sie erwiderte seinen fragenden Blick mit einem entschlossenen Nicken.

»Dann nimm Brendans Hand und lass sie nicht los! Das müsste dich zwischen den Welten festhalten.«

Ihr blieb keine Zeit, um Erklärungen zu verlangen, bevor er in das schwache weiße Licht trat, das seinem Gesicht und Körper die Farbe nahm und sie durch ein eigenartiges blausilbernes Leuchten ersetzte, das wie elektrische Energie über seine Haut und Kleider glitt. Schnell ergriff Elisabeth Brendans rechte Hand und drückte sie. Ihr war, als träte sie auf einen schmalen Felsvorsprung über einer tosenden See. Ein Dröhnen erfüllte ihre Ohren, und ihr Körper wurde geschüttelt von Strömungen aus Luft und Wasser, aufschießenden Flammen und knirschender Erde. Aber tapfer ging sie mit Killer über die Schwelle und betrat die Höhle.

Von außen war davon nicht mehr als eine schief liegende Granitplatte sichtbar gewesen, die auf einem kürzeren, stabileren Stein ruhte, und die Öffnung darunter war kaum groß genug, um einen erwachsenen Mann aufrecht stehen zu lassen.

Drinnen erweiterte sich die schmale Öffnung jedoch zu einer riesigen Kaverne, deren Wände von einem opalisierenden Feuer glimmten. Wasser lief durch Ritzen und Spalten in dem Felsgestein, bevor es in eine Marmorschale am Fuß der gegenüberliegenden Wand gelenkt wurde. In der Mitte der Höhle stand etwas Langes, Schmales, das wie ein Altar oder Sarkophag aussah. Seine Vorderseite war in kunstvolle geschnitzte Paneele aufgeteilt, die das Leben des verlorenen Königs von dessen Geburt in einer kornischen Festung bis zu seiner Niederlage durch seinen verräterischen Sohn wiedergaben. Auf dem Deckel war ein aus einem Fels herausragendes Schwert mit einem sich darum windenden Drachen dargestellt. Die Details waren so gut gelungen, dass man fast das Zucken des Schwanzes und das Glänzen des Stahls zu sehen glaubte.

Artus' Grab. Die Ruhestätte des letzten großen Königs der *Anderen*. Eine zum Leben erwachte Fantasie.

Elisabeth blieb keine Zeit für ehrfürchtiges Staunen, bevor Schatten in den schimmernden, perlmuttfarbenen Wänden zum Vorschein kamen. Sie bewegten sich innerhalb des Felsens wie durch dickes, welliges Glas oder unter trübem Wasser gesehene Figuren. Während Elisabeth zusah, nahmen sie Formen an, um dann eine nach der anderen aus den Wänden herauszutreten und einen Kreis zu bilden. Neun grau gewandete Frauen, die silberne Diademe auf der Stirn trugen und alle so schön waren, dass es schon fast schmerzlich war, sie anzusehen. Elisabeth warf ihnen nur kurze, schnelle Blicke unter gesenkten Wimpern hervor zu.

Killer schien nicht in gleicher Weise auf die Feen zu reagieren. Er schaute sie eine nach der anderen an, als suchte er in ihren Mienen nach der kleinsten Spur von Mitgefühl. Aber keine der Frauen wurde entgegenkommender, sagte etwas oder machte Anstalten, ihnen zu helfen. Sie standen nur regungslos und weiß wie Marmor da und schienen in die Unendlichkeit zu starren.

Killer trat vor und legte Brendan an den Fuß des Sarkophags. Elisabeth kniete neben ihm nieder, drückte seine Hand und versuchte mit aller Macht, ihm etwas von ihrer Lebenskraft zu übermitteln.

Hoch erhobenen Hauptes trat der Gestaltwandler vor die Feen

und sah jeder einzelnen prüfend ins Gesicht. »Ihr könnt seinen Ruf spüren, sonst hättet ihr euch nicht gezeigt. Douglas trägt ein Zeichen von *Ynys Avalenn*. Er ist einer von euch bekannt.«

Minuten schienen zu verstreichen, ohne dass sich jemand rührte. Brendans Hand in Elisabeths erschlaffte, seine Augen begannen, sich zu trüben, und sein Atem wurde so flach, dass seine Brust sich kaum noch hob und senkte.

Helft ihm!«, schrie Elisabeth die Frauen an, als sie mit ihrer Geduld am Ende war.

Sie sahen sie an, unnahbar und teilnahmslos.

»Ihr seid Feen. Ihr könnt ihn retten!« Verbitterung und Furcht glühten in ihr wie Lava. Sie war in ihrem ganzen Leben noch nie so wütend gewesen, wie sie es jetzt auf diese wie in Stein gemeißelten Frauen war. »Was bringt es, unsterblich und allmächtig zu sein, wenn ihr eure Macht nicht nutzt, um ein Leben zu retten? Ihr seid nichts als ein Haufen Feiglinge! Trügerischer, falscher, herzloser, scheinheiliger ...«

»Hilft nicht ...«, flüsterte Brendan, und Killer murmelte: »Warum sagst du ihnen nicht, wie du dich wirklich fühlst?«

»... verlogener Abschaum!«

»Das reicht.« Die ruhige, kraftvolle Stimme schallte durch die Grabkammer, bevor sie in Elisabeths Kopf widerhallte und das Pochen in ihren Schläfen in ihren Nacken und ihre Schultern hinunterschickte.

Zwei Gestalten traten hinter der Phalanx schweigender Begleiterinnen hervor, um sich Brendan und Elisabeth zu nähern.

Die Frau hatte langes blauschwarzes Haar mit einer einzelnen silbernen Strähne und ein Gesicht, das völlig faltenfrei, aber hellwach und scharfsinnig von uralter, unermesslicher Weisheit war. Unter einer Überjacke aus gehämmerten silbernen Schuppen trug sie ein azurblaues Gewand. An einem breiten Ledergürtel um ihre Taille hing ein gefährlich aussehendes Schwert.

Trotz ihrer stattlichen Erscheinung ließ ihr Begleiter sie nahezu klein erscheinen. Sein Kopf war von glänzendem, rotgoldenem Haar gekrönt, sein Gesicht düster und vom Kampf gezeichnet. Sein Schwert, das er in einer vernarbten Hand hielt, war mit schwarzen Flecken übersät.

Ein Frösteln überlief Elisabeths Arme, bevor es sich in ihrem Magen niederließ. Dies mochte Artus' Grabkammer sein, doch wenn sie sich nicht irrte, war es Artus höchstpersönlich, der hier sehr lebendig vor ihr stand.

Mit einem Gesichtsausdruck, der respektvoll, aber nicht unterwürfig war, trat Killer vor. »Ich habe Euch Brendan Douglas aus dem Hause Kilronan gebracht. Er trägt einen Talisman der Feen, den Ihr nicht ignorieren könnt.«

Der Blick der Frau war wie ein Blitzschlag. »Der Ring ermöglichte euch, in den Zwischenraum zu gelangen, der unsere Welten trennt, doch bilde dir nichts ein, Gestaltwandler! Wir schulden dem da nichts.«

Inzwischen kniete Artus sich neben Elisabeth und legte eine Hand auf Brendans Schulter. »Er stirbt.«

Als wüsste ich das nicht!, hätte Elisabeth ihn beinahe angefahren, aber sie beherrschte sich. Zum Leben erwachte Mythen fauchte man nicht an. Und obwohl Artus nur das Offensichtliche feststellte, lag echter Kummer in seinem ernsten Ton.

»Es gibt nichts, was wir tun können«, erwiderte die Frau, deren Stimme kalt war wie der erste Winterfrost.

Artus drehte sich, um ihr in die Augen zu schauen. »Es gibt einen Weg, Scathach.«

Scathach? Dies war die kriegerische Königin und das Oberhaupt der *Amhas-draoi*? Elisabeth hielt den Atem an. Diese Leute hatten das Todesurteil über Brendan verhängt. Wenn diese Frau es wollte, könnte sie es mit einem einzigen Hieb ihres Schwertes vollstrecken. Und niemand könnte sie daran hindern.

»Unmöglich«, widersprach Scathach und tat Artus' Einwand mit einer Handbewegung ab, als wäre er ein Kind.

Ein durchtriebenes Lächeln huschte über die Lippen des Hochkönigs. Trotz der Jahrhunderte, die vergangen waren, seit er unter Menschen gelebt hatte, war ihm seine Menschlichkeit geblieben. Kein Magier konnte diesen Ausdruck jungenhaften Schalks zustande bringen. »Ich bin der Beweis, dass es nicht unmöglich ist.«

»Das ist etwas anderes. Du bist ein Mann, der durch Magie gezeugt wurde. Dein Leben unter uns war vom Schicksal bestimmt, seit du deinen ersten Atemzug in den Armen deiner Mutter tatest. Douglas dagegen ist völlig menschlich. Ihn ins Sommerreich zu bringen, ist nicht ratsam.«

»Wenn wir es nicht tun, wird er sterben.«

»Dann stirbt er eben. So ist das nun einmal bei Sterblichen. Und da er der letzte der Neun ist, ist es nur richtig, dass sein Tod das Ende dieses Wahns bezeichnet.«

Elisabeth sah Killer an, doch er erwartete nur gelassen und mit unergründlichem Blick den Ausgang dieses Disputs. Und wenn sie es sich recht überlegte, schien Artus sogar der Menschlichere der beiden zu sein. Vielleicht war es ja auch so. Elisabeth wusste nicht mehr über die *Imnada* als die wenigen Kleinigkeiten, die sie in den letzten Stunden herausgefunden hatte.

Sie beschloss, sich selbst an Artus zu wenden, da er derjenige zu sein schien, der am ehesten von Gefühlen beeinflusst werden konnte. »Bitte!«, sagte sie. »Er mag zwar einmal zu den Neun gehört haben, aber er riskierte sein Leben in dem Kampf darum, Máelodor aufzuhalten. Um einen Krieg zu verhindern, der die *Anderen* – Eure Blutsverwandten – vernichten würde. Zählt das denn überhaupt nicht?«

Die drei starrten sie mehr oder weniger überrascht an, doch keiner von ihnen konnte ihr eine Antwort darauf geben.

Brendan hatte in seinem ganzen Leben noch nie so gefroren. Dieses elende irische Wetter! Aber dann blinzelte er. Es war nicht das Wetter. Er musste seinen Verstand zusammenhalten. Wenigstens noch ein bisschen länger, doch es war schwer. Er wollte die Augen schließen und schlafen, aber irgendetwas sagte ihm, dass Schlafen jetzt gerade sehr, sehr schlecht sein würde. Warum? Er versuchte, sich zu konzentrieren, konnte sich jedoch nicht erinnern, wusste nicht, warum er wach war, und auch nicht, warum er sich in einem Raum mit brennenden Kerzen befand und ihn all diese Leute anstarrten. Oder warum Elisabeth so traurig aussah.

»Bleib bei mir, Brendan!«, rief sie vom anderen Ende eines langen Tunnels.

Ging er denn irgendwohin? Er glaubte, nicht. Er konnte sich ja nicht einmal bewegen. Konnte weder ihr Gesicht berühren noch ihre warme, weiche Haut streicheln. Den Arm zu heben war zu anstrengend, und seine linke Hand fühlte sich an, als hätte jemand einen Pfahl hineingetrieben und ihn umgedreht.

»Das Schicksal bestimmt unseren Weg und unser Ende.«

Die Stimme. Diese Worte. Sie waren in seinen Ohren und in seinem Kopf, als würden sie gleichzeitig gesprochen und gedacht. Die Erinnerungen und der Schmerz kehrten zurück. Schade. Es hatte Brendan gefallen, nichts zu wissen. Er hätte sich viel besser gefühlt.

»Und dies ist das Schicksal des Erben von Kilronan.«

Nicht er. Aidan. Es war sein Bruder, dem es bestimmt gewesen war, hier zu sterben. Als einer von Tausenden. Brendans Eingreifen hatte verhindert, dass das geschah. Folglich war es sein Schicksal gewesen, das Schicksal zu verändern. Diesen Punkt hätte er bestritten, doch er hatte nicht die Kraft zu reden.

Das ernste Gesicht eines Mannes beugte sich über ihn. Sein Haar war rot wie Elisabeths, und seine Augen schimmerten wie pures Silber. »Ich möchte ihm Gesellschaft leisten, wenn er stirbt.

Wie ich es bei jedem Krieger meines Kreises täte, der so tapfer kämpfte.«

Elisabeth hielt eine seiner Hände, während Artus die andere nahm. Trotz der Taubheit seiner Glieder fühlte Brendan, wie die Wärme der Berührung des Königs ihn durchflutete und der Druck seiner Hand Brendans Ring fast schmerzhaft fest an seinen Finger presste.

Ring? Er hatte keinen Ring. Aber da war er, an demselben Finger, an dem vorher Daz' Stückchen schmutziger Bindfaden gesteckt hatte. Ein schmaler Reif aus Perlen und Silber. Er glänzte an seiner wächsernen Haut und schimmerte in dem flackernden Licht der Kaverne.

Seine Sicht verengte sich, als Dunkelheit sich über ihn senkte. Stimmen erhoben und senkten sich. Fragend, schnell und scharf. Er konnte nicht hören, was sie sagten, doch er erkannte die Überraschung und Verwirrung, die in diesen Stimmen lag.

Und dann hörte er noch eine andere. Die Stimme von jemandem, den er zu kennen glaubte. Sie war ihm vertraut. Schön und sinnlich, weich und dunkel. Ein schmales Gesicht. Langes, seidig glänzendes blondes Haar. Ein Kleid aus reinstem Weiß. Augen, groß und unendlich wie die Sterne. Er kannte sie. Irgendwie, in irgendeinem Teil von ihm, war sie überaus bedeutungsvoll.

Eine Hand mit kühlen Fingern legte sich an seine Wange. »Er wird als mein Gast und Schützling nach *Ynys Avalenn* mitkommen.«

»Bist du sicher, Sedani?« Scathach klang besorgt über diese Entscheidung.

»Er trägt mein Geschenk und mein Blut. Ich werde das Versprechen, das ich gab, einlösen. Das ist das Mindeste, was ich tun kann.«

Starke Arme hoben ihn auf, und sanfte Hände beruhigten ihn.

»Warte!« Ihm wurde etwas um den Hals gelegt. Lippen berührten die seinen zu einem Abschiedskuss. »Du hast versprochen, mich nicht wieder zu verlassen. Ich werde mich darauf verlassen.«

Licht durchflutete ihn und vertrieb die Schatten, die ihm die Sicht genommen hatten.

»Ich liebe dich, Brendan.« Die Worte schenkten ihm einen Frieden, den er nie wieder zu verspüren geglaubt hatte. Das Glockengeläut wurde zum Rauschen von Wasser und das wiederum zu Stille. Brendan nahm einen letzten Atemzug von der weichen, erdigen Luft, als sich hinter ihm die Pforte schloss.

Und die Welt, die er verlassen hatte, schon nicht mehr als eine verschwommene Erinnerung war.

»Es war der einzige Weg. Er wäre gestorben, wenn er geblieben wäre«, sagte Killer, als die letzten der grau gewandeten Frauen in den Höhlenwänden entschwanden. In einem Augenblick war noch ein Kreis von schönen, mit Diademen gekrönten Frauen da, und die Luft war erfüllt von flüssigem Silber und dem Tanz von Millionen glitzernder Sterne, und im nächsten war all das verschwunden, und es blieb nur harter, grauer Fels um sie herum.

»Mein Verstand weiß das, doch mein Herz ist nicht überzeugt«, erwiderte Elisabeth und schlang die Arme um ihren Körper, um den atemberaubenden Schmerz unter ihren Rippen zu lindern.

Artus bewegte sich unbehaglich, als wollte er sie irgendwie beruhigen, während Killer beschützend danebenstand und seine Präsenz – so seltsam sie auch war – erstaunlich tröstlich war.

»Ich hatte nicht einmal Gelegenheit, mich zu verabschieden«, sagte sie leise.

»In deinem Herzen hast du es getan.«

Sie warf Killer einen neugierigen Blick zu, worauf er verlegen den Kopf senkte. »Ich kann Gedanken lesen – ich bin so eine Art

Telepath. Manchmal kann ich als Leitung zwischen zwei anderen dienen, aber nur, wenn die beiden stark sind. Dein Gedanke wurde so klar übermittelt, als hättest du ihn ausgesprochen. Ich habe ihn nur weitergeleitet.«

Sofort errötete sie heiß. »Du kannst alles hören, was ich denke?«

»Nein«, versicherte er schnell. »Nur, wenn ich mich konzentriere und wenn der Gedanke eine klare Richtung hat.«

Ihr Magen entkrampfte sich. Sich vorzustellen, dass Killer ihre Gedanken sah, wie er alles andere von ihr gesehen hatte, hätte ihr den Rest gegeben. Sie schaffte es ohnehin nur noch mit größter Mühe durchzuhalten.

Elisabeth legte eine Hand auf den kalten Marmor von Artus' Sarkophag und strich das Schwert nach, bis es in dem Felsbrocken verschwand. Seine Stabilität zu fühlen, half, wenn alles andere an diesem Ort und in ihrem Leben pure Fantasie blieb. »Wisst ihr, wie oft ich die Geschichte von Sir Archibald Douglas und seiner Feen-Geliebten Sedani gehört habe? Ich kann es kaum erwarten, Aidans Gesichtsausdruck zu sehen, wenn ich ihm sage, dass ich ihr begegnet bin.« Sie kicherte ein bisschen hysterisch.

»Sedanis Ehre wird sie veranlassen zu tun, was sie kann, für jemanden aus ihrer Blutlinie, egal, wie viele Generationen dazwischenliegen.« Artus' Blick folgte den Bewegungen von Elisabeths Hand, doch ob seine Gedanken bei ihr waren oder bei dem seltsamen Gefühl, seine eigene Grabstätte zu betrachten, war unmöglich zu sagen. Diese ungewöhnlich silbernen Augen verrieten nichts.

»Und Scathach? Sie war dagegen, dass Brendan sie nach *Ynys Avalenn* begleitete.«

Diesmal beantwortete Killer Elisabeths Frage. »Scathach mag ihre Vorbehalte haben, aber sie weiß, was sie und ihre Leute Douglas schuldig sind. Die *Amhas-draoi* wurden bloßgestellt, weil Máelodor viel zu nahe daran war, die Pforten zu dem Abgrund zu öffnen. Wäre es ihm gelungen, den Dunklen Hof zu befreien, um auf der Ebene der Sterblichen zu jagen, wäre es nicht nur katastrophal für eure Welt gewesen, sondern auch für die der *Anderen*.«

Da über eine solche Zukunft nachzudenken unerträglich war, verzichtete Elisabeth darauf und wandte sich an Artus. »Werdet Ihr auch zurückkehren? Oder seid Ihr ...«, sie ließ den Blick besorgt über die Höhle gleiten, »in unserer Welt gefangen?«

Wenn Artus lächelte, war es, als bräche die Sonne durch die Wolken. Er schien ein ganz eigenes Licht auszustrahlen, hatte ein majestätisches Charisma, das einen wünschen ließ, in seiner Nähe zu sein, um sich in dieser Ausstrahlung zu sonnen. Es war klar, wie ein solcher Mann zu einer Legende werden konnte. Und wieso die Legende ewig hatte leben können und immer wieder neu begeistern konnte. Fast augenblicklich fiel die erdrückende Last ihres Kummers von ihr ab. Elisabeth konnte nicht behaupten, dass sie glücklich war, doch sie war zumindest nicht kurz davor, vor lauter Verzweiflung mit den Fäusten auf die Felsen einzuschlagen.

»Ich bin nicht gefangen«, antwortete Artus, »aber der Sh'vad Tual hat seine Magie bewirkt. Die Pforte wurde geöffnet, und ich wurde herbeigerufen, wenn auch nicht so, wie der Magier es beabsichtigte.«

Killer legte eine Hand auf Elisabeths Schulter, und seine Stimme klang knurrig und rau wie das Bellen eines Hundes. »Wir müssen gehen.«

Die Einsicht, die sie die ganze Zeit durch pure Willenskraft verdrängt hatte, traf sie so plötzlich, als wären gerade die Wände der Höhle über ihr zusammengebrochen. »Brendan kommt wirklich nicht zurück, nicht wahr?«

Killer und Artus wechselten einen vorsichtigen Blick von Mann zu Mann, doch es war der Gestaltwandler, der tapfer genug war, ihr zu antworten. Seine Augenbrauen zogen sich zusammen, als suchte er nach dem richtigen Wort. »Es ist zweifelhaft.«

Artus setzte hinzu: »Sterbliche, die in *Ynys Avalenn* aufgenommen werden, vergessen ihr früheres Leben und wie sie in das Sommerreich gekommen sind. Sogar ihre Namen. Sie wissen nur, was die *Anderen* sie wissen lassen wollen.«

»Aber Ihr habt nicht vergessen«, wandte Elisabeth schnell ein.

»Nein, doch Scathach hat die Wahrheit gesagt. Ich bin ein Mann, der mehr ein Magiker ist als ein Mensch. Anders als die meisten Sterblichen.«

»Dann habt Ihr und Killer ja viel gemeinsam.«

Sie wusste sofort, dass sie ins Fettnäpfchen getreten war, obwohl keiner etwas sagte und der Moment verstrich.

Killer legte ihr den Arm um die Schultern, als er sie aus der Höhle führte. Um abgebrochene Äste und umgestürzte Bäume herum und über Felsen, die so aussahen, als wären sie aus der Erde herausgerissen und über die Lichtung geschleudert worden. Und hier und dort sah Elisabeth merkwürdige Pfützen voller gelatineartigem schwarzem Schlick, der im nachlassenden Tageslicht fettig glänzte. Im Osten zerrissen Ketten dunkler Sturmwolken und spuckten beim Auseinanderbrechen grelle Blitze aus.

Erst nachdem sie eine Weile gegangen waren, war Elisabeth wieder gefasst genug, um zu bemerken, dass Artus verschwunden war.

Sie war mit Killer allein.

Brendan war gegangen. Er hatte sie verlassen. Schon wieder. Und diesmal würde – konnte – er nicht zurückkehren.

Kapitel Siebenundzwanzig

Die Gruppe versammelte sich in Helenas Salon, der noch immer Anzeichen gewaltsamen Eindringens und Kampfspuren aufwies. Kissen waren schnell gestopft worden, aber das Sofa hatte einen Riss, den keine noch so sorgsame Näharbeit in Ordnung bringen konnte. Ein langer, hässlicher Kratzer verunzierte den Klavierdeckel, als hätte jemand seine Wut an dem Instrument ausgelassen. Der Rest des Hauses befand sich mehr oder weniger im gleichen Zustand, und obwohl die Aufräumarbeiten noch in vollem Gange waren, waren die Dienstboten ungewöhnlich still, während sie ihrer Arbeit nachgingen.

Elisabeth, deren Geist teilnahmslos und noch immer wie betäubt war, starrte ins Feuer, bis ihre Augen tränten. So erging ihr schon, seit sie zur Duke Street zurückgekehrt und dort auf der Schwelle erschienen war wie ein verlorenes Gepäckstück, schweigend, ausdruckslos und leer.

Dem Himmel sei Dank für Killer, oder sie hätte es nicht einmal bis zu dem kleinen kornischen Dorf geschafft, das sie an jenem lange zurückliegenden Nachmittag erreicht hatten und in dem die Bewohner aufgeregt von ungewöhnlich heftigen Stürmen, blutroten und dann plötzlich rabenschwarzen Himmeln gesprochen hatten. Von seltsamen Kreaturen im Wind, dem Klirren von Schwertern gegen Schwerter und gespenstischen Kampfrufen. Es war Killers ruhige Autorität gewesen, die ihnen Unterkunft, Verpflegung und eine Fahrt zur Küste gesichert hatte, wo sie ein Schiff nach Irland hatten nehmen können.

Elisabeth war damals zu betäubt gewesen, doch heute fragte sie sich, wie er das alles geschafft hatte. Ein halb nackter Mann und eine benommene und verschmutzte Frau, die aus dem Nichts heraus erschienen waren. Sie hatten Glück gehabt, dass sie nicht verhaftet worden waren – oder ihnen nicht noch Schlimmeres widerfahren war.

Killer hatte sie am Vorabend ihrer Ankunft in Dublin verlassen. An ihrem letzten Morgen an Bord war sie in einer leeren Kabine erwacht und hatte sich den neugierigen Blicken des Kapitäns des Schiffes stellen müssen. Aber was konnte sie schon sagen? Mein Begleiter hat sich in einen Vogel verwandelt und ist davongeflogen?

Und so hatte sie hartnäckig geschwiegen, schon auf dem Schiff und auch während der darauffolgenden Tage, in denen alle klug genug gewesen waren, keine Fragen zu stellen. Ein einziges Wort nur, und sie könnte zusammenbrechen. Eine Berührung könnte sie in Staub verwandeln. Sie blieb zu wund, zu verletzlich. Jeder ihrer Nerven schrie. Jeder Traum enthielt ein kristallklares Bild von Brendans Körper unter einem blutrot gefärbten Himmel.

Erst Aidans Ankunft hatte Elisabeth wieder zum Sprechen gebracht. Seine vertrauten Züge, seine feste, warme Umarmung und sein Geruch nach Zigarrillorauch, Brandy, Seife und Leder hatten den Knoten gelöst, der ihr den Hals zuschnürte.

Und als der Damm gebrochen war, hatte sie in einem Anfall von Kummer, Schmerz und Furcht alles erzählt, ihr Gesicht verzerrt von Tränen, die jedoch nicht fließen wollten. Es war, als könnte Weinen die Wahrheit in Stein verschließen und ihr die letzte Hoffnung nehmen. Nur ein Geheimnis durfte sie nicht lüften – das der Existenz von Killer und den *Imnada*.

Allen, die sie zu sehr bedrängten, erzählte sie Folgendes: Sie hatte ihr Leben Rogan zu verdanken, der die Gefahr leider zu spät erkannt hatte und gestorben war, als er versucht hatte, sie zu retten. Madame Arana sah sie lange prüfend an, doch Elisabeth hielt sich an ihre Geschichte, und schließlich wurde nicht mehr darüber gesprochen. Kleinere Fragen gingen in dem größeren Wirbel um

Máelodors Vernichtung und Brendans Übergang ins Sommerreich unter.

Mr. Ahern spitzte die Ohren, als wartete er auf seinen Moment. »Strang und Ring. Strang und Ring. Zauberreime, versteht ihr? Das war meine Idee, um den Ring des alten Archie zu verstecken. Ihn sicher aufzubewahren.« Er schob seine Brille in die Stirn, und seine wässrigen, blutunterlaufenen Augen strahlten wie die eines Kindes. »Ich bin froh, dass es geholfen hat. Ich war mir dessen nämlich gar nicht sicher, muss ich zugeben.« Elisabeth blickte verstohlen zu dem älteren Herrn hinüber, der in einem geretteten Lehnstuhl saß und ein zerbrochenes Stück Wedgwood-Porzellan zwischen den Fingern drehte. »Ringe sind was Kniffliges. Ich hatte mal etwas über einen von Magiern hergestellten gelesen. Der arme Teufel, der ihn bekam, streifte ihn über und ging sofort in Flammen auf. Ein anderer verwandelte seinen Träger in einen Baum. Im nächsten Jahr wurde er gefällt und als Feuerholz benutzt, der bedauernswerte Kerl!« Daz zog ein Stück Bindfaden aus der Tasche und legte ihn vor sich auf den Tisch neben einen Kirschkern, einen kleinen grauen Kiesel und eine Spielkarte.

Madame Arana hielt im Einfädeln einer Nadel inne und legte ihre allgegenwärtige Stickarbeit auf den Schoß. Die Falten in ihrem alten Gesicht hatten sich in letzter Zeit vertieft, der Zug um ihren schmalen Mund war strenger. »Kommen Sie, Mr. Ahern, und lassen Sie uns nach dem Tee sehen, ja?«

Er strahlte sie an. »Haben Sie welche von diesen kleinen gelben Plätzchen? Ich liebe kleine gelbe Plätzchen.«

»Ich bin sicher, dass wir welche finden werden«, antwortete Madame Arana, als sie Arm in Arm hinausgingen.

»Sollen wir auch für Brendan decken? Er müsste bald nach Hause kommen«, hörten sie Mr. Ahern noch zu Helenas Großmutter sagen.

Jack verzog das Gesicht, während Aidan die Augen schloss und etwas murmelte, von dem Elisabeth sehr bezweifelte, dass es »Der liebe alte Kauz« war.

»Es ist meine Schuld«, erklärte Jack. »Wenn ich bei Brendan geblieben wäre, statt mit Helena zu gehen …«

Elisabeth konnte nicht umhin, Brendans Cousin immer wieder heimlich von der Seite zu betrachten, von seinem glänzenden blonden Haar und den blauen Augen bis zu der Eleganz seines modisch geschnittenen Rocks und seinen auf Hochglanz polierten Stiefeln. Wenn sie sich nicht irrte, müsste Jack O'Gara, der im vergangenen Jahr von Straßenräubern überfallen worden war, eigentlich ein Familienmausoleum in Wicklow bewohnen, statt hier Bordeaux zu trinken und ihr verstohlene Seitenblicke zuzuwerfen.

Während sie gerade zu ihm hinübersah, stürzte er ein weiteres Glas Wein hinunter, als wäre es Wasser, und schenkte sich sogleich aus der sich schnell leerenden Karaffe nach. War das sein drittes oder viertes Glas?

»Nicht so schnell, mein Freund, sonst müssen wir dich noch vom Boden aufwischen«, schalt Aidan, der den Blick nicht von seinem Cousin abwenden konnte. »Wie ich sehe, hat der Tod nicht viel an deinen Angewohnheiten geändert.«

Jack erblasste, als er den Kopf senkte. »Das haben wir doch alles schon besprochen, Aidan. Ich wäre sofort zu dir gegangen, doch Brendan wollte das nicht. Er wolle dich nicht in Gefahr bringen, sagte er.«

»Und du hast auf ihn gehört? Das ist das erste Mal, dass du je einen Befehl befolgt hast.«

Jack zuckte erneut zusammen und leerte ein weiteres Glas Wein.

Aidan zog an seinem Zigarillo. Zusammengesunken saß er in seinem Sessel, sein Gesicht sah so abgespannt und müde aus, als hätte er seit Tagen nicht geschlafen, und seine Hände zitterten, als er den Zigarillo ausdrückte. Elisabeth wusste sehr gut, wie er sich fühlte. Sie kannte die schmerzhafte Starre in den Muskeln, die ruhelosen, brennenden Augen und die Übelkeit erregende Erschöpfung, wenn man dringend Schlaf brauchte, aber Schlafen das Allerletzte war, was man tun wollte.

»Ich möchte nach Hause, Aidan. Würdest du mich hinbringen?«

Er wandte sich ihr zu, als hätte er vergessen, dass sie noch im Zimmer war, und sein Blick glitt zu dem schimmernden Ehering an ihrem Finger. »Selbstverständlich. Cat wird entzückt sein, dich bei sich zu haben.«

»Nein, nicht nach Belfoyle. Ich möchte nach Hause, Aidan. Nach Dun Eyre. Und ich möchte jetzt gleich aufbrechen.«

»Aber du wirst doch sicher deine Sachen packen wollen ...«

»Nein, jetzt sofort, Aidan. Ich kann keine Minute länger hierbleiben.« Ihre Kehle brannte von ungeweinten Tränen. »Bitte!«

»Geh nur, Aidan!«, sagte Jack. »Ich erkläre es den anderen.«

Aidan klopfte seinem Cousin auf die Schulter und grinste ihn an. »Hoffst wohl immer noch, der unnahbaren Miss Roseingrave näherzukommen?«

Jack wackelte mit den Augenbrauen. »Sagen wir einfach, von den Toten zurückzukehren hat auch seine Vorteile.«

Wenig später wurde die Tür zu dem Haus auf der Duke Street hinter ihnen geschlossen, und Elisabeth und Aidan standen unter einem strahlend blauen Frühlingshimmel. Ein Briefträger mit einer Tasche über der Schulter kam die Straße hinaufgeschlendert, und zwei eifrig schwatzende Damen spazierten an ihnen vorbei. Dann fuhr eine Droschke vor, und ein Mann in gestärktem Hemd und mit einem hohen Biberhut stieg mit einem Nicken in ihre Richtung aus. Das Leben nahm seinen Lauf, als wäre nichts geschehen.

Keiner wusste, wie nahe sie einem verheerenden, übernatürlichen Krieg gekommen waren – oder was sie einem Mann zu verdanken hatten, der sein Leben geopfert hatte, damit sie weiter in Unwissenheit leben konnten.

»Sieh mich an, Elisabeth!« Kein beruhigendes Lächeln schmückte das Gesicht des Earl of Kilronan. Seine Augenbrauen waren zu einer steilen Falte zusammengezogen, und seine Augen verdunkelten sich vor grimmiger Entschlossenheit. »Mein Bruder ist schon einmal von den Toten wiederauferstanden. Wenn er kann, wird er einen Weg zurückfinden.«

»Glaubst du das?«

»Du nicht?«

Sie lächelte unter Tränen. »Ich wünschte, ich könnte es.«

Dun Eyre,
Dezember 1817

Elisabeth legte ihre Hände auf die Tasten des Pianos und schlug probeweise ein paar Töne an. Sie hatte die Notenblätter aus einer Schublade gezogen, wo sie verstaubt und vergessen gelegen hatten. Ihr Talent im Umgang mit dem Instrument brachte nichts hervor, was sich mit der Flut lange vergrabener Emotionen vergleichen ließe, die Brendan ihm hatte entlocken können. Die Musik war aus seinen Fingern geflossen, bis die Zuhörer sie in ihren Knochen und in ihrem Blut verspürt hatten. Sie war ein fabelhaftes, machtvolles Geschenk gewesen, das sie buchstäblich aufhob und mit sich davontrug. Und Brendan selbst hatte sie von innen heraus erleuchtet wie eine Lampe und seine Augen strahlen lassen.

Elisabeths Töne kamen sauber einer nach dem anderen. Das Stück war zu erkennen, doch ihm fehlte der Zauber. Die Schönheit und die Macht, die Seele anzurühren. Es war einfach nur Musik.

Sie nahm die Hände von den Tasten und ließ Tante Pheeneys

Worte überlaut in der jähen Stille hängen. »... zu dünn und zu still. Das ist ungesund.«

Nicht zum ersten Mal erwischte sie ihre Tanten bei einem Gespräch über sie, das sie führten, als wäre sie nicht da oder als machte der Kummer sie taub wie eine Nuss. Anfangs war es ihr egal gewesen, doch nach Monaten verstohlener Blicke und literweise warmer Milch begann die Sorge der alten Damen sie zu nerven. Konnten sie nicht sehen, dass es ihr gut ging und alles vollkommen in Ordnung mit ihr war? Was machte es schon, dass sie Dun Eyre nicht so oft verließ wie früher? Sie genoss das Gefühl des Friedens, das sie zu Hause empfand. Außerdem unternahm sie ausgedehnte Spaziergänge durch den Park und lange Ausritte über die Felder, verbrachte Stunden mit Mr. Adams über den Rechnungsbüchern, las Zeitung und besuchte die Pächter.

Elisabeth hatte sogar begonnen, die alten Treibhäuser ihrer Großmutter in Ordnung zu bringen, befasste sich viele Stunden mit Sämlingen und Ablegern und bombardierte die Gärtner mit Fragen zur Verbesserung der Erde und Bewässerung. Außerdem las sie bis spät in die Nacht hinein Reptons Ansichten zur Landschaftsgestaltung.

Sie stellte fest, wie sehr sie den Frieden genoss und wie viel Befriedigung sie in schmutzigen Fingernägeln und Röcken und einem Gesicht voller Sommersprossen von der Sonne fand. Und wenn all das sie genug ermüdete, um nachts Schlaf zu finden, umso besser, obwohl sie das weder Tante Fitz noch Tante Pheeney gestehen würde. Die beiden behandelten sie auch so schon wie eine genesende Invalidin – oder wie eine Kandidatin für das Irrenhaus.

»Du hättest sie vorher fragen sollen«, murmelte Tante Fitz.

»Sie hätte niemals zugestimmt, wenn ich gefragt hätte.« Tante Pheeneys Bühnenflüstern drang durch den großen Salon zu Elisabeth hinüber.

»Trotzdem hättest du ...«

»Ihr wisst, dass ich euch hören kann?«, rief Elisabeth den beiden zu.

Tante Pheeney sprang nervös vom Sofa auf, und ein Ausdruck der Verwirrung huschte über ihr rundliches Gesicht. »Wie bitte? Sagtest du etwas, Liebes?«

Elisabeth verließ das Klavier, um sich zu ihren Tanten an den Kamin zu setzen. »Ich sagte, ihr beide seid ungefähr so diskret wie eine Herde in Panik geratener Ochsen.«

Sie ignorierte Tante Pheeneys Hand, die sich in mütterlicher Fürsorge an ihre Stirn legte, lehnte einen Schal gegen die winterliche Kälte ab und verzichtete auch auf das ihr angebotene Kissen für den Rücken, »da dieser Sessel schon immer unbequem gewesen ist.«

Tante Fitz betrachtete sie nur ruhig unter halb gesenkten Lidern hervor, bevor sie einen Brief von einem Tablett neben ihrem Sessel nahm. »Da ist etwas für dich gekommen. Aus Belfoyle.«

Tante Pheeney nahm ihrer Schwester den Brief aus der Hand und reichte ihn mit einem verdächtig zufriedenen Lächeln an Elisabeth weiter. »Mach ihn auf! Es könnte etwas Wichtiges sein.«

Elisabeth hasste es, wie ihr Herz zu rasen begann. Als könnte wie durch ein Wunder nach all dieser Zeit doch noch die Nachricht kommen, Brendan sei zurückgekehrt.

Sie riss das Wachssiegel auf und überflog die Seite. »Es ist von Cat«, berichtete sie, obwohl sie das Gefühl hatte, dass ihre Tanten das schon wussten. Wahrscheinlich hatten sie es aus einem jähen Geistesblitz heraus sogar arrangiert. Sie konnte sie schon beinahe sagen hören: *Wir werden sie zwingen, aus ihrem Schneckenhaus herauszukommen, wie man eine Krebsschale aufbricht.*

Tja, das Problem war nur, dass sie ihr Schneckenhaus liebte, also vielen Dank!

»Cat lädt uns ein, zu Weihnachten zu ihnen zu kommen. Sabrina und Daigh MacLir werden mit ihrer Tochter dort sein, und Jack O'Gara ist auch eingeladen. Sogar Miss Roseingrave und ihre Großmutter werden erwartet.«

»Oh, das klingt ja wundervoll! Es gibt nichts Schöneres als ein Haus voller Freunde und Familie, um ein schönes Fest zu verbringen«, schwärmte Tante Pheeney und grinste wie ein Honigkuchenpferd. »Und Kinder dabeizuhaben macht es noch viel besser, nicht? Ist es nicht das erste Weihnachtsfest von Lord Kilronans Jungen? Ich habe Seine Lordschaft neulich erst gesehen. Er war stolz wie ein Pfau.«

Elisabeth spürte, wie der Klumpen in ihrer Kehle zu ihrem Magen hinunterglitt. Ein Kind. Brendans Kind. Wie gern hätte sie ein Kind von ihm gehabt, aber wie so vieles andere war es ihr nicht bestimmt gewesen. Nicht einmal das war ihr gewährt worden.

Dann schalt sie sich für ihre Schwäche, ihre Gefühlsduseligkeit und ihren Rückzug aus dem Leben. Es war mehr als genug Zeit vergangen. Sie musste ihr Leben weiterleben. Und aufhören zu hoffen, um vergessen zu können. So wie Brendan sie vergessen hatte.

»Wir werden noch heute Nachmittag beginnen, deine Kleider herauszulegen. Vielleicht sollten wir nächste Woche auch mal wieder unsere Schneiderin aufsuchen.« Tante Pheeneys Fröhlichkeit schmerzte schon fast. »Ihr wisst ja, was Bacon sagt: ›Reichtümer sind zum Ausgeben da‹, und ich habe einen hinreißenden blauen Samt gesehen, als ich das letzte Mal in der Stadt war. Und da war ein fabelhaftes Bild von einem Morgenrock in der neuesten Ausgabe von *Ackermann's*. Lasst mich sehen, ob ich es finden kann!«

Sie begann, einen Stapel Modezeitschriften und Papiere neben ihrem Sessel zu durchwühlen, und sah dabei so glücklich aus, dass Elisabeth es nicht ertragen hätte, sie zu enttäuschen. Und warum sollte sie auch nicht ein neues Kleid bestellen? Es würde sehr gut zu ihrem neuen Entschluss passen. Und ihre Zeit mit Brendan würde sie als leuchtende, wunderschöne Erinnerung wegschließen, um ein Leben lang davon zehren zu können.

»Es ist auch ein Brief von deinem Onkel in London gekommen«, sagte Tante Fitz mit schmalen Augen. »Er schrieb, um uns mitzuteilen, dass Gordon im vergangenen Monat geheiratet hat.«

Elisabeth runzelte die Stirn. Es war sechs Monate her, seit Gordon in Dun Eyre erschienen war und so selbstgefällig wie immer gewirkt hatte, als er sie bat, noch einmal eine Heirat zwischen ihnen in Betracht zu ziehen. Sechs Monate, seit sie ihn weggeschickt und sich gefragt hatte, ob sie damit ihre letzte Chance aufgab, je einen Ehemann und eine eigene Familie zu haben.

»Ich freue mich für ihn«, erwiderte sie, als Tante Fitz sie weiter ruhig ansah. »Wirklich. Wir hätten alles verpatzt, wenn wir geheiratet hätten.« Sie stand auf und zog ihren Schal noch fester um die Schultern. »Entschuldigt mich bitte!« Sie schob das Kinn vor und zwang sich, hoch erhobenen Hauptes und gemessenen Schrittes aus dem Salon zu gehen. »Ich habe etwas in meinem Zimmer vergessen.«

Die Blicke zweier besorgter Augenpaare bohrten sich in ihren Rücken, und aufgeregtes Gewisper folgte ihr hinaus. »Ich habe dir doch gesagt, dass du sie nicht so damit überfallen sollst ... der Schock ...«

»Sie musste es wissen ... kommt nicht wieder ... vorbei ...«

Sowie Elisabeth außer Sichtweite ihrer Tanten war, stürmte sie die Treppe hinauf, lief über den oberen Korridor zu der langen Bildergalerie und ließ sich auf ein Sofa fallen. Sie keuchte und konnte kaum noch atmen, als sie gegen ihre lächerlichen Tränen ankämpfte.

Wie lange sie dort saß, bevor ihre Tante sie fand, hätte sie später nicht sagen können. In einem Moment war sie noch allein mit den

Porträts, und im nächsten saß Tante Fitz neben ihr, legte einen Arm um ihre Schultern und streichelte ihr das Haar, wie sie es schon getan hatte, als Elisabeth ein Kind gewesen war.

»Ich weiß nicht, warum ich weine. Hätten wir geheiratet, wäre Gordon bald unglücklich gewesen, und ich ...«

»Und du wärst mit einem Mann verheiratet gewesen, den du nicht liebst. Der junge Lochinvar hat dein Herz noch immer voll und ganz im Griff.«

»Ich habe es so oft versucht, Tante Fitz. Ich sage mir jeden Morgen: Heute werde ich endlich aufhören zu glauben, dass er zurückkommen wird. Dann träume ich von ihm, und es ist alles so lebhaft, als wäre er bei mir im Zimmer. Ich sehe, dass sein Haar geschnitten werden muss und er dünner geworden ist. Ich sehe eine Narbe an seiner Wange, die vorher noch nicht da war. Er nimmt meine Hand, aber er sagt nie etwas. Und wenn ich erwache, kann ich seinen Duft an meinem Kissen riechen und seine Wärme im Bett neben mir spüren. Ich weiß, dass er nicht zurückkommt. Es ist zu lange her, und ich habe die Hoffnung aufgegeben, doch ich fürchte, dass er nicht mehr zu mir kommen wird, wenn ich mich zwinge, ihn zu vergessen. Und dann werde ich nicht mal mehr meine Träume haben.«

Danach saßen sie schweigend da, jede in ihre eigenen Gedanken versunken. Elisabeth merkte, wie sie sich in der stillen Umarmung ihrer Tante entspannte, wie ihre Muskeln sich entkrampften und ihr Atem sich normalisierte.

Schließlich nahm Tante Fitz Elisabeths Hände in ihre und erhob den Blick zu dem Porträt ihrer Eltern. »Du erinnerst mich an deine Großmutter.«

Elisabeth wischte sich über das Gesicht und setzte sich gerade hin, um die verträumten Züge der Frau auf dem Bild zu betrachten, ihr wehmütiges Lächeln, das so sanft war wie ein Frühlingsregen. Niemand hatte Elisabeth je mit ihr verglichen. Ihre Großmutter war klein und zierlich gewesen, blass und still. Alles, was Elisabeth nicht war.

»Auch sie hat sich in Träume zurückgezogen, als sie den Menschen verlor, der ihr am liebsten war«, erklärte Tante Fitz.

»Großvater?«

»Du hast ihn nicht gekannt, er starb lange vor deiner Geburt, aber die beiden liebten sich sehr. Vielleicht zu sehr, denn mit seinem Tod schien auch ein Teil von ihr zu sterben. Von jenem Moment an war sie nie wieder dieselbe lebhafte, schöne Frau, die wir gekannt hatten. Sie wurde buchstäblich zu einem Gespenst.«

»Brendan nannte ihn einmal einen Griesgram.« Elisabeth wischte sich eine Träne ab.

Tante Fitz lachte. »Das konnte er sein, doch er liebte seine Frau auch über alle Maßen. Diese Art von Bindung ist sehr selten – und fast unmöglich zu beenden. Doch egal, wie sehr du es auch versuchst, du kannst Brendan genauso wenig folgen, wie meine Mutter meinem Vater folgen konnte. Und es ist nicht ungefährlich, nur in seinen Träumen zu leben.«

»Du meinst also, ich sollte endlich aufwachen?«

Mit einem entschiedenen Blick in ihren goldgesprenkelten Augen, nickte Tante Fitz. »Es ist höchste Zeit.«

Er stand auf einem Hügel über Belfoyle, die Hand auf dem Wächterstein, dessen Macht ihn mit einem funkelnden Licht durchpulste.

Breán Duabn'thach, flüsterte der Stein in der alten Sprache und nahm ihn als einen der Seinen an, obwohl Brendan ein leichtes Zögern gespürt zu haben glaubte, als verstünde der Stein diese seltsame Mischung aus Mensch und Magier nicht, die er geworden war.

Von diesem Höhenrücken konnte Brendan auf sein Zuhause hinunterblicken und sah es vor sich liegen wie Bauklötze auf einer Kinderdecke. Die Hügelfalten, den Strom, der zu einem Fluss wurde auf seinem Weg landeinwärts, die Hütten und Häuser und die von flachen Steinmauern gesäumten Straßen und Wege, die sie verbanden, die Mauern von Belfoyle, seine hoch über die Bäume aufragenden Türme und dahinter die graue See in der Ferne, deren Rauschen der Brandung von den tief hängenden, schmutzig grauen Wolken noch verstärkt zu werden schien.

Mit geschlossenen Augen atmete er tief die kalte, feuchte Luft ein und spürte sie in jedem frisch verheilten Knochen. Kalte Flocken streiften seine Wangen und blieben in seinen Wimpern hängen, und als er die Augen öffnete, sah er Schnee fallen, der Wiesen und Felder zu einem metallischen Grau verblassen ließ.

Alles bis auf einen einsamen Reiter. Das glänzende, kastanienbraune Fell des Pferdes zog Brendans Blick auf sich – und die rote Mähne der Reiterin drückte ihm wie eine Faust das Herz zusammen. Ein Bild und ein Name, an die er sich geklammert hatte, als alles andere in seinem Kopf verblasst und sogar ganz dahingeschwunden war. Eine Frau, derentwegen er von einer Welt in eine andere gereist war, um sie wiederzufinden.

Elisabeth.

Endlich war er heimgekehrt.

Dicke Schneeflocken fielen und wurden vom Wind auf das graue Wasser der See hinausgetrieben. Seemöwen segelten auf den Luftströmungen dahin, während andere sich in die Wellen stürzten und wieder auftauchten, um ihr Abendessen zu verspeisen. Elisabeth genoss die Schärfe der kalten Luft auf ihren Wangen, als sie ihr Gesicht in den Wind hob und tief die salzhaltige Seeluft einatmete. Ihr Pferd tänzelte vor Ungeduld, aber Elisabeth zügelte die langbeinige, kastanienbraune Stute und ließ den Blick über den Horizont gleiten, an dem sich vor dem bewölkten Himmel die weißen Segel eines Schiffes abzeichneten.

Sie war allein ausgeritten, weil das Lachen, der Lärm und das ständige Theaterspielen an ihren Kräften zehrten. Sie brauchte Raum zum Atmen und wollte allein sein mit ihren Gedanken und dem Traum der letzten Nacht.

Er war so real gewesen wie das Leben selbst. Brendan blickte über seine Schulter, als er aus einem Kreis verwitterter alter Steine trat und sich auf ein langgliedriges graues Pferd mit wilden Augen und abgehackter Gangart schwang. Dann erhob er den Blick, und es war, als sähe er sie an. Über die Zeit und die Entfernung hinweg. Und Elisabeth war mit wild pochendem Herzen und dem Rauschen ihres Blutes in den Ohren aus dem Schlaf aufgeschreckt. Irgendwie hatte sie gewusst, dass dies der letzte dieser Träume gewesen war. Brendan würde nicht mehr zu ihr kommen. Sie würde sogar diesen kleinen Trost verlieren.

Das Schneetreiben verstärkte sich, die winzigen dahintreibenden Flocken verdichteten sich zu einem weißen Vorhang, und der Boden verschwand unter einer federigen Decke. Ihr Pferd stampfte mit den Hufen, sein Atem bildete kleine weiße Wölkchen in der kalten Luft. Vielleicht sollte sie zu Belfoyles Wärme und der Gesellschaft dort zurückkehren, Sabrinas kleine Tochter auf ihren Schoß klettern lassen und ihr eine Geschichte erzählen oder Aidans neugeborenen Sohn auf die Arme nehmen, seinen süßen Babyduft riechen und sich in die Liebe ihrer Familie hüllen, der alten wie der neuen.

Kurz entschlossen wendete sie ihr Pferd und ritt zu der Wärme der Belfoyl'schen Stallungen zurück. Die Stute verfiel in einen leichten, trittsicheren Galopp, und rechts von ihnen glitten die Klippen über der windgepeitschten, weiß schäumenden See vorbei. Wind und Schnee vermischten sich mit Elisabeths Tränen und ließen den Weg vor ihr verschwimmen. Doch statt ihr Pferd zu verlangsamen, ließ sie ihm die Zügel schießen, und das schnelle Trommeln seiner längeren Schritte entsprach Schlag für Schlag dem ihres eigenen Herzens. Sie verlor den Hut, und Wind und Schnee rissen ihr Haar aus seinen Nadeln.

Und dann war sie plötzlich nicht mehr allein mit ihrem Pferd. Ein Reiter kämpfte sich durch den Sturm zu ihr voran.

Schnell wischte sie sich die Tränen aus den Augen und beugte sich tief über den Nacken ihrer Stute, um in ihrer Einsamkeit von niemandem gestört zu werden. Und weigerte sich dann, die unausgesprochene Herausforderung zu ignorieren und den Wettlauf zu verlieren, als das Pferd des anderen Reiters immer näher kam.

Der Boden flog unter ihr dahin. Die Stute gab ihr Bestes und jagte in gestrecktem Galopp dahin, war aber immer noch nicht schnell genug, um zu verhindern, dass der Fremde näher kam und der Abstand zwischen ihnen sich verringerte. Elisabeth steuerte auf die noch ferne Hecke zu, doch da war er schon bei ihr, sein Pferd schloss zu ihr auf und überholte sie. Die Augen des Reiters glühten wie die Sonne, als er sich umdrehte und ihr das Gesicht zuwandte.

Elisabeth stockte der Atem, und ihr Herz schien stehen zu bleiben. Sie hörte nichts außer dem Heulen des Windes, sah nur herumwirbelnde Wolken und fühlte nichts als das Langsamerwerden ihrer Stute, als der Mann sich hinüberbeugte, um einen Zügel zu ergreifen. Er bremste beide Pferde, bis sie nur noch im Schritt gingen, und als er sie dann ganz zum Stehen brachte, glitt Elisabeth aus ihrem Sattel und stürzte sich in seine Arme.

Seine Lippen waren warm, seine Arme wie stählerne Bänder, die sie an ihn pressten, seine Stimme wie ein Schnurren in ihren Ohren. »Nicht weinen! Bitte nicht weinen, Liebste!«

»Bist du es wirklich oder wieder nur ein Traum?«, flüsterte sie ungläubig. Denn wie oft im Leben kam es vor, dass Träume wahr wurden?

Brendan umfasste ihre Schultern und hielt sie auf Armeslänge von sich ab, sodass sie Gelegenheit erhielt, ihn zum ersten Mal genauer anzuschauen. Da waren die Narbe an seiner linken Wange, das unmoderne lange Haar, das ihm bis zu den Schultern reichte, und die Magerkeit seines einst so muskulösen Körpers.

»Kein Traum, Lissa«, antwortete er. »Diesmal nicht.«

Ihre Augen wurden groß vor Staunen. »*Du* hast mir die Träume geschickt. Die ganze Zeit.«

»Es war die einzige Möglichkeit, die ich hatte, um zu verhindern, dass du mich vergaßt, bis ich einen Weg zu dir zurück finden konnte.«

Während sie begierig seinen Anblick in sich aufnahm, fielen ihr noch andere Veränderungen auf. Eine neue Schönheit seiner an einen gefallenen Engel erinnernden Gesichtszüge, als wären ihre Konturen verschärft, ihre Farben vertieft und alle irdische Sanftheit aus ihnen weggemeißelt worden, bis nur noch der blanke Stahl seiner Magierabstammung geblieben war. Selbst die Luft schien von seiner Präsenz geprägt zu sein.

Elisabeth runzelte die Stirn. »Du bist nicht derselbe. Ich meine nicht die Kleidung oder das Haar, sondern etwas anderes. Du fühlst dich anders an«, sagte sie und legte eine Hand über sein Herz. »Hier drinnen.«

Seine Finger verschränkten sich mit ihren. Die Knochen waren verkrümmt, die Haut darüber von silbrig schimmernden Narben überzogen.

Elisabeths Augen standen voller Tränen. Jetzt, da sie zu weinen begonnen hatte, schien sie nicht mehr aufhören zu können. Es war, als entlüden sich anderthalb Jahre des Trauerns. Sie wollte ihm alles erzählen, was in den letzten Monaten geschehen war, brachte jedoch nicht mehr als ein geschluchztes »deine Hand« hervor.

Sein Lächeln war unsicher und enthielt einen Anflug von Verlegenheit. »Die Magier haben mich am Leben erhalten, doch selbst ihre Heilkünste haben Grenzen. Und das alles hatte seinen Preis. Ich bin nicht sicher, ob ich noch genau derselbe bin wie vorher. Ich fühle mich weniger menschlich, weniger stabil. Und trotzdem auch nicht wie von ihrer Welt. Mehr so, als stünde ich dazwischen, mit einem Fuß auf jeder Seite der Trennungslinie.«

»Wie Artus.«

Brendans Brauen hoben sich, und seine Lippen verzogen sich zu einem schiefen Grinsen. »Das ist ein Vergleich, der einem Mann zu Kopf steigen könnte.«

Elisabeth stellte sich auf die Zehenspitzen und küsste ihn auf die festen, kühlen Lippen. Schneeflocken glitten über seine wie gemeißelten Gesichtszüge und schmolzen über seinem Kragen. »Sie warnten mich, du würdest mich vergessen und dass es kein Zurück mehr gäbe aus dem Sommerreich.«

»Vor gar nicht allzu langer Zeit wäre es mein größter Wunsch gewesen, meine Vergangenheit zu vergessen. Aber es heißt auch, man solle vorsichtig sein mit dem, was man sich wünscht. Diese Erinnerungen zu verlieren bedeutete, auch dich zu verlieren, Lissa. Und das konnte ich nicht. Ich liebte dich zu sehr, um dich kampflos aufzugeben.«

Sein Blick drang in die Kälte ihres Herzens ein, bis der Schmerz des Auftauens ihr fast die Brust zerriss. Doch sie konnte endlich wieder atmen, ohne bei jedem Luftholen Brendans Verlust zu spüren. »Aber wie?«

»Ich hatte das hier.« Er zog die goldene Kette mit ihrem Opal heraus, der funkelte, als finge er in dem grauen Licht Feuer.

Elisabeth lachte unter Tränen. »Du sagtest, es sei nur ein gewöhnlicher Stein, der nichts Magisches hätte.«

»Er wurde mit Liebe gegeben, und das ist eine Magie, die nicht einmal die Magier wirklich verstehen.«

Sie schmiegte sich an ihn, um das gleichmäßige Klopfen seines

Herzens und Heben und Senken seiner Brust zu spüren, und er strich ihr beruhigend über den Rücken, während sie so heftig weinte, dass sie am ganzen Körper zitterte.

»Ach, meine Süße! Weine nicht! Es ist vorbei. Ich werde dich nie wieder verlassen. Ich bin daheim. Für immer. Das verspreche ich.«

»Ist das ein Versprechen, das du einhalten oder brechen wirst?«, fragte sie schniefend.

»So ein weiter Weg, und das ist das einzige Willkommen, das ich erhalte? Ich kann auch wieder gehen, wenn du möchtest.«

Er versuchte, sich abzuwenden, doch sie hielt ihn fest. »Nein!«, rief sie und sah das Lachen in seinen Augen, als sie zu ihm aufblickte. »Du bist ein echtes Scheusal, Brendan Douglas«, sagte sie und wischte sich mit dem Handrücken die Tränen ab.

Er legte einen Arm um sie und zog sie an sich, als sie sein Haar, sein Gesicht und seine Brust berührte, um sich zu vergewissern, dass er real und nicht wieder nur ein Traumbild war.

Mit seinen gekrümmten, deformierten Fingern hob er ihr Kinn an, und sein Lächeln brach Elisabeth erneut das Herz. »Ja, aber du liebst mich trotzdem, Mrs. Douglas.«

Auch ein wildes Raubtier kann gezähmt werden

Christine Feehan
DUNKLE GIER
Roman
Aus dem amerikanischen
Englisch von
Ulrike Moreno
480 Seiten
ISBN 978-3-404-16788-3

Wild, unerbittlich und grausam - Zacarias de la Cruz hat jahrhundertelang gnadenlos Vampire gejagt und getötet. Inzwischen ähnelt er den verhassten Kreaturen mehr als seinen eigenen Brüdern. Deshalb wundert es ihn kaum, dass auch die schöne Marguarita vor ihm zurückschreckt. Die junge Frau wurde von einem Vampir so schwer verletzt, dass sie die Fähigkeit zu sprechen verloren hat, und leidet seitdem unter schrecklichen Albträumen. Doch trotz ihrer offensichtlichen Furcht sorgt sie sich um ihn, selbst gegen seinen Willen. Zacarias ahnt nicht, dass seine Wildheit etwas in ihr anrührt, das stärker ist als jede Angst ...

Bastei Lübbe Taschenbuch

»Ich würde die Welt für dich in Schutt und Asche legen«, wisperte er.

Delilah S. Dawson
BLUTLAND - VON DER LEIDENSCHAFT GERUFEN
Roman
Aus dem amerikanischen Englisch von Silvia Gleißner
464 Seiten
ISBN 978-3-404-16859-0

Letitia glaubt, noch zu träumen, als sie sich völlig nackt an einem seltsamen Ort mitten in der Wildnis wiederfindet. Dann taucht ein attraktiver Fremder auf und erklärt, dass er sie mittels Magie in seine Welt gerufen hat. Kann das wahr sein? Ist sie wirklich in einer Parallelwelt gefangen? Doch wie könnte es anders sein, wenn sich verführerische Küsse ebenso echt anfühlen wie die scharfe Klinge eines Messers?

Eine Welt, regiert von Blut und Magie - eine Geschichte, bestimmt von Liebe und Hass